Nachtwege

von

Constanze Keidel

Für Bärbel,

herzlichst

C. Keidel

Impressum:

Manas in Medias - Verlag
Vogelsbergstr. 40
36341 Lauterbach
www.manas-in-medias.de
verlag@manasinmedias.de

Umschlaggestaltung unter Verwendung eines Bildes von
Volker Zähme
Satz und Produktion: Manas in Medias, Lauterbach
ISBN: 978-3-9817442-8-6
1. Auflage Oktober 2018

Bibliografische Information der Deutschen Nationalbibliothek:
Die Deutsche Nationalbibliothek verzeichnet diese Publikation in der Deutschen Nationalbibliografie; detaillierte bibliografische Daten sind im Internet über http://dnb.d-nb.de abrufbar.

Die Autorin

Constanze Keidel wurde 1973 irgendwo in Hessen in der Nähe der A5 geboren. Seit sie sich erinnern kann, erzählt sie sich selbst Geschichten. Seit sie schreiben kann, bringt sie diese zu Papier. Schon immer ist dieses Erzählen ein Spiel mit der Realität und ihren Möglichkeiten. Ein Ausloten dessen, was ist, und was sein könnte, von Wünschen und Wirklichkeiten. Nehmen Sie nichts, das Constanze Keidel sagt oder schreibt, für bare Münze! Selbst in der Orthographie lügt sie. Weder der Kindergarten noch die Schule oder ein Theologie- und Germanistikstudium konnten an dieser Tatsache etwas ändern.

Mit „Sturmgründe“ spielt sie ihr Spiel zum ersten Mal öffentlich. Nichts in diesem Roman ist real und doch ist alles wahr.

Fragen, Anregungen und Kommentare an die Autorin bitte per E-Mail: constanzekeidel@gmail.com.

Danksagung

Dieses Buch widme ich im Besonderen Marlis, Inka, Hanni und all den Frauen, die das Wagnis eingegangen sind, Mütter zu sein.

Mein Dank gilt denjenigen, die mir Mut gemacht haben, dieses Projekt gegen alle Widerstände und Unbilden weiterzuführen. Zuallererst meinem Mann, der mit Kitsch nichts anzufangen weiß und trotzdem zuhört. Dann allerherzlichst Julia und Katja, der „ersten Generation“ von Probeleserinnen, die mir mit Rat und Tat bei jeder einzelnen Streichung, Änderung und Umformulierung im Plot zur Seite standen. Und natürlich allen weiteren Probeleserinnen der zweiten, dritten und letzten Version: Anna, Lara, Cindy, Jil, Lena, Susanne, Doris, Miriam, Karin, Michaela, Orjana, Lisa, Yvonne, Hanni und Holger. Außerdem Agneta, die den zweiten Band zu Testzwecken vor dem ersten lesen musste, und Annette, die das Buch Wort für Wort von hinten nach vorn korrigiert hat. Sollte ich irgendjemanden vergessen haben, bitte ich herzlich um Verzeihung. Inzwischen habe ich etwas den Überblick verloren.

Für fachliche Tipps danke ich Karin, die sicherlich nicht Grete ist, aber ganz bestimmt ein Mütterchen. Außerdem Doris, die mir trotz meiner Seitenhiebe auf ihren Berufsstand medizinischen Rat gegeben hat. Danach den Jägern: Robi, Schlombi und Franzi. WhatsApp bleibt der Untergang des Abendlandes!
Und da wir schon bei den unendlichen, unkontrollierbaren Weiten des globalen Datenstroms sind: Katja, ich küsse den Saum Deines Gewandes für alle unbezahlbare Hilfe beim Formatieren des E-Books sowie der Betreuung meines Auftritts im weltweiten Netz und in den (a-) sozialen Medien.

Auch diesmal danke ich allen meinen Klassen und Kursen, die regelmäßig darunter leiden müssen, dass ihre Lehrerin nebenbei Romane schreibt und es nicht lassen kann, darüber zu reden.

Besondere Erwähnung findet hierbei Sebastian, der während meines Unterrichts unter der verbotenen Verwendung seines Smart-Phones eine Fanpage erstellt hat. Außerdem Franziska und Annabell, die sich möglicherweise in der Rahmenhandlung wiederfinden.

Ein großer Dank gilt weiterhin den Mitarbeitern meines Fitnessstudios, des Lokschuppens und meinen neuen Dependancen, der Agip- sowie der Raiffeisen-Tankstelle (hier vor allem Elke), für noch mehr Kaffee, Orangensaft, gute Worte und das Leeren meines Aschenbechers.

Und zuletzt danke ich Heiko und Sabine.
Heiko, weil er sich auch noch auf Band II eingelassen hat – die Filmrechte von „Nachtwege“ muss ich leider behalten, sonst werde ich nie reich.

Sabine danke ich dafür, dass sie bereitwillig die ersten Lesungen bestritten hat und immer wieder sehr überzeugend in die Rolle der Grete schlüpft.

Gebrauchsanweisung zum Lesen dieses Romans:

Sehr geehrte/r Leser/in!

Wie schon der Vorgänger „Sturmgründe“ besteht auch „Nachtwege“ aus einem Rahmen und dem eigentlichen Roman. Dabei bildet sowohl der Rahmen als auch der Binnenroman die Fortsetzung des ersten Buches.
Wiederum gilt: Der Hauptteil kann unabhängig vom Rahmen gelesen werden. Allerdings rate ich all denjenigen, die „Sturmgründe“ nicht kennen, zumindest die ersten Seiten des Rahmens zu lesen. Hier erfahren Sie das Wichtigste über die Geschehnisse der märchenhaften Liebesgeschichte, die im ersten Band begonnen hat. Danach können Sie den Rahmen getrost überblättern und in die eigentliche Romanhandlung eintauchen, in der die Heldin ihren Kampf um die Seele des dunklen Engels fortsetzt. Steigen Sie in eine andere Realität ein und geben Sie sich hemmungslos Ihren Gefühlen hin.
Sollten Sie aber wissen wollen, was es mit der Erzählerin auf sich hat (so Sie „Sturmgründe“ nicht gelesen haben), oder wie es ihr seit Schreiben des ersten Romans ergangen ist, lesen Sie auch den Rahmen. Erfahren Sie, was passieren kann, wenn man doch einfach nur einen kitschigen Roman verfassen wollte, um reich und berühmt zu werden ...

Mit freundlichen Grüßen
C. Keidel

„Ist das Literatur oder kann das weg?“
(Karl Friedrich „Fritz“ Wilhelm)

„Sind Sie eigentlich stolz, dass Sie ein Buch geschrieben haben?“, fragt mich eine Schülerin aus meinem Abiturkurs.
In Ermangelung einer Antwort starre ich sie an. Die Mitteilung, dass ich dank des Buches inzwischen nicht nur Kettenraucherin, sondern auch irre bin, ist strategisch unklug, solange ich meinen Beruf ausüben muss.
„Also ich wäre stolz“, fährt sie fort.
Ihre Banknachbarin will die genaue Seitenzahl wissen.
Diese Frage kann ich ehrlich beantworten. „Über 500.“
„Für den ersten Band“, präzisiert Schülerin Nr. 1 zu meiner Überraschung. Wie sich zeigt, kennt sie eine meiner fünfzehn Probeleserinnen. Sie erklärt, dass das Buch mit einem Cliffhanger endet und auf eine Fortsetzung wartet. Laut wundert sie sich, wie einem so viel einfallen kann. „Sie *müssen* stolz sein!“, lautet der Befehl. „Also! Warum freuen Sie sich nicht?“
Ich weiche aus, indem ich auf Abiturprüfungen, letzte Klausuren und Schuljahresendstress verweise, der mich vom Freuen abhalte. „Mit den Sommerferien werde ich in Begeisterung ausbrechen“, verspreche ich.
Die Schülerin betrachtet mich so tadelnd, dass ich mir einen überzeugenderen Grund für meinen mangelnden Enthusiasmus einfallen lasse, nämlich dass alle meine Bewerbungen bei Literaturagenten gescheitert sind.
„Wieso das denn?“, fragt die Schülerin empört.
„Weil man angesichts der gegenwärtigen Situation auf dem Buchmarkt nur Romane ins Programm nimmt, von deren Erfolg man hundertprozentig überzeugt ist“, gebe ich den seriellen Wortlaut der Absagen wieder. Ich kann ihn inzwischen auswendig.
Mein Gegenüber äußert Unverständnis. Dankenswerterweise erklärt ein Mitschüler in verständlichen Worten das Problem: „Die haben Angst, dass das Buch keiner kauft, weil die Leser es scheiße finden.“
Schülerin Nr. 1 lässt diesen Einwand nicht gelten. Sie erklärt,

dass die ihr bekannte Probeleserin den Roman „super" fand und sehnsüchtig auf die Fortsetzung wartet. „Ich *würde* das Buch kaufen", erklärt meine Nr. 1 und verlangt von mir, dass ich „auf jeden Fall dafür sorgen muss", dass es verlegt wird. Ich verspreche es, damit sie Ruhe gibt.
Der wortgewandte Mitschüler will wissen, worum es eigentlich gehe in dem Buch. Ich versuche abzulenken, indem ich fordere, dass man sich wieder dem Unterricht zuwendet. Wie immer stehen wir unter Zeitdruck.
Schülerin Nr. 1 ignoriert meinen Versuch und beschreibt das, was sie über die Inhalte meines Romans weiß. Ihre Beschreibung ist überraschend detailliert und klingt in erschreckender, aber zutreffender Weise nach Frauen-Mystik-Kitsch: Weibliche Heldin namens Catharina flüchtet nach traumatischer Erfahrung in ein Schlossinternat, in dem sie fürderhin als Schulpsychologin arbeitet. Dort trifft sie auf das Schlossgespenst, einen halbindianischen, untoten Grafen von ausgesuchter Schönheit und tadellosen Umgangsformen, genannt Johannes von Altenstein. Zu Lebzeiten war besagter Graf ein machtgieriger Tyrann und sadistischer Vergewaltiger, sodass er von einem seiner Opfer in einem okkulten Ritual verflucht wurde und ruhelos auf Erlösung hofft.
Angesichts der Zusammenfassung der Schülerin drängt sich mir der Verdacht auf, dass die ihr bekannte Probeleserin das Manuskript verbotenerweise weitergegeben oder zumindest in Einzelheiten darüber berichtet hat. Noch während ich Luft für eine Unmutsäußerung hole, wird die berichtende Schülerin enthusiastisch: „Nach hundertfünfzig Jahren ist der Graf total vereinsamt und voller Reue, weil er sich in der ganzen Zeit mit nichts anderem beschäftigt hat als seiner Schuld. Er weiß weder, wie er gestorben ist, noch wie er zum Untoten wurde. Bis Catharina kommt", schließt sie mit einem leisen Seufzer.
„Und die verliebt sich in den Zombi, erkennt, dass er eigentlich gar kein so übler Typ ist und sorgt für seine Erlösung", mutmaßt der Schüler, der nach den Romaninhalten gefragt hat. Auf seinem Gesicht zeichnet sich ein wissendes Grinsen ab, das sich auf mehreren zumeist männlichen Schülergesichtern fortpflanzt.

Ich verpasse die Möglichkeit, das Gespräch endlich auf die Unterrichtsinhalte zurückzubringen, weil ich vollauf damit beschäftigt bin, die Schamesröte vor der Klasse zu verbergen, die mir angesichts des von mir geschaffenen Kitsches ins Gesicht steigt.
Schülerin Nr. 1 nutzt meine kurzfristige geistige Abwesenheit, um auf die Schwierigkeiten des Erlösungsprozesses einzugehen: „Catharina hat ständig Visionen über die Vergangenheit des Grafen und den Fluch, der auf ihm lastet. Eine davon ist total blutrünstig und sie wird fast verrückt deswegen."
„Blutrünstig?" Ein Schüler, der bisher schweigend ins Off gestarrt hatte, regt sich. Ich glaube, seine Stimme in diesem Schuljahr zum ersten Mal zu hören.
Die viel zu gut informierte Schülerin beschreibt, dass die Heldin in einem Traum miterleben muss, wie eine gewisse Rosa sich an dem Grafen rächt, weil er sie vergewaltigt hat. „Sie ist schwanger von ihm, aber weil er ein machtgeiles Schwein ist, interessiert ihn das nicht."
„Was macht sie mit dem Typen?", fragt der ehemals schweigende Schüler. Sein Gesicht zeigt ein Interesse, das er meinem regulären Unterricht grundsätzlich verweigert.
Schülerin Nr. 1 erklärt mit Grabesstimme: „Rosa ist eine Hexe. Sie schneidet ihm den Kopf ab und singt ihm dabei die Seele aus dem Leib. Dann bringt sie den Kopf in einem Sack weg. Rosas Mutter versucht noch, den Fluch einzudämmen, indem sie dem Leichnam einen glühenden Bolzen ins Herz rammt, aber es ist schon zu spät. Vor allem weil Rosa sich nicht erinnern kann, was sie mit dem abgetrennten Kopf gemacht hat."
Einen Augenblick lang herrscht Schweigen in der Gruppe. Zwanzig Augenpaare betrachten mich. Die Mimik variiert zwischen ungläubig, misstrauisch und erschrocken bei den einen. In anderen Gesichtern, glaube ich, überraschte Faszination zu erkennen. Es besteht kein Zweifel, dass diese Reaktionen nicht der Gewaltorgie oder dem okkulten Ritual gelten. Solcherlei Phantasien gehören zum Alltagsrepertoire der Unterhaltungsindustrie und meine Schüler werden täglich damit

in Text, Bild und Ton berieselt.
Der Unterschied ist, dass die beschriebene Phantasie nicht irgendeiner anonymen Quelle entspringt, sondern von der Deutschlehrerin produziert wurde, der sie in diesem Augenblick gegenübersitzen. Das Gemetzel, von dem eben die Rede war, wurde von einem ihnen wohl bekannten Gehirn erschaffen. Einem, von dem Vorbildfunktion erwartet wird. Einem, von dem meine Klasse bisher der Meinung war, dass seine Prozessoren auf die reine Textverarbeitung von Eichendorffgedichten, Kafkaerzählungen oder Schülerklausuren beschränkt seien.
Die Möglichkeit, dass das Gehirn ihrer Deutschlehrerin durchaus ein Privatleben führt, in dem es ganz andere Denkleistungen vollzieht, scheint einige meiner Schüler gerade vollkommen zu überfordern. Wenn die Frau, die vor ihnen steht, Gewaltphantasien äußert, handelt es sich meist um milde Formen der Schülerbeschimpfung, weil man Hausaufgaben nicht gemacht oder einen bestimmten langweiligen Roman nicht gelesen hat. Flüche werden bestenfalls ironisch verklausuliert in Richtung der Bildungsbehörde abgeschossen, wenn sich die Lehrkraft wieder einmal über deren absurde Entscheidungen auslässt. Im Großen und Ganzen geht man davon aus, dass blutrünstige Massaker und Satanismus vom Gehirn dieser Deutschlehrerin gar nicht gedacht werden können.
„Cool“, befindet der erweckte Schüler und betrachtet mich mit ganz neuem Interesse. Offenbar hat er sich recht schnell mit den Tatsachen abgefunden.
Den Teil meiner Prozessoren, der nicht auf germanistische Inhalte reduziert ist, überkommt eine vorsichtige Form von Stolz, weil besagter Schüler *meine* literarischen Inhalte denen Eichendorffs, Kafkas oder Goethes eindeutig vorzieht.
„Und kann diese Catharina den Fluch rückgängig machen?“, will er wissen.
Da die Aufmerksamkeit für den Unterrichtsstoff sowieso dahin ist und dem privaten Teil meiner Synapsen das Gespräch Spaß zu machen beginnt, überlasse ich der allwissenden Schülerin das Feld. Voller Enthusiasmus teilt sie ihr Wissen

mit und verneint die gestellte Frage.
„Es wird alles noch viel schlimmer“, erklärt sie. „Denn es gibt da diese gruselige, alte Internatsköchin Grete Mangold, die mehr über den schönen Grafen weiß, als sie zugibt, und sich der Liebe zwischen der Heldin und dem Geliebten in den Weg stellt.“
Aus einer Ecke des Klassenraums erschallt ein gewollt theatralisches Aufseufzen. Die Germanistin in mir erwägt, schreiend das Weite zu suchen. Ich verbiete es ihr und tröste sie im Geiste mit der Erfindung des Pseudonyms. Mein Roman wird – sollte es jemals dazu kommen – nicht unter meinem richtigen Namen veröffentlicht.
Schülerin Nr. 1 scheint die Ironie des Seufzers nicht verstanden zu haben, denn sie nickt gequält und erklärt, dass der Graf seine Geliebte am Ende sogar verlässt, um sie vor ihren furchtbaren Visionen und der finsteren Köchin zu schützen. „Die ist nämlich eine Nachfahrin des Kindes, das bei der Vergewaltigung Rosas durch den Grafen entstanden ist. Und sie ist auch eine Hexe.“
„Also keine Liebe und keine Erlösung“, schlussfolgert ein männlicher Mitschüler mit süffisantem Unterton. „Da wirst Du wohl auf den zweiten Band hoffen müssen.“ Er dreht sich mir zu. „Wie kommt man denn auf so Ideen?“ Seine Frage klingt, als stehe die Formulierung „so Ideen“ stellvertretend für „so einen Schwachsinn“.
Diesmal arbeiten mein Pädagogengehirn und mein Autorenstolz zusammen. „So wie Du auf die Inhalte Deiner letzten Klausur“, liegt mir auf der Zunge. Aber ich zwinge mich zu pädagogischer Vernunft. Außerdem bin ich mir vollkommen sicher, dass der Schüler seine Klausur selbst zu verantworten hat. Bei meinem Roman liegen die Dinge anders. Aber eine ehrliche Antwort wäre ausgesprochen ungünstig für meine weitere berufliche Zukunft.
„Ich bin halt irre“, kann ich ja schlecht sagen.
Als die Stunde endet, verlassen zwanzig mehr oder weniger irritierte Oberstufenkinder tuschelnd den Klassenraum. Ich merke, dass ich vergessen habe, die Hausaufgabe zu geben. Es ist mir egal.

Im Anschluss an den Schultag schwitze ich auf dem Ergometer meines Fitnessstudios, während mir das Gespräch mit meiner Deutschklasse nicht aus dem Kopf gehen will. Vor mir liegt mein Tablet, auf dem ich zum gefühlten hundertsten Mal meinen eigenen Roman lese. Ursprünglich einmal hatte ich ihn geschrieben, weil ich eine Alternative zu meinem eigentlich geliebten pädagogischen Brotberuf gesucht hatte. Reich hatte ich werden wollen, um einem Bildungssystem zu entfliehen, das mir in seinen pädagogischen Vorgaben in den letzten Jahren immer absurder zu werden schien. Ich war immer weniger bereit, darunter zu leiden, und – noch viel schlimmer – meine Schüler darunter leiden zu lassen.
Nun, der Roman ist geschrieben. Dabei habe ich mir alle Mühe gegeben, sämtliche Klischees abzuarbeiten, die bestimmte weltweit bestsellende, blockbusternde Romane unserer Tage zum Erfolg geführt haben. Was sich allerdings noch immer nicht eingestellt hat, sind Reichtum und Ruhm.
Tatsächlich bin ich noch immer Lehrerin und ich bin noch immer frustriert – wenn auch jetzt unter anderen Bedingungen. Denn außer frustrierter Lehrerin bin ich mittlerweile auch noch das, was meine Oberstufenschüler als „irre" bezeichnen würden. Wüssten meine gegenwärtigen Abiturienten, wie ich tatsächlich zu den Inhalten meines Romans gekommen bin, würden sie mich wohl mit Hoffmanns Nathanael oder Büchners Lenz vergleichen – falls sie sich an das erinnern, was ich ihnen beigebracht habe. Nämlich dass ein gesunder Mensch Phantasie und Realität, Innen- und Außenwelt voneinander unterscheiden kann. Also das, was weder Nathanael noch Lenz oder ich selbst können.
Glücklicherweise kann ich meinen persönlichen Irrsinn im Gegensatz zu Nathanael oder Lenz recht gut verbergen. Außer meinem Mann weiß niemand von meinem eigenen Innen-Außenwelt-Problem. Mein Mann aber ist sowieso Künstler. Nach den Erfahrungen meiner Ehe und meines eigenen literarischen Schaffens bin ich der Meinung, dass Verrücktheit und jede Form der Kunst eine heilige Allianz bilden. Wie sonst könnte ein Künstler das, was im Innern tobt, dem Rest der Menschheit in Form von Text, Musik, Farbe,

Stein oder was auch immer zugänglich machen?
Möglicherweise gilt das ganz besonders für kitschige Kunst, denn als ich noch ordentliche Literatur geschaffen habe, war ich durchaus vernünftig. Allerdings wollte diese ordentliche Literatur keiner lesen.
Mein Mann dagegen malt neben seinem Brotberuf echte Bilder, schreibt echte Bücher und schafft es sogar, beides zu verkaufen. Im Gegensatz zu mir kann man ihm bestenfalls eine milde Form von Wahnsinn attestieren, die sich in einer gewissen Verschrobenheit äußert. Vielleicht geht er genau deshalb völlig entspannt mit der Tatsache um, dass seine Frau nicht mehr ganz normal ist, seit sie kitschige literarische Kunst schafft.
Während ich im Schweiße meines Angesichts Kalorien verbrenne, wird mir bewusst, dass ich die Bezeichnung „kitschige Kunst" früher mit der Arroganz der studierten Germanistin als Paradoxon bezeichnet hätte.
„Kitsch und Kunst schließen sich aus", hätte ich behauptet, denn ich habe in meinem Studium gelernt, dass Kunst über sich hinausweist und immer auch den Geist anspricht. Das Triviale, Kitschige dagegen bleibt vordergründig dem Emotionalen und an Klischees verhaftet. Aber das war eben damals, als ich noch vernünftig war und den Anspruch hatte, ausschließlich hohe Literatur zu verfassen.
Inzwischen habe ich dazugelernt.
Am eigenen Leib.
Beim Schreiben eines trivialen Liebesromans.
Angefüllt mit Klischees.
Geschrieben mit dem Ziel, die reine Instinkt- und Emotionsebene der Leserschaft anzusprechen. Genau wie meine bestsellenden Vorbilder.
Zugegeben – ich hatte mir vorgenommen, den postmodernen Trivialroman zu erfinden, um dem Ganzen zumindest einen Anschein von literarischem Anspruch unterzumogeln.
Intertextualität wollte ich schaffen und habe zu diesem Zweck ordentlich bei meinen echten Schriftstellerkollegen, aber auch bei Film, Fernsehen und der Wirklichkeit geklaut.
Die Absurdität der Welt wollte ich thematisieren, aber das

einzige, das seitdem immer absurder geworden ist, ist meine Realität. Denn ich habe erfahren müssen, dass das Schreiben dieses (postmodernen) Liebesromans meinen Geist nicht nur angesprochen, sondern in erschreckender Weise verändert hat. Und das lag nicht an der Entdeckung, zu welchen kruden Gewaltphantasien ich in der Lage bin.
Es ist im Gegenteil so, dass der Roman sich meines Geistes bemächtigt hat. Und nicht nur meines Geistes, sondern zeitweise auch meines Körpers, der seltsame, den Ärzten unerklärliche Symptome auszubilden begann. Innen- und Außenwelt, Phantasie und Wirklichkeit hatten sich nicht nur vermischt, sondern so aufeinander eingewirkt, dass eine Trennung gar nicht mehr möglich war.
Folglich bin ich nach allen Regeln der Kunst irre. Zum Glück habe ich inzwischen die Vorteile des Wahnsinns erkannt. Beim Schreiben des ersten Teils hatte ich noch verzweifelt um Vernunft gerungen und mein Heil bei Ärzten gesucht, deren Kunst versagte.
Damals hatte ich mich selbst vor die Wahl gestellt: Entweder war ich verrückt, oder ich war von einem „Es" besessen, das nach mir rief und mich zwang, seine Botschaften in Form eines Romans zu Papier zu bringen.
Heute habe ich aufgehört, den Irrsinn mit Logik lösen zu wollen. Die Logik hebe ich mir für die Banalitäten meines Schulalltags auf oder diejenigen Probleme, deren Lösung im Rahmen begrenzter menschlicher Rationalität halbwegs möglich erscheint.
Tatsache ist: Mein Irrsinn kennt kein „Entweder" und kein „Oder". Ich *bin* irre, *weil* ich der festen Überzeugung bin, dass mich ein Es fernsteuert. Und das Beste daran: Ich bin gern verrückt. Es entspannt. Man spricht nicht umsonst von „Narrenfreiheit". Meine besteht in der Überzeugung, dass es ein Es gibt, das meinen Geist manipuliert.
Ich bin die Mittlerin dieses Es, das seine Botschaften durch mich der realen Welt zugänglich macht – nämlich in Form eines Romans, den ich zwar geschrieben habe, dessen Inhalt aber nicht auf meinem persönlichen Mist gewachsen ist. Folglich kann ich also beruhigt feststellen, dass es nicht

meine Gewaltphantasien sind, die ich da zu Papier bringe. Genauso wenig wie es die Fortsetzung der Geschichte sein wird, für deren Verschriftlichung das Es mich benutzt.
Seit ich mich gegen diese Umstände nicht mehr mit Vernunft und Wissenschaft wehre, ruft Es nicht mehr ständig nach mir und lässt meinen Körper in Ruhe. Es ist nicht mehr nötig, mich zu erpressen, damit ich den Roman weiterschreibe. Ich habe mich ergeben. Ich schreibe bereits.
Allerdings muss ich nebenbei meinen Lebensunterhalt verdienen. Daher wäre es ungünstig, die Frage meines Schülers, wie man „auf so Ideen" kommt, ehrlich zu beantworten. So irrsinnig das Bildungssystem auch erscheinen mag, wird von seinen Mitarbeitern doch geistige Gesundheit erwartet. Also wäre es doppelt fahrlässig, wenn ich mich gegenwärtig outen würde.
Das wäre anders, wenn Es für Bedingungen sorgen würde, unter denen ich mich ganz seinem Schreibauftrag widmen könnte. Zu diesem Behufe hatte ursprünglich auch ich versucht, das Es zu erpressen. Ich hatte erwartet, dass Es nicht nur auf *mein* Gehirn, sondern auch auf das von Literaturagenten und Verlegern Einfluss nehmen würde. Es würde dafür sorgen, dass der erste Romanteil veröffentlicht wird. Somit wäre ich finanziell abgesichert, könnte den finsteren Mächten der Schulpolitik entfliehen und hätte dadurch genug Zeit, um dem Es weiter als literarisches Medium zu dienen.
Im festen Glauben, dass eine Bewerbung ausreichen würde, schickte ich meine Unterlagen einem Literaturagenten von internationalem Renommee. Immerhin hatte ich überirdische Mächte hinter mir – man *konnte* den Roman gar nicht ablehnen.
Nur aus absurden Vernunftgründen versendete ich im Lauf der Wochen weitere Bewerbungen. Menschenhirne sind unterschiedlich, und es schien mir durchaus denkbar, dass nicht jedes menschliche Gehirn für das Es eine Schnittstelle hatte. Und wenn doch, war es nur von Vorteil, unter sämtlichen Zusagen das beste Angebot auswählen zu können – dachte ich auf Basis dessen, was ich für Logik hielt,

und wurde eines Besseren belehrt.
Unter mir geht das Sportgerät zur Entspannungsphase über und vermindert selbsttätig den Tritt-Widerstand. Überrascht stelle ich fest, dass inzwischen eine ganze Stunde vergangen ist. Ich beschließe, dass ich keine Entspannungsphase brauche und beende mein Training, um das zu tun, womit ich gegenwärtig echtes Geld verdiene.
„Laut Psalm 8 ist der Mensch die Spitze der Krönung", lese ich in einer Gedichtinterpretation meines Leistungskurses. Es kostet mich mehrere Sekunden, bis mein ausgelaugtes Gehirn begriffen hat, was hier nicht stimmt.
Seit Stunden sitze ich über einem Stapel Klausuren. Sollten meine Neuronen anfangs noch gefeuert haben, hat meine Denkleistung inzwischen die Geschwindigkeit der Titanic beim Anfahren.
Ich unterkringele „Spitze der Krönung" und schreibe „Krone der Schöpfung" darüber. An den Rand schreibe ich: „Geht es hier um Kaffee?". Nach einem Moment der Besinnung entferne ich den Kommentar. Möglicherweise missverstehen die Schüler meinen Humor, der dazu neigt, bissig zu werden, wenn die Konzentration nachlässt. Es ist besser, Feierabend und Abendessen zu machen.
Während ich mir ein großes Stück käsetriefende Pizza abschneide, denke ich kurz über meine Figur und dann ausführlich über die „*Spitze* der Krönung" nach. Eigentlich gefällt mir „Spitze der Krönung" viel besser als die biblische Variante. Beim Menschen von „der Krönung" zu sprechen, erscheint mir angesichts der Ironie passend. Die Ironie erreicht inhaltlich und rhetorisch eine Klimax, indem der Schüler sogar von „Spitze der Krönung" spricht. Diese Welt ist die Krönung und der Mensch ist die Spitze der Krönung.
Ich grinse meine Pizza an und beschließe, dem Schüler für seine (zugegebenermaßen unfreiwillige) rhetorische Leistung Zusatzpunkte zu geben. Sie ist nicht weniger provokativ als Gottfried Benns Formulierung „Die Krone der Schöpfung, das Schwein, der Mensch", die es in der Klausur zu interpretieren galt. Menschen als „Krone der Schöpfung" zu bezeichnen, wie es die Bibel tut, widerspricht meiner Erfahrung – und der

Benns offensichtlich auch.
Andererseits widersprechen zahlreiche Inhalte der Bibel meiner Erfahrung. Beispielsweise zweifle ich an der Vernunft eines Schöpfers, der *diesem* Menschen sein Schöpfungswerk anvertraut. Ein solcher Schöpfer muss in seiner Allwissenheit recht naiv sein. Oder aber er hat mehr Humor, als man ihm gemeinhin zutraut. Möglicherweise sitzt er über seinem Welttheater und unterhält sich göttlich angesichts des menschlichen Dramas. Stellt sich allerdings die Frage, ob wir ihm eine menschliche Tragödie oder eine menschliche Komödie vorspielen.
Während ich mithilfe eines weiteren Stücks Pizza meine Figur ruiniere, denke ich an Aristoteles, der das Lachen als Erbe der Götter betrachtet. Gedanklich schließe ich den Kreis: Ich habe meinen Humor von einem Gott, der seine ganz besondere Freude an uns Menschen hat. Da uns nach aristotelischer Vorstellung der Humor von den Tieren unterscheidet, ist es wohl unsere Komik, die uns zur Krone der Schöpfung macht. Folglich ist das, was wir aufführen, eine Komödie.
Ich räume mein Geschirr in die Spülmaschine und habe dabei Bedenken gegenüber der theologisch-anthropologisch-literaturwissenschaftlichen Zulässigkeit meines Denkkonstrukts. Aber wenn ich im vergangenen Jahr eins erkannt habe, dann die Tatsache, dass man sich in dieser Welt auf das Irrationale genauso wenig verlassen kann wie auf Wissenschaft und Logik. Ich habe beides versucht und bin an beidem gescheitert. Am besten verlässt man sich auf die Absurdität und sich selbst – was wiederum absurd ist.
Diese Erkenntnis kam mir, nachdem sämtliche Literaturagenturen mein Opus verschmäht hatten. Die Möglichkeit, dass mein Roman ganz einfach trivialer, langweiliger Unfug ist und zur Veröffentlichung nicht taugt, ist natürlich durchaus denkbar, aber irrelevant. Wenn Es will, dass seine Geschichte in der Welt berühmt wird, wird Es Agenten-, Verleger- und auch Leserhirne in seinem Sinne manipulieren. Es sei denn – zweite Möglichkeit – fünfzehn Probeleser sind ihm genug. Dann allerdings kann ich mir jeden weiteren Versuch sparen,

mit Agenten oder Verlagen Kontakt aufzunehmen. Und genau das tue ich jetzt.
Da Es mir seine Pläne nicht mitteilt, werde ich abwarten. Ich werde weiter im Panoptikum des Bildungssystems meine Rolle spielen und gleichzeitig die Geschichte des Es schreiben. Allerdings muss Es sich damit abfinden, dass ich mich zwar von ihm manipulieren lasse, aber seine Botschaften nur dann in den nächsten Romanteil verwandle, wenn ich Zeit dazu finde. Hauptberuflich ergebe ich mich meinem Bildungsauftrag und versuche dabei die Tatsache zu verheimlichen, dass ich ein ferngesteuertes Medium einer unbekannten Entität bin.
Ich muss jedoch einräumen, dass diese Entität auf meine Haltung zu meiner Arbeitswelt positiv einwirkt. Irgendwie sorgt Es dafür, dass ich deren Absurdität zwar frustrierend finde, aber mit Gelassenheit hinnehme. Vielleicht ist Gelassenheit gegenüber dem Absurden normal, wenn man verrückt ist. Oder aber Verrücktheit ist die einzig mögliche Seinsweise, um in Frustration und Absurdität glücklich zu sein.

Mitten in der Nacht wache ich auf. Normalerweise geschieht das, weil mein Kopf irgendwelche beruflichen Probleme wälzt, die mich, sobald im Bewusstsein, den Rest der Nacht vom Schlafen abhalten und am nächsten Tag für einen hässlichen Migräneanfall sorgen. Diesmal jedoch hat mich ein seltsames Traumbild erwachen lassen.
Ich war in dem sicheren Gefühl, dass ich nicht allein bin, durch ein altes Gemäuer gelaufen. Immer wieder hatte ich im Augenwinkel etwas wahrgenommen, das aber sofort verschwand, wenn ich direkt hingesehen hatte. Irgendwann hatte ich mich absichtlich abrupt umgedreht und war von einem Mann in der altmodischen Kleidung des 19. Jahrhunderts über den Haufen gerannt worden, der mich offensichtlich verfolgte.
Beim Erwachen kann ich an den Händen und im Gesicht noch immer die Beschaffenheit des Stoffes seiner Kleider fühlen und sehe noch immer die Hoffnung in seinem Blick.
Kurz mache ich den Versuch, mich über irgendein unsinniges

Schulproblem aufzuregen. Aber ich breche weder in Panik aus, noch gelingt mir ein Wutanfall. Tatsächlich reagieren meine Synapsen bei der Weiterleitung sämtlicher Denkprozesse, die den alltäglichen Wahnsinn betreffen, mit Ignoranz.
Was sie aber mit geballter neuronaler Feuerkraft durch mein Hirn schießen, ist die Mitteilung, dass mein persönlicher Wahnsinn soeben in eine neue Phase eingetreten ist – auch wenn es im Schlafzimmer nicht nach Weihrauch riecht und kein Graf von exotischer Schönheit an meinem Bett steht, wie es bei meiner Romanheldin geschieht.
Um mir ausreichend Freiraum zur Reflexion des eben Erlebten zu verschaffen, verlasse ich die Enge des Schlafzimmers und stelle mich unter die unendlichen Weiten des Sternenhimmels. In einem Universum, das sich ständig ausdehnt, muss ich mir keine Sorgen machen, den Irrsinn frei zu lassen, der droht, die begrenzte Kapazität meines Schädels zum Explodieren zu bringen. Skrupellos erlaube ich mir, den Gedanken zu lauschen, die mein Gehirn in Sprache verwandelt und auf diese Weise in meine reale Welt schleudert:

- Mein Gehirn hat den Grafen, der bis jetzt nur in Worten und Buchstaben existiert hat, in einem Traumbild materialisiert.
- Das Setting (Gefühl der Anwesenheit einer fremden Person, Materialisierung im Traum) entspricht exakt dem, was der Protagonistin meines Romans passiert.
- Die Hoffnung in den Augen meines Traumbildes entspricht der Hoffnung des Grafen: Erlösung.
- Damit ist genau das geschehen, was ich bisher für unmöglich gehalten habe: Die Phantasiewelt meines Romans hat sich nun auch personal mit meiner Realität verbunden.
- Der Umstand, dass ich *nur* geträumt habe, ist irrelevant, denn das Gehirn unterscheidet im Traum nicht zwischen real und irreal – Traum ist Realität. Das wird dadurch

bewiesen, dass ich den Stoff der Kleider des Grafen nach dem Aufwachen noch fühlen konnte.

- Die Tatsache, dass mir in meinem Schlafzimmer kein untoter Graf begegnet ist, ist irrelevant. Das, was mich seit Monaten in meiner Realität verfolgt und antreibt, ist Es.
- Es ist keine unbekannte Entität mehr. Es ist er. Es ist der Graf.

Was ich vor Monaten bestritten habe, ist jetzt Realität. Ich mache mir nicht die Mühe, mit meinem infiltrierten Gehirn irgendwelche vernünftigen Gegenargumente zu erfinden: Auf absurde Weise *bin ich* Catharina. Indem ich die Geschichte des Grafen erzähle, erzähle ich die Geschichte des Es. Indem ich erzähle, wie Catharina ihren Johannes erlöst, erlöse ich Es.

In den ersten beiden Unterrichtsstunden versuche ich, Neuntklässlern die Kommasetzung beim „erweiterten Infinitiv mit zu" beizubringen. Dabei sorgt die Tatsache für Unmut, dass ich andere Regeln einführe als die offiziellen. „Ich will, dass Ihr diese Kommas ab sofort immer setzt!", verlange ich.
„Aber hier steht eindeutig, dass man diese speziellen Kommas nicht setzen muss! Man kann sie setzen", wehrt sich ein Schüler mit Verweis auf das Grammatikbuch.
Ich bin nach den Ereignissen der letzten Nacht hundemüde. Außerdem habe ich aufgrund der neuen Wahnsinns-Phase ein Identitätsproblem.
„Das mag sein, aber es ist besser, wenn Ihr diese 'Kann-Kommas' trotzdem setzt." Ich zeichne bei „Kann-Kommas" Gänsefüßchen in die Luft. Nach jahrelanger Erfahrung gelingt mir Grammatikunterricht, auch wenn ich verrückt und im Halbschlaf bin.
„Warum?", kommt die zu erwartende Frage.
In der Pubertät wiederholt sich die Trotz- und Widerspruchsphase des Kleinkindalters. Allerdings kann man die Kinder nicht mehr einfach wegtragen, wenn sie nerven.

Sie anzuschreien ist erfahrungsgemäß in jedem Alter nur bedingt hilfreich.
Ich erkläre, dass es sicherer ist, sowohl die Muss- als auch die Kann-Kommas zu setzen, weil dann nicht die Gefahr besteht, an der falschen Stelle ein Muss-Komma wegzulassen.
„Warum?“
Ich seufze betont gelangweilt. „Weil Du unnötige Fehler vermeidest, wenn Du nicht jedes Mal überlegst, ob das Komma gesetzt werden darf oder muss.“
Natürlich beginnt der nächste Satz meines Gegenübers mit „Aber“: „Aber dann setze ich mehr Kommas als nötig.“
„Das ist mir wurscht. Ihr setzt sie!“, befehle ich mit ausgesucht freundlichem Lächeln.
„Warum?“
Auch mein Ton ist ausgesucht freundlich. „Weil ich es sage!“
Der Gong erspart mir einen neuerlichen Widerspruch meines Gegenübers, das schon zu einem weiteren „Aber“ Luft geholt hat. Normalerweise würde ich jetzt im Lehrerzimmer in Zorn ausbrechen über die Erfinder der Rechtschreibreform. Gemeinsam würde ich mit den Kollegen darüber lamentieren, dass zahlreiche logische Regeln verkompliziert worden sind. Zuerst wollte man bestimmte Kommas abschaffen, dann teilweise wieder einführen, bis man am Ende beschlossen hat, dass einige gesetzt werden dürfen, andere müssen. Wie in aller Welt – so würde ich mich im Chor der Kollegen fragen – soll man das 14-Jährigen begreiflich machen, deren verbale und kognitive Möglichkeiten für die nächsten Jahre auf „Nein“, „Aber“, „Warum“ und „Sie können mir gar nichts“ beschränkt sind?
Heute jedoch tangieren mich absurde Kommaregeln und renitente Jugendliche äußerst peripher. Mein ganz persönliches kognitives Potential ist völlig ausgelastet mit der Tatsache, dass ich nicht nur die ferngesteuerte Autorin, sondern auch Teil der Handlung meines Romans bin. Ich kichere bei diesem Gedanken und betrete das Lehrerzimmer. Eine Kollegin will wissen, was meine Heiterkeit erregt habe.

„Der erweiterte Infinitiv mit zu“, antworte ich und greife nach meinen Zigaretten. Die Blicke, die mir folgen, als ich nach draußen gehe, variieren zwischen irritiert, verständnislos und mitleidig.
Beim Rauchen beschließe ich im Interesse meiner weiteren finanziellen Absicherung, dass ich unbedingt Normalität heucheln muss, auch wenn ich immer irrer werde.
Ich stelle meine Normalität unter Beweis, indem ich mich auf der Konferenz am Nachmittag ausführlich über die neuesten bildungsbehördlichen Vorgaben auslasse. Im Beifall der Kollegen drückt sich aus, dass mir meine wütende Scharade gelungen ist. Einigermaßen beruhigt fahre ich nach Hause.

Abends sitze ich mit meinem künstlerischen Gatten vor dem Fernseher. Wie immer, wenn er sich in Naturdokus ergeht, schweifen meine Gedanken ab. Heute wandern sie zu meinem Identitätsproblem. Da ich jetzt nicht mehr nur Es-gesteuert, sondern auch noch Catharina bin, stellt sich die Frage, wie ich mit diesem Umstand umzugehen habe.
Während mein Mann mit der wunderbaren Welt der Schleimpilze beschäftigt ist, versuche ich, das Problem logisch zu betrachten – wobei mir klar ist, dass genau dieses Problem in die Kategorie „irrational“ fällt.
Fakt ist: Die nunmehr bekannte Entität muss erlöst werden, damit Es (Johannes) Frieden finden kann.
Konsequenz: Ich, die Autorin, muss im zweiten Band in Personalunion mit der Heldin Catharina den Fluch brechen und die uralten Schuldverstrickungen lösen. Das wiederum sollte dazu führen, dass nicht nur Es (Johannes) frei ist, sondern auch ich (Autorin). Denn sollte dieser Wahnsinn tatsächlich einer Logik folgen, wird Es aufhören, mich zu manipulieren, sobald ich sein Problem gelöst habe. Ich bekäme mein Gehirn, mein Ich und damit meine Autonomie zurück. Wobei es natürlich schade wäre, wenn ich auf meine Narrenfreiheit verzichten müsste.
Im Fernsehen teilt der Sprecher gerade mit, dass Schleimpilze eigentlich gar keine Pilze sind. Das, was ich

über den Bildschirm kriechen sehe, erinnert mich vor allem an wandernde Spucke. Ich äußere Ekel.
„Die Natur kann nicht hässlich sein", behauptet der Künstlergatte.
Sofort fällt mir ein ganzer Haufen an hässlichen Naturbeispielen ein, aber ich will meinen Mann nicht in seiner Hingabe an die Pilze und mich nicht bei der Reflexion meines Irrsinns stören.
Momentan ist die Frage wichtiger, wie ich die Romanhandlung fortsetzen muss. Im ersten Band habe ich ganz eindeutig formuliert, dass Catharina mit der Macht der Liebe vorzugehen hat – wie es sich für einen märchenhaften Plot gehört. Da Es sich gegen diese Strategie nicht gewehrt hat, scheint Es einverstanden zu sein.
Mit dieser Erkenntnis bohrt sich ein vollkommen abstruser Gedanke durch meine Synapsen. Da Es offenbar schon früher in der Lage war, über mein Gehirn auch meinen Körper zu manipulieren, ist eine hormonelle Einflussnahme durchaus denkbar. Wenn Es hormonell dafür sorgt, dass ich mich in Es (Johannes) verliebe, ist der Wahnsinn perfekt. Als Catharina liebe ich ihn bereits.
Ich sehe mich genötigt, meinen Gatten nun doch zu stören, weil ich wissen will, ob es wohl ein Problem für ihn darstellt, wenn ich mich in meine eigene Romanfigur verliebe.
Mein Mann reißt sich von den Schleimpilzen los, sodass ich ihm die veränderten Umstände erklären kann. Da ich ganz sicher nicht plane, mit besagter Romanfigur durchzubrennen, sieht er weder in einer untoten literarischen Figur noch in dem Es eine Konkurrenz – zumal er sich längst daran gewöhnt hat, dass er mich mit dem Es teilt. Dieser Umstand kommt ihm ganz grundsätzlich eher entgegen, denn dann kann er ebenso skrupellos seinen eigenen künstlerischen Tätigkeiten nachgehen.
Wir versichern uns, dass wir uns gegenseitig als Geschenk empfinden, einander eigentlich gar nicht verdient haben und schon allein deshalb mit den Gegebenheiten unserer Ehe vollkommen glücklich sind. Nach einem beiderseitigen versichernden Lächeln wendet sich mein Mann wieder seinen

Pilzen und ich mich meinem Romanproblem zu.
Mein Mann mag mit einer hormonellen Einflussnahme durch das Es einverstanden sein, für mich selbst aber wird die Notwendigkeit um so dringlicher, dass niemand in meinem beruflichen Umfeld diesen progressiven Irrsinn bemerkt.
Wahrscheinlich wäre es sinnvoll, im Unterricht Pygmalion zu lesen, denn sicherlich könnte ich einen Plot, in dem sich ein Künstler in sein eigenes Kunstwerk verliebt, besonders überzeugend unterrichten und meinen Irrsinn als Kompetenz tarnen. Aber natürlich stehen weder Ovid noch wenigstens Bernhard Shaw auf der Leseliste des Deutschabiturs. Für meine Belange muss wieder einmal E.T.A Hoffmanns Nathanael ausreichen. Zumindest verliebt der sich in den singenden, tanzenden Roboter Olimpia.
Andererseits wird dieses Problem erst in einigen Wochen evident, denn demnächst brechen sowieso die Sommerferien aus. Aber eins ist klar: Ich werde sie nutzen, um weiterzuschreiben.

Mitten in der Nacht erwache ich, weil ein Satz aus meinem Roman in meinem Kopf Karussell fährt. Es ist der Auftrag, den Catharina im Roman erhält: „Folge Deinem Herzen und es wird mehr als eine Seele befreit." Wie ein Mantra tanzt er in meinem Gehirn im Kreis.
Ich versuche den Tanz zu beenden, indem ich die Wörter des Satzes zähle, dann die Buchstaben. Ich denke den Satz rückwärts und mische die Wörter neu. Zum Schluss analysiere ich das Versmaß – es gibt keines – und zwinge den Satz in Jambus, Trochäus, Daktylus und Anapäst, aber er lässt sich nicht besiegen. Also ergebe ich mich und suche erneut Zuflucht unter den unendlichen Untiefen des Alls. Verzweifelt bitte ich sie um Beistand und blase den Qualm mehrerer Rauchopfer nach oben. Mag es nun das Es, das gnädige Universum oder vielleicht sogar ein Schöpfer sein, der sich amüsieren will – jedenfalls schlägt eine Erkenntnis in den Tanz des Satzes ein: Die Seelen, die Catharina befreien wird, sind nicht nur diejenigen der Romancharaktere.
Eine davon ist meine eigene!

Ich muss schreiben, um *meine* Seele zu erlösen!

Es geht und ging weder beim ersten noch beim zweiten Band jemals um Reichtum, Ruhm oder Veröffentlichung – ja noch nicht einmal um die fünfzehn Probeleser. Die Geschichte muss um ihrer selbst Willen erzählt werden. Solange sie nicht zu Ende erzählt ist, sind ihre Charaktere, Es und Ich in diesem irren Spiel gefangen und aneinander gebunden. Das, worum es von Anfang an ging, ist allein die Notwendigkeit des Schreibens selbst.

Und weil es deshalb keine Rolle mehr spielt, ob ich damit Geld verdiene oder irgendjemand den Roman lesen will, muss ich auch keine Rücksicht mehr darauf nehmen, was bestsellt oder blockbustert. Ich darf mich beim Schreiben allein der Absurdität anvertrauen. Ob dabei Kitsch oder Kunst entsteht, ist ganz und gar egal. Das Ziel ist, mehr als (m)eine Seele zu retten. Und ich werde retten. Darauf gebe ich allen beteiligten Seelen und mir selbst mein Ehrenwort.

Der Roman

II

Er stand am Grab seiner Mutter und betete das Gebet an die Ahnen, das sie ihn in der Sprache ihres Stammes gelehrt hatte. Anschließend verbeugte er sich.
Zeit zu gehen.
Catharina hatte seine Entscheidung nicht einfach hingenommen. Er musste damit rechnen, dass sie versuchen würde, nach ihm zu suchen. Nicht nur in der manifesten Realität des Schlosses und in der ehemaligen Grafschaft. Es stand zu befürchten, dass sie ihre Fähigkeiten nutzen würde, die sie gegenwärtig noch gar nicht abschätzen konnte. Dass es ihr in der letzten Nacht gelungen war, einen weisen Traum zu erzeugen, um ihn davon abzuhalten, sie zu verlassen, zeigte, wie groß ihre Begabung war. Nur weil er sie getäuscht hatte, hatte sie sich der Bewusstlosigkeit hingegeben, sodass er sich heimlich wegstehlen konnte.
Er musste auf der Hut sein. Sie war keine Frau, die sich etwas sagen ließ. Sie hatte ihren eigenen Kopf. Noch nicht einmal, als er ihr mit all der Härte begegnet war, die er ihr gegenüber aufbringen konnte, hatte sie aufgegeben, sondern den Kampf aufgenommen. Sie hatte sich nicht einschüchtern lassen von dem kalten Tyrannen, den sie bis gestern nur aus ihren Alpträumen oder von seinem Portrait gekannt hatte.
Die Wilde Frau.
Und wenn es ihr im Traum nicht gelang, würde in der wachen Realität der Waldfriedhof der erste Ort sein, an dem sie ihn suchte. Hier, am Grab seiner Mutter, war er ihr zum ersten Mal begegnet. Genau hier hatten sie gestanden, als er sich ihr gezeigt hatte. Seitdem waren kaum vier Wochen vergangen. Vier Wochen, die alles verändert hatten. Vier Wochen, in denen er zum ersten Mal in seiner beinahe zweihundertjährigen Existenz wirklich gelebt hatte.
Sie hatte den Untoten zum Leben erweckt. Sie hatte ihm gezeigt, dass er kein Monster mehr war. Durch sie hatte er begriffen, dass er in der Lage war zu lieben. Bei der Erinnerung zog sich sein totes Herz schmerzhaft zusammen und er griff sich an die Brust.
Auch wenn er wusste, dass er nicht länger zögern durfte,

wanderte sein Blick über die indianischen Tiersymbole auf der Stele. In den letzten einhundertfünfzig Jahren war ihm dieser Ort Trost und Fluch zugleich gewesen. Jetzt musste er ihn verlassen. Sein Blick blieb an der Inschrift hängen.

Enola.

Erinnerungen stiegen auf. Seine Mutter, die ihm in ihrer Sprache die Märchen ihres Volkes erzählte. Ihn lehrte, die Geister der Natur zu erspüren. Er hörte, wie sie seinen indianischen Namen aussprach.

Adahy.

Sein deutscher Name war ihr nur schwer über die Lippen gegangen.

Er sah ihr Gesicht vor sich. Ihre feinen, weichen Züge, ihre langen nachtblauen Haare, die ihr in einem schweren Zopf auf dem Rücken lagen. Ihre schwarzen Augen. Ihr Blick, der im Lauf der Jahre, die sie mit seinem Vater im Schloss lebte, immer trauriger und verschlossener geworden war.

Seine Mutter war nie die Gräfin geworden, die sich sein Vater gewünscht hatte. Sie hatte es aus Liebe zu Friedrich von Altenstein versucht, aber sie war immer eine fremde Häuptlingstochter geblieben, Priesterin und Heilerin. Sein Vater hätte sie nicht mitnehmen dürfen in seine mitteleuropäische Welt. Enola war in dieser Welt erfroren.

Die Liebe ist eine der großen Schicksalsmächte, die vom Himmel bis zur Hölle reichen, *hatte Catharina zu ihm gesagt.*

Seine Mutter hatte weder die Liebe ihres Mannes noch die ihres Sohnes oder die Freundschaft zu ihrer Seelenschwester Magdalena Mangold retten können. Sie war bei der Geburt seiner Schwester Friederike gestorben. Alle Heilkünste und Bemühungen Magdalena Mangolds hatten Enola nicht geholfen. Das war der Beginn seines Weges in die Hölle gewesen, aus der ihn erst Catharina nach beinahe zwei Jahrhunderten befreit hatte.

Sätze aus einer Erzählung gingen ihm durch den Kopf. Sie schien ihm aus dem Herzen zu sprechen, wenn er an Catharina dachte:

Ich habe dich von Herzen liebgehabt, das war mein Schicksal,

und wenn es eine Schuld war, so war es meine Schuld. Und noch dazu eine Schuld, deren ich mich, ich muß es dir immer wieder sagen, von ganzer Seele freue, denn sie war mein Glück.
Nicht einmal vier Wochen hatte sein Glück gedauert. Trotzdem würde es ihm die Kraft geben, zurückzukehren in die Isolation. Die Erinnerung würde ihm Wärme sein in der eiskalten, ewigen Hölle, die ihn erwartete, sobald Grete Mangold das Band zwischen ihnen getrennt hätte.
Mit einer letzten Verbeugung riss er sich los und ging zum Ausgang.

Teil I

31. Tag – Samstag

Ich lag in mein Bett gewühlt und wollte sterben. Aber die Realität, die ich zu verlassen hoffte, holte mich ein. Unter mir gab die Matratze nach und eine Hand legte sich auf meinen Rücken. „Nicht einschlafen, Catharina“, murmelte Fridels Stimme.

Großer Gott, konnten sie mich nicht wenigstens jetzt in Ruhe lassen? Welchen Sinn hatte es noch, mich wachzuhalten? Wovor glaubten sie, mich noch schützen zu müssen? Vor meinen Träumen? Nicht einmal Johannes hatte sie aufhalten können. Vor weiteren Visionen? Niemand konnte sie verhindern. Oder wollten sie mich foltern? Mehr Schmerz war nicht möglich. Johannes hatte mich bereits verlassen.

„Was ist denn nur los? Wir fahren jetzt zu Grete und alles wird gut.“ Bennos Stimme.

Fridel und Benno waren völlig arglos. Sie glaubten tatsächlich, dass Grete die Lösung bringen würde, auch wenn sie nicht verstanden, warum. Johannes musste sehr überzeugend gewesen sein.

„Nein.“

„Nein?“, echote Fridel.

„Lasst mich bitte allein!“

Benno setzte sich auf die andere Seite des Bettes. „Ich habe Johannes bei unserer Freundschaft versprechen müssen, auf Dich aufzupassen, bis Du bei Grete bist.“

Mir entfuhr ein bitteres Lachen. Ich saß in der Falle. Fridel und Benno hatten mich eingekreist und Johannes hatte im wahrsten Sinne des Wortes dafür gesorgt, dass es keinen Ausweg gab.

„Ich werde nicht mitkommen.“

„Bitte tu' mir das nicht an, Catharina.“ Fridel seufzte theatralisch. „Benno nimmt seinen Auftrag furchtbar ernst. Du wirst entweder zu Grete gehen oder heute Nacht zwischen Benno und mir in der Besucherritze schlafen, falls Johannes bis dahin

nicht wieder da ist."
Vielleicht sollte ich Benno sagen, dass es nicht nötig war, Fridel zu sexueller Abstinenz zu verdammen. Benno hatte auf eine Freundschaft geschworen, die sowieso beendet war. „Johannes wird nicht wiederkommen."
„Wie kommst du denn auf die Idee? Er kann ohne Dich nicht leben."
Wieder lachte ich hart. Benno wusste gar nicht, wie recht er hatte. „Ich fürchte, genau das ist der Plan. Er hat sich gegen die Liebe und gegen das Leben entschieden."
„Was redest Du? Hast Du wieder Fieber?" Fridel zog mir die Decke weg, unter der ich mich verkrochen hatte. Prüfend betrachtete er mein verheultes Gesicht und fühlte meine Stirn. „Kein Fieber." Er schlug seine Krankenschwesternstimme an. „Du wirst jetzt aufstehen und mitkommen zum Frühstück. Und dann wirst Du uns sagen, was los ist!"
Es war sinnlos, dass ich mich sträubte. Sie würden mich quälen, bis sie alles wussten oder ich vor Grete saß.
Danke, Johannes!
Ich ließ es zu, dass sie mich wieder mit auf die Terrasse nahmen und mich vor einen frischen Kaffee und einen neuen Teller setzten. Fridel rollte sich eine Zigarette. Benno schob mir ein Früchtemüsli hin. „Erzähl!"
Und ich erzählte. Alles. Auf wen sollte ich Rücksicht nehmen? Johannes, der mich verlassen hatte und die Ewigkeit in Isolation verbringen würde? Oder Grete, die uns in irgendwelche kranken Rituale einbinden wollte?
Ich erzählte und heulte und erzählte. Alles, was in der vergangenen Woche geschehen war, begonnen mit meinem Folterkammertraum und dem grauenhaften Ritual, das die schwangere Rosa vor fast genau hundertfünfzig Jahren an Johannes vollzogen hatte. Und vom verzweifelten Einschreiten ihrer Mutter Magdalena.
Schweigend und entsetzt hörten Fridel und Benno mir zu, als sie begriffen, welche Höllen ich durchwandert hatte. Zwar hatten sie miterlebt, dass ich geträumt und dabei fast den Verstand und

mein Leben verloren hatte, aber sie wussten nicht, was in meinem Traum geschehen war.
„Und das alles musstest Du durchmachen, weil Grete sich weigert, mit Euch zu sprechen“, Benno schüttelte fassungslos den Kopf. „Wie kann sie Johannes so sehr hassen?“
„Weil ihre Tochter Elisabeth letztlich wegen all dem gestorben ist“, warf ich ein und erklärte die Zusammenhänge, die Fridel und Benno noch nicht kannten. „Das, was Grete damals auf dem Waldfriedhof ausgegraben hat, waren die Werkzeuge, die Rosa und Magdalena nach diesem barbarischen Ritual dort versteckt hatten.“
Benno sah mich betroffen an und zog die richtigen Schlüsse. „Dann war es dieses Zeug, an dem Grete sich über hundert Jahre später verletzt hat! Deshalb ist ihr ungeborenes Kind gestorben. Was für eine tragische Geschichte.“
Ich nickte. Grete und ihre Tochter waren unschuldige Opfer einer uralten, grauenhaften Verstrickung geworden. Grete hasste Johannes aus Verzweiflung und als Sündenbock.
Ich kam mit meinem Bericht zu Gretes seltsamem Verhalten, seit sie nach ihrem Schlaganfall aus dem Krankenhaus zurück war. Ihre Absenzen und ihr seltsames Gemurmel in der Kräuterküche, in dem mein und Johannes' Name gefallen waren. „Wir haben von Sophie davon erfahren. Johannes ist noch am selben Abend zu Grete aufgebrochen, um herauszufinden, was sie vorhaben könnte.“
Ich erzählte von seiner Entdeckung des Altars in Gretes Kräuterküche, der noch immer auf seine Vollendung wartete, und dem Gefühl der Bedrohung, das Johannes und mich seitdem nicht losgelassen hatte. Zum Schluss beschrieb ich meine Vision des vergangenen Abends, von der Johannes der festen Überzeugung war, dass es sich um eine Zukunftsvision handelte. Und von seiner Befürchtung, dass es nicht meine erste und schon gar nicht meine letzte Vision gewesen war.
„Er ist überzeugt, dass sich in meinen Träumen und Visionen Gegenwart, Vergangenheit und Zukunft verbinden. Johannes glaubt, dass auch Grete Visionen hat und mithilfe der Werkzeuge

aus der Folterkammer ein neues Ritual durchführen oder einen neuen Fluch weben wird. Nur dass es diesmal auch mich treffen soll."

Mit beiden Händen hielt ich mich an meiner Kaffeetasse fest. Sie war wie ein Anker in einer unbegreiflichen Realität, der mich hinderte, in dem Irrsinn zu versinken, den ich zum ersten Mal in all seinen Ausmaßen in Worte packte.

„Johannes kann mich nicht vor meinen Visionen schützen. Schon gar nicht am Tag, wenn er mich nicht berühren kann." Ich schluckte hart. Das Müsli vor mir hatte ich noch immer nicht angerührt. Mit dem Löffel fischte ich eine Rosine heraus.

Als ich nichts mehr sagte, setzte Benno meinen Gedanken fort: „Und zu Deinen Träumen, die die Verstrickungen zwischen ihm und den Mangoldfrauen zeigen, hat er keinen Zugang."

Bevor ich antworten konnte, fuhr mir Fridel dazwischen: „Aber Benno hat ihm doch versprochen, dass wir ihm helfen würden, auf Dich aufzupassen!"

Ich wollte Fridel erwidern, aber die Antwort zerriss mir das Herz. Ich musste den Kloß in meinem Hals mit Kaffee hinunterspülen, um sprechen zu können. „Niemand kann mich schützen, wenn Grete tatsächlich irgendein neues Ritual plant, das nicht nur Johannes, sondern auch mich treffen soll. Aber Johannes glaubt, dass Grete mir in jedem Fall helfen wird, die Verbindung zwischen ihm und mir zu lösen, wenn ich sie darum bitte. Sie hat mich oft genug vor ihm gewarnt und mir ihre Hilfe angeboten. Und wenn die Verbindung gelöst ist, hat sie keinen Grund mehr, auch mich zu verfluchen."

Fridel verstand und sah mich mit einem herzerweichenden Blick an. „Er opfert sich für Dich."

Meine Kehle zog sich wieder zu und ich musste die Worte hervorwürgen: „Es ist noch viel schlimmer. Er ist bereit, sich erneut verfluchen zu lassen, wenn dadurch die Visionen enden und ich in Sicherheit bin." Wieder liefen die Tränen.

Fridel griff meine beiden Hände. „Es tut mir so leid."

„Entschuldige bitte, aber das ist alles, gelinde gesagt, völlig idiotisch!" Zum ersten Mal erlebte ich Benno wütend.

„Herzlosigkeit, Gewalt und dunkle Rituale haben das Ganze in Gang gesetzt. Es ist Schwachsinn, dass noch mehr Flüche das Leid beenden!“ Er stand auf und begann geräuschintensiv das Geschirr zusammenzusammeln. „Bitte iss das!“ Er zeigte auf mein Müsli. Immerhin kleidete er seine Befehle in höfliche Formulierungen.
Widerwillig rührte ich im Essen. Mein Magen war aus Holz. Benno knallte das Besteck auf ein Tablett. „Warum hat er nicht mit mir gesprochen? Ich hätte ihm seinen blödsinnigen Edelmut schon ausgeredet!“
„Glaubst Du nicht, dass ich das versucht habe?“, fragte ich leise.
Benno hörte mir gar nicht zu, sondern setzte seinen Zornausbruch fort: „Er hat mir selbst gesagt, dass er durch Dich lebendig geworden ist und seine Verantwortung gegenüber den Mangoldfrauen tragen muss.“ Mit einem Scheppern stellte Benno die Frühstücksteller neben das Besteck. „Wie will er jahrhundertealte Verstrickungen auflösen, wenn er davonläuft?“
„Er will mich vor Grete schützen.“ Ich schluchzte. „Bei ihr laufen alle Fäden zusammen.“
Benno, der gerade im Begriff gewesen war, die Kaffeekanne auf das Tablett zu schmettern, hielt mitten in der Bewegung inne und sah mich ungläubig an. Man hörte, dass er um Geduld rang, als er sagte: „Nimm mir meine Offenheit nicht übel, Catharina. Aber Ihr seid beide blind. Nicht Grete ist der Schlüssel zur Lösung, sondern Du.“
Diesmal protestierte ich laut. Grete war diejenige, die alle Hintergründe kannte und Johannes hätte helfen können. Die aber stattdessen aus Schmerz und Bitterkeit für neue Komplikationen sorgte und verhinderte, dass die fatale Verbindung zwischen ihren Vorfahrinnen und Johannes endlich gelöst wurde.
Benno winkte rüde ab. „Grete ist genauso Teil des Problems wie Johannes. Sie hängt mit Johannes und all den anderen in einem Netz und zappelt. Du, Catharina, hast die zentrale Rolle. Du bist das Medium, das im wahrsten Sinne des Wortes die alten und die zukünftigen Verstrickungen sieht. Befreien müssen sie sich selbst, aber Du kannst ihnen helfen.“ Benno hatte das Tablett

voll und stapfte in Richtung Terrassentür.
„Und wie?“
Er drehte sich noch einmal um. „Du bist Psychologin. Also, Frau Psychologin: psychologisieren Sie!“ Damit verschwand er in der Küche.
Folge Deinem Herzen und es wird mehr als eine Seele befreit. Aber was sagte mein Herz? Es tat weh. Es war verletzt. Wie sollte ich Seelen befreien, wenn ich doch selbst emotional stark beteiligt, wenn nicht sogar mit verstrickt war?
„Sei ihm nicht böse.“ Fridel strich mir eine Träne von der Wange. „Benno ist enttäuscht. Er hätte erwartet, dass Johannes mit ihm spricht, statt einfach zu verschwinden.“
Gemeinsam räumten wir die Reste des Frühstücks auf und ich spülte das Geschirr mit der Hand. Die Banalität der Tätigkeit wirkte beruhigend. Als ich fertig war, wollte ich mich verabschieden. Da Benno Johannes‘ Entscheidung für falsch hielt, konnte er schlecht an seinem Überwachungsversprechen festhalten. Und schon gar nicht an dem unsinnigen Wunsch, dass ich zu Grete ging, um neue Rituale zu feiern. Aber ich hatte mich getäuscht.
„Du wirst nicht allein in Deiner Wohnung sitzen.“
„Wie willst Du das verhindern? Willst Du mich hier anketten?“
Ich wollte allein sein. Ich wollte mich in meinem Kummer eingraben.
Ohne Bennos Antwort abzuwarten, nahm ich den Weg durch die Terrassentür zurück in meine Wohnung und schloss von innen ab. Sollten sie doch versuchen, mich aufzuhalten. Blöderweise hatte ich nicht einberechnet, dass Fridel noch immer meinen Wohnungsschlüssel hatte. Benno benutzte ihn und setzte sich zu mir aufs Sofa, auf dem ich mich gerade dem heulenden Elend hingeben wollte. Ich hatte noch nicht einmal die Kraft, den Schlüssel zurückzuverlangen. Wahrscheinlich hätte er ihn mir sowieso nicht gegeben.
„Ich verstehe, dass Du niemanden sehen willst. Aber ganz egal, ob ich Johannes‘ Entscheidung für falsch halte, hat er doch recht damit, dass Du wegen dieser Visionen unter Beobachtung

bleiben musst." Er sah mich einigermaßen hilflos von der Seite an.
Als ich nichts sagte, sprach er weiter: „Im Übrigen finde ich, dass Du tatsächlich mit Grete sprechen musst. Nicht um neue Flüche zu produzieren, sondern um sie davon abzuhalten. Du musst ihr sagen, was Du gesehen hast. Es wird Zeit, dass endlich offen über alles gesprochen wird. Ich hab' es ernst gemeint, als ich gesagt habe, Du sollst psychologisieren."
Wieder wartete Benno auf meine Antwort. Beinahe tat er mir leid. Aber ich wollte doch nichts als meine Ruhe. Schweigend starrte ich auf meine Hände.
„Catharina, bist Du überhaupt noch bei mir?" Benno zog mich an der Schulter zu sich herum, sodass er mir ins Gesicht sehen konnte, und seufzte erleichtert, als ich ihn ansah. „Gott sei Dank, ich dachte schon, Du wärst wieder abwesend."
Ein Tränchen tropfte. „Es tut weh. Ich brauche Zeit. Ich kann jetzt keine Entscheidung treffen."
Benno strich mir eine Locke aus dem nassen Gesicht. Nachdem er mich einen Moment lang nachdenklich angesehen hatte, machte er einen überraschenden Vorschlag. „Ich kann Dich nicht allein in Deiner Wohnung sitzen lassen. Aber wenn es Dir hilft, geh nach draußen. Versprich mir, dass Du auf dem Schlossgelände bleibst, wo Menschen in der Nähe sind. Vermutlich werden Touristen da sein, weil das Gelände und die Kapelle offen sind für Besucher. Das Wetter lädt zum Spazierengehen ein."
Mir war klar, dass Benno mit diesem Angebot schon weit über seinen Schatten gesprungen war. Mehr Freiheit würde er mir nicht zugestehen. Ich nickte. Zumindest würde ich draußen nicht das ständige Gefühl von Überwachung haben. Auf Bennos Bitte hin steckte ich mein Handy ein und nahm auch noch meinen tragbaren CD-Player mit. Benno sah mich fragend an.
„Um die Außenwelt auszublenden", erklärte ich und er lachte.
„Warum schleppst Du diesen Backstein mit, wenn Du ein Smart-Phone hast?" Damit stöpselte Benno meine Kopfhörer in mein Telefon und zeigte mir, wie ich über das Netz jede erdenkliche

Musik hören konnte.
Mein Herz zog sich gequält zusammen. Genau das hatte mir gestern Abend Johannes am Rechner zeigen wollen. Gestern, als noch alles anders war…
Ich verdrängte den Gedanken und steckte das Handy in die Jackentasche. Nachdem mir Benno das Versprechen abgenommen hatte, mich in halbstündigem Takt zu melden, floh ich endlich nach draußen.

Das friedliche Bild, das sich mir bot, schlug mir hämisch ins Gesicht. Einzelne Schülergrüppchen saßen auf dem Rasen in der Sonne und genossen die herbstliche Wärme. Überall liefen staunende Spaziergänger herum. Ich hatte das Gefühl, weit und breit der einzige unglückliche Mensch zu sein.
Verzweifelt suchte ich nach einem Platz, an dem ich allein sein konnte, aber nicht unbeobachtet war. Keinesfalls wollte ich Bennos Vertrauen missbrauchen. Mein Blick fiel auf die Kapelle. Ich hatte sie noch nie von innen gesehen. Dort würden genügend Menschen sein. Trotzdem würde mich sicher niemand ansprechen, wenn ich mich in irgendeine Ecke zurückzog. Es wäre grob unhöflich, mich in meiner Andacht zu stören.
Die Kapelle bestand aus einem einzigen großen, quadratischen Raum. Der typische Kirchengeruch nach feuchten Steinwänden und Holz lag in der Luft. Durch hohe Fenster fiel die Oktobersonne.
Ich setzte mich in eine Ecke in der letzten Reihe unter der Empore und versuchte die Besucher auszublenden, die durch die Kapelle streiften. Selbst wenn sie sich nur flüsternd unterhielten, hallten die Stimmen trotzdem an den Steinwänden wider. Ich zog das Handy aus der Tasche und steckte mir die Kopfhörer in die Ohren. Wie es mir Benno gezeigt hatte, öffnete ich die Musik-App. In einem Anfall von Masochismus tippte ich mithilfe von Bennos Notizzettel die Daten des Musikstücks ein, das ich gestern Abend mit Johannes hätte hören wollen. Das Stück, das er sich ausgesucht hatte für unseren banal-normalen musikalischen Abend. Normalität hatte ich spielen wollen, wohl

wissend, dass es für mich keine Normalität mehr gab. Nie wieder geben würde.
Ich zog ein Taschentuch aus der Jacke und wischte so unauffällig wie möglich die Tränen ab. Dann stützte ich die Ellbogen auf die Knie und beugte mich wie zum Gebet nach vorn. Niemand würde mich ansprechen, wenn ich in dieser Haltung verharrte. In der Erwartung der endgültigen, ultimativen Qual des Verlusts spielte ich Vaughan Williams‘ *Fantasia on a Theme by Thomas Tallis* ab. Doch es passierte etwas Unerwartetes.
Nach und nach füllten Streicher mein Bewusstsein, die mich aus der Außenwelt zogen und in einem an- und abschwellenden Meer von Klängen versinken ließen. Es war, als sprächen die Instrumente miteinander und mit mir. Manchmal sprach nur eines, manchmal mehrere, manchmal redeten sie gemeinsam. Einzelne Töne näherten sich mir vorsichtig von ferne, um meinen Geist im Anwachsen der Musik warm und tröstlich zu umhüllen, sich dann aber aus der Klangfülle zögerlich zurückzuziehen, bis sie fast unhörbar wurden. Mir schien, als schöpfte die Musik bei ihrem Rückzug neue Kraft, um sich wieder zu nähern, mich mit ihrer Sanftheit und Melancholie erneut einzuhüllen und meinen Geist nach und nach zu besänftigen.
Ich hörte das Stück einmal, dann noch einmal und ein drittes Mal. Nichts änderte sich an meinem Schmerz, wohl aber an meiner Bereitschaft, ihn anzunehmen. Zum vierten Mal hörte ich die *Fantasia.* Diesmal ließ ich mit dem An- und Abschwellen der Musik den Schmerz kommen und gehen. Mit der Klangfülle traf mich der Schmerz. Ich ertrug, dass es mir mit der Schwermut der Musik das Herz zerriss, bis die Klänge abebbten und die Qual mitnahmen, um mit neuer Kraft zurückzukehren. Lautlos ließ ich die Tränen auf den Steinplatten unter mir kleine Pfützen bilden. Niemand schien auf mich zu achten, niemand störte mich.
Beim fünften Hören war ich bereit, die Entscheidung zu akzeptieren, die Johannes getroffen hatte. Er hatte mich aus Verantwortungsgefühl verlassen und das getan, was ihm für alle Beteiligten als besten Weg erschien – mochte ich es auch für

noch so falsch halten. Was ich aber auf keinen Fall tun würde, war das, was er von mir verlangt hatte. Ich würde nicht zu Grete gehen, um sie zu bitten, das mystische Band zwischen uns zu trennen. Definitiv und unwiderruflich würde ich an keinem magischen Ritual teilnehmen, wozu es auch immer dienen mochte.

Wenn ich seit meinem Erlebnis in der Folterkammer eins wusste, dann dass ich nicht mit Mächten herumspielen würde, die das menschlich Fassbare überstiegen. Weder zum Bösen noch zum Guten. Noch immer galt mein Vorsatz der letzten Nacht: Ich würde Johannes nicht der Hölle überlassen, ob er nun bei mir war oder nicht. Und ich wollte mehr als eine Seele befreien. Aber dazu würde ich die einzige Macht nutzen, die mir zur Verfügung stand.

Die Liebe verträgt alles. Sie hofft alles. Sie glaubt alles. Sie duldet alles. Und sie war diejenige Schicksalsmacht, die vom Himmel bis in die Hölle reichte. Was auch immer passierte, ich würde sicherstellen, dass ich aus Liebe handelte. Den Rest überließ ich dem Schicksal.

Auch diesmal kam mit meiner Entscheidung die Hoffnung zurück.

Inzwischen saß ich seit beinahe zwei Stunden in der Kapelle. Noch immer kamen und gingen die Besucher.

Nachdem ich die vierte SMS an Benno geschickt hatte, sah ich mich zum ersten Mal genauer um. Ich stand von meinem Platz auf, um zum Altar zu gehen, der sich direkt gegenüber dem Eingang befand und mit einem schlichten Holzkreuz zwischen zwei großen Altarkerzen und einer schweren, uralten, aufgeschlagenen Bibel ausgestattet war. Im Näherkommen erkannte ich, dass der Altar aus einem großen Holztisch bestand, über den ein weißes, bodenlanges Altartuch ausgebreitet war. Über dem Tuch hing nach vorn und hinten bis auf den Boden ein langer, teppichartiger Läufer in der Breite des Altars. Die Vorderseite zeigte goldene Ähren auf grünem Grund.

Plötzlich hatte ich ein seltsames Gefühl, als müsse ich mich an irgendetwas erinnern. Irgendetwas in mir behauptete, dass ich

diesen Läufer schon einmal gesehen hatte. Doch das war unmöglich. Seit ich auf Altenstein war, hatte ich die Kapelle nie betreten. Je mehr ich versuchte, die diffuse, schemenhafte Erinnerung zu fassen, die der Altar auslöste, desto ungreifbarer wurde sie und desto verworrener wurden meine Gedanken. Bevor mein Kopf vom Denken platzte, wandte ich mich ab. Es war wie mit Namen, die einem nicht einfallen wollten. Man erinnerte sich dann, wenn man gar nicht darüber nachdachte.
Ich lenkte mich ab, indem ich langsam durch die Kapelle ging. Überall hingen Epitaphe an den Wänden und auch zwischen den Steinplatten des Fußbodens waren Grabplatten eingelassen. Alle waren mit dem Wappen der Altensteins geschmückt, das sich überall in der Kapelle wiederfand. In den Schnitzereien des Gestühls oder als Verzierung über den Fenstern.
An der Wand, die die Kapelle mit dem Schloss verband, befand sich eine Tür. Wahrscheinlich lag dort der Eingang zur Krypta, denn es gab keine weiteren Türen in der Kapelle. Mein Blick fiel auf zwei Bilder, die dem Altar gegenüber an der Empore hingen. Das eine zeigte einen Säugling, der auf einem grünen Kissen lag. Der Körper war in der in früheren Zeiten üblichen Weise in ein weißes Tuch gewickelt, das mit einer Seidenschleife zusammengebunden war. Auf dem Köpfchen trug das Baby ein spitzenbesetztes Häubchen. Es war zu jung, als dass man hätte erkennen können, ob es sich um einen Jungen oder ein Mädchen handelte. Anders bei dem Gemälde daneben.
Hier handelte es sich eindeutig um ein Mädchen. Seine blonden Haare waren zu Zöpfen geflochten, die ihm über die Schultern gelegt waren. Das Mädchen trug ein weißes Kleid, das mit einer schwarzen Schärpe gebunden war. Es hatte die Hände auf der Brust gefaltet.
Beide Kinder schienen friedlich zu schlafen, nur dass sie nicht schliefen, sondern tot waren. Offensichtlich hatte man sie auf dem Totenbett gemalt und vermutlich lagen sie unten in der Krypta. Erst jetzt wurde mir bewusst, dass die ganze Kapelle auf Tod und Vergänglichkeit zu verweisen schien.
„Ganz schön morbide, oder?“

Ich fuhr herum. Fridel stand neben mir. Er wollte mich abholen. „Wir wollen ins Dorf fahren und uns den Markt anschauen."
„Hab' ich eine Wahl?" Mir war nicht nach einem Dorfevent.
„Du kannst hier bleiben, aber ich fürchte, Benno wird sicherstellen, dass Du unter Aufsicht bist." Prüfend sah er mich an. „Ich finde, Ablenkung könnte Dir gut tun. Du siehst ziemlich verquollen aus."
Langsam und eher widerwillig folgte ich ihm Richtung Schloss.
„Wie lange wollt Ihr mich überwachen?"
Fridel seufzte. „Solange es nötig ist. Benno glaubt, dass irgendetwas passieren wird. Er hat ‚so ein Gefühl'." Fridel zeichnete Gänsefüßchen in die Luft. „Schon allein deshalb wird er Dich nicht in Ruhe lassen."
Anscheinend spürte inzwischen auch Benno diese dunkle Bedrohung. Johannes' Weggang hatte nichts an der Spannung geändert, die in der Luft lag. Ich atmete tief durch gegen die Enge in meiner Brust. „Also doch die Besucherritze. Das tut mir leid für Dich, Fridel."
„Mach' Dir keine Sorgen. Ungewöhnliche Umstände fordern ungewöhnliche Maßnahmen." Ein versonnenes Lächeln huschte durch Fridels Bart. „Benno kann sehr kreativ sein." Mein Nachbar zwinkerte mir zu.
Ich musste tatsächlich lächeln. Was sollte das werden? Ein flotter Dreier? „So gern ich Euch mag, aber ich stehe nicht zur Verfügung!"
Aus Fridels versonnenem Lächeln wurde ein süffisantes Grinsen. „Keine Angst. Du bist nicht in Gefahr." Inzwischen waren wir auf der Terrasse angekommen und mein Nachbar hatte begonnen, eine Zigarette zu basteln. „Benno mag im Moment etwas angefressen wegen Deines Angebeteten sein, aber er wildert nicht in fremdem Revier." Fridel steckte die Kippe an und inhalierte tief.
Benno war durch die offene Terrassentür getreten und stellte sich zu uns. Er legte mir einen Arm um die Schultern. „Geht's besser?"
Ich nickte. „Johannes hat seine Entscheidung getroffen." Der

Satz würgte mich im Hals. „Ich werde sie akzeptieren, aber nicht gehorchen." Ich erzählte von meinem Beschluss.
„Was wirst Du tun?"
„Nichts. Ich werde es dem Schicksal überlassen, was passiert."
Fridel qualmte aus dem Mund, als er ungläubig fragte: „Du willst ihn gehen lassen?"
„Was geschehen soll, wird geschehen, hat mir Johannes' Schwester Friederike in einem Traum gesagt." Ich sah von einem zum andern. „Die Vernunft vermag das Schicksal nicht zu besiegen, hat Johannes selbst gesagt."
Fridel verzog das Gesicht. „Wir sprechen noch immer von dem Johannes, der gerade versucht, vor dem Schicksal davonzulaufen – aus scheinbar vernünftigen Gründen?"
Benno wiegte nachdenklich den Kopf. „Wenn Friederike recht hat, gehört Johannes' unsägliche Entscheidung vielleicht auch zu dem, was geschehen soll."
„Vorsehung?" Fridel schnaubte und blies dabei Rauch aus der Nase.
„Göttlicher Wille?", fügte ich bitter hinzu. Wenn ich die theologisch-philosophische Seite jetzt auch noch mit bedenken sollte, würde mein Schädel explodieren. Ich seufzte und ergab mich in mein Schicksal oder die Vorsehung oder den göttlichen Willen. „Lasst uns auf den Markt fahren."

Der Markt, der rund um die Kirche stattfand, erwies sich als irgendetwas zwischen Kram- und Wochenmarkt. Es gab alles. Von landwirtschaftlichen Erzeugnissen und Fressbuden über Kurzwaren, Kleider und Schmuck bis hin zu Töpfereiprodukten, biologisch-dynamisch-pädagogisch-hochwertigem Holzspielzeug und albernen Dekoartikeln.
Wir schlenderten zwischen den Buden umher und Fridel und Benno futterten sich durch das reichhaltige Nahrungsangebot. „Wir schaffen die Grundlage für später. Das solltest Du auch tun", erklärte Fridel, als sie sich an einer Crêpesbude anstellten, nachdem sie bereits Currywurst, Fischbrötchen und kandierte Früchte gegessen hatten.

„Ich habe nicht vor, mich zu betrinken, wenn Schüler anwesend sind.“ Trotzdem bestellte auch ich einen Crêpe. Beim Frühstück hatte ich nur im Müsli gestochert, statt es zu essen. Wenn ich so weitermachte, würde ich demnächst Gullydeckel meiden müssen, aus Angst durch die Schlitze zu rutschen. Beim Versuch, die passenden Kleider für den Event auszusuchen, hatte ich ein weiteres Mal frustriert zu weiten Hosen gegriffen, um meine Klapperfigur zu kaschieren. Bald würde ich in der Kinderabteilung einkaufen und meine BHs entweder mit Taschentüchern aufpolstern oder doch noch Push-ups anschaffen. Schmerzlich drängte sich mir die Frage auf, für wen ich das tun sollte. Ich schob sie weg.

Fridel und Benno wollten den Marktbesuch gleich in den Scheunentanz übergehen lassen, da die Kapelle bereits am frühen Abend zu spielen beginnen würde. Beide hatten sich ordentlich in Schale geworfen. Fridel trug zwar kein Dirndl, wie wir gestern noch überlegt hatten, wohl aber ein leinenes Trachtenhemd mit passendem Sakko, was ihn endgültig in Reinhold Messner verwandelte.

Benno hatte seine Drohung wahr gemacht und die Biker-Hose zu einem weißen Hemd angezogen, eine Lederjacke hatte er lässig über eine Schulter geworfen. Fridel hatte nicht übertrieben. In diesem Aufzug war Benno der Fleisch gewordene Angriff auf die Moral sämtlicher Frauen, an denen er vorüberschlenderte, und möglicherweise auch einiger Männer. Als er an der Crêpesbude seine Bestellung aufgab, hatte ich echte Befürchtungen, dass die Bedienung in den Teig sabbern würde, starrte sie ihn doch sekundenlang mit offenem Mund an.

Fridel aber legte seinem Liebsten demonstrativ eine Hand auf den wirklich exquisiten Hintern und zog Benno an sich. Das Gesicht der Frau zeigte zuerst Irritation, dann schockiertes Begreifen, um gleich darauf die Farbe der Erdbeermarmelade anzunehmen, die sie auf Bennos Crêpe strich.

Inzwischen hatte ich mich damit abgefunden, auch noch den Abend mit meinen Nachbarn zu verbringen, denn es blieb dabei – solange die Situation nicht geklärt war, stand ich unter

Überwachung. Und falls Benno recht hatte mit meiner Rolle in diesem Netz, war auch das Thema „mit Grete reden“ noch nicht vom Tisch.
Während ich meinen Crêpe aß, legte ich mir darüber Rechenschaft ab, dass ich mich vielleicht in realer Gefahr befand und nicht mit Grete zu sprechen möglicherweise leichtsinnig war. Vielleicht gehörte „mit Grete sprechen“ in die Abteilung „was geschehen soll, wird geschehen“. Andererseits konnte aber auch gerade die Entscheidung, *nicht* mit Grete zu sprechen, das sein, was geschehen sollte. Das bedeutete aber doch, dass es gleichgültig war, wie ich mich entschied. Jede Entscheidung konnte richtig sein – oder falsch.
Meine Gedanken rannten im Hamsterrad. Wieder einmal versuchte ich, den Irrsinn mit dem Verstand zu lösen – oder das Schicksal mit Vernunft zu besiegen.
Gleich zwei Stimmen meldeten sich zu Wort. *Folge Deinem Herzen und es wird mehr als eine Seele befreit*, hörte ich Friederike. Den Ausschlag aber gab ein Satz Fridels, den er mir vor einer gefühlten Ewigkeit gesagt hatte, als es noch um meinen alten Stalker ging: *Deine Intuition ist beneidenswert. Dein hervorragendes Bauchgefühl ist eine Gabe, die Dir das Leben gerettet hat!*
Aber etwas in mir behauptete, dass ich noch abwarten sollte. Darin stimmte dieses Etwas mit Bennos Gefühl überein – ebenso wie in der Wahrnehmung der sich verdichtenden Atmosphäre. Ich konnte nur hoffen, dass mir dieses Bauchgefühl auch diesmal das Leben oder sogar meine Seele rettete und dann noch dabei half, gleich mehrere andere Seelen zu befreien.
Was hatte Altenstein aus mir gemacht? Ein bauchgesteuertes Medium, das für die Lebenden und die Toten psychologisierte?
Hatten sich das Schicksal, die Vorsehung, die Götter oder wer auch immer nur ein einziges Mal Gedanken über *meinen* Seelenfrieden gemacht, wegen dem ich ja eigentlich hierher gekommen war?
Eigentlich!
Gedankenversunken war ich hinter Fridel und Benno

hergelaufen. Ohne dass ich es bemerkt hatte, waren wir vor dem Kirchenportal angekommen. Meine Begleiter wollten sich die Kirche von innen ansehen, schon wegen der traditionellen Ernte-Dank-Deko.

Die Kirche bestand aus einem schlichten Langhaus ohne Seitenflügel und Chorraum. Beiderseits des Mittelgangs standen Bankreihen. Die Orgel befand sich auf einer Empore über dem Eingang. Der wuchtige Altar aus rotem Sandstein stand gegenüber auf einer steinernen Erhöhung. Auch über diesen Altar war wie in der Kapelle auf Altenstein ein weißes Altartuch gebreitet mit dem gleichen grünen, teppichartigen Läufer, den goldene Ähren zierten. Ganz anders als auf Altenstein jedoch gab es hier keinen einzigen Hinweis auf das gräfliche Wappen. Wenn ich mich richtig erinnerte, war die Kirche erst nach dem Aussterben des Grafengeschlechts gebaut worden.

Links und rechts des Altars waren Körbe mit Obst, Gemüse, Blumen und allen möglichen Feldfrüchten aufgebaut. In der Mitte der Kirche hing eine Erntekrone von der Decke herab, wahrscheinlich diejenige, die Grete geflochten hatte. Die besondere Aufmerksamkeit aller Besucher, die sich gerade in der Kirche befanden, galt jedoch der Fläche vor dem Altar. So groß wie mein Wohnzimmer lag dort etwas auf dem Boden.

„Sieht aus wie ein buddhistisches Mandala“, flüsterte Benno.

Im Näherkommen erkannte ich, dass es tatsächlich ein riesiges, buntes Mosaik war, dessen Zentrum ein Bibelzitat bildete. „Solange die Erde steht, sollen nicht aufhören Saat und Ernte.“

Erst als wir direkt davor standen, sah ich, dass das Mosaik selbst aus den unterschiedlichsten Saaten hergestellt war. Ich identifizierte grüne Erbsen, rote Bohnen, Mais, Weizen, Kürbiskerne, Haselnüsse und vieles, das ich nicht kannte. Die Schrift bestand aus schwarzen Sonnenblumenkernen. Den äußeren Rahmen bildeten Brotlaibe, den inneren getrocknete Lavendelblüten und Strohblumen. Ein Schild verwies darauf, dass es sich um ein traditionelles Kunstwerk der Landfrauen handelte.

Vielleicht waren es dieselben, die Benno und Johannes gestern aus Gretes Haus hatten kommen sehen. Möglich, dass sie an diesem Abend das Brot gebacken hatten, das jetzt hier auf dem Boden lag. In jedem Fall mussten sie stundenlang auf den Knien vor dem Altar herumgerutscht sein, um dieses aufwendige...

Vor meinem inneren Auge stieg jäh ein Bild auf. Grete, die unter einem Teppich durchkroch, der von irgendetwas herunterhing. Dunkel kam die Erinnerung an einen Traum zurück, den ich irgendwann in der letzten Woche gehabt hatte. Ruckartig drehte ich mich dem Altar zu.

Der grüne Läufer! Eindeutig. Er konnte der seltsame Teppich sein, den ich gesehen hatte.

Möglichst unauffällig, um Fridel und Benno nicht misstrauisch zu machen, schlenderte ich zum Altar und umrundete ihn. Ganz sicher war Grete nicht hinter diesen Teppich gekrochen. Es sei denn, sie war in der Lage, durch Stein zu gehen.

Dann kam ein weiteres Bild zurück: ein Tisch! Ein Eichentisch!

Plötzlich war alles klar. Mein Gefühl vorhin in der Kapelle, als ich vor dem Altar von Altenstein gestanden und geglaubt hatte, mich an irgendetwas erinnern zu müssen. Jetzt fügte es sich zusammen. Der Altar auf Altenstein war riesig und tischartig. Bei ihm war es überhaupt kein Problem unter dem grünen Läufer hindurchzukriechen.

War es möglich, dass unter dem Altar von Altenstein das versteckt war, was Grete für ihr neues Ritual brauchte?

Konnte es sein, dass sie die grausamen Werkzeuge aus der Folterkammer ausgerechnet in einer Kirche vergraben hatte?

Andererseits, warum nicht? Bevor Grete sie in die Kapelle gebracht hatte, hatten sie auf dem Waldfriedhof unter dem Kreuz gelegen. Vielleicht hatten schon Gretes Ahninnen gehofft, das Böse auf diese Weise bannen zu können.

Johannes' Vermutung war richtig gewesen. Ich hatte eine weitere Vision gehabt. Nur dass es ein Traum gewesen war!

Meine Gedanken begannen wieder zu rasen. Grete konnte den Sack jederzeit holen. Es stellte sich die Frage, warum sie es nicht längst getan hatte. Ich mochte wetten, dass sie als Einheimische und bekannte Dorfgröße Zugang zum Schlüssel der Kapelle

hatte. Sicherlich besaß Ede Brunner, der Hausmeister, einen, den er ihr ausleihen konnte. Aber möglicherweise hatte Johannes auch hier recht und sie wartete tatsächlich auf irgendetwas, das nichts mit dem Erntedankfest zu tun hatte.
Auf jeden Fall musste ich ihr zuvorkommen. Wenn sie die Werkzeuge nicht hatte, konnte sie auch kein Ritual durchführen und sowohl Johannes als auch ich waren in Sicherheit. Noch heute würde diese nervtötende Überwacherei ein Ende haben. Das Liebesleben meiner Nachbarn wäre gerettet und … meins auch. Johannes würde zurückkommen. Mein Herz machte einen hoffnungsvollen Sprung.
Ich musste zum Schloss.
Sofort.
An der Kapellentür hatte ein Hinweis gehangen, dass die Kapelle an diesem Wochenende jeweils von 9 – 18 Uhr geöffnet war. Ich hatte etwas mehr als eine Stunde.
Suchend sah ich mich nach Benno und Fridel um, um ihnen Bescheid zu sagen. Ich fand sie vor dem Eingang. Sophie stand bei ihnen, Tim im Schlepptau. Als ich zu ihnen kam, hörte ich gerade Sophie begeistert davon erzählen, wie sie heute Morgen dabei geholfen hatte, das Mosaik fertigzustellen. Sie war bei Grete gewesen, als die Dorffrauen gekommen waren, um die Brote abzuholen, die sie für den Rahmen des Mosaiks brauchten. Jede Hilfe war willkommen, denn man war mit der Fertigstellung des Kunstwerks in Verzug.
„Wo ist Frau Mangold jetzt?“, unterbrach ich rüde Sophies Redeschwall und erntete dafür einen irritierten Blick ihrerseits.
„Sie hat Dienst am Stand des Landfrauenvereins. Lässt sie sich nicht nehmen.“ Wieder geriet Sophie ins Plaudern. Sie erzählte, wie Grete in den letzten zwei Tagen aufgeblüht war, weil die Dorfleute sie in die Vorbereitungen des Festes einbezogen hatten. „Mit denen kann sie die ganze Zeit im Dorfslang reden. Das funktioniert besser als Hochdeutsch. Vielleicht war sie Anfang der Woche so angepisst, weil sie Angst hatte, ausgeschlossen zu sein. Heute Abend geht sie jedenfalls mit Ede zum Tanz, obwohl sie beim Laufen noch humpelt.“

Ich schöpfte Hoffnung. Grete würde mir nicht in die Quere kommen – eine Chance, die ich unbedingt nutzen wollte. Jetzt musste ich es nur schaffen, Fridel und Benno irgendwie begreiflich zu machen, was passiert war, und dass ich so schnell wie möglich zum Schloss zurück musste.
Blöderweise war Sophie in ihrer Begeisterung nicht zu bremsen. Sie hörte nicht auf zu erzählen, wie toll sie das alles fand, weil das Dorf ihrer Meinung nach eine große Familie war. Benno wiederum stieg auf ihre verbalen Ergüsse ein und berichtete von seinen Erfahrungen in irgendwelchen kasachischen Dörfern, in denen tatsächlich alle miteinander verwandt waren.
Ich stöhnte innerlich. Es ging um nichts weniger als meine unsterbliche Seele und mein Liebesglück und die drei unterhielten sich über inzestuöse Dorfstrukturen! Aber in Gegenwart von Sophie und Tim konnte ich schlecht konkret werden.
„Ich muss mal dringend raus, ein Klo suchen", erklärte ich in einem Akt kopfloser Verzweiflung und stürzte aus der Kirche, bevor irgendjemand reagieren konnte. Entweder würde ich jetzt ein Taxi finden oder ich musste zum Schloss laufen.
Natürlich fand ich kein Taxi und konnte auch keins rufen, weil mein Handy zu Hause in der Jacke steckte, die ich in der Kapelle angehabt hatte. An der Bushaltestelle, an der ich vorbeilief, gab ein Schild Auskunft, dass der Bus in knapp einer Stunde fuhr und um sechs auf Altenstein ankam. Das war mir zu spät. Ich würde die fünf Kilometer zu Fuß gehen und lief los. Das einzige, woran ich denken konnte, war die Vorstellung, dass schon in einer Stunde die Gefahr vorüber sein würde und Johannes zurückkommen konnte, ohne dass auch nur ein einziger neuer Fluch ausgesprochen worden war. Das trieb mich an und ließ mich alles andere vergessen, selbst meine schmerzenden Füße in den zwar bequemen, aber für Wanderungen untauglichen Schuhen.
So schnell es meine untrainierte Lunge zuließ, eilte ich auf dem Fahrradweg neben der Hauptstraße in Richtung Altenstein. Ich war gut in der Zeit. Benno und Fridel würde ich von zu Hause

aus anrufen, sobald ich die Werkzeuge hatte und vermelden konnte, dass die Gefahr vorüber war. Dann gab es auch keinen Grund mehr, wütend auf mich zu werden. Sie würden sich einfach mit mir freuen.
Japsend ächzte ich den steilen Weg zum Schloss hinauf, ermutigt von Phantasien über mein Wiedersehen mit Johannes. Die Frage, wie ich ihn überhaupt zurückholen sollte, verdrängte ich. Ebenso den Gedanken, was mich in der Kapelle erwartete. Ob ich genug Zeit hatte, unter den Altar zu kriechen, bevor die Kapelle schloss. Oder ob Besucher dort sein würden, die jegliche Aktion meinerseits unmöglich machen würden. Wenn ich mir über eins sicher sein konnte, dann dass ich gegenwärtig ausschließlich aus dem Bauch heraus und aus Liebe handelte.

Schweißgebadet, aber gerade noch in der Zeit kam ich auf Altenstein an. Meine Füße hatten mich zum Schluss aufgehalten und fühlten sich an wie die von Aschenputtels Stiefschwestern. *Rucke di guh, Blut ist im Schuh.*
Ich humpelte zur Kapelle. Es war Punkt sechs, aber die Tür war noch offen. In der Kapelle standen Leute vor dem Altar und unterhielten sich lauthals über einen Epitaph. Eine Person kannte ich. Es war das Helferlein des Hausmeisters, das schon einmal versucht hatte, meine Heizung zu reparieren. Offenbar war der junge Mann zum Abschließen gekommen und wollte die letzten Besucher aus der Kapelle treiben.
Niemand hatte mich bemerkt. Nach einer weiteren gedankenlosen Entscheidung schob ich mich in die letzte Bankreihe und kauerte mich unter dem Gestühl auf den Boden. Manchmal war es auch von Vorteil, klein und dürr zu sein. Kurze Zeit später wurde die Tür von außen abgeschlossen.
Sofort ging ich zum Altar. Wie Grete es getan hatte, kroch ich unter dem Teppich hindurch. Dahinter herrschte schwarze Finsternis, in der ich planlos herumtastete, bis ich in einen kleinen, haarigen Gegenstand griff und angeekelt die Hand zurückzog. So ging es nicht. Rückwärts schob ich mich ins Freie und räumte hastig Kreuz, Kerzen, Bibel, Läufer und Tuch ab, bis

der Altar nackt und als ganz gewöhnlicher, schwerer Eichentisch dastand. Es war mir ein Rätsel, wie ich es allein schaffen sollte, den schweren Läufer wieder auf das Altartuch zu legen, ohne dass es verrutschte oder verknitterte. Aber auch darüber würde ich mir später Gedanken machen. Genauso wie über die Frage, wie ich wieder hier herauskam.

Ein Blick unter den Tisch zeigte, dass dort alles Mögliche lag. Staub, tote Insekten, eine mumifizierte Maus, in die ich offensichtlich gegriffen hatte – aber keine Werkzeuge in einem Sack.

Es wäre auch ziemlich leichtsinnig, wenn Grete die Sachen einfach nur unter den Altar gelegt hätte, meldete sich die Stimme meiner Vernunft. Ein Wunder, dass sie nicht längst versucht hatte, einzuschreiten.

Mit den Händen wischte ich durch den Dreck. Die Steinfliesen darunter waren heller und wirkten im Gegensatz zu denjenigen im Rest der Kapelle jungfräulich neu, weil sie vermutlich seit Jahrhunderten durch den Altar und seinen Behang geschützt worden waren.

Steinfliesen… außen dunkles, unter dem Tisch helles Grau…

Wieder rotierten Bilder in meinem Geist, die ich schon einmal gesehen, aber vergessen hatte. Genau wie vorhin in der Dorfkirche.

Ich wusste nicht, wann ich die Bilder gesehen hatte. Aber ganz sicher würde sich eine der Platten unter dem Tisch anheben lassen. Und darunter würde ein Hohlraum sein.

Johannes, Du weißt nicht, wie recht Du hattest. Ich hatte wirklich mehrere Visionen in den letzten Tagen gehabt, die jetzt nach und nach zurückkamen.

Mit den Fingern fuhr ich die Fugen ab. Tatsächlich war um eine der Fliesen die Fuge wesentlich tiefer als bei allen anderen. Die Frage allerdings war, wie ich die Platte hochstemmen sollte. Mit den Fingerspitzen versuchte ich, den schweren Stein zu heben.

Die Fliese war nicht groß, bewegte sich aber keinen Millimeter.

„Aua!“, ächzte ich, als zwei Fingernägel schmerzhaft abbrachen.

Ich schüttete meine kellergroße Handtasche auf dem Boden aus.

Geldbeutel, Haarbürste, eine lang gesuchte Haarspange, Feuerzeug, eine uralte Theaterkarte, Kugelschreiber, ein Faltplan vom Schlossgelände, Desinfektionstücher, ein klebriges Bonbon, drei Lippenstifte, ein zerfleddertes Taschenbuch und … ich atmete auf … ein Schweizer Taschenmesser. Besser als nichts.
Mit dem Flaschenöffner kratzte ich die Fugen aus, bis die Steinplatte völlig frei lag, und schob eine der größeren Klingen darunter. Durch vorsichtige Hebelbewegungen versuchte ich, die Platte zu lösen. Es knirschte, dann brach das Messer ab und fiel in den Hohlraum unter der Platte. Ich schimpfte laut, aber immerhin wusste ich jetzt, dass unter dem Stein tatsächlich ein Hohlraum war.
„Versuchen Sie es hiermit."
Mit einem Schreckensschrei fuhr ich herum und brauchte sekundenlang, um zu begreifen, was ich sah. Sophie stand hinter mir. In ihrem Gothic-Make-Up und dem schwarzen Burgfräuleinkleid sah sie aus wie der Krypta entstiegen. Mein Herz hämmerte, während Sophie mir breit grinsend ein Butterfly-Messer unter die Nase hielt.
„Das fällt unter das Waffengesetz", äußerte ich den ersten Gedanken, den meine Synapsen zusammenhängend produzierten. Aus welchen absurden Gründen auch immer erinnerte sich mein Hirn ausgerechnet jetzt an meine Belehrung bei der Polizei wegen meines Tasers, mit dem ich mich vor meinem mordhungrigen Stalker gerettet hatte.
„Sie schleichen sich in eine Kirche, entweihen den Altar, graben im heiligen Boden und erklären *mir*, dass mein Messer illegal ist?" Sophie kicherte.
„Ich habe den Altar nur abgeräumt", gab ich lahm zurück.
„Ach so. Dann geht's ja."
Als ich keine Anstalten machte, das Messer zu nehmen, kniete sich Sophie mir gegenüber auf die andere Seite der Platte und schob ihr Messer unter den Stein. Mühsam fuhr sie noch einmal Millimeter für Millimeter die Fuge entlang. Ihr Messer war wesentlich effektiver als mein Flaschenöffner.
Beunruhigt sah ich ihr zu. „Was tust Du da?"

Sophie warf mir einen belustigten Blick zu. „Die Platte lösen?"
„Das darfst Du nicht!"
Jetzt schaute sie, als würde sie an meinem Verstand zweifeln.
„Aha. Aber Sie schon?"
„Das ist etwas anderes", gab ich zurück. „Wieso bist Du überhaupt hier? Du warst doch eben noch auf dem Fest. Und wo ist Tim?"
„Können wir das später klären?" Sophie legte einen Grete'schen Befehlston auf. Sie hatte schon einiges von der Köchin gelernt. „Geben Sie mir das da!" Sie zeigte auf einen der schmiedeeisernen Kerzenständer.
Ich gehorchte. Das Teil wog Kilos. Sophie nahm die Kerze heraus und schob eins der drei Standbeine des heiligen Geräts unter die Platte. Ich stöhnte. Das konnte nicht in die Kategorie „Wille der Götter" fallen.
„Jetzt den andern!"
Wieder gehorchte ich und schob nun meinerseits den Fuß des zweiten Halters unter den Stein. Gemeinsam ruckelten wir, bis sich die Platte bewegte. Mit einer letzten Kraftanstrengung sprang sie aus ihrer Fassung und rutschte mit einem Krachen, das von den Wänden widerhallte, zur Seite. Vielleicht hatte ich die Toleranz des göttlichen Willens unterschätzt.
Einen Moment lang saßen wir neben dem Loch und rangen nach Atem. Dann holte Sophie eine kleine Taschenlampe aus der Jacke. Bevor ich mich fragen konnte, was sie neben einem Butterfly-Messer und einer Taschenlampe noch in ihren Taschen hatte, beugte sie sich über den Hohlraum und machte Anstalten, hineinzugreifen.
„Nicht!" Erschrocken fiel ich ihr in den Arm, sodass sie beinahe die Lampe in das Loch hätte fallen lassen. Aber sie zog die Hand zurück und sah mich irritiert an.
„Der Inhalt ist gefährlich! Zwei Menschen hat er das Leben gekostet und einen beinahe", versuchte ich eine Erklärung. „Halte die Lampe!"
Es war inzwischen fast dunkel in der Kirche. Im Licht der Taschenlampe beugte ich mich über das Loch und hoffte, dass

der Lichtschein draußen niemandem auffiel. Was darin lag, war anscheinend in Plastik eingewickelt.
Mit beiden Händen griff ich vorsichtig hinein und hob das Paket heraus. Es war nicht besonders schwer und fühlte sich weich an mit einem harten Kern. Im Innern schlug Metall gegeneinander, als ich es auf den Kirchenboden fallen ließ wie eine heiße Kartoffel. Offenbar hatte Grete die Gegenstände zur Sicherheit mehrfach umwickelt.
Mir schauderte, als ich mir bewusst machte, was ich da eben in den Händen gehalten hatte. Plötzlich wurde mir eiskalt, obwohl ich von der Anstrengung der letzten Stunden noch immer schwitzte. Der Gedanke, die Mordwerkzeuge in meiner Handtasche zu verstauen, war mir widerwärtig. Sie in meine Wohnung zu bringen, undenkbar.
Nachdem wir mühsam den Stein wieder an seinen Platz geschoben hatten, brachten wir gemeinsam den Altar in seinen alten Zustand. Niemals hätte ich es allein geschafft, den schweren Läufer zurückzulegen. Selbst zu zweit hatten wir Mühe, ihn zu heben. Im Strahl der Taschenlampe waren die Kratzer an den Kerzenständern deutlich sichtbar.
Zum Schluss räumte ich meine Handtasche wieder ein und Sophie verstaute ihre Ausrüstung in der Jacke. „Geschenke von meinem Alten“, erklärte sie. „Hat sich Sorgen gemacht, wenn ich abends unterwegs war. Ist das einzig Sinnvolle, was er mir jemals geschenkt hat.“
Mit Grausen dachte ich daran, was der stinkreiche, mächtige Corporate Raider zu dem sagen würde, was seine Tochter hier mit der Internatspsychologin trieb. Ich verdrängte den Gedanken. Gerade hatte ich andere Probleme.
Die Beleuchtung des Schlosshofes schuf im Innenraum der Kapelle ein unheimliches Licht, jetzt da die Taschenlampe aus war. Trotzdem konnte ich den forschenden Blick Sophies erkennen, die neben mir auf einer Kirchenbank saß und fragte: „Was haben wir da gerade aus dem heiligen Boden geholt, das so wichtig ist, dass Sie in eine Kirche einbrechen?“
„Die Kirche war offen.“ Um Sophie von weiteren Fragen

abzuhalten, ging ich zum Angriff über. „Also nochmal: Warum bist Du hier? Und wo ist Tim?“
Sophie ließ sich glücklicherweise ablenken. Wie sie berichtete, hatte sie mit Tim gemeinsam den Bus zurück nach Altenstein genommen, der mir zu spät gewesen war. Sophie verzichtete auf die Möglichkeit der älteren Schüler, das Fest zu besuchen, weil Tim sonst allein gewesen wäre. Als beide aus dem Bus stiegen, war ich gerade den Weg über das Plateau Richtung Schloss gelaufen. Weil ich wegen meiner Füße langsam war, hatten Sophie und Tim mich nach und nach eingeholt, ohne dass ich es bemerkt hatte. Kein Wunder, ich war mit meinen Gedanken anderweitig unterwegs gewesen.
Sophie hatte gesehen, wie ich die Kapelle betrat. Sie hatte Tim ins Schloss geschickt, um selbst später nachzukommen. Neugierig, wie sie war, wollte sie wissen, was ich kurz vor Torschluss in der Kapelle machte. Als sie ebenfalls hinein wollte, waren jedoch gerade die letzten Besucher herausgekommen und Edes Mitarbeiter hatte abgeschlossen. „Das hat mich erst richtig misstrauisch gemacht“, beendete Sophie ihren Bericht.
Natürlich wollte ich wissen, wie sie selbst in die Kapelle gekommen war.
Sophie zuckte die Schultern. „Ich hab' das Schloss geknackt. Und Sie waren so beschäftigt, dass Sie mich nicht gehört haben.“
Entsetzt sah ich sie an. Sophie zeigte das Wolfsgrinsen, für das sie ihren Vater vor Tagen noch verurteilt hatte. „Für gewöhnlich sind Friedhöfe und Kirchen nachts abgeschlossen, wenn ich sie mit meinen Kumpels besuchen will.“
Natürlich. Sophies Gothic-Clique. Zumindest war die Frage geklärt, wie wir hier wieder raus kamen.
„Apropos Kumpels“, Sophie drehte sich zu mir. „Ihre Nachbarn haben Sie vorhin gesucht. Sie sollten sie vielleicht mal anrufen, wo Sie ja eigentlich nur aufs Klo wollten.“
„Mist! Ich hab' kein Telefon“, entfuhr es mir. Fridel und Benno hatte ich im Lauf meiner Spontanaktion völlig vergessen. Ein schlechtes Gewissen türmte sich vor mir auf. Wie hatte ich den

beiden das antun können? Sie mussten in Panik sein, nachdem ich seit über zwei Stunden spurlos verschwunden war. Sicherlich hatten sie hundertmal versucht, mich auf dem Handy zu erreichen.
Sophie hielt mir ihres unter die Nase. „Fridels Notfallnummer ist eingespeichert. Hab' ich, seit Grete im Krankenhaus war.“
Ich kam mit Sophies Handy nicht klar. Sie wählte für mich. Fridel ging sofort dran und meldete sich mit Sanitätsdienst. „Gott sei Dank, Catharina! Wo bist Du? Warum gehst Du nicht ans Handy? Ist alles in Ordnung? Wir haben hier alles nach Dir abgesucht! Benno ist schon fünfmal durchgedreht!“
„Mir geht's gut. Ich bin auf Altenstein“, unterbrach ich seinen Redeschwall. Wieder stellte er Fragen, die ich in Anwesenheit Sophies nicht beantworten konnte. „Sophie ist auch hier“, fiel ich ihm ein weiteres Mal ins Wort. Offensichtlich hatte Fridel den Hinweis verstanden, denn er bohrte nicht weiter, erklärte aber in einem Ton, der jeden Widerstand im Keim erstickte, dass er sofort mit Benno zu uns käme. „Ich muss ihn nur erst finden. Er sucht Dich immer noch.“ Damit legte er auf.
Mein schlechtes Gewissen wuchs auf Gebirgsgröße. Ich hatte ihnen den Abend verdorben. Die beiden hatten sich auf den Scheunentanz gefreut.
„Sie kommen zurück.“ Ich gab Sophie ihr Telefon. „Wir sollten die Kapelle besser verlassen.“ Mein Blick fiel auf das Bündel auf dem Kirchenboden. Ich wollte es um nichts in der Welt mit in meine Wohnung nehmen.
Sophie war meinem Blick gefolgt. Sie betrachtete das Paket, dann mich. „Sie haben Angst vor dem, was drin ist.“ Wieder einmal funktionierte ihr helles Köpfchen hervorragend: „Hat es mit dem Grafen zu tun?“
Ich zog es vor zu schweigen, aber sie ließ nicht locker. „Ist er einer derjenigen, die wegen des Inhalts gestorben sind?“
Wieder sagte ich nichts.
„Also ja. Ist das irgend so ein magischer Kram? Ist der Graf deshalb nicht richtig tot?“
Ihre Fragerei durch Schweigen zu beantworten, war

offensichtlich keine gute Idee. Bevor mir eine schlaue Erwiderung einfiel, setzte Sophie noch einen drauf.
„Wow. Dann ist der Inhalt wirklich gefährlich. Vielleicht hätten Sie ihn lieber lassen sollen, wo er war."
Ich musste endlich eingreifen. „Sophie, bitte! Hör mir zu!" Mit aller mir zur Verfügung stehenden Überzeugungskraft in der Stimme sagte ich: „Du darfst keiner Menschenseele davon erzählen, was wir hier gemacht haben. Unter keinen Umständen. Versprich es mir!"
„Ich verspreche es." Sie nickte bestätigend. „Aber werden Sie mir irgendwann erzählen, was hier läuft? Aus dem Grafen ist ja nichts rauszukriegen. Und aus Grete schon gar nicht. Sie hat mir jeden Umgang mit schwarzer Magie verboten." Sophie nickte zu dem Bündel hin. „Grete weiß davon, oder?"
Warum konnte sie es nicht einfach gut sein lassen? „Können wir das irgendwann anders ausdiskutieren? Wir müssen hier raus."
Endlich gab Sophie nach. Sie drückte mir ihre Taschenlampe in die Hand. „Sie müssen mir leuchten." Damit ging sie zur Tür.
Gegen alle meine Instinkte hob ich das Paket vom Boden auf. Als ich es in meine Handtasche steckte, hatte ich aus irgendeinem Grund das Gefühl, dass es an Gewicht zugenommen hatte und plötzlich zu schwer für mich war. Betreten folgte ich Sophie zur Tür.
Zum dritten Mal zog sie irgendetwas aus ihren unergründlichen Jackentaschen. Es sah nach verbogenem Metall aus, mit dem sie begann, am Schloss zu hantieren. Kurz darauf klickte es mehrmals. „Voilà, die Kapelle ist geöffnet." Draußen war zum Glück niemand.
„Sesam schließe Dich", murmelte Sophie grinsend und benutzte erneut ihr Werkzeug.
Ich war nach allem, was eben passiert war, nicht in der Position, moralische Vorträge zu halten. Zumal ich Sophie dankbar war. Ohne sie wäre ich nie an das Paket gekommen und würde jetzt mit einem abgeräumten Altar hilflos eingeschlossen in der Kapelle hocken, bis zufällig jemand die Tür öffnete. Was dann passiert wäre, wollte ich mir gar nicht vorstellen.

Langsam wanderten wir in Richtung Schlossportal. Ich konnte kaum noch laufen.
„Eigentlich hätten wir uns ja auch mal in der Krypta umsehen können, wo wir schon da waren.“ Sophie sah mich erwartungsvoll an.
„Untersteh' Dich“, setzte ich nun doch zu einer tadelnden Erwiderung an, wurde aber davon unterbrochen, dass Fridels Auto auf den Parkplatz fuhr und meine beiden Nachbarn auf mich zustürzten. Ich konnte nur hoffen, dass sie sich das Anschreien aufhoben, bis wir im Kerkerkeller waren. Sophie musste nicht auch noch davon Zeugin werden. Für heute hatte sie genügend entlarvende Einblicke in meine privaten Angelegenheiten gehabt.
Sie schrien mich nicht an in Anwesenheit Sophies. Aber sie fielen mir mit Ausrufen tiefster Erleichterung gleichzeitig um den Hals, was Sophie amüsiert beobachtete. Als meine Nachbarn begriffen, wie sehr ich humpelte, packte Benno meine Tasche, ehe ich Protest einlegen konnte.
„Was ist da drin?“, fragte er, als er sie über seine Schulter warf. „Hast Du Deine Goldreserven dabei? Das Ding wiegt Tonnen.“
Ich zog es vor zu schweigen.
Sophie aber warf mir einen wissenden Blick zu, den ich ignorierte, weil meine Nachbarn mich in die Mitte genommen hatten, um mir ins Schloss zu helfen. Auch das verfolgte Sophie mit Interesse. An der Treppe in der Halle verabschiedete sie sich. „Nehmen Sie das nicht mit nach Hause“, riet sie noch, dann ging sie nach oben und wir zur Kellertür.
Kaum dass sich die Tür hinter uns geschlossen hatte, blieb ich stehen und begann mich wortreich zu entschuldigen, dass ich die beiden in Angst und Schrecken versetzt und ihnen den Dorfevent verdorben hatte.
„Wo warst Du?“, wollte Benno wissen. Er klang jetzt nicht mehr erleichtert, sondern vorwurfsvoll. Auch sein Blick war eher unerfreut.
„Ich verspreche, alles zu erklären. Aber wir müssen wieder nach draußen. Dazu brauche ich allerdings andere Schuhe.“ Beide

sahen mich vollkommen verständnislos an. „Bitte! Es ist wirklich wichtig."
Fridel seufzte. Es war ihm anzusehen, dass auch seine Langmut dabei war, an ihre Grenzen zu stoßen. Ich zog die Schuhe aus. Als sein Blick auf meine Strümpfe fiel, deren Fersen blutig rot waren, sog er erschrocken die Luft ein und eilte ohne weiteren Widerstand in meine Wohnung, um mit meinen Hausschuhen zurückzukommen. „Das wird nachher noch versorgt!", blaffte er.
Ich nickte ergeben und zog dankbar die hinten offenen Schlappen an. Dann lotste ich meine verständnislosen und sichtbar genervten Begleiter wieder aus dem Schloss heraus und darum herum Richtung unserer Terrasse.
„Spinnst Du jetzt völlig?", fragte Fridel, der natürlich nicht begreifen konnte, wozu dieser ganze Umstand dienen sollte.
„Bitte!", flehte ich kläglich. „Ich kann alles erklären."
Auf der Terrasse bat ich Benno, meine Handtasche auf den Boden zu legen. Ein weiterer verständnisloser Blick traf mich. Doch er schien fast erleichtert, die Tasche fallen lassen zu können. „Catharina, was geht hier vor?" Jetzt wirkte Benno verunsichert.
„Bitte, vertraut mir!", bat ich und zog den Schlüssel aus der Jacke, um die Terrassentür zu öffnen. Als wir endlich im Wohnzimmer saßen und ich zu neuerlichen Entschuldigungen ansetzte, fiel mir Benno ins Wort. „Hör auf und sag' endlich, was los ist."
Nach einem tiefen Durchatmen versuchte ich zu antworten: „Ich habe die …" Ich brach wieder ab. Aus irgendeinem Grund hatte ich Skrupel, die Dinge beim Namen zu nennen, die da draußen in meiner Handtasche steckten.
Ich machte einen neuen Versuch: „Ich habe die … Sachen gefunden."
„Welche Sachen?", fragte Fridel.
Benno sah mich gleichermaßen irritiert an. Natürlich begriffen sie nicht. Wie sollten sie auch. Ihnen fehlte jeder Zusammenhang.
Mir aber versagten die Worte für genau diese Zusammenhänge.

Das Problem war nicht, mein unheiliges Handeln in der Kapelle zugeben zu müssen. Das Problem war, dass die notwendigen Worte nicht über meine Lippen wollten. Etwas hatte sich verändert, seit ich das da draußen aus seinem Versteck geholt hatte. Fast kam es mir vor, als hätte sich die dunkle Bedrohung der letzten Tage auf unbegreifliche Weise im Inhalt meiner Handtasche manifestiert. Benno hatte es auch gespürt, denn ganz sicher waren es weder das alte Taschenbuch noch die Lippenstifte, über deren Gewicht er sich vorhin beschwert hatte.
Und nun kam es mir vor, als würde ich diese finstere Präsenz auch noch in meine Wohnung holen – einfach nur, indem ich über die Sachen da draußen auf der Terrasse sprach.
Schließlich gab ich mir einen Ruck. Ich holte tief Luft und ratterte maschinengewehrartig heraus, was ich langsam nicht hätte aussprechen können: „Das Messer, mit dem Rosa Johannes in der Folterkammer geköpft hat, und der Bolzen, mit dem Magdalena sein Herz gepfählt hat, sind draußen in meiner Handtasche. Die Sachen, die auf Gretes Altar noch fehlen."
Sekundenlang herrschte Schweigen, weil meine Nachbarn zu verarbeiten versuchten, was ich ihnen gerade entgegengeschossen hatte.
Der Erste, der sich bewegte, war Benno, dessen Kopf sich in Zeitlupe nach der Terrassentür umdrehte. „In *der* Handtasche?"
Ich nickte. Jetzt, da das Schlimmste gesagt war, fiel es mir leichter, die Ereignisse der letzten Stunden zu berichten. Ich begann mit dem Gefühl, mich an irgendetwas erinnern zu müssen, als ich den Altar in der Kapelle betrachtet hatte, kam dann zu meiner Erkenntnis beim Anblick des Altars in der Dorfkirche und allen folgenden Entwicklungen. „Ohne Sophie säße ich wohl noch immer vor der Steinplatte in der Kapelle", schloss ich.
Diesmal sagte minutenlang keiner ein Wort. Schließlich verließ Fridel kommentarlos die Wohnung und kam mit seiner Arzttasche zurück. In der Küche holte er eine Schüssel warmes Wasser. „Zeig mir Deine Füße."
Ich biss die Zähne zusammen, als er mir die Socken auszog und

begann, die blutigen Blasen zu reinigen. Es war, als versuche er uns allen mit dieser trivialen Handlung Zeit zu verschaffen, um den Irrsinn dessen verarbeiten zu können, das ich gerade beschrieben hatte.
Ich selbst war beinahe dankbar für den Schmerz, den Fridel mir verursachte, als er meine Wunden desinfizierte. Das Brennen war so real, so lebendig – im Gegensatz zu der finsteren, morbiden Atmosphäre, die mein Bericht im Raum geschaffen hatte.
Erst als Fridel fertig war, nahm sich Benno ein Herz: „Dann hat Johannes also mit seiner Vermutung recht gehabt. Du hattest Visionen, ohne es zu bemerken."
Ich nickte nur.
Niemand sprach. Schließlich stand ich auf, um mir neue Socken zu holen, aber ein unerwarteter Schwindelanfall ließ mich zurück aufs Sofa sinken.
„Was hast Du heute gegessen?", wollte Fridel sofort wissen. Reuig verwies ich auf den Crêpe. Fridels Bart wanderte in den Mundecken nach unten. „Du kommst jetzt mit uns nach drüben. Wir wärmen Essen auf."
„Das kann ich selbst", protestierte ich. „Ihr fahrt zurück zum Fest. Es ist noch früh."
„Und Du willst hierbleiben?" Fridel sah mich an, als zweifle er an meinem Verstand. „Allein? Mit dem da draußen?"
„Warum nicht?" Um nichts in der Welt wollte ich allein sein, während *das* da draußen lag. Aber mein schlechtes Gewissen gegenüber Benno und Fridel war monumental.
„Du meinst das ernst, oder?", fragte Benno mit düsterem Blick.
Mein Kopf nickte gegen meine Ängste an. Die beiden konnten sich noch die halbe Nacht amüsieren, was meinem Schuldgefühl eine große Entlastung gewesen wäre.
„Du glaubst allen Ernstes, dass wir Dich nach allem, was passiert ist, hier allein lassen? Mit dem da?" Benno nickte in Richtung Terrasse.
„Es ist doch jetzt alles gut!", behauptete ich. „Grete kann ihren Altar nicht fertigstellen, weil ich das Zeug habe. Ohne das Zeug,

kein neues Ritual. Johannes kann zurückkommen. Wir sind außer Gefahr."
Benno stand auf und ging zur Terrassentür. „Wenn das so ist, dann sollten wir uns doch mal anschauen, was Du da ausgegraben hast."
Ich wusste, dass er mich nur aus der Reserve locken wollte. Trotzdem sprang ich auf. „Nein!" … und versank endgültig im Dunkeln.
Als ich zu mir kam, lag ich auf dem Sofa. Benno hielt meine Beine hoch. Fridel schien in der Küche zu sein. Geschirr klapperte.
„Sie ist wieder da!", rief Benno und legte meine Beine ab. „Johannes hat recht. Man kann Dich keine Sekunde aus den Augen lassen." Er sah mich alles andere als amüsiert an. „Warst Du nur ohnmächtig oder hast Du irgendwelche neuen Bilder gesehen?"
„Nur ohnmächtig." Am liebsten wäre ich vor lauter Scham in den Sofabezug diffundiert. So blieb mir nichts, als die Augen zuzumachen in der Hoffnung, dass ich unsichtbar wäre.
„Sicher?"
Ich nickte mit zugekniffenen Augen. Leider war ich wohl doch nicht unsichtbar.
Etwas klapperte auf dem Tisch. „Du wirst das jetzt aufessen. Alles! Vorher darfst Du nicht aufstehen." Fridel hatte ein Tablett mit Essen gebracht. „Und heute keine Eskapaden mehr."
Vorsichtig setzte ich mich. Es gab gewärmtes Kartoffelgratin und Salat. Sie mussten es aus Fridels Wohnung geholt haben. Gehorsam aß ich auf. Meine Nachbarn saßen in meinen Sesseln und sahen mir zu.
„Es tut mir Leid", murmelte ich reuig.
Benno klang scharf. „Hör auf, Dich ständig zu entschuldigen. Sag' uns lieber, was Du jetzt vorhast. Was soll aus dem Zeug werden?"
Fridel sah seinen Liebsten betroffen an. Diesen Ton kannte er offensichtlich nicht. Ich wusste, dass es reine Sorge war, die den sonst allzeit gelassenen Benno so reagieren ließ.

„Ich weiß es nicht“, flüsterte ich beschämt. An die Frage, was mit dem Zeug werden sollte, wenn ich es erst einmal hätte, hatte ich in den letzten Stunden keinen Gedanken verschwendet. Genauso wenig wie an die Wirkung, die von diesen verfluchten Werkzeugen ausgehen könnte.
Benno sah zur Terrassentür. „Selbst Sophie hat Dich gewarnt, wenn ich das vorhin richtig mitbekommen habe.“ Er klang wie ein Vater, der mit einem unvernünftigen Kind redete. Fridel griff besänftigend nach seiner Hand, aber Benno ließ nicht locker. „Weiß sie, was sie geholfen hat, auszugraben?“
Ich schüttelte den Kopf. „Aber sie reimt sich alles Mögliche zusammen. Zum Beispiel, dass es etwas mit Johannes‘ Tod und seinem Zustand zu tun hat.“
„Was, wenn sie jemandem davon erzählt? Tim zum Beispiel“, bohrte Benno weiter.
„Sie hat versprochen zu schweigen.“
Benno seufzte. „Hoffen wir das Beste.“
Wieder sagte niemand etwas. Spannung lag über dem Wohnzimmer wie eine Glocke.
Ich sah zum Balkon. Das, was da lag, war jetzt „die Sachen“ oder „das da draußen“ oder ein Nicken Richtung Terrassentür. Das Zeug, dessen Name nicht genannt werden durfte. Wir alle drei spürten seine dumpfe Präsenz. Selbst Fridel, der für übersinnliche Wahrnehmungen normalerweise zu dickfellig war. Ich konnte es ihm ansehen.
Aber ich hatte doch nur verhindern wollen, dass Grete die Sachen in die Hände bekam! Ich hatte dieser ganzen Flucherei ein Ende setzen wollen. Stattdessen hatte ich die dunkle Macht überhaupt erst aus ihrem Grab geholt!
„Vielleicht hätte ich auf Johannes hören sollen“, murmelte ich in die Stille „… und auf Dich, Benno.“ Meine Nachbarn sahen mich fragend an.
Ich nickte zur Terrasse hin. „Vielleicht hätte ich das da draußen nicht holen dürfen, sondern mit Grete reden müssen, wie es Johannes wollte. Und wie Du gesagt hast - um zu psychologisieren und sie von was auch immer abzubringen.

Sobald Grete gewusst hätte, dass ich das Versteck kenne, hätte sie sicher eingelenkt.“ Ich stöhnte. „Aber ich konnte an nichts anderes denken, als dass Johannes zurückkommen würde, und bin kopflos losgerannt.“
Benno holte geräuschvoll Luft für eine Erwiderung, aber Fridel war diesmal schneller. Jetzt war er es, der ungeduldig klang. „Wer hat uns heute Mittag noch etwas erzählt von einem Schicksal, das mit Vernunft nicht beherrscht werden kann?“ Er sah mich an, bevor er sich an Benno wandte, der ebenfalls sein Fett abbekam: „Und wer hat Johannes‘ Verhalten idiotisch genannt und dann behauptet, dass das aber doch alles vielleicht genau so sein soll? Dass es Vorsehung ist? Oder von mir aus göttlicher Wille.“
„Von Vorsehung und göttlichem Willen habt Ihr geredet“, antwortete Benno bissig.
Fridel ignorierte ihn und rutschte auf die Sesselkante vor. Offenbar hatte er sich in Rage geredet. „Vielleicht waren es ja das Schicksal, die Vorsehung und auch noch der Wille aller Götter, denen Catharina gefolgt ist. Wer kann das schon wissen?“ Mit einem ironischen Blick betrachtete er Benno. „Für das Übersinnliche in unserer Beziehung bist Du zuständig.“
Mit großen Augen sah ich Fridel an. Es war das erste Mal, dass ich ihn so mit Benno sprechen hörte. Bevor ich etwas einwenden konnte, redete Fridel aber schon weiter: „Auf jeden Fall hat sie nicht aus Vernunft, sondern aus dem Bauch gehandelt – und das scheint mir ganz im Sinne sämtlicher höheren Mächte zu sein.“
Wieder wandte er sich an mich. Seine Stimme schaltete unvermittelt auf sanft um. „Du liebst Deinen Johannes und willst ihn wiederhaben. Dafür hast Du Dich jetzt mit der Hölle angelegt. Das ist vielleicht etwas unüberlegt, aber andererseits furchtbar romantisch.“
Fridel blickte zu Benno in Erwartung einer Retourkutsche, die postwendend kam: „Unterschätze niemals die dunklen Mächte”, warnte Benno finster.
„Ehrlich gesagt, mein Liebster, das ist mir wurscht!“, gab Fridel zurück. „Catharina hat eine Aufgabe. Auch wenn es im Moment

nicht so märchenhaft läuft, wie ich mir das am Anfang vorgestellt habe. Aber sie wird den Fluch brechen und den Prinzen erlösen.“ Fridel nickte mir versichernd zu.
„Dein Wort in Gottes Ohr!“, entgegnete Benno heftig. „Wir spielen hier mit Energien, die wir nicht annähernd abschätzen können.“ Seine Erwiderung hing im Raum wie eine Drohung.
Schließlich atmete Benno tief durch und strich sich mit den Händen übers Gesicht. Die Schärfe war aus seiner Stimme verschwunden. Jetzt klang er resigniert. „Die Einzige, die wirklich weiß, womit wir es hier zu tun haben, ist Grete.“ Benno sah mich eindringlich an, als er erklärte: „Catharina, ich denke, Du wirst zu ihr gehen müssen.“
Ich dachte an mein Gefühl vom Nachmittag. Das Etwas in mir war der festen Überzeugung gewesen, dass ich mit dem Gespräch mit Grete abwarten sollte. Durch mein überstürztes Handeln hatten sich die Umstände allerdings völlig verändert. Andererseits: Wenn Fridel recht hatte, hatte alles genau so kommen müssen. Aber gleichgültig, was das Etwas heute Nachmittag gesagt hatte, und egal, wie die hohen Mächte zu meinem Handeln stehen mochten, ich musste eine Entscheidung treffen, wie es weitergehen sollte: „Ich hab' das Zeug geholt, ich muss mich darum kümmern. Aber bitte lasst mir eine Nacht Zeit.“
Benno schien mit sich zu ringen und sein Blick wanderte ins Leere. Es war deutlich zu sehen, dass er meine Entscheidung lieber jetzt als gleich gehabt hätte. Trotzdem nickte er endlich und sagte: „Bis dahin müssen wir ein sicheres Versteck finden.“
Fridel, der erleichtert wirkte, dass der Zwist überwunden war, stand von seinem Sessel auf und wuschelte Benno durchs Haar. „Was schlägst Du vor, mein Liebster?“
Der Liebste ging zur Terrassentür und blickte sekundenlang schweigend meine Tasche an, bevor er sich umdrehte. „Kommt mit.“ Damit ging er nach draußen.
Wie sich zeigte, wollte Benno meine Tasche unter die Hecke legen, die am Ende des verwilderten Gartens vor dem Gitter am Übergang von Schloss und Kapelle stand. Diejenige, vor deren

Gift uns Johannes gewarnt hatte, als wir diesen Durchgang auf dem Weg zu Tims Rettung genommen hatten.
„Es sind Eiben“, erklärte Benno. „Eigentlich haben sie nichts auf dem Schulgelände zu suchen, tödlich wie sie sind.“
„Willst Du einen möglichen Dieb an Ort und Stelle vergiften?“, fragte Fridel.
Benno lachte nicht, sondern erzählte, dass Johannes ihn zu uralten Eiben geführt hatte, als er Benno die mystische Seite der Natur um den Alten Stein zeigen wollte. Johannes zufolge hatten diese Bäume eine ganz besondere Kraft.
„Die Eibe war für seine Mutter ein Baum des Lebens und der Wiedergeburt“, erklärte Benno, als er meine Tasche tief unter die Äste der Hecke schob. „Und ich habe miterlebt, dass sie in vielen Religionen als heiliger Baum gilt.“ Trotzdem zeigte seine Miene deutlich, dass er mit dieser Lösung unzufrieden war.
Fridel versuchte ihn zu beruhigen: „Die Wahrscheinlichkeit, dass irgendjemand heute Nacht hier herumkriecht und die Tasche findet, ist doch eher gering.“
Ich hatte allerdings das Gefühl, dass das nicht die eigentliche Sorge war, die Benno umtrieb. Trotzdem fragte ich nicht nach aus Angst, dass Benno es sich doch noch anders überlegen könnte und mich direkt zu Grete brachte.
Das einzige, das ich aus meiner Tasche nahm, war mein Geldbeutel. Die Handtasche selbst und meine Sachen darin wollte ich nicht mehr haben. Sie kamen mir kontaminiert vor. Ich würde auch den Geldbeutel wegwerfen, sobald ich ihn geleert hatte.
Als wir zurückkamen, schickte ich mich an, ins Bett zu gehen. Ich wollte nur noch schlafen und hoffte, dass ich dazu in der Lage war angesichts dessen, was draußen im Garten versteckt lag.
„Gehen wir zu uns oder bleiben wir bei Dir?“, wollte Fridel wissen.
„Was?“
Benno runzelte die Stirn. „Du glaubst immer noch, dass wir Dich allein lassen? Jetzt, nachdem sich Johannes‘ Befürchtungen

bewahrheitet haben. Und mit dem da draußen?"
Er hatte recht und ich wusste es. Schlechtes Gewissen hin oder her. Inzwischen überwog die Angst. „Aber ich schlafe nicht in Eurer Besucherritze!"
„Wir werden alle auf Fritz' Wohnlandschaft schlafen", erklärte Benno in einem Ton und nach einem Blick sowohl auf Fridel als auch mich, die keinen Widerspruch duldeten.
Ich ergab mich in mein Schicksal. Es war ja nur für eine Nacht. Immerhin durfte ich allein ins Bad, während sie Fridels Wohnzimmer vorbereiteten. Und immerhin lag dieses Wohnzimmer mindestens zwanzig Meter weiter von *dem* entfernt als mein eigenes Schlafzimmer.
Bei meiner Ankunft in Fridels Wohnung hatte sich seine Wohnlandschaft in eine mindestens sechs Quadratmeter große Liegelandschaft verwandelt. Wir würden uns nicht in die Quere kommen. „Benno braucht Platz, wenn er kreativ wird", flüsterte mir Fridel grinsend zu.
Ich war erleichtert, als Benno seine Kreativität im Zaum hielt, nachdem wir uns über die Polsterfläche verteilt hatten. Von meinen Nachbarn war bald nur noch leises, regelmäßiges Atmen zu vernehmen.
Ich dagegen kämpfte gegen den Schmerz an. Das Gefühl des Verlusts meldete sich mit Macht zurück, jetzt da ich zur Ruhe kam. Trotz meiner Dauerbewachung fühlte ich mich furchtbar einsam. Erinnerungen stiegen auf. Johannes, der bei mir saß, während er mich mit den Klassikern der Weltliteratur in den Schlaf wiegte. *Arma virumque cano, Troiae qui primus ab oris…*, hörte ich den Nachhall seiner Stimme in meinem Kopf. Inzwischen kannte ich den Anfang der Aeneis selbst auswendig, obwohl ich mein Latein fast völlig vergessen hatte.
Ein Kloß in meinem Hals stieg mir als Tränen die Kehle hinauf. Wo war er? War er überhaupt noch in Altenstein? Er konnte überall sein. Wenn er seine Drohung wahr gemacht hatte, hatte er die Grafschaft längst verlassen. Ich konnte das Schluchzen nicht mehr zurückhalten. Bei dem Gedanken, dass wir die Welt außerhalb Altensteins gemeinsam hatten entdecken wollen,

schüttelten mich lautlose Tränen. Um meine Nachbarn nicht zu wecken, rollte ich mich mit dem Rücken zu ihnen zusammen, doch ein dicker, haariger Fridel-Arm umschlang mich und zog mich an seinen Besitzer, während ich mich in einen dumpfen, bewusstlosen Schlaf weinte.

Er kannte die Fähe und wusste, dass ihr Bau nicht in der Grafschaft lag. Da sie unbeirrt auf die Grenze zulief, musste sie auf dem Heimweg sein. Er konzentrierte sich und verband sich mit ihrem Geist. Sofort hatte er die Perspektive der Füchsin und glitt mit ihr durch den Mais, dessen Stängel ihm jetzt wie Bäume vorkamen. Vor ihnen kreuzte eine Maus den Weg der Fähe, die aber satt war und der möglichen Beute keine Beachtung schenkte, sondern den Feldrand anstrebte. Sie brachte die letzten Meter hinter sich und sprang ins Gras der hinter dem Maisfeld liegenden Wiese. Doch statt weiter mit der Füchsin zu sein, war es, als würde ihn etwas festhalten und rückwärts aus dem Geist des Tiers ziehen, während es seinen Weg unbeirrt fortsetzte. Hilflos musste er zusehen, wie die Füchsin ohne ihn zwischen den Halmen verschwand.

Er hatte sich geschworen, dass dies sein letzter Versuch sein würde, Altenstein zu verlassen. Er hatte es im Lauf der letzten Nacht an mehreren Stellen der Grenze versucht mit dem immer selben Ergebnis. Es war, als verdichte sich die Luft, sodass er wie von einer unsichtbaren Mauer zurückgehalten wurde – genau wie vor seiner Begegnung mit Catharina und den Veränderungen, die sie bewirkt hatte.

Er konnte nicht fliehen.

Er war an Altenstein gebunden.

Eine mögliche Erklärung war, dass Grete mit Catharina das neue Ritual vollzogen hatte. So wie er es von Catharina verlangt hatte.

Warum aber flohen dann die Tiere nicht vor ihm?

Warum konnte er sich noch immer mit ihrem Geist verbinden?

War es möglich, dass das neue Ritual anders wirkte? Dass es ihn vielleicht nicht völlig isolierte?

Das würde bedeuten, dass er damit rechnen musste, dass sensible Menschen ihn noch immer wahrnehmen konnten – vor allem Catharina. Dann aber hatte Grete sie nicht wirklich voneinander getrennt.
Er saß in der Falle.
Er konnte nicht wissen, ob Catharina nicht doch noch nach ihm suchte, auch wenn Grete ein neues Ritual vollzogen zu haben schien.
Er konnte nicht wissen, wie dieses neue Ritual wirkte.
Er konnte nicht wissen, ob Catharina ihn noch sehen konnte.
Er konnte nicht wissen, ob sie ihn im Traum noch erreichen konnte.
Angesichts der Aussicht, die Ewigkeit innerhalb der Grenzen Altensteins verbringen zu müssen, war diese Unwissenheit gefährlich. Aber welche Möglichkeit hatte er, sich Klarheit zu verschaffen?
Doch nur, indem er sich ihr zeigte. Eine Möglichkeit, die er sofort verwarf. Catharina würde Hoffnung schöpfen und versuchen, ihn aufzuhalten. Er selbst aber würde keinen weiteren Schmerz und keinen weiteren Abschied ertragen. Er konnte weder ihr noch sich das antun.
Er musste seine gegenwärtige Wirkung auf Menschen anders erproben. An irgendjemandem. Es war nicht das erste Mal, dass er das tat. Die Schwierigkeit war, den richtigen Menschen und die richtige Gelegenheit zu finden. Menschen, die früher für seinen Geruch sensibel gewesen waren, konnten ihn jetzt als Energiewolke sehen und seine Stimme hören. Im Schloss hätte es genügend Schüler gegeben, die dazu in der Lage waren. Aber er würde auf keinen Fall riskieren, sich dem Schloss zu nähern. Er musste anderweitig nach einem passenden Menschen suchen und hatte bereits eine Idee, wer es sein könnte.
Er wartete das Ende der Nacht ab und begab sich in der Morgendämmerung in die Nähe des Dorfes, wo er sich an einem Platz mit kleinen Teichen im Dickicht verbergen wollte. Er hatte die begründete Hoffnung, dort dem Bauern zu begegnen, der täglich in den frühen Morgenstunden die Fische fütterte. Doch

als er ankam, standen ein kleines Zelt und ein Fahrradanhänger auf der Wiese neben den Teichen. Das zugehörige Rad lag im Gras. Auf einer Wäscheleine zwischen den Bäumen hing Kleidung. Vor dem Zelt rauchten die Reste eines Lagerfeuers.
Lautlos glitt er ins Dickicht neben dem Zelt, um den Bauern abzuwarten, der auch bald auftauchte und begann, seine Fische zu füttern. Bevor er selbst noch aus dem Gebüsch gleiten konnte, um am Bauern seine Sichtbarkeit zu erproben, öffnete sich das Zelt und ein Mann streckte den Kopf ins Freie.
Einem inneren Impuls folgend, blieb er im Gebüsch verborgen und rief den Männern vor sich ein lautes „Guten Morgen" zu. Sowohl der Fahrradreisende als auch der Bauer erwiderten den Gruß, anscheinend in dem Glauben, der erste Gruß sei vom jeweils anderen gerufen worden. Doch bevor die Männer sich ihres Irrtums bewusst werden konnten, beendete der Bauer seine Tätigkeit und ging zum Zelt hinüber. Offensichtlich zeltete der Radfahrer mit der Erlaubnis des Bauern auf der Wiese. Zwischen den Männern entspann sich ein Gespräch über die Möglichkeit, das Schloss zu besichtigen, das der Reisende auf der Fahrt hierher gesehen hatte.
Keinem der Männer war aufgefallen, dass eine dritte Person anwesend sein musste. Er selbst aber hatte seine Antwort und glitt durch das Dickicht davon. Der Gruß der beiden Männer hatte gezeigt, dass er noch immer wahrgenommen werden konnte. Das konnte nur bedeuten, dass Gretes neues Ritual tatsächlich anders wirkte als dasjenige von Rosa und Magdalena Mangold.
Er konnte Altenstein nicht verlassen, wurde jedoch weiterhin wahrgenommen. Wie aber sollte er hier existieren in der ständigen Gefahr Catharina zu begegnen?
Oder war es möglich, dass Grete dafür gesorgt hatte, dass nur Catharina ihn nicht mehr wahrnahm, alle anderen aber durchaus?
Wieder überlegte er, sich Catharina zu zeigen, wieder verwarf er diese Möglichkeit.
Getrieben vom Tageslicht, glitt er immer tiefer in den Wald – bis

ihm plötzlich ein Gedanke kam, der gefährlich und vielversprechend zugleich war: Er könnte Gretes Kräuterküche und ihrem Altar einen Besuch abstatten. Möglicherweise würde er dort herausfinden, welche Art Ritual sie vollzogen hatte. Vielleicht würde ihm das endlich Gewissheit über seinen Zustand bringen.
Zu verlieren hatte er nichts. Grete würde schlafen und ihn nicht bemerken. Aber selbst wenn er ihr zufällig begegnete, konnte sie ihn nicht wahrnehmen. Auch plante er ohnehin nicht, sich lange aufzuhalten. Er würde einen Blick auf den Altar werfen und anschließend sofort wieder verschwinden. Im schlimmsten Fall erfuhr er nichts Neues. Dann würde er weitersehen.
Sein Entschluss stand fest. In der nächsten Nacht würde er Grete aufsuchen.

32. Tag – Sonntag

Ich hatte lang geschlafen und trotzdem war mir die Nacht viel zu kurz vorgekommen, nachdem ich sie, verschont von Träumen, in gnädiger Empfindungslosigkeit hatte verbringen dürfen. Benno und Fridel waren bereits wach gewesen und hatten sich neben mir leise und aneinandergekuschelt unterhalten. Ich hatte den Anblick nicht ertragen können und mich mit ihrem Einverständnis in mein Bad zurückgezogen. Sie würden eine längere Abwesenheit meinerseits zu nutzen wissen.
So stand ich nun unter der Regenfunktion meiner Luxusdusche und zögerte den Moment hinaus, mich der Realität außerhalb meines Badezimmers stellen zu müssen. Nichts von dem, was mich erwartete, schien mir auch nur ansatzweise Wert zu sein, das tröstende Gefühl des warmen Wassers zu verlassen, das wenigstens die Kälte in meinem Innern erträglich machte.
Inzwischen waren die gläsernen Duschwände vollständig beschlagen und auch der Rest des Badezimmers versank im Dunst. Die sichtbare Welt bestand aus nichts als Nebel. Willkommen in Niffelheim.
Ich drehte das Wasser noch heißer, öffnete den Hahn noch weiter

und stellte mich so, dass ich nichts mehr wahrnahm als das Rauschen des fallenden Wassers. Schließlich kauerte ich mich auf dem Boden zusammen und legte den Kopf auf meine Knie.
Als mich ein eisiger Luftzug traf, riss ich erschrocken die Augen auf. Fridel stand über mir in der offenen Glastür, sein Blick alarmiert. „Du hast nicht auf mein Klopfen reagiert. Ich dachte schon, Du seist in anderen Sphären versunken. Kommst Du?“
Ich seufzte. Mein Ausflug in die Freiheit war vorbei. Die Überwachung ging weiter. Aber nach meinen gestrigen Eskapaden wollte ich die Geduld meiner Nachbarn nicht noch mehr strapazieren. Gehorsam, aber schweren Herzens, verließ ich die Geborgenheit Niffelheims und wickelte mich in das Badetuch, das Fridel mir hinhielt.
Fridel blieb grundlos in meinem Bad stehen und wirkte dabei seltsam nervös.
„Was ist los?“, fragte ich beunruhigt. Irgendetwas musste passiert sein, aber was es auch war, er sagte es nicht.
„Komm' rüber, wenn Du fertig bist.“ Damit ging er.
So schnell es möglich war, bezwang ich meine Locken und zog mich an. Fridel und Benno saßen schweigend beim Frühstück, als ich in ihr Wohnzimmer trat. Für mich war mitgedeckt.
„Sagt mir jetzt jemand, was passiert ist?“, fragte ich, ohne mich zu setzen.
„Erst essen!“ Benno reichte mir Kaffee.
Ich verkniff mir, zu protestieren, und tat wie mir geheißen. Die angespannte Stille am Tisch schnürte mir den Magen zu und es gelang mir nur mit Mühe, eine Portion Müsli hinunterzuwürgen. Sie fühlte sich beim Schlucken wie Sägespäne an.
„Also?“, fragte ich, nachdem alle fertig waren.
Benno antwortete nicht, sondern fragte: „Hattest Du Träume oder Visionen in der Nacht? Kannst Du Dich an irgendetwas erinnern?“
Ich schüttelte den Kopf. Diesmal war ich mir sicher. Noch nicht einmal mein Unterbewusstsein hatte in dieser Nacht die Kraft gehabt, mich mit finsteren Bildern zu quälen.
„Sagt mir jemand, was los ist?“, fragte ich in die drückende Stille

hinein, als niemand sprach.
Statt einer Antwort sah Fridel Benno an, der unmerklich nickte. Beide erhoben sich und gingen zur Terrassentür. Unsicher folgte ich meinen Nachbarn, die zielgerichtet ihren Weg einschlugen. Dichter Nebel hing im verwilderten Garten. Dies war nicht der warme, bergende Nebel meines Luxusduschen-Niffelheims. Dieser Nebel wirkte wie eine Verteidigung, die die Natur gegen irgendetwas errichtet hatte. Fast hatte ich den Eindruck, der Garten verhülle sich. Meine Besorgnis verwandelte sich in Angst, während ich hinter Fridel und Benno herstolperte. Ich begann zu zittern und wünschte, ich hätte meine Jacke mitgenommen.
Als wir bei den Eiben ankamen, sog ich scharf die Luft ein. Benno wandte sich mir zu. „Ich war vorhin sicherheitshalber nachschauen, ob das Zeug noch da ist. Erst dachte ich, der Nebel würde mich narren."
Das Zeug war noch da. Trotz des Nebels und obwohl Benno sie gestern Abend so ins Unterholz geschoben hatte, dass sie nicht mehr sichtbar war, war meine Handtasche deutlich zu sehen. Sie lag zwischen den verdorrten Ästen und hob sich in ihrem Rot beinahe trotzig gegen den Nebel ab. Die Eiben sahen aus, als seien sie seit Jahrzehnten tot. Nur dass sie gestern Abend noch quicklebendig, grün und giftig gewesen waren.
Einen Moment lang sagte niemand etwas. Schließlich atmete Benno durch. „Du musst zu Grete. Es führt kein Weg mehr daran vorbei."
Ich rührte mich nicht von der Stelle, noch immer gelähmt von dem Bild, das sich mir bot. Fridel legte mir eine Hand auf den Arm. „Catharina?"
Ich nickte und ging in Zeitlupe auf die ehemals grüne Hecke zu. Es war, als würde sich der Nebel zusammenziehen, je näher ich kam. Als wollte mich etwas zurückhalten. War das nur mein eigener innerer Widerstand, den ich überwinden musste? Mit den Bewegungen einer alten Frau bückte ich mich nach meiner Tasche und hob sie auf. Wie gestern Benno kam sie heute mir bleischwer vor.

Wieder blieb die Tasche auf der Terrasse zurück, als ich in meine Wohnung ging. Wir würden sofort zu Grete fahren und ich brauchte dringend eine Jacke. Mein Versuch, auch warme Schuhe anzuziehen, scheiterte an meinen Blasen. Dicke Socken in meinen Gesundheitslatschen mussten reichen.
Während ich auf meinem Bett saß und vorsichtig die Socken überzog, fiel mein Blick auf den Nachttisch. Eine Welle von Schmerz überlief mich. Mit zitternden Fingern griff ich nach dem Holztier, das mein Zeichen für Johannes gewesen war, wenn ich ihn brauchte – und meine Hoffnung. Ich presste meine Hände darum, als könnte es mich retten vor dem, was mich erwartete.
Das Holz fühlte sich rau und warm an. Wie ein Fels im tosenden Wahnsinn um mich herum. Ich steckte das Tierchen gedankenverloren in eine Jackentasche. Mein Telefon, das ich dabei fand, ließ ich zu Hause. Es war sowieso leer und ich hängte es an sein Ladekabel. Sofort fing es zu pfeifen an. Offensichtlich hatten wieder Menschen versucht, mich zu erreichen. Gestern Fridel und Benno. Und sicherlich meine Mutter. Sie musste warten. Ich hatte andere Sorgen.
Zeit, sich dem Schicksal zu stellen. Oder der Vorsehung. Oder dem Willen der Götter. Oder den Mächten der Hölle.

Wir fuhren mit Fridels Auto ins Dorf. Meine Nachbarn bestanden darauf, mich zu Grete zu begleiten. Meine Handtasche lag im Kofferraum, möglichst außerhalb unserer Sichtweite. Fridel fuhr, als hätte er einen schwappenden Eimer Nitroglycerin geladen. Als ginge von seinem Auto eine tödliche Gefahr aus, die er durch besonders vorsichtige Fahrweise mindern könnte.
Als wir ankamen, strömten gerade die Besucher des Erntedankgottesdienstes aus der Kirche. Vielen war anzusehen, dass sie mit den Nachwirkungen des Scheunentanzes kämpften. Wir warteten, bis sich die Menge verzogen hatte.
Als eine der letzten kam Grete am Arm von Ede nach draußen. Ihnen folgte Sophie. Ede verabschiedete sich vor Gretes Haustür, doch Sophie ging mit nach drinnen.

„Oh, nein“, murmelte ich. „Was machen wir jetzt?“
„Was wir geplant haben“, sagte Benno und stieg aus dem Auto. „Wenn Du mich fragst, dann hatte Sophie von Beginn an ihre Rolle in diesem Spiel. Und seit gestern Abend weiß sie zumindest, worauf sie sich eingelassen hat.“
Benno mochte recht haben, aber mir war unwohl bei dem Gedanken, eine Schülerin so tief mit in die Sache hineingezogen zu haben. Zusätzlich zu meiner Angst vor Grete und dem, was sie gleich tun und wie sie reagieren würde, hatte ich jetzt auch noch Angst um Sophie. So scharfsinnig sie war, so eigenwillig war sie auch. Die Situation war kompliziert genug. Auf einen weiteren Unsicherheitsfaktor konnte ich gut verzichten, vor allem, wenn dieser Unsicherheitsfaktor auch noch meiner Fürsorgepflicht unterstand. Reichte es nicht, dass mein eigenes Seelenheil in Gefahr war? Musste ich jetzt auch noch dasjenige meiner Schützlinge aufs Spiel setzen?
Du hast, weiß Gott, versucht, Sophie herauszuhalten. Aber aus irgendeinem Grund war sie immer zur richtigen Zeit am richtigen Ort, rechtfertigte mich die Stimme der Vernunft.
Oder zur richtigen Zeit am falschen Ort, setzte ich mir selbst entgegen und lief hinter Fridel und Benno her, die bereits den Kirchplatz überquerten, auf dem die ersten Marktbuden wieder geöffnet wurden.
Obwohl Gretes Haustür immer offen stand, zog ich am Klingelstrang. Ich musste vorsichtig vorgehen, denn Grete könnte mein unerlaubtes Eindringen als feindlichen Akt werten und mit Gegenwehr reagieren. Das dunkle Dröhnen der Glocke kam mir vor wie *Hell's Bells*.
Sophie öffnete, stutzte kurz und begrüßte uns dann.
„Ich würde gern mit Grete sprechen. Dürfen wir reinkommen?“, fragte ich vorsichtig.
Sophie sah von einem zum anderen, kniff dann die Augen zusammen und blickte an uns vorbei. Offensichtlich suchte sie Johannes. Schließlich bat sie uns in die Diele. „Warten Sie hier. Es ist besser, wenn ich zuerst…“, doch sie wurde von einer Stimme aus der Küche unterbrochen. „Bring' sie her!“

Der alte Befehlston, jetzt allerdings schleppend und verwaschen. Auch wenn ich die Auswirkungen des Schlaganfalls deutlich hören konnte, änderte das nichts am Effekt, den Gretes Kommandos auf mich hatten. Ich fühlte mich verunsichert wie ein kleines Mädchen, das etwas ausgefressen hatte und zur Mama beichten ging.
Sophie nahm uns unsere Jacken ab, wobei ihr Blick auf meine Handtasche fiel. Sie runzelte missbilligend die Stirn, sagte aber nichts und wies zur Küche. Nacheinander traten wir ein. Die Tasche zerrte jetzt an meiner Schulter.
Grete saß am Tisch vor einem dampfenden Kräutertee. Bei allen Vorbehalten, die ich ihr gegenüber hegte, und bei all meiner Angst vor ihrem finsteren Wirken, erschütterte mich doch ihr Zustand. Sie war noch dünner geworden, seit ich sie zum letzten Mal gesehen hatte. Das war vor zehn Tagen gewesen, als Johannes sie nach ihrem Schlaganfall im Wald gefunden hatte. Die gewohnte schwarze Kittelschürze hing ihr am skelettartigen Leib. Das ebenso schwarze Kopftuch über den tiefliegenden, dunklen Augen mit den eingefallenen Wangen ließ Gretes Kopf wie einen mit Haut überzogenen Totenschädel wirken. Nie war der Spitzname „Schürzengespenst", den ihr die Schüler gegeben hatten, treffender gewesen.
Grete sagte nichts, sondern durchbohrte uns mit ihren schwarzen Augen, als wolle sie in unseren Seelen lesen, was wir im Schilde führten. Wie die verschüchterten Brautjungfern standen wir um den Tisch herum und wanden uns unter diesem Blick. In der Küche herrschte Totenstille. Das einzige Geräusch, das zu hören war, war das Knistern des Feuers im Herd. Jeder schien darauf zu warten, dass Grete sprach.
Schließlich kam Sophie wieder herein. Doch ihr forscher Eintritt wurde gebremst, als sie die Atmosphäre im Raum wahrnahm. Wie auf Zehenspitzen schlich sie zum Herd und goss Wasser in einen Kaffeefilter. Dann ließ sie sich wortlos am Tisch nieder.
Grete blähte die Nasenflügel, als wittere sie. Sie sah zu Sophie. „Ist er dabei?"
Die schüttelte den Kopf.

Gretes Stirn legte sich in steile Falten. Aus ihrer Miene war deutlich der Unmut zu lesen – oder täuschte ich mich und es war Erleichterung? Sollte sie tatsächlich erwartet haben, Johannes sei mitgekommen? Wenn mir Grete eins unzweifelhaft und in aller Deutlichkeit klargemacht hatte, dann dass ich mich unterstehen sollte, Johannes jemals zu ihr zu bringen.
Wieder hingen ihre Augen an mir und durchforsteten mich. „Trotzdem ist eine Präsenz spürbar. Du bringst etwas in mein Haus."
Alles, was ich zustande brachte, war ein stummes Nicken.
Was sie dann sagte, ließ Fridels Augenbrauen bis zum Hinterkopf hochwandern und Benno hörbar einatmen: „Du hast Dir Zeit gelassen."
Mir wurden die Knie weich und ich hielt mich am Tisch fest.
Grete erhob sich und ging leicht humpelnd Richtung Diele. Niemand rührte sich. Niemand sprach. Selbst Sophie sah überrascht aus. Ihre großen Augen wanderten von Grete zu mir, dann zu Fridel und Benno. Der zuckte kaum merklich die Schultern in Sophies Richtung. Alle kämpften wir mit der Erkenntnis, dass Grete nicht nur den Inhalt meiner Tasche erspürt, sondern mein Kommen erwartet hatte.
Bevor ich etwas sagen konnte, drehte Grete sich wieder um. Ihr dunkler Blick traf mich. „Schlag keine Wurzeln! Komm' mit!"
Jetzt kam auch Bewegung in meine Nachbarn, aber sie wurden gebremst. „Ihr wartet hier. Sophie, kümmer' Dich um die beiden."
Ich glaubte Besorgnis auf Sophies Gesicht zu sehen. Aber sie widersprach nicht. Ganz offensichtlich hatte sie vor Grete mehr Respekt als vor irgendjemand anderem. Ich sah noch, wie sie Kaffeetassen aus dem Schrank nahm, bevor ich Grete zur Treppe nach oben folgte.
Grete hatte Mühe, die steilen Stufen hochzuklettern, was mir Zeit gab, mich zu sammeln. Ich durfte mich weder von ihrer ruppigen Art noch von der Tatsache einschüchtern lassen, dass sie offenbar mit mir gerechnet hatte.
Langsam stiegen wir ins Dachgeschoss hoch. Von einem kleinen

Flur gingen links und rechts je eine Tür ab. Grete öffnete die eine davon und schickte mich hinein, während sie selbst durch die andere verschwand. Kurz konnte ich einen Dachboden erkennen, von dessen Decke Pflanzenbündel hingen. Um nicht den Eindruck zu erwecken, ich wollte spionieren, ging ich in das Zimmer, das Grete mir gewiesen hatte. Es war unerwartet groß und nahm die Hälfte der Fläche des Dachgeschosses ein.

Ich kam mir vor, als stünde ich in einer Mischung aus Alchimistenlabor, Behandlungszimmer und Andachtsraum. Die gesamte Länge wurde von einem Regal mit beschrifteten Säckchen, Beutelchen, Fläschchen und uralten, teilweise ledergebundenen Büchern eingenommen. An der Wand gegenüber stand unter einem Fenster ein Spülbecken neben einer riesigen Anrichte, unter der ein Stauraum von einem Vorhang verdeckt war. Die Anrichte selbst war bestückt mit elektrischer Kochplatte, Waage, Messbechern, Mörsern, Glaskolben, Töpfen und Tiegeln. Sogar einen Bunsenbrenner und Reagenzgläser in Gestellen sah ich. Nach den Beschreibungen von Johannes und Sophie musste dies Gretes Kräuterküche sein.

In der rechten Raumhälfte unter der Dachschräge befanden sich eine Behandlungsliege und ein Schreibtisch. In der linken lag ein großer Teppich, auf dem unter der Schräge ein kleiner Holztisch stand, davor eine grob gezimmerte Holzbank. Durch den Teppich wirkte dieser Teil des Raums wie vom Rest abgegrenzt. Der Tisch war dekoriert mit Kerzen, Steinen, Blumen und einem Metallschälchen über einer Kerze. Neben einem leeren Platz lag ein uraltes, rotes Ding aus Holz, von dem ich wusste, dass es eine Kinderrassel war. Was ich vor mir hatte, war Gretes Altar.

Die Wände der Andachtsecke waren mit Bildern und Postern dekoriert. Es handelte sich vor allem um Reproduktionen: ein Poster der Pietà Michelangelos, eins einer Raffael-Madonna mit einem holden, feisten Jesuskind und ein furchtbar kitschiges Gemälde, auf dem ein androgyner, leuchtender Engel Kinder begleitete, die auf einem Steg über einen Abgrund balancierten.

Mich überkam der seltsame Eindruck, dass mir der Anblick von Gretes Hausaltar und der Bilder irgendetwas sagen müsste. Ich

suchte in meinem Innern nach der Wahrnehmung, die ich beim Anblick der Altäre in der Kapelle und der Dorfkirche gestern gehabt hatte, als die Erinnerungen an meine Visionen getriggert wurden. Aber was mich gerade überfiel, war nicht das Gefühl, mich an etwas erinnern zu müssen, das ich schon einmal in einem Traum oder einer Vision gesehen hatte. Was auch immer es war, ich konnte es nicht greifen. Stattdessen fielen mir Worte von Sophie ein: *Grete glaubt sogar an Gott und den Teufel. So richtig mit Kirche und so.*
Endlich reagierte mein Psychologen-Ich: *Für jemanden, der bei der Mutter Gottes Trost und Hilfe sucht, ist es ein Sakrileg, unheilige Handlungen zu vollziehen.*
Plötzlich war ich mir vollkommen sicher: Es war undenkbar, dass Grete an diesem Altar, der im Angesicht der Mutter Gottes und Jesu selbst stand, Flüche gewebt hatte. Schon gar nicht, wenn Grete in diesem Raum Menschen heilte. Grete mochte an den Teufel glauben, aber niemals würde sie sich böser Mächte bedienen. Möglicherweise waren ihre heilerischen und seherischen Fähigkeiten in ihrer Vorstellung Gaben Gottes. Grete hatte Sophie in die Lehre genommen, aber sie hatte dem Mädchen strikt verboten, ihr Wissen für Böses zu nutzen. Grete hatte Sophie schwören lassen.
Schon einmal hatte dieser Bericht Sophies bei mir Zweifel geweckt, dass Grete uns wirklich schaden wollte. Meine Hoffnung von dem Abend, an dem Sophie Johannes und mir erzählt hatte, dass Grete in diesem Raum unsere Namen gemurmelt hatte, war sehr viel wahrscheinlicher. Nämlich dass sie gebetet hatte – vielleicht für ihr totes Kind.
Aber wozu brauchte sie dann die Werkzeuge?
Wieder fiel mein Blick auf den Altar. Und wozu die alte Rassel ...
Beim Blick auf das Kinderspielzeug wurde die Tasche an meiner Schulter plötzlich unerträglich schwer. Es war, als würde jemand von unten daran ziehen, sodass sie mir vom Arm rutschte. Sofort fühlte ich mich unendlich erleichtert. Ich betrachtete den Fußboden, auf dem die Tasche jetzt lag. Ganz eindeutig war dies derselbe Boden, auf den in meiner Vision das Zeug gefallen war.

Ohne dass ich wusste, warum, zog ich die Plastiktüte aus meiner Handtasche. Sie wog Tonnen und war doch gleichzeitig so leicht, wie ein Messer und ein Metallbolzen in einem alten Sack eben waren. Mir schauderte und eine Gänsehaut überlief mich, als ich in die Plastiktasche griff und die grobe Struktur eines Sacks fühlte. Durch die Jute zeichnete sich der Inhalt deutlich ab. Kälte stieg durch meine Hände meine Arme hinauf in Richtung Brust.
In einer einzigen Bewegung zog ich den Sack aus der Tüte und kippte seinen Inhalt auf den Boden, panisch darauf achtend, nur nicht mit dem Metall in Berührung zu kommen. Noch während ich den Sack ausleerte, nahm ich im Augenwinkel wahr, wie Grete in die Tür trat und sich sofort versteifte. Beim Blick auf das, was auf den Boden vor ihr polterte, wurde sie zur Salzsäule.
„Großer Gott!", flüsterte sie. Dann starrte sie von den Werkzeugen zu mir. Pures Entsetzen stand in ihrem Gesicht. „Was hast Du getan? Catharina, weißt Du eigentlich, was Du getan hast?", wiederholte sie schleppend die Worte, die ihre Ururgroßmutter Magdalena Mangold zu Rosa in der Folterkammer gesagt hatte.
Der Ausdruck blanken Zorns wanderte über ihr Gesicht. „Wie kannst Du es wagen! Du hast das Böse in mein Haus gebracht! Du hast diesen Raum besudelt!"
Hoch aufgerichtet stand sie über mir und stach sekundenlang ihre Augen in meine. Gleich würde ich unter ihrem Blick zu Staub zerbröseln. Doch nichts dergleichen geschah. Stattdessen wandte sie sich ab und humpelte mit unerwarteter Geschwindigkeit zum Altar, wo sie die Kerze entzündete und irgendetwas auf das Metallschälchen darüber streute. Dann zog sie ein kunstvoll besticktes Leinentuch unter der Anrichte hervor, das sie über die Werkzeuge mitsamt Sack, Handtasche und Plastiktüte breitete.
Ich glaubte, eine Taube über einer Schale mit einem Kreuz darauf zu erkennen, vielleicht ein Taufbecken. Bevor die Werkzeuge aus meinem Blickfeld verschwanden, begriff ich, dass sie exakt so auf dem Boden lagen, wie ich es in meiner Vision gesehen hatte.
Grete öffnete das Fenster, schlug Zeichen in die Luft und raunte

Worte in den Raum wie schon einmal, als sie Johannes aus meiner Wohnung vertrieben hatte. Sie machte weitere Zeichen, diesmal direkt über dem Leinen, unter dem die Werkzeuge lagen. Schließlich verwedelte Grete den Rauch im Zimmer, der inzwischen aus der Metallschale aufstieg.
Als der Geruch mich traf, krampfte sich mein Herz zusammen. Weihrauch, Kampfer, Wacholder und anderes Räucherwerk. Das Pulver, das Grete verräucherte, war dasselbe, das Magdalena bei ihrem Ritual in die Esse der Folterkammer gestreut hatte, als sie Rosas Fluch hatte eindämmen wollen. Der Geruch, den Johannes getragen hatte, bis er geläutert worden war. Der Duft, an dem ich seine Gegenwart erkannt hatte. *Der Brodem des Bösen*, wie ihn Rosa Mangold in dem alten Sagenbuch genannt hatte.
Die widersprüchlichsten Gefühle ballten sich in meinem Bauch zusammen. Verlustschmerz und Sehnsucht verbanden sich mit den grauenhaften Erinnerungen an meine Erlebnisse in der Folterkammer. Rosas Wahnsinn, ihre blutrünstige Tat, Magdalenas Entsetzen, die fürchterlichen Geräusche, als Johannes' Wirbelsäule brach und sein Herz gepfählt wurde. Sein verstümmelter Leichnam.
Vor meinen Augen tanzten schwarze Punkte, mir wurde furchtbar übel und ich sackte auf die Bank vor Gretes Altar, wo ich meine Arme um meinen Körper schlang und vornüber sank.
Von Weitem hörte ich Grete meinen Namen rufen, aber ich reagierte nicht. Mein traumatisierter Geist kämpfte gegen die Bilder, von denen ich gedacht hatte, dass sie mich nicht mehr erschrecken würden. Der Verlust von Johannes zerriss mir das Herz, und das Gefühl, dass ich das alles umsonst durchgemacht hatte, nahm mir jeden Willen und die Kraft, jetzt auch noch einen Kampf mit Grete zu führen, die mich für etwas schalt, das sie doch selbst hatte tun wollen.
Ich ächzte. Sollte dieser ganze Raum mitsamt der Köchin und den verfluchten Werkzeugen ins Nichts stürzen!
Eine knochige Hand legte sich auf meine Schulter. „Trink!“, hörte ich Gretes Befehlston. Sie hielt mir ein Reagenzglas mit einer trüben Flüssigkeit hin. Ihr Blick ließ keinen Protest zu.

Folgsam setzte ich das Glas an und schluckte. Das Gebräu schmeckte entsetzlich bitter und brachte meinen Magen zum Kochen. Stöhnend ließ ich mich wieder nach vorn sinken.
„Wermut“, erklärte Grete und setzte sich zu mir. Wir saßen mit dem Rücken zu diesem Altar, wegen dem das alles überhaupt erst passiert war. Ich war froh ihn nicht sehen zu können. Möglicherweise wäre ich auf die Idee gekommen, mich geräuschvoll darüber zu erbrechen. Ich hatte das alles so entsetzlich satt.
Nach einem Moment ließen der Schwindel und die Übelkeit tatsächlich nach, meine Lebensgeister kamen langsam zurück und ich setzte mich auf.
Grete betrachtete mich noch immer mit ihrem intensiven Blick. „Was ist hier los?“ So etwas wie Besorgnis hatte sich unter den Zorn gemischt. „Warum schaffst Du mir dieses Teufelszeug ins Haus?“
Zum ersten Mal, seit ich hier war, sprach ich. Vielleicht lag es an Gretes Gebräu, dass ich dabei nicht gerade freundlich klang: „Warum bist Du so wütend? Offensichtlich hast Du mich erwartet und Du selbst hast mich vorhin gefragt, ob ich etwas mitgebracht hätte. Ich hatte mehrere Visionen ...“
„Herr im Himmel!“ Gretes Augen waren tellergroß geworden, während sie ungläubig den Kopf schüttelte.
„Ja. Herr im Himmel. Ich habe Dich gesehen. In einer Vision. Unter dem Altar der Kapelle ...“
Grete unterbrach mich erneut, indem sie noch heftiger den Kopf schüttelte. Diesmal sprach sie fast flüssig: „Fo bem host Du gelähnt so se schwatze? So wie mer?“
Ich stutzte. Es war nicht die Tatsache, dass ich Visionen hatte, die Grete so schockiert reagieren ließ. In dem Moment, als ich sie in ihrem Dorfdialekt reden hörte, begriff ich. Ich hatte eben, ohne es zu bemerken, in der Mundart der Dorfbewohner gesprochen. Ein Idiom, das nur echte Eingeborene hervorzubringen vermochten, denn selbst Grammatik und Vokabular waren anders als in der Hochsprache. Deshalb hatte Grete entsetzt reagiert. Ich lebte seit gerade einmal vier Wochen

hier. Meine sprachliche Veränderung war nicht logisch erklärbar, denn ich reproduzierte den Dialekt nicht wie jemand, der ihn nachahmte, sondern wie jemand, der damit aufgewachsen war. In Gretes Frage, wer mir beigebracht habe, zu sprechen wie die Einheimischen, schwang das Bewusstsein mit, dass ich es nicht gelernt haben *konnte*. Was auch immer mit mir passiert war, schien sie mehr zu bestürzen als die Tatsache, dass ich das Böse in ihr Haus gebracht hatte.

Automatisch antwortete ich ihr im Dialekt, diesmal bewusst. Sinngemäß erklärte ich, dass niemand ihn mir beigebracht hatte. Ich sprach ihn, seit ich in einem Alptraum gefangen gewesen war, in dem die Beteiligten sich in der örtlichen Mundart unterhalten hatten. Eine Zeitlang hatte ich peinlich darauf achten müssen, nicht auch mit Schülern und Kollegen im Dorfidiom zu sprechen. Trotzdem hatte meine Hochsprache jetzt einen dialektalen Einschlag, für den ich mir immer wieder Ausreden einfallen lassen musste.

„Erzähl mir von diesem Traum!“ Gretes Stimme war ein Flüstern. Wie eine kraftlose Puppe sank sie neben mich auf die Bank. Aller Zorn, alle Vorwürfe und selbst das, was ich auf ihren Boden hatte fallen lassen, schienen vergessen. Sie war zutiefst erschüttert.

Ich zögerte, weil ich befürchtete, ein weiterer Schlaganfall könnte Grete treffen, wenn sie sich noch mehr aufregte. Als ich nichts sagte, nahm sie meine Hand in ihren knochigen Griff und presste meine Finger zusammen. Jetzt flehte sie: „Catharina, Du musst es mir sagen! Ich bitte Dich bei allem, was Dir heilig ist!“

Erschrocken sah ich sie an. „Das hat Magdalena zu Rosa gesagt!“, entfuhr es mir unvermittelt und mein Blick wanderte zu dem abgedeckten Haufen auf dem Fußboden. Grete hatte erneut Worte benutzt, die in meinem Traum gefallen waren.

Die aber schlug eine Hand vor den Mund und folgte meinem Blick. Dann sah sie mir sekundenlang in die Augen, als suche sie darin die Bilder meines Traums.

„Um Himmels Willen, Kind!“ Ihr Flüstern war kaum noch zu hören, aber die Erkenntnis wanderte über ihr Gesicht. „Du warst

dort!“ Sie griff sich mit derselben Geste der Hilflosigkeit an die Brust, wie ich es schon so oft bei ihrem Urgroßvater Johannes gesehen hatte.
„Was ist Dir passiert?“, fragte sie. „Hast Du Rosa ...“, sie zögerte, als hätte sie Angst vor der Frage, „... hast Du Rosa … Hast Du sie singen hören?“ Gretes Stimme war fast nicht zu hören.
Ich nickte. Niemals würde ich Rosas entsetzlichen Gesang vergessen, mit dem sie Johannes die Seele aus dem Leib gesungen hatte, um ihn in einen materielosen Geist zu verwandeln.
„Großer Gott, Mädchen!“ Grete legte mir ihre beiden Hände an die Wangen. Sie drehte meinen Kopf zum Licht und sah mir erneut tief in die Augen.
Ich hatte das Gefühl, als vergingen Ewigkeiten.
Schließlich ließ sie mich mit einem Seufzer der Erleichterung los. „Dem Himmel sei Dank. Du hast keinen Schaden genommen. Dein Geist ist stark.“ Sie atmete tief durch und flehte: „Catharina! Du musst mir erzählen, was Du erlebt hast. Alles.“
Der Umstand, dass Grete nach ihrem Zornausbruch plötzlich und vollkommen auf Panik umgeschaltet hatte, machte mir Angst. Was konnte noch schlimmer sein als die Tatsache, dass ich das Böse in ihr Haus gebracht und diesen Raum besudelt hatte?
Meine Angst lockerte mir die Zunge und ich erzählte, was in meinem Traum in der Folterkammer passiert war. Während ich sprach, liefen die Bilder wie ein Film ab. Der Geruch des Räucherwerks tat sein Übriges, um die Barbarei in allen ihren Einzelheiten vor mein inneres Auge zu holen, so wie vorhin, als Grete den Rauch im Raum verteilt hatte. Ich merkte, wie ich immer leiser wurde und immer stockender erzählte, weil es mir die Kehle zuschnürte. Aber ich ließ nichts aus, bis ich endlich fertig war. „Seitdem wissen wir, warum Johannes ein Geist ist. Und inzwischen habe ich auch im Wachzustand Visionen.“ Tränen liefen mir übers Gesicht.
„Grundgütiger!“ Minutenlang starrte Grete auf das Tuch vor uns

auf dem Boden. Sie legte Räucherwerk nach und verwedelte den Rauch erneut im Raum, bevor sie sich wieder setzte. „Es ist meine Schuld“, hörte ich sie flüstern. Ein Zittern ging durch den dürren Leib. Fast glaubte ich, ihre Knochen klappern hören zu müssen.
Ich wusste nicht, was ich sagen sollte. Ich verstand nicht, was gerade passierte. Warum sprach sie plötzlich von *ihrer* Schuld! In Gretes Ausdruck, der noch vor Minuten reine Wut und dann Panik gezeigt hatte, stand jetzt blankes Entsetzen. Ihre Gefühlsumschwünge überforderten mich.
Grete schluckte hart, bevor sie fragte: „Du bist Dir sicher, dass sowohl der Graf als auch Konrad Dich gesehen haben?“ Wieder hörte es sich an, als müsse sie sich zwingen, diese Frage zu stellen.
Ich dachte an den Blick des Grafen, der mich in seinem Todeskampf getroffen hatte, und an Konrad, der bei seiner Flucht aus der Folterkammer um mich herumgelaufen war, obwohl ich für beide gar nicht anwesend hätte sein dürfen. Ich war mir sicher. In keinem meiner anderen Träume, die mir die Vergangenheit und die Verbindungen zwischen Johannes und den Mangoldfrauen gezeigt hatten, konnte mich irgendjemand sehen.
„Und Du hast gehört, dass Dein Name in dem Lied fiel, das Magdalena später für die Seele des Grafen gesungen hat“, bohrte Grete weiter.
„Sie hat für seine Seele gesungen?“, fragte ich statt einer Antwort. Ich hatte gewusst, dass Magdalena Rosas Fluch hatte eindämmen wollen. Aber mir war nicht klar gewesen, was das neue Ritual genau bewirken sollte.
Grete seufzte ungeduldig, antwortete aber: „Magdalena wollte seiner Seele Frieden geben, damit er sterben konnte.“
„Warum hat sie ihn ...“, diesmal war ich diejenige, die stockte. „Warum hat sie sein Herz ...“ Ich brach ab. In meinen Ohren dröhnte das Geräusch brechender Rippen.
Grete hatte trotzdem verstanden. „Magdalena hatte Angst, dass es schon zu spät war und der Graf trotz ihres Liedes in seinen

Körper zurückkehrte, um seinen Kopf zu suchen. Untote glaubte man pfählen zu müssen. Damals waren die Menschen abergläubisch."
Aha, Aberglauben!, machte die Stimme meiner Vernunft und ich starrte Grete an. In diesem Moment von Aberglauben zu sprechen, war vollkommen grotesk.
Grete hatte meine Irritation nicht bemerkt. Wieder klang sie flehend: „Catharina, bist Du sicher? Hast Du Deinen Namen in Magdalenas Lied gehört?"
„Ja", antwortete ich. „Aber es war doch Johannes, der aus der Realität heraus nach mir gerufen hat, während Magdalena in meinem Traum sang."
„Das spielt keine Rolle", flüsterte Grete und schüttelte den Kopf.
Wovor hatte sie plötzlich solche Angst? Offensichtlich ging es schon lange nicht mehr um das Zeug, das da vor uns auf dem Boden lag. Inzwischen ging es um mich. Grete hatte Angst um mich! Aber sie hatte doch vorhin festgestellt, dass mir nichts passiert war. Trotzdem wirkte sie zutiefst betroffen.
„Warum fragst Du das alles?" Auch ich klang jetzt flehend.
Grete griff beide meiner Hände. „Weil es die Verbindung zwischen Dir und ihm erklärt! Deine Träume. Diese Visionen. Weil es alles erklärt!" Sie presste meine Hände zusammen. „Rosas Lied hat nicht nur die Seele aus dem Grafen herausgesaugt, sondern auch die Deine und die von Konrad getroffen. Konrad muss zumindest einen Teil von Rosas Lied gehört haben. Deshalb konnte er Dich sehen. Und auch der Graf. Und dann hat Magdalenas Lied Deine Seele mit der des Grafen verbunden, als er Deinen Namen rief. Deshalb ist er für Dich sichtbar und hörbar. Deshalb träumst Du seine Vergangenheit. Deshalb hast Du Visionen. Deshalb sprichst Du jetzt unsere Sprache."
In meinem Kopf ratterte es. „Aber das ist völlig unlogisch!" Bei der Formulierung „unlogisch" wollte meine Stimme der Vernunft in hysterisches Lachen ausbrechen. Ich riss mich zusammen und sprach weiter. Aber es klang gepresst, als ich sagte: „Weder Rosa noch Magdalena oder Brunner haben mich

sehen können."
„Magdalena und Brunner waren nicht dabei, als Rosa gesungen hat. Ihre Seelen waren nicht verwundet und offen." Wieder pressten sich Gretes Schraubstockfinger um meine Hände. „Aber Rosa war monatelang irrsinnig nach dem, was sie damals getan hat. Ihre Seele war beschädigt. Erst ihr Kind hat sie in die Realität zurückgeholt. Aber das kleine Mädchen konnte nicht hören." Es knackte in meiner Hand und Grete lockerte ihren Griff. „Du bist hier, weil Du seit damals mit ihm verbunden bist."
Wieder protestierte ich. „Wie soll das gehen? Es war doch nur ein weiser Traum, der mir die Vergangenheit gezeigt hat! Ich war niemals wirklich in der Folterkammer!"
Grete lachte bitter. „Deine Seele war es. Hättest Du nicht geträumt, wärst Du nicht mit ihm verbunden. Dann wärst Du gar nicht hier."
„Das ist Blödsinn!", rief ich und begann nun meinerseits, Gretes Hände zu schütteln. „Willst Du behaupten, dass irgendwelche finsteren Rituale, die vor hundertfünfzig Jahren stattgefunden haben, dafür verantwortlich sind, dass ich auf Altenstein bin? Das ist idiotisch!" Das konnte alles nicht wahr sein.
Als Grete mich nur schweigend ansah, wurde ich heftig: „Willst Du wirklich behaupten, dass Rosas Gesang vor einhundertfünfzig Jahren nicht nur Johannes verflucht hat, sondern sich auch auf mein Leben in der Gegenwart auswirkt? Weil ich neulich diesen Traum hatte? Der Traum hat also nachträglich die Geschichte verändert?" Mein Verstand überschlug sich und mein Psychologen-Ego raufte sich die Haare. „Und wenn ich nicht geträumt hätte, wäre ich nicht mit Johannes verbunden und folglich nie hierher gekommen? Dann wäre ich jetzt irgendwo anders?"
Ich entzog Grete meine Hände und hielt mir den Kopf, damit er nicht platzte. Ohne ihn loszulassen, sprach ich weiter: „Aber ich bin dennoch hier, weil ich im Traum Rosas und Magdalenas Lieder gehört habe und deshalb mit Johannes verbunden bin. Und wenn ich nicht mit ihm verbunden wäre ..." Ich brach ab,

denn an dieser Stelle fing alles von vorn an. Ich würde in Endlosschleife weitersprechen.
Wenn Grete recht hatte, war ich gefangen. Gefangen in einer irren Verstrickung über die Jahrhunderte. Und etwas in mir behauptete, dass dem genau so war. In meinem Kopf hallten Worte wider, die ich in einem Traum gehört hatte, kurz nach meiner Ankunft auf Altenstein: *Er hat so lange auf Dich gewartet*, hatte Johannes' Schwester Friederike zu mir gesagt. *Du wärst nicht hier, wenn es nicht so sein sollte.* Wegen genau dieser Sätze hatte ich Grete selbst noch vor einigen Wochen erklärt, dass es einen Sinn hatte, dass ich auf Altenstein war ... Damals, als Grete mich hatte wegschicken wollen, um mich vor Johannes zu retten.
Wieder sah ich tanzende Punkte vor meinen Augen und mir wurde übel.
„Die Seele ist an keinen Ort und keine Zeit gebunden. Nur der Körper ist es. Zeit ist nur eine Illusion. Die Wirklichkeit ist eine Täuschung“, hörte ich Grete sagen.
Stöhnend sank ich mit dem Oberkörper wieder auf die Knie und umschlang meinen Kopf. Ein magerer Arm legte sich auf meine Schulter. „Kind, es tut mir so leid.“ Grete begann, meinen Rücken zu reiben. „Alles wäre anders gekommen, wenn ich Euch geholfen hätte. Du hättest nicht träumen müssen. Du wärst nicht in Todesgefahr geraten. Und Du wärst jetzt nicht mit ihm verbunden. Du wärst überhaupt nicht hier!“ Grete zitterte, als sie weitersprach: „Wenn ich mir vorstelle, was noch hätte passieren können …“, sie hielt inne und atmete geräuschvoll durch. „Du könntest jetzt sein, was er ist. Und auch das wäre meine Schuld.“
In meinem Hals bildete sich ein Kloß, der langsam anschwoll. Ich glaubte an diesem Kloß ersticken zu müssen oder wahnsinnig zu werden. Ich wollte weder das eine noch das andere. Also begann ich zu schreien. Wie schon einmal ... in diesem Traum, der irgendetwas mit meiner Seele gemacht haben sollte ... der die Realität verändert haben sollte ... Ich presste mein Gesicht gegen meine Oberschenkel, während ich den Kloß herausbrüllte. Verlustschmerz, das Gefühl der finsteren Bedrohung und der

Wahnsinn dessen, was ich eben gehört hatte, brachen sich Bahn, ohne dass ich etwas dagegen tun konnte.
Gretes Arme umschlangen mich und ich spürte ihren dürren Oberkörper auf meinem Rücken. Sie begann hin und her zu schaukeln, als wolle sie mich wiegen. „Schschsch“, hörte ich sie an meinem Ohr.
Dann flog mit einem dumpfen Schlag die Tür auf. Fridel, Benno und Sophie stürzten gleichzeitig in den Raum und begannen durcheinander zu reden. Um sie auszublenden, übertönte ich sie, indem ich eine Oktave höher schrie und meine Hände gegen meine Ohren presste. Und genau wie beim letzten Mal, als ich gebrüllt hatte, weil das, was ich hörte, unerträglich war, war es Benno, der mich hochzog und gegen sich drückte. Diesmal allerdings war keine Ohrfeige notwendig, um mich aus meiner Trance zu holen. Mein Schrei ging von ganz allein in ein Schluchzen über.
Grete hatte Benno auf der Bank Platz gemacht und hantierte irgendwo herum. Gleichzeitig versuchte sie Fridel und Sophie zu beschwichtigen, die durcheinanderredeten, während Benno beruhigend auf mich einsprach.
Wieder kam Grete mit irgendeinem Reagenzglas, dessen Flüssigkeit sie mir einflößte. Mir wurde warm davon und mein Kopf begann sich mit Watte zu füllen. Die Kräuterküche, das Zeug auf dem Boden und das Gerede um mich herum driftete nach und nach in irgendeine Ferne. Mein Gehirn schaltete auf Standby und ein wunderbares Gefühl von Gleichgültigkeit machte sich breit, das mich dämlich grinsen ließ.
Grete hat Dir Drogen gegeben!, meldete sich der letzte noch wache Teil meines Verstandes aus dem Nebel meiner Gedanken und ich kicherte.

Als ich aufwachte, lag ich auf einem Sofa. Ich hörte das laute Ticken einer Uhr. Vorsichtig richtete ich mich auf und sah mich um. Ich befand mich in einem Wohnzimmer, ausgestattet mit uralten Bauernmöbeln. Auch in diesem Raum gab es eine Andachtsecke, hier allerdings nur mit einem schlichten

Holzkreuz ausgestattet, unter dem eine erloschene Kerze stand. Das laute Ticken kam von einer schweren Standuhr mit einem riesigen Pendel. Sie zeigte, dass es Nachmittag war.
Ich hatte fast drei Stunden geschlafen und fühlte mich zum ersten Mal seit Tagen erfrischt und angenehm klar. So klar, dass ich mich sofort an das erinnerte, was in der Kräuterküche passiert war. Was auch immer mir Grete eingeflößt hatte, es hatte mich für eine Weile in einen gnädigen, erholsamen Schlaf gelegt. Das Gefühl, dem Wahnsinn anheim fallen zu müssen, hatte sich in eine friedliche Gelassenheit verwandelt. Angesichts dieser erfreulichen Veränderung war ich fast bereit, den Teil meines Ichs zu unterdrücken, der gegen die unbestreitbare Tatsache protestieren wollte, dass Grete mich ohne lange nachzufragen sediert hatte.
In diesem Moment klopfte es an die Tür und Benno trat ein. Als er sah, dass ich wach war, setzte er sich zu mir auf die Sofakante. „Geht's besser?", fragte er und betrachtete mich forschend.
Ich nickte und erfuhr, dass man mein Gebrüll vorhin bis in die Küche gehört hatte und er selbst, Fridel und Sophie in der Befürchtung nach oben geeilt waren, mich vor Gretes Zorn retten zu müssen.
„Ich hab' überreagiert wegen etwas, das Grete gesagt hat", antwortete ich in der Annahme, dass Benno nicht wusste, was genau passiert war. Aber ich täuschte mich, denn Benno schüttelte den Kopf. „Das denke ich nicht. Wenn ich mir überlege, was Du erfahren hast, war ein bisschen Schreien fast schon eine zurückhaltende Reaktion."
Wie sich herausstellte, hatte Grete den dreien unser gesamtes Gespräch erzählt. „Es war, als müsse sie Abbitte leisten für das, was mit Dir geschehen ist", stellte Benno fest. „Sie macht sich rasende Vorwürfe, weil sie sich geweigert hat, Dir zu erzählen, wie Johannes verflucht wurde." Er seufzte. „Es ist unfassbar, welche Konsequenzen ihre Sturheit für Dich zu haben scheint. Eine Verbindung über die Jahrhunderte, die den Lauf Deiner persönlichen Geschichte nachträglich verändert haben soll. Ganz zu schweigen von der Gefahr, dass auch Du zu einem ..." Der

Satz blieb in seiner Bedeutungsschwere im Raum hängen.
Ich spürte, wie das schöne Gefühl der Gelassenheit plötzlich von meinem Verstand bedroht wurde. Er wollte von Neuem beginnen, das Unbegreifliche irgendwie logisch zu fassen. Wenn ich das zuließ, würde ich doch noch im Irrsinn enden, denn es *gab* keine Logik und es *war* nicht zu fassen. Schnell wechselte ich das Thema: „Wo sind Fridel und Sophie?“, war das Erstbeste, was mir einfiel.
„Sie sitzen in der Küche und warten auf Dich.“ Benno stand auf. „Wir sollten nach nebenan gehen. Grete will wissen, was es mit Deinen Visionen auf sich hat. Sie hat uns ausgefragt. Ich hoffe, Du nimmst es uns nicht übel, wenn wir ihr alles erzählt haben.“
„Was heißt alles?“
Benno zuckte die Schultern. „Alles was wir wussten. Vom letzten Wochenende, als Du fast gestorben wärst, von Sophies Besuch bei Euch, von Euren Befürchtungen, dass Grete neue Flüche plant, nachdem Ihr diesen Altar entdeckt hattet. Von Deinen Visionen in den letzten Tagen – vor allem am Freitagabend, als Johannes zu uns kam. Und dass er Dich verlassen hat, weil er Dich schützen will.“
Meine Gelassenheit drohte nun doch noch, sich zu verabschieden. „Wie viel davon hat Sophie mitbekommen?“
„Was Dich betrifft? Alles. Aber ich glaube, Grete lässt sie mit manchem ganz bewusst im Dunkeln.“
Ich stöhnte, aber Benno schien kein Problem zu sehen. „Mach' Dir keine Sorgen. Auch wenn ich gestern Abend noch Bedenken hatte, wir können ihr vertrauen.“ Er lachte und berichtete, dass Sophie selbst es gewesen war, die Grete ihren Besuch bei Johannes und mir gebeichtet hatte. „Sophie hat Grete erzählt, welche Sorgen sie sich gemacht hat. Und dass sie doch nur helfen wollte. Sowohl Grete als auch Johannes und Dir. Sophie hat unumwunden zugegeben, dass sie bei Euch war, um von Gretes Absenzen und ihrem Gemurmel in der Kräuterküche zu erzählen.“
„Wie hat Grete reagiert?“, frage ich, nun besorgt um Sophie. Ich wagte mir gar nicht auszumalen, wie Grete es finden mochte,

dass Sophie Gretes Erzfeind diese Dinge erzählt hatte. Doch wie sich herausstellte, hatte Grete weniger auf Sophies Indiskretion reagiert als auf die Schlüsse, die Johannes und ich aus Sophies Bericht gezogen hatten. „Grete war geschockt, als sie begriffen hat, dass ihr dachtet, sie wollte Euch beide verfluchen."
Das passte zu meiner Vermutung, dass Grete sich niemals auf das Böse einlassen würde. Doch Benno winkte ab: „Es ging Grete nicht nur darum, dass Ihr ihr Hexerei und Teufelswerk zutraut. Hier geht es um irgendetwas anderes. Deshalb hat sie mich geschickt, um nach Dir zu sehen. Wenn Du wach bist, soll ich Dich holen."
Nicht mehr ganz so gelassen folgte ich Benno. Mir war mehr als mulmig angesichts der Frage, welche Offenbarungen jetzt noch auf mich warteten.

Als wir die Küche betraten, fuhren drei Köpfe zu uns herum und drei Augenpaare folgten uns, während wir uns am Tisch niederließen. Alle hatten Kaffeetassen vor sich. Auf dem Tisch stand außerdem ein Aschenbecher. Die Tür zum Garten war sperrangelweit geöffnet, trotzdem war der Raum voller Rauch. Ich fragte mich, warum Grete nicht protestierte, weil es in ihrer Küche wie in einer Bahnhofskneipe stank, bis ich begriff, was sie in ihrer Hand hatte. Aus einem Lederbeutel, dessen Inhalt mich stark an das erinnerte, was ich von der Decke ihres Dachbodens hatte hängen sehen, stopfte sie gerade eine Pfeife. Ich glaubte, ihre Hände dabei zittern zu sehen.
Während ich mich setzte und auch vor mir eine Kaffeetasse abgestellt wurde, begann sie zu paffen und weitere dichte Rauchwolken gesellten sich zum bereits bestehenden Qualm.
Keiner sagte ein Wort, während Grete mich lange forschend ansah. Sie wirkte nicht mehr so verzweifelt wie vorhin, aber die Anspannung stand ihr ins Gesicht geschrieben. Schließlich nickte sie, als sei sie mit dem Ergebnis ihrer Betrachtung zufrieden. „Du hast geschlafen", stellte sie fest. „Es war richtig, Deinem Geist eine Pause zu geben." Anscheinend wollte sie meinem Protest gegen ihr eigenmächtiges Handeln vorbeugen.

„Es wäre nett, wenn Du mich beim nächsten Mal vorher fragen könntest“, antwortete ich schnippisch.
Sie atmete durch, als müsse sie sich zur Geduld rufen. „Du warst nicht in der Verfassung, Entscheidungen treffen zu können“, gab sie zurück. „Übrigens wäre es für die anderen hilfreich, wenn wir uns so unterhalten könnten, dass sie uns verstehen.“
Offensichtlich hatte ich wieder im Dialekt gesprochen, ohne es zu bemerken. Doch bevor ich mir noch länger Gedanken darüber machen konnte, warum mir das dauernd passierte, brachten mich Gretes nächste Worte zum Schweigen: „Für das, was es zu besprechen gibt, wirst Du Deine Kraft brauchen.“
Betroffen sah ich in die Runde. Auch Benno, Fridel und Sophie schienen besorgt zu sein. Was kam jetzt?
Grete kam sofort zum Punkt: „Was ist mit diesen Visionen, die Du hast? Sag' mir ganz genau, was Du gesehen hast!“ Sie betonte „ganz genau“ und ich suchte nach der exakten Erinnerung. Ich hatte von ihr geträumt, wie sie in diffusem Licht unter einem Teppich durchgekrochen war, der irgendwo herunterhing.
„Das war ein Traum, keine Vision?“, fragte Grete und ich bestätigte.
Meine Visionen funktionieren anders. Es bedurfte eines Auslösers, damit ich mich überhaupt an sie erinnerte. Und selbst dann blieben sie undeutlich. Aber ich wusste, dass ich Steinplatten gesehen hatte, wobei unter einer davon ein Hohlraum war. In einer anderen Vision waren die Werkzeuge aus einem Sack auf irgendeinen Boden gefallen und das rote, hölzerne Ding hatte auf einem Tisch gelegen.
„Seit vorhin weiß ich, dass es der Boden Deiner Kräuterküche war.“ Unwillkürlich sah ich zur Decke, als könnte ich durch sie hindurch Gretes Dachgeschoss erkennen. „Und Johannes kannte das rote Ding. Er sagte, dass es eine Kinderrassel ist, die auf Deinem Altar liegt. Neben einem freien Platz.“ Ich schwieg in der Erwartung, von ihr eine Erklärung zu bekommen. Auch alle anderen sahen Grete gespannt an.
Statt zu antworten, stellte sie eine Frage, die sie auch gleich

selbst beantwortete: „Und dann habt Ihr die logischen Schlüsse gezogen? So, wie ich mich in den letzten Wochen Euch gegenüber verhalten habe, konnten es nur Flüche sein, die Sophie gehört hatte. Und der leere Platz auf meinem Tisch konnte deshalb nur für die teuflischen Werkzeuge bestimmt sein, die Du in Deiner Vision gesehen hattest. Genauso wie die Rassel. Du und der Graf habt geglaubt, ich würde mich an Euch beiden rächen wollen.“ In Gretes Stimme hatte sich ein resignierter Unterton geschlichen.

Genau so war es gewesen. „Johannes hat Altenstein deshalb verlassen. Er wollte mich vor Deinen Flüchen schützen. Und er hat verlangt, dass ich zu Dir gehe, damit Du unsere Verbindung trennst und diese Visionen aufhören.“ Der Schmerz in meiner Stimme war deutlich hörbar und Sophie sah mich voller Mitgefühl an.

Grete sprach weiter und klang dabei erschöpft: „Aber Du hast nicht auf ihn gehört. Stattdessen hast Du die Werkzeuge ausgegraben, weil Du verhindern wolltest, dass sie in meine Hände kommen. So wie Du es glaubst, in Deinen Visionen gesehen zu haben.“

Was sollte das heißen – wie ich *glaubte*, es in meinen Visionen gesehen zu haben? „Es ist so gewesen! Ich bilde mir das nicht ein!“

Auch Fridel setzte sich in Protesthaltung.

Grete ignorierte ihn. Sie überging auch meinen Einwand und fragte: „In Träumen siehst Du die Vergangenheit, nicht wahr?“

„Ja.“ Ich war wütend und hatte Lust, Grete weh zu tun. „Immer dann, wenn Du uns nichts sagen wolltest, hab' ich die Vergangenheit träumen müssen. Die alten Verstrickungen zwischen Johannes und ...“

Ich stockte. *... die Vergangenheit träumen müssen...* hallten meine Worte in meinen Ohren nach. *Vergangenheit... träumen ...* Plötzlich begriff ich. „Mein Traum hat mir die Vergangenheit gezeigt, nicht die Zukunft! Ich habe gesehen, wie Du die Werkzeuge *ein*gegraben hast – nicht *aus*gegraben!“

Sophie, Fridel und Benno sahen ruckartig von mir zu Grete.

Die lächelte schmerzhaft. „So ist es.“ Gleichzeitig warf sie mir einen Blick zu, als erwarte sie weitere Erkenntnisse dieser Art. Als ich schwieg, half sie nach: „Visionen sind trügerisch. Man kann sich leicht von ihnen täuschen lassen. Vor allem, wenn es einem an Erfahrung fehlt.“

Ich begriff nicht. Und auch allen übrigen Anwesenden standen die Fragezeichen in den Augen.

„Wie war es, als Du die Werkzeuge aus dem Sack geschüttet hast?“, bohrte Grete nach.

Wie sollte es gewesen sein? Die Mordinstrumente hatten auf den Millimeter genau und im perfekten Winkel zueinander gelegen, wie ich sie in meiner Vision gesehen hatte. Ganz genau so, wie Grete sie ...

Meine Gedanken machten eine Vollbremsung und ich schwieg betroffen, als es mir wie Schuppen von den Augen fiel: In meiner Vision hatte ich Grete gar nicht gesehen. Es war überhaupt keine Person sichtbar gewesen! Da war nur der Boden, auf den die Sachen genau so gefallen waren, wie *ich* sie vorhin aus dem Sack geschüttet hatte! Auch in der Vision vom Hohlraum unter dem Altar der Kapelle hatte ich nur die Steinplatten gesehen ...

Ich stöhnte laut auf. „Ich habe in meinen Visionen niemals irgendeinen Menschen gesehen, sondern immer nur das Ereignis selbst. Es war nicht *Dein* zukünftiges Handeln, das mir die Bilder gezeigt haben, sondern *meins*!“

Grete nickte traurig, als ich sie hilflos ansah. Die Erkenntnis traf mich wie ein Keulenschlag. Ich konnte nur noch flüstern: „Du hattest nie vor, die Sachen wieder auszugraben und sie für ein neues Ritual zu verwenden. Johannes und ich haben meine Visionen falsch gedeutet!“

Diesmal sah mich Grete einfach nur an, während sich das Begreifen ungnädig in mein Bewusstsein fraß. „Aber wenn wir nicht beide gedacht hätten, dass Du das alles tun würdest, wäre ich doch niemals auf die Idee gekommen, die Sachen auszugraben! Ich hätte ja gar nicht gewusst, wo sie sind!“

Ich hatte, ohne es zu wissen, mein eigenes zukünftiges Handeln

gesehen und war dadurch überhaupt erst auf die Idee gekommen, so zu handeln. Das war doch völlig paradox! Was war hier eigentlich die Henne und was das Ei?
Wieder begann mein Verstand sich zu überschlagen in dem unsinnigen Verlangen, das Unerklärbare zu verstehen: Waren die Visionen Auslöser meines zukünftigen Handelns oder mein zukünftiges Handeln Auslöser der Visionen? Und wenn ich von Anfang an gewusst hätte, dass es mein Handeln war, das ich gesehen hatte, hätte ich die Werkzeuge dann *nicht* ausgegraben? Mussten sich Visionen zwangsläufig erfüllen? Oder hätte ich das alles verhindern können?
Hatte Johannes mich umsonst verlassen und sich sinnlos seiner persönlichen Hölle ausgesetzt?
Hatte ich diese teuflischen Werkzeuge völlig unnötig aus ihrem Grab geholt, in dem sie seit Jahrzehnten sicher gelegen hatten?
Mit jeder einzelnen unbeantwortbaren Frage, die mein Verstand produzierte, kam das Gefühl von Chaos und Absurdität zurück. Ich spürte, wie ich zu zittern begann, und schlang mir die Arme um den Körper. Bevor ich mich auch noch dazu entscheiden konnte, in neuerliches Gebrüll auszubrechen, nahm mich Benno in den Arm. „Hör auf nachzudenken, Catharina“, flüstere er mir zu. „Die Vernunft vermag das Schicksal nicht zu besiegen.“
Grete nickte müde zu Bennos Worten. Dann wandte sie sich mir zu. „Der Graf hat recht. Gäbe es diese Verbindung zwischen Euch nicht, hättest Du keine Visionen. Und hättest Du keine Visionen, hättest Du das Teufelszeug niemals in mein Haus geschafft.“ Sie seufzte und sah auf ihre Pfeife, die sie in ihren knochigen Händen hielt. Jedes einzelne Wort schien sie Kraft zu kosten, als sie jetzt sagte: „Aber ich kann Euch nicht trennen. Ich kann nicht rückgängig machen, was damals in der Folterkammer geschehen ist. Letztendlich bin ich dafür verantwortlich, dass Ihr überhaupt miteinander verbunden seid.“ So wie mich der Irrsinn einholen wollte, kämpfte sie mit dem, was sie, ohne es zu wollen, ausgelöst hatte.
Fridel und Sophie sahen bestürzt aus. Es war ihnen deutlich anzusehen, dass sie gern irgendetwas für uns getan hätten, aber

selbst nicht wussten, wie sie das alles begreifen sollten.
Grete atmete hörbar aus. Als sie sprach, klang sie kraftlos und resigniert: „Ich denke, Ihr solltet jetzt gehen."
„Was wird aus den Sachen, die Frau Jung gebracht hat?", fragte Sophie besorgt.
Grete drehte ihr langsam den Kopf zu, als koste sie jede Bewegung Energie. „Sie bleiben hier."
Sophie fuhr in ihrem Stuhl hoch. „Das geht nicht. Das Zeug ist gefährlich. Das haben Sie selbst gesagt."
Bevor Sophie noch weiter protestieren konnte, hob Grete eine Hand, was Sophie sofort verstummen ließ. „Die Werkzeuge sind durch mein Verschulden hier. Deshalb sind sie jetzt meine Angelegenheit."
Sophie hatte bereits wieder den Mund geöffnet. Ich konnte den Blick nicht sehen, den Grete dem Mädchen zuwarf. Aber Sophie machte den Mund wieder zu und schwieg.
Benno, der mich noch immer im Arm hielt, ergriff das Wort: „Was wird jetzt aus Catharina? Was ist, wenn sie wieder Visionen hat?"
Grete sah mich lange an. „Ich denke, es sind keine solchen Bilder mehr notwendig und auch keine Träume."
Mein Verstand wollte, bevor wir gingen, zumindest auf die Fragen eine Antwort, auf die Grete mir eine geben konnte. „Was ist mit dem Altar? Was kommt auf den leeren Platz?"
„Ich weiß es nicht." Grete sah an mir vorbei in den Garten hinaus.
„Was soll das heißen, Du weißt es nicht?" Konnte sie nicht ein Mal eine klare Antwort geben? Nur dies eine Mal! „Bitte!"
Immerhin sah sie mich an, bevor sie kryptisch feststellte: „Sophie hat Dir von meinen Absenzen berichtet." Wieder schien sie von mir eine Erkenntnis zu erwarten, die mir nicht kam.
„Du hast auch Visionen. Du hast den Altar in einer Vision gesehen", riet ich ins Blaue.
„Nein." Grete schüttelte den Kopf. „Ich habe erfahren, dass Du kommen würdest. Dass Du etwas zu mir bringst und ich Dir zuhören muss."

„So wie heute“, flüsterte ich. Deshalb hatte sie mich also erwartet.
Grete nickte. Es schien, als müsse sie ihre letzten Kräfte mobilisieren, um weiterzureden. Jedes Wort schien ihr Schmerzen zu bereiten. „Ich habe mich dagegen gewehrt. Ich habe dagegen gekämpft. Ich habe mit mir gerungen. Deshalb habe ich den Altar errichtet.“
Fridel, der schon die ganze Zeit über auf seinem Stuhl herumgerutscht war und in der letzten halben Stunde mehrere Zigaretten gebastelt hatte, konnte sich nicht mehr zurückhalten: „Aber Du musst doch eine Idee haben, was noch auf den Tisch gehört. Warum nicht ...“, er zögerte, „… das Zeug.“
Grete funkelte ihn an. „Das Böse hat keinen Platz dort. Es ist ein Ort des Gedenkens!“ Der Zorn war unüberhörbar.
„Entschuldige“, murmelte Fridel und drückte eine weitere Zigarette in den überquellenden Aschenbecher.
Grete wurde wieder versöhnlicher. „Als Ihr vorhin kamt, dachte ich, Catharina hätte das fehlende Stück dabei. Aber das“, sie wies zur Küchendecke, „ist es nicht.“ Grete legte ihre Pfeife auf den Tisch, wie zum Zeichen, dass das Gespräch endgültig beendet war. „Geht jetzt.“ Sie sah zu Sophie. „Du auch.“
Ich sah, wie es in Sophies Gesicht arbeitete, aber sie widersprach nicht, sondern ging unsere Jacken holen. Als wir anderen die Küche verließen, stand Grete in der Tür und wandte sich noch einmal an mich: „Für Deine Füße.“ Damit drückte sie mir ein Tiegelchen in die Hand, das sie aus ihrer Schürze gezogen hatte. Ich bedankte mich und sparte mir die Frage, woher sie von meinen wunden Fersen wusste. „Auf Wiedersehen“, sagte sie, nickte und schloss die Küchentür.

Auf dem Kirchplatz war der Erntedankmarkt noch in vollem Gange. Fridel wanderte zielstrebig in Richtung eines Standes, an dem es alle erdenklichen Sorten von süßen und deftigen Kuchen gab. „Du musst essen“, erklärte er in meine Richtung. „Und wir auch.“ Er nickte Benno zu. „Was ist mit Dir, Sophie?“
Sophie schüttelte den Kopf. Sie wollte im Rittersaal mit Tim zu

Abend essen.
Ich hatte keinen Hunger nach allem, was in den letzten Stunden passiert war. Von der glücklichen Gelassenheit, die ich nach meinem Mittagsschlaf gespürt hatte, war nichts mehr übrig. Entweder lag es an den Gesprächen oder daran, dass Gretes Gebräu nicht mehr wirkte. Mein Verstand hatte seine Arbeit wieder aufgenommen und versuchte das, wozu er da war: Logik. Und natürlich scheiterte er.
„Wir hätten gern eine Platte von dem da", hörte ich Fridel sagen, während er unbestimmt in Richtung der Bleche mit deftigen Kuchen zeigte, sodass die Dame am Stand nachfragen musste: „Sie möchten von der Kartoffelpizza?"
Fridel schüttelte den Kopf. „Das daneben."
„Hä meent vo dem Zwiwwelplaatz", erklärte ich der Bedienung, um Fridel beizuspringen. „Oder?", fragte ich Fridel. „Du willst doch Zwiebelkuchen?"
Fridel nickte und die Dame begann den Kuchen einzupacken. Während Fridel bezahlte, stellte sie mit neugierigem Blick fest: „Du seist vo her, owwer ech kenn Dich gor net. Ech wees net, wo ech Dei Schärp hidu sillt."
Völlig automatisch hatte ich Fridels Bestellung für die Dame in die Dorfsprache übersetzt, mit Fridel aber weiter Hochdeutsch gesprochen. Die Frau hatte mich anhand des Dialekts als Einheimische identifiziert, die sie glaubte kennen zu müssen. Aber sie konnte mein Gesicht keiner Familie zuordnen.
„Ich hab' lange im Ausland gelebt", gab ich die erstbeste Erklärung in normaler Sprache, die mir einfiel.
„Ach so", machte die Landfrau und reichte Fridel seinen Kuchen mit wortreichen Erklärungen, wie er aufzubacken sei.
„Woher wussten Sie, dass die Frau diesen Dialekt spricht?", wollte Sophie wissen, während wir in Richtung Auto gingen.
„Ich wusste es nicht", gab ich widerwillig zu. Aber durch das Gespräch hatte ich begriffen, wie mein seltsames Sprachverhalten zustande kam: Seit dem Folterkammererlebnis ließ irgendein Teil von mir mich mit all denjenigen Dialekt sprechen, die er als Dialektsprecher identifizierte. Diese

Identifikation schien intuitiv zu geschehen. Aber im Gegensatz zu früher konnte ich inzwischen ganz bewusst zwischen den Sprachebenen wechseln. Wie die Frau auch, die mit mir in der Sprache der Eingeborenen, mit Fridel aber in der Hochsprache gesprochen hatte. Allerdings musste ich mein idiomatisches Unterbewusstsein dringend im Zaum halten – was wenn ich Ede im Schulalltag traf?

Als wir zum Schloss zurückkamen, herrschte Betrieb rund um das Internat. Letzte Sonntagsausflügler hatten anscheinend das schöne Wetter und die seltene Möglichkeit, das Internatsgelände zu besichtigen, genutzt, bevor sich die Pforten für Monate wieder schlossen. Um nicht die zahlreichen Spaziergänger und heimkehrenden Schüler umkurven zu müssen, parkte Fridel außerhalb des Schlossgeländes. Sophie, die Tim auf dem Plateau entdeckt hatte, verabschiedete sich von uns.

Während ich langsam mit Fridel und Benno Richtung Burgtor lief, wanderte urplötzlich ein bekanntes, kaltes Prickeln meinen Nacken hinauf und ich zuckte zusammen. Unvermittelt überholte uns von hinten ein Radfahrer. Vielleicht weil er meinen Schrecken bemerkt hatte, bremste er, als ob er anhalten wollte. Dann aber, ohne sich umzudrehen oder zu entschuldigen, radelte er weiter, als hätte er es sich anders überlegt.

„Alles in Ordnung?“, fragte Benno.

Ich sah dem Radfahrer nach, der auf dem Schlossgelände verschwand. „Keine Ahnung. Ich hab' mich erschreckt, noch bevor ich ihn gesehen habe.“ Eine Gänsehaut überlief mich. „Wie früher, als ich ... In der U-Bahn ... Mein Stalker ...“

„Nach so viel finsterer Bedrohung in den letzten Tagen und all den übersinnlichen Offenbarungen heute bist Du hoch sensibilisiert. Deine Intuition arbeitet Akkord“, mutmaßte Benno. „Zum Glück ist das Zeug weg. Es wird Zeit, dass Du zur Ruhe kommst.“

In Fridels Wohnung backten wir den Zwiebelkuchen im Ofen auf, so wie es die Landfrau Fridel erklärt hatte. „Eigentlich soll man dazu Federweißer trinken“, sagte Fridel, während er den

Tisch deckte.
„Explosive Mischung", stellte Benno fest und grinste.
Auch Fridels Bart zog sich in die Breite. „Wir wollen uns nicht die Nacht verderben, mein Liebster. Jetzt, wo wir wieder allein schlafen können, weil doch Grete meint, dass für Catharina keine Gefahr mehr besteht." Er schenkte Benno Wasser ein und stellte das dampfende Backblech vor uns, von dem ein Duft nach frischem Brotteig, Schmand und Zwiebeln ausging.
Benno schien unsicher. Vielleicht fühlte er sich trotz allem weiterhin an sein Versprechen gegenüber Johannes gebunden. Er warf mir einen fragenden Blick zu. „Was sagt Deine hoch aktive Intuition?"
Ich fühlte in mich hinein. Das Gefühl der sich verdichtenden Atmosphäre und dunklen Bedrohung war tatsächlich verschwunden. Es war mit dem Inhalt meiner Handtasche bei Grete geblieben. Übrig waren Beklommenheit und Sorge, was ich auf die Ereignisse der vergangenen Stunden schob. „Mein Verstand versucht verzweifelt zu begreifen, dass mein Traum von letztem Wochenende mein ganzes Leben rückwärts verändert haben soll. Die ganze Zeit über frage ich mich, wo ich leben und arbeiten würde, wenn ich nicht hier wäre. Und diese Visionen ..." Ich schüttelte hilflos den Kopf. „Ohne diese Visionen hätte ich das Zeug nie ausgegraben. Aber weil ich das Zeug ausgegraben habe, hatte ich die Visionen." Allein die Beschreibung des Unbegreiflichen verursachte mir einen Brummschädel. „Manchmal habe ich das Gefühl, mein Kopf platzt oder ich werde irre."
Benno sah mich voller Verständnis an. „Es ist sinnlos, die Sache mit Logik lösen zu wollen", sagte er. „Es ist hilfreicher, die hohen Mächte, die Vorsehung und das Schicksal zu bemühen." Mit einem Lächeln sah er zu Fridel, mit dem er am Morgen noch über dieses Thema gestritten hatte.
Fridel grinste, während er genüsslich weiterkaute. Benno aber wiederholte den Satz, mit dem er mich schon in Gretes Küche beruhigt hatte: „Die Vernunft vermag das Schicksal nicht zu besiegen."

Fridel schluckte und spülte aus seinem Glas nach. „Wenn ich meine bescheidene Meinung äußern darf“, leitete er in einem Tonfall ein, der eine weltverändernde Offenbarung erwarten ließ, „dann ist es doch völlig egal, wo sich Catharina heute befinden würde, wenn sie nicht hier wäre. Es ist vollkommen wurscht, was wäre, wenn Grete sich anders verhalten hätte, Du nicht in der Folterkammer gewesen und nicht mit Johannes verbunden wärst.“ Er zuckte mit einem Ausdruck von Gleichgültigkeit die Schultern. „Es *ist* nun mal so. Diese ganzen Was-wäre-wenn-Fragen sind absolut idiotisch. Du *bist* hier. Nur weil Du heute erfahren hast, dass da vor hundertfünfzig Jahren irgendetwas mit Dir in der Folterkammer passiert ist, kannst Du Dir überhaupt irgendwelche Gedanken darüber machen, dass Deine persönliche Geschichte anders hätte verlaufen können. Das ganze Problem ist Dein Verstand, der nicht aufhören kann, darüber nachzudenken.“
Ein Grinsen wanderte über sein Gesicht, als er fortfuhr: „Im Übrigen finde ich, dass das Gespräch mit Grete sehr erfreulich war.“ Er sah von Benno zu mir und zurück zu seinem Angebeteten.
Als wir ungläubige Verständnislosigkeit signalisierten, stellte Fridel nüchtern fest: „Erstens sind wir dieses Zeug los. Grete hat es in ihrer Verantwortung, weil sie ein schlechtes Gewissen hat – und meiner Meinung nach darf sie das ruhig haben, so wie sie sich verhalten hat in den letzten Wochen.“
Er säbelte ein weiteres Stück von seinem Zwiebelkuchen ab und betrachtete es eingehend. Als er weitersprach, blitzten seine Augen. „Und was diese Verbindung zwischen Dir und Deinem Johannes angeht, verstehe ich das Problem nicht. Ihr seid untrennbar! Über alle Zeiten hinweg und über alle Entfernungen. Da kann Dein guter Graf laufen, so weit er will.“ Er sah mit einem mehrdeutigen Grinsen Benno an. „Davon träumen andere.“
Bevor Benno etwas erwidern konnte, wandte sich Fridel schon wieder an mich. Er drückte mit seiner haarigen Pranke meine Hand. „Du wirst ihn wiedersehen. Die Mächte der Finsternis sind noch nicht besiegt. Der Prinz ist noch nicht erlöst.“ Damit schob

sich Fridel sein Kuchenstück in den Mund, sichtlich zufrieden mit sich selbst und seiner Analyse des Tagesgeschehens.
„Wow", war alles, was Benno sagte. Er ließ Fridels Anspielung auf seine gescheiterte Sinnsuche im Himalaya und seine Umzugspläne unkommentiert.
Ich beugte mich zu Fridel hinüber und strich ihm durch sein wildes Haar. „Danke, lieber Nachbar."
„Immer wieder gern, meine liebe Nachbarin." Er drückte noch einmal meine Hand und zeigte dann auf meinen Kuchen, den ich bisher nur über den Teller geschoben hatte. „Und jetzt essen! Sonst bist Du bis zur Rückkehr des Prinzen ein Skelett."
Brav gehorchte ich, allein schon aus Dankbarkeit für Fridels Ansprache. Die Sicherheit, mit der er Johannes' Rückkehr verkündete, verhalf mir zu einer vorsichtigen Hoffnung. Aber Fridel hatte auch sonst völlig recht. Ohne meinen phantasierenden Verstand hatte ich kein Problem. Ich musste die Dinge einfach nur akzeptieren, wie sie waren: Ich war hier. Meine Aufgabe war auf Altenstein.

Nach dem Essen verabschiedete ich mich. Niemand schien mehr ein Problem damit zu haben, dass ich die Nacht allein verbrachte. Benno allerdings bat darum, dass ich mein Handy in Griffweite behielt.
Beide drückten mich fest zum Abschied und wünschten mir eine ruhige Nacht. Fridel zwinkerte mir noch einmal zu und legte seinem Benno eine Hand auf den formvollendeten Hintern.
Mich quälten leise Eifersuchtsstiche. Ich hatte nie die Chance gehabt, Johannes eine Hand auf den vermutlich ebenso wohlgeformten Hintern zu legen. Andererseits – wenn Fridel recht hatte, würde ich meine Chance noch bekommen. Nur was nützte mir diese Verbindung, wenn ich nicht wusste, wie ich Johannes erreichen konnte?
Mochten wir über Raum und Zeit miteinander verbunden sein, so konnte er ganz offensichtlich trotzdem vor mir davonlaufen. Aber wenn Johannes wüsste, was sich heute bei Grete ereignet hatte, käme er zurück. Er hatte keinen Grund mehr, sich von mir

fern zu halten. Doch wie sollte ich ihm das mitteilen?
Fängst Du schon wieder an?, meldete sich mein Psychologen-Ego. *Wolltest Du nicht aufhören, Was-wäre-wenn-Fragen zu stellen?*
So recht meine innere Stimme haben mochte, so konnte ich trotzdem nichts gegen die Sehnsucht machen, die mich in dem Augenblick zu quälen begann, als ich allein auf meinem Sofa in meiner Wohnung saß – mochte ich auch noch so froh sein, dass die Dauerüberwachung endlich ein Ende hatte.
Ich holte mein Handy von der Ladestation, um mich mit einem Anruf bei meinen Eltern abzulenken. Ein Blick auf das Display zeigte die verpassten Anrufe und Nachrichten auf dem Anrufbeantworter, die mir das Telefon bereits vormittags hatte mitteilen wollen.
Diesmal überprüfte ich wenigstens die Nummern. Mehrmals Fridel und meine Eltern, außerdem eine unbekannte Nummer. Unbekannte Nummern waren grundsätzlich zu ignorieren. Den Anrufbeantworter löschte ich unabgehört, bevor ich zu Hause anrief.
Ausnahmsweise hatte ich nicht meine Mutter, sondern meinen Vater am Telefon. Anscheinend war meine Mutter mit Freundinnen unterwegs, was mir ganz recht war, denn wie ich von meinem Vater erfuhr, war die Mitteilung, die sie mir auf meinem Anrufbeantworter hinterlassen hatte, etwas unentspannt gewesen.
„Sie ärgert sich, weil Dein Telefon immer aus ist und sie auf den Anrufbeantworter sprechen muss", erklärte mein Vater und lachte. Aber offensichtlich hatte es keinen ernsteren Grund gegeben, aus dem mich meine Mutter hatte erreichen wollen. Einige Minuten tauschten wir harmlose Belanglosigkeiten aus. Nicht dass mein Vater und ich uns nichts zu sagen gehabt hätten, aber mein Vater hatte so überhaupt kein Talent zum Telefonieren. Er weigerte sich schlichtweg, mehr als neutrale Informationen durch den elektronischen Äther zu schicken, weil er die Stimme seines Gegenübers nicht ungefiltert hören, geschweige denn das Gegenüber selbst sehen konnte. Vielleicht

hatte ich meine Technik-Phobie von ihm geerbt. Jedenfalls geriet unser Gespräch recht kurz.
„Sag' Mama, dass es mir gut geht“, bat ich, bevor wir uns verabschiedeten. Ich wollte vermeiden, dass sie zurückrief, um mir doch noch einen Heuler zu verpassen, weil sie mich nicht hatte erreichen können.
Nach dem viel zu kurzen Anruf machte ich einen weiteren Ablenkungsversuch, indem ich meine Füße verarztete und mit Gretes Salbe aus dem Tiegelchen bestrich. Wenn die Salbe so wirksam war wie Gretes übrige Kräuter, konnte ich mit etwas Glück morgen in echten Schuhen arbeiten gehen. Vielleicht hätte ich sie nach einer weiteren Portion von diesem beglückenden, einschläfernden Gebräu fragen sollen.
Drogen sind keine Lösung!, bemerkte die Stimme der Vernunft, die dank Fridel und Bennos Hilfe inzwischen aufgehört hatte, dem Unbegreiflichen mit Logik beikommen zu wollen. Jetzt beschränkte sie sich auf pädagogische Vorträge, weil ich mir in Ermangelung von Gretes Kräutern ein großes Glas Wein einschenkte und mich damit vor den Fernseher setzte. Entgegen meiner Befürchtung, dass der Apparat die letzte Begegnung mit Johannes nicht überlebt hatte, weil er mit einem Plopp ausgegangen war, funktionierte das Gerät problemlos.
Ich entschied mich gegen den Sonntagskrimi und für einen Action-Film, in dem der tragische, als Fledermaus verkleidete Superheld die Stadt und die Moral ihrer Bewohner zu retten versuchte. Die Kinnpartie des tragischen Helden erinnerte mich stark an einen bestimmten wunderschönen, exotischen, indianischen Grafen – allerdings nur in denjenigen Szenen, in denen der Held in Fledermausmaske auftrat.
Statt mich in schmerzliche Melancholie zu stürzen, nahm ich die kantige Kinnpartie zum Anlass, mir mein Wiedersehen mit Johannes vorzustellen. Meine aufkommenden Zweifel ersäufte ich im Lauf des Abends in einer halben Flasche Wein, auch auf die Gefahr hin, dass ich dafür mit Kopfschmerzen und schweren Träumen bestraft würde. Ziemlich beschickert ging ich ins Bett, nahm aber das Handy mit, weil ich brav war und Benno nicht

enttäuschen wollte. Ich hängte es sogar wieder ans Ladekabel.

Der abnehmende Mond stand über der Dorfkirche und der Schatten des Kirchturms fiel in Gretes Garten. Er stand in diesem Schatten und sah zu dem kleinen Fachwerkhaus hinauf.
Warum zögerte er?
Er wusste es. Es war die Angst, den letzten Rest seiner Freiheit zu verlieren, wenn sich zeigen sollte, dass...
Er verwarf den Gedanken. Was bedeutete seine Freiheit, wenn es um das Glück Catharinas ging? Außerdem konnte er über die Konsequenzen nachdenken, wenn er Gewissheit hatte.
Er straffte sich und ging auf das Haus zu. Innen glitt er ohne Umschweife die Treppe hinauf. Als er auf dem Absatz zum ersten Stock ankam, hörte er Gretes Stimme hinter derjenigen Tür, von der er wusste, dass es ihr Schlafzimmer war. Möglicherweise träumte die Köchin. Ohne weiter zu zögern setzte er den Fuß auf die Dachbodentreppe – und hielt doch inne, als er Catharinas Namen hörte.
„Ich muss Catharina schützen. Nichts wäre passiert, wenn ich ihr meine Hilfe nicht verweigert hätte. Nur deshalb sind sie zu mir zurückgekommen und nur deshalb habe ich mich darauf eingelassen."
Gretes Worte waren kein undeutliches Traumgemurmel. Sie wirkte vollkommen wach und bewusst. Es klang wie ein Selbstgespräch. Augenscheinlich war Catharina bei ihr gewesen und hatte die Köchin umfassend über die jüngsten Ereignisse in Kenntnis gesetzt. „Sie" mussten Catharina, Benno und Fridel sein.
Offensichtlich hatte Grete das Ritual durchgeführt – zu Catharinas Sicherheit. So quälend das, was er hörte, war, so sehr erleichterte es ihn auch. Er war keine Gefahr mehr für Catharina.
Dann sprach die Köchin erneut: „Ich kenne meine Verantwortung. Ich habe, weiß der Himmel, teuer bezahlt. Mein Kind ist tot!" Einen Moment lang herrschte Schweigen, bis Grete sagte: „Elisabeth war das unschuldigste Opfer von allen!"

Er hörte ein trockenes Husten, das fast wie ein Schluchzen klang. „Ich will nichts mit ihm zu tun haben. Und ich werde ihm nicht vergeben! Das bin ich meinem Kind schuldig! Ich werde tun, was ich muss."
Jetzt ging es um ihn. Sein Herz zog sich zusammen beim Gedanken an das Leid, das Grete durchgemacht hatte. Sie war diejenige, die das größte Opfer gebracht hatte. Eine Unbeteiligte an dem, was zwischen Rosa und ihm vorgefallen war. Eineinhalb Jahrhunderte später.
Er war voller Verständnis dafür, dass sie ihm nicht vergeben konnte. Wie gern hätte er ihr das gesagt. Grete war sein eigen Fleisch und Blut, ihre Tochter Elisabeth seine Ururnrenkelin. Wenn es Grete half, ihr Leid zu ertragen, mochte sie ihn hassen und ihn verfluchen. Und wenn das der Weg war, alles zu beenden, um so besser.
Dem dringenden Wunsch nach Klarheit folgend, stieg er die Treppe zum Dachboden hinauf.

33. Tag – Montag

Ich erwachte schreiend. Mein Herz raste und ich atmete hektisch. Orientierungslos sah ich mich um und verstand das Bild nicht, das meine Augen zeigten. Langsam begriff ich, dass mein Blick durch die Schatten der Morgendämmerung wanderte. Mein Bewusstsein kam dahin zurück, wo sich mein Körper befand.
Ich war auf Altenstein. Was ich sah, war mein Schlafzimmer. Zur Sicherheit schaltete ich meine Nachttischlampe an und blickte mich suchend um. Niemand war hier. Auch nicht in den Schatten. Ich war allein. Mein Kissen, mein Bettzeug, alles war zerwühlt und durchgeschwitzt. Es war nur ein Traum gewesen. Ein einfacher, grauenhafter Alptraum. Kein weiser Traum. Im Gegenteil!
Er war wieder da gewesen.
Er!
Seine Schritte in leeren Straßen.
Eisige Kälte, die meinen Rücken hinaufwanderte.

Die U-Bahn.
Eine anonyme Masse in meinem Rücken.
Hände, die mich stießen.
Rasende Kopfschmerzen hämmerten gegen meine Schädeldecke, als ich aufstand und ins Bad ging. Stöhnend stand ich in der Dusche und kühlte mein Gesicht an den kalten Fliesen, bevor ich das Wasser anstellte.
In Gedanken beschuldigte ich die hohen Mächte und das Schicksal, die mir das alles antaten. Reichte nicht das Chaos, das ich in der Realität bewältigen musste? Musste mich auch noch im Traum mein fast vergessener psychopathischer Stalker verfolgen? Musste mich gerade jetzt die Vergangenheit einholen? Die Gegenwart reichte doch!
Du kannst es nicht den höheren Mächten anlasten, wenn Du gestern gesoffen hast, fand die Stimme der Vernunft, die keiner gefragt hatte. Johannes hat Dich davor gewarnt, dass Wein gefährlich ist, moralisierte sie weiter.
Nach dem Duschen versuchte ich, mein Vertrauen in die kosmische Sinnhaftigkeit mit einer Portion Kopfschmerztabletten wieder herzustellen. Aber es kostete mich meine ganze Willenskraft, mich für den Tag herzurichten. Noch nicht einmal zum Kaffeekochen war ich fähig, sodass ich in den Rittersaal ging, um mir die Plörre anzutun, die es neuerdings dort gab. Selbst der Kaffee litt unter Gretes Abwesenheit. Aber ich brauchte irgendetwas, das meinen Kreislauf wieder zum Kreisen brachte. Und ich brauchte Menschen um mich herum, die ich kannte. Jeden Einzelnen.
Ich nahm mir ein trockenes Brötchen, um meinen Magen nicht zu überfordern, und nagte daran herum. Eine freundliche Stimme störte mein meditatives Krümelkauen.
„Du siehst ja scheiße aus." Fridel setzte sich mit einem Berg von Käse und Wurst unter einem halben Brotlaib neben mich. Er trug seine weiße Krankenschwesterntracht.
Ich betrachtete seinen übervollen Teller.
„Harte Nacht", erklärte er. Offensichtlich hatte er mit Benno ausführlich nachgeholt, was sie ob meiner Anwesenheit versäumt

hatten. Fridel beäugte mich eingehend: „Deine Nacht scheint auch nicht leicht gewesen zu sein. Aber weniger genussreich." Mit fragendem Blick sah er mich an, während er kaute. Dann schien ihm ein Gedanke zu kommen und sein Gesicht wurde besorgt. „Du hattest nicht etwa doch wieder diese Träume?"
Ich schüttelte den Kopf. „Andere."
Fridel stellte tatsächlich das Essen ein. „Was heißt das?"
„Mein alter Stalker. Er war hinter mir her."
Unter Fridels Bart verzog sich sein Gesicht. „Der Typ sitzt doch im Knast, oder?"
Ich nickte. „Psychiatrie. Forensische."
„Also besteht keine Gefahr." Fridel entspannte sich sichtbar.
Mir war klar, welche Befürchtungen mein Nachbar hegte. Ich hatte ähnliche. Mit den Fingerspitzen kratzte ich einen Krümel vom Brötchen und ließ ihn auf den Teller fallen. „Eigentlich kann er nicht hier sein. Aber dieser Traum … Es ist wie beim letzten Mal."
„Catharina, niemand weiß, dass Du hier bist. Dein Stalker ist in Verwahrung." Fridel sah mich versichernd an. „Und selbst wenn er hier wäre – Altenstein ist für Fremde verboten. Wer das Schlossgelände betritt, wird von der Torkamera aufgenommen und nachts ist das Tor zu. Du kannst Dich entspannen."
Meine Stimme klang weinerlich, als ich antwortete. Zum Glück waren wir allein am Lehrertisch. „Früher hat mich Johannes aus diesen Träumen gerettet."
„Er fehlt Dir. Deshalb melden sich die alten Ängste." Fridel strich mir über die Wange. „Aber es wird alles gut, Prinzessin. Dein Graf wird zurückkommen. Und dann wird er Dich auch wieder aus Deinen Stalkerträumen retten."
Meine Stimme der Vernunft war mehr als einverstanden mit Fridels Erklärung. Auch diesmal vermochte es sein zuversichtlicher Tonfall, dass die Angst der Hoffnung wich, die die letzte Nacht zerstört hatte.
Wie froh war ich in diesem Augenblick über die Tatsache, dass ich in der kleinen, überschaubaren Internatswelt lebte, die an 360 Tagen im Jahr für Fremde verboten war, und in der jeder Fremde

sofort auffiel. In der ich selbst noch vor einigen Wochen aufgefallen war.
Während ich an meinem Kaffee nippte, betrachtete ich die Schüler, deren Gesichter ich mittlerweile alle kannte, und beruhigte mich langsam wieder.
Nur ein Alptraum, Catharina!, hörte ich die Stimme der Vernunft.
„Wie oft werde ich Dir noch für Deine Lebensberatung danken müssen, Fridel?“ Ich drückte seine Hand.
„Es ist mir ein besonderes Vergnügen.“ Dann beugte er sich dicht zu mir herüber und raunte mir in anzüglichem Tonfall zu: „Und außerdem steht ja wohl noch immer die echte Romantik aus. Habt Ihr schon mal überlegt, ob bei diesem Prinzen Küssen allein nicht ausreicht, um den Fluch zu brechen? Vielleicht ist das ein besonders schwerer Fall, der härtere Maßnahmen erfordert.“
Fridel sackte in sich zusammen und stöhnte leise, als ich ihm unter dem Tisch gegen das Schienbein trat. Dann widmete er sich mit wissendem Grinsen wieder dem Futterberg auf seinem Teller.
Auf dem Weg zu meinem Büro blieb mein Blick an Johannes' Portrait hängen und ich riskierte, davor stehen zu bleiben. Fridel hatte mir versprochen, dass mein dunkler Engel zurückkommen würde, und ich hatte beschlossen, daran zu glauben.
Mitleidlos blickten die schwarzen Augen des kalten Grafen auf mich hinab, während den Mund ein sadistisches Lächeln umspielte. Vor mir sah ich den Mann, den ich in der Folterkammer hatte sterben sehen. Das war nicht mein Johannes und doch war er es.
Ich hatte Johannes nur einmal kalt und herrisch erlebt. Ein einziges Mal hatte er mich die eisige Macht spüren lassen, zu der er fähig war. Vor nur zwei Nächten war es sein verzweifelter Versuch gewesen, sich genug Distanz zu verschaffen, um mich verlassen zu können.
Meine Gedanken wanderten zu dieser Nacht, in der ich es geschafft hatte, ihm im Traum zu begegnen, um ihn umzustimmen. Es war misslungen, weil mir im Gegensatz zu

ihm die Erfahrung mit den weisen Träumen fehlte. Ich war Johannes hoffnungslos unterlegen gewesen.

Andererseits hast Du ihn dazu bewegen können, Dir zuzuhören, schaltete sich mein Psychologen-Ich ein.

Ich starrte zum kalten Grafen hinauf. War das die Lösung, Johannes zurückzuholen? Ein weiser Traum? Würde ich im Traum die Verbindung nutzen können, die zwischen uns herrschte?

Die Seele ist an keinen Ort und keine Zeit gebunden, hörte ich Gretes Worte.

„Das ist er also“, störte eine wohlbekannte Stimme meine hoffnungsfrohen Gedanken und ließ mich zusammenschrecken. Sophie hatte wirklich eine Begabung, unerwartet aufzutauchen. Immerhin entschuldigte sie sich diesmal sofort.

Ich nickte resigniert. Das Gespräch zwischen Benno, Fridel und Grete gestern, als ich geschlafen hatte, hatte offensichtlich alle noch bestehenden Wissenslücken bei Sophie gefüllt. „Wie ich schon sagte: So grinst mein Vater auch nach erfolgreichen Deals. Aber der Graf sieht eindeutig besser aus mit diesem Indianerflair.“ Sophie kicherte. „Ist er heute immer noch so ein Schnittchen? Oder sehen Sie ihn auch nur als wabernde Wolke?“

„Ich sehe ihn“, überging ich ihre erste Frage.

Aber so einfach ließ sich Sophie nicht abspeisen. Sie hatte keine Skrupel, persönlich zu werden. „Sie mögen ihn. Es tut mir leid für Sie, dass er gegangen ist.“

Ich versuchte es mit Schweigen, obwohl ich schon mehrfach die Erfahrung gemacht hatte, dass das keine gute Strategie war, wenn man es mit Sophie zu tun hatte.

„Ich bin sicher, er kommt zurück. Es geht gar nicht anders. Sie beide sind aneinander gebunden“, fuhr Sophie ungebeten fort und sah mich von der Seite an. „Außerdem hab' ich noch tausend Fragen an ihn.“

„Hast Du keinen Unterricht?“, winkte ich mit dem Zaunpfahl.

Hatte sie nicht. Ungerührt blieb sie bei mir stehen. Zumindest wechselte sie das Thema. „Ich mach' mir echt Sorgen um Frau Mangold. Weil sie das Zeug im Haus hat. Ich weiß nicht, was sie

damit will.“ Sophie betrachtete mich abwartend, als wüsste ich die Antwort. „Aber sie hat ein total schlechtes Gewissen, weil sie so stur war. Wissen Sie, warum sie ihn so hasst?“ Sie sah zum Grafen hoch. Anscheinend war sie doch nicht so umfassend informiert, wie ich gedacht hatte.
Ich beschloss, das Gespräch zu beenden, bevor sie weiter fragen konnte. „Mach' Dir keine Sorgen“, sagte ich. „Grete weiß, was sie tut.“ Damit ließ ich Sophie endgültig stehen und eilte ins Büro. Zum Glück wirkten inzwischen die Kopfschmerztabletten.
Im Büro zeigte ein Blick in meinen elektronischen Postkasten mehrere dienstliche Mails, eine davon vom guten Stern. Ich möge ihn „vollständig ins Bild setzen, was die heldenhafte Rettung unseres Schülers aus der Steilwand des Alten Steins betraf“. Bereits letzte Woche hatte er mir angedroht, mir eine entsprechende Anfrage zukommen zu lassen. Ich seufzte, markierte die Mail als ungelesen und versuchte sie zu vergessen.
In der nächsten Mail bat ein schulpsychologischer Berufskollege um Rückruf wegen Antoine. Es zeigte sich, dass der Kollege für die Schule zuständig war, auf der Antoines Eltern ihren Sohn nach seinem Rauswurf aus Altenstein anzumelden gedachten. Um eine Entscheidung zu treffen, ob man ihn aufnehmen würde, wurde ich um eine Einschätzung von Antoines Leistungen und Sozialverhalten gebeten. Ich versprach die entsprechenden Informationen zusammenzustellen und legte auf.
Mein Problem war, dass ich Antoine nur einmal live erlebt und einen recht negativen Eindruck von ihm hatte. Wer mir jetzt wirklich hätte helfen können, wäre Johannes gewesen, denn er hatte den Jungen in unterschiedlichen Situationen kennen gelernt, unter anderem bei dessen Attacke auf Tim oder in der Interaktion mit seinen Eltern. Jetzt allerdings musste ich zusehen, wie ich allein klar kam. Das aufkommende Gefühl des Verlusts wurde von einem Termin mit meiner magersüchtigen Schülerin unterbrochen, doch es zeigte sich, dass sie weiterhin stabil war.
Mittags klopfte es und Fridel holte mich zum Essen ab.
Während ich meinen Sojabratling aß, berichtete Fridel von

Benno, der unterwegs war, um sich eine eigene Bleibe zu suchen. Das Gesicht meines Nachbarn verzog sich in Bedauern. Er wollte sich nicht mit dem Gedanken abfinden, getrennt zu wohnen.
Bevor ich dazu kam, dem enttäuschten Fridel zum wiederholten Male zu erklären, dass Benno ein Mensch war, der Freiraum brauchte und eben erst die Weiten des Himalaya verlassen hatte, setzten sich uns der gute Stern und sein Trabant, eine junge Referendarin, gegenüber.
„Ah, Catharina, meine Gnädigste“, begrüßte mich der Doktor und verzog das Gesicht zu dem, was er vermutlich für ein unwiderstehliches Lächeln hielt. „Haben Sie die von mir angekündigte Mail schon gelesen?“
Ich verdrehte innerlich die Augen. Das war's mit meinem Versuch, Sterns Mail vorerst zu ignorieren. „Leider bin ich noch nicht dazu gekommen“, log ich.
„Dann ist es ja eine wunderbare Gelegenheit, dass wir uns hier treffen“, fand Stern. „Wann also dürfte ich Sie mit meinen Fragen über Ihre heldenhafte Rettungsaktion belästigen? Wie wäre es mit einem abendlichen Glas Wein in meinem Appartement?“
In der Hoffnung, dass die kleine Referendarin angesichts dieses Annäherungsversuchs hilfreich einschreiten würde, sah ich sie erwartungsvoll an. Normalerweise hielt sie das Maß der Aufmerksamkeit, die der Doktor mir schenken durfte, in engen Grenzen. Heute aber saß sie gedankenverloren über ihren Teller gebeugt und schien Sterns Anfrage überhaupt nicht gehört zu haben.
„Keinesfalls will ich Sie beide in Ihrer gemeinsamen Freizeit stören“, sagte ich laut in ihre Richtung und tatsächlich sah sie mich an. Doch ihr Blick verriet, dass sie keine Ahnung hatte, wovon ich sprach.
„Herr Stern möchte mich für seine Chronik interviewen und schlägt vor, dass wir alle gemeinsam ein Glas Wein trinken“, variierte ich Sterns Angebot in meinem Sinne. „Aber ich denke, ein kurzes, informatives Treffen sollte reichen.“ Ich hoffte auf

wortreiche Unterstützung ihrerseits, doch sie nickte nur abwesend.
Anscheinend sah sich der Doktor genötigt, das seltsame Verhalten seines Trabanten zu erklären: „Meine gute Nathalie ist gegenwärtig anderweitig beschäftigt. Sie hat demnächst ihre erste Lehrprobe und ist mit ihrer Planung unzufrieden. Aber wir werden das Kind schon schaukeln." Er lächelte seine gute Nathalie gönnerhaft an. Als Germanist sprach er ihren Namen nicht französisch, sondern deutsch aus, indem er das zweite A betonte und in die Länge zog und I und E trennte wie in dem Wort Familie.
Ich nutzte die Gelegenheit: „Dann will ich Sie beide abends nicht vom Arbeiten abhalten. Treffen wir uns doch am Freitag nach dem Unterricht zum Kaffee hier im Saal." Dieses Angebot kam mir schon mehr als großzügig vor. Und der Rittersaal hatte den Vorteil, dass wir nicht allein wären.
Stern runzelte die Stirn, doch bevor er einen Gegenvorschlag machen konnte, reagierte Nathalie. „Das passt gut. Dann können wir abends nochmal über die Lernziele sprechen."
Stern nickte eher unwillig und wandte sich dann endlich seinem Essen zu. Nathalie allerdings sah mich noch einen Moment lang mit einem seltsamen Blick an, als wolle sie etwas sagen. Dann schien sie es sich anders zu überlegen und begann lustlos in ihrem Essen zu stochern.
„Was ist denn mit der los?", fragte Fridel, als wir am Raucherpoint standen. „Sonst ist sie bissig wie ein Terrier, wenn der Doktor Dir zu nahe kommt."
Ich zuckte die Schultern. „Keine Ahnung. Ich dachte, die Unstimmigkeiten von letzter Woche seien überwunden." Wahrscheinlich hatte sie wirklich nur Stress wegen ihrer Prüfung.
Fasziniert verfolgte ich, wie Fridel ohne hinzusehen eine Zigarette drehte und sie ansteckte, während er mich ausführlich betrachtete. „Du siehst besser aus", stellte er fest.
Ich zuckte die Schultern. „Kopfschmerztabletten. Und der Job lenkt mich ab."

Weil wir beide zurück an die Arbeit mussten, verabschiedeten wir uns, nachdem Fridel seine Zigarette beendet hatte.
Vor meinem Büro wartete der Termin, der mir schon seit Tagen im Magen lag. Tiny Tim lehnte an der Wand neben meiner Tür. In seinem Gesicht stand der Unwillen. Er kam nicht freiwillig zu mir. Tim hatte mir immer misstraut, schon zu Beginn, als es noch um den Unfalltod seiner Schwester ging. Inzwischen kam die Verarbeitung seines traumatischen Erlebnisses in der Steilwand des Alten Steins hinzu.
Als wir uns auf meiner Sitzgruppe niederließen, fiel mir auf, dass sich Tim verändert hatte, seit er aus dem Krankenhaus zurück war. Das war nicht mehr der in sich gekehrte, verschüchterte Junge, der dabei war, in eine Depression abzugleiten.
Aufrecht saß er vor mir und sah mir direkt in die Augen. In seinem Blick stand trotzige Angriffslust. Mir war völlig klar, wem ich diese Veränderung zu verdanken hatte. Es war Tims neue Freundschaft mit Sophie. Beide hatten im jeweils anderen das Geschwisterteil wiedergefunden, das sie schmerzlich vermissten. Tim seine verstorbene Schwester Isabell, Sophie ihren kleinen Bruder, der nach der Scheidung der Eltern bei der Mutter lebte.
Ich dachte an Sophies Bemerkung, dass Tim Erwachsenen ganz grundsätzlich misstraute. Ein Umstand, der ihrer Aussage zufolge der Tatsache geschuldet war, dass seine Eltern mit den Versprechen, die sie ihm gaben, gern kreativ umgingen. Es würde schwierig werden, den Kardinalfehler zu bereinigen, den ich in meinem letzten Gespräch mit Tim gemacht hatte. Aber wenn ich es nicht schaffte, würde jede weitere Arbeit mit Tim unmöglich werden.
Schweigend saß der Junge nun vor mir und wartete ab. Von sich aus würde er ganz sicher nicht sprechen. Sophie hatte mich vorgewarnt, aber auch behauptet, dass Tim mir etwas zu sagen habe. Was, hatte sie mir nicht verraten, denn sie wollte Tims Vertrauen nicht missbrauchen.
„Es freut mich, dass Du da bist“, machte ich einen vorsichtigen Versuch der Annäherung.

Schweigen.
„Du hast Freundschaft mit Sophie geschlossen. Das finde ich toll."
Schweigen.
„Ihr wart zusammen auf dem Erntemarkt."
Schweigen. Abwarten.
So kommst Du nicht weiter, Catharina, stellte mein Psychologen-Ich das Offensichtliche fest. *Er wird nicht mit Dir sprechen, bevor Du Deinen Fehler nicht zugegeben hast.*
Ich gab mir einen inneren Ruck. „Tim, erinnerst Du Dich an unser Gespräch über Antoine?" *Gespräch* war vielleicht der falsche Begriff. Ich hatte geredet und was ich geredet hatte, war der Fehler gewesen, denn Tim hatte meine kleine strategische Lüge durchschaut.
„Ich habe Dir gesagt, Antoine habe sich entschuldigt. Weißt Du noch?"
Jetzt veränderte sich etwas in Tims Blick. Er wirkte nicht mehr nur trotzig, sondern zeigte unverhohlenes Misstrauen. Aber er sagte noch immer nichts.
Mist!, lautete die profunde Diagnose meines Psychologen-Egos.
Ich atmete durch und sagte: „Das war eine Lüge."
Tim verschränkte die Arme vor der Brust und sah mich weiter abwartend an.
Hervorragend, Catharina!
„Es war nicht Antoine, der sich entschuldigt hat. Es war sein Vater. Er hat mich gebeten, Dir auszurichten, dass ihm das, was Antoine getan hat, leid tut. Das ist jetzt wirklich die reine Wahrheit."
Tim rührte sich nicht.
Kriech' zu Kreuze!
„Es war blöd von mir zu lügen. Auch ich muss mich entschuldigen!"
„Warum haben Sie's dann getan?", fragte Tim endlich.
Ich wand mich. „Weil ich dachte, es würde Dir helfen, über Antoine zu reden, wenn er seinen Fehler eingesehen hätte." Ich hatte es doch nur gut gemeint.

Gut gemeint ist die Mutter von schlecht gemacht!, stellte die Stimme der Vernunft fest.
Jetzt kam Leben in Tim. Er setzte sich im Stuhl auf. „Antoine hätte sich niemals entschuldigt. Er hat sich immer an Schwächeren ausgelassen und alle Lehrer haben ihn für ein Unschuldslamm gehalten, weil er ein mieser Schleimer war."
Ich dachte an das blondgelockte Engelsgesicht. Er hatte auf unsere Anschuldigung mit tiefster Empörung reagiert. Wäre nicht Johannes Zeuge gewesen und hätte er mir nicht Antoines Angriff auf Tim genau beschrieben, hätten wir dem Engelchen nichts nachweisen können.
Ich holte aus zu einer weiteren Rechtfertigung, aber plötzlich war Tim unerwartet gesprächig: „Sie wollten wahrscheinlich nur mein Bestes, oder?" In der Formulierung „nur mein Bestes" lag ein Sarkasmus, zu dem ein Kind in Tims Alter gar nicht hätte fähig sein dürfen.
Er will Dich provozieren. Wenn er provozieren will, will er auch reden, behauptete mein Psychologen-Ich.
Schweigend erwartete ich weitere Angriffe, die auch sofort erfolgten: „Erwachsene glauben, sie wüssten, wie die Welt funktioniert, und Kinder hätten keine Ahnung, weil sie zu jung sind. Aber wenn die Welt dann doch anders läuft, dreht Ihr Euch die Sachen, wie Ihr sie haben wollt, oder redet Euch raus. Und dann glaubt Ihr, wir Kinder wären zu dämlich, es zu merken."
Tim war immer weiter im Stuhl vorgerutscht und saß jetzt absprungbereit auf der Kante. Ich fragte mich, ob er mir gleich an die Gurgel gehen wollte. Gleichzeitig hatte ich das Gefühl, dass er inzwischen gar nicht mehr unbedingt mich meinte, wohl aber meine Lüge zum Anlass nahm, einem viel älteren Zorn Luft zu machen.
Noch während ich meinen Verdacht im Kopf in wohlklingende, kindgerechte Worte umformte, kam mir Tim zuvor: „Meine Eltern machen das auch immer so. Isabell und ich mussten ins Internat, weil mein Vater irgendwo auf der Welt die Wirtschaft retten muss. 'Es ist doch nur zu Eurem Besten. Wir werden Euch ganz oft besuchen', hat meine Mutter gesagt. Aber es war gar

nicht zu unserem Besten, sondern zu ihrem eigenen Besten, weil sie mit meinem Vater unterwegs sein wollte.“ Tim blitzte mich an. „Und es war zum Besten der Weltwirtschaft. Wenn sie dann keine Zeit hatten, uns zu besuchen, waren wir auf einmal alt genug. 'Du hast ja Isabell', hat meine Mutter gesagt. Aber dann ist Isabell in ein Auto gelaufen und ich war ganz allein.“
Tims Verzweiflung lief ihm die Wangen hinunter, während er weitersprach. Zum ersten Mal hörte ich ihn so viele Worte auf einmal reden. „Gegen Isabells Tod konnte mein Vater nichts machen, aber die Weltwirtschaft ist seitdem wichtiger als alles andere. Als ich zum Beispiel. Noch nicht mal im Krankenhaus haben sie mich besucht, obwohl ich fast gestorben wäre.“ Tim schniefte. „Scheiß Weltwirtschaft!“
Betroffen schwieg ich. Mir fehlten die Worte. Aus rein menschlichen Gründen war es mir nicht möglich zu erklären, warum die südafrikanische Ökonomie wichtiger war als das eigene Kind. Denn in Südafrika waren Tims Eltern gegenwärtig. Alles, was ihren Sohn betraf, wurde über ein deutsches Anwaltsbüro abgewickelt. Im Sinne von Globalisierung und utilitaristischer Wirtschaftsethik wäre mir sicher eine vernünftige Rechtfertigung des elterlichen Handelns eingefallen, aber etwas sagte mir, dass Tim diese Art der Erklärungen schon zur Genüge gehört hatte. Kein Wunder, dass er Erwachsenen misstraute und lieber mit Sophie sprach, deren Vater ähnliche emotionale Qualitäten an den Tag legte wie die Eltern von Tim.
Ich seufzte. „Es tut mir wirklich leid, Tim!“ Mir war selbst nicht so ganz klar, was genau mir leid tat – Tims persönliche Situation oder meine Lüge. Wahrscheinlich beides. „Wenn Du möchtest, können wir versuchen, von vorn anzufangen. Aber Du kannst auch einfach sagen, dass Du gar nicht mit mir sprechen willst. Dann finden wir eine andere Lösung.“
Wie soll die aussehen? Du bist hier angestellt, um mit Kindern wie Tim zu arbeiten!
Ich ignorierte meine innere Stimme.
Tim brach zumindest nicht gleich in begeisterte Zustimmung angesichts einer Alternativlösung aus, sondern legte den Kopf

schief und betrachtete mich prüfend. „Ist das eine Falle oder meinen Sie das ernst?“

Ich meinte es ernst, auch wenn ich keine Ahnung hatte, wie das gehen sollte, denn der Einwand meiner inneren Psychologin war berechtigt. Vielleicht konnte ich mit dem Sozialpädagogen sprechen, der Tims Gruppe betreute. Doch Tim kam mir unerwartet entgegen. „Sophie behauptet, Sie hätten zwar einen Fehler gemacht, aber eigentlich wären Sie anders.“

Neue Alarmlichter blinkten in meinem Kopf auf. „Was meint Sophie damit?“, fragte ich vorsichtig und versuchte nicht panisch zu werden. Was wenn Sophie erzählt hatte, dass die Schulpsychologin Geister sah? Oder von unserer Aktion in der Kapelle?

Wieder beruhigte mich Tims Antwort: „Keine Ahnung. Sie hat nur gesagt, dass Sie anders sind, und ich soll mit Ihnen reden.“

Jetzt keinen weiteren Fehler, Catharina. Lass' ihn von sich aus anfangen.

Ich wartete schweigend.

Tims prüfender Blick wurde nachdenklich. Er schien mit sich zu ringen, ob er es wagen konnte, mir zu vertrauen. Schließlich fragte er: „Was passiert eigentlich mit den Toten?“

Sekundenlang verdaute ich Tims Worte. Ging es ihm um seine Schwester oder steckte mehr hinter dieser Frage?

„Geht es Dir um ein Leben nach dem Tod?“, fragte ich vorsichtig zurück.

Tim überlegte. „Vielleicht. Wenn Menschen sterben, sind sie dann einfach weg oder bleibt etwas von ihnen übrig?“

Wahrscheinlich ging es ihm tatsächlich um seine Schwester und er suchte Trost in der Vorstellung, dass ihre Seele weiterlebte. Trotzdem wurde mir mulmig. Was sollte ich antworten? Ich hatte Tim schon einmal angelogen und er hatte mich durchschaut. Aber ich konnte ihm schlecht sagen, dass ich einen Toten kannte, der schon seit hundertfünfzig Jahren im Schloss herumspukte, weil man ihn blöderweise verflucht hatte. Ich konnte auch nicht sagen, dass die tote Schwester des Geistes manchmal aus einem Portrait heraus mit mir sprach.

„Meinst Du, ob es eine Seele gibt, die weiterlebt?“, rettete ich mich in eine weitere Gegenfrage.
Tim überlegte und nickte dann. Leider half er mir diesmal nicht aus der Klemme.
Die Wahrheit, Catharina!, forderte mein Psychologen-Ich. *Es reicht die einfache Wahrheit.*
„Ich bin mir sicher, dass es eine Seele gibt, die weiterlebt“, sagte ich.
Tim wollte wissen, wo die Seelen hingingen, wenn der Körper starb. Eine Frage die ich definitiv nicht beantworten konnte, ganz einfach, weil ich es nicht wusste. Johannes' Schicksal konnte kaum allgemeingültig sein. Was es mit Friederikes Portrait auf sich hatte, wusste ich nicht. „Vielleicht solltest Du lieber einen Pfarrer fragen“, schlug ich vor.
Tim schüttelte den Kopf. Er hatte mit Sophie in der Bibliothek recherchiert und erzählte von ihren Ergebnissen, was die unterschiedlichen Religionen und ihre Jenseitsvorstellungen, aber auch den Geisterglauben betraf.
Den Rest der Zeit sprachen wir darüber, welche religiösen Anschauungen ihn am meisten überzeugten. Allerdings hatte ich das Gefühl, dass wir zwar durchaus über das redeten, was Tim unter den Nägeln brannte, aber nicht auf den eigentlichen Punkt kamen.
Mehrfach versuchte ich Tims verstorbene Schwester ins Gespräch zu bringen, nie ging er darauf ein. Aber wenn es ihm nicht um eine trostreiche Möglichkeit ging, mit Isabells Tod fertig zu werden, warum sprachen wir dann über religiöse Vorstellungen von der Seele?
Weil er Dir noch nicht vertraut. Er testet noch. Du musst Geduld haben, riet mein Psychologen-Ich. *Was aber ganz offensichtlich nicht sein Problem ist, ist Antoine.*
Schließlich verabschiedeten wir uns, weil die Zeit um war.
„Vielleicht sind Sie ja doch anders“, stellte Tim beim Abschied fest. Er war schon halb aus der Tür. „Sie tun nicht so, als wüssten Sie alles. Und Sie können Fehler zugeben.“ Jetzt lächelte er sogar. Dann schloss sich die Tür hinter ihm.

Mir fiel ein Stein vom Herzen. Ich wusste, dass dies das größte Kompliment war, das er mir als Erwachsener machen konnte. Wir würden uns in einer Woche wiedersehen.
Anschließend ging ich ins Sekretariat, wo ich mir bei Ute, der Schulsekretärin, Antoines Schülerakte holte. Außerdem ließ ich mir einen zeitnahen Termin nennen, zu dem ich mich mit Antoines ehemaliger Hausmutter, Frau von Ziesel, und dem zuständigen Sozialpädagogen treffen konnte. Die Online-Terminpläne meiner Kollegen, die im hausinternen Netz standen, blieben mir ein Buch mit sieben Siegeln. Diesmal vermisste ich Johannes wegen seiner Computerkenntnisse.
„Ach warte, fast hätte ich es vergessen", hielt mich Ute zurück, als ich gerade ins Büro gehen wollte, um die Einladung für das Treffen mit Frau von Ziesel und dem Sozialpädagogen zu schreiben. Immerhin das konnte ich allein.
Ute teilte mir mit, dass in meiner Mittagspause ein Vater im Sekretariat angerufen hatte, der überlegte, seinen Sohn im Internat anzumelden, aber mich zuvor treffen wollte.
„Warum spricht er nicht mit Wirchow?", fragte ich irritiert. Die Erstgespräche bei Neuzugängen führte normalerweise der Direktor.
Ute zuckte die Schultern. Der Vater hatte ausdrücklich darum gebeten, den Schulpsychologen sprechen zu dürfen. „Es scheint, als mache er es von Dir abhängig, ob er sein Kind hier einschult. Aber er hat nicht gesagt, warum. Er ist wohl gerade dienstlich hier in der Gegend und möchte ein persönliches Gespräch mit Dir führen."
„Hat er eine Nummer hinterlassen, damit ich ihn zurückrufen kann?", fragte ich
Diesmal schüttelte Ute den Kopf. Sie hatte dem Vater bereits einen Termin gegeben. Leider war er tagsüber unterwegs. Unser Treffen sollte daher morgen am späten Nachmittag stattfinden. Der Vater würde sich im Sekretariat anmelden und dann zu mir ins Büro kommen.
„Wahrscheinlich hat er ein echtes Problemkind, über das er sich nicht traut, mit dem Direktor zu sprechen, weil Wirchow sonst

gleich ablehnt“, mutmaßte Ute grinsend. „Bestimmt sollst Du ein gutes Wort beim Direktor einlegen.“
Ich lachte und verabschiedete mich, um meine Mail zu schreiben und Aktenarbeit zu betreiben. Als ich gerade den Rechner herunterfahren wollte, klopfte es.
Sophie kam herein, schloss die Tür hinter sich und blieb davor stehen. „Grete will Sie sprechen. Es ist dringend“, erklärte sie mit vorwurfsvollem Unterton, als wäre ich an irgendetwas schuld.
Alle meine Alarmglocken klingelten. „Was ist passiert?“
Sophie verzog missmutig das Gesicht. „Keine Ahnung. Hat sie mir nicht sagen wollen. Nur dass sie Sie sprechen muss. Heut' noch.“
Diese Antwort trug nicht dazu bei, mich zu beruhigen. „Ist irgendwas mit dem Zeug?“
Sophie klang ungeduldig. „Ich sag' doch, dass ich nichts weiß. Sie hat in der Mittagspause angerufen, aber ich konnte nicht früher kommen, weil ich noch eine Klausur geschrieben habe. Wenn was passiert ist, dann letzte Nacht oder heute Vormittag.“
„Es ist gut, Sophie. Ich kümmere mich um Grete.“
Obwohl Sophie ihren Auftrag erledigt hatte, machte sie keine Anstalten zu gehen. Ich wusste, warum sie zögerte. „Ich fahre allein“, sagte ich bestimmt und hoffte, dass ich ähnlich überzeugend auf Sophie wirkte wie Grete. „Gib Du Grete Bescheid, dass ich komme.“
Tatsächlich seufzte das Mädchen und verließ, wenn auch offensichtlich unwillig, mein Büro, während sie ihr Handy aus der Tasche zog.
Sofort fuhr ich den Rechner herunter. Meine Phantasie war gerade dabei, in wildem Kopfkino alle möglichen Horrorgründe zu entwerfen, aus denen Grete mit mir sprechen wollte. Vielleicht war irgendetwas mit den Werkzeugen passiert. Vielleicht war Grete etwas passiert wegen der Werkzeuge. Meine Beklommenheit wuchs und ich nahm mir nicht die Zeit, den Umweg über meine Wohnung zu nehmen, um mir eine Jacke zu holen.

Gerade als ich ins Auto steigen wollte, fuhr Benno auf den Schlosshof und parkte neben mir ein. „Wohin des Wegs?“, fragte er.
„Zu Grete.“ Ich erzählte von Sophies Besuch in meinem Büro.
„Steig ein. Ich fahre.“ Bevor ich Protest einlegen konnte, hatte sich Benno bereits wieder in sein Auto gesetzt und die Tür zugeschlagen, sodass mir gar nichts anderes übrig blieb, als mit ihm zu fahren.
Vielleicht um mich vom Grübeln abzulenken, erzählte mir Benno von seinen heutigen Wohnungsbesichtigungen. Sie waren ergebnislos verlaufen. „Ich brauche keine netten, alten Damen, für die ich den Ersatzsohn spielen soll, und auch keine Wohnung in einem Mehrfamilienhaus.“ Er seufzte. „Zwar war da noch ein vielversprechendes Angebot für ein Häuschen im Grünen in der Zeitung. Aber leider nichts für mich.“ Benno schüttelte bedauernd den Kopf, ohne den Blick von der Straße zu nehmen. „Schön gelegen. Weg vom Dorf am Waldrand, aber eher ein möbliertes Feriendomizil.“
Ein anderer Interessent hatte das Häuschen gemietet. Benno beschrieb ihn als komischen Kauz, der um diese Jahreszeit mit dem Fahrrad unterwegs war. „Im Zelt wird es ihm zu kalt.“ Der erfahrene Weltenbummler und Bergsteiger in Benno lachte. „Und weil ihm die Gegend gefällt, hat er beschlossen, hier vorerst Station machen. Gestern hat er wohl die Gelegenheit genutzt, um sich Altenstein anzuschauen.“
Ich hörte nur mit halbem Ohr zu. Ein Typ, der sich für seine Fahrradtour die falsche Jahreszeit ausgesucht hatte, trug nicht wirklich dazu bei, mich von meinem Kopfkino abzuhalten. Selbst wenn ich mir hundertmal vorgenommen hatte, nicht mehr Was-wäre-wenn zu denken, war mein Verstand nicht zu bremsen. Je näher wir dem Dorf kamen, desto mehr wuchs meine Angst vor dem, was Grete mir zu sagen hatte.
„Was sagst Du dazu?“, hörte ich Benno fragen, als wir zur Kirche abbogen.
Ich wusste nicht, was er meinte. „Wozu?“
Benno schien meine gedankliche Abwesenheit nicht zu stören.

Oder er ignorierte sie. „Ich liebe Fritz über alles, aber es ist besser für uns, wenn wir nicht dauerhaft aufeinanderhocken“, redete er einfach weiter und stellte das Auto ab. „Mein Versuch als Schafzüchter im Himalaya war übertrieben, aber ein bisschen Teilzeiteinsamkeit tut not. Ich kann nicht mit Fritz leben und arbeiten. Ich brauche eine passende Bleibe mit ausreichend Natur und Ruhe.“ Er sah mich erwartungsvoll an.
„Leuchtturmwärter?“, schlug ich gedankenverloren vor, während ich Gretes Haus anstarrte.
Benno lachte und stieg aus. „Interessante Vorstellung.“
Widerwillig folgte ich ihm.
Die Haustür stand bereits offen und der Flur war erleuchtet. Diesmal betrat ich das Haus, ohne zu zögern, und ging direkt in die Küche. Die Köchin saß am Küchentisch und schnippelte Birnen. „Das wird auch Zeit.“ Der alte missmutige Ton.
Meine inneren Stimmen sprachen mir Mut zu und ich übernahm Gretes Tonfall: „Ich bin sofort gekommen, als Sophie mir Bescheid gesagt hat. Du hättest auch in meinem Büro anrufen können.“
Grete sparte sich einen Kommentar, aber wenigstens stellte sie ihre Birnen zur Seite und ging zum Herd, um Tee aufzubrühen. „Steht da nicht herum. Im Schrank sind Tassen.“
Kurz darauf saß ich neben Benno schweigend am Tisch. Gretes Verhalten stellte meine Geduld und meine wachsende Angst auf eine harte Probe. Ich unterdrückte das Bedürfnis, eine Tasse nach der dunklen Gestalt zu werfen. Wahrscheinlich hatte sie ihre Verzweiflung und ihre Schuldgefühle überwunden, um zu ihrem alten Selbst zurückzukehren.
Grete goss uns wortlos ein. Dann ging sie zum Küchenschrank. Diesmal hatte sie einen Aschenbecher dabei. Sie setzte sich endlich und begann, ihre Pfeife zu stopfen.
Schließlich verlor Benno die Geduld. „Was ist denn nun passiert?“
Ich rechnete mit einer weiteren patzigen Antwort. Aber Grete schob sich lediglich ihre Pfeife zwischen die dünnen Lippen und zündete sie an. Rauchwolken, die an eine brennende Tabakfabrik

erinnerten, stiegen auf. Ich begriff diese Frau nicht. Warum hatte sie es so dringend gemacht, wenn sie jetzt in aller Seelenruhe paffte? Gerade als ich eine entsprechende Bemerkung machen wollte, brachte mich das, was sie als Nächstes sagte, zum Schweigen:
„Er war hier."
Mein Hirn füllte sich schlagartig mit Leere, dann startete es sein Kino. Zu „er" fiel mir nur *er* ein und mein Kopf füllte sich mit dem Traum der letzten Nacht. Ein Stalker-psychopathischer-Killer-Film lief vor meinem geistigen Auge ab. Aber bevor ich wieder einmal in panisches Gebrüll ausbrechen konnte, stellte Benno eine Frage, die mich die Luft, die ich schon zum Schreien geholt hatte, wieder ausstoßen ließ: „Johannes war hier?"
Als Grete nickte, hörte ich ganz auf zu atmen. Warum sollte Johannes bei Grete gewesen sein? Er war weit weg. Er hatte Altenstein verlassen. Und wenn er noch hier war, warum ging er zu Grete und kam nicht zu mir? Mein Hirn drehte auf neuer Kreisbahn hohl.
„Woher willst Du das wissen?", hörte ich Benno fragen.
„Ich habe ihn gerochen." Gretes Miene war nicht zu deuten. „Blätter, Wald und feuchte Erde. Das ganze Treppenhaus roch danach."
Grete hatte Johannes gerochen.
Grete *konnte* Johannes nicht riechen!
Bevor ich den Erstickungstod starb, schaltete sich mein Stammhirn ein und setzte meine Spontanatmung wieder in Gang. Ich holte hastig Luft.
„Vielleicht war ein Fenster offen und der Geruch kam aus dem Garten", gab Benno zu bedenken.
„Nein", sagte Grete. „Zuerst habe ich ihn gerochen, dann gesehen."
Das war der Moment, in dem ich meine Sprache wiederfand. „Du hast ihn gesehen", murmelte ich und erinnerte mich an ein Gespräch, in dem Grete dasselbe im selben Tonfall mir gegenüber geäußert hatte, weil sie nicht glauben wollte, dass ich den Grafen sehen und hören konnte.

Grete drehte sich mir zu und nickte.
„Wie?“, krächzte ich.
Grete überging meine Frage. „Er stand letzte Nacht in der Kräuterküche vor meinem Tisch.“ In ihren schwarzen Augen glaubte ich Unwillen zu sehen. „Als er begriff, dass ich ihn sehen konnte, verschwand er.“
„Warum kannst Du ihn sehen?“, formulierte ich meine ursprüngliche Frage deutlicher. „Du hasst ihn doch immer noch.“
Grete schwieg auch dazu.
„Hast Du mit ihm gesprochen?“, fragte Benno.
Kopfschütteln in seine Richtung. „Ich sagte doch, dass er sofort verschwand.“ Grete wandte sich wieder mir zu. Kurz presste sie wie im Trotz ihre schmalen Lippen aufeinander, dann sagte sie: „Du hattest recht. Etwas an ihm ist anders.“
Benno und ich warfen uns über den Tisch Blicke zu, ohne dass jemand etwas sagte. Sollte Grete tatsächlich akzeptiert haben, dass Johannes nicht mehr das Untier war, der machthungrige Sadist, an dem sich ihre Urgroßmutter Rosa gerächt hatte? Ich sah, dass Benno genau wie ich auf eine ausführliche Erklärung von Grete hoffte, wobei ich allerdings befürchtete, dass sie uns auch diesmal mit obskurer Kryptik abspeisen würde.
Doch ich täuschte mich, denn sie sagte: „Ich will, weiß der Himmel, nichts mit dem Grafen zu schaffen haben. Aber ich habe keine Wahl mehr nach allem, was passiert ist.“ Ihre Augen schienen noch schwärzer geworden zu sein.
Wir rührten uns nicht, weil Grete sich zu sammeln schien. Schließlich nickte sie, als habe sie mit sich selbst einen Entschluss getroffen, und sagte: „Der Graf hat meine Urgroßmutter geschändet und sie hat ihn verflucht, während sie sein Kind unter dem Herzen trug. Alle Mangoldfrauen leben seitdem mit den Konsequenzen. Wir tragen die Verantwortung für die Geheimnisse um den Grafen und die Gefahr dieser höllischen Werkzeuge. Hundert Jahre lang lagen sie sicher unter dem Steinkreuz, bis zu dieser unheilvollen Nacht, als ich sie von dort wegholen und in die Kapelle bringen musste, wo sie wiederum fast ein halbes Jahrhundert blieben.“

Ich wagte kaum zu atmen – und schon gar nichts zu sagen, jetzt, da Grete sich entschlossen zu haben schien, offen zu sprechen. Man hätte eine Stecknadel fallen hören.
Grete drehte sich zu mir. „Ich bin die letzte Mangold. Mein Kind ist tot, weil ich mich damals an den Werkzeugen vergiftet habe." In ihrer Miene drückte sich eine paradoxe Mischung aus tiefem Schmerz und Widerwillen aus. Ohne den Blick von mir zu wenden, sprach sie weiter: „Nach mir selbst hätte Elisabeth die Verantwortung für die Werkzeuge übernommen, aber sie ist wegen dieser Höllengeräte tot."
Gretes Blick war ins Leere gewandert. Fast sah es aus, als ob sie zu weinen beginnen würde, wie sie schweigend und gedankenverloren in irgendeine Vergangenheit starrte. Aber sie kam mit einem Seufzen ins Jetzt zurück. Ihre Stimme klang hart, als sie sagte: „Seit fast einem halben Jahrhundert habe ich mit der Bürde gelebt, dass es nach mir keine Mangold mehr geben wird, die unsere Aufgabe weiterführt, während er und dieses Teufelszeug die Zeiten überdauern werden. Und vor einer Woche wäre es beinahe so gekommen, wenn nicht ausgerechnet er Dich zur Hilfe geholt hätte." Grete stieß ein bitteres Lachen aus. „Ausgerechnet er rettet die letzte Hüterin dieser verfluchten Werkzeuge."
„Was bedeutet das?", fragte Benno leise.
„Dass das alles ein Ende haben muss. Catharina ist mit ihm verbunden – durch meine eigene Schuld. Und aus dieser Verbindung heraus hat sie die Werkzeuge zu mir gebracht." Wieder lachte Grete qualvoll. „Letztlich bin ich selbst dafür verantwortlich, dass die Werkzeuge zu mir zurückgekommen sind." Grete setzte sich aufrecht, wie um ihren Worten Gewicht zu verleihen. „Sie haben mein Kind das Leben gekostet. Seine Ururuenkelin. Sie sind böse und zerstörerisch. Sie füllen das Herz mit Dunkelheit und töten das Gute. Solange sie hier sind, kann ich in diesem Haus nicht heilen. Sie nehmen mir die Kraft. Ich will, dass er mir hilft, die Macht dieser Werkzeuge zu brechen. Er ist es mir schuldig. Und dem Kind."
Ich war geplättet. Selbst mein Psychologen-Ich schwieg

betroffen. Grete war bereit, mit dem Feind zu kooperieren.
Benno stellte die entscheidende Frage: „Wie willst Du ihn dazu bringen? Johannes ist wieder verschwunden."
„Er ist an Catharina gebunden", antwortete Grete und klopfte ihre Pfeife im Aschenbecher aus. „Ich bin mir sicher, dass er irgendwo hier ist. Etwas wird passieren."
„Was?", flüsterte ich, während in mir die bange Frage zu wachsen begann, was nun wieder geschehen sollte. Beim letzten Mal, dass mir jemand angekündigt hatte, dass etwas passieren würde, war ich in der Folterkammer gelandet.
Eine von Gretes typisch obskuren Antworten holte meine Gedanken zurück in die Küche: „Was geschehen soll, wird geschehen." Dann fixierte mich ihr dunkler Blick. „Habt Ihr nicht eine Aufgabe? Sollst Du nicht mehr als eine Seele retten?"
Die Worte von Johannes' Schwester! Ich konnte nur flüstern: „Du hast mit Friederike gesprochen!"
Grete schüttelte schweigend den Kopf.
„Mit wem hast du geredet?", hakte ich nach.
„Ach, Catharina. Ich habe meine eigenen Toten", war alles, was sie sagte. Dann stand sie auf und griff nach dem Aschenbecher, dessen Inhalt sie ins Ofenfeuer leerte. „Wir werden abwarten." Damit wusch sie sich die Hände und begann demonstrativ wieder Birnen zu schnippeln.
Das Gespräch war beendet.

Als wir zu Hause ankamen, wartete Fridel bereits auf Benno, um ihn mit der Frage zu überfallen, wie die Wohnungssuche verlaufen war. Benno schüttelte bedauernd den Kopf und gab Fridel denselben Bericht, den ich schon im Auto gehört hatte.
Fridel entspannte sich sichtlich. „Nicht traurig sein. Du wirst schon noch etwas finden." Die Erleichterung in seiner Stimme war deutlich zu hören.
Nachdem er seine dringendste Frage zu seiner Befriedigung geklärt hatte, fiel ihm auf, dass Benno und ich offensichtlich gemeinsam unterwegs gewesen waren. Abwechselnd setzten wir ihn ins Bild über unseren Besuch bei Grete.

„Wahnsinn“, befand Fridel. „Sie fordert den Erzfeind zur Kooperation auf. Und sie kann ihn sehen!“
Wie einen Tag zuvor saßen wir auf Fridels Wohnlandschaft und hielten Nachlese, wobei nur Fridel und Benno sprachen. Abwesend starrte ich in den dunklen Garten.
„Ich glaube nicht, dass sie uns alles gesagt hat“, hörte ich Benno behaupten, womit er aussprach, was auch mein Psychologen-Ego die ganze Zeit über dachte. Auf Fridels Nachfrage erklärte er: „Sie weigert sich, Johannes zu verzeihen. Er ist für sie weiterhin der einzig Schuldige am Schicksal aller Mangoldfrauen. Aber warum kann sie ihn trotzdem sehen? Es muss mehr geschehen sein als nur die Begegnung mit ihm.“
Ich riss meinen Blick vom Fenster los. „Was?“
Benno zuckte nur die Schultern. Er hatte keine Idee.
Ich erzählte von meinem Verdacht: „Sie sagt, dass sie ihre eigenen Toten hat. Was, wenn ihr diese Toten ins Gewissen geredet haben? Vielleicht Magdalena? Oder Elisabeth selbst? Woher sonst sollte Grete die exakten Worte kennen, die Johannes' Schwester zu mir gesagt hat? Vielleicht hat sie auch neulich mit diesen Toten gesprochen, als Sophie sie gehört hat.“
Diesmal nickte Benno nachdenklich. „Möglich. Es würde vieles erklären.“
Fridel schaltete sich ein. „Mich interessiert viel mehr, was Johannes bei Grete gewollt hat. Warum ist er noch hier, wenn er sich doch für alle Ewigkeit von Dir fern halten will?“ Mein Nachbar sah mich fragend an, während sich unter seinem Kopfhaar seine Stirn in Falten zog.
„Ich weiß es nicht. Grete behauptet, dass er Altenstein gar nicht verlassen kann, weil er an mich gebunden ist.“ Mein Herz verdrehte sich zwischen Hoffen und Bangen. „Wenn sie recht hat, lag es an meiner Anwesenheit, dass er neulich die Grenze überschreiten konnte.“
„Etwas wird passieren“, wiederholte Benno Gretes Worte.
Ich stöhnte
Alles wird sich finden. Du musst Vertrauen haben, gleichgültig, was passieren wird, hatte Friederike zu mir gesagt, bevor mich

dieser entsetzliche Traum beinahe den Verstand und das Leben gekostet hatte.
„Ich hab' Angst", flüsterte ich.
Fridel stand auf und setzte sich neben mich. „Du musst auf die Macht der Liebe vertrauen, Prinzessin." Er lachte. „Alles wird gut. Das Biest wird zur Schönen zurückkommen. Richte Dein Krönchen und entspann' Dich." Damit wuschelte er mir durch die Haare.
Zwei Männer sahen mich mitfühlend und zuversichtlich an.
„Danke!" Ich nickte und versuchte, ihren Optimismus zu teilen. Es fiel mir schwer.
„Fein. Und jetzt machen wir Essen." Fridel stand auf. „Das lenkt ab."
Den Rest des Abends verbrachten wir mit gemeinsamem Pizzabacken und Gesprächen über unschuldige Themen wie Bennos Ideen zur Gestaltung der Außenanlagen des Schlosses. Demnächst war er fest als Gärtner und Landschaftsarchitekt Altensteins angestellt.
Die ganze Zeit über hatte ich das deutliche Gefühl, dass wir alle Themen vermieden, die irgendetwas mit Köchinnen, verschwundenen Grafen oder schicksalhaften Verstrickungen zu tun hatten.
Erst als ich müde und vollgegessen in meinem Bett lag, begann mein Verstand von Neuem, Sorgen zu produzieren. Wieder sah ich in den dunklen Garten hinaus, der sich schemenhaft hinter dem Fenster abzeichnete. Vielleicht war er dort. Vielleicht sollte ich auf die Terrasse gehen und die Ereignisse der letzten Stunden in die stille Nacht hinausbrüllen. Vielleicht hörte er mich.
Oder sollte ich tatsächlich einen Versuch machen, den weisen Traumzustand zu erreichen, wie ich es heute Morgen im Angesicht von Johannes' gräflichem Portrait überlegt hatte?
Konnte ich es schaffen, mich noch einmal in einen weisen Traum zu träumen? War das der Weg, ihm zu begegnen?
Ich hatte es einmal geschafft, ich konnte es wieder schaffen. Es war zumindest einen Versuch wert.
Ich gab mir alle Mühe, mich zu entspannen und gleichzeitig

mein Einschlafen zu beobachten. Keinesfalls durfte ich den Moment verpassen, in dem mein Unterbewusstsein mich in seiner unkontrollierbaren Welt versinken ließ. Nur wenn ich mir in der Sekunde des Einschlafens meiner selbst bewusst blieb, würde ich das Geschehen meines Traums bestimmen können.
Doch je mehr Aufmerksamkeit ich darauf legte, die Kontrolle über meinen Geist zu behalten, desto wacher wurde ich. Jedes Mal, wenn ich endlich einschlief, weckte mich sofort die Angst, den Moment zu verpassen, in dem ich zu träumen begann, sodass ich diesen Moment gar nicht erst erreichte. Entnervt wälzte ich mich in meinem Bett herum, bis ich mich aufsetzte und das Licht anschaltete.
Inzwischen waren zwei Stunden vergangen und die Hoffnung, mit der ich mein Vorhaben begonnen hatte, war reiner Frustration gewichen. Ich starrte in den leeren Raum. Mein Blick fiel auf den Sessel, der Johannes' Platz gewesen war, bis er es gewagt hatte, sich neben mir niederzulassen.
Arma virumque cano … hörte ich wieder seine Worte, mit denen er mich in den Schlaf geführt hatte. Eine Träne lief mir über die Wange. Dann noch eine und eine dritte, bis ich aufgab, mich auf seiner Betthälfte zusammenrollte und mir die Decke über den Kopf zog.

Er stand vor der Höhle, die er seit Kindertagen kannte. Der Eingang war einmal ein kleines Loch am Fuß einer Bergwand gewesen, verdeckt von Büschen und für das Auge nicht sichtbar. Seine Mutter hatte diesen Ort auf einem ihrer Ausflüge entdeckt. Gemeinsam hatten sie die Höhle erkundet und festgestellt, dass sie tief in den Berg reichte. Enola hatte behauptet, dass diesen Ort seit Hunderten von Jahren kein Mensch mehr betreten hatte.
In einem kleinen Seitengang hatten sie einen winzigen Raum gefunden, in den sie im Lauf der Zeit Decken und Kerzen geschafft hatten. Dort hatte ihm Enola stundenlang im flackernden Licht die uralten Geschichten ihres Volkes erzählt und ihm ihre Lieder vorgesungen.
Sie hatten einen kleinen Altar aufgestellt und Enola lehrte ihn

die Gebete an die Geister der Ahnen. Viele Stunden hatten sie dort schweigend gesessen, während seine Mutter ihm den Weg der weisen Träume zeigte. Bald war er in der Lage gewesen, diesen besonderen Bewusstseinszustand zu erreichen, sodass sie sich gegenseitig in der anderen Welt begegnen konnten.
Nach Enolas Tod hatte er nie wieder in seinem Leben die Höhle betreten. Sofort nachdem er das Grafenamt übernommen hatte, hatte er den Eingang zuschütten lassen.
Erst als Untoter hatte er den kleinen heiligen Raum wieder aufgesucht. Er hatte den Altar so vorgefunden, wie er ihn mit Enola fast ein halbes Jahrhundert zuvor errichtet hatte. Sogar die abgebrannten Kerzen waren noch da gewesen. Genau wie an dem Tag, als er die Höhle zum letzten Mal mit seiner Mutter besucht hatte.
Damals war er hierher geflohen, nachdem er begriffen hatte, dass er ein nach Räucherwerk stinkender Untoter war. Dass noch nicht einmal Magdalena Mangold ihm mit ihren Künsten würde helfen können.
In seiner Verzweiflung hatte er sich wochenlang in dieser Höhle verkrochen, bis er sie in der Hoffnung verlassen hatte, dass es doch irgendeinen Menschen geben musste, der ihm half. Doch an wen er sich auch wandte, es gab in der ganzen Grafschaft niemanden, der ihn sehen oder wenigstens hören konnte.
Manche hatten ihn gerochen. Aber die Mangoldfrauen hatten inzwischen dafür gesorgt, dass dieser den Menschen unerklärliche Geruch als Zeichen des Bösen galt, das man fliehen musste.
So hatte er nichts erreicht, außer dass er im Lauf seiner Suche als ein stummer, hilfloser Zeuge hatte erfahren müssen, welches Leid er seinen Untertanen angetan hatte, und welche Konsequenzen sie wegen seines Handelns tragen mussten – selbst über seinen Tod hinaus. Wenn sein Name überhaupt genannt wurde, dann nur geflüstert, als hafte ihm Unheil an. Und so vermied man es, überhaupt von ihm zu sprechen.
Wiederum war er in die Höhle zurückgekehrt. Diesmal, um nie wieder irgendeinem Menschen begegnen zu müssen. Aber die

vollkommene Isolation hatte es noch schlimmer gemacht. Es gab nichts, das ihn von seiner Schuld hätte ablenken können. Er konnte nicht schlafen, um wenigstens für kurze Zeit in der Bewusstlosigkeit Frieden zu finden. Er war verdammt in Ewigkeit im vollen Bewusstsein der Tatsache zu leben, dass seine menschliche Existenz nichts als Kummer und Leid gebracht hatte.

Wie sehr hatte er sich gewünscht, sterben zu dürfen. Selbst die Hölle erschien ihm wie eine Erlösung, denn dort hätte er für seine Sünden büßen können, anstatt hier in nutzloser, schuldbeladener Nichtexistenz die Unendlichkeit zu ertragen, ohne seine Schuld sühnen, um Vergebung bitten oder irgendetwas wieder gut machen zu können.

In seiner Ausweglosigkeit hatte er versucht, Kontakt zu seiner Mutter aufzunehmen, so wie sie es ihn gelehrt hatte. Er betete zu den Ahnen, bat und flehte. Doch weder seine Mutter noch seine Ahnen hatten ihm Antwort gegeben.

Zum Schluss hatte er gewütet. Doch körperlos, wie er war, konnte er in seiner Wut weder irgendetwas zerschlagen, noch sich in seinem Selbsthass Schmerz zufügen. Es war, wie Magdalena gesagt hatte: Er lebte, ohne zu leben, und war tot, ohne tot zu sein.

Mehr als ein Jahrzehnt hatte er hier verbracht. In der Auseinandersetzung mit sich selbst. Bis er zu einem Entschluss gekommen war: Er hatte kein Recht hier zu sitzen und sich in Selbstmitleid zu ergehen. Denn was anderes war es denn als Selbstmitleid, wenn er mit seinem Zustand haderte und sich für seine Schuld hasste?

Er musste zurück. Zurück in die Welt, die seinetwegen ein Stück dunkler geworden war. Er musste sich dieser Tatsache stellen. Selbst wenn er nichts an dem Leid ändern konnte, das er verursacht hatte, war es seine Pflicht, sich ihm zu stellen. Selbst wenn er nichts damit gut machte, dass er als stummer Zeuge an den Qualen der Menschen Teil hatte, so kam ihm seine Anteilnahme doch zumindest mitmenschlicher vor, als sich hier in egoistischem Selbstmitleid zu vergraben.

Von da an hatte er die Höhle nur noch selten aufgesucht. Wenn er mit den Ahnen sprechen wollte, hatte er das am Grab seiner Mutter getan. Nur manchmal, wenn das Gefühl seiner Schuld und sein Selbsthass übermächtig wurden, hatte er es sich erlaubt, für eine kurze Zeit in die Höhle zurückzukehren.
Der Tag, an dem er Catharina begegnet war, war gleichzeitig der Tag gewesen, an dem er die Höhle nach seiner letzten Phase der Selbstzerfleischung verlassen hatte. Irgendein seltsames, übermächtiges Gefühl hatte ihn dazu getrieben, in die Außenwelt zurückzukehren. Er hatte es sich nicht erklären können. Aber nachdem er zwei Tage lang dagegen angekämpft hatte, war er ihm gefolgt – und ihr begegnet.

Er seufzte und brachte seine Gedanken zur letzten Nacht. Was geschehen war, hatte ihn im tiefsten Innern erschüttert.
Schon beim Eintreten in Gretes Kräuterküche hatte ihn der Geruch beinahe überwältigt. Sein erster Gedanke war gewesen, dass er selbst ihn wieder ausströmte. Dass Grete irgendeinen Fluch gewirkt hatte, der ihn beim Betreten des Raumes in das zurückverwandelte, was er vor seiner Begegnung mit Catharina gewesen war.
Dann war sein Blick auf den Altar gefallen und er hatte begriffen, dass nicht er den Geruch verströmte, sondern die Räucherlampe, die dort stand. Ihre Kerze war fast abgebrannt. Auf dem Altar schien sich seit seinem letzten Besuch sonst nichts verändert zu haben. Der Platz neben der roten Kinderrassel war noch immer leer.
Aber unter dem Tisch war etwas anders gewesen. Dort hatte auf einem Tuch eine Schüssel gestanden, in der sich die Werkzeuge befunden hatten, mit denen er getötet worden war. Sie lagen nicht auf dem Altar, wie er es nach Catharinas Visionen erwartet hatte, wohl aber darunter. Das Tuch hatte er sofort wiedererkannt. Ebenso die Schüssel. Es handelte sich um die Taufdecke und das Taufbecken der Kapelle von Altenstein. Er kannte sie seit seiner Kindheit.
Beim Anblick des Messers und des Bolzens hatte die Narbe an

seinem Hals zu brennen begonnen, als stünde sie in Flammen, und sein Herz hatte sich in seiner Brust zusammengekrampft, als wollte es zerbersten. Nur einmal in seiner körperlosen Existenz hatte er eine ähnliche Erfahrung gemacht. Es war in der Nacht mit Catharina gewesen, als sein Herz geheilt war. Wie damals war er in die Knie gegangen, diesmal in der sicheren Erwartung, dass Gretes neuer Fluch nun doch noch seine Wirkung tun würde. Dabei hatte er in einer sinnlosen, automatischen Bewegung versucht, sich auf dem Altar abzustützen und seine Hand war durch die rote Kinderrassel geglitten – allerdings nicht widerstandslos, wie es hätte sein sollen. Er hatte deutlich das Holz gefühlt und gespürt, wie es seinen Fall bremste. Im Moment der Berührung war der Schmerz in seinem nicht existenten Körper so plötzlich vergangen, wie er beim Anblick der Werkzeuge gekommen war. Nur der Widerstand der Kinderrassel hatte verhindert, dass er durch den Tisch in die Schüssel gestürzt war.
Als er wieder in der Lage gewesen war zu stehen, hatte er nicht begreifen können, was gerade geschehen war. Er hatte seinen Blick nicht von dem Spielzeug reißen können. Er kannte es. Er hatte es selbst einst in der Hand gehabt. Genauso wie das Leinentuch und die Schale. Er selbst war über diesem Becken getauft worden.
Erst das Geräusch der Zimmertür hatte ihn herumfahren lassen. Grete hatte darin gestanden und ihn sekundenlang aus ihren schwarzen Augen angesehen. „Das bist Du also“, hatte sie gesagt. Aber statt ihre Zeichen in die Luft zu schlagen und ihre Formeln zu murmeln, um ihn zu vertreiben, hatte sie ihn nur angesehen, bis er aus seiner Starre erwacht war und die Flucht ergriffen hatte.
Den Rest der Nacht war er durch den Wald geirrt, unfähig einen klaren Gedanken zu fassen. Den Tag über hatte er versucht zu begreifen, was geschehen war.
Wie Catharina in ihren Visionen vorhergesehen hatte, musste Grete die Werkzeuge aus ihrem Versteck geholt und für das neue Ritual gebraucht haben. Allein ihr Anblick hatte eine

zerstörerische Wirkung auf ihn.
Aber warum lagen sie nicht auf dem Tisch, warum in dieser Taufschale mit Wasser?
Warum stand sie auf diesem Altartuch?
Warum war der Platz neben der Rassel noch immer leer?
Und was hatte es mit dieser Rassel auf sich?
Warum konnte er sie berühren?
Warum heilte sie den Schmerz, den die Werkzeuge ausgelöst hatten?
Das Schockierendste jedoch war die Tatsache, dass Grete ihn sehen konnte. Der Raum war voll gewesen mit dem Geruch nach Räucherwerk, das dazu diente, finstere Mächte fernzuhalten oder den Raum von ihnen zu reinigen. Dennoch hatte Grete ihm gegenüber keine Anstalten gemacht, ihn zu vertreiben wie früher. Das war paradox!
Immer und immer wieder hatte er versucht, sich das Verhalten der Köchin zu erklären. Er hatte nicht die geringste Ahnung, was geschehen sein mochte.
Sein Besuch bei Grete hatte nur noch mehr Unsicherheit und Verwirrung gestiftet.
Wenn Grete ihn nach diesem neuen Ritual plötzlich sehen konnte, was war dann mit Catharina?
War dieses Ritual vielleicht ein vollkommen anderes mit einer vollkommen anderen Wirkung, als er es die ganze Zeit erwartet hatte?
War es möglich, dass Catharina in Sicherheit war, ihn aber trotzdem sehen konnte?
Es war an der Zeit, das zu denken, was er gestern noch hatte verdrängen können. Er musste endlich die notwendige Entscheidung treffen. So schmerzhaft sie auch sein mochte. Er konnte Altenstein nicht verlassen. Deshalb hatte er keine Wahl, wenn er sichergehen wollte, dass er Catharina niemals wieder begegnete.
Er würde sich den letzten Rest der Freiheit und Lebendigkeit nehmen, die ihm zuteil geworden war. Solange er sich im Wald bewegte, bestand die Gefahr, von ihr gesehen zu werden. Solange

er sich die Freiheit nahm, sich mit dem Geist der Tiere zu verbinden, konnte sie ihn im Traum finden, weil er dann nicht aufmerksam genug war, sie abzuwehren.
Gerade weil er die Zeichen in Gretes Kräuterküche nicht zu deuten vermochte, durfte er kein Risiko eingehen. Ihm blieb nur eins: Für die Dauer von Catharinas Aufenthalt auf Altenstein würde er sich in dieser Höhle verbergen. Hier würde er sein ganzes Bewusstsein darauf konzentrieren, Catharina abzuwehren, falls sie ihn in ihren Träumen suchte. Wenn er so vorging, gab es keinen weiteren Grund, sich ihr jetzt noch einmal zu nähern.
Die Entscheidung war getroffen.

34. Tag – Dienstag

Mir war noch immer übel, als ich meinen Büro-Rechner hochfuhr. Zuerst hatte ich überlegt, mich krank zu melden. Nicht nur wegen der Übelkeit. Nach meinem vergeblichen Traumversuch in der letzten Nacht war ich irgendwann eingeschlafen. Doch wie in der Nacht zuvor hatte mich mein Unterbewusstsein gefangen gehalten, sodass ich erneut zwischen zerwühlten, verschwitzten Kissen erwacht war. Diesmal immerhin nicht schreiend, sondern nur stöhnend, auch wenn der Traum, den ich gehabt hatte, der gleiche gewesen war wie in der Nacht zuvor. Obwohl schweißgebadet, hatte ich ein Gefühl von eisiger Kälte in meinem Rücken gehabt, das mich unter die Dusche trieb. Doch das heiße Wasser hatte nicht helfen wollen gegen die alten Ängste, die sich breit machten.
Das sind nur Alpträume. Johannes fehlt Dir mit seiner Fähigkeit, die Bilder Deines Unterbewusstseins im Zaum zu halten, hatte mein Psychologen-Ich sein Bestes gegeben und Fridels Zuversicht vom vorigen Morgen aufzunehmen versucht.
Zum Schluss hatte ich mich selbst überredet, zur Arbeit zu gehen, um einen klaren Kopf zu bekommen. Trotzdem quälte mich ein diffuses Angst- und Unruhegefühl.
Vielleicht solltest Du Dir professionelle Hilfe suchen, denn

offensichtlich hast Du Deine Stalking-Erfahrungen und die Mordanschläge nicht wirklich verarbeitet, merkte die Stimme der Vernunft jetzt leise an, während ich über Antoines Akte brütete.
Ich versuchte die Stimme zu ignorieren. Glücklicherweise halfen Frau von Ziesel und der Sozialpädagoge meinem Verdrängungsversuch nach, indem sie in diesem Moment an meine Bürotür klopften. Über eine Stunde lang war mein Gehirn beschäftigt mit den Inhalten des Berichts über Antoine. Die beiden beschrieben mir den Jungen genau so, wie sie es schon nach seinem Angriff auf Tim getan hatten: Intelligenter, leistungsstarker Schüler mit symbiotischem Verhältnis zur Mutter; bis zum Übergriff auf Tim unauffällig.
„Eigentlich von tadelloser Höflichkeit“, beendete Frau von Ziesel ihren Vortrag und der Sozialpädagoge nickte. Er empfahl, dass der Junge dringend von seiner Mutter abgenabelt wurde, was wiederum Frau von Ziesel benickte.
Mir gingen mehrmals im Lauf des Gesprächs Johannes' Beobachtungen von Antoine und seinen Eltern durch den Kopf, ebenso Tims Beschreibung des Jungen: *Er hat sich immer an Schwächeren ausgelassen und alle Lehrer haben ihn für ein Unschuldslamm gehalten, weil er ein mieser Schleimer war.*
Wenn ich Johannes' und Tims Beschreibungen mit denen von Frau von Ziesel und des Sozialpädagogen verglich, hatte ich das Gefühl, Doktor Jekyll und Mister Hyde zu begegnen. Johannes und Tim hatten eine andere, dunkle Seite Antoines kennen gelernt. Leider konnte ich mich auf Johannes gar nicht, auf Tim nur bedingt berufen. Ich würde ihre Einschätzung trotzdem in meinem Bericht an den schulpsychologischen Kollegen unterbringen.
Im Anschluss betrieb ich kreatives Berichtschreiben über Antoine. Nichts als die Wahrheit, aber eben auch diejenige, deren Quellen ich nicht nennen konnte.
Kurz darauf klopfte es wieder und der betreuende Lehrer eines Schülers, den ich auf Hochbegabung getestet hatte, kam ins Büro. Bisher hatten wir uns nur auf dem Begrüßungsabend zum

neuen Schuljahr kennen gelernt und ansonsten auf den Gängen höflich zugenickt.
Thomas Mahler schien mir ein eher stiller Vertreter zu sein, hatte aber ein offenes, freundliches Gesicht. Als wir uns jetzt noch einmal begrüßten, fiel mir auf, dass Herr Mahler eigentlich immer lächelte. Ich schätzte ihn auf vielleicht fünfzig Jahre, aber angesichts seiner Lachfalten und grauen Haare konnte er auch wesentlich älter sein. Er hatte etwas Beruhigendes mit diesem gleichmütigen, fast buddhistischen Lächeln. Ich konnte mir gut vorstellen, wie seine reine Präsenz einen Haufen aufmüpfiger Teenager zur Ruhe brachte.
Wahrscheinlich war das auch notwendig, denn Herr Mahler war der Musiklehrer der Schule und betreute die Musikerklasse, den allgemeinen Musikunterricht, den Chor, das Schulorchester und die Big Band. Wenn ich mir vorstellte, den ganzen Tag mit Kindern zu verbringen, die irgendwelche Geräusch erzeugenden Gegenstände in den Händen hielten und – im schlimmsten Fall – nicht damit umgehen konnten, brauchte man entweder buddhistische Gleichmut oder musste taub sein. Ich wollte mir gar nicht vorstellen, wie sich eine Klasse voller Blockflöten- oder etwa Geigenanfängern wohl anhören musste.
Minutenlang stellte ich ihm meine Ergebnisse der Arbeit mit seinem Schüler vor. Sergej hatte im klassischen Sinn einen IQ, der einer Hochbegabung entsprach. Seine sprachlichen und logisch-analytischen Fähigkeiten waren atemberaubend. Dabei zeigte er ein hohes Maß an Kreativität bei der Lösung mathematischer und technischer Aufgaben. Allerdings fehlte ihm jegliches Verständnis für alles Musisch-Künstlerische. Hier war Sergej völlig phantasielos, weil er nicht mit Intuition, sondern dem Verstand an die Dinge heranging.
Auffälligkeiten gab es auch im sozial-emotionalen und motorischen Bereich. Auf meine Nachfrage seufzte Herr Mahler tief und erklärte, dass Sergej hervorragend mit Erwachsenen umgehen konnte, sich selbst verhielt wie ein kleiner Erwachsener, aber mit Altersgenossen überhaupt nichts anzufangen wusste.

„Sie sind für ihn eher wilde Tiere, vor denen man sich hüten muss“, erklärte mein Kollege zwar immer noch lächelnd, jetzt aber mit einem bedauernden Unterton.
„Was ist mit seiner Motorik?“, fragte ich. „Mir ist aufgefallen, dass er sich langsam wie ein alter Mann bewegt. Ich frage mich, wie er den wöchentlichen Sportunterricht lebend übersteht.“
„Er ist davon befreit“, teilte Herr Mahler mir traurig mit.
Ich vermutete irgendeine Krankheit, die die Bewegungsprobleme erklärte.
Der Kollege schüttelte den Kopf. „Sergej wurde mit drei Jahren auf der Klavierbank festgebunden und erst losgemacht, als er ins Internat kam. Bis dahin durfte er weder mit anderen Kindern spielen, noch irgendwelchem Sport nachgehen. Die Eltern hatten Angst, er könne sich an den Händen verletzen.“
Auf meinen entsetzten Blick hin zeigte der Kollege erneut sein trauriges Lächeln und berichtete, dass Sergejs Mutter Pianistin von Weltruf war, der Vater war Dirigent. Sergej sollte in die Fußstapfen der Eltern treten.
„Aber seine Begabungen sind für einen Künstler ganz und gar ungünstig“, platzte ich heraus.
Das Lächeln wurde noch eine Nuance unglücklicher. „Ein Umstand, den die Eltern nicht wahrhaben wollen. Sergej ist ein perfekter Techniker. Aber er fühlt die Musik nicht. Wenn er spielt, klingt es, als würde ein Computer Noten in Töne verwandeln.“ Mahler verzog das Gesicht und zum ersten Mal wanderten seine Mundwinkel nach unten. Er sah aus, als hätte er Schmerzen. „Und richtig schlimm wird es, wenn Sergej singen soll.“
„Er ist im Stimmbruch“, vermutete ich.
Mahler bestätigte, aber das war nicht das Problem. „Er singt falsch. Wenn Sergej sein eigenes Instrument sein muss, trifft er keinen Ton.“
Ich fragte mich laut, wie den Eltern dieser Umstand hatte entgehen können.
Herr Mahler erklärte, dass sie schlicht nicht merken *wollten*, dass der Sohn eigentlich völlig unmusikalisch war. Sie hatten Sergej

so dressiert, dass der Junge die musikalischen Interpretationen berühmter Pianisten nachahmte. „Er spielt Rachmaninoffs Stücke wie der Komponist selbst – jedenfalls diejenigen, von denen es Aufnahmen gibt, die man nachspielen kann. Sonst ahmt er die Mutter oder irgendeinen anderen Virtuosen nach.“

In meinem Gesicht musste der reine Unglaube stehen, denn mein Gegenüber nickte, jetzt wieder bitter lächelnd. „Sicherlich würde aus Sergej ein hervorragender Schachgroßmeister oder, wenn ich Sie richtig verstanden habe, vielleicht Astrophysiker und Kryptologe. Aber leider ist er ein Einzelkind musischer Genies.“

Ich schluckte einen bösen Kommentar hinunter und begann Herrn Mahler die Förderkonzepte auseinanderzusetzen, die sich aus Sergejs Tests ergaben. Letztendlich waren alle meine Empfehlungen das Gegenteil dessen, was die virtuosen Eltern für ihr Kind geplant hatten, denn an seiner analytischen Begabung war nicht zu rütteln. Wollte man Sergej gerecht werden, musste an den motorischen und sozial-emotionalen Schwierigkeiten gearbeitet werden. Meine Empfehlungen lauteten: Teilnahme an einem Teamsport und an einem Töpfer- oder Malkurs.

Herrn Mahlers Blick nach zu urteilen, mit dem er meine Empfehlungen kommentierte, würden wir bei Sergejs Eltern auf Widerstand stoßen. Sie hatten Ziele für ihren hochbegabten Sohn, die sowohl mit dessen Genialität als auch seinen Schwächen nicht kompatibel waren.

Ich seufzte. Früher hatte ich es oft mit ehrgeizigen Eltern zu tun gehabt, die unglücklich waren, weil ihr Nachwuchs *nur* ein begabtes, intelligentes Kind war. Hier hatten mir immer nur die Kinder leidgetan, die als Verlängerung des elterlichen Egos dienten.

Echtes Mitgefühl hatte ich dagegen für verzweifelte Eltern, denen ihr tatsächlich hochbegabtes Kind wie ein Alien vorkam, wenn es sich mit ihnen über die Fibonacci-Folge und den goldenen Schnitt unterhalten wollte.

Sergejs Eltern waren nun ein Sonderfall, der mir noch nie untergekommen war. „Wir haben es mit einem echten Einstein zu tun. Man tut dem Jungen etwas an, wenn man aus ihm einen

Mozart zu machen versucht", stellte ich zum Abschluss fest.
„Nur dass Einstein im Gegensatz zu Sergej seine Geige nutzte, um seine Gefühle auszudrücken", belehrte mich Herr Mahler. „Mozart war einer seiner Lieblingskomponisten. Aber Sergej wird ohne Musik ein zufriedeneres Leben führen."
Als Herr Mahler mein Büro verließ, wirkte er buddhistisch gelassen und menschlich unglücklich. Sein letzter Satz hallte in meinem Hinterkopf nach. Irgendwann einmal hatte ein Lehrer aus meinem Leben vor Altenstein zu mir gesagt: „Kinder haben keine Probleme. Sie haben Eltern."
Ich dachte an Tim. Vielleicht sollte ich eine Schüler-Selbsthilfegruppe mit dem Arbeitstitel „Eltern" gründen.
Als ich zum Rittersaal ging, hatte ich meine innere Sicherheit halbwegs zurückgewonnen. Wie so oft war die Ablenkung des Berufsalltags hilfreich gewesen, weil sie meinem Kopf keine Gelegenheit für weitere Grübeleien gelassen hatte.
Inzwischen hatte ich auch echten Hunger, der vom vegetarischen Menü allerdings gebremst wurde. Es gab frittierte Kartoffelbällchen mit frittiertem Camembert. Ein Blick über den Tisch auf Frau von Ziesels Teller zeigte, dass das fleischliche Gericht nicht besser war. Sie hatte ein frittiertes Hähnchenbein zu ihren Kartoffelbällchen, an dem sie lustlos herumsäbelte. Neben ihr lag ein aufgeschlagenes Griechischbuch.
„Ich frage mich, ob der Nachtisch heute ebenfalls aus der Fritteuse kommt", sagte sie über den Tisch hinweg. „Es gibt Apfelkompott." Frau von Ziesel nickte zu der entsprechenden Schüssel hin.
„Wohl eher aus der Dose", vermutete Fridel, der neben ihr saß. „Und Benno ärgert sich, dass auf den Obstwiesen Äpfel und Birnen verrotten."
Sibylle neben mir schüttelte den Kopf. „Sie werden von den Pferden gefressen. Ich schicke meine Reiter zum Einsammeln, seit Frau Mangold krank ist."
Frau von Ziesel schüttelte sich. „Der neue Küchenchef frittiert vermutlich auch das Fritteusenfett. Wahrscheinlich ist er Brite."
„Weiß jemand, wie es der Köchin geht?", fragte eine Stimme, die

ich noch nie am Lehrertisch gehört hatte, aber seit einer halben Stunde trotzdem einem Gesicht zuordnen konnte. Herr Mahler wirkte inzwischen nicht mehr unglücklich, sondern lächelte mir frei und offen zu. Wahrscheinlich hatte er sich mit den Realitäten abgefunden.
Auf seine Frage hin sahen Fridel und ich uns an, reagierten aber nicht. Sibylle nahm uns die Antwort ab. Sie hatte mit Ede gesprochen und erzählte, dass dieser bei Frau Mangold ausgezogen war, weil sie wieder allein leben konnte. Aber für die Organisation der Küche war sie noch nicht fit genug.
Sibylle griff nach der Kompottschüssel. „Wenn ich den Hausmeister richtig verstanden habe, hat sie fest vor, zurückzukommen, sobald sie wieder gut genug laufen kann. Hoffen wir das Beste. Frau Mangold therapiert sich wohl selbst."
„Dem Himmel sei Dank. Dann werden wir bald wieder echtes Essen auf dem Tisch haben!" Frau von Ziesel kicherte hustend, klemmte ihr Buch unter den Arm und zog ihre Zigaretten aus der Handtasche. „Frau Mangolds heilerische Fähigkeiten stehen ihrer Kochkunst in nichts nach. Letztes Jahr hat sie meinen Rücken kuriert, nachdem mich drei Orthopäden in ihren OP schieben wollten. Da Frau Mangold Ärzte meidet wie der Teufel das Weihwasser, wird sie bald gesund sein." Damit stand Frau von Ziesel vom Tisch auf. „Bitte entschuldigen Sie mich. Ich werde mir das Apfelkompott ersparen."
Auch Fridel und ich waren fertig. Fridel folgte Frau von Ziesel, ich musste noch Kopien machen und einen Blick auf meine Unterrichtsplanung werfen, bevor ich meiner AG gegenübertrat.

Um vor Beginn meines Psychologieunterrichts die interaktive Tafel hochfahren und die geplanten Tafelbilder laden zu können, war ich zu früh im Klassenzimmer. Gegen alle guten Vorsätze misstraute ich noch immer meinen Fähigkeiten, was die Tafelnutzung anging, aber auch der Technik selbst. Zu meinem Erstaunen klappte alles auf Anhieb reibungslos, sodass ich bis zum eigentlichen Stundenbeginn noch Zeit hatte. Doch bevor ich überlegen konnte, was ich mit den fünf Minuten anfangen sollte,

betrat Sophie den Raum, schloss die Tür hinter sich und kam direkt zu mir nach vorn.
„Was wollte Grete gestern?“, fragte sie unverblümt.
„Warum fragst Du sie nicht selbst?“, gab ich zurück.
Sophie sah mich missmutig an. „Hab' ich. Sie gibt mir keine Antwort.“
„Dann möchte Grete offensichtlich nicht darüber reden. Und ich denke nicht, dass es fair wäre, wenn ich mich über ihren Wunsch hinwegsetzen würde.“
Bevor Sophie noch etwas sagen konnte, öffnete sich die Tür und weitere Schüler kamen in den Raum. Ich nickte Sophie zu und die setzte sich ohne ein weiteres Wort auf ihren Platz. Sie sah frustriert aus.
Ich war froh, mich durch den Unterricht und die heutige Frage ablenken zu lassen, in welchen Phasen sich das Denken entwickelte. Ich hatte zu jeder Entwicklungsphase kurze Texte vorbereitet und teilte die Klasse nach dem Zufallsprinzip in Zweiergruppen ein. Leider – vielleicht auch glücklicherweise – führte genau dieses Zufallsprinzip Sophie und Jean-Luc zusammen, die sich von Schuljahresbeginn an nicht hatten leiden können. Sophie hatte Jean-Luc einmal mit einer Ausschneidefigur aus *Men's Health* verglichen und behauptet, seine Seele habe das Gewicht eines Aktienpakts. Jedenfalls, was das Äußere betraf, hatte sie damit nach meinem Dafürhalten den Nagel auf den Kopf getroffen.
Während nun alle anderen Gruppen über ihren Texten brüteten und sich leise unterhielten, zickten sich Sophie und Jean-Luc fortgesetzt an, sodass sich meine gesamte Aufmerksamkeit auf die beiden richtete und ich keine weiteren Kapazitäten frei hatte, um mir anderweitige Sorgen zu machen.
„Egozentrismus. Unfähigkeit, den Blickwinkel eines anderen einzunehmen“, hörte *ich* Sophie Jean-Luc zumurmeln. Sie kicherte. „Wenn ich es richtig sehe, befindest Du Dich in der postoperationalen Phase, also im Kindergartenalter.“
Jean-Luc schoss mit gleicher Munition zurück. „Zum Glück bin ich damit nicht allein. In diese Phase gehört auch das magische

Denken und wenn ich es richtig sehe, glaubst Du doch an das Übernatürliche.“ Er grinste und ließ seinen Blick über Sophies Gothic-Outfit schweifen. „Wo parkt denn Dein Besen?“

Aus Angst, dass die Wortgefechte ausufern könnten, griff ich ein und wies zur Tafel, an der Karikaturen zu sehen waren, die jeweils einer Entwicklungsphase zugeordnet werden mussten. Eine Weile herrschte wieder flüsternde Ruhe im Raum.

Dann wurden die Ergebnisse präsentiert. Natürlich konnten sich weder Sophie noch Jean-Luc verkneifen, auch in ihren Vortrag weitere Sticheleien einzubauen.

Ich ignorierte sie vor allem deshalb, weil ihre verbalen Scharmützel von nicht unerheblichem Unterhaltungswert und im Sinne der Unterrichtsinhalte sogar recht anschaulich waren. Jedenfalls applaudierten die Zuhörer am Ende des Vortrags, woraufhin Sophie Jean-Luc einen Blick zuwarf, in dem ein seltsames Funkeln lag. Ihre Augen zeigten alles Mögliche, aber sicher keine Aggression.

Als ich den Raum hinter mir abschloss, war ich zum ersten Mal seit Tagen fast optimistischer Stimmung. Das Engagement, mit dem die Kinder sich mit meinen Aufgaben beschäftigt hatten, weckte in mir ein leises Gefühl von Stolz. Meinen guten Mut ausnutzend, beschloss ich, schwimmen zu gehen. Bis zum Gespräch mit dem Vater hatte ich noch fast zwei Stunden Zeit.

Aber als ich das Schloss verließ, hatte sich der Himmel zugezogen und drohte mit Regen. Dementsprechend leer war der Hof, der wie das Plateau in den letzten Tagen nach Schulschluss immer voller Internatsbewohner gewesen war, die die wenigen verbleibenden warmen Tage nutzten. Heute sah ich nur bei den Ställen einzelne Schüler und Helfer, die sich um die Tiere kümmerten, während der Schulhund ihnen um die Füße sprang und ein paar Pferdeköpfe neugierig aus den offenen Fenstern schauten.

Kurz genoss ich das Bild friedlicher Betriebsamkeit, dann verließ ich den Schlossbereich durch das große Tor – und blieb irritiert stehen. Kaum dass ich ein paar Schritte auf das Plateau hinaus gesetzt hatte, hatte sich irgendetwas in meiner Wahrnehmung

verändert. Plötzlich kam ich mir auf diesem weiten Plateau fürchterlich klein und verlassen vor.
Verunsichert sah ich mich um. Die Ebene war menschenleer, hier war nichts, das irgendeine Bedrohung darstellte – außer vielleicht der regnerische Himmel. Doch dann fiel mein Blick auf den Wald. Bisher hatte ich ihn immer als zusätzlichen Schutzwall empfunden, der das Internat und seine Bewohner vor jeglicher äußeren Bedrohung abschirmte. Jetzt aber kam er mir vor wie eine finstere Wand, hinter der jeder Feind unsichtbar wurde. Auf der offenen Fläche war ich schutzlos ausgeliefert wie das Reh dem Jäger im freien Schussfeld.
Beinahe panisch zog ich den Kopf ein und eilte zur Halle. Glücklicherweise war ich dort nicht allein. Nils trainierte noch mit seinem Team und nickte mir freundlich zu, als ich ins Wasser stieg.
Ich versuchte mich abzulenken, indem ich einen Blick über die Schülergruppe schweifen ließ und nach der Schülerin suchte, die Nils eine Zeitlang mit romantischen Liebesgedichten überschüttet hatte. Aber anscheinend hatte sie das Team verlassen, wie wir es gemeinsam besprochen hatten.
Langsam versuchte ich über die Regelmäßigkeit der Schwimmzüge und meines Atems wieder zur Ruhe zu kommen. Mein Psychologen-Ich sonderte dabei fortgesetzt Erklärungsmodelle ab: „posttraumatischer Stress“, „zu viel Phantasie“, „therapiebedürftig“. An weiteren Interpretationen bot es die Idee, dass ich das Bedrohungsgefühl, das die Werkzeuge ausgelöst hatten, jetzt auf meine gesamte Außenwelt übertrug. Als Beispiel gab es mir den Radfahrer, vor dem ich mich am Sonntag erschreckt hatte. Was allen Erklärungen gemeinsam war, war die definitive Aussage, dass es keine reale Bedrohung gab, weil *er* hinter Schloss und Riegel saß.
Ich ließ mich genau so lange von mir selbst beruhigen, bis die Schülergruppe das Becken verließ. Kaum dass ich allein war, sah ich mich in der Halle um. Mein Blick fiel auf die Fenster. Draußen war es so trüb, dass die Beleuchtung angeschaltet worden war. Wie vorhin der Wald waren es jetzt die riesigen

spiegelnden Glasflächen, die meine Phantasie zum Explodieren brachten. Ich würde einen lauernden Feind erst dann sehen, wenn mich nur noch das Fensterglas von ihm trennte. Bei dieser Erkenntnis wurden vor meinen Augen aus den Büschen draußen graue Gestalten, die sich gegen das Glas drückten und suchend ins Becken hinabstarrten. Trotz des kalten Wassers brach mir der Angstschweiß aus.
Hektisch krabbelte ich an Land und schlitterte über den rutschigen Boden zur Umkleide, um zu verhindern, allein zurück zum Schloss laufen zu müssen. Der Stimme der Vernunft zeigte ich den Stinkefinger, als sie mir auf dem gesamten Heimweg etwas von Flashback und Überreaktion erzählen wollte. Es war mir vollkommen egal, ob ich einen Flashback hatte und überreagierte. Es änderte nichts an meiner Angst, die mich jetzt nicht mehr aus ihrem Griff lassen wollte.
Reiß Dich zusammen, Catharina!, forderte die Stimme der Vernunft. *Gleich hast Du ein Elterngespräch. Sicherlich wird der Vater sein Kind hier nicht anmelden, wenn die Schulpsychologin, den Eindruck einer paranoiden Psychose erweckt.*
Ich stöhnte, als ich in meiner Wohnung mein bleiches, ängstliches Gesicht im Spiegel sah. Ich hatte genau zehn Minuten Zeit, um mich zu beruhigen und mir den Ausdruck zuverlässiger Professionalität aufs Gesicht zu mogeln. Dann würde Ute den Vater in mein Büro bringen. Vielleicht war es unklug, dort allein zu sitzen. Ich beschloss, lieber mit Ute zusammen im Schulleitungsbüro zu warten. Vielleicht half mir ein Schwatz mit der pragmatischen, bodenständigen Sekretärin über meine irrationale Stalker-Angst hinweg.
Ute war gerade dabei aufzuräumen, um Feierabend zu machen. Sie bot mir einen ihrer Mörderkaffees an und lachte, als ich mit Hinweis auf meine Nachtruhe ablehnte. Grundsätzlich war ich zu jeder Tages- und Nachtzeit bereit, Kaffee zu trinken. Der von Ute jedoch war selbst morgens eine Herausforderung. Aber als sie mir eine Packung Kekse hinschob, griff ich gierig zu.
„Hunger?“, fragte Ute grinsend. „Du siehst müde aus.“
„Ich war gerade schwimmen.“ Zum Glück hatte Ute an meiner

Erklärung nichts auszusetzen.
„Offensichtlich hast Du Dich gut eingelebt, wenn Du schon redest wie ein Kind von hier“, spielte Ute auf meine dialektale Färbung an. „Der gute Stern behauptet, Du hättest einen Einheimischen kennen gelernt, der Dich – wie hat er sich ausgedrückt“, Ute runzelte die Stirn, dann fiel es ihr ein und sie machte den distinguierten Tonfall des Doktors nach: „'idiomatisch heftig beeinflusst'“. Sie lachte.
Ich verschluckte mich an meinem Keks und Ute klopfte mir auf den Rücken. „Der gute Stern ist wohl etwas eifersüchtig“, stellte sie mit süffisantem Grinsen fest. „Hat er denn einen Grund?“
Fast hätte ich mich ein zweites Mal verschluckt. Doch dann fing ich mich und lachte künstlich. „Nein, hat er nicht“, log ich. „Fridel hat Stern gegenüber behauptet, ich hätte einen Mann von hier kennen gelernt, um den guten Doktor ein für allemal abzuschrecken.“ Das *war* die Wahrheit.
„Hat nichts genützt“, entgegnete Ute augenzwinkernd. „Stern erzählt ständig, wie dringend er Dich für seine Chronik interviewen muss wegen Eurer Rettungsaktion. Ich frage mich, was seine kleine Referendarin dazu sagt.“
Diesmal musste ich grinsen und berichtete nun meinerseits von den Unstimmigkeiten, die wir diese und letzte Woche beim Essen zwischen den beiden mitbekommen hatten. „Aber ich glaube, sie ist nur gestresst wegen ihrer Prüfung.“
Eine Weile redeten wir über Alltägliches. So erfuhr ich von Ute, dass Ede einen Käufer für ein Häuschen suchte, das er von einer Verwandten geerbt hatte, die vor Kurzem gestorben war. Ich nahm mir vor, Benno davon zu erzählen.
Ute hatte ihre Arbeit inzwischen beendet. Entspannt saß sie in ihrem Bürostuhl und hatte die Beine auf den Schreibtisch gelegt. Dabei fiel ihr Blick auf die Uhr am Eingang hinter mir. „Dein Vater kommt wohl nicht mehr. Er hätte vor einer halben Stunde hier sein sollen.“
Ich drehte mich zur Uhr um und sah, dass Ute recht hatte. „Vielleicht hat er versucht, mich in meinem Büro anzurufen, aber es war niemand da.“

Ute schüttelte den Kopf. Anrufe wurden automatisch zu ihr durchgestellt, wenn ich nicht abhob. „Du kannst nach Hause gehen. Der hat Dich versetzt. Ich hatte ihm gesagt, dass das Tor pünktlich schließt und er nur noch mit Schlüsselkarte rein und raus kann.“ Sie zog ihre Jacke an und griff nach ihrer Handtasche. Gemeinsam verließen wir den Verwaltungstrakt und verabschiedeten uns in der großen Halle.

Weil ich mich an Utes Keksen hungrig gegessen hatte, folgte ich dem Schülerstrom in den Rittersaal, um dort zu Abend zu essen. Ich wollte den Zeitpunkt, da ich allein in meiner Wohnung saß und wieder genug Zeit zum Grübeln hatte, so weit wie möglich hinausschieben. Außerdem herrschte in meinem Kühlschrank Notstand. Ich hätte längst einkaufen müssen.

Durch den Rittersaal hallte fröhliche Betriebsamkeit. Die Schüler wuselten ums Büfett und zwischen den Tischen herum. Zum ersten Mal war ich dankbar für die lebendige Unruhe, die herrschte, denn meine Ängste vom Nachmittag kamen mir plötzlich völlig lächerlich vor.

Am Lehrertisch traf ich die kleine Referendarin, heute ohne ihren Fixstern. Der war zu meiner Erleichterung nirgends zu sehen. Sein Trabant aber brütete über Blättern mit Tabellen. Wenn ich mich richtig erinnerte, war mir die Kollegin noch nie ohne Stern begegnet. Wieder fiel mir auf, wie hübsch sie war.

Vielleicht ein wenig übertrieben hübsch, urteilte eine Zickenstimme in mir.

Sie sah aus wie der Realität gewordene Traum eines jeden Modefotografen. Ich konnte mir ihr Gesicht problemlos auf jedweder Plakatwand für perfekte Haut, perfekte Augen, perfekte Wimpern, perfekte Lippen und perfektes Haar vorstellen. Zum Glück war ihre perfekte Figur gerade für mich unsichtbar, weil sie auf ihrem perfekten Hintern auf der anderen Seite des Tisches saß.

Ein wenig erschrocken sah sie auf, als ich mich setzte. Hoch erfreut registrierte ich, dass mein Gegenüber heute als Model untauglich war. Vielleicht aber als Mime in einem Vampirfilm mit zwar überirdisch schönen, aber völlig unausgeschlafenen

Blutsaugern. Die dunklen Ringe unter ihren Augen waren rekordverdächtig. Dabei wirkte sie noch frustrierter als beim letzten Mal, da ich sie gesehen hatte.
„Noch immer die Unterrichtsplanung für die Lehrprobe?“, ich nickte zu den Tabellen hin. Noch nie hatte ich ein persönliches Wort mit ihr gewechselt. Immer war sie in Begleitung des redseligen Doktors gewesen, der regelmäßig sofort die Gesprächsführung übernommen hatte.
Mein Gegenüber nickte unglücklich auf meine Frage. „Ich weiß nicht, wie ich die Erarbeitungsphase sichern soll. Und der ganzen Stunde fehlt die dritte Ebene.“ Sie stöhnte. „Aber ich will Sie nicht beim Essen stören.“
Mein Zicken-Ich freute sich vor allem über die Tatsache, dass die hervorragenden Kompetenzen, die die kleine Referendarin im Umgang mit den elektronischen Tafeln an den Tag legte, ihr so gar nichts nützten, wenn es um sinnvolle Unterrichtsplanung ging. Ich hoffte, dass man mir die Schadenfreude nicht zu sehr anhörte, als ich fragte, ob Doktor Stern nicht helfen konnte.
Sterns Trabant zuckte frustriert mit den Schultern. „Eigentlich wollte mir Siegfried heute Abend helfen.“
Siegfried! Zumindest hatte ich Gesprächsstoff für den nächsten Klatsch mit Ute. Offensichtlich war Siegfried anderweitig unterwegs. Ich unterdrückte meine Neugier und fragte nicht nach. Außerdem hatte ich nur begrenztes Interesse an weiterer Kommunikation, zumal mir der Name meiner Gesprächspartnerin nicht einfallen wollte. Der des Doktors schien ihn verdrängt zu haben. Daher kaute ich konzentriert auf meiner Frühlingsrolle, die der Vertretungskoch zu Tode frittiert hatte.
Anscheinend hatte die Referendarin es nicht ernst gemeint, als sie behauptet hatte, mich nicht stören zu wollen, jedenfalls beobachtete sie mich über den Tisch hin. Ihr Blick teilte mir mit, dass sie etwas sagen wollte, aber sich nicht traute.
Eine Zeitlang versuchte ich sie zu ignorieren, was immer schwieriger wurde, weil ihr Teller leer war und sie nichts mehr zu tun hatte, das ihre Anwesenheit am Tisch rechtfertigte.

Trotzdem stand sie nicht auf, sondern begann wieder, in ihren Tabellen zu blättern. Dabei seufzte sie demonstrativ. Ganz offensichtlich wollte sie, dass ich sie ansprach.
Wenn Du nett bist, hilfst Du ihr aus der Klemme, behauptete mein Psychologen-Ich.
Ich war nett, gab mir aber nicht besonders viel Mühe dabei: „Sie machen das schon."
Dankbar sprang sie auf diese banalste aller Phrasen an: „Wahrscheinlich haben Sie recht. Ich bin wohl einfach nur viel zu müde."
Ihrem erwartungsvollen Blick war zu entnehmen, dass sie jetzt gefragt werden wollte, warum sie so müde war. Ganz sicher hatte ich kein Interesse, etwas über ihre nächtlichen Aktivitäten mit dem guten Stern zu erfahren. Und Müdigkeit am Ende eines Arbeitstages war nun auch kein ungewöhnlicher Zustand.
Ich beschloss auszuweichen. „Ich fürchte, ich kann Ihnen nicht helfen. Unterrichtsplanung gehört nicht zu meinen Kernkompetenzen." Genauso wenig wie Paarberatung.
Der Blick meines Gegenübers klebte an ihren Zetteln, als sie fragte: „Woran erkennt man eigentlich, wenn jemand verrückt ist?"
Ihre Frage überrumpelte mich, aber mein Gehirn zog schnelle Schlüsse: „So schnell wird man nicht verrückt, wenn man schlecht schläft."
Sie, deren Namen mir noch immer nicht einfiel, ignorierte meinen Einwand und betrachtete weiterhin ihren Unterrichtsentwurf. „Gretchen hält Faust für den Henker, als er sie aus dem Kerker befreien will", stellte sie fest. Offensichtlich plante sie, eine Stunde über Goethes Faust zu halten.
Meine Irritation wuchs. Mir war nicht klar, was sie von mir wollte. Kurz hatte es ausgesehen, als ginge es ihr um ein persönliches Gespräch. Jetzt schien es eher, als wollte sie über Wahnsinnige in der Literatur und die anstehende Lehrprobe reden.
Aus Gründen der Höflichkeit kratzte ich meine literarischen Kenntnisse zusammen: „Gretchen wird von Faust sitzen

gelassen, als sie schwanger ist. Sie ertränkt aus Verzweiflung ihr Kind und wartet im Kerker auf ihre Hinrichtung. Da kann man schon mal verrückt werden."
Ich war fertig und stand vom Tisch auf, um eine letzte höfliche Banalität abzusondern. In diesem Moment fiel mir der Name von Sterns Trabant ein und ich verwendete ihn sofort gewinnbringend, um meine weitere Phrase etwas persönlicher klingen zu lassen: „Machen Sie sich keine Sorgen, Nathalie. Wenn die Lehrprobe um ist, werden Sie auch wieder schlafen können."
Dieses Mal sah sie mich direkt an. Was ich in ihren Augen las, ließ mich an meiner eigenen Prognose zweifeln. Hier ging es weder um eine Lehrprobe noch um das irre Gretchen. Aber wenn sie mir etwas zu sagen hatte, sollte sie es tun oder eben lassen.
Sie ließ es, nickte stumm und beugte sich wieder über ihre Zettel. Dankenswerterweise hatte mich der Gang in den Rittersaal und die Begegnung mit Nathalie so weit auf den Boden der Realität zurückgebracht, dass ich keine Befürchtungen mehr hatte, allein in meiner Wohnung zu sein.
Ich beging den Abend mit dem zynischen amerikanischen Fernseharzt, dessen materialistisches, rationales Weltbild einen hilfreichen Kontrast zu meinen irrationalen Erfahrungen der letzten Zeit bildete. Gegenwärtig war mir alles recht, das mir eine Welt vorgaukelte, die erklärbar, verlässlich und kontrollierbar war.
Zwischendurch warf ich Blicke in den verwilderten Garten, in den aus Fridels Wohnung beruhigendes gelbes Licht fiel. Vorsichtshalber machte ich einen Bogen um die halbvolle Weinflasche des Vorabends und legte mich beizeiten ins Bett. Wie sich zeigte, war ich zu müde für ein weiteres Traumexperiment, denn ich schlief sofort ein.

Zum dritten Mal erwachte ich schweißgebadet. *Er* war wieder hinter mir her gewesen. Diesmal war ich in meinem Traum über irgendeinen verwaisten Schulhof meiner früheren Wirkungsstätten gerannt – hakenschlagend wie ein Hase auf der Flucht.

Wissend, dass *er* unsichtbar für mich an einem der Fenster mit einer Waffe lauerte – bereit, die Beute zu stellen. Dann krachte der Schuss und ich war mit einem Schrei im Bett aufgefahren.
Doch als ich jetzt nassgeschwitzt und panisch dasaß, begriff ich, dass der Alptraum nicht zu Ende war. Eine Silhouette zeichnete sich in der dämmrigen Dunkelheit gegen die offene Terrassentür ab. Ein eiskalter Luftzug traf mich. Alle Haare auf meinem Körper richteten sich auf. Mit jeder Faser wusste ich, dass das nicht Johannes sein konnte, der zurückgekommen war. Es war *er*.
Hilflos krabbelte ich rückwärts, bis ich am Kopfende des Bettes gegen die Wand stieß. Dann endete auch dieser Teil des Alptraums, als mich etwas ins Bein biss und ich unkontrollierbar zu zucken begann und in traumloser Dunkelheit versank.

TEIL II

35. Tag – Mittwoch

Grete saß am Küchentisch und würfelte Kartoffeln. Auf dem Herd kochte die Brühe. Erschrocken fuhr sie zusammen, als die Türglocke Sturm läutete. Dann hörte sie, wie sich die Haustür öffnete und kurz darauf mit einem Knall wieder schloss. Eine männliche Stimme rief ihren Namen. Noch bevor sie antworten konnte, stand Benno in ihrer Küche.

„Ist Catharina hier?", fragte er ohne Begrüßung, während er sich suchend in der Küche umsah. „Hast Du sie heute schon gesehen?", bohrte er weiter, als Grete den Kopf schüttelte.

„Nein." Grete stand auf und humpelte in aller Seelenruhe zum Herd, um die gewürfelten Kartoffelstücke in die Brühe zu schütten.

Benno trommelte mit den Händen gegen die Hosennaht. Er stand noch immer in der Küchentür und schien unentschlossen, was er als Nächstes tun sollte.

„Warum sollte sie hier sein?", fragte Grete und kam zum Tisch zurück.

Benno ließ sich auf einen der Stühle fallen und fuhr sich mit den Händen durchs Gesicht. „Sie ist verschwunden."

„Was heißt das, sie ist verschwunden?" Grete machte nicht den Eindruck, als mache sie sich Sorgen.

„Sie ist nicht in ihrer Wohnung und ihr Auto ist auch nicht da." Benno wippte in schnellem Takt mit einem Bein.

Grete schien weiterhin unbeeindruckt und begann, Karotten zu schneiden. „Catharina ist erwachsen und kann gehen, wohin sie will."

Jetzt wurde Benno heftig. „Mag sein. Aber was ist, wenn sie wieder geschlafwandelt hat?" Das Wippen des Beins nahm Geschwindigkeit auf. „Was, wenn sie sich schlafend ins Auto gesetzt hat, weil sie Johannes sucht?"

Endlich reagierte Grete. Jetzt sah sie nicht mehr ganz so ruhig aus. „Erzähl mir, was passiert ist!", forderte sie schroff.

Benno berichtete, dass Catharina am Morgen nicht zum Dienst erschienen war. Die Schülerin, die den ersten Termin bei ihr gehabt hätte, hatte sich im Sekretariat gemeldet, nachdem sie eine Viertelstunde vergeblich gewartet hatte. Ute hatte daraufhin versucht, Catharina anzurufen. Doch sie war nicht ans Handy gegangen. Weil Ute vermutet hatte, Catharina hätte vielleicht nur verschlafen, hatte sie es zehn Minuten später erneut versucht. Diesmal hatte die Sekretärin eine Nachricht auf dem Anrufbeantworter hinterlassen. Als aber auch ein dritter Anruf nicht fruchtete, hatte Ute Fridel in Catharinas Wohnung geschickt, da sie wusste, dass Fridel einen Schlüssel besaß.
Fridel wiederum hatte die Wohnung leer vorgefunden und beim Blick ins Schlafzimmer das durchwühlte Bett entdeckt. Noch nicht besonders besorgt, hatte er sich auf die Suche nach Catharina gemacht und dabei festgestellt, dass ihr Auto nicht auf seinem Platz stand.
„Deshalb bin ich hier. Wir dachten, dass Catharina vielleicht aus irgendeinem Grund bei Dir ist.“ Ohne auf eine Antwort Gretes zu warten, zog Benno sein Handy aus der Tasche, wählte Fridels Nummer und teilte ihm mit, dass er Catharina nicht gefunden habe. Mitten im Satz brach er jedoch ab. Seine Augen weiteten sich. „Was bedeutet das?“ Während er schweigend zuhörte, gruben sich tiefe Falten in seine Stirn. Mit einem schnellen „Ich komme zurück!“, beendete er das Telefonat und stand eilig auf.
„Und?“ Grete sah ihn erwartungsvoll an.
Benno war bereits an der Küchentür. „Catharinas Terrassentür ist aufgebrochen. Als Fridel sie im ganzen Schloss nicht finden konnte, hat er ihre Wohnung auf der Suche nach irgendeinem Anhaltspunkt noch einmal durchsucht. Dabei hat er entdeckt, dass die Terrassentür nur zugedrückt war, sodass sie geschlossen aussah, tatsächlich aber war sie aufgehebelt.“ Damit drehte Benno sich ohne Abschied um und eilte Richtung Haustür.
„Warte!“, bremste ihn ein scharfer Ruf aus der Küche. Mit einem Gesicht, das Protest im Keim erstickte, kam Grete auf einen Stock gestützt hinter ihm her. „Ich komme mit.“
Als sie in den Schlosshof fuhren, stand dort ein Polizeiauto. In

der Halle kam ihnen Fridel entgegen, doch noch bevor er irgendetwas sagen konnte, forderte Grete ohne weitere Erklärung: „Ich muss in Catharinas Wohnung!"
Auch diesmal war Widerstand zwecklos und so folgten Benno und Fridel Grete, die sich nervenaufreibend langsam mit ihrem Stock die Treppe hinunterbewegte. Endlich angekommen, strich Grete mit geblähter Nase durch alle Räume, derweil Fridel und Benno schweigend folgten.
„Auf keinen Fall der Graf", sagte Grete schließlich, die ihre Geruchsprobe im Schlafzimmer beendet hatte und sich jetzt der kaputten Tür zuwandte.
Weiter schweigend beobachteten Fridel und Benno, wie Grete nach draußen in den verwilderten Garten ging, mit dem Rücken zur Terrassentür stehen blieb und sich nicht mehr rührte. Selbst als Fridels Handy unerwartet zu klingeln begann, zeigte sie keine Regung.
Fridel meldete sich mit Sanitätsdienst und hörte dann schweigend zu. Schließlich nickte er. „Wir sind gleich da." Damit legte er auf und wandte sich an Benno. „Die Polizei hat ein paar Fragen."
Er rief in Richtung der offenen Tür nach Grete. Die drehte sich langsam um. Ihr Blick wirkte abwesend, während Fridel ihr Bescheid gab, dass er mit Benno ins Sekretariat musste.
Grete nickte. „Ich komme nach." Damit wandte sie sich wieder dem Garten zu und verfiel erneut in Bewegungslosigkeit.
Im Sekretariat stand die Tür zum Dienstzimmer des Direktors offen. Wirchow rief Fridel und Benno zu, einzutreten. Als sie in sein Büro kamen, saß Wirchow mit einem Polizisten in seiner hochmodernen kubischen Sesselgruppe in einer Ecke des Raums. Der Polizist schrieb eifrig in ein Notizbuch. Dann sah er auf. „Hauptkommissar Bärlauch", erklärte er. „Und Sie sind also die Nachbarn von Frau Jung?"
Fridel und Benno nickten. Doch ehe Herr Bärlauch seine Fragen stellen konnte, öffnete sich die Tür zum Sekretariat und eine Dame in Uniform kam ebenfalls ins Direktorenzimmer. Kommissar Bärlauch stellte seine Kollegin als Kommissarin

Klein vor.
„Der Hausmeister bringt gleich die Protokolle der Toranlage“, teilte diese mit.
Bärlauch nickte und drehte sich wieder Fridel und Benno zu. „Wie ich höre, sind Sie beide gut mit Frau Jung befreundet. Wann sind Sie ihr denn gestern zum letzten Mal begegnet?“
Nach einem Augenblick des Nachdenkens erklärte Fridel, dass er am Vorabend Licht in Catharinas Wohnung gesehen hatte, als er nach dem Montagskrimi zum Rauchen gegangen war. „Viertel vor zehn, also“, präzisierte er und Bärlauch schrieb in sein Notizbuch.
Benno bestätigte nickend und fügte dann an Fridel gewandt hinzu: „Aber als Du um halb eins nochmal raus bist, war bei ihr alles dunkel.“
„Das heißt, dass Frau Jung zwischen etwa zehn und halb eins zu Bett gegangen sein muss oder aber in der Zwischenzeit mit ihrem Auto das Gelände verlassen hat“, schloss Kommissarin Klein und Bärlauch notierte die Zeiten.
„Ihr Bett war benutzt“, merkte Fridel an.
Bärlauch schrieb auch das auf, dann fragte er: „Sie haben nicht zufällig etwas gesehen oder gehört, was die aufgebrochene Terrassentür angeht?“
Sowohl Benno als auch Fridel schüttelten den Kopf.
„Und wer von Ihnen hat heute Morgen die aufgebrochene Terrassentür entdeckt?“, wollte Frau Klein wissen.
Fridel meldete sich. Er hatte bei seinem ersten Besuch in Catharinas Wohnung nur einen kurzen Blick ins Schlafzimmer geworfen. „Sie war nicht drin. Auf die Terrassentür hab' ich nicht geachtet. Für mich sah sie jedenfalls nicht offen aus. Ich bin doch nicht davon ausgegangen, dass da irgendetwas passiert ist. Konnte ja keiner ahnen, dass da jemand ...“ Er brach mit einer hilflosen Handbewegung ab.
Herr Bärlauch sah von seinen Notizen auf. „Noch wissen wir nicht, ob etwas passiert ist“, stellte er mit beruhigendem Ton fest. „Frau Jung kann aus hundert Gründen in der Nacht weggefahren sein.“ Dann fragte er, wie Fridel die Terrassentür bei seinem

zweiten Besuch in der Wohnung genau vorgefunden hatte.
„Die Tür war lose zugedrückt, schloss aber nicht mehr. Ich hab's gemerkt, weil ich im Garten nach Catharina suchen wollte. Da hab' ich erst begriffen, dass die Tür aufgebrochen war." Fridel schüttelte den Kopf, als könnte er nicht verstehen, dass er das Unglück nicht gleich gesehen hatte. „Was bedeutet das jetzt?"
Sie wurden erneut unterbrochen, weil sich in diesem Moment wieder die Tür des Sekretariats öffnete und Ede ins Direktorenbüro durchkam. „Ich hab' das Torprotokoll", dröhnte er mit seiner Alphornstimme lauter als nötig in Richtung des Hauptkommissars.
Der nahm einen Computerausdruck entgegen. Ede beugte sich über Bärlauch und zeigte auf eine bestimmte Zeile: „Hier sieht man, dass vor Frau Jung nur Personal durchgekommen ist. Frau Jung selbst hat das Tor um Punkt null dreihundert bedient. Das nächste Öffnen des Tors war um null fünfhundert, als der Küchendienst kam. Null fünf siebenunddreißig ist eine Lebensmittellieferung."
Herr Bärlauch grinste. „Haben Sie gedient?"
Ede grinste zurück. „Marine. Maat. Versorger 'Fulda'."
„Oberfeldwebel. Panzergrenadiere", konterte Bärlauch und Ede grüßte militärisch.
Der Kommissar erwiderte und fragte: „Was hat Sie an die See verschlagen?" Offensichtlich war er nicht der Ansicht, dass im Fall der verschwundenen Schulpsychologin Eile geboten war. Fridel wollte bereits einschreiten, aber Kommissarin Klein verhinderte das Gespräch alter Kameraden ohnehin, indem sie sich einschaltete: „Folglich ist Frau Jung, nachdem sie irgendwann vor halb ein Uhr ins Bett gegangen ist, wieder aufgestanden und hat um drei Uhr nachts das Schlossgelände verlassen." Ede und Bärlauch tauschten einen bedauernden Blick aus, ehe sie die Schlussfolgerung der Kommissarin Klein benickten. „Und was heißt das jetzt? Immerhin war die Terrassentür aufgehebelt", erinnerte Wirchow an Fridels Frage, bevor Edes Eintreten das Gespräch unterbrochen hatte.
Herr Bärlauch setzte ein versicherndes Lächeln auf. „Erst einmal

gar nichts. Frau Jung könnte die Terrassentür selbst aufgebrochen haben, weil sie sich – aus welchem Grund auch immer – ausgesperrt hatte. Vielleicht wollte sie wegfahren, hatte aber ihren Schlüssel in der Wohnung liegen lassen."
Sofort fiel ihm Fridel ins Wort: „Das ist doch Blödsinn. Sie hätte bei uns ans Fenster geklopft. Ich hab' doch den Schlüssel zu ihrer Wohnung." Benno nickte zustimmend.
Zum dritten Mal wurde das Gespräch unterbrochen, weil jemand das Sekretariat betrat. Grete schob sich durch die Tür des Direktors.
„Frau Mangold", sagte der mit ungläubigem Unterton. „Was kann ich für Sie tun?"
„Nichts. Aber möglicherweise kann ich etwas für *Sie* tun." Ein typischer Grete-Blick traf zuerst Wirchow, dann Bärlauch, der leicht zusammenzuckte und automatisch nickte.
„Setz' Dich hierhin", rief Ute von draußen und schob einen Schreibtischstuhl aus dem Sekretariat ins Zimmer.
Bärlauch betrachtete irritiert die dürre Gestalt in der schwarzen Kittelschürze und dem schwarzen Kopftuch, die sich neben ihm niederließ. Er sprach zu allen Anwesenden, als er wieder das Wort ergriff: „Es ist zu früh, irgendwelche Verbrechen zu vermuten. Frau Jung hat das Gelände selbstständig verlassen, wie das Torprotokoll beweist. Für die aufgebrochene Tür gibt es sicherlich eine Erklärung. Sollte sich Frau Jung bis heute Abend nicht gemeldet haben, können wir immer noch die Spuren in der Wohnung sichern und die Videoaufzeichnung der Torkamera auswerten."
Fridel verlor die Geduld und verhinderte damit, dass Bärlauch sich aus seinem Sessel erhob. „Das kann nicht Ihr Ernst sein! Catharina hat erst vor Kurzem in einem Tr...", weiter kam er nicht, denn wie zufällig rutschte Gretes Stock, der zwischen ihren Beinen stand, und auf den sie ihre Hände gelegt hatte, zur Seite und traf Fridel am Schienbein. Mit einem Schmerzenslaut sank der nach vorn. Grete achtete nicht darauf und erklärte: „Jemand war letzte Nacht im Garten vor der Wohnung." Sie sah in die Runde. Ihr Blick ruhte kaum merklich einen Augenblick

länger auf Fridel und Benno, als sie hinzufügte: „Ein Mensch."
„Wie kommen Sie darauf?", fragte Bärlauch.
„Er hat Spuren hinterlassen", lautete die doppeldeutige Antwort. Sowohl Fridel als auch Benno holten gleichzeitig Luft, doch Grete schüttelte sacht den Kopf.
Bärlauch, der von Gretes Antwort nicht überzeugt zu sein schien, stellte fest: „Die könnten von sonst wem stammen. Das Schlossgelände war übers Wochenende für Besucher offen, wenn ich Sie richtig verstanden habe." Er sah Wirchow fragend an, der nickte.
„Die Spur ist frisch, sonst hätte ich sie nicht ...", Grete schien einen Bruchteil einer Sekunde zu zögern, „... bemerkt. Sie führt aus dem Garten in die Wohnung."
„Können Sie uns die Spur zeigen?", fragte jetzt Frau Klein.
„Es ist schwierig." Grete zögerte erneut. „Wahrscheinlich können Sie sie nicht sehen."
Wirchow runzelte die Stirn, während Bärlauch nachfragte: „Wieso sollten wir die Fußabdrücke nicht sehen können, wenn Sie sie sehen?"
Grete atmete widerwillig aus. „Weil es keine Fußabdrücke sind."
Jetzt schaltete sich der Direktor ein: „Frau Mangold, ist das eine Ihrer Geschichten? Steckt da irgendetwas Übersinnliches dahinter?" Seine Stimme verriet, dass er sich zusammennahm.
Grete drehte sich zu ihm hin. „Nennen Sie es, wie Sie wollen, aber jemand war gestern Nacht im Garten. Und er hatte keine guten Absichten."
Wirchow holte einmal tief Luft und sagte dann in einem Tonfall ausgesuchter Höflichkeit: „Meine gute Frau Mangold, wer in aller Welt sollte unserer Schulpsychologin Böses wollen?"
Diesmal war es Fridel, der Grete daran hinderte, zu antworten. Er klang bissig: „Mir fällt da durchaus jemand ein!"
Benno legte ihm beschwichtigend eine Hand auf den Arm und sagte: „Frau Jung hatte in der Vergangenheit einen Stalker, der sie tatsächlich angegriffen hat." Jetzt ließ sich Fridel nicht mehr zurückhalten. „Fast umgebracht hat er sie, weil die Polizei ihr nicht glauben wollte! Was ist, wenn der sie letzte Nacht geholt

hat?“
„Das passt“, murmelte Grete neben ihm.
„Aber niemand kommt nachts ohne Chipkarte auf das Gelände“, bemerkte die Polizistin, die inzwischen auf Wirchows Schreibtischsessel saß und auf dem Designerstück eine bequeme Position zu suchen schien.
Kommissar Bärlauch nahm das Computerprotokoll des Schlosstors zur Hilfe. „Wenn ich es richtig sehe, ist das Tor nach Zapfenstreich bis zum Morgen nur von Personen mit Genehmigung geöffnet worden. Und wie Sie mir bestätigt haben“, er sah zu Wirchow, „muss sich tagsüber jeder Besucher anmelden.“
Wirchow nickte.
„Vielleicht ist er über die Mauer geklettert“, warf Fridel ein, der immer ungeduldiger wurde und nervös im Sessel herumrutschte.
„Das ist unmöglich“, erwiderte Ede. „Da müsste er schon ein Affe sein. Man kommt nur durch das Tor in den Innenbereich.“
„Das stimmt nicht“, erwiderte Fridel wütend. „Was ist mit dem Durchgang, wo das Schloss an die Kapelle grenzt? Er ist von außerhalb erreichbar, wenn man unterhalb der Schlossmauer am Steilhang entlanggeht.“
Der Hausmeister warf Fridel einen irritierten Blick zu. „Der Durchgang ist verschlossen. Seit Jahrzehnten. Und davor steht eine Hecke, sodass man ihn gar nicht sehen kann.“
„Von innen nicht. Von außen schon“, gab Benno zu bedenken. „Und die Hecke ist auch ...“, Benno zögerte. „Sie ist eingegangen.“
Jetzt beugte sich Wirchow in seinem Stuhl vor. „Warum weiß ich nichts von diesem Durchgang?“
Ede zuckte hilflos die Schultern. „Wie ich schon sagte, er ist zu. Verriegelt mit einem Eisentor.“
„Er kam nicht von dort“, behauptete Grete jetzt. „Er war schon auf dem Gelände.“ Ihr Blick war finster.
Wirchow seufzte, aber der Kommissar ging überraschend auf die Bemerkung der Köchin ein: „Wir sollten das trotzdem überprüfen. Frau Klein, wenn Sie so nett wären?“ Damit nickte

er seiner Kollegin zu, die sofort aufstand.
Ede, der die ganze Zeit an der Wand gelehnt hatte, stieß sich ab. „Ich bringe sie hin. Und ich kümmere mich auch um die Videoaufzeichnungen der Torkamera.“ Er lächelte in Fridels Richtung, der dankbar nickte.
Diesmal erhob Bärlauch keinen Protest, merkte aber an, dass er Hilfe beim Identifizieren der Personen auf dem Film brauchen würde. Wirchow rief nach seiner Sekretärin und Ute stimmte ergeben zu.
Als sich die Tür hinter Ede und der Kommissarin geschlossen hatte, wandte sich Bärlauch direkt an Fridel und Benno. „Jetzt möchte ich genau wissen, was es mit diesem Stalker auf sich hat.“
Benno warf Fridel einen warnenden Blick zu. Es schien, als befürchte er einen weiteren Wutausbruch seines Partners. Fridel aber signalisierte, dass Benno sprechen möge. Im Raum herrschte betroffene Stille, als der berichtete, dass Catharina an ihrer alten Arbeitsstelle von einem gewalttätigen Vater verfolgt worden war, dessen Kinder vom Jugendamt durch ihre Mitwirkung in Obhut genommen worden waren, woraufhin die alkoholabhängige Mutter der Kinder ihren Mann verlassen und eine Therapie begonnen hatte. „Der Vater hat Frau Jung für den Verlust seiner Familie verantwortlich gemacht und zwei Anschläge auf sie verübt. Beim zweiten Anschlag konnte er überwältigt werden.“
„Warum hat die Polizei nach dem ersten Anschlag nicht reagiert?“, hakte Bärlauch nach.
Wieder konnte Fridel sich nicht zurückhalten: „Weil ihr keiner geglaubt hat. Im Gegenteil: Man hat sie als verrückt bezeichnet und ihr Verfolgungswahn und sonst noch was unterstellt“, blaffte Fridel. „Und beim zweiten Mal wäre sie wahrscheinlich tot gewesen, wenn sie sich nicht einen illegalen Taser besorgt hätte.“ Fridel lachte ironisch. „Soll sich das jetzt wiederholen?“
Bärlauch blieb gelassen. „Was ist aus besagtem Vater geworden?“
„Er sitzt in der geschlossenen Psychiatrie“, antwortete Benno.

Fridel schüttelte heftig den Kopf. „Nicht wenn Catharinas Gefühl, verfolgt zu werden, stimmt."
„Entschuldigen Sie mich, diese Frage können wir schnell klären." Bärlauch zog sein Handy aus der Tasche, verschwand ins Sekretariat und schloss die Tür hinter sich.
Einen Moment lang herrschte Schweigen. Draußen hörte man Bärlauch sprechen, aber es war unverständlich.
Wirchow seufzte resigniert: „Und warum weiß ich auch von dieser Geschichte nichts?"
Fridel fuhr zu seinem Chef herum. „Weil Frau Jung glücklich war, das alles hinter sich gelassen zu haben. Wie man sich vielleicht vorstellen kann, ist diese Geschichte nichts, womit man hausieren geht. Es ist ihr unendlich peinlich."
In Wirchows Gesicht stand Ratlosigkeit. „Aber sie ist das Opfer. Warum sollte ihr irgendetwas peinlich sein?"
„Das sollten Sie die Polizei fragen – oder Catharinas ehemaligen Arbeitgeber!", gab Fridel heftig zurück. Glücklicherweise ging die Tür wieder auf und die Rückkehr des Kommissars verhinderte, dass Fridel seinem Unmut weiteren Ausdruck gab. Bärlauchs Miene hatte sich verändert. Seine vorherige Gelassenheit war verschwunden.
„Was ist passiert?", fragte Wirchow sofort.
Der Angesprochene setzte sich und atmete durch. „Ich fürchte, wir müssen doch mit einem Verbrechen rechnen. Der Verfolger von Frau Jung ist letzte Woche aus der Psychiatrie geflohen."
„Und warum in aller Welt ist Catharina nicht darüber informiert worden? Der Idiot hat mehrmals versucht, sie umzubringen!" Fridel war von seinem Sessel aufgesprungen und sah aus, als wollte er dem Kommissar an die Gurgel gehen.
Benno griff nach Fridels Hand und zog ihn auf den Sessel zurück. Widerwillig setzte der sich und hörte Bärlauch zu, der fast schuldbewusst wirkte, als er sagte: „Ich kann Ihnen diese Frage gegenwärtig nicht beantworten. Alles, was ich weiß, ist, dass der Mann verschwunden ist. Ich werde ein Team zur Spurensicherung in Frau Jungs Wohnung schicken. Vielleicht gibt es Fingerabdrücke, die wir diesem Stalker zuordnen können.

Besitzt Frau Jung ein Handy?“
Fridel nickte. „Es liegt noch in ihrem Schlafzimmer. Mitgenommen hat sie es jedenfalls nicht.“
Bärlauch signalisierte, dass das Gespräch vorerst beendet war. „Wir kümmern uns um alles. Machen Sie sich keine Sorgen. Vielleicht gibt es für das Verschwinden von Frau Jung ja doch eine ganz einfache Erklärung und sie fährt in ein paar Minuten völlig unversehrt auf den Hof.“ Ihm war anzusehen, dass er Zweifel an seiner eigenen Theorie hatte. „Am besten Sie gehen alle wieder an Ihre Arbeit. Wenn wir noch Fragen haben, melden wir uns.“
„Kein Wort zu den Schülern!“, forderte Wirchow, bevor alle das Direktorat verließen. „Offiziell ist Frau Jung vorerst erkrankt.“
Niemand sagte etwas.
Ute sah alle drei erwartungsvoll an, als sie die Tür von Wirchows Büro hinter sich schlossen. „Und?“, fragte sie. „Was ist denn das mit diesem Stalker?“ Sie hatte Bärlauch Catharinas alte Adresse geben müssen und das Telefonat des Kommissars mitgehört.
Von Benno erhielt Ute einen kurzen Abriss der Zusammenhänge. Die Sekretärin pfiff durch die Zähne. „Arme Catharina. Dieser Bärlauch klang ziemlich wütend, als er mit den Kollegen telefoniert hat, die den Fall bearbeiten. Hoffen wir, dass das alles ein Irrtum ist.“
Wieder öffnete sich die Tür zum Sekretariat und die Kommissarin trat ein. Sie wandte sich der Direktionstür zu und sah Ute fragend an. Die nickte.
Fridel achtete nicht auf sie, als er sagte: „Es weiß aber doch keiner, dass Catharina hier ist.“
„Natürlich!“, erwiderte Ute irritiert. „Jeder, der sie googelt, landet auf der Internetseite Altensteins.“
Frau Klein, die die Tür zu Wirchows Büro bereits geöffnet hatte, hielt inne. „Wieso das?“, fragte sie.
„Weil ich erst vor Kurzem Frau Jungs Profil als neue Schulpsychologin auf unsere Homepage gestellt habe“, antwortete Ute. „Catharina hat es selbst geschrieben.“
Frau Klein nickte und trat ein.

„Wahrscheinlich war Catharina überhaupt nicht klar, was es bedeutet, wenn sie auf der Schulhomepage steht." Fridel stöhnte. „Wenn er es ist, dann hat er sie wohl übers Netz gefunden."
„Was machen wir jetzt?", fragte Benno.
Fridel musste zurück zum Dienst. Er schlug vor, gemeinsam ins Sanitätszimmer zu gehen, um die Lage zu besprechen. Vorher wandte er sich noch einmal an Ute: „Hältst Du uns auf dem Laufenden?"
Die nickte und versprach, sich sofort zu melden, wenn es etwas Neues gab.

„Was ist das für eine Spur im wilden Garten?", wollte Benno sofort wissen, als sie im Sanitätsbereich saßen.
Fridel, dem die Aufregung im Gesicht stand, begann, Medikamente in kleine Kästchen zu sortieren. Seine Hände zitterten.
„Eine Spur von bösem Willen." Gretes Augen schienen noch dunkler zu werden. „Ihr Träger kam vom Schlosshof", behauptete sie. „Er ist gefährlich." Wie als erwarte sie Protest, fügte sie in angriffslustigem Ton hinzu: „Man hinterlässt nicht nur mit den Füßen Spuren."
Mit einem Scheppern fiel eins der Kästchen, mit denen Fridel hantierte, zu Boden. Tabletten kullerten überall hin.
„Fritz, lass' das doch." Benno, der auf der Behandlungsliege gesessen hatte, ging zu seinem Partner und nahm ihn in den Arm. „Wenn Du beim Sortieren Fehler machst, werden Deine Patienten nicht erfreut sein."
Fridel machte sich von Benno los und warf die aufgelesenen Tabletten in eine Plastikdose. Dann sank er auf einen Hocker. „Es ist meine Schuld." Er stützte den Kopf in die Hände und krallte sich in seinem dichten Haar fest.
„Was soll das?", fragte Grete harsch. „Wie kommst Du auf die Idee?"
Auch Benno, der jetzt neben Fridel stand und ihm eine Hand auf die Schulter gelegt hatte, sah irritiert aus.
Fridel hob den Kopf. Er wirkte verzweifelt. „Catharina hat von

diesem Kerl geträumt. So wie früher, als er sie verfolgt hat. Sie hat nicht auf ihr Bauchgefühl gehört, weil ich es ihr ausgeredet habe.“

„Wann war das?“, wollte Grete sofort wissen.

„Vorgestern“, antwortete Fridel mit belegter Stimme und Benno strich ihm durchs Haar.

„Montag“, murmelte Grete. „Nachmittags war sie bei mir.“ Ihre Augen wanderten kurz ins Leere, als richte sie den Blick nach innen. „Ich habe nichts bemerkt“, sagte sie resigniert, als sie wieder ins Jetzt zurückkam. Sie blickte von Fridel zu Benno. „Es sind die Werkzeuge. Ihre dunkle Kraft macht mich taub für alle anderen Gefahren.“

„Und jetzt?“, fragte Benno.

Grete sah ihn mit einem bohrenden Blick an. „Wir müssen sie finden. Schnell.“

„Wie sollen wir das machen? Der Kerl hat ihr Auto.“ Fridel wirkte hoffnungslos. „Wahrscheinlich ist er mit ihr über alle Berge.“

Aber Grete schüttelte den Kopf. „Ich glaube nicht, dass er sich die Mühe macht, sie weit wegzubringen.“

„Großer Gott“, Fridel sprang von seinem Hocker auf und begann, im Raum auf und ab zu laufen. „Vielleicht hat er sie schon umgebracht.“ Er raufte sich erneut die Haare.

Grete sah wieder ins Leere. Dann sagte sie bestimmt: „Catharina lebt. Ich spüre sie.“

Fridel blieb augenblicklich stehen und sah die Köchin hoffnungsvoll an. „Kannst Du nicht sehen, wo sie ist?“

„Nein! Ich kann Menschen erfühlen und ihr Befinden wahrnehmen. Aber ich bin kein Hellseher.“ Grete klang fast beleidigt.

„Nicht?“, fragte Fridel verwundert. Offensichtlich schätzte er die Fähigkeiten der Köchin anders ein. Vorsichtig fragte er: „Kannst Du vielleicht mit ihr Kontakt aufnehmen?“

Diesmal schüttelte Grete den Kopf. Sie wirkte deprimiert und schien mit der Antwort zu zögern.

„Was ist?“, fragte Benno besorgt und griff nach Fridels Hand,

um ihn zurück zu seinem Hocker zu ziehen.
„Catharina lebt, aber da ist kein Echo“, antwortete Grete nach einem weiteren Zögern.
„Kein Echo?“ Fridel war wieder kurz davor vom Stuhl zu springen, aber Benno hielt ihn fest. „Betäubt? Ohnmächtig?“, flüsterte er.
„Wahrscheinlich.“
Fridel und Benno schwiegen einen Augenblick betroffen, bis Fridel doch noch aufsprang. „Wäre Johannes nicht davongelaufen, hätte das alles nicht passieren müssen!“ Wieder begann er, den Raum zu durchmessen.
Grete lachte kalt. „Er hat ihr nichts gebracht als Kummer.“
Fridel blieb direkt vor ihr stehen. „Aber er wäre in der Nacht bei ihr gewesen.“
Ein weiteres hartes Lachen von Grete. „Was hätte er denn Deiner Meinung nach tun sollen? Diesen Mann erschrecken?“
Fridel zeigte mit einem Finger auf Grete. „Er hätte uns zur Hilfe geholt. Im Gegensatz zu Dir weiß er nämlich ...“
Benno schritt ein, bevor Fridel etwas sagte, das er bereut hätte. „Hört auf! Das bringt doch nichts. Setz' Dich hin!“, forderte er Fridel auf.
Der fiel auf den Hocker, um erneut das Gesicht in den Händen zu verbergen. „Johannes würde sie finden, auch wenn sie betäubt ist“, murmelte er kaum hörbar.
„Und wie würde er das wohl machen?“ Die Spitze in Gretes Stimme war unüberhörbar, aber es war deutlich, dass sie sich zusammenriss.
Benno antwortete, bevor Fridel etwas sagen konnte. „Indem er sich mit dem Geist der Tiere verbindet.“ Kurz erzählte Benno, wie Johannes den kleinen Tim gefunden hatte, indem er Bilder von dem fliehenden Kind im Geist der Waldtiere gesucht hatte. „Johannes würde Catharina finden.“
Grete hatte dem anscheinend nichts mehr entgegenzusetzen, denn sie seufzte und sagte: „Er ist nicht hier.“ Sekundenlang herrschte Schweigen. Dann drehte Grete den Kopf zur Tür und schien zu lauschen, bis sie sich schwerfällig von ihrem Platz

erhob und zum Eingang ging. Mit einer schnellen Bewegung riss sie die Tür auf.
Sophie stolperte herein und konnte sich gerade noch fangen, sonst wäre sie Grete vor die Füße gefallen.
„Wie lange lauschst Du schon?“, fragte die Köchin in eisigem Ton.
„Nicht lange“, flüsterte Sophie und sah betreten unter sich.
„Wie? Lange?“, wiederholte Grete ihre Frage, jedes Wort betonend.
Sophie schien sich zu winden. „Ich wollte nur ...“
„Sophie!“ Gretes Stimme klang wie eine Peitsche und Sophie zuckte zusammen.
Diesmal antwortete das Mädchen. „Seit Sie reingegangen sind.“ Sie wagte kaum den Kopf zu heben. „Ich bin gerade aus der Bibliothek raus, da hab' ich Sie allein aus dem Keller kommen sehen. Und dann ist die Polizistin mit Ede nach unten gegangen.“ Sophie gab zu, neugierig geworden und durch den wilden Garten zu Frau Jungs Wohnung geschlichen zu sein. „Ede und die Polizistin kamen aus einer Terrassentür und sind irgendwo im Garten verschwunden.“ Daraufhin war Sophie zur Balkontür gelaufen und hatte gesehen, dass das Schloss ausgerissen war, aber von Frau Jung keine Spur. Natürlich hatte das Sophies Neugier erst recht geweckt, aber sie hatte sich nicht getraut, Ede und der Polizistin zu folgen. „Ich bin in die Halle gegangen. Irgendwann kam die Polizistin zurück Richtung Sekretariat und dann sind Sie drei zur Krankenstation verschwunden.“
„Und da hast Du Dir gedacht, dass Du uns doch mal belauschen könntest“, stellte Grete trocken fest und Sophie nickte beschämt.
„Wie viel hast Du gehört“, bohrte Grete.
„So gut wie alles.“ Mehr als ein Flüstern brachte Sophie nicht zustande. „Bitte, Sie müssen Frau Jung helfen.“ Endlich sah Sophie auf. In ihrem Gesicht stand reines Schuldbewusstsein, aber diesmal war ihre Stimme fest: „Sie müssen den Grafen zurückholen, damit er Frau Jung findet.“
Benno und Fridel schienen die Luft anzuhalten.

Grete und Sophie standen sich gegenüber, Gretes Gesichtsausdruck war steinern, als sie sagte: „Und was schlägst Du vor, wie ich das tun soll?"
„Sie müssen es versuchen. Irgendwie!", drängte Sophie. Plötzlich wechselte ihre Miene zu aufmüpfig. „Wenn Sie es nicht tun, mache ich's. Das wäre nicht meine erste Séance", sagte sie herausfordernd.
Doch Grete durchschaute das Manöver. „Vermutlich bist Du schneller, wenn Du Catharina zu Fuß suchst", riet sie ärgerlich, atmete durch und setzte sich auf ihren Platz zurück.
Aber Sophie gab nicht auf: „Sie sind es Frau Jung schuldig!"
Diesmal musste sich Grete wirklich zusammenreißen. Ihre Augen wurden schmal. Sophie schwieg zwar sofort, aber ihr Gesicht zeigte, dass sie kein Wort bereute.
Unerwartet meldete sich Benno: „Grete, hast Du nicht verlangt, dass Johannes Dir hilft, die Macht dieser Werkzeuge zu brechen?" Er sah die Köchin ernst an. „Vielleicht ist das Deine Chance, es ihm selbst zu sagen."
Grete reagierte nicht, sah ihn lediglich mit unlesbarem Ausdruck an. Benno nahm das als Aufforderung und fuhr fort. „Was geschehen soll, wird geschehen", zitierte er. „Waren das nicht Deine Worte? Und dass etwas passieren muss?" Dann, mit einem eindringlichen Blick auf die Köchin: „Nun, es *ist* etwas passiert."
Seine Worte hingen im Raum, obwohl er sie fast geflüstert hatte. Niemand wagte zu sprechen, bis plötzlich das Klingeln von Fridels Handy alle vier zusammenfahren ließ.
Verstört hob Fridel ab. Einen Augenblick hörte er nur zu und nickte ab und an. Seine Lippen formten für seine Zuhörer ein tonloses „Ute". Schließlich versprach er der Sekretärin, zu ihr zu kommen, und legte auf.
„Ute hat Neuigkeiten." Das Wort Neuigkeiten begleitete er mit Gänsefüßchen, die er in die Luft zeichnete. „An der Terrassentür haben sie Fingerabdrücke gefunden. Überraschenderweise ist es Catharinas Stalker", stellte Fridel voller Sarkasmus fest. „Sie haben eine Fahndung eingeleitet und die Wohnung wird von der Spurensicherung durchsucht. Bärlauch und seine Kollegin sind

wohl inzwischen ziemlich in Hektik." Er lachte böse. „Ich soll Ute helfen, die Personen auf den Überwachungsbändern der Torkamera zu identifizieren. Man geht davon aus, dass der Täter entweder durch das kaputte Gitter im wilden Garten oder das Schlosstor gekommen ist."

Grete stand von ihrem Stuhl auf. „Bringt mich nach Hause."

Sophies Kopf fuhr von Fridel zu Grete herum. „Das können Sie nicht machen!"

„Sophie! Es ist gut! Und zu niemandem ein Wort!", Gretes Stimme war endgültig. „Benno, wenn Du mich bitte fahren würdest. Jetzt."

Der nickte. Widerwillig folgte Sophie nach draußen. Man sah ihr an, dass sie enttäuscht und wütend war.

In der Halle trennten sie sich. Benno und Grete gingen zum Ausgang, Fridel in Richtung Sekretariat und Sophie verschwand zwischen Schülern, die dem Essen zustrebten.

Ute war allein im Sekretariat. Wirchow hatte zusammen mit Kommissar Bärlauch eine Dringlichkeitssitzung des Elternrats via Konferenzschaltung über das Internet. Kommissarin Klein suchte Catharina und ihren Entführer – inzwischen in Zusammenarbeit mit den Kollegen, die an Catharinas früherem Wohnort dafür zuständig waren, den entflohenen Stalker wieder einzufangen. „Der Polizist von der Filmtechnik", wie ihn Ute nannte, war noch nicht da.

Während Ute Kaffee kochte, gab sie Fridel ein Update: „Nachdem sicher war, dass Gefahr im Verzug ist, sind Bärlauch und seine Kollegin in hektische Betriebsamkeit ausgebrochen. Catharinas Handy wurde ausgelesen und festgestellt, dass ihre Anwältin mehrfach versucht hat, sie zu kontaktieren. Sie wollte Catharina über die Flucht des Stalkers informieren und ihr sagen, dass die Polizei für Catharina keine Gefahr sieht."

„Aha, keine Gefahr!" Fridel war empört.

„Die zuständigen Polizisten sind davon ausgegangen, dass der Kerl sich zuerst an seine Familie wendet. Die wird überwacht. Alle dachten, er weiß nicht, wo Catharina ist." Ute machte ein bedauerndes Gesicht, als sei es ihre Schuld, dass der Entführer die Schulpsychologin vermutlich durch die Homepage Altensteins gefunden hatte. Dann schüttelte sie sich, wie um den Gedanken zu verdrängen, und fragte in verständnislosem Ton: „Warum nur hat Catharina sämtliche Anrufe auf ihrem Handy ignoriert?“

Fridel versuchte eine Erklärung: „Sie will mit ihrem alten Leben nichts mehr zu tun haben. Die einzigen, mit denen sie noch regelmäßigen Kontakt hat, sind ihre Eltern.“

Ein weiteres verständnisloses Kopfschütteln von Ute. „Das wäre vielleicht nicht passiert, wenn sie wenigstens ihren Anrufbeantworter abgehört hätte.“ Sie schenkte Kaffee ein und Fridel ließ sich an dem ungenutzten Schreibtisch nieder, der dem der Sekretärin gegenüberstand. Er nippte an der Tasse und verzog das Gesicht.

Sowohl Ute als auch Fridel zuckten erschrocken zusammen, als plötzlich eine Durchsage des Direktors durch die Lautsprecher hallte. Wirchow ordnete an, dass sich das Kollegium am Nachmittag zu einer außerordentlichen Konferenz treffen würde. Dann ging seine Tür auf und er kam mit Bärlauch aus seinem Büro. „Die Schülerschaft wird vorerst nicht informiert. Außerdem haben die Eltern beschlossen, dass das Tor bis auf Weiteres geschlossen bleibt. Wer tagsüber hinaus will, muss sich beim Betreuungspersonal eine Chipkarte holen“, teilte er seiner Sekretärin mit.

Die fragte, wie man den Schülern diese Maßnahme erklären wolle.

„Sicherheitscheck der neuen Kamera an der Toranlage. Damit wird auch die Anwesenheit der Polizei begründet.“ Wirchow seufzte, dann verabschiedete er sich vorerst von Bärlauch und verschwand in seinem Büro. Kurz darauf hallte Wirchows Stimme noch einmal durch die Gänge, als er seine Anweisungen an die Schüler durchgab. Während er noch redete, klopfte es an der Sekretariatstür und ein Mann mit Laptop trat ein. Bärlauch stellte ihn als Herrn Maier, den Kollegen von der Technik, vor.

Bevor sie sich den Überwachungsbändern widmeten, bot Ute

auch den beiden Polizisten Kaffee an. Beide nahmen dankend an. „Gut! Das ist mal echter Kaffee“, stellte Herr Maier nach einem Schluck zufrieden fest, was Bärlauch mit einem leichten Kopfschütteln kommentierte.
„Dann wollen wir den Film mal laufen lassen“, erklärte der Techniker und Bärlauch fügte hinzu, dass alle Ein- und Ausgehenden identifiziert werden mussten. Er drehte sich Fridel zu. „Danke, dass Sie uns helfen. Vier Augen sehen mehr als zwei und wir kennen ja Ihre Schüler nicht.“
Die nächsten Stunden verbrachten sie damit, den Film der Überwachungskamera des vergangenen Tages im schnellen Vorlauf zu schauen und immer dann anzuhalten, wenn Personen das Tor durchquerten. Alle Namen wurden mit Uhrzeit festgehalten. Die meisten waren schnell identifiziert. In der Mehrzahl handelte es sich um Schüler, Kollegen und Hausangestellte oder irgendwelche Lieferanten, die regelmäßig das Schloss versorgten. Inzwischen hatte der Film den Nachmittag des Vortages erreicht.
Aus der Küche wurde Essen gebracht und Ute schenkte regelmäßig Kaffee nach, was aber nichts daran änderte, dass die allgemeine Konzentration immer mehr nachließ. Dann jedoch erschien Catharina im Bild. Sie trug eine Sporttasche über der Schulter und schritt forsch durch das Tor, hielt aber, kaum, dass sie das Plateau betreten hatte, inne und sah sich um. Ihr Gesicht war nicht erkennbar, da sie mit dem Rücken zur Kamera stand.
„Sie sieht aus, als hätte sie plötzlich irgendwas unsicher gemacht“, stellte Fridel fest.
Ute nickte bestätigend. „Schaut mal, wie sie den Kopf einzieht. Wie eine Katze, wenn's donnert.“
Der Kommissar schob seinen Kollegen leicht zur Seite und rückte näher an den Computer heran. Die kleine Person auf dem Bildschirm sah gerade zum Himmel und verschwand dann aus dem Bild. „Vielleicht hatte sie einfach nur Angst, einen Regenschauer abzubekommen.“
Der Film lief weiter, bis etwa eine Stunde später eine Gruppe Schüler vom Plateau her auftauchte. „Da! Sie kommt zurück!“,

rief Ute.
„Wo?“, wieder beugte sich Bärlauch vor.
Ute zeigte auf eine Frau und Bärlauch nickte. „Gut, dass Sie da sind. Ich hätte Frau Jung für eine Schülerin gehalten.“
Diesmal hatte Catharina die Sporttasche vor den Bauch geklemmt und hielt sie mit beiden Armen fest umschlungen.
„Halten Sie mal an, sodass man ihr Gesicht sieht“, bat Fridel und Maier stoppte den Film.
„Sie wirkt eindeutig verängstigt“, stellte Ute fest.
„Aber warum?“, fragte Bärlauch, während der Film weiterlief. „Da ist doch nichts Ungewöhnliches. Offensichtlich war sie mit den Schülern beim Sport.“
„Die sehen alle normal aus“, bemerkte Ute. Ein Mädchen schlug gerade einem hübschen Jungen spaßhaft auf die Schulter. Catharina jedoch wirkte, als nehme sie ihre Mitmenschen gar nicht wahr, sondern drehte sich noch einmal zum Plateau um, bevor sie Richtung Schloss verschwand.
„Als sie später bei mir war, war sie ganz normal“, sagte Ute. „Müde war sie, aber sonst in Ordnung.“
Unter Fridels dichtem Haar war sein Stirnrunzeln nicht zu sehen. „Trotzdem. Es ist deutlich, dass sie sich verfolgt fühlt.“ Er sprach eher mit sich selbst, als er murmelnd hinzufügte: „Sie hat ihn gespürt. Genau wie beim letzten Mal.“
Zu Fridels Überraschung nickte Bärlauch nicht nur zustimmend, sondern sagte: „Er ist irgendwo da draußen.“
„Sie halten sie also nicht für verrückt? So wie Ihre Kollegen damals?“, entfuhr es Fridel, bevor er sich zurückhalten konnte.
Bärlauch sah Fridel erstaunt an. „Es ist doch gar nicht zu leugnen, dass Frau Jung sich ihren Verfolger nicht eingebildet hat.“ Dann seufzte er traurig. „Ich wünschte nur, die Kollegen hätten ...“
„Wer ist das“, unterbrach ihn Ute und zeigte auf den Bildschirm. „Den hab' ich noch nie gesehen.“
Auf dem Monitor war ein etwa vierzigjähriger, hagerer Mann mit Glatze erschienen. Er trug eine Jeans unter einer grünen Wachsjacke. Über einer Schulter hing lässig ein Rucksack.

„Den hätte ich für einen Lehrer gehalten“, stellte Maier fest. „Sport und Mathe.“
„Das ist kein Kollege. Der gehört nicht nach Altenstein“, widersprach Fridel.
„Wie spät ist es?“, fragte Ute unerwartet.
„Kurz vor vier“, antwortete Bärlauch geistesabwesend, während er beobachtete, wie der Fremde aus dem Bild verschwand.
„Nein, ich meine nicht jetzt gerade.“ Ute wirkte plötzlich ungeduldig. „Spulen Sie zurück!“ Maier gehorchte. Der Fremde lief rückwärts ins Bild. „Stopp!“, rief Ute und der Mann gefror in der Bewegung, als der Techniker die Aufzeichnung anhielt. „Wann ist das“, fragte sie in Richtung Maier.
„Gestern, halb sechs Uhr“, antwortete der.
„Er war also doch da!“, murmelte Ute.
Fridel, Maier und Bärlauch sahen sie gleichermaßen verständnislos an.
„Wer?“, wollte Bärlauch wissen.
Ute sah von Einem zum Andern und berichtete von dem Termin mit dem Vater, den Catharina am Vortag um halb sechs hätte haben sollen. „Er ist nicht gekommen – jedenfalls nicht ins Schloss. Was, wenn er das da war?“
„Der Vater?“, fragte Fridel irritiert.
„Nein!“ Die Ungeduld der Sekretärin wuchs. „Was ist, wenn das der Stalker ist? Was, wenn er sich als Vater ausgegeben hat, um seine Anwesenheit auf dem Gelände zu rechtfertigen?“
Fridel nickte langsam. „Wenn ihn jemand gefragt hätte, hätte er gesagt, dass er einen Termin mit Catharina hat. Und falls jemand an dieser Aussage gezweifelt hätte, hätte ein Sicherheitsanruf bei Dir den Termin bestätigt."
„Und zur Not hätte er immer noch verschwinden können, wenn er befürchtet hätte, aufzufliegen“, beendete Bärlauch den Gedanken. „Wir müssen überprüfen, ob er das Gelände wieder verlässt, bevor Frau Jung mit dem Auto wegfährt.“
Die nächsten Minuten verbrachten sie damit, den Film weiterlaufen zu lassen, bis Edes Helfer sichtbar wurde, der das Tor zu machte.

„Er hat sich auf dem Gelände einschließen lassen“, murmelte Bärlauch. „Oder er ist durch das kaputte Gitter im Garten hinter dem Schloss verschwunden.“
Wieder spielten sie die Aufzeichnung im schnellen Vorlauf ab. Der Kommissar hatte mittlerweile Edes Torprotokoll auf den Knien, das er mit dem Video abglich. Zuletzt fuhr Catharinas Auto davon.
„Man kann nicht erkennen, wer fährt, aber es sieht aus, als sei nur eine Person im Wagen“, bemerkte Fridel. „Trotzdem – das ist definitiv nicht Catharina. Sie ist viel kleiner.“
Ute nickte. „Das da ist ein Mann.“
Wirchows Tür öffnete sich unvermittelt und der Direktor kam heraus, bereit, auf der außerordentlichen Konferenz das Kollegium von den Ereignissen zu informieren.
„Was ist passiert?“, wollte Wirchow wissen, als er die Gesichter von Fridel, Bärlauch und der Sekretärin sah.
Der Kommissar atmete durch und erhob sich von seinem Stuhl. Nach dem stundenlangen Sitzen wirkte er steif. „Wie es aussieht, haben wir den Täter auf dem Film der Überwachungskamera. Oder kennen Sie diesen Mann?“
Die Aufzeichnung wurde zur entsprechenden Stelle zurückgefahren und Wirchow warf einen Blick auf den Bildschirm. „Ist er das?“, fragte er. Offensichtlich kannte auch er den Fremden nicht.
„Vermutlich“, antwortete Bärlauch und setzte den Direktoren ins Bild über die Erkenntnisse und Vermutungen, die sie aus dem Video gezogen hatten.
„Immerhin hat sich die Installation der Kamera gelohnt.“ Wirchow rieb sich die Stirn. „Was geschieht jetzt?“
Bärlauch erklärte, dass er einen Ausdruck des angeblichen Vaters mit dem Bild des Stalkers vergleichen werde. „Allerdings trägt er auf allen Polizeifotos einen Vollbart und dichtes dunkles Haar. Ich habe ihn jedenfalls nicht erkannt. Dieser Mann da“, der Kommissar nickte zum Bildschirm, „wirkt auch sehr viel fitter. Wenn es der Gesuchte ist, hat er mindestens zwanzig Kilo verloren.“

„Muss ich dem Kollegium noch irgendetwas mitteilen?“, fragte Wirchow nach.
Bärlauch überlegte, dann nahm er seine Mütze. „Ich komme mit.“ Er drehte sich noch einmal zu seinem Kollegen um. „Kannst Du den Kerl mit dem Gesuchten abgleichen? Wenn er es ist, bring' mir das Bild von der Torkamera in die Konferenz – mit Kopien.“
Der Kollege nickte.
Fridel begleitete Wirchow und den Kommissar zur Konferenz, auf der der Direktor mit Bärlauchs Hilfe das bestürzte Kollegium vom Verschwinden der Schulpsychologin in Kenntnis setzte.
„Aber ich hab' sie doch noch beim Abendessen getroffen“, sagte jemand aus den Zuhörerreihen. Es war die junge Referendarin, die neben einem sichtlich erschütterten Doktor Stern saß. „Beim Essen war sie wie immer.“
Bärlauch nickte und bat darum, dass sich im Anschluss alle diejenigen bei ihm melden mögen, die irgendetwas zu den Ermittlungen beitragen könnten.
Während Wirchow dem Kollegium die Beschlüsse des Elternrates mitteilte, wie mit der Situation zu verfahren sei, kam Bärlauchs Kollege Maier herein, flüsterte kurz mit dem Kommissar und steckte dann einen USB-Stick in die elektronische Tafel. Das Bild von dem angeblichen Vater erschien. Zusätzlich wurden Kopien ausgeteilt.
Als Wirchow geendet hatte, setzte er sich und überließ Bärlauch das Wort. Der erklärte, dass man den Entführer von Frau Jung inzwischen anhand von Fingerabdrücken in Frau Jungs Wohnung sowie dieses Fotos der Torkamera identifiziert habe. Der Mann habe gestern Abend unter einem Vorwand das Gelände betreten, sich bis zur Nacht dort versteckt und sei dann bei Frau Jung eingebrochen. Vermutlich habe er sie in ihrem Wagen vom Gelände geschafft. Zum Öffnen des Tores habe er ihre Chipkarte verwendet. Noch einmal bat Bärlauch darum, dass sich alle diejenigen im Anschluss an die Konferenz melden mögen, die etwas Sachdienliches beizutragen hätten.
Kaum, dass der Kommissar seine Darstellung abgeschlossen

hatte und Wirchow sich zu ihm stellte, erhob sich ein heftiges Gemurmel unter den Anwesenden, die versuchten, das Gehörte zu verdauen. Dann hoben sich die ersten Arme, um Fragen zu stellen.
„Das kann jetzt lange dauern", murmelte Wirchow Bärlauch zu.

„Komm' mit nach oben", befahl Grete, kaum, dass Benno sie ins Haus gebracht hatte. Es war das Erste, das die Köchin sagte, seit sie in Fridels Dienstzimmer verlangt hatte, nach Hause gebracht zu werden. Die ganze Heimfahrt über hatte sie nur aus dem Fenster in den Regen gestarrt.
Jetzt schleppte sie sich die Treppe bis unter das Dach hinauf, während Benno ihr folgte und sichtlich Schwierigkeiten hatte, die Geduld zu bewahren. „Was hast Du vor?", wagte er zu fragen, doch er erhielt keine Antwort.
In der Kräuterküche hieß Grete Benno, sich zu setzen. Schon beim Betreten des Raums war ihnen ein Schwall von Räucherwerk entgegengekommen. Gleichzeitig war es, als sei die Luft im Zimmer völlig unabhängig von dem Geruch dicker als draußen – beklemmend.
Während Grete begann, irgendwelche Kräuter aus ihrem Regal zusammenzusammeln und damit auf ihrer Arbeitsfläche zu werkeln, suchte Benno nach dem Grund der bedrückenden Atmosphäre. Sein Blick fiel auf den Altar, auf dem Räucherwerk brannte. Als er begriff, was da unter dem Tisch in einer uralten mit Wasser gefüllten Schüssel lagerte, schüttelte er sich und verzog angewidert das Gesicht. Unzweifelhaft waren es die Werkzeuge, die das Gefühl der Beklemmung auslösten, noch bevor man sie überhaupt gesehen hatte.
„Ja, sie wirken", murmelte Grete, die Bennos Reaktion bemerkt haben musste, obwohl sie mit dem Rücken zu ihm stand. „Selbst wenn ich alles dafür getan habe, sie zu bannen."
„Was hast Du jetzt vor?", stellte Benno seine Frage noch einmal.
Grete drehte sich um. Ihr Gesicht war steinern. „Ich werde tun, was ihr von mir verlangt," sagte sie eisig. „Ich werde zumindest versuchen, den Grafen zu rufen."

Bennos Augen wurden groß, gleichzeitig sah er unendlich erleichtert aus. Gretes Verhalten in der letzten Stunde hatte eher vermuten lassen, dass sie ihm die Haustür vor der Nase zuschlagen würde, sobald er sie zum Haus gebracht hatte.
„Wie?"
Grete drehte ihm den Rücken zu, antwortete aber: „Du musst mich in die Kapelle von Altenstein bringen. Mehr brauchst Du nicht zu wissen."
„Warum die Kapelle?", fragte Benno trotzdem.
Grete reagierte zuerst nicht, sondern bückte sich und zog einen Korb unter ihrer Anrichte hervor. Sie begann die Dinge darin zu verstauen, mit denen sie eben herumhantiert hatte. Zum Schluss legte sie eine dicke Wolldecke darauf und drehte sich um. Sie presste die Lippen aufeinander, als wollte sie ihren Mund am Sprechen hindern. Doch dann antwortete sie: „Es könnte auch jeder andere Ort sein, an dem er gelebt hat. Noch besser wäre, ich hätte etwas, das ihm gehört hat. Ich brauche irgendeine äußere Verbindung zu ihm. Und ich muss ungestört sein."
Gretes widerwillige, aber trotzdem ausführliche Antwort ermutigte Benno zu einer weiteren Frage: „Und hier geht es nicht? Vielleicht damit?" Er nickte zu den Werkzeugen hin.
Grete, die jetzt über den Altar gebeugt das Räucherwerk erneuerte, fuhr herum. Ein so kühler Blick traf Benno, dass der zusammenzuckte. Gretes Stimme war schneidend: „Diese Werkzeuge sind für alle Zeiten verflucht. Sie vergiften, was mit ihnen in Kontakt kommt." Grete fixierte Benno mit Augen, schmal wie Schlitze. „Niemals dürfen sie benutzt werden. Und sei der Grund auch noch so ehrenhaft." Damit zeigte sie auf den Korb. „Nimm das mit und bring' mich zurück!"
Benno wagte nicht mehr, noch irgendetwas zu sagen. Betroffen trug er den Korb hinter Grete her nach unten.
Als sie am Schloss ankamen, war das Tor verschlossen, sodass Benno es mit seiner Karte öffnen musste. Das Polizeiauto stand noch immer. Ansonsten war der Hof verwaist, denn es regnete in Strömen. Benno parkte das Auto und half Grete dann über das nasse Kopfsteinpflaster zur Kapelle zu gehen.

Sie schloss auf und ging hinein. Benno fragte gar nicht erst, warum sie einen Schlüssel hatte, und folgte Grete, die hinter ihm wieder abschloss. Drinnen war es finster. Ohne das Licht anzuschalten, ging Grete zum Altar, vor dem sie sich tief verbeugte. Zögerlich kam Benno ebenfalls nach vorn.
„Stell' das hin", forderte Grete ihn auf und zeigte auf den Boden vor der ersten Bankreihe. Ihre Stimme klang jetzt eindeutig angespannt.
Folgsam stellte Benno den Korb ab. Grete kniete sich mühsam auf den Steinboden und nahm ein glänzendes Gefäß aus dem Korb, das an einer Kette hing. Sie hob den Deckel ab und zündete ein Kohlestück an, das in dem Behältnis lag. „Ich hab' das Ding seit Jahren nicht benutzt", murmelte sie. „Kohle hat immer so einen Eigengeruch."
Als die Kohle glühte, griff Grete ein weiteres Mal in den Korb und holte ein Tütchen heraus, dessen Inhalt sie mit einem Löffel auf die Kohle gab. Dann ließ sie den Deckel herunter. Aus den Öffnungen in dem Gefäß begann es kurz darauf zu rauchen. Grete stand schwerfällig vom Boden auf und schwenkte den metallenen Behälter hin und her, sodass sich der Geruch um sie im Raum verteilte.
Benno schnüffelte. Was da verbrannte, roch würzig und hatte wenig mit dem schweren Räucherwerk in Gretes Kräuterküche zu tun. Plötzlich wirkte Benno schwindlig und seine Augen bekamen einen leichten Glanz.
Grete betrachtet ihn von der Seite. „Ich denke, Du gehst besser." Damit stand sie noch einmal auf und schloss die Eingangstür wieder auf, um Benno hinauszulassen.
Der hatte die Hand schon auf der Klinke, als er sich jäh zurück zu Grete drehte. „Was ist, wenn er Catharina schon ... Ich meine, wenn sie schon ... " Er brach ab und sah Grete mit einem verzweifelten Blick an.
Die Köchin schloss kurz die Augen, dann sagte sie: „Sie lebt."
Benno nickte langsam und ging nach draußen. Hinter ihm drehte sich der Schlüssel im Schloss.

Als Erstes versuchte Benno es im Sanitätsbereich, doch Fridels Dienstzimmer war zu. An der Tür hing ein Schild mit seiner Handynummer und dem Vermerk „Bin im Schloss unterwegs“. Weil Bennos Magen vernehmbar knurrte, lief er zum Rittersaal weiter. Das Mittagessen war längst vorüber, aber das Buffet war mit Kuchen bestückt. Er war gerade dabei, sich einen Teller vollzuladen, als Sophie zu ihm trat.
„Ist Grete also wieder zu Hause und stellt sich stur?“, fragte sie ironisch, während sie Benno zusah. Sie griff nach einer Zimtschnecke und biss wütend hinein.
„Du tust ihr Unrecht.“ Benno sah Sophie ernst an.
Sophies Blick sprach Bände, während sie auf ihrem Gebäckstück kaute, als wollte sie Steine zerbeißen. Dann schluckte sie. „Ich habe es ernst gemeint, als ich gesagt habe, ich würde ihn selbst zurückholen.“ Ihre Stimme war reiner Trotz.
Benno seufzte. „Wann hast Du wieder Unterricht?“
„Fällt aus. Lehrer krank. Schon den ganzen Morgen. Und die Ersatzaufgaben hab' ich fertig – falls es Dich interessiert“, lautete die spitze Antwort.
„Dann komm!“, forderte Benno sie auf.
Sie suchten sich eine ruhige Ecke des Saals, in dem sich aber gegenwärtig ohnehin kaum Schüler befanden. Sophie saß Benno gegenüber und schien gedankenverloren die Wand anzustarren. Er folgte ihrem Blick und drehte sich kurz um. Sie saßen direkt unterhalb des Portraits des Grafen.
„Hör zu“, sagte er mit eindringlicher Stimme. „Frau Mangold tut, was sie kann. Es besteht kein Grund, wütend auf sie zu sein. Und es besteht noch viel weniger Grund, irgendetwas Unüberlegtes zu tun.“
„Ach, ja?“ Sophie riss sich von Johannes' Portrait los und warf Benno einen weiteren ironischen Blick zu. „Frau Jung ist in Lebensgefahr und Grete macht auf hartleibig wegen irgendwelcher uralter Geschichten!“ Sie lachte kalt.
„Nein!“ Diesmal klang Benno scharf. „Das tut sie nicht. Sie sitzt in der Kapelle und versucht Kontakt zu ihm aufzunehmen.“ Er sah Sophie direkt in die Augen und senkte die Stimme, was

seinen Worten zusätzlichen Nachdruck verlieh: „Du magst es nicht wissen, aber sie gibt Johannes die Schuld am Tod ihres Kindes! Deshalb ist sie so hartleibig, wie Du es nennst. Grete ist voller Schmerz!“

Benno begann demonstrativ seinen Kuchen zu essen, wie um sich abzuhalten, noch mehr zu sagen. Vielleicht bereute er auch, überhaupt so viel preisgegeben zu haben.

Sophie aber sah ihn betroffen an. „Hat sie sich deshalb geweigert, Frau Jung und dem Grafen zu helfen?“

Benno nickte.

„*Ist* der Graf schuld?“, fragte Sophie nach einem Blick auf den kalten Despoten an der Wand vor ihr.

„Rein rational gesehen nicht.“ Benno schob einen Krümel über seinen Teller, wie um Zeit zu gewinnen. Schließlich sprach er. „Ich weiß nicht, was Frau Mangold dazu sagen wird, dass ich Dir das erzähle, aber Du weißt ohnehin fast alles.“ Damit erzählte er die Geschichte der Werkzeuge, an denen sich Grete während ihrer Schwangerschaft vergiftet hatte, sodass sie ihre Tochter Elisabeth verlor.

„Dann ist also Gretes Tochter das zweite Opfer der Werkzeuge und sie selbst ist diejenige, die beinahe gestorben wäre“, flüsterte Sophie, die im Lauf von Bennos Erzählung immer stiller geworden war. „Und jetzt hat sie dieses Teufelszeug auch noch bei sich zu Hause.“

Wieder nickte Benno. Gedankenverloren kaute Sophie auf ihrer Zimtschnecke. Dann stellte sie so leise, dass es kaum hörbar war, fest: „*Fata viam invenient.*“

„Fata was?“

„*Fata viam invenient*“, wiederholte Sophie. „Das hat Johannes einmal zu mir gesagt, als ich mir Sorgen um Frau Mangold gemacht habe. Das Schicksal findet einen Weg.“

„Was willst Du damit sagen?“, hakte Benno nach.

Sophies Blick war wieder zum Portrait gewandert. „Dass das Schicksal einen Weg gefunden hat, Grete dazu zu zwingen, auf den Grafen zuzugehen.“ Nachdenklich verzog sie das Gesicht. „Es muss furchtbar für sie sein.“

Eine Weile hingen sie beide ihren Gedanken nach, bis Sophie plötzlich aufstand. „Ich muss zu ihr. Wie soll sie das allein ertragen? Sie hatte gerade erst einen Schlaganfall."
„Bleib hier!", hielt Benno sie auf. „Frau Mangold hat ausdrücklich gesagt, dass sie ungestört sein muss. Sie hat sich in der Kapelle eingeschlossen."
Sophie lachte. „Das Schloss ist kein Problem."
Benno seufzte. „Ich weiß. Catharina hat uns von Deiner Begabung für Schlösser erzählt. Aber Grete wird zurückkommen, wenn sie soweit ist."
Unschlüssig stand Sophie vor ihrem Stuhl. Sie schien hin und her gerissen.
„Sophie, wenn sie bis zum Abendessen nicht da ist, können wir immer noch nachsehen", lenkte Benno ein.
Widerwillig gab sich Sophie geschlagen und sank auf ihren Stuhl zurück.
Benno machte einen Ablenkungsversuch. „Was ist eigentlich hier in der Zwischenzeit passiert?"
Sophie erzählte von einer Durchsage des Direktors an die Lehrer wegen einer außerordentlichen Konferenz am Nachmittag. Ansonsten hing ein Zettel am Schwarzen Brett, dass Frau Jung erkrankt sei und ihre Termine verlegt würden. „Und es gab eine Durchsage an die Schüler. Angeblich wird von der Polizei ein Sicherheitscheck des neuen Torsystems durchgeführt und wer raus will, braucht eine Schlüsselkarte." Sophie grinste ironisch. „Die lassen sich echt was einfallen, damit wir nichts merken."
„Dann sitzt Fritz wahrscheinlich noch mit der Sekretärin an den Überwachungsbändern der Torkamera", mutmaßte Benno und stand auf. „Ich werde zu Hause auf ihn warten. Was machst Du jetzt?" Seiner Frage war deutlich die Befürchtung anzuhören, Sophie könnte doch noch irgendetwas Unüberlegtes tun.
Die reagierte prompt: „Ich bereite meine Séance vor." Als Benno gerade heftigen Protest einlegen wollte, lachte sie. „Versprich mir, dass Du mir Bescheid gibst, wenn Grete sich meldet. Und wenn nicht, gehen wir gemeinsam in die Kapelle."
Benno atmete erleichtert aus und versprach, Sophie über jede

Entwicklung zu informieren, was Grete betraf. Ansonsten würden sie sich pünktlich zum Abendessen an gleicher Stelle wieder treffen. Augenscheinlich wollte er unter allen Umständen einen Alleingang des Mädchens verhindern.

Grete ging wie in Zeitlupe wieder nach vorn. Dort schwenkte sie noch einmal das Weihrauchfass, in dem kein Weihrauch war. Dann sank sie auf die Bank und atmete schwer durch, als presste etwas ihren Brustkorb zusammen. Schließlich schlug sie die knochigen Hände vors Gesicht. „Gott Steh' mir bei! Elisabeth, vergib mir. Ich werde keinen Verrat an Dir begehen." Ihr hartes Husten hallte an den Wänden wider. „Aber ich muss es tun – für Catharina."

Damit wickelte sich Grete in die dicke Wolldecke, die sie aus ihrem Korb zog, und setzt sich auf der Bank zurecht. Eine Weile saß sie reglos wie eine Statue da, den Kopf zum Altar gerichtet. Ihr Gesicht war angespannt, die Wangenknochen mahlten. Gretes Augen wanderten wie suchend über die heiligen Gegenstände auf dem Altar. Die Kerzen in ihren schweren Haltern, die große, uralte Bibel, das schlichte Holzkreuz. Es war, als bliebe sie an jedem einzelnen Gegenstand für einen Moment hängen, um dann weiterzugehen.

Schließlich löste Grete ihre Augen vom Altar. Als erweitere sie den Radius ihrer Suche, ließ sie ihren Blick durch den Kapellenraum schweifen, bis er an der Tür links des Altarraums hängen blieb. Ein leises Zittern durchlief sie, als habe die Tür irgendetwas in ihr angestoßen. Dann, ganz langsam, ohne die Augen abzuwenden, begann sie, vor und zurück zu schaukeln.

Minutenlang wiegte sie sich, den Blick fest auf den Durchgang gerichtet, der sowohl ins Schloss als auch in die Krypta führte. Mit jedem Schaukeln schien sich ihr Körper mehr und mehr zu verselbstständigen, während ihr Bewusstsein davonwanderte. Ihre Augen verloren nach und nach den Halt in der Gegenwart, bis ihr Blick leer war. Dennoch hörte das Wiegen nicht auf. Gretes Augen waren inzwischen halb geschlossen. Die Decke rutschte ihr von den Schultern, doch sie reagierte nicht.

Draußen schlug der Regen gegen die Fenster der Kapelle. Ein Junge rief nach dem Schulhund, der bellend über den Schlosshof rannte. Irgendein Tor wurde krachend vom Wind zugeschlagen. Grete zeigte nicht die leiseste Regung, fuhr nur unbeirrt mit ihrem Schaukeln fort. Es war, als wäre nur noch ihr Körper anwesend, während ihr Geist auf Reisen war.
Dann, kaum merklich, veränderte sich der Anblick der Tür. Die hellblaue Farbe verschwamm, begann zu verblassen und darunter tauchte das nackte Holz auf, aus dem der Durchgang gezimmert war. Auch die Atmosphäre im Raum veränderte sich. Er war nicht länger leer. Stimmengemurmel wurde hörbar. Unterdrücktes Husten. Eine Glocke läutete. Etwas wie erwartungsvolle Unruhe lag in der Luft, die nach feuchter Kleidung und Kerzenrauch roch. Dann öffnete sich die Durchgangstür und ein Mann erschien. Sofort verstummte das Murmeln und angespannte Stille trat ein.
Der etwa dreißigjährige Graf trug einen schwarzen Gehrock mit ebenso schwarzer Hose und Weste über einem weißen Hemd. Die hohen Vatermörder wurden von einem Plastron zusammengehalten, der mit einer Nadel festgesteckt war, die das Wappen der Altensteins trug. Der athletische Eindruck seiner ohnehin hohen Gestalt wurde dadurch verstärkt, dass jede seiner Bewegungen Stolz und Selbstsicherheit ausstrahlte.
Nachdem er die Tür hinter sich geschlossen hatte, drehte er sich dem Kapellenraum zu. Das nachtschwarze, kinnlange Haar des jungen Mannes war streng nach hinten gekämmt. Seine schwarzen, harten Augen in dem auffallend schönen, indianischen Gesicht streiften über die Bankreihen, aber seine Miene blieb unbewegt, als er kurz grüßend nickte.
Den einzigen Menschen in der leeren Kapelle überlief ein Schaudern. Der Graf aber verharrte so, wie er nach seinem Gruß stehen geblieben war, vor den fast geschlossenen, blicklosen Augen der alten Frau. Jeder Muskel in ihrem dürren Körper schien angespannt, als müsse sie aufspringen – entweder zum Angriff oder zur Flucht.
Dann, nach kurzem inneren Kampf, schien sie sich zu besinnen.

Dieser Mann war nur ein Blitzlicht eines längst vergangenen Geschehens. Trotzdem war er ihre einzige Möglichkeit, zu dem Kontakt aufzunehmen, der er heute war.
Der, den sie ihr Leben lang bekämpft hatte.
Dieser dort war nicht der, den sie suchte, und doch war er es.
Dieser dort war ihre Brücke zu dem, den sie finden musste.
Ein erneutes Zittern überlief sie, aber das Gesicht der alten Frau in der leeren Kirche blieb nach außen ausdruckslos und ihre Augen halb geschlossen. In einem Akt der Selbstüberwindung richtete sie im Innern alle Konzentration auf die reglose Gestalt wenige Meter von ihr entfernt. Es gab nur einen Weg, Zugang zu seinem heutigen Ich zu finden. Sie musste sich ihrem Gegenüber öffnen, um es fühlen zu können. Sie musste ihr Herz mit der Wahrnehmung dessen füllen, der dort vor dem Durchgang verharrte. Über diesen Umweg würde sie denjenigen erreichen, der er heute war.
Gegen ihren Widerstand ließ sie die emotionale Barriere der Abgrenzung fallen und öffnete ihr Inneres. Doch statt den Grafen zu erspüren, überliefen sie augenblicklich ihre eigenen überwältigenden Gefühle des Ekels und des Hasses, sodass sie glaubte, sich auf der Stelle übergeben zu müssen. Diesmal hallte ihr eigenes Stöhnen in der äußeren Realität der Kapelle wider.
Minutenlang zwang sie sich, langsam und regelmäßig zu atmen, bis sie sich beruhigt hatte. Gleichzeitig kostete es sie ihre mentale Kraft, das Bild des Grafen im Bewusstsein zu halten, denn so, wie sich ihr Körper gegen ihn wehrte, musste sie auch ihren Geist zwingen, nicht in die äußere Wirklichkeit zu fliehen. Nur die Angst um Catharina und das Gefühl der Schuld ihr gegenüber hielten die alte Frau davon ab, ihr Vorhaben sofort zu beenden.
Als sie glaubte, wieder genug Kraft geschöpft zu haben, machte sie einen weiteren Versuch, die dunkle Gestalt vor dem Durchgang zu fühlen – diesmal mit dem festen Vorsatz, sich nicht von ihren eigenen Emotionen überspülen zu lassen. Noch einmal drängte sie ihren Widerstand mitsamt ihrem Ekel und Hass zurück, bis sie glaubte, sie bewältigen zu können, ohne

ihnen zum Opfer zu fallen. Dann öffnete sie ihre Wahrnehmung für den Grafen.
Sie sah ihm in die Augen und fühlte augenblicklich eine Woge kalter, menschenverachtender Arroganz. Gleichzeitig spürte sie seine Grausamkeit, mit der er sich an der Erniedrigung anderer erfreute.
Sie dachte an Rosa.
Sie dachte an Elisabeth.
Die Übelkeit kam sofort und unkontrollierbar zurück. Die eigenen weggedrängten Gefühle ließen sich nicht mehr im Zaum halten. Plötzlich wünschte sie, sie hätte auf Benno gehört und versucht, in ihrer Kräuterküche den Kontakt aufzunehmen. Dann hätte sie jetzt die Werkzeuge und könnte sie nutzen in all ihrer teuflischen Kraft!
Aber es würde ihr auch so gelingen, die Energie der Werkzeuge heraufzubeschwören!
Es war ihr einerlei, dass sie sich dabei mit den Mächten des Bösen einlassen würde.
Es interessierte sie nicht, dass sie sich ein weiteres Mal vergiftete – diesmal nicht nur körperlich, sondern auch in ihrer Seele.
Es war ihr vollkommen gleichgültig, dass sie selbst Schaden nehmen würde – so wie Rosa damals.
Alles, was sie wollte, war, dass dieser grausame, gnadenlose Unmensch seine Strafe bekam!
Elisabeth war gestorben wegen ihm! Deshalb konnte der Tod nicht genug sein für dieses kalte, abartige Monster!
Ein entsetzlicher Fluch formte sich auf ihren Lippen. Sie, Grete, würde ihre Rache nehmen und *das* dort für alle Ewigkeiten unrettbar in die Tiefen der Höll...
Jäh hielt sie inne, als ihr mit entsetzlicher, glasklarer Deutlichkeit bewusst wurde, was sie in ihrem Hass im Begriff war zu tun.
Sie war dabei, das zu vollenden, was Rosa begonnen hatte. Sie war im Begriff, die Macht der Werkzeuge zu beschwören, um ihren Rachedurst zu befriedigen!
Für ihre Rache war sie bereit, alles zu verraten, wofür sie gelebt hatte!

Hier, an diesem heiligen Ort.
Im Angesicht dessen, der ihr ihr Wissen und ihre Fähigkeiten geschenkt hatte, die sie geschworen hatte, immer und einzig zum Guten einzusetzen!
Und hier war keine Magdalena, die hätte einschreiten können. Es gab nur noch sie. Was sie bereit gewesen war zu tun, hätte alle Anstrengungen der Mangoldfrauen, die Menschen vor der Macht der Werkzeuge und dem Grafen zu schützen, sinnlos werden lassen. Elisabeth wäre umsonst gestorben, wenn sie die Energie der Werkzeuge benutzt hätte, statt ihre Macht endlich zu brechen.
Mit einem Stöhnen gab die alte Frau auf und kam in die äußere Realität zurück. Augenblicklich klärte sich ihr Geist, das Bild vor ihrem inneren Auge löste sich auf. Aus dem mit Gerüchen nach Menschen und feuchter Kleidung gefüllten Kirchenraum wurde wieder die leere Kapelle der Gegenwart. Draußen schlug der Regen gegen die Fenster und das Licht der Hofbeleuchtung fiel auf die verwaisten Bankreihen.
Hoffnungslos und ausgelaugt ließ sich Grete nach vorn sinken und stützte das Gesicht in die Hände. Ein neuerliches hartes Schluchzen stieg in ihrer Kehle auf und sie hustete trocken.
Sie hatte versagt. Vor Gott, ihrer Tochter, ihren Ahninnen und Catharina – weil sie sich von ihrem Hass hatte überwältigen lassen. Sie hatte ihn geschürt, weil sie glaubte, es Elisabeth schuldig zu sein.
Magdalena hatte sie gewarnt. „Du wirst Deine Tochter dann verraten, wenn Du Deinen Hass nicht überwindest“, hatte sie in der vorletzten Nacht zu ihr gesagt. „Lerne den Grafen kennen als den, der er jetzt ist“, hatte sie von Grete verlangt. „Du wirst ihn sehen können.“ Damit hatte Magdalena sie auf den Dachboden geschickt.
Dort war er gewesen und sie hatte begreifen müssen, dass er ein anderer war – und dass sie sich die ganze Zeit über geweigert hatte, diesen Anderen zu sehen. Sie aber hatte sich gewünscht, weiter blind sein zu dürfen.
Sie wollte, dass er ein Untier war.

Sie wollte ihn hassen.
Für Elisabeth.
Aber es war ihr niemals um Elisabeth gegangen, sondern um ihren ganz persönlichen Schmerz, den sie so viele Jahre gelitten hatte. Und jetzt hätte sie ihr Kind und alles, was ihr heilig war, beinahe aus Rachsucht verraten.

Benno hatte sich die letzte Stunde damit abgelenkt, Fridels Wohnung aufzuräumen. Dabei hatte er beobachtet, wie Brunner im strömenden Regen mit einem Werkzeugkasten durch den verwilderten Garten zu Catharinas Terrassentür gegangen war. Kurz darauf war die Polizei aus ihrer Wohnung abgezogen. Offensichtlich war die Spurensicherung beendet und Brunner durfte die aufgebrochene Tür reparieren.
Noch immer hatte Benno nichts von Grete gehört. Das bedeutete, dass er sich in einer halben Stunde mit Sophie im Rittersaal würde treffen müssen. Gegenwärtig jedoch saß er mit Fridel, der mit dem Kopf auf Bennos Schoß lag, auf dem Sofa. Fridel sah müde und frustriert aus. Die Sorge stand ihm deutlich ins Gesicht geschrieben, während sie sich gegenseitig von den Ereignissen des Nachmittags berichteten.
„Grete versucht also tatsächlich, Johannes zu rufen?“, fragte Fridel ungläubig.
Benno nickte. „Sie muss seit Stunden in der Kapelle sitzen. Wenn sie bis zum Abendessen nicht zurück ist, werde ich mit Sophie nachschauen gehen.“
„Ich komme mit!“, erklärte Fridel bestimmt, aber Benno lehnte ab: „Du brauchst dringend Ruhe. Ich bring' Dir was zu essen mit.“
„Immer so besorgt“, sagte Fridel lächelnd und zog seinen Angebeteten zu sich herunter, um ihn zu küssen. Dann wurde er wieder ernst. „Ich kann nur hoffen, dass Grete Erfolg hat. Selbst wenn die Polizei auf Hochtouren nach Catharina sucht, haben sie doch keine Ahnung, wo der Kerl sie hingebracht hat.“
Fridel setzte sich auf, um in seiner Hose zu wühlen. „Geraucht hab' ich heute auch noch nicht genug.“ Er zog seinen Tabak aus

der Tasche und begann, sich eine Zigarette zu rollen. Dabei zog er mit dem Tabakbeutel einen verknitterten Zettel heraus. Er faltete ihn auf und strich ihn glatt. „Immerhin haben sie jetzt ein aktuelles Bild von dem Idioten.“ Fridel schob Benno das Blatt hin, der sich interessiert darüber beugte – und erstarrte.
„Was ist?“, fragte Fridel und beugte sich ebenfalls über den Zettel.
„Ich kenne den“, sagte Benno tonlos und nahm die Kopie in die Hand, um sie ins Licht zu halten.
Fridel setzte sich kerzengerade mit der halb fertigen Zigarette in der Hand. „Woher?“
Benno kniff die Augen zusammen. „Ich habe in den letzten Tagen mit dem gesprochen ...“ Er runzelte angestrengt die Stirn, als würde das die Erinnerung aktivieren.
„Hier?“, versuchte Fridel ihm zu helfen, aber Benno schüttelte den Kopf. „Nicht auf Altenstein. Vielleicht auf dem Erntemarkt?“ Frustriert rieb sich Benno den Nasenrücken.
„Das kann nicht sein. Dann hätte ich den auch gesehen. Wir waren immer zusammen“, merkte Fridel an.
„Nicht, als ich Catharina gesucht habe.“ Benno griff sich mit beiden Händen an den Kopf und raufte seine blonden Haare. „Es war nicht auf dem Markt“, erklärte er bestimmt.
Fridel machte einen weiteren verzweifelten Versuch, Benno auf die Sprünge zu helfen: „Wo bist Du alles ohne mich gewesen in den letzten Tagen? Fang mit Montag an!“
Mit einem tiefen Durchatmen zählte Benno auf und begann mit dem, was ihm als Erstes einfiel: „Nachmittags war ich mit Catharina bei Grete. Ich hab' sie auf dem Schlosshof getroffen, als ich gerade von der Wohnungssuche zurück ...“ Er hielt inne.
„Was ist?“ In Fridels Stimme war die unterdrückte Ungeduld deutlich zu hören.
Mit einem Satz war Benno vom Sofa. „Komm' mit, wir müssen sofort zu Bärlauch!“
Fridel hatte Mühe, Benno zu folgen, als der aus der Wohnung rannte. Im Laufen rief er Fridel zu: „Das ist der Typ, der dieses Ferienhäuschen am Waldrand gemietet hat. Der, über den ich

mich lustig gemacht habe, weil er um diese Jahreszeit mit dem Fahrrad unterwegs ist und dann feststellt, dass es nachts kalt wird."

Sie kamen am Sekretariat an, als Ute gerade für den Feierabend aufräumte.

„Wo ist Bärlauch?", fragte Benno, ohne jede Erklärung.

Irritiert schaute Ute ihn an. „Nicht mehr hier."

„Wir müssen ihn sprechen", rief Fridel. „Benno weiß, wer der Kerl ist, der Catharina entführt hat. Wir wissen, wo er wohnt!"

Ute hatte den Telefonhörer in der Hand, noch bevor Fridel ausgesprochen hatte. Von einer Visitenkarte las sie eine Telefonnummer ab und tippte sie ein. Offensichtlich wurde am anderen Ende nicht abgehoben. „Wahrscheinlich hat Bärlauch Dienstschluss", mutmaßte Ute. „Was jetzt?"

„Wir fahren allein hin", erklärte Benno bestimmt.

„Spinnst Du?", war alles, was Ute dazu zu sagen hatte.

„Der Kerl ist zu allem fähig", erhielt sie Unterstützung von Fridel. „Vielleicht ist er bewaffnet. Vielleicht bringt er sie genau dann um, wenn er merkt, dass wir kommen."

„Dann darf er es nicht merken", gab Benno nüchtern zurück. „Fritz, wo ist Dein Abenteuergeist?"

„Im Urlaub mit Deiner Vernunft?", fragte der ironisch zurück.

Ute, die noch einmal versucht hatte, Bärlauch zu erreichen, legte frustriert auf. „Nichts."

Benno fuhr sich mit der Hand durchs Gesicht. „Ruf' den Notruf an. Erklär', was passiert ist." Er ging zum Schreibtisch und begann auf einem Blatt zu zeichnen, das er Ute zuschob, als er fertig war. „Fax' ihnen das. Es ist die Wegbeschreibung zum Haus. Ich fahre jetzt hin." Damit war er auch schon aus dem Sekretariat und auf dem Weg zum Auto.

„Ich kümmere mich um alles und verständige Wirchow", rief Ute Fridel hinterher, der Benno nun doch nachlief.

Sophie saß im Rittersaal unter Johannes' Portrait und wartete auf Benno, der sie anscheinend vergessen hatte. Inzwischen war er fast zwanzig Minuten zu spät. Mit einem letzten Blick auf den

kalten Grafen stand Sophie auf. „Männer!“, murmelte sie. „Wenn man nicht alles selbst macht.“ Sie griff ihre Jacke, die über ihrem Stuhl hing, ging zum Hauptportal und über den Schlosshof zur Kapelle. Wenigstens hatte sich das Wetter beruhigt.
Nachdem sie sich versichert hatte, dass ihr niemand zusah, öffnete sie die Kirchentür und trat ein. Innen war es dämmrig, aber die Hofbeleuchtung gab ein wenig Licht. Während sich ihre Augen an die Düsternis gewöhnten, sah sie sich suchend in der Kapelle um. Es war gut möglich, dass Grete längst gegangen war. Um sicher zu gehen, lief Sophie den Mittelgang entlang, um sich genauer umzusehen.
Eine knarzige, wohlbekannte Stimme ließ das Mädchen herumfahren, als es gerade vor dem Altar angekommen war. „Was hast Du hier zu suchen?“
„Ich wollte ...“, begann Sophie sich zu rechtfertigen, hielt dann aber inne. „Ich suche Sie!“, antwortete sie bestimmt und ging zu der dunklen Gestalt, die zusammengesunken und in eine Decke gewickelt in der ersten Bankreihe saß.
„Ist alles in Ordnung?“, fragte sie besorgt und setzte sich neben die Köchin, deren gerötete Augen sich von dem kalkweißen Gesicht abhoben und von dunklen Ringen gezeichnet waren, die man selbst im Dämmerlicht sah.
Grete gab keine Antwort. Stattdessen fragte sie: „Woher weißt Du, dass ich hier bin? Und wie kommst Du hier herein?“ Sie klang matt.
„Von Benno und ich hab' das Schloss geknackt“, antwortete Sophie mutiger, als sie sich fühlte. „Haben Sie den Grafen gefunden?“
„Das hat Benno Dir also auch gesagt.“ Grete zog die Decke enger um sich.
Sophie fragte noch einmal mit echter Besorgnis: „Haben Sie etwas erreicht? Sie sehen furchtbar aus.“
Grete seufzte. „Was willst Du, Sophie?“
Es war offensichtlich, dass es Grete nicht gut ging. Sophie nahm noch einmal ihren Mut zusammen: „Vielleicht war es doch keine so gute Idee, dass ausgerechnet Sie versuchen ...“

„Was soll das heißen, ausgerechnet ich? Was hat Benno Dir noch erzählt?“, unterbrach Grete das Mädchen. Aber sie klang nicht vorwurfsvoll, sondern resigniert, als kenne sie bereits die Antwort.
„Von Ihrer Tochter. Und den Werkzeugen.“ Wie um Gretes Reaktion abzumildern, flüsterte Sophie nur. Doch die erwartete harte Antwort blieb auch diesmal aus.
„Elisabeth. Ihr Name war Elisabeth“, murmelte Grete überraschend. „Dann weißt Du also alles.“ Es war kein Vorwurf oder Widerstand in der müden Stimme. Eher klang es nach Ergebung.
„Es tut mir so leid“, sagte Sophie leise. „Ich verstehe, dass Sie den Grafen hassen.“ Als Grete nicht antwortete, fuhr Sophie fort: „Der Vergleich ist blöd, aber ich hasse meine Mutter dafür, dass sie meinen kleinen Bruder mitgenommen hat. Es ist, als hätte sie ihn mir weggenommen.“
Grete drehte sich mit einem schmerzvollen Lächeln zu Sophie. „Danke.“
Minutenlang herrschte Stille. Dann nahm Sophie ihren Mut zusammen: „Darf ich Sie etwas fragen? Sie müssen nicht antworten.“
Wieder reagierte Grete unerwartet, indem sie Sophie abwartend ansah.
„Diese Rosa und diese Magdalena, denen Frau Jung in der Folterkammer begegnet ist ...“, Sophie hielt inne, um Grete die Gelegenheit zu geben, sie zu unterbrechen, was diese aber nicht tat, „... die sind mit Ihnen verwandt, oder? Deshalb müssen Sie auf diese Werkzeuge aufpassen.“
„Meine Urgroßmutter und meine Ururgroßmutter“, flüsterte Grete tonlos. Sie zitterte und Sophie wagte, einen Arm um sie zu legen, um sie zu wärmen. Grete wehrte sich nicht.
Ermutigt von Gretes unerklärlicher Offenheit stellte Sophie sehr leise eine weitere Frage. „Was hat er Rosa angetan? Ich meine, man sieht, dass er ein eiskaltes Schwein war. Aber sich so zu rächen ...“ Sophie ließ den Satz unvollendet.
„Er hat sie vergewaltigt. Sie war schwanger von ihm.“ Ein

Schauer überlief den klapprigen Körper, der unter Sophies Arm bebte.
Die schluckte hart. „Wie furchtbar.“ Sie umfasste die alte Frau fester. „Warum hat Rosa nicht ... Ich meine, bestimmt wusste Magdalena, wie man ...“, rang Sophie um Worte. „Ich hab' gehört, dass man mit bestimmten Kräutern ...“ Sie brach ab, aber Grete vollendete ihren Satz: „... die Schwangerschaft beenden kann?“
Betreten nickte Sophie.
Grete seufzte. „Mangoldfrauen bekommen nur ein Kind. Es ist immer ein Mädchen. Das war schon immer so. Rosa hätte selbst gewusst, was zu tun ist. Aber sie hat das Kind behalten – und sich am Vater gerächt.“
„Dann sind Sie auch noch seine Ururenkelin“, stellte Sophie tonlos fest. „Und weil Elisabeth ...“, wieder zögerte sie, „... und weil Elisabeth tot ist, sind Sie die Letzte, die von Ihrer Familie existiert. Was für eine unglaubliche gequirlte Scheiße!“ Sie fiel in Schweigen und kämpfte mit dem, was sie gerade gehört hatte.
Es war offensichtlich, dass in den letzten Stunden mit der Köchin etwas passiert war. Sie wirkte körperlich und psychisch vollkommen ausgelaugt. Nur nach ihrem Schlaganfall hatte Sophie sie so erlebt. Aber noch nie hatte Grete mit Sophie aus freien Stücken über die Vergangenheit und den Grafen gesprochen. Im Gegenteil. Früher hatte sie richtiggehend aggressiv reagiert, wenn die Sprache auf diesen Geist kam. Genauso wie sie es niemals zugelassen hätte, dass Sophie ihr so nah kam. Alles Schroffe, Abweisende, Harte, das die Köchin ausgemacht hatte, war verschwunden. Es war, als wäre eine Mauer aus Abwehr und Widerwillen eingestürzt, hinter der sich eine ganz andere, verzweifelte, hilflose Grete verborgen hatte.
Es war diese unbekannte Seite, durch die Sophie sich traute, Fragen zu stellen, die sie niemals zuvor gewagt hätte, auszusprechen: „Es hat nicht geklappt, nicht wahr?“ Sie sah Grete von der Seite an. „Sie haben ihn nicht erreicht. Sie können ihn nicht rufen, nach allem, was passiert ist.“
Grete regte sich nicht. Nur ihre Hände verkrallten sich fester in

der Wolldecke.
„Ich kann Sie verstehen. Er war ein machtgeiles Schwein.“ Sophie schüttelte den Kopf. „Sein Bild erinnert mich schwer an meinen Alten. Aber der vergewaltigt keine Frauen. Glaub' ich jedenfalls.“
„Sophie, bitte!“ Grete runzelte die Stirn, zu mehr fehlte ihr offenbar die Kraft. Normalerweise hätte sie eine solche Bemerkung nicht durchgehen lassen.
„Wenn's doch stimmt“, gab Sophie zurück. „Aber der Graf hat sich völlig verändert. Er ist gar nicht wie mein Alter.“
Gretes Blick wanderte zur Durchgangstür und blieb daran hängen. Nichts in ihrer Miene verriet ihre Gedanken. Dann, ohne Sophie anzusehen, murmelte sie: „Beschreib' ihn mir.“
„Meinen Vater?“, fragte Sophie, beinahe erschrocken.
„Nein, den Grafen.“
„Echt?“ Sophie hatte die Augen aufgerissen. „Als ich das letzte Mal über ihn sprechen wollte, haben Sie mich total zur Schnecke gemacht und behauptet, ich hätte mich mit dem Bösen eingelassen.“
„Sophie, Du kannst mir glauben, dass ich Dich nicht darum bitten würde, wenn ich einen anderen Weg wüsste.“ Noch immer sah Grete Sophie nicht an und ihre Stimme verriet keinerlei Emotion. „Wenn ich ihn zurückholen soll, brauche ich Deine Hilfe.“
„Ich weiß nicht.“ Sophie zauderte. „Sie sehen nicht aus, als ob Sie fit genug für noch einen Versuch wären.“
Grete antwortete nicht und stand von der Bank auf, um nach dem Weihrauchfass zu greifen, dabei geriet sie ins Straucheln, sodass Sophie ihr beispringen musste, damit sie nicht fiel. Vorsichtig half Sophie der alten Frau auf die Bank zurück.
„Sie bleiben hier sitzen. Ich rufe ein Taxi.“ Ohne die Antwort abzuwarten, zog Sophie ihr Handy aus der Tasche und wählte. Grete ließ es geschehen, doch als das Mädchen aufgelegt hatte, forderte sie: „Versprich mir, dass Du keinen Unfug machst!“
„Ich werde keinen Unfug machen“, gab Sophie ohne Zögern zurück. Damit begann sie, die Utensilien, die auf dem Boden

lagen, in Gretes Korb zurückzuräumen. Dann fasste sie die Köchin und half ihr von der Kirchenbank hoch.
Langsam und mit Sophies Unterstützung wankte Grete den Mittelgang entlang zurück zum Ausgang der Kapelle und über den Schlosshof zum Tor. Dort trafen sie auf den Hausmeister, der im Begriff war, nach Hause zu fahren. Als er Sophie mit der kraftlosen Grete am Arm sah, kam er sofort, um dem Mädchen die alte Frau abzunehmen. „Was hat sie jetzt wieder angestellt?“, fragte er Sophie, die Grete erleichtert losließ.
„Frag' nicht, Brunner!" knurrte die in hartem Dialekt. „Bring' mich nach Hause.“
Gehorsam und mit einem wissenden Grinsen in Richtung Sophie half Ede der Köchin in sein Auto. Mühsam kroch Grete auf den Beifahrersitz. Bevor sie die Tür schloss, sah sie Sophie noch einmal eindringlich an. „Keinen Unfug!“
„Keinen Unfug“, wiederholte Sophie, und Ede fuhr mit Grete davon.
Erleichtert bestellte Sophie das Taxi wieder ab.

Benno wollte so nah wie möglich an die Hütte heranfahren, aber weit genug davon entfernt halten, dass der Täter nichts bemerkte. Seine Knie zitterten. Neben ihm saß Fridel und kaute nervös auf den Barthaaren seiner Oberlippe.
Am Dorfende nahm Benno eine kleine Abzweigung, die einem Feldweg ähnlicher war als einer Straße und direkt in den Wald zu führen schien. Im Dämmerlicht fuhren sie an kleinen, von Pappeln und Dickichten umrahmten Teichen vorbei. Doch bevor sie tatsächlich den Wald erreichten, bog Benno wiederum ab, um diesmal eine von Schlehenhecken und Obstbäumen gesäumte schmale Straße zu nehmen. Überall lagen Äpfel und Blätter, die der Herbstwind von den Bäumen gefegt hatte.
„Bist Du sicher, dass Du richtig bist?“, fragte Fridel, nachdem sie dem Weg kilometerweit gefolgt waren, ohne dass er zu irgendeinem Ziel zu führen schien. Benno brummte nur, blieb unerwartet an einer kleinen Kreuzung stehen und stieg aus. „Von hier aus laufen wir.“

Benno folgte der rechten Abzweigung der Kreuzung, einem grob geteerten Weg, der am Waldrand entlang auf ein von Thujen umstandenes Grundstück zuführte. Dort fanden sie Catharinas Auto tief zwischen Hecken verborgen. „Immerhin wissen wir, dass wir richtig sind. Du bleibst hier“, befahl Benno Fridel flüsternd. Als der Protest einlegen wollte, schüttelte Benno heftig den Kopf. „Ich kenne das Gelände und werde versuchen, herauszufinden, wo sie ist. Ruf' Ute an und frag', was sie erreicht hat.“
Benno wartete gar nicht erst auf Fridels Antwort, sondern quetschte sich zwischen den hohen Thujapflanzen hindurch und war verschwunden. Fridel stieß einen leisen Fluch aus, zog sein Handy und lief ein Stück auf dem Weg zurück, bevor er wählte.
Ute war sofort in der Leitung. Sie hatte den Notruf abgesetzt und die Wegbeschreibung weitergeleitet. Kurz darauf hatte sich Bärlauch gemeldet und sich alles andere als begeistert über den Alleingang von Benno und Fridel geäußert. „Er ist unterwegs zu Euch mit einem Sondereinsatzkommando. Seid bloß nicht leichtsinnig. Wartet, bis die da sind“, sagte sie noch, bevor Fridel auflegte. Unschlüssig, ob er Benno doch folgen sollte, lief er zurück und blieb stehen, wo Benno hinter der Hecke verschwunden war.

Sophie saß an derselben Stelle in der ersten Bankreihe, an der sie mit Grete gesessen hatte. Sie hatte sich die dickste Winterjacke angezogen, die sie hatte – falls es länger dauern sollte.
Hier zu sitzen, würde wohl kaum in die Kategorie „Unfug machen“ fallen. Vielleicht die Tatsache, dass sie das Kapellenschloss ein weiteres Mal hatte knacken müssen, aber das schien Sophie eine eher lässliche Sünde zu sein. Zumal Grete ja wusste, dass Sophie dazu in der Lage war.
Und unter den gegebenen Umständen konnte ihr niemand vorwerfen, wenn sie ein wenig innere Einkehr suchte. Natürlich würde sie keine Séance abhalten, aber es konnte ja nicht verkehrt sein, in Ruhe ein wenig über den Grafen nachzudenken.
Wenn sie das, was sie von Grete gehört hatte, mit dem Bild im

Rittersaal zusammenbrachte, dann war sie froh, diesem Menschen nie begegnet zu sein. Ihr Vater mochte ihm zwar ähneln in seiner Machtgeilheit und der Menschenverachtung, mit der er sein Heuschreckenimperium führte, aber er war kein Sadist. Hätte sie vorher gewusst, welches perverse Schwein dieser Graf einmal gewesen war, hätte sie vielleicht eher auf Frau Mangold gehört. Es war überhaupt kein Wunder, dass die ihn so hasste, wenn man bedachte, was er mit dieser Rosa veranstaltet hatte – und dann noch Gretes Kind, Elisabeth.

Wieder musste Sophie an ihren kleinen Bruder denken, den sie unendlich vermisste. Und der war gar nicht tot, sondern nur weit weg. Mit ihrer Mutter hatte Sophie seitdem kein Wort mehr gesprochen, obwohl man ihr eigentlich gar keinen Vorwurf machen konnte. Ihr Bruder war freiwillig mitgegangen. Aber wie hätte Sophie ihm böse sein sollen, er war noch ein Kind.

„Scheiße“, murmelte Sophie. Warum musste das alles so kompliziert sein? Noch nicht mal hassen konnte man, wen man wollte. Sie schob den Gedanken an ihre Familie beiseite. Sie hatte jetzt anderes zu tun.

Sophie versuchte, sich an ihre erste echte Begegnung mit Johannes von Altenstein zu erinnern. Er hatte sie zum Schloss zurückbegleitet, nachdem er Frau Jung zu der Stelle geführt hatte, an der er Grete nach ihrem Schlaganfall im Wald gefunden hatte.

Zwar hatte Sophie ihn nur als wabernde Luft gesehen, aber interessanterweise hatte sie das gezwungen, ihn auf eine ganz andere Weise wahrzunehmen. Irgendwie gefühlsmäßig. Sie war auf andere Sinne angewiesen gewesen, weil sie die Miene und die Körpersprache des Grafen nicht hatte sehen können. Auf das Hören seiner Stimme. Seinen Tonfall, wenn er etwas sagte. Und auf das Gefühl, das er bei ihr auslöste mit dem, was er sagte.

Auf ihrem Weg zum Schloss hatte sie ganz klar seine Sorge um Grete gespürt, auch wenn er sich strikt geweigert hatte, über die Köchin zu sprechen. Überhaupt hatte er sämtliche von Sophies Versuchen, etwas über ihn und seine Vergangenheit zu erfahren, freundlich, aber bestimmt abgeblockt. Doch in der Art, wie er sie

höflich auf andere Themen gebracht hatte, war so eine unterschwellige Traurigkeit. Aber da war auch noch etwas anderes, das Sophie erst nicht verstanden hatte, bis ihr klar geworden war, dass er sich schämte. Irgendwie hatte er ihr leidgetan.
Ganz anders war er gewesen, als sie ihm in Frau Jungs Wohnung begegnet war. Er hatte sich Sophies Sorgen angehört und immer wieder nachgefragt. Er hatte sich richtig für sie interessiert und sie ernst genommen. Als sie geweint hatte, hatte sie seine Hilflosigkeit spüren können. Und er hatte alles versucht, um sie zu beruhigen.
Dieses Gespenst war kein eiskalter, sadistischer Vergewaltiger mehr. Da war sie sich komplett sicher. Im Gegenteil. Ein Grinsen wanderte über das Gesicht des Mädchens, während sie in der dunklen Kapelle ihren Gedanken nachhing.
Wenn der Graf mit der Schulpsychologin gesprochen hatte, hatte seine Stimme so einen Unterton. Irgendwie zärtlich. Auch wenn er der Schulpsychologin immer mit diesen gestelzten Umgangsformen begegnet war. Sophie hatte durchaus bemerkt, dass Johannes Frau Jung am Anfang gesiezt hatte, später aber nicht mehr. Ihr war gleich klar gewesen, dass da etwas lief zwischen den beiden. Und die Art, wie Frau Jung ihn ansah, sprach Bände.
Die ganze Geschichte zwischen diesem Geist und der Schulpsychologin hatte so was Romantisches. Unbewusst entfuhr Sophie ein wohliges Seufzen. Wie in einem Phantasy-Kitsch-Roman. Frau Jung hatte ihr total leidgetan, als sie neulich so einsam unter diesem Gemälde gestanden hatte.
Auch Sophie gegenüber hatte er immer diese altmodische Etikette an den Tag gelegt, selbst wenn sie sich einfach nur über irgendwelche klassischen und philosophischen Themen unterhalten hatten. Vor Sophies innerem Auge stieg der Spaziergang zum Schloss wieder auf. Fast glaubte sie, den Kies unter ihren Füßen knirschen zu hören, und die Stimme des Grafen, wie er zu ihr über die Eleusinischen Mysterien sprach. Er wusste besser darüber Bescheid als Frau von Ziesel. „Meine

liebe Sophie, Sie sollten diese Mythen nicht wörtlich, sondern im übertragenen Sinn verstehen", hatte er gesagt.
Wenn ihr Vater sie „meine liebe Sophie" nannte, hörte es sich nach Spott und Ironie an. Aus dem Mund des Grafen aber klang es nach echter Wertschätzung. Sie hatte das Gefühl gehabt, dass er wirklich Interesse an ihrer Meinung hatte und sich gern mit ihr unterhielt.
„Aber Sie sind doch das beste Beispiel, dass man diese Reise in die Unterwelt und zurück durchaus wörtlich nehmen kann", hörte Sophie ihre eigene Erwiderung Johannes gegenüber.
„Nun", klang seine zögernde Antwort in ihren Ohren, „ich wage zu hoffen, als Ausnahme gelten zu dürfen. Niemand sollte das sein, was ich bin."
Während Sophie das Gespräch in ihrem Innern ablaufen ließ, erinnerte sie sich wieder an diesen Unterton, der seine Worte begleitet hatte. Schmerzvoll war er gewesen.
Ohne dass sie hätte sagen können, warum sie es tat, ließ sie sich jetzt, da sie in dieser kalten, dunklen Kapelle saß, auf den Klang von Qual in seiner Stimme ein und folgte ihm. Sie hörte im Innern seine Worte und ging ihnen nach, bis sie fühlte, wie der Graf unter seinem untoten Zustand litt. Es war nicht wie bei ihrer Begegnung, als sie mit ihrem Verstand begriffen hatte, wie er sich fühlte. Jetzt, in diesem Augenblick *fühlte* sie es *selbst*. Jahrzehnte der Einsamkeit wurden spürbar, verbunden mit Scham und der Unfähigkeit, irgendetwas wieder gutmachen zu können.
Immer tiefer ließ sie sich auf diese fremden Gefühle ein, die in ihr aufstiegen – und sich gleichzeitig veränderten. Die quälende Empfindung der Isolation, die sie überkommen hatte, verwandelte sich in ihrer Wahrnehmung. Am Anfang war es eine erzwungene Isolation, für die seine untote Existenz verantwortlich war. Er hatte sich dagegen gewehrt und sich selbst gehasst. Dann aber, kaum merklich, änderte sich etwas. Er wehrte sich nicht mehr gegen die Einsamkeit. Sie schien ihm richtig zu sein. Sophie spürte eine seltsame Zustimmung. Eine Notwendigkeit. Bis sie langsam begriff, dass er diese neue

Einsamkeit selbst gewählt hatte, obwohl ihn gleichzeitig Trauer und Verlust zerrissen. Und die Sehnsucht nach einem Menschen, der wichtiger war als das eigene Leben.
Sophie spürte wie Tränen an ihrer Wange hinunterliefen, während sie bewegungslos in der Kapelle saß, jäh überwältigt von einer Gefühlswelt, die nicht ihre eigene war, auf die ihre eigenen Emotionen aber dennoch reagierten. Irgendetwas in ihrem Innern begriff, dass sie in eben diesem Moment den Grafen spürte, der unter einer Trennung litt, die er selbst herbeigeführt hatte, weil er glaubte, den geliebten Menschen schützen zu müssen.
Ohne dass Sophie hätte sagen können, wie es ihr gelungen war, hatte sie den Grafen gefunden. Sie hatte keine Ahnung, wo er war, aber sie spürte seine Präsenz deutlicher, als wenn er neben ihr gesessen hätte.
Es war eigentlich überhaupt keine räumliche Nähe. Es war eher eine innere Verbindung. Als hätten sich ihre Gedanken mit ihm verbunden. Gleichzeitig war da aber ein seltsamer Widerstand, als könne sie ihn zwar spüren, er sich ihr aber verschließen würde. Als sei sie mit jemandem im selben Raum, der ihre Gegenwart nicht wahrnehmen konnte oder wollte.
„Johannes! Sie müssen zurückkommen!“, hörte Sophie ihre Stimme. „Frau Jung ist entführt worden! Niemand weiß, wo sie ist!“ Die Worte schienen ungehört in der leeren Kapelle widerzuhallen. „Johannes!“, rief sie noch einmal. Wieder warfen die Wände ihre Stimme zurück.
Irgendetwas sagte Sophie, dass sie in dieser Kapelle flüstern oder brüllen konnte, soviel sie wollte. Ihre Worte würden ungehört bleiben, egal, in welcher Lautstärke und Menge sie sie dem Raum entgegenschrie. Der Graf war nicht hier und die Verbindung zu ihm hatte mit der Außenwelt nichts zu tun.
Angestrengt suchte Sophie in ihrem Innern nach irgendeiner Reaktion, die ihr zeigte, dass der Graf ihre Botschaft vielleicht doch gehört hatte. Aber alles, was sie spürte, war seine resonanzlose Präsenz.
Sophie musste ihm anders begreiflich machen, dass etwas

Furchtbares passiert war. Sie konzentrierte sich auf das Gefühl der Gegenwart des Grafen und versuchte gleichzeitig, ihr Bewusstsein mit den Erinnerungen an die Ereignisse des Tages zu füllen. Doch statt dass das Erlebte langsam und in geordneter Reihenfolge aufstieg, war es, als würde plötzlich der ganze Tag in einem Augenblick in ihrem Kopf explodieren mit allen seinen Bildern und den damit verbundenen Gefühlen.
Wie in einem einzigen Gedankenblitz jagten die Bilder der Halle und der Terrasse am Morgen, des Sanitätsraums, der Begegnung mit Benno und Grete durch ihr Inneres – verbunden mit ihren Gefühlen von Neugier, Angst, Hilflosigkeit, Wut, Betroffenheit und Sorge. Es war wie eine riesige Woge aus Eindrücken. Hätte sie das alles in Worte fassen wollen, hätte sie minutenlang erzählen müssen. So aber war es wie ein innerer Urknall, der in rasender Gleichzeitigkeit das Geschehen mitsamt den dazugehörigen Empfindungen wiedererschuf und in einer unkontrollierbaren Welle gegen die Präsenz des Grafen schleuderte, in sie hineinspülte und sie überflute, bis in Sophies Wahrnehmung alles eins wurde und in einem wilden Chaos durcheinanderwirbelte, in dem es kein Oben und Unten, kein Rechts und Links mehr gab.
Alle Gefühle – ihre eigenen und die des Grafen – fielen zusammen. Die fremden Gefühle von Einsamkeit und Verlust verbanden sich mit ihrer eigenen Hilflosigkeit und Angst, sodass sie sich selbst zu verlieren glaubte, bis sie kaum noch wusste, wo sie war, wer sie war und warum sie war.
Verzweifelt kämpfte sie gegen den Strudel, der sie mit sich reißen wollte. Sie versuchte, sich an irgendetwas festzuhalten, von dem sie wusste, dass es zu ihr gehörte, aber Bilder und Wahrnehmungen wirbelten durcheinander wie Schneeflocken in einem Wintersturm. Sie vermochte keine von ihnen zu fassen, bis sie es aufgab und sich dem Sog ergab, mitziehen und wegtragen ließ.
Doch statt endgültig im Irrsinn zu versinken, zog sie der Strudel in sein Zentrum, in dem eine plötzliche unerwartete Ruhe herrschte, durch die sie bis auf den Grund hindurch fiel. Dort

aber war es, als tauche sie unter dem Strudel hinweg, bis sie wie eine Luftblase außerhalb des Chaos' zurück an die Oberfläche geschleudert wurde.
In einem Anfall von Orientierungslosigkeit und Schwindel brach Sophie übergangslos durch in die äußere Realität, in der sie sich schwer atmend irgendwo sitzend wiederfand. Mit beiden Händen krallte sie sich an Holz fest, um nicht auf den Boden geschleudert zu werden, weil sie jedes räumliche Gefühl verloren hatte.
Verzweifelt suchte sie nach einem Fixpunkt im Raum, an dem sich ihre Augen festhalten konnten, damit sie irgendwie die Orientierung zurückgewann und das Karussell in ihrem Kopf aufhörte, sich zu drehen. Ihr Blick fing ein Kreuz ein, das im dunklen Raum zu schweben schien. Ein seltsames Licht lag darauf, das von irgendwo kam. Nur ganz allmählich ordneten sich die Bilder, die ihre Augen sahen, und sie begriff, dass das Kreuz auf einem Altar stand, auf den durch Kirchenfenster Licht fiel.
Dann erinnerte sie sich, wo sie war. Sie erkannte die Kapelle und wusste wieder, dass sie hierhergekommen war, nachdem Ede Grete mitgenommen hatte. Vorsichtig aus Angst vor neuem Schwindel, sah sie sich um. Nichts hatte sich verändert, seit sie sich auf die Bank gesetzt hatte. Nur dass sie inzwischen vor Kälte bibberte.
Als sie endlich das Gefühl hatte, wieder halbwegs bei sich zu sein, begann ihr Verstand seine Arbeit aufzunehmen, und ihr dämmerte, was gerade passiert war. Sie hatte es tatsächlich und ohne es zu wollen, geschafft, den Grafen zu finden. Aber erreicht hatte sie gar nichts. Sophie war völlig klar, dass sie jetzt nicht nur ohnmächtig auf dem Boden liegen, sondern auch von der katastrophalen Explosion in ihrem Kopf mitgerissen worden sein könnte. Sie verdrängte den Gedanken, denn sie wollte sich noch nicht einmal im Entferntesten vorstellen, was das bedeutet hätte. Stattdessen konzentrierte sie sich auf die Realität. Sie hatte keine Ahnung, wie lange sie schon hier saß. Sie hatte nicht nur das Gefühl für Raum, sondern auch für Zeit verloren.

Ein Blick auf die Uhr zeigte, dass es kurz vor Zapfenstreich war. Inzwischen ging es ihr gut genug, dass sie es wagen konnte, von der Kirchenbank aufzustehen. Langsam ging sie zum Ausgang und nach draußen, wo sie die Kapellentür wieder abschloss. Ganz sicher war es besser, wenn niemand von dieser Aktion erfuhr. Das, was gerade passiert war, war nur zufällig geschehen, aber mit Sicherheit gehörte es in die Kategorie „Unfug".

Geduckt überwand Benno das kurze Stück von der Hecke zum Häuschen. Zwar dämmerte es, doch jemand, der an einem der Fenster stand, würde ihn trotzdem sehen können.
Von seinem Besuch wusste Benno, dass sich auf dieser Seite der Hütte nur ein Speisekammer- und das Badezimmerfenster befanden, wobei das Bad ein Milchglasfenster hatte. Wenn er einen Blick nach innen werfen wollte, musste er auf die andere Seite. Dort waren Wohn- und Schlafzimmer.
Tief gebückt schlich er dicht an der Holzwand entlang. Nichts wies darauf hin, dass irgendjemand im Haus war. Weder brannte irgendwo Licht noch rauchte der Schornstein. Doch als Benno an der Rückseite ankam, fiel aus einem der Fenster ein flackernder Lichtschein wie von einem Fernseher oder einer Kerze. Vorsichtig pirschte er unter das Fenster, das seiner Erinnerung nach zum Schlafzimmer gehörte, und wagte einen Blick nach innen. Was er sah, war wie das Standbild eines Horrorfilms.
Am Kopfende des Bettes standen zwei Kerzen, die beinahe heruntergebrannt waren, obwohl es sich um dicke Kerzen handelte, wie sie auf Altären verwendet wurden. Diese hier allerdings waren schwarz und mussten seit Stunden brennen.
Catharina lag reglos in ihrem Nachthemd auf einem Bett, die Hände auf der Brust gefaltet. Es war nicht auszumachen, ob sie nur schlief oder tot war. Neben dem Bett saß der Mann, mit dem Benno noch vor ein paar Tagen das Häuschen besichtigt hatte. Benno konnte sein Gesicht nicht erkennen, denn Catharinas Entführer saß bewegungslos mit dem Rücken zum Fenster und schien sein Opfer unablässig anzustarren, das dem Anschein nach unverletzt war.

Vorsichtig zog sich Benno wieder vom Fenster zurück und schlich um das Haus herum zur Hecke, hinter der er auf den wartenden Fridel stieß.
„Gott sei Dank!“, flüsterte der. „Ich war kurz davor, hinter Dir herzukommen.“
„Was hast Du erreicht?“, fragte Benno, woraufhin Fridel ihn über sein Telefonat mit Ute informierte. „Sie müssen gleich hier sein.“
„Ich hoffe, sie sind schlau genug, keinen Krach zu machen“, murmelte Benno und zog Fridel hinter sich her ein Stück den Weg hinunter. Dort beschrieb er ihm, was er gesehen hatte.
„Was hat der Irre vor?“, fragte Fridel entsetzt. „Was sollen wir machen?“
Benno schüttelte ratlos den Kopf. „Ich weiß es nicht. Ich weiß noch nicht einmal, ob sie überhaupt noch lebt.“
„Aber wenn sie schon tot ist, warum sitzt er dann da und starrt sie an?“
„Fritz, ich weiß es nicht!“, gab Benno barsch zurück und trat hilflos gegen einen matschigen Erdklumpen, der auseinanderspritzte. „Ich gehe wieder hin. Ich muss wissen, was passiert“, sagte er nach einem Moment des Überlegens.
„Nein!“, brüllte ihn Fridel flüsternd an und griff mit beiden Händen nach Bennos Schultern. „Du wirst Dich nicht auch noch in Gefahr bringen! Du bleibst hier und wartest, bis die Polizei kommt.“
Benno machte Fridels Hände los und drückte sie fest. „Hör zu Fritz! Du gehst der Polizei entgegen. Du musst ihnen beschreiben, was da drin los ist.“ Fridel wollte heftig widersprechen, aber Benno ließ ihn nicht zu Wort kommen. „Wenn Catharina noch lebt, dürfen wir sie nicht diesem Irren überlassen.“
Fridel klammerte sich an Bennos Händen fest. „Warum musst Du den Helden spielen? Das hier ist echt gefährlich!“
„Ich verspreche, mich nicht in Gefahr zu bringen. Und jetzt geh und warte auf die Polizei.“ Damit küsste Benno seinen Partner und lief den Weg zurück zur Hecke, während Fridel missmutig Richtung Straße ging.

Im Zimmer hatte sich nichts verändert, als Benno vorsichtig wieder durchs Fenster sah. Der Kerl schien sich keinen Millimeter bewegt zu haben. In der Ferne wurden Motorengeräusche hörbar, aber keine Sirene. Es konnte die anrückende Sondereinheit sein oder auch einfach nur ein durchfahrendes Auto.
Während Benno weiterhin das Zimmer beobachtete, hörte er gleichzeitig auf die Verkehrsgeräusche. Sie schienen tatsächlich näher zu kommen. Er konnte nur hoffen, dass der Wahnsinnige dort drinnen nichts mitbekam. Aber der saß weiterhin reglos wie eine Puppe da. Inzwischen war das Brummen mehrerer Fahrzeuge unüberhörbar, allerdings schienen sie angehalten zu haben. Sie mussten am Ende des Teerweges stehen. Und noch immer rührte sich der Entführer nicht.
In dem Moment jedoch, als die Motorengeräusche erstarben, kam Bewegung in die Gestalt im Sessel. Wie in Zeitlupe erhob er sich, ohne aber den Blick von Catharina zu lassen. Dann erkannte Benno, dass der Mann etwas in der Hand hielt. Es war ein zusammengerolltes Seil, das er jetzt auseinanderzog. Entsetzt begriff Benno, dass der Wahnsinnige Catharina erwürgen wollte, falls sie noch nicht tot war. Hektisch sah Benno sich nach irgendetwas um, das er als Waffe verwenden konnte. Alles, was er fand, waren zwei Feldsteine, die unter dem Fenster lagen. Er griff sie sich.
Im Zimmer hatte sich der Entführer neben das Bett gestellt und das Seil um Catharinas Hals gelegt. Als er jetzt langsam, aber mit Kraft zuzog, konnte Benno sein Gesicht sehen. Die Augen des Mannes fixierten sein Opfer. Um seinen Mund spielte ein erwartungsvolles Lächeln.
Benno zögerte keine Sekunde länger. Er holte so weit aus, wie er konnte, und schleuderte den ersten Stein ins Fenster. Abrupt hielt der Entführer inne und drehte sich in einer schnellen Bewegung zum Fenster um. Benno war kaum einen Meter von dem Mann entfernt, der ihm jetzt erschrocken direkt in die Augen sah. Der zweite Stein traf den Entführer im Gesicht, sodass er zusammensackte und sich den Kopf hielt. Die Verletzung war

nicht schwer genug, um den Kerl aufzuhalten. Er kam bereits wieder auf die Beine. Aber er hatte das Seil sofort losgelassen.
Benno wollte gerade durch den Fensterrahmen den Griff packen, um hineinklettern zu können, da rannten mehrere bewaffnete Männer in schwarzer Kleidung auf ihn zu. Einer von ihnen stieß ihn zu Boden und fixierte ihn, während ein anderer Stellung am Fenster bezog. Gleichzeitig drangen aus dem Haus ohrenbetäubende Schläge. Holz splitterte. Dann hörte Benno Stimmen durcheinanderbrüllen, doch er konnte die Worte nicht verstehen, weil sein Ohr in den nassen Boden gedrückt wurde.
Als man ihn endlich hochzog, hörte er von drinnen jemanden irre Laute ausstoßen und er glaubte, das Wort „Hexe“ zu hören. Widerstandslos ließ sich Benno von zweien der schwarzen Männer um das Haus herum zum Eingang führen. Dort stand Bärlauch, der zusah, wie der Entführer in Handschellen weggeführt wurde. Er zeigte noch immer dieses irre Lächeln und mit seiner blutigen Nase stimmte etwas nicht.
Bärlauch trat auf Benno zu. „Sie können ihn losmachen. Der gehört zu dem Bärtigen“, sagte er zu den Männern, die Benno festhielten. Einer von ihnen öffnete die Kabelbinder, mit denen man ihm die Hände auf dem Rücken zusammengebunden hatte, und er rieb sich die Handgelenke.
„Wo ist sie?“, fragte Benno sofort, ohne auf Bärlauchs vorwurfsvolles Gesicht zu achten. Der nickte nach drinnen. „Ihr Partner ist bei ihr. Der Krankenwagen wird gleich da sein.“
Benno ignorierte Bärlauchs Protest und stürzte an ihm und den Polizisten, die gerade herauskamen, vorbei ins Haus. Die Eingangstür lag flach auf dem Boden, sodass Benno darübersteigen musste. Im Schlafzimmer herrschte ein Bild der Verwüstung. Auch hier war die Tür eingeschlagen und umgestürzte Möbel lagen kreuz und quer im Raum. Die Kerzen hatte irgendjemand gelöscht. Auf dem Boden knirschte das Glas des Fensters, das Benno eingeworfen hatte. Einer der Steine lag in den Scherben, der andere neben dem Bett. Ein Polizist packte gerade das Seil in eine Tüte.
Das alles nahm Benno nur im Unterbewusstsein wahr. Es war

das, was auf dem Bett geschah, das ihn aufstöhnen ließ. Fridel kniete mit einer Polizistin neben Catharina. Sie waren dabei, sie wiederzubeleben. Hilflos stand Benno daneben und sah zu, wie die beiden abwechselnd ihren Brustkorb pressten und Luft in ihre Lungen bliesen.
„Ist sie tot?“, hörte sich Benno fragen.
„Noch nicht!“ Es klang verzweifelt und Fridel sah weder auf, noch hielt er mit dem Pumpen inne.
Bärlauch war neben Benno getreten. „Kommen Sie, Sie können hier nichts machen.“
Wie ein Automat ließ sich Benno mit nach draußen ziehen. Inzwischen war es dunkel, aber überall im Häuschen brannte Licht. Auch die Außenbeleuchtung war eingeschaltet. Vielleicht um ihn abzulenken, fragte Bärlauch, was genau geschehen war, bevor die Polizei eingegriffen hatte.
Benno beschrieb, wie er die Steine geworfen hatte, weil der Entführer Catharina mit dem Seil gewürgt hatte. „Und dann lag ich auch schon auf dem Boden.“ Benno sah auf seine nassen Kleider und wischte sich mit dem Ärmel das Gesicht ab. In der Ferne hörte man ein Martinshorn, das näher kam.
Mit gerunzelter Stirn und in strengem Ton stellte Bärlauch fest: „Sie haben gegen meine ausdrückliche Anweisung in eine Polizeiaktion eingegriffen. Ich denke, ich hatte mich Ihrer Sekretärin gegenüber klar ausgedrückt.“ Bevor Benno behaupten konnte, davon nichts gewusst zu haben, sprach Bärlauch weiter. Sowohl sein Tonfall als auch sein Gesichtsausdruck hatten sich verändert. „Wie dem auch sei, möglicherweise haben Sie Ihrer Nachbarin damit das Leben gerettet. In jedem Fall tut Ihr Partner gerade genau das.“
Benno sagte nichts. Ein Fahrzeug bog in den Teerweg ein. Blaulicht zuckte durch das Dunkel und Männer in Leuchtkleidung sprangen aus dem Krankenwagen. Sie hatten eine Trage und Koffer dabei, mit denen sie an Bärlauch und Benno vorbei ins Haus eilten. Kurz darauf kamen ein völlig verschwitzter Fridel und eine sichtlich angeschlagene Polizistin nach draußen.
„Das war knapp“, war alles, was Fridel sagte, bevor er gegen

Benno sank, der die Arme um ihn legte. Bärlauch trat diskret zur Seite, wo er sich zu Kommissarin Klein stellte, die mit den Männern der Sondereinheit sprach.
„Ich will nach Hause", murmelte Fridel kraftlos.
Benno nickte. „Für heute reicht's. Catharina ist in guten Händen." Er zog Fridel hinter sich her zu Bärlauch, der darauf hinwies, dass man noch die Aussagen der beiden aufnehmen müsse. „Ich melde mich bei Ihnen."
Schweigend liefen sie zurück zum Auto, bis Benno stehen blieb und sich vor die Stirn schlug. „Ich hab' Sophie und Grete vergessen!" Plötzlich hatte er es eilig, sodass Fridel Mühe hatte, hinterherzukommen. Gegen seinen eigenen dringenden Wunsch, auf direktem Weg nach Hause zu fahren, stimmte Fridel zu, bei Grete vorbeizuschauen. Benno hoffte, dass sie die alte Frau zu Hause finden würden und diese nicht noch immer in der Kapelle saß.
Zehn Minuten später standen sie vor Gretes Haus und zogen am Klingelstrang. Zu ihrer Überraschung öffnete Ede und bat sie hinein. „Sie sitzt in der Küche. Ich hab' sie von Altenstein mitgenommen. Sie kam am Arm von Sophie über den Hof und war fix und fertig. Es ist besser, wenn ich heute Nacht hier bleibe." Damit verschwand Ede in dem Raum, von dem Benno inzwischen wusste, dass es das Wohnzimmer war.
Grete saß über eine Tasse Tee gebeugt und wirkte abwesend. Sowohl Fridel als auch Benno erschraken über den desolaten Zustand Gretes, als diese aufsah. Ihre Augen wirkten leer und schienen nur langsam zu erfassen, wer da in der Küche stand.
„Ist alles in Ordnung?", fragte Benno, ließ sich neben Grete nieder, nahm vorsichtig ihre Hand und wunderte sich, dass sie es zuließ.
„Ich habe ihn nicht gefunden", flüsterte sie, den Blick wieder auf die Tasse gerichtet.
„Dafür haben wir Catharina. Mach' Dir keine Sorgen mehr", sagte Benno sanft und berichtete, was geschehen war. Als er geendet hatte, nickte Grete. Sie wirkte immer noch matt, aber auch erleichtert.

Fridel betrachtete sie mit einem Stirnrunzeln. „Können wir irgendetwas für Dich tun? Du siehst nicht gut aus.“ Es war ihm anzusehen, dass er gern einen Arzt gerufen hätte.
Grete schüttelte den Kopf und stand mühsam auf. „Wenn Catharina in Sicherheit ist, würde ich mich jetzt gern hinlegen.“ Sie stellte die Tasse ins Spülbecken.
Fridel konnte sich nicht mehr zurückhalten. „Grete, es wäre besser, wenn Du einen Arzt ...“, weiter kam er nicht.
„Nein!“ Sie war schon unterwegs zur Küchentür.
„Aber ich mach' mir wirklich Sorgen. Ich will heute nicht noch jemanden wiederbeleben müssen“, hielt er ihr vor.
Grete brummte irgendetwas Unverständliches vom Flur her.
Fridel versuchte es mit Drohen. „Ich kann den Krankenwagen auch einfach rufen“, rief er in Richtung Flur.
„Dann kümmert Euch aber auch um das Zeug unter meinem Dach!“, kam die kühle Retourkutsche. Gretes Schritte wurden auf der Treppe hörbar.
Hilflos sah Fridel zu Benno, der „Brunner“ murmelte. Fridel seufzte, drehte sich zum Flur und brüllte: „Ich spreche mit Ede.“ Statt einer Antwort knallte oben eine Tür zu.
Offensichtlich hatte Ede bereits gehört, was los war, denn er kam grinsend in die Küche. „Ja, ja“, sagte er. „Stur wie ein Panzer, aber nicht tot zu kriegen.“
„Die Frau macht mich fertig“, murmelte Fridel. „Wenn sie so weitermacht, kann sie sich mit Catharina im Krankenhaus ein Zimmer teilen.“
Ede machte große Augen. „Was ist mit Frau Jung?“
Diesmal erzählte Fridel von den letzten Stunden und Ede ließ ein anerkennendes Alphornlachen hören. „Da habt Ihr wohl schon wieder jemandem das Leben gerettet.“
Fridel rang sich ein müdes Lächeln ab. Dann bat er den Hausmeister auf Grete aufzupassen und im Notfall auch gegen ihren Willen einen Arzt zu rufen. Ede versprach es und sie verabschiedeten sich.

In Gedanken war Sophie noch immer bei dem, was eben in der

Kapelle geschehen war. Aber der Anblick von Benno und Fridel, die aus Bennos Wagen stiegen und schweigend nebeneinander über den Schlosshof liefen, lenkte sie von ihren Grübeleien ab. Als sie nun im Näherkommen den Gesichtsausdruck der Männer registrierte, blieb ihr eine ironische Begrüßung gegenüber Benno im Hals stecken. Sie lief los und holte die beiden an der Treppe zum Hauptportal ein. Es war augenscheinlich, dass etwas nicht stimmte. Fridel sah vollkommen fertig aus und Bennos Kleider waren klatschnass und schlammig.
„Was ist los?“, fragte Sophie ohne Umschweife.
„Entschuldige, dass ich Dich versetzt habe“, erwiderte Benno, ohne ihre Frage zu beantworten. Fridel reagierte nicht und schien durch sie hindurchzusehen.
„Sag' mir, was passiert ist!“, forderte Sophie. „Ist was mit Frau Jung?“ Sie zeigte auf Fridel, der Anstalten machte, allein die Treppe hoch zum Portal zu gehen. „Ich seh' doch, dass was nicht stimmt. Deshalb warst Du nicht da! Ich war allein bei Frau Mangold in der Kapelle, weil Du nicht gekommen bist. Es ging ihr schlecht.“
Benno nickte müde. „Frau Mangold ist zu Hause. Ede ist bei ihr.“ Benno sah Fridel hilflos hinterher, der wie ferngesteuert weiterlief. Dann drehte Benno sich wieder Sophie zu. „Und Frau Jung ist im Krankenhaus. Wir haben sie gefunden.“ Er versuchte ein Lächeln, aber es war angespannt, was Sophie durchaus wahrnahm.
„Was ist passiert?“
Wieder sah Benno zu Fridel, hinter dem eben die Schlosstür zufiel. „Du musst Dir keine Sorgen machen. Sie ist in Sicherheit.“ Benno nickte Sophie noch einmal zu und eilte Fridel nach.
Sophie blieb sekundenlang unentschlossen auf der Treppe stehen, dann raffte sie sich auf und ging in ihr Zimmer. Sie freute sich über die Rettung ihrer Lehrerin. Jetzt war es unwichtig, dass sowohl Gretes Versuch als auch ihre Aktion gescheitert waren. Trotzdem stellte sich bei Sophie keine Erleichterung ein. Bennos Tonfall war zu bemüht in seiner Zuversicht gewesen.

„Fritz, gibt es irgendetwas, das Du mir nicht sagst?“, fragte Benno, der Fridel hinaus auf die Terrasse gefolgt war. Fridel sah Benno nicht an, sondern begann eine Zigarette zu drehen. „Catharina wäre fast gestorben“, war alles, was er antwortete.
Benno klang irritiert: „Aber ihr habt sie doch sofort wiederbelebt.“
Diesmal reagierte Fridel überhaupt nicht.
„Fritz!“ Benno warf Fridel einen wütenden Blick zu.
Der zündete seine Zigarette an und blies mit einem Stöhnen den Rauch aus. Nach einem weiteren tiefen Zug sagte er: „Sie mussten ihr Herz in Gang halten und sie beatmen. Sie war nicht ansprechbar und hatte kaum Reflexe. Wenn Du mich fragst, ist sie komatös.“
Benno schien nur allmählich zu begreifen, was er gerade gehört hatte. „Was hat er mit ihr gemacht?“, flüsterte er endlich.
„Er hat sie unter Drogen gesetzt.“ Fridel schüttelte resigniert den Kopf. „Weiß der Himmel, was dieser Kerl vorhatte.“
„Aber er hat sie nur ganz kurz gewürgt. Ich hab' doch sofort den Stein geworfen. Und vorher hat er sie nur angestarrt!“ Benno hielt sich mit beiden Händen den Kopf.
„Vielleicht wollte er sie sterben sehen, damit er sich diesmal sicher sein konnte“, mutmaßte Fridel bitter. Seine Hände zitterten so sehr, dass er seine Zigarette kaum zum Mund brachte und im Aschenbecher ausdrückte. Wortlos zog Benno ihn an sich. Irgendwann lösten sie sich voneinander und gingen schweigend zurück in die Wohnung.
Keiner von beiden hatte das Energiefeld wahrgenommen, das lautlos und in der Dunkelheit unsichtbar durch den verwilderten Garten glitt. Fridel hätte es ohnehin nicht sehen können und der Geruch nach Wald und feuchter Erde verlor sich in der nebligen Herbstnacht.
Jetzt bewegte sich das Feld in Richtung von Catharinas Terrassentür. Das Erste, das man im Licht des noch beinahe vollen Mondes dort erkennen konnte, waren die grob ausgeführte Reparatur des Türschlosses und die Spuren eines grauen Pulvers auf Rahmen und Glas. In der Wohnung waren Möbel und

Flächen mit diesem Pulver eingestäubt. Alle Räume schienen durchsucht worden zu sein. Schränke standen offen und im Schlafzimmer war das Bett abgezogen. Die Polizisten hatten nach ihrer Durchsuchung die Wohnung im Chaos hinterlassen.
Die Wohnung war leer.
Catharina war in der letzten Nacht verschwunden. Doch dank Benno und Fridel war sie jetzt im Krankenhaus.

36. Tag – Donnerstag

Bärlauch saß mit einem Kollegen vor dem Schreibtisch der Stationsärztin. Sein Begleiter in Zivil war mit dem Fall des entflohenen Stalkers betraut. Hauptkommissar Kurz war in der vergangenen Nacht angereist und gähnte mehrfach, während die beiden Männer in Kenntnis gesetzt wurden, dass keine Lebensgefahr mehr bestand, Catharina aber noch immer bewusstlos war.
„Zum Glück hat der Kerl sie nur sehr kurz gewürgt. Das eigentliche Problem ist das Mittel, das er ihr verabreicht hat. Alles hängt davon ab, wie ihr Körper damit umgeht“, stellte die Ärztin bedauernd fest. „Wir tun, was wir können, damit sie aufwacht.“
Auf Kommissar Kurz' Nachfrage, ob man denn inzwischen wisse, um was es sich gehandelt habe, nickte sein Gegenüber.
„Um ein hochwirksames Neuroleptikum, das sich unter anderem auch in dem findet, was Ihnen unter der Bezeichnung K.O.-Tropfen bekannt sein dürfte. Als Dauermedikament wird es in der heutigen Psychiatrie eigentlich nur noch selten verwendet. Es wirkt stark dämpfend und wird bei schizophrenen oder manischen Patienten eingesetzt.“
Bärlauch drehte sich Kurz zu. „Solchen wie Frau Jungs Verfolger.“
Kurz nickte. „Dann hat er das Zeug wohl in der Klinik geklaut, bevor er abgehauen ist. Momentan gehen wir davon aus, dass er sie damit umbringen wollte“, erklärte er der Ärztin.
„Was ihm ja auch beinahe gelungen ist. Er hat ihr mehrere Dosen

verabreicht. Die letzte muss sehr hoch gewesen sein und Frau Jung ist zierlich wie ein Kind“, stellte die bitter fest. „Auch ohne die Strangulation stand sie kurz vor einem Kreislaufstillstand. Wir haben sie über Nacht beatmet, aber das ist nicht mehr nötig. Ihr Kreislauf ist stabil, die Vitalfunktionen werden trotzdem weiterhin überwacht.“
Die Polizisten wirkten erleichtert. „Können Sie uns sagen, ob Frau Jung sonst noch etwas angetan wurde?“, wollte Kurz wissen.
Die Ärztin leitete ihre Antwort mit einem tiefen Durchatmen ein und schlug eine Akte vor sich auf. „Frau Jung wurde bereits von einem Kollegen der Rechtsmedizin untersucht. Sein Bericht geht Ihnen zu.“ Sie überflog einige handschriftliche Notizen, bevor sie fortfuhr: „Frau Jung hat Würgemale durch das Seil, aber der Kehlkopf und das Zungenbein sind intakt. Außerdem gibt es Wunden und Verbrennungen an den Beinen, die durch den Einsatz einer Distanz-Elektroimpulswaffe verursacht wurden. Also einer solchen, bei der Widerhaken an Drähten auf die Zielperson abgeschossen werden. Damit scheint sie überwältigt worden zu sein. Die typischen Sturzverletzungen sind nicht feststellbar.“ Sie hielt inne und schien eine Erklärung zu erwarten.
„Er ist nachts in ihr Schlafzimmer eingebrochen. Vermutlich lag sie im Bett, als er das Ding abgefeuert hat“, legte Kurz dar. „Gibt es sonst irgendwelche Hinweise auf Gewalt?“
„Es gibt eine ältere Narbe an der Hüfte, die nach einem Messerstich aussieht, der aber fachgerecht behandelt wurde.“
Kurz nickte. „Die ist von ihrer letzten Begegnung mit dem Kerl.“
Einen Moment lang sah ihn die Ärztin irritiert an, als wolle sie eine Rückfrage stellen. Aber Kurz war schneller: „Gibt es sonst noch was?“
Er erntete ein Kopfschütteln. „Keine Abwehrverletzungen, keine weiteren Hämatome. Er scheint sie mit dem Taser außer Gefecht gesetzt und sofort betäubt zu haben. Noch nicht einmal gefesselt hat er sie, wenn ich das hier richtig verstehe.“
„Das stimmt mit dem überein, wie wir sie gefunden haben“,

merkte Bärlauch gegenüber seinem Kollegen an. „Kann es sein, dass er von Anfang an dafür gesorgt hat, dass sie gar nicht erst zu Bewusstsein kommt? Warum hat er sie dann nicht gleich umgebracht, sondern sich die Mühe gemacht, sie mitzunehmen? Und warum wartet er einen ganzen Tag, bis er sie plötzlich erwürgen will?“ Nach kurzem Zögern fragte er: „Hat er sie vergewaltigt?“

„Nein“, gab die Ärztin zurück. „Wenn ich es richtig sehe, hat er überhaupt nichts mehr mit ihr gemacht, außer sie zu betäuben. Bis auf den kurzen Versuch, sie zu strangulieren natürlich.“

„Ich begreife das nicht“, sagte Bärlauch mit verständnislosem Kopfschütteln. „Kann es sein, dass er einen ganzen Tag einfach nur mit ihr da gesessen hat?“

Kurz zuckte die Schultern. „Genau das sollten wir ihn fragen.“

Die Kommissare erhoben sich und bedankten sich für die Informationen. Im Aufstehen schnupperte Bärlauch kurz in die Luft und sah zum Fenster. Es war geschlossen. Mit einem Schulterzucken wandte er sich noch einmal an die Ärztin und fragte: „Wann werden wir Frau Jung befragen können?“

„Wenn sie wach ist“, lautete die lakonische Antwort. „Wie ich schon sagte, wir tun, was wir können. Aufwachen muss sie selbst.“

Johannes blieb allein im Büro der Ärztin zurück, nachdem sie mit den Kommissaren den Raum verlassen hatte. Er musste vorsichtig sein, denn offensichtlich konnte Bärlauch ihn wahrnehmen.

Ausdruckslos blickte er auf die geschlossene Akte, die noch immer auf dem Schreibtisch lag. Dieser Stalker hatte Catharina keine weitere Gewalt zugefügt, nachdem er sie verschleppt hatte. Johannes war die Vorstellung unerträglich, was er ihr hätte antun können, als sie ihm über Stunden ausgeliefert gewesen war. Fridels Satz des vergangenen Abends klang in seinen Ohren: *Vielleicht wollte er sie sterben sehen, damit er sich diesmal sicher sein konnte.*

Ein Gefühl stieg in ihm auf, wie er es seit sehr langer Zeit nicht mehr in dieser Intensität gehabt hatte. Seine Hände ballten sich

zusammen und er kämpfte die Welle der Wut zurück. In seinem menschlichen Leben hatte er sich immer wieder von dieser Wut hinreißen lassen, die ihn zu unsinnigen Grausamkeiten getrieben hatte. In den vergangenen Jahrzehnten hatte sein brennender Zorn jedoch so gut wie immer sich selbst gegolten. Aber das, was er in der Nacht erlebt und erfahren hatte, hatte ihn in altbekannter Intensität wieder aufflammen lassen.
Die ganze vergangene Nacht hatte er an Catharinas Bett verbracht. Nach dem, was er im Garten von Fridel und Benno gehört hatte, hatte er sich direkt hierher begeben und sie allein in einem Zimmer gefunden. Ihr Anblick war quälend gewesen. Bleich, die geschlossenen Augen tief in den Höhlen hatte sie auf dem Kissen gelegen, angeschlossen an einen Monitor und ein Beatmungsgerät. Um ihren Hals zog sich eine leuchtend rote Linie, die ihn unwillkürlich an seine eigene Narbe hatte greifen lassen. Eine Infusionsnadel steckte in ihrem Arm und Flüssigkeit tropfte langsam herab. Sie hatte so allein und verloren gewirkt.
In regelmäßigen Abständen hatte eine Schwester nach dem Rechten gesehen, sodass er sich immer wieder in die Schatten des Zimmers hatte zurückziehen müssen. Sonst hatte er hilflos bei ihr gesessen, bemüht, den medizinischen Apparaten nicht zu nahe zu kommen. Die Kurven des Monitors waren die einzigen Beweise dafür gewesen, dass es Leben in diesem kleinen, reglosen Körper gab.
Einmal hatte er es gewagt, sie zu berühren, und eine Zeitlang ihre Hand gehalten, bis seine Energie aufgebraucht war, und sie ihm entglitt. Wie sehr hatte er sich in den letzten Tagen nach ihr gesehnt. Und nun war es ihm nur möglich, bei ihr zu sein, weil sie in diesem grausamen Zustand war.
Mehrmals war er in Versuchung, Zugang zu ihrem bewusstlosen Schlaf zu nehmen. Aber immer wieder hatte er es sich verboten – auch wenn er gar nicht wusste, ob es ihm überhaupt noch möglich war.
Doch jetzt, nach allem, was er eben hier gehört hatte, war er froh, es nicht getan zu haben. Catharina war außer Lebensgefahr. Sie war zwar noch bewusstlos, aber sie würde aufwachen.

Fridels Ängste des vergangenen Abends waren übertrieben und vermutlich seiner Anspannung geschuldet gewesen.
Er konnte Catharina der Kunst der Ärzte überlassen. Deshalb blieb es bei seinem Entschluss, dass sie ihn nie wiedersehen würde. Hätten ihn nicht gestern plötzlich und explosionsartig diese Bilder überfallen, hätte er seine Höhle nicht verlassen. Zuerst hatte er sich eingeredet, dass diese Wahrnehmungen Sophies dunkler Phantasie entsprungen wären, doch dann hatte er die Ungewissheit nicht ausgehalten.
Was war, wenn die Erinnerungen und Emotionen, mit denen Sophie seinen Widerstand durchbrochen hatte, nicht einfach nur einem Alptraum entstammten? Wenn Sophie ihm nicht zufällig in ihrem Schlaf auf die Spur gekommen war? Wenn es keine sinnlosen Bilder ihres Unterbewusstseins waren, mit denen sie ihn versehentlich überschüttet hatte? Was war, wenn Sophie ihn absichtlich gesucht hatte, um ihm genau das mitzuteilen, was er in ihrem Geist gesehen hatte?
In diesem Fall erhoffte sie seine Hilfe bei der Suche nach Catharina, denn sie wusste, dass er damals auch Tim gefunden hatte. Bei diesen Gedanken hatte er nicht länger gezögert, denn dann war Catharina in Lebensgefahr. Doch als er endlich auf Altenstein angekommen war, war sie bereits gefunden. Mehr tot als lebendig.
Wieder stieg Wut auf, während er jetzt im Büro der Ärztin stand und auf die Akte starrte, die Catharinas Zustand dokumentierte. Diesmal aber war es die Wut auf sich selbst. Er hatte sie verlassen, um sie zu schützen. Und er hatte sich verkrochen, weil er sich selbst und sie nicht dem Schmerz einer Begegnung hatte aussetzen wollen. Doch alles, was er erreicht hatte, war, sie diesem Menschen preiszugeben! Wäre er in der Nähe gewesen, hätte das alles nicht passieren müssen.
Es gab nur eine Konsequenz: Er würde nicht in seine Höhle zurückkehren. Er würde sie nicht noch einmal allein lassen und stattdessen in Zukunft über sie wachen. Da Grete sie getrennt hatte, war ausgeschlossen, dass Catharina seinetwegen Träume oder Visionen hatte, die sie in Gefahr brachten. Auch würde

niemand erfahren, dass er zurück war. Vor allem nicht Catharina oder gar Grete. Nichts wäre gewonnen, wenn Catharinas Leben oder ihre Seele seinetwegen erneut bedroht waren, nachdem sie diese Entführung überlebt hatte.
Es war gleichgültig, wie schmerzhaft es für ihn war, in ihrer Nähe zu sein. Und da er nicht wusste, ob sie ihn würde wahrnehmen können, musste er peinlich darauf achten, dass sie seiner niemals ansichtig wurde. Wenn sie schlief, musste er alle Konzentration darauf richten, sich ihr zu verschließen. Sollte aber irgendetwas geschehen, würde er Fridel und Benno zur Hilfe holen. Doch solange nicht die Notwendigkeit bestand, würde er sich auch vor ihnen verbergen – ganz gleich, wie sehr ihm Benno als Freund fehlen mochte oder wie gern er sich bei den beiden für Catharinas Rettung bedankt hätte.
Bereit, seinen Beschluss in die Tat umzusetzen, verließ er das Büro der Ärztin. Zwar würde er in Catharinas Zimmer zurückkehren, doch er würde sich von jetzt an im Verborgenen halten. Es wäre fatal, wenn sie in einem Moment erwachte, in dem er an ihrem Bett saß oder sie gar berührte. Er durfte nicht mehr sein als ein unsichtbarer Wächter.
Doch bereits als er in ihr Zimmer zurückglitt, wäre er beinahe in eine Falle getappt. Benno saß an Catharinas Bett. Sofort zog sich Johannes in die äußerste Ecke in den Schatten zurück. Keinesfalls durfte er Benno zu nahe kommen. Er würde ihn riechen können, so wie Bärlauch eben. Es war bereits gefährlich, überhaupt im Zimmer zu sein. Aber Johannes hoffte, irgendetwas Neues zu erfahren und blieb reglos in seiner Ecke stehen. Schmerzvoll verfolgte er, wie Benno Catharina eine Strähne aus der Stirn strich. Eine einfache Berührung, die er selbst sich für alle Zeit verboten hatte.
„Fridel arbeitet. Es lenkt ihn ab“, sagte Benno sanft. „Aber nachher werden wir von der Polizei befragt. Sie wollen wissen, was gestern Abend passiert ist. Ich fürchte, ich hab' diesem Kerl mit meinem Stein die Nase gebrochen.“ Er lachte leise und streichelte über Catharinas Wange. Johannes fühlte einen neuerlichen Stich.

Benno sprach weiter mit Catharina. Er erzählte, dass die Polizei ihre Eltern informiert hatte und ihre Mutter bereits unterwegs war. Wirchow hatte ihr eins der Elternappartments angeboten. „Den Schülern haben sie inzwischen gesagt, dass Du im Krankenhaus bist, aber von dem Stalker soll keiner wissen.“ Eine Weile schwieg Benno und betrachtete Catharina bekümmert, die wie eine Puppe im Bett lag.
Schließlich nahm er ihre Hand und drückte sie, als hoffte er auf eine Reaktion, die nicht kam. „Die Schwester meint, dass es nur eine Frage der Zeit ist, dass Du aufwachst“, sagte er in zuversichtlichem Ton, der nicht zu seinem Gesichtsausdruck passen wollte, und strich sanft über ihre Finger.
In diesem Moment ging die Tür auf und ein Pfleger betrat das Zimmer. Benno drehte sich ihm zu – und hielt inne. Mit einem irritierten Stirnrunzeln blähte er die Nasenflügel und sah sich im Zimmer um. Offensichtlich hatte er Johannes doch noch gerochen in dem Luftzug, den der Pfleger beim Eintreten verursacht hatte. Erschrocken zog sich Johannes aus dem Zimmer zurück. Er konnte nur hoffen, dass Benno den Geruch für eine Sinnestäuschung halten würde.
Kurz darauf schob der Pfleger Catharina in ihrem Bett aus dem Zimmer und den Gang hinunter. Benno folgte und Johannes hörte, wie der Pfleger etwas von weiteren Untersuchungen sagte. An der Tür zur Station trennten sie sich und Benno ging in Richtung Ausgang weiter. Er schien keinen Verdacht geschöpft zu haben und Johannes folgte vorsichtig dem Pfleger.

Es war beinahe Abend, als zwei Schwestern das Bett zurück ins Zimmer schoben und Catharina wieder an den Monitor anschlossen. An ihrem Zustand hatte sich nichts verändert. Kurz nach Catharina kam die Ärztin herein. Fridel folgte ihr. Er setzte sich ans Bett und nahm sofort Catharinas Hand. Die Ärztin blieb am Bettende stehen. „Sie können den Eltern mitteilen, dass alle Untersuchungen ohne Befund geblieben sind“, formulierte sie das, was Johannes bereits wusste. Nach einem Blick in die Akte fuhr die Ärztin fort. „Frau Jungs Reflexe sind normal, aber sie reagiert nicht auf Schmerz. Wir haben alle üblichen Gegenmaßnahmen bei einer Überdosis des Neuroleptikums durchgeführt."

Fridel hielt seinen Blick auf Catharina gerichtet, als er sprach: „Mit anderen Worten: Sie haben keine Ahnung, warum sie sich nicht rührt oder aus ihrem Tiefschlaf aufwacht."

Die Ärztin beließ es bei einem Schweigen.

„Und ob Folgeschäden bleiben, können Sie erst sagen, *wenn* sie erwacht."

Diesmal nickte die Angesprochene. „Aber sie ist stabil. Alles andere müssen wir abwarten."

Fridel riss sich vom Anblick der bewusstlosen Catharina los und drehte sich zur Ärztin hin. „Ich werde versuchen, das der Mutter schonend beizubringen, wenn sie nachher kommt." Sein Gegenüber nickte müde und streckte Fridel die Hand hin. „Danke." Damit verließ sie das Zimmer.

Fridel wandte sich wieder Catharina zu. „Zumindest ist der Idiot endgültig hinter Schloss und Riegel. Und so, wie er sich benimmt, kommt er auch nie wieder raus." Fridel lachte rau.

Gemeinsam mit Benno hatte er Bärlauch am Nachmittag ausführlich von der Befreiungsaktion Catharinas berichten müssen. Atemlos hörte Johannes zu, wie Fridel die Ereignisse beschrieb und berichtete, was er vom Kommissar erfahren hatte.

„Weißt Du, warum er abhauen konnte?", fragte Fridel und selbst leise klang seine Stimme zornig. „Weil seine letzte Gefährlichkeitsprognose so positiv ausgefallen ist, haben sie seine Auflagen gelockert. Hat wohl in der Therapie den Reuigen gespielt, nachdem seine ganze Familie nichts mehr mit ihm zu tun haben wollte. Er hat angefangen Sport zu treiben, sich gesund zu ernähren und einen auf 'ich will mein Leben ändern' gemacht. Dachte, er könnte seine Frau überzeugen, mit den Kindern zurückzukommen." Fridel troff vor Ironie. „Und dann ist er bei der ersten sich bietenden Gelegenheit abgehauen, weil er nämlich erfahren hat, dass seine Frau es nicht nur ablehnt, dass er die Kinder wiedersehen darf, sondern sogar ein grundsätzliches Kontaktverbot erwirken will."

Die Polizei hatte ihre Überwachung deshalb auf die Familie konzentriert. Die Möglichkeit, dass der Mann sich an Catharina rächen würde, hatte der behandelnde Psychiater ausgeschlossen, weil sein Patient seit Monaten kein Wort über sie verloren hatte. Wieder entfuhr Fridel ein hartes Lachen. „Aber seit gestern wissen sie es besser. Er redet nämlich die ganze Zeit über nur von Dir. Wir haben Dich in der letzten Sekunde gefunden."
Fridel stand auf und schaltete die Nachttischlampe ein. Draußen dämmerte es. Sanft strich er Catharina über die Wange. „Bitte Catharina! Du musst wieder aufwachen." Der ironische Zug war aus seinem Gesicht verschwunden und hatte einem betrübten Lächeln Platz gemacht. „Du musst doch Deinen Prinzen zurückholen. Und dann erlöst Du ihn und alles wird gut."
Fridel stützte das Gesicht in die Hände. Minutenlang rührte er sich nicht, bis er sich mit einem Seufzen aufrichtete und geräuschvoll die Nase putzte. Dann stand er auf, schüttelte das Bettzeug auf und lagerte Catharina mit geübten Handgriffen um, ohne dass sie irgendeine Regung gezeigt hätte. Nachdem er sich über sie gebeugt und ihr einen vorsichtigen Kuss gegeben hatte, schaltete er das Licht aus. „Morgen besucht Dich Benno", sagte er noch. Dann verließ er mit hängenden Schultern das Zimmer.
Johannes glitt aus seiner Ecke auf den Stuhl, auf dem eben noch Fridel gesessen hatte. Es war unnötig, dass er sich verborgen hielt. Catharina zeigte nicht die leisesten Anzeichen, dass sie überhaupt irgendwann noch einmal erwachen würde. Und scheinbar gab es keine Erklärung für ihre Bewusstlosigkeit. Was hatte dieser Wahnsinnige ihr angetan? Hilflos griff sich Johannes an die Brust. Diesmal war da kein Zorn. Nur brennender Schmerz und Angst.
Johannes nahm ihre Hand und drückte sie, solange es ihm möglich war. Wie konnte es sein, dass sie noch immer glaubten, er käme zurück und es gäbe Erlösung für ihn, da Grete doch unzweifelhaft aktiv geworden war? Er hatte der finsteren Macht der Werkzeuge in ihrem Haus nichts entgegenzusetzen gehabt. Die Vorstellung, dass Catharina die Hoffnung nicht aufgegeben hatte, quälte ihn und bestärkte ihn in dem Beschluss, dass sie

keinesfalls wissen durfte, dass er zurück war. Und trotzdem geriet er im Lauf der Nacht ins Wanken.

Die Nachtschwester war da gewesen. Sie hatte den Monitor überprüft, den Infusionsbeutel gewechselt und Catharina erneut umgelagert. „Mädchen, warum willst Du nicht wach werden? Je länger Du schläfst, desto schwieriger wird es", hatte sie gesagt. „Vielleicht hilft frische Luft." Damit hatte sie Catharina fester in ihre Bettdecke gepackt und das Fenster gekippt. Anschließend war sie mit einem bedauernden Blick auf die Patientin wieder verschwunden.
Das war der Moment gewesen, in dem Johannes beschlossen hatte, dass er nicht einfach tatenlos hier sitzen durfte. Wenn auch nur die geringste Möglichkeit bestand, dass er ihr zurückhelfen konnte in die wache Welt, musste er es tun. Auf die Ärzte konnte er nicht warten. Sie waren hilflos. Er musste Kontakt zu ihr aufnehmen. Wenn es ihm überhaupt noch möglich war, würde er in ihren Schlaf eintauchen und sie zu wecken versuchen. Danach würde er sich sofort wieder zurückziehen.
Natürlich würde er ihre Hoffnungen bestärken, sollte sie sich seiner Anwesenheit bewusst werden. Und keinesfalls durfte er sich von ihr aufhalten lassen, wenn er sie erneut verließ. Aber wenn auch nur die geringste Chance bestand, sie aus diesem Koma zu wecken, durfte er nicht zögern. Er war inzwischen fest davon überzeugt, dass Fridels Befürchtungen keine übertriebenen Ängste waren.
Er hatte keine Wahl. Sie würden beide über den Schmerz einer neuen Trennung hinwegkommen. Sollte er keinen Zugang mehr zu ihrem Geist haben, hätte er wenigstens darüber Sicherheit und müsste sich in Zukunft keine Sorgen mehr machen, wenn er sie begleitete.
Er hatte nichts zu verlieren.
Vorsichtig nahm er ihre Hand und streichelte sie, während er sich mit ihrem Geist verband. Es gelang völlig problemlos, genau wie es früher in ihrem Schlaf gewesen war. Da war überhaupt kein Widerstand, obwohl Grete sie doch getrennt hatte. Nach einem

Moment der Irritation spürte er Erleichterung. Er würde sie zurückholen.
Voller Hoffnung öffnete er sich Catharinas Innerem. Doch das, was er fand, war nichts, das er jemals zuvor erlebt hatte. Weder bei einem Menschen noch bei irgendeinem anderen Lebewesen. Schon gar nicht bei Catharina. Es war nicht wie in Catharinas Träumen von seiner Vergangenheit, zu denen er keinen Zugang hatte. Wäre es diese Art der Träume gewesen, hätte er sich gar nicht erst mit ihr verbinden können. Das, was er vorfand, war überhaupt kein Traum, aber auch kein Alptraum. Da waren keine Bilder des Unterbewusstseins. Da war gar nichts. Entsetzt begriff er, dass da überhaupt kein Bewusstsein war. Noch nicht einmal Gefühle oder irgendetwas anderes, das von Catharinas Ich wahrnehmbar gewesen wäre.
Alles, was Johannes in ihrem Innern fand, war Schwärze. Ebenso gut hätte er versuchen können, sich mit einer Puppe zu verbinden. Was auch immer dieser Mensch ihr gegeben hatte, es hatte Catharinas Ich in Schwärze verwandelt. Fassungslos floh er zurück in die wache Realität.
Minutenlang saß er reglos da und starrte auf Catharinas ausdrucksloses Gesicht, auf das das Mondlicht durch das Fenster fiel und es noch blasser aussehen ließ. Ihre Hand war ihm längst entglitten und ihm fehlte die Kraft, sie wieder aufzunehmen. Mit einem Stöhnen ließ er den Kopf durch ihre Hand hindurch sinken und weinte.

37. Tag – Freitag

Irgendwann zur Mittagszeit betrat Benno in Begleitung einer kleinen Frau Catharinas Zimmer und Johannes verschwand in den Schatten. Glücklicherweise war noch immer das Fenster gekippt, sodass Benno diesmal keine Anzeichen gab, irgendwelche verdächtigen Gerüche wahrzunehmen.
Johannes hatte keine weiteren Versuche mehr gemacht, Zugang zu Catharina zu nehmen, sondern wie gelähmt die Nacht an ihrem Bett verbracht. Nur wenn Schwestern oder Ärzte ins

Zimmer gekommen waren, hatte er sich wie in Trance in seine Ecke begeben.
Die kleine Frau sah aus wie eine ältere Version Catharinas. Sie hatte dasselbe rote Haar, nur dass sie es in einer praktischen Kurzhaarfrisur trug. Ihrem sonnengebräunten Gesicht war anzusehen, dass sie sich häufig im Freien aufhielt. Ihr drahtiger, muskulöser Körper und ihre Hände zeugten davon, dass sie es gewohnt war, körperlich hart zu arbeiten. Alles an ihr wirkte resolut und lebendig. Jetzt allerdings standen Tränen in ihren Augen, als sie sich über ihre Tochter beugte, ihr Gesicht in die Hände nahm und sie auf beide Wangen küsste. Dann sank sie auf Johannes' Stuhl und hielt Catharinas Hand.
„Juliane, wenn Du mit ihr allein sein willst, kann ich draußen warten“, bot Benno an, doch die Mutter schüttelte den Kopf. Zögerlich zog er sich einen Stuhl heran und setzte sich auf die andere Seite des Bettes.
„Was hat ihr dieser Verrückte angetan?“, fragte Juliane nach einer Weile des Schweigens und sah Benno fassungslos an.
Der zuckte hilflos mit den Schultern. „Er hat sie mit dem Taser angegriffen, wie sie damals ihn. Und dann hat er sie mit demselben Mittel sediert, das man ihm zu Beginn seiner Therapie verabreicht hat.“ Benno wiederholte, was er von Kommissar Kurz erfahren hatte. „Er hat das Medikament absichtlich überdosiert.“ Benno schüttelte den Kopf. „Weil er Catharina dafür verantwortlich macht, dass seine Frau ihm die Kinder dauerhaft entziehen will.“
Die Mutter strich Catharina über die Wange und sprach eher zu ihrer Tochter, als sie sagte: „Das Schicksal dieser Kinder hat sie damals furchtbar mitgenommen.“ Sie erinnerte sich laut, wie Catharina sie angerufen und geweint hatte, nachdem sie mit den Kindern beim Arzt gewesen war. Dort waren die Verletzungen dokumentiert und behandelt worden, die der Vater ihnen zugefügt hatte. „Das war das einzige Mal, dass sie über ihre Arbeit gesprochen hat. Sie darf ja auch gar nichts erzählen.“
Benno schwieg, während Juliane gedankenverloren ihre Tochter ansah und sich immer wieder mit einem Taschentuch über die

Augen fuhr. „Sie wollte nur das Beste für die Kinder. Und dieser Kerl sitzt da und sieht ihr beim Sterben zu. Warum wollte er sie denn unbedingt noch erwürgen? Sie war doch schon fast tot!"
„Er wollte von Anfang an verhindern, dass Catharina ihm zum dritten Mal entkommt", sagte Benno mit gequältem Gesichtsausdruck und berichtete, dass der Entführer die Fahrzeuge der Polizei gehört hatte und die Sache zum Abschluss bringen wollte, bevor man ihn wieder festnahm. So hatte es jedenfalls der Kommissar erklärt und diese Beschreibung passte auch zu dem, was Benno durch das Fenster beobachtet hatte. „Es war ihm völlig gleichgültig, dass man ihn zurück in die Psychiatrie bringen würde. Diesmal wollte er sichergehen, dass sie ..." Bennos Stimme versagte und er sah auf seine Hände.
„Ihr habt ihr das Leben gerettet", flüsterte Juliane.
Nach einem langen Schweigen sagte sie unvermittelt: „Ich wüsste so gern, wo sie gerade ist." Sie sah Catharina mit einem traurigen Lächeln an. „Als sie noch ganz klein war und gespielt hat, war sie auch immer in ihrer eigenen Welt versunken. Dann hat sie alles um sich herum vergessen." Juliane seufzte. „Als sie älter wurde, hat sich das verloren. Vielleicht habe ich deshalb seit Ewigkeiten nicht daran gedacht. Es ist komisch, dass ich mich ausgerechnet jetzt erinnere." Sie strich ihrer Tochter zärtlich über die Wange. „Wahrscheinlich weißt Du es selbst gar nicht mehr." Dann sah sie zu Benno. Eine seltsame Unruhe stand plötzlich in ihrem Blick. „Sie wird doch nicht im Dunkeln sein? Im Dunkeln war dieser einsame Mann."
Benno runzelte die Stirn. „Welcher einsame Mann?"
Wieder lächelte die Mutter schmerzlich. „Ich weiß es nicht. Sie war noch keine Vier, als es anfing. Sie hatte immer wieder einen Alptraum von einem Mann, der sich im Dunkeln verirrt hatte. Catharina hat geweint, aber nicht, weil sie Angst hatte, sondern weil der Mann so unglücklich war." Die Mutter hob Catharinas zierliche Hand hoch und küsste sie. „Sie war schon immer furchtbar sensibel für die Gefühle anderer."
„Hatte der Mann einen Namen?", fragte Benno mit seltsamem Interesse.

Juliane schüttelte irritiert den Kopf. „Ich weiß es nicht. Es ist schon so lange her.“ Nachdenklich sah sie zu ihrer Tochter. Dann veränderte sich plötzlich ihr Ausdruck und sie blickte Benno an. „Manchmal hat sie im Schlaf gesprochen. Aber es war unverständlich.“
„Was meinst Du damit?“ In Bennos Stimme lag Spannung.
Wieder schüttelte die Mutter den Kopf. „Wie in einer fremden Sprache. Wenn sie wach war, war wieder alles normal. Warum willst Du das wissen?“
„Nur aus Interesse“, behauptete Benno. Offensichtlich versuchte er gelassen zu klingen.
Juliane bemerkte es nicht. Sie hatte sich bereits wieder Catharina zugewendet und versuchte vergeblich, ihre wirren Locken glatt zu streichen. „Wenn ich jetzt darüber nachdenke, dann hat sie als Kind immer sehr lebhafte Träume gehabt. Ich konnte sie kaum daraus wecken. Sie hat sogar behauptet, dass es in ihren Träumen nach Rauch riechen würde.“ Einen Augenblick zögerte sie, dann sah sie jäh auf. „Das lag nur an den düsteren Geschichten, die ihre Urgroßmutter immer erzählt hat.“ Widerwillig schüttelte Juliane den Kopf. „Ich hab' der Alten verboten, dem Kind diesen Unsinn in den Kopf zu setzen. Und irgendwann verschwanden die Alpträume.“
Eine Zeitlang fuhr die Mutter fort, Catharina übers Haar zu streicheln, während Benno ihr zuschaute. Hinter seiner Stirn schien es zu arbeiten, doch Juliane war zu sehr mit ihren eigenen Gedanken beschäftigt, um auf ihn zu achten.
„Es ist Jahrzehnte her, dass ich an das alles gedacht habe“, flüsterte sie. Wieder stiegen ihr Tränen in die Augen und sie wischte sie hastig mit dem Handrücken weg. „Ich weiß, es ist Unsinn, aber jetzt, wo ich mich an all das erinnere, habe ich entsetzliche Angst, dass sie in einem solchen Alptraum gefangen ist und nicht aufwachen kann.“
Benno, der seine Anspannung scheinbar nur noch mühsam unter Kontrolle hatte, stand auf und ging zum Fenster. Er wirkte fahrig, als er es schloss, und blieb einen Moment mit dem Rücken zum Zimmer stehen, wie um sich zu sammeln.

Johannes wusste, dass es für ihn jetzt Zeit war, den Raum zu verlassen, damit Benno ihn nicht bemerkte. Aber er rührte sich nicht. Die Berichte der Mutter hatten ihn zutiefst verstört.
Diese fremde Sprache, in der Catharina gesprochen hatte – konnte es ein Dialekt sein? Sein Dialekt? Könnte der Rauch, den sie gerochen hatte, sein eigener früherer Geruch gewesen sein? Wer außer ihm selbst sollte der Mann in der Dunkelheit sein? Aber wie in aller Welt war es möglich, dass sie schon als Kind von ihm geträumt hatte? Oder war das alles nur ein großer Zufall?
Benno schien ähnliche Gedanken zu haben. Warum sonst war er plötzlich so unruhig? Oder hatte er ähnliche Befürchtungen wie die Mutter? Hatte auch er Angst, dass Catharina wieder in einem Alptraum gefangen war? Eine unbegründete Angst. Johannes unterdrückte ein hartes Lachen und beobachtete von seinem Platz aus, wie Benno langsam zurück zum Bett ging und sich wieder setzte. Er wirkte unschlüssig, als er zögernd zu sprechen begann. „Es gibt jemand, der ihr vielleicht helfen kann."
Juliane hielt inne, Catharinas Kopf zu streicheln. Ihre Hand verharrte mitten in der Bewegung und sie sah auf. „Wer?" In ihrem Blick stand eine wage Hoffnung.
„Eine alte Frau."
„Was für eine alte Frau?", fragte Juliane irritiert.
„Sie ist so etwas wie eine Heilerin", sagte Benno vorsichtig. „Catharina kennt sie gut. Sie ist die Köchin auf Altenstein."
„Die Köchin", wiederholte die Mutter und runzelte die Stirn. „Catharina hat irgendwann einmal von ihr erzählt. Ganz am Anfang. Sie fand sie unheimlich."
Benno nickte. Es war ihm anzusehen, dass er nicht recht wusste, wie er Juliane erklären sollte, was es mit Grete auf sich hatte. „Frau Mangold ist eine weise Frau. Sie sieht nicht nur den Körper, sondern auch die Seele." Er hielt inne und betrachtete Juliane, als wollte er ihre Reaktion abwarten. Da Juliane gar nicht reagierte, sondern ihn nur fragend ansah, sprach Benno weiter: „Sie kennt sich mit Kräutern aus", er zögerte.
„Eine Heilpraktikerin?", fragte Juliane.

„Nein, sie ist mehr als das“, versuchte Benno zu erklären. Schließlich atmete er durch. „Sie kennt sich mit Träumen aus und sieht Dinge, die über das Alltägliche hinausgehen.“
„Eine Hexe.“ Misstrauen stand in Julianes Blick.
„Nein“, entgegnete Benno mit einem heftigen Kopfschütteln. „Im Gegenteil. Sie ist ein tiefgläubiger Mensch. Sie ist der festen Überzeugung, dass ihre Fähigkeiten Gaben Gottes sind.“ Er überlegte, dann sagte er. „Eher Hildegard von Bingen.“ In seinem Gesicht stand deutlich die Befürchtung, dass Juliane ihn entweder auslachen oder beschimpfen könnte.
Sie tat keins von beidem, sondern sah unglücklich ins Leere. Benno glaubte, Juliane etwas wie „Spökenkiekerei“ murmeln zu hören. Schließlich griff sie nach der Hand ihrer Tochter, bevor sie Benno direkt in die Augen sah. In ihrem Blick stand Entschlossenheit. „Es ist mir vollkommen gleichgültig, ob diese Frau eine Hexe oder eine Heilige ist, wenn sie nur meiner Tochter hilft, zurückzukommen.“
Über Bennos Gesicht wanderte Erleichterung. „Ich bin mir sicher, dass Grete uns helfen wird. Wenn es Dir recht ist, werde ich sofort mit ihr sprechen.“ Er stand auf.
Auch Juliane erhob sich. „Ich komme mit.“
Aber Benno wiegte den Kopf. „Es ist besser, wenn ich allein zu ihr fahre. Sie ist ein wenig ...“, er zögerte, „... schwierig.“
„Schwierig?“, hakte Juliane nach.
„Sie ist Fremden gegenüber misstrauisch“, versuchte Benno zu erklären. „Sie hat schlechte Erfahrungen gemacht. Mancher hält das, was sie tut, für Aberglauben.“
Juliane seufzte. „Ich verstehe.“ Sie setzte sich wieder. „Ich werde hier warten.“
Als Benno seine Jacke griff, verschwand Johannes durch die Wand nach draußen und in eine dunkle Ecke des Krankenhausflurs. Trotzdem sah er, wie Benno erneut die Nasenflügel blähte, als er aus Catharinas Zimmer trat. Diesmal sah er sich suchend auf dem Flur um, bevor er den Kopf schüttelte und in Richtung Ausgang eilte.
Johannes war klar, dass sein Verbleiben im Zimmer reiner

Leichtsinn gewesen war und er erneut riskiert hatte, entdeckt zu werden. Aber wie hätte er gehen können, nach allem, was gesprochen worden war? Kurz überlegte er, Benno zu Grete zu folgen. Catharina war gegenwärtig sicher. Aber er verwarf den Gedanken wieder. Er würde nicht schnell genug sein.
Es war ihm ein Rätsel, warum Benno so heftig zurückgewiesen hatte, dass Grete eine Hexe sein könnte. Wie konnte er sie mit einer Heiligen vergleichen nach allem, was in der vergangenen Woche geschehen war?
Tief in Gedanken glitt er ins Freie, auch wenn er nicht glaubte, dass die Mutter ihn wahrnahm. Sie schien ein eher rationaler Mensch zu sein – im Gegensatz zu ihrer hochsensiblen Tochter. Aber er wollte kein weiteres unnötiges Risiko eingehen. Es würde schwierig genug werden, wenn Grete käme. Trotzdem würde er sie in keinem Fall mit Catharina allein lassen. Selbst wenn er wie Benno die begründete Hoffnung hegte, dass Grete Catharina helfen konnte, musste er sicherstellen, dass sie nichts tat, das ihrer Seele schadete – auch wenn er nicht die geringste Vorstellung hatte, wie er das verhindern sollte, ohne sich zu offenbaren. Grete konnte ihn wahrnehmen und an ihrem Hass ihm gegenüber hatte sich nichts geändert. Es war überhaupt nicht abzusehen, wie sie reagieren würde, wenn sie ihn tatsächlich bemerkte.

Kaum eine Stunde später kam Benno mit Grete am Arm auf den Eingang der Klinik zu. Johannes erschütterte ihr Anblick. Sie schien nicht nur bis auf die Knochen abgemagert, sondern wirkte wie gebrochen. Noch nicht einmal nach ihrem Schlaganfall war sie in einer solch verheerenden Verfassung gewesen. Irgendetwas musste passiert sein, seit er ihr vor vier Nächten begegnet war. Zweifel kamen ihm, wie sie es schaffen sollte, Catharina in diesem Zustand zu helfen. Grete wirkte, als habe sie kaum die Kraft, sich auf den Beinen zu halten.
Tatsächlich strauchelte sie mehrmals und Benno musste sie festhalten, als Johannes ihnen jetzt folgte. Unschlüssig blieb er auf dem Flur stehen, doch dann glitt er durch den Nachbarraum

in die hinterste Ecke von Catharinas Zimmer – so weit entfernt von ihrem Bett, wie es nur möglich war. Glücklicherweise war inzwischen das Fenster wieder offen.
Benno war gerade dabei, die beiden Frauen einander vorzustellen. Der Blick, mit dem Juliane Grete betrachtete, zeigte, dass sie Johannes' Bedenken teilte. Augenscheinlich versuchte sie aber, sich nichts anmerken zu lassen, als sie Grete die Hand schüttelte.
Die beiden Frauen setzten sich ans Bett, während Benno sich an den Schrank lehnte. Johannes zog sich bis fast in die Wand zurück, denn Benno stand ihm direkt gegenüber. Aber er hatte den Blick fest auf das Bett gerichtet und beobachtete, wie Grete Catharinas Hand nahm und die Augen schloss. Kurz verharrte sie, dann öffnete sie die Augen wieder und atmete geräuschvoll durch.
„Können Sie ihr helfen?“, fragte Juliane leise, aber voller Hoffnung.
„Es ist besser, wenn Ihr nach draußen geht“, verlangte Grete bestimmt, aber es fehlte der übliche barsche Unterton. Sie klang müde und resigniert. „Ich muss allein sein mit ihr.“
„Aber ...“, wollte Juliane widersprechen, doch Benno ging zu ihr und legte ihr die Hand auf die Schulter. „Lass' uns einen Kaffee trinken. Du kannst Grete vertrauen.“ Damit führte er Juliane zur Tür, die nur zögernd folgte, weil ihre Augen an Catharina hingen. Schließlich riss sie sich los. „Bitte helfen Sie ihr“, sagte sie mit einem letzten Blick auf ihr Kind. Dann schloss sie die Tür hinter sich.
Grete saß mit dem Rücken zu Johannes, der es wagte, aus der Wand herauszutreten. Sie seufzte und atmete noch einmal tief durch, dann sagte sie: „Du wirst mir helfen müssen.“
Johannes regte sich nicht. Grete sprach im Dialekt mit Catharina. Offensichtlich wusste sie von dem Traum in der Folterkammer und Catharinas sprachlicher Veränderung. Er wartete ab, was Grete als Nächstes tun würde.
Wieder sprach sie in ihrer Mundart und wieder war sie in Richtung Catharina gewandt, als sie sagte: „Ich weiß, dass Du

hier bist, Graf."
Johannes stand wie gelähmt, als langsam die Erkenntnis in sein Bewusstsein drang, dass Grete ihn meinte. Dass auch ihre Bitte um Hilfe nicht Catharina, sondern ihm gegolten hatte. Seit wann wusste sie von seiner Anwesenheit? Warum hatte sie keinerlei Anstalten gemacht, ihn zu vertreiben? Und noch viel unbegreiflicher: Warum forderte sie ausgerechnet ihn auf, ihr zu helfen? Sie hatte alles getan, um ihn von Catharina fern zu halten!
„Was ist?", fragte Grete und drehte sich nun doch um. Sie blickte direkt zu ihm. Es bestand kein Zweifel, dass sie ihn sah und auf Antwort wartete. Ihre Miene war verschlossen.
„Warum?", war alles, was er herausbrachte. Er rührte sich nicht.
Grete bezog das *Warum* auf ihre Aufforderung. „Weil dieses Mädchen unsere Hilfe braucht. Ich nehme an, deshalb bist Du hier", antwortete sie frostig. „Willst Du da Wurzeln schlagen oder kommst Du her?"
Er blieb, wo er war. „Warum lässt Du zu, dass ich hier bin?"
Grete entfuhr ein unwilliges Schnauben. „Das spielt keine Rolle. Du *bist* hier. Und ich nehme an, Du weißt, was mit ihr los ist." Sie drehte sich wieder zu Catharina um. „Hilf mir oder verschwinde, aber steh' da nicht herum."
Zögernd kam Johannes näher. Er sah, wie Grete sich versteifte, als er an ihr vorbei auf die andere Seite des Bettes zum Stuhl glitt.
Gretes Blick klebte an Catharina. „Also, was ist mit ihr? Sie lebt, aber ich spüre sie nicht."
„Ich weiß nicht, was mit ihr ist", sagte Johannes vorsichtig. Er fürchtete Gretes Reaktion, wenn sie hörte, dass er in Catharinas Geist eingedrungen war. Fassungslos nahm er zur Kenntnis, dass sie es nicht nur wusste, sondern es offensichtlich sogar erwartet hatte, denn sie sagte: „Sag' mir, was Du gesehen hast."
Gern hätte Johannes Catharina berührt, aber er wagte es nicht in Gretes Anwesenheit. Er war zu verstört und hatte nicht die geringste Idee, wie er die Situation deuten oder mit ihr umgehen sollte. „Ihr Geist ist dunkel", flüsterte er schließlich.

„Geht das genauer, Graf?“ Grete schnaubte ungeduldig.
Als er wieder zögerte, warf Grete ihm einen ihrer bohrenden Blicke zu: „Sollte sie Dir tatsächlich etwas bedeuten, dann erzähl mir nicht, dass Du nicht versucht hast, sie zurückzuholen.“ Sie ließ ihm keine Zeit, die Tatsache zu verarbeiten, dass sie zumindest die Möglichkeit in Betracht zog, dass er kein gefühlloses Untier war. Stattdessen forderte sie kühl: „Du wirst mit mir sprechen müssen, wenn wir ihr helfen wollen. Also sag' mir, was Du gesehen hast!“
Johannes unterdrückte das innere Chaos, das Grete ihm verursachte. Zuerst zögernd und als er sah, dass Grete aufmerksam zuhörte, immer sicherer, beschrieb er das, was er in der vergangenen Nacht in Catharinas Geist gesehen hatte. Im Lauf seines Berichts war Gretes Blick ins Leere gewandert, als vollziehe sie in Gedanken nach, was er ihr beschrieb. „Was bedeutet das?“, fragte er leise, als er geendet hatte, und hörte selbst, dass es flehend klang. Mit einem unterdrückten Stöhnen strich er nun doch über Catharinas bleiche Wange.
Grete verfolgte seine Geste, bevor sie sagte: „Ich hoffe nicht, dass ihr *Ich* verloren ist.“
„Aber wo kann sie denn nur sein?“ Er schluckte hart. Keinesfalls würde er vor Grete eine Träne vergießen, selbst wenn sie sie nicht sehen konnte. Es war schlimm genug, wenn seine Tränen in seiner Stimme hörbar würden. Um sich zu fassen, strich er Catharinas Haar aus ihrer Stirn, bis seine Kraft nachließ und er die Hand zurückzog.
Auch dies beobachtete Grete mit unergründlichem Blick, aber sie schritt nicht ein. „Sie hat einen Schock und ich fürchte, dieses Zeug, das er ihr gegeben hat, hat ihren Geist im Moment des Schocks gelähmt.“
„Was heißt das?“ Johannes flüsterte, damit ihn seine Stimme nicht verriet.
Grete betrachtete ihn sekundenlang forschend. „Catharina ist in dem Schrecken und der Angst erstarrt, die sie hatte, als er ihr dieses Medikament gegeben hat.“ Johannes war, als versuche sie bei ihrer folgenden Frage seine Gesichtszüge zu erkennen: „Hast

Du nicht neulich noch selbst verhindert, dass man ihr dieses Gift gibt? Du hast ihr damit wahrscheinlich den Verstand gerettet."
„Ihr Traum in der Folterkammer." Er erinnerte sich, wie Fridel über das Medikament gesprochen hatte. Augenscheinlich wusste Grete wirklich alles, was geschehen war.
Die nickte. „Man darf weder das Bewusste noch das Unbewusste unterdrücken, sonst schadet man dem lebendigen Geist."
„Was ist, wenn ihr *Ich* schon verloren ist?" Johannes rang um Fassung, doch dann brach es aus ihm heraus: „Bitte hilf ihr! Ich werde alles tun, was Du verlangst!" Er stützte das Gesicht in die Hände und stöhnte.
Bevor Grete antworten konnte, öffnete sich die Tür und ein Pfleger kam herein. Er grüßte fröhlich und schickte Grete nach draußen, weil er sich um Catharina kümmern wollte.
Grete warf einen unergründlichen Blick in den Schatten, in den Johannes geglitten war. „Wir werden tun, was möglich ist", murmelte sie im Vorbeigehen.
„Na, klar", erwiderte der Pfleger, der sich angesprochen fühlte.
Während Catharina versorgt wurde, kämpfte Johannes mit seinen Gedanken. Wenn Grete recht hatte, bestand die Gefahr, dass der Entführer Catharina für immer in eine leblose Puppe verwandelt hatte. Nach allem, was er in der letzten Nacht in ihrem Geist gesehen hatte, gab es für ihn keine Zweifel, dass er sie nicht würde wecken können. Seine einzige Hoffnung war jetzt die Köchin – wie schon einmal, als es um ihn selbst gegangen war. Damals hatte sie sich geweigert. Jetzt aber ging es um Catharina. Ertrug Grete deshalb seine Gegenwart? Weil auch sie allein nichts ausrichten konnte? Ihre dringendste Frage war gewesen, was er in Catharinas Geist gesehen hatte. Diese Frage hatte er ihr beantwortet. Trotzdem hatte sie zugelassen, dass er weiterhin im Zimmer blieb und war noch nicht einmal eingeschritten, als er Catharina berührt hatte. Die einzig mögliche Erklärung war, dass auch Grete allein nichts gegen Catharinas Koma ausrichten konnte, sondern auf seine Hilfe angewiesen war.
Er stand zu seinem Wort. Er war bereit, alles zu tun, was Grete verlangte, wenn Catharina nur ins Leben zurückkehrte – alles,

außer sie wieder ihrem Schicksal zu überlassen.
Inzwischen war der Pfleger fertig. Kaum dass er das Zimmer verlassen hatte, kam Grete zurück, jetzt aber in Begleitung von Benno und Juliane. Johannes rührte sich nicht. Grete und Juliane setzten sich zurück auf die Stühle an Catharinas Bett. Benno nahm seinen alten Platz ein, sodass Johannes erneut gezwungen war, zurückzuweichen.
„Was ist mit ihr?", fragte die Mutter sofort.
Grete wiederholte ihre Vermutung, die sie bereits Johannes gegenüber geäußert hatte.
„Im Schock erstarrt", flüsterte die Mutter und sah einen Augenblick zweifelnd ihre Tochter an, als kämpfe sie mit Gretes Erklärung. Abwesend strich sie Catharina durchs Haar. Wie als hätte sie diese Berührung des leblosen Körpers ihrer Tochter überzeugt, fragte sie bittend: „Sie können ihr aber doch helfen?"
Sowohl die Mutter als auch Benno schienen den Atem anzuhalten, weil Grete mit der Antwort zögerte. Johannes kam es wie eine Ewigkeit vor, bis Grete endlich nickte. „Ich werde es versuchen, aber kein Mensch darf das Zimmer betreten." Sie ließ ihren dunklen Blick von Juliane zu Benno schweifen, wobei sie für einen Sekundenbruchteil an der Stelle hängen blieb, an der Johannes stand. „Kein *Mensch*", wiederholte sie mit kaum merklicher Betonung, die weder Benno noch Juliane zu hören schienen, denn Juliane fragte irritiert: „Auch keine Ärzte oder Pfleger?"
„Wie soll das gehen? Das ist ein Krankenhaus", gab Benno zu bedenken.
Grete zuckte die Schultern. „Das ist meine Bedingung. Der Rest ist Eure Sache."
Juliane bedachte Grete mit einem weiteren zweifelnden Blick. Dann sah sie auf ihre Tochter. Schließlich seufzte sie. „Wir werden einen Weg finden müssen."
„Vielleicht kann uns Fridel helfen", überlegte Benno. „Er kennt sich in der Klinik aus, weil er früher hier gearbeitet hat."
„Ihr solltet Euch nicht allzu viel Zeit lassen", warnte Grete. „Es wird schwerer, je länger sie in diesem Zustand ist." Damit erhob

sie sich mühsam. „Und jetzt bringt mich nach Hause. Ich muss mich ausruhen und vorbereiten."

Zu Johannes Überraschung kam Grete noch am selben Abend zurück, diesmal am Arm von Fridel, der einen Korb trug. Johannes machte sich nicht die Mühe, sich zu verstecken. Fridel nahm ihn nicht wahr und Grete rechnete ohnehin mit seiner Anwesenheit, hatte ihm sogar deutlich zu verstehen gegeben, dass sie ihn brauchen würde, wenn sie versuchte, Catharina zurückzuholen. Offensichtlich sollte das noch in derselben Nacht geschehen, denn Fridel verließ sofort wieder das Zimmer, nachdem er Catharina auf die Wange geküsst hatte. „Dann werde ich mich mal um die Nachtschicht kümmern", erklärte er mit einem angespannten Grinsen. „Ich melde mich, wenn ich Bescheid weiß."
„Was hat er vor?", fragte Johannes sofort, als er mit Grete allein war. Er ließ sich wieder ihr gegenüber am Bett nieder.
„Herausfinden, wer die Nachtschicht hat und wann die Kontrollgänge stattfinden", sagte Grete kurz. Dann begann sie in dem Korb zu werkeln, den Fridel neben sie auf den Boden gestellt hatte.
Einen Moment später kam Fridel zurück. „Alles gut!", verkündete er. „Ich kenne die Schwester und werde ihr ein bisschen Gesellschaft leisten. Es wäre nicht unsere erste gemeinsame Nachtschicht. Ich passe auf, dass sie das Zimmer nicht betritt." Fridel plante, ihr bei ihrer ersten Runde die Versorgung Catharinas abzunehmen. „Sie ist sowieso überlastet. Bis Mitternacht kann ich Dir Zeit verschaffen. Aber ich werde zwischendurch stören müssen – und wenn nur, um so zu tun, als würde ich mich um Catharina kümmern."
„Nein!" Gretes Blick war finster.
„Doch", widersprach Fridel bestimmt. „Du hast die Wahl. Ich oder die Nachtschwester."
Grete kniff die Augen zusammen und fixierte Fridel. Der verzog keine Miene. Schließlich gab Grete nach. „Aber Du wirst den Mund halten und die Finger von ihr lassen – egal, was hier drin

passiert“, forderte sie. „Du kommst rein, bleibst kurz und gehst wieder.“
Fridel nickte. Dann beugte er sich über Catharina und flüsterte ihr zu: „Wir sehen uns nachher, Frau Nachbarin.“ Damit strich er ihr über die Wange und ging zur Tür. „Alles Gute!“, wünschte er Grete, bevor er sich aufmachte zum Schwesternzimmer.
Johannes hatte bei Gretes Worten Unruhe erfasst. Es war ihm ein Rätsel, was sie vorhatte. „Was wirst Du tun?“, fragte er leise. Die Anspannung war ihm deutlich anzuhören.
Die Köchin schüttelte den Kopf. „Die Frage ist, was *Du* tun wirst und wie *sie* reagiert.“ Mehr sagte sie nicht, sondern begann nun endgültig den Korb auszuräumen.
Ein seltsames Gerät mit einem langen Kabel wanderte auf den Nachttisch und Grete schob den Stecker in eine der zahlreichen Steckdosen für die medizinischen Apparate. Sie schüttete aus einem Fläschchen ein wenig Flüssigkeit in eine Öffnung im Gerät und schaltete es an. Nach einer Weile begann es seltsam zu röcheln, dann stieg feiner Nebel auf. Ein warmer, holzig-herber Geruch traf Johannes' Nase und hatte sofort eine seltsam beruhigende Wirkung auf ihn. Zu seiner Verblüffung löste der Duft so etwas wie Hoffnung aus.
„Es ist ein Pflanzensud“, erklärte Grete. Vielleicht hatte sie seine Reaktion erspürt. „Ich muss einen Weg zu ihrem Gehirn finden, um ihren Geist aus seiner Starre zu lösen. Ich sehe nur zwei Wege. Der eine geht über ihre Nase.“ Sie stellte einen gläsernen Tiegel auf den Nachttisch, in dem sich eine braune Paste befand. „Der andere über ihre Haut, aber es wäre mir lieber, wir könnten diesen Weg umgehen.“ Sie ließ den Tiegel geschlossen.
Nachdem Grete ihre Vorbereitungen beendet hatte, setzte sie sich wieder auf ihren Platz zurück. Sie wirkte genau wie am Nachmittag müde und ausgebrannt. Doch auch auf sie schien sich der Duft auszuwirken, denn ihre Züge entspannten sich leicht.
„Was tun wir jetzt?“, wagte Johannes endlich zu fragen.
„Alles, was ich machen kann, ist ihre Erstarrung zu beeinflussen.“ Grete sah Catharina lange schweigend an. „Aber wenn

ich ihre Lähmung zu schnell löse, werden Catharina unvermittelt alle Gefühle von Todesangst und Bedrohung gleichzeitig überfallen."
Johannes begriff. „Ihr Geist könnte daran zerbrechen und sie würde wahnsinnig werden!"
Grete nickte und hielt ihre schwarzen Augen unverwandt auf Johannes gerichtet, als sie in forderndem Ton sagte: „Wenn es so weit ist, musst Du das verhindern."
„Großer Gott, wie soll ich das tun?", fragte Johannes und fuhr sich fahrig an die Brust.
„Du hast ihr schon einmal den Verstand gerettet, jetzt wirst Du es wieder tun!" Es war keine Feststellung, sondern ein Befehl.
Hilflos schüttelte Johannes den Kopf. „Wenn ich versage, wird sie für immer in den Irrsinn abgleiten!"
Grete reagierte ungeduldig. Ihnen lief die Zeit davon. „Du darfst nicht versagen, Graf."
Johannes presste eine Hand auf sein Herz und starrte auf die bewusstlose kleine Gestalt, deren Schicksal in seiner und der Köchin Hand lag.
Grete beobachtete ihn. Schließlich sagte sie: „Hör zu, es ist nicht zu leugnen, dass sie Dich liebt. Also rette sie."
Johannes konnte kaum glauben, was er hörte. Gretes Ton war barsch, aber in ihrem Blick stand widerwillige Akzeptanz. War es möglich, dass sie sich tatsächlich mit den Realitäten abgefunden hatte?
Wie zur Bestätigung wurde jetzt auch ihre Stimme weicher, als sie sagte: „Ich werde versuchen, sie so langsam wie möglich zu wecken. Und ihr Geist ist stark, sonst hätte sie Rosas Lied nicht überstanden."
Johannes begriff, dass Grete versuchte, ihn zu beruhigen – vielleicht auch sich selbst.
Schließlich atmete die Köchin durch und sagte: „Wir können nicht länger warten." Sie griff noch einmal nach dem Fläschchen und träufelte eine weitere, diesmal wesentlich größere Menge der Flüssigkeit in das röchelnde Gerät. Dann zog sie eine kleine Spritze aus ihrer Schürze, aus der sie sehr vorsichtig einen

einzelnen Tropfen hinzugab.
Der warme Holzduft wurde fast atemberaubend, aber vielleicht brauchte es diese Intensität, damit er Catharina in ihrer Starre erreichte. Dann, nur allmählich und zuerst kaum wahrnehmbar, mischte sich etwas Süßes, Lockendes unter den herben Geruch nach Holz. Wie Milch und Honig. In Johannes stieg eine Erinnerung an Kindertage auf. An das Gefühl der Geborgenheit in der Umarmung seiner Mutter, den warmen Vanillegeruch ihrer Haut.
„Reiß Dich zusammen, Graf!", fuhr ihn Grete an.
Erschrocken bemerkte Johannes, dass er dabei gewesen war, sich von dem betörenden Duft davontragen zu lassen. Er sammelte sich und konzentrierte sich auf seine Aufgabe. Vorsichtig griff er nach Catharinas Hand und verband sich mit ihrem Geist, zu dem er sofort Zugang hatte.
Er fand das gleiche Bild wie nachts zuvor. Doch diesmal war er auf die schwarze Leere gefasst. Da war keine Wahrnehmung. Selbst der Geruch war verschwunden.
Keine Gedanken.
Keine Emotionen.
Kein Bewusstsein.
Kein Ich.
Keine Catharina.
„Bleib, wo Du bist. Wir werden abwarten", hörte er aus weiter Ferne Gretes Stimme.
Die Minuten verstrichen, ohne dass sich irgendetwas veränderte, und allmählich wusste er nicht mehr, wie lange er schon in diesem Nichts verharrte. Er näherte sich dem Zustand, der sich jedes Mal einstellte, wenn er in seiner Höhle war. Dem Moment, in dem er das Gefühl für Raum und Zeit verlor – wenn er es zuließ, denn dies war nicht seine Höhle. Dies war Catharina. Oder das, was von ihr geblieben war.
Schwarze Leere in einer reglosen atmenden Hülle.
Plötzlich wurde ihm das kalte Nichts, das ihn anhauchte, unerträglich.
Dies war nicht die Frau, die er liebte. Das war nicht die Wilde

Frau.
Es war eine perverse Verdrehung seiner selbst.
Er, der körperlose Geist. Sie, eine geistlose Hülle.
Er spürte, wie Hysterie in ihm aufsteigen wollte. Wie der Wahnsinn nun mit kalten Fingern nach ihm selbst griff.
Was, wenn er sie nicht retten konnte?
Wenn Grete ihren Geist nicht wecken konnte?
Was, wenn von ihr nichts bleiben würde als eine lebende Puppe?
Oder was, wenn ihr Geist im Moment des Erwachens zerbrach, weil er sie nicht retten konnte?
Mit aller Kraft musste er dagegen ankämpfen, nicht augenblicklich die Flucht zu ergreifen, um das hier nicht länger ertragen zu müssen. Er hörte sein eigenes Aufstöhnen.
Irgendwoher erklangen Worte: „Rühr' Dich nicht von der Stelle! Hast Du nicht geschworen, alles zu tun, um sie zurückzuholen?"
Es war Grete, die sprach. Dann klapperte etwas. Glas. „Ich tue das nicht gern, aber wir haben keine andere Möglichkeit."
Einen Moment herrschte Schweigen, dann hörte er ein neuerliches Geräusch. Ein Deckel wurde zugeschraubt. Konnte es der Tiegel gewesen sein? Hatte Grete doch noch die Paste verwendet, deren Einsatz sie hatte vermeiden wollen?
Als wieder minutenlang nichts geschah, traf Johannes eine Entscheidung:
Auch wenn es ihnen nicht gelingen würde, Catharina zurückzuholen – wenn von ihr nichts übrig bliebe als eine geistlose Hülle – wenn das geschah, dann würde er sie füllen. Solange sie lebte würde er hier bleiben. Welchen Unterschied machte es, ob er in seiner Höhle war, wie er es geplant hatte, oder in ihrem leeren Innern? Für das, was sie jetzt war, bedeutete er ohnehin keine Gefahr. Er würde ihr in ihrer Leere beistehen.
Und sollte sie doch erwachen, aber in ihrem Geist zerbrechen, dann würde er mit ihrem zerstörten *Ich* sein. Den Rest ihres Lebens würde er in den Scherben ihres Bewusstseins bleiben, um sie zu beschützen. Wenn sie schon dem Irrsinn anheimfallen musste, sollten sie wenigstens keine quälenden Bilder verfolgen. Er würde sie in die dunkle Geborgenheit hüllen, mit der er früher

ihre Alpträume vertrieben hatte.
Mit seiner Entscheidung löste sich das Gefühl von Hysterie und drohendem Wahnsinn auf. Er war bereit. Was auch immer jetzt geschehen würde, er wusste, dass er es ertragen konnte. Nicht obwohl, sondern weil *er* sie liebte.
„Die Liebe ist eine der großen Schicksalsmächte, die vom Himmel bis in die Hölle reichen“, hörte er seine eigene Stimme murmeln. „Ich werde bei Dir sein. Ob im Himmel oder in der Hölle.“ Es war ihm gleichgültig, ob Grete ihn hören konnte.
Wieder klapperte der Tiegel. Sie schien noch einmal von der Paste aufzutragen.
Dann geschah irgendetwas.
Zuerst begriff er es nicht, fühlte nur, dass sich etwas veränderte. Etwas in der Schwärze.
Die Leere veränderte sich. Es war, als würde sie sich verdichten. Wie war das möglich? Schwärze konnte nicht schwärzer werden und Leere nicht leerer. Und doch fühlte es sich an, als käme Bewegung in dieses Nichts in Catharinas Innerem.
Doch wenn das Nichts sich veränderte, konnte es nicht mehr nichts sein.
Dann war da etwas.
Gretes Paste schien zu wirken. Der Schock löste sich.
Er machte sich bereit und ließ alle eigenen Gedanken und Empfindungen los, um seine Wahrnehmung vollkommen mit dem zu füllen, was um ihn geschah. Verband sich endgültig und in Gänze mit dem sich verändernden Nichts und fühlte es.
Ihm war, als wäre er ein Stück Eis inmitten eines Eisbergs. Erstarrtes Wasser in einem Monument aus erstarrtem Wasser. Doch die Moleküle hatten begonnen, sich zu bewegen. Der Eisberg begann zu schmelzen. Das erstarrte Wasser verflüssigte sich. Aber nicht von außen nach innen. Es war nicht, als schmelze die äußerste Schicht langsam ab, um den Eisberg allmählich immer kleiner werden zu lassen. Der Berg kam durch und durch in Bewegung. *Alle* Moleküle des Berges reagierten. Zuerst langsam, kaum merklich rüttelten sie, stießen aneinander, gaben sich im Zusammenstoß gegenseitig Energie, bis der

gesamte Berg in Bewegung war. Alles Wasser löste sich gleichzeitig aus seiner Erstarrung.
Und dann, in einem einzigen Augenblick, schneller als die Zeit, verflüssigte sich alles Eis zu einer unendlichen Zahl von Wassermolekülen, die in einem wahnsinnigen Tohuwabohu durcheinanderwirbelten, Tropfen bildeten, wieder auseinanderdrifteten, sich neu zusammensetzten und erneut zerfielen, bis sich endlich nicht nur Tropfen bildeten, sondern ganze Rinnsale, die in Pfützen liefen, zu Bächen, dann Flüssen und schließlich zu einem See wurden.
Gleichzeitig mit den befreiten Wassermolekülen begannen seine Augen etwas wahrzunehmen. Zuerst veränderte sich die Schwärze. Indem die Moleküle sich zu Tropfen zusammenfügten, entstanden bleiche, graue Flecken, dann eine graue Unendlichkeit, die sich im Zerfallen und neuerlichen Zusammenfließen ständig veränderte, changierte und endlich Farben bildete. Mit jedem Tropfen, der entstand, wurde eine weitere Farbe erkennbar. Aber alle Farben, die sichtbar wurden, schienen trübe Variationen des bleichen Graus zu sein. Selbst in diejenigen Tropfen, die zuerst rot, blau oder gelb erschienen, mischte sich sofort das alles durchwirkende Grau.
Als die Tropfen sich zu Rinnsalen mischten und begannen, zu Pfützen zusammenzufließen, entstanden endlich Bilder – zuerst nur bruchstückhaft. Einzelne kleine Teile, die keinen Sinn ergaben in dem, was sie zeigten, und nicht mehr zu sein schienen als eine neuerliche Variation des alles überlagernden Graus.
Doch je größer die Pfützen wurden, desto mehr Sinn ergaben die sich fügenden Bruchstücke - wie ein riesiges Puzzle, das sich allmählich von allein zu einem Gesamtbild zusammenschob, und in dem nach und nach Dimensionen entstanden. Die Fläche gewann an Tiefe. Teile traten in den Hintergrund, andere wanderten auf ihn zu, an ihm vorbei und durch ihn hindurch, bis er irgendwann mitten in der Dreidimensionalität eines Raumes stand.
Endlich begann Johannes zu begreifen, was sich da bildete. Das alles durchwirkende Grau war die trübe Dunkelheit einer

Mondnacht, die sich über alle Farben legte und sie in einem bleichen Licht erscheinen ließ. Er blickte auf einen Sessel, der unter einem Fenster stand. Links davon war ein großer Kleiderschrank. Er befand sich in Catharinas Schlafzimmer.
Sofort drehte er sich dem Bett zu – und erstarrte im Schrecken. Catharina saß im Bett und blickte auf eine Gestalt vor der offenen Terrassentür.
Im selben Augenblick, als Johannes Catharina sah, überfielen ihn ihre Gedanken. Nach einem kurzen Moment der Hoffnung brach die Erkenntnis in ihr Bewusstsein, dass es nicht Johannes war, der vor ihr stand. Es war *er*, der sie gefunden hatte.
Er war gekommen, um das zu beenden, was *ihm* zweimal misslungen war.
Er war gekommen, um sie zu töten.
Sie war *ihm* ausgeliefert.
Es gab nichts, das sie retten konnte.
Mit der Erkenntnis ergriff Catharina eine Welle blanker Todesangst. Ihr ganzes *Ich* war Panik. Ihr Herz hämmerte im Schock, während sie stoßweise atmete und hilflos versuchte, rückwärts zu krabbeln, bis die Wand sie aufhielt, gegen die sie sich presste.
Im gleichen Moment hörte Johannes von irgendwo ein durchdringendes Pfeifen. „Ihr Herz rast! Ihr Blutdruck steigt!“, hörte er Fridels Stimme. „Was passiert mit ihr?“
„Stell' das Ding ab!“, forderte Grete barsch. „Sie wacht auf.“
Sekunden später erstarb das Pfeifen.
Johannes war nicht in der Lage, sich um die Außenwelt Gedanken zu machen, denn in Catharinas schockiertem Geist hob der Entführer einen Arm. Aus einem Gegenstand, den er in der Hand hatte, schossen zwei Drähte in ihre Beine. Haltlos begann sie zu zucken und in der Situation, deren Zeuge Johannes war, bildeten sich unvermittelt seltsame Risse – wie in einer Scheibe, die zu zerbersten drohte.
„Um Himmels Willen!“, rief Fridel in irgendeiner weiten Ferne.
„Was passiert mit ihr?“
„Sie durchlebt ihr Trauma“, fuhr eine schroffe Stimme Fridel an,

um sich sofort im selben harten Ton an Johannes zu richten.
„Graf! Willst Du warten, bis sie vor Angst wahnsinnig wird?“
Johannes schreckte aus seiner eigenen schockierten Erstarrung über das Bild, das sich ihm bot. Catharinas Geist war zu unvermittelt erwacht und drohte an den Eindrücken zu zerbrechen, die vollkommen unerwartet auf sie einschlugen.
„Graf?“, fragte Fridel irritiert.
„Sei still“, brachte Grete ihn zum Schweigen.
Endlich reagierte Johannes. Ein weiteres Mal sammelte er seine gesamte Aufmerksamkeit in Catharinas Geist. Inzwischen war ihr Bewusstsein von Rissen durchzogen, während sie zuckend auf dem Bett lag und der Entführer sich mit einer Spritze über sie beugte. Wenn das Bild in einem Scherbenregen zerbarst, würde es zu spät sein!
Johannes konzentrierte sich mit aller Kraft und ließ eine warme, dunkle Geborgenheit in sich aufsteigen, mit der er Catharinas Geist füllte und das Schreckensszenario überdeckte, das dabei war, ihr den Verstand zu rauben. Langsam löste sich das Bild des Schlafzimmers auf. Johannes hörte, wie es in der Außenwelt klapperte und dann leise röchelte. Ein warmer Holzgeruch gemischt mit etwas Süßem durchzog die Luft. Offensichtlich nahm auch Catharina den Duft wahr, denn in die dunkle Geborgenheit mischte sich ein Hauch von Hoffnung und Trost.
„Catharina“, flüsterte Johannes.
Als sekundenlang nichts geschah, wurde in Johannes die bange Frage immer lauter, ob er zu lange gezögert haben mochte. Ob sie vielleicht gar nicht mehr da war.
„Catharina“, fragte er noch einmal leise.
„Mir ist so entsetzlich kalt“, sagte eine kleine, dünne Stimme irgendwo in seiner Nähe.
Mit einem Seufzer der Erleichterung ließ Johannes warmes Licht in der Dunkelheit aufsteigen, sodass er sie sehen konnte. Catharina hatte sich in Embryohaltung zusammengerollt und umschlang die Knie mit ihren Armen, um sich zu wärmen. Ihr Gesicht war hohlwangig, ihre Augen von dunklen Schatten umrahmt. Aber sie waren lebendig und spiegelten, dass sie sich

ihrer selbst bewusst war. Sie trug das grauenhafte Krankenhaushemd, mit dem sie in der äußeren Realität im Bett lag. Johannes sah eine seltsame Röte auf ihrer Brust und ihrer Stirn. Er fragte sich, ob sie etwas mit Gretes Paste zu tun haben konnte.

Vorsichtig, um sie nicht zu erschrecken, glitt er neben Catharina, zog sie auf seinen Schoß und umschlang sie, als könnte er sie im letzten Moment doch noch verlieren. Sie schob die Arme unter seine Jacke und presste sich an seinen Körper, an dem sie sich mit aller Kraft festhielt. Unter ihrem dünnen Hemd spürte Johannes jeden Knochen und ihr kleiner, bebender Körper fühlte sich wie ein verängstigter Vogel an, den jede zu harte Berührung zerdrücken konnte. Behutsam rieb er ihren Rücken, damit sie warm wurde. Catharina aber begann verzweifelt zu schluchzen.

„Alles ist gut", flüsterte er. „Es ist vorbei. Er kann Dir nichts mehr tun." Johannes vergrub sein Gesicht in ihrem Haar und atmete den Duft ein, den er so sehr vermisst hatte. Dabei wiegte er sie wie ein kleines Kind, während sich in Catharina der Schock, die Todesangst und die Verzweiflung lösten. Er hielt sie fest und ließ sie weinen. Vielleicht war es Gretes seltsame Duftmischung, die in der Luft lag und ihn an seine Mutter erinnert hatte – irgendwann jedenfalls begann er das Schlaflied zu singen, mit dem ihn Enola in seiner Kindheit beruhigt hatte. Er sang es einmal und noch einmal, ein drittes Mal und immer wieder.

„Sie beruhigt sich", hörte er Fridel murmeln.

Johannes wusste nicht, wie lange er sie gewiegt hatte, aber ganz langsam ließ das Beben in Catharinas Körper nach, ihre Schluchzer wurden seltener und sie atmete gleichmäßig. Als er sich sicher war, dass sie fest schlief, zog er sich aus ihrem Geist zurück und kam in die wache Außenwelt.

Das Erste, das er erkannte, war, dass Catharina nicht mehr wie eine leblose Puppe in ihrem Bett lag. Sie hatte sich auf der Seite zusammengerollt. Jemand hatte eine zweite Bettdecke über sie gelegt und offenbar die Heizung angestellt, denn der Raum war überheizt und roch stark nach Gretes Kräutersud, der noch

immer aus dem röchelnden Gerät aufstieg. Catharinas Gesichtszüge waren entspannt, ihr Mund leicht geöffnet. Der Monitor zeigte ruhige, gleichmäßige Herzschläge.
In diesem Moment begriff er, dass sie es tatsächlich geschafft hatten. Catharina war weder für alle Zeit im Nichts eingefroren, noch war ihr Verstand zerbrochen, auch wenn sie sowohl dem einen wie auch dem anderen nur knapp entgangen war. Er schlug die Hände vors Gesicht. Minutenlang saß er da und versuchte, seine Gedanken zu beruhigen und seine Gefühle unter Kontrolle zu bringen.
Als er aufsah, stellte er fest, dass Grete ihn mit einem Blick betrachtete, der ihn daran zweifeln ließ, ob er tatsächlich zurück war in der wachen Realität. Seit fast zweihundert Jahren hatte ihn keine Mangoldfrau so angesehen.
Er war es gewohnt, dass sie ihm mit offener Abscheu begegneten, bestenfalls mit Verachtung. Dass Grete ihren üblichen Hass in den letzten Stunden unterdrückt hatte, hatte er sich damit erklärt, dass sie ihn gebraucht hatte, um Catharina zu retten. Aber das, was er jetzt sah, war weder Verachtung noch Abscheu und schon gar kein Hass.
Es war … Erstaunen. Irritation.
Er musste sich täuschen. Es gab keine andere Erklärung. Das, was er in Gretes Miene las, mochte alles Mögliche sein, aber worüber sollte sie staunen? Suchend sah er sich um, ob vielleicht Fridel hinter ihm stand und ihr Blick ihm galt, aber sie waren allein.
Als er sich zurückdrehte, war der Ausdruck aus dem Gesicht der Köchin verschwunden. „Catharina ist wieder da“, sagte sie mit kraftloser, leiser Stimme, in der nichts von dem üblichen resoluten Ton übrig war. Dann erzählte sie, dass es Fridel nur mit Mühe gelungen war, die Nachtschwester davon abzuhalten, ins Zimmer zu stürmen, als der Alarm an Catharinas Diagnoseeinheit angegangen war. „Du hast ihr noch einmal den Verstand gerettet.“ Fast glaubte Johannes so etwas wie Dankbarkeit zu hören. Sicherlich täuschte er sich erneut.
Dann klopfte es unerwartet und er hatte keine Zeit, sich weiter

über Gretes Gesichtsausdruck oder die Untertöne in ihrer Stimme Gedanken zu machen. Eilig zog er sich in seine Ecke zurück.
Ein Arzt kam herein, gefolgt von Fridel und der Nachtschwester.
„Dann wollen wir uns die Langschläferin doch mal anschauen", sagte der Arzt laut und fröhlich ohne Rücksicht auf die schlafende Catharina, woraufhin Grete protestierte und den Arzt mit einem ihrer Blicke bedachte. Der zeigte sich allerdings unbeeindruckt und Grete schien die Kraft zu fehlen, ihn davon abzuhalten, Catharina endgültig zu wecken.
Johannes sah sich gezwungen, den Raum zu verlassen, denn auf keinen Fall wollte er riskieren, dass Catharina ihn sah. Wenn sie aufwachte, durfte die letzte Stunde für sie nicht mehr sein als ein Wunschtraum ihres Unterbewusstseins.
Er hatte das Versprechen, das er Grete gegeben hatte, gehalten. Aber vielleicht war das Eintreffen des Arztes der richtige Augenblick, um das zu tun, was er sich selbst geschworen hatte. Er würde sicherstellen müssen, dass Catharina ihn nicht wieder zu Gesicht bekam. Vor allem jetzt, da er wusste, dass sie ihn noch immer wahrnehmen konnte.
Allerdings war da die bange Frage, wie Grete sich verhalten würde. Wie sollte er Catharina unbemerkt begleiten, wenn Grete wusste, dass er zurück war? Sie würde jederzeit mit seiner Anwesenheit rechnen.
Es gab nur einen Weg. Er musste mit Grete sprechen und ihr die paradoxe Situation deutlich machen, dass er zwar bei Catharina bliebe, um sie zu beschützen, aber mit seiner Gegenwart keinesfalls ihre Seele in Gefahr bringen wollte. Da das neue Ritual, das Grete durchgeführt hatte, offenbar nicht wirkte, musste er sie bitten, es zu wiederholen. Das Band zwischen ihnen musste endgültig getrennt werden, damit Catharina vor irgendwelchen Visionen sicher war. Wenn er Grete das erklärte, würde sie begreifen, dass er keine egoistischen Wünsche verfolgte, sondern es ihm ganz allein um Catharina ging. Heute hatte Grete seine Gegenwart zu Catharinas Wohl doch auch akzeptiert.

Wieder unterbrachen der Arzt und die Schwester seine Gedanken. Diesmal, weil sie Catharinas Zimmer verließen.
„Was für eine sture, alte Frau“, schimpfte die Schwester leise.
Der Arzt lachte. „Wissen Sie, es ist mir gleichgültig, wie es in diesem Zimmer riecht. Die Patientin ist wieder unter den Lebenden.“ Gemeinsam gingen sie den Gang hinunter und Johannes folgte ihnen vorsichtig.
„Sie glauben doch nicht an diesen Hokuspokus?“, fragte die Schwester ungläubig.
„Nein“, stellte der Arzt fest. „Trotzdem ist es durchaus erstaunlich, wie klar Frau Jung ist.“ Er schüttelte mit einem Ausdruck von Verwunderung den Kopf. „Wegen dem, was sie hinter sich hat, werden wir ihr zur Sicherheit die Psychiaterin schicken. Aber dieser Ausschlag ist harmlos. Eine simple Kontaktallergie.“
Die Schwester schnaubte. „Wahrscheinlich hat die Alte bei Mondschein Rattenblut und Schweinefett zusammengerührt. Gut, dass Sie ihr ordentlich die Leviten gelesen haben.“
Johannes folgte den beiden nicht weiter, sondern glitt zurück zu Catharinas Zimmer. Da sie anscheinend wieder schlief, wagte er es, in seine dunkle Ecke zurückzukehren.
„Was wissen denn Ärzte?“, fragte Grete gerade in Richtung Fridel, der auf Johannes' altem Platz saß. „Es ist eine Vergiftung“, stellte sie nüchtern fest. „Deshalb friert sie so. Zum Glück hat sie sich nicht übergeben.“ Grete strich über die rote Stelle an Catharinas Stirn. „Ihre Haut wird eine Zeitlang taub sein. Aber die Salbe war meine letzte Hoffnung, weil ihr Geist nicht auf Gerüche reagiert hat.“
„Was ist denn da drin?“, wollte Fridel wissen.
„Arnika.“
Fridel gab sich mit der Information zufrieden, aber Johannes runzelte die Stirn. Mittlerweile war ihm klar, warum Grete gezögert hatte, die Paste einzusetzen. Ganz sicher war Arnika nicht der Auslöser von Catharinas Vergiftungserscheinungen. Wenn der Arzt wüsste, mit welchen Substanzen die Köchin hantiert hatte, hätte er Grete mehr als nur die Leviten gelesen.

„Ich werde jetzt Benno anrufen, damit er Dich abholt. Ich bleibe bis morgen Früh“, erklärte Fridel nach einer Weile, in der beide Catharina beim Schlafen beobachtet hatten. „Aber Du musst nach Hause, obwohl ich Dich lieber dem Arzt und der wütenden Schwester überlassen würde.“
„Nicht in diesem Leben“, murmelte Grete. Sie sah aus, als hätten ihr die letzten Stunden den Rest ihrer Kraftreserven geraubt. Johannes beschloss, die Diskussion über seine zukünftige unsichtbare Anwesenheit in Catharinas Leben zu vertagen, bis Grete wieder bei Kräften war.
„Eisenhut, nicht wahr?“, fragte Johannes, als Fridel gegangen war. „Deshalb hast Du bis zum letzten Moment gewartet.“ Und deshalb war Catharinas Schock wie ein Eisberg zu Eiswasser geschmolzen.
Grete nickte. „Es war gefährlich, aber welche Wahl hatten wir? Sie in diesem Zustand zu lassen?“
„Ich sollte mich zurückziehen, wenn Benno kommt“, lenkte Johannes von dem quälenden Thema ab. „Benno kann mich sehen.“ Damit glitt er Richtung Wand.
„Das kannst Du Dir sparen. Die beiden wissen, dass Du zurück bist.“
Er hielt mitten in der Bewegung inne. „Woher?“
„Fridel hat gehört, wie ich mit Dir gesprochen habe. Und er sagt, dass Benno glaubt, Dich gerochen zu haben.“ Grete seufzte. „Es war Sophie, nicht wahr? Sophie hat es nicht lassen können. Sie hat Dich gerufen.“
„Ja. Aber ich fürchte, sie wusste nicht, was sie tat“, antwortete Johannes und machte einen weiteren Schritt auf die Wand zu.
Grete lachte bitter. „Sophie hat keine Ahnung, wozu sie fähig ist. “
Johannes dachte an seine Begegnungen mit dem Mädchen. „Hast Du sie deshalb unter Deine Fittiche genommen?“
„Sophie fehlt die Mutter“, sagte Grete, um nach einem Moment des Zögerns hinzuzufügen: „Und mir das Kind.“ Es war kein Vorwurf in ihrer Stimme. Nur Resignation.
Sehr langsam drehte sich Johannes wieder um. Inzwischen stand er vor der Wand, aber vielleicht war jetzt seine Chance, Grete zu

sagen, was ihm schon so lange auf dem Herzen lag. Er legte alle Dringlichkeit in seine Stimme: „Es tut mir unendlich leid. Ich verstehe, dass Du mich hasst. Doch ich habe Dir und Deinem Kind nichts Böses gewollt. Ihr seid mein Fleisch und Blut.“
Grete sagte nichts, sondern starrte auf ihre Hände, die sie im Schoß verknotet hatte.
Vielleicht hatte Catharina Johannes' Stimme gehört, denn sie bewegte sich mit einem Seufzen und murmelte seinen Namen. Sofort glitt Johannes in den Schatten zurück. „Ich werde jetzt besser gehen“, flüsterte er, als Catharina weiterschlief.
„Sie soll nicht wissen, dass Du zurück bist“, stellte Grete kaum hörbar fest. „Weil Du sie vor mir schützen musst. Weil Du Angst hast vor meinem Fluch. Weil Du die Werkzeuge bei mir gesehen hast.“ Ihre Miene war unbewegt. „Du hast von ihr verlangt, dass ich die Verbindung zwischen Euch trenne.“
Johannes rührte sich nicht. „Es scheint Dir nicht gelungen zu sein“, sagte er leise.
„Nein.“ Grete knetete ihre Hände.
„Dann bitte ich Dich, das Ritual zu wiederholen.“ Johannes stand im Schatten und sah auf die schlafende Catharina. Ihr war es zu verdanken, dass er gerade zum ersten Mal seit hundertfünfzig Jahren ein Gespräch mit einer Mangold führte. Das erste Gespräch mit Grete überhaupt.
Die wirkte plötzlich, als könne sie sich nicht mehr lange auf dem Stuhl halten. „Was ist mit Dir?“, fragte Johannes besorgt und machte Anstalten, auf sie zuzugehen. Doch sofort warf sie ihm einen abwehrenden Blick zu. Was hätte er auch ausrichten können? Er konnte sie nicht berühren und war ohnehin der Letzte, von dem sie sich würde helfen lassen.
Zu seiner großen Erleichterung klopfte es in diesem Moment und Benno kam an Johannes vorbei ins Zimmer, um Grete abzuholen. Diesmal war es Johannes fast gleichgültig, dass Benno ihn hätte sehen können, denn Gretes Zustand war besorgniserregend.
Bennos erster Blick galt Catharina, die jetzt halb auf dem Bauch in ihrem Bett lag und das Kissen im Arm hielt. „Gott sei Dank,

sie ist wieder da.“ Mit einem dankbaren Blick drehte er sich zu Grete – sein Lächeln gefror. „Ich bring' Dich sofort nach Hause. Ede wartet schon.“
Grete seufzte ergeben und ließ sich von Benno dabei helfen, ihren Korb zusammenzupacken. Als sie aufstehen wollte, musste Benno sie festhalten, weil sie schwankte.
„Vielleicht solltest Du besser hier bleiben“, wagte auch er vorzuschlagen.
Grete machte sich diesmal nicht die Mühe zu antworten und bedachte ihn lediglich mit einem Blick, der jeden weiteren Versuch, sie irgendwelchen Ärzten zu überlassen, unterband.
Benno war anzusehen, dass er nur ungern nachgab, und auch Johannes wäre es lieber gewesen, wenn sie tatsächlich unter medizinischer Aufsicht gestanden hätte. Kurz überlegte er, ihr nach Hause zu folgen. Dank Gretes Kräutern waren bei Catharina in dieser Nacht keine Alpträume zu erwarten. Trotzdem entschied er sich dagegen. Grete würde ihn bemerken, was sicher nicht hilfreich wäre.
Bevor Grete und Benno den Raum verließen, drehte sich Benno noch einmal um und sagte ins scheinbar leere Zimmer hinein: „Danke für Deine Hilfe, Johannes.“
Grete murmelte lediglich: „Wir sprechen uns noch.“ Dann schloss sich die Tür und Johannes blieb allein mit Catharina zurück. Er stand reglos in den Schatten und hoffte, dass Grete Fridel und Benno davon abhielt, Catharina von seiner Rückkehr zu erzählen. Aber vermutlich musste er sich keine Sorgen machen, denn eben hatte sie alles bestätigt, was Catharina und er in der letzten Woche befürchtet hatten. Und sie war bereit, das Ritual zu wiederholen, wie ihre Worte beim Gehen zeigten

TEIL III

38. Tag – Samstag

Es war der Schlimmste aller Alpträume gewesen, die ich jemals von *ihm* gehabt hatte. Bei der Erinnerung wurde mir eiskalt und ich zog die Decke enger um mich.
Keiner meiner vorherigen Träume von *ihm* war so entsetzlich real gewesen. Obwohl *er* ganz anders ausgesehen hatte als früher. Dünn und mit viel weniger Haaren. Trotzdem hatte ich sofort gewusst, dass *er* es war. *Er* hatte mich in meinem Schlafzimmer überfallen und mir furchtbar wehgetan. Ich hatte gezuckt und er hatte sich mit einem sadistischen Grinsen über mich gebeugt.
In dem Moment hatte ich gewusst, dass *er* gekommen war, um zu Ende zu bringen, was *ihm* zweimal nicht gelungen war. *Er* würde mich töten und ich hatte diesmal keine Chance zu entkommen. Diesmal gab es keine Rettung.
Aber bevor ich vor Angst und Schmerz hatte wahnsinnig werden können, hatte mich diese warme Dunkelheit geborgen. So wie früher, wenn Johannes mich aus meinen Alpträumen gerettet hatte, in denen *er* mich jagte.
Das entsetzliche Bild hatte sich einfach aufgelöst. Johannes war da gewesen und ich hatte mich an ihn geklammert. Er war so manifest gewesen. So warm. So sicher. Er hatte mich gewiegt und gesungen und mit seinem Lied die Todesangst und die Kälte vertrieben, bis ich eingeschlafen war und irgendwelche unsinnigen, harmlosen Träume von Grete gehabt hatte, in denen sie mit einem Arzt stritt.
Und wenn ich jetzt die Augen aufschlug, würde Johannes da sein. Er würde wie früher in seinem Sessel sitzen. Oder neben mir auf dem Bett. Oder er würde auf der Terrasse stehen. Durchschienen von der Sonne. Unberührbar, so wie er es in der wachen Realität war. Aber er würde da sein.
Ich murmelte seinen Namen und blinzelte die Augen auf.
Ein haariges Gesicht beugte sich über mich.

„Sie ist wach."
Fridel?
„Gott sei Dank, Catharina!" Jemand schob Fridel weg, fiel mir um den Hals und klemmte mir die Hand ein, durch die ein Stechen bis in den Arm zog. Erschrocken jaulte ich auf. Als ich reflexartig nach meiner Hand griff, die noch immer heftig schmerzte, war da eine dicke Mullbinde, aus der ein Schlauch kam. Die Person ließ mich sofort los und entschuldigte sich tausendfach. Irritiert sah ich hoch und gewahrte meine Mutter, die auf einen Stuhl neben mir fiel.
Meine Mutter?
In ihren Augen standen Tränen.
Träumte ich noch immer? Mühsam versuchte ich, mich aufzurichten und stöhnte erneut gequält, weil sich mein Brustkorb anfühlte, als hätte man mich verprügelt.
„Vorsichtig!" Fridel beugte sich vor und machte irgendetwas an meinem Bett. Das Kopfteil fuhr hoch, bis ich in eine sitzende Position kam. Schmerz zog durch meine Rippen, aber etwas anderes lenkte mich davon ab: Was war das für ein Zimmer?
„Wo bin ich?" Ich krächzte. Mein Hals war trocken und rau wie Sandpapier.
„Kind, Du bist im Krankenhaus!" Meine Mutter griff nach einer Schnabeltasse und gab mir zu trinken, ohne dass ich eine Chance hatte zu protestieren. Der Tee in der Tasse schmeckte widerlich, aber er tat meinem wunden Hals gut.
Dann nahm meine Mutter meine Hand. Die, an der kein Schlauch hing. Aber ein seltsames Plastikteil mit Kabel steckte auf meinem Zeigefinger. Und irgendetwas war um den Oberarm gewickelt. Noch ein Kabel. Ich folgte dem Kabel mit dem Blick. Es endete in einem Monitor. Aus meinem Nachthemd kamen noch mehr Kabel, die ebenfalls im Monitor endeten. Ich hing an einem Gerät und an mir hingen Beutel.
Das war nicht mein Nachthemd. Das war irgendein Kittel.
Mein Herz fing an zu hämmern und neben mir begann es, schrill zu pfeifen. Sofort sprang Fridel zum Monitor und drückte Knöpfe. Das Pfeifen erstarb. Ich kannte dieses Geräusch. Woher?

Bevor es mir einfallen konnte, öffnete sich die Tür und eine Krankenschwester eilte herein.
„Schon erledigt.“ Fridel nickte ihr zu. „Sie hat sich ein bisschen aufgeregt, weil sie desorientiert ist.“
„Ich hol den Arzt.“ Damit rauschte die Schwester wieder hinaus.
Fridel setzte sich meiner Mutter gegenüber. Die klammerte sich an meine Hand. Jetzt liefen ihr Tränen übers Gesicht und sie wischte sie hastig weg.
„Entschuldige!“, bat sie. „Aber ich bin so furchtbar erleichtert, dass Du zurück bist.“
Ich war unfähig, etwas zu sagen – nicht nur, weil mein Hals wehtat. Ich war nicht einfach desorientiert. Ich begriff überhaupt nichts. Ich wusste nicht, ob ich schlief oder wach war. Nein, das war falsch. Ich wollte, dass das ein Traum war, denn wenn es keiner war, musste etwas Furchtbares passiert sein. Warum sonst sollte meine Mutter an meinem Bett in einem Krankenhaus sitzen? Sie musste die Hunderte von Kilometern extra wegen mir hierher gekommen sein. War es möglich, dass ... Das alles konnte doch nur bedeuteten, dass mein Traum ...
Wieder öffnete sich die Zimmertür. Der Anblick des eintretenden Arztes versetzte meinem Kopf einen endgültigen Schlag. Es war derselbe, mit dem Grete in meinem Traum in der letzten Nacht gestritten hatte.
„Sie müssen einen ausgeben“, begrüßte mich der Doktor. „Ich hab' Ihnen doch gesagt, dass Sie beim nächsten Mal einen ausgeben müssen. Und das ist jetzt schon das übernächste Mal.“ Er grinste und wartete.
Ich starrte ihn an. Es war, als gäbe mein Mund automatisch Antwort, während meine Gedanken in die Gegenrichtung davonrasten. „Sie hatten Streit mit Grete“, flüsterte ich kaum hörbar.
„Sehr schön!“, lobte der Doktor. „Sie erinnern sich! Und wann sind wir uns noch begegnet?“ Er überlegte und gab mir einen Tipp: „Beim ersten Mal war ein kleiner Junge dabei und beim zweiten Mal Ihre Großmutter.“
Irritiert sah ihn meine Mutter an. „Welche Großmutter?“

„Oma Grete." Fridel nickte meiner Mutter unauffällig zu. Dann sagte er in meine Richtung: „Es geht um Tim und Oma Grete."
Wieder ließ der Automatismus meinen Mund antworten. „Sie sind Notarzt." Ich klang monoton wie eine Computerstimme. Meine davonrasenden Gedanken waren mit dem beschäftigt, was meine Augen mir im Jetzt zeigten: Den Arzt, der neulich Tim und kurz darauf Grete versorgt hatte.
Mein Kopf verband das Bild mit dem, was ich in der vergangenen Nacht gesehen hatte: Grete, die mit diesem Arzt stritt.
Und zog die Konsequenz: Dieser Streit war kein Traum gewesen. Daraus ergaben sich die logischen Fragen: Wie real war mein grauenhafter Alptraum? Hatte mein alter Stalker tatsächlich in meinem Schlafzimmer gestanden, um mich endgültig umzubringen? Hatte Johannes mich letzte Nacht gar nicht aus einem Alptraum gerettet? Hatte mich Johannes überhaupt gerettet?
Instinktiv blickte ich mich im Zimmer um, aber ich sah nichts. Stattdessen explodierte aber mein Herz. Der Monitor begann erneut zu pfeifen. Mit ein paar Handgriffen brachte ihn der Arzt zum Schweigen.
„Das war kein Traum!", stieß ich tonlos hervor. „Er war in meinem Schlafzimmer."
Keiner der Anwesenden sagte etwas. Sie sahen mich nur betroffen an.
„Was hat er mit mir gemacht?"
Endlich reagierte meine Mutter. „Gar nichts, Kind!" Sie drückte meine Hand und schlug die Augen nieder.
„Was war da?", bohrte ich weiter.
Der Arzt sah mich mitfühlend an. Statt einer Antwort fragte er: „Haben Sie Schmerzen in den Rippen?"
Ich nickte.
„Das kann schon mal sein nach einer Reanimation. Wir mussten Sie beatmen, deshalb haben Sie Halsschmerzen."
Beatmung?! Reanimation?!
Plötzlich hatte ich das Gefühl, in Raserei und Tobsucht

ausbrechen zu müssen. Mein Alptraum war keiner gewesen und ganz eindeutig war wesentlich mehr passiert, als das, was ich im Traum erlebt hatte. Aber keiner wollte es mir sagen. Und meine Erinnerung brach an der Stelle ab, an der mich Johannes aus dem, was kein Traum war, gerettet hatte. Wie war das möglich?
Der Arzt warf einen besorgten Blick auf den Monitor, der mein inneres Chaos verriet. Aber anscheinend war der Ton jetzt endgültig abgestellt.
„Du solltest Dich nicht aufregen", versuchte meine Mutter, mich zur Ruhe zu bringen.
„Wir können Ihnen etwas geben, damit Sie sich ...", schaltete sich der Arzt ein.
„Nein!", fiel ich ihm ins Wort und musste mich zusammenreißen, ihn nicht anzuschreien. Vielleicht hätte ich ein bisschen um mich geschlagen, wenn mein Brustkorb nicht bei jeder Bewegung protestiert hätte. „Machen Sie mich von diesem Ding los!" Das dünne Stimmchen, das ich hatte, klang eisig.
„Es wäre besser, wir würden Sie noch weiter überwachen", riet der Arzt ernst.
„Keine Medikamente! Und koppeln Sie mich von diesem Gerät ab!", forderte ich. Jetzt wünschte ich mir, ich wäre zu einem Grete-Blick in der Lage.
In meinem Kopf tobte ein Gewirr von Bildern und Gefühlen, die sich nicht ordnen wollten. Wenn ich mich medikamentös eindumpfen ließ, würde ich nicht herausfinden können, was hier Realität und was Traum war. Und so lange ich an diesem Apparat hing, würde sein Alarm mich endgültig in den Wahnsinn treiben.
„Catharina, sei doch ...", begann Fridel.
Ich ignorierte ihn. Ebenso wie meine Mutter, die Luft für eine ähnliche Ansprache holen wollte. „Ich bestehe darauf", erklärte ich den Anwesenden.
Der Arzt reagierte mit einem Seufzen und einem Kopfschütteln. „Sie haben viel von Ihrer Großmutter." Widerwillig zog er mir das Plastikding vom Finger.
Schweigend sahen Fridel und meine Mutter zu, wie ich von dem Kabelwust befreit wurde.

Allerdings ließ mich der Doktor nicht ungeschoren davonkommen. „Sie werden später untersucht." Er *war* zu Grete-Blicken in der Lage. „Und ich werde Ihnen die Psychiaterin schicken. Sie wird mit Ihnen über alles sprechen, was passiert ist." Der Arzt hob die Augenbrauen, als reagiere er bereits prophylaktisch auf meinen Protest. Ich zog es vor zu schweigen, aber meine Mutter nickte ihm dankbar zu, bevor er ging.
„Ich möchte allein sein", bat ich, nachdem der Arzt die Tür hinter sich geschlossen hatte.
„Aber ...", setzte meine Mutter ungläubig an. Sie war hier, weil ich in Lebensgefahr gewesen war. Wahrscheinlich hatte sie Stunden an meinem Bett gesessen. Wahrscheinlich hatte sie Höllenängste ausgestanden. Und wahrscheinlich verletzte sie mein Verhalten.
„Bitte. Ich ..." Mir stiegen Tränen in die Augen und ich blinzelte sie weg. Der Gefühlsausbruch musste warten. Wenn ich jetzt zu weinen begann, würde ich es meiner Mutter noch schwerer machen.
„Ist schon gut", lenkte sie ein. „Hauptsache, Du bist endlich wach. Wir können später noch reden." Sie beugte sich über mich und gab mir einen Kuss auf beide Wangen.
Fridel erhob sich und half meiner Mutter in den Mantel, während er ihr gleichzeitig erklärte: „Ich hab' behauptet, Grete sei Catharinas Großmutter. Sonst hätten sie sie gestern nicht in ihr Zimmer gelassen. Dann wäre Catharina immer noch bewusstlos."
„Ach so", sagte meine Mutter nur und küsste mich noch einmal zum Abschied. Offensichtlich verstand sie, was Fridel meinte – im Gegensatz zu mir, die ich noch minutenlang die geschlossene Zimmertür anstarrte.
Fridels Worte konnten nur bedeuten, dass man Grete gestern in mein Zimmer geschmuggelt hatte, damit sie half, mich zu wecken. Das wiederum bedeutete, dass das, was ich für einen Alptraum gehalten hatte, nicht in der letzten Nacht passiert sein konnte. Es musste mindestens einen Tag und eine Nacht her sein. Wie lange dauerte „endlich wach" oder „immer noch

bewusstlos“? Ich war offenbar ohnmächtig gewesen, bis man Grete geholt hatte, weil niemand sonst mich hatte wecken können. Aber woraus wecken – wenn der Überfall in meinem Schlafzimmer überhaupt kein Traum gewesen war?
Das passte doch nicht zusammen! Und wie in aller Welt sollte Johannes in dieses Geschehen gekommen sein? Er war vollkommen manifest gewesen und das war nur im Traum möglich. Wenn mein Stalker mich aber in der wachen Realität in meinem Schlafzimmer überfallen hatte, dann konnte Johannes mich nicht gerettet haben.
Aber wieso hatte ich dann von Grete geweckt werden müssen?
Ich drehte mich im Kreis. Meine Gedanken drehten sich im Kreis. Das Zimmer begann sich im Kreis zu drehen.
Hilflos sah ich mich um. „Johannes“, flüsterte ich. Und noch einmal lauter und krächzend: „Bitte, Johannes! Hast Du mich gerettet?“
Aber da war nichts als das Rauschen der Lüftung.
Diesmal begannen die Tränen zu laufen und ich gab mir keine Mühe mehr, mich zu beherrschen. Ich grub mich ins Kissen und schluchzte so laut, wie ich es wagte, ohne zu befürchten, dass irgendjemand mich hörte.

Ich musste eingeschlafen sein, denn ich schreckte davon hoch, dass mich jemand vorsichtig am Arm anfasste. Mein Auffahren jagte mir einen Schmerz durch den Brustkorb. Die Schwester war zurück, um die restlichen Schläuche und Beutel zu entfernen. Dann durfte ich ins Bad. Auch ein hässliches, neues Hemd bekam ich – diesmal mit gruseligen hellblauen Blümchen. Es verschaffte mir den Teint einer Leiche. Einer Leiche mit bunten Blutergüssen auf dem Brustkorb und leuchtend rotem Fleck auf der Stirn. Ein ebensolcher Fleck befand sich über meinem Brustbein, wo er einen farblichen Kontrast zum übrigen Blau bildete. Der rote Fleck war hier allerdings eher eine Fläche. Die Haut war an diesen Stellen taub und schien kälter zu sein als das umgebende Gewebe.
„Bedanken Sie sich bei Ihrer Großmutter“, erklärte die

Schwester spitz. „Meine Kollegin von der Nachtschicht war ziemlich wütend.“
Ich zog es vor, nicht nachzufragen. Aber ich wollte wissen, was es mit dem Bluterguss um meinen Hals auf sich hatte. Leider bekam ich keine Antwort. Stattdessen tat die Schwester geschäftig und verwies mich auf die Psychiaterin. Augenscheinlich wollte man es ihr überlassen, mich über das, was mir passiert war, aufzuklären.
Sie haben Angst vor Deiner Reaktion, stellte meine innere Psychologin nüchtern fest. *Sie wollen einen möglichen Gefühlsausbruch lieber dem Profi überlassen.*
Ich hatte nicht die Zeit, mir panische Gedanken darüber zu machen, welche Hiobsbotschaften noch auf mich warteten, denn nachdem ich mit der Schwester aus dem Bad kam, stand das Mittagessen auf meinem Nachttisch. Es gab irgendeine Suppe. Immerhin half sie meinem Hals, denn nach dem Essen fiel mir das Reden leichter. Gleich im Anschluss holte mich ein Pfleger für die angedrohten Untersuchungen ab.
Als diese beendet waren, wusste ich nicht nur, dass ich keinen bleibenden Schaden davongetragen hatte – jedenfalls keinen körperlichen –, sondern ich wusste auch, was in den letzten drei Tagen passiert war.
Der Pfleger, der mich bei meinen Untersuchungen begleitete, war ein höchst mitteilsamer Mensch und offensichtlich nicht informiert worden, dass noch niemand mit mir über diese Ereignisse gesprochen hatte. Trotzdem unterbrach ich ihn nicht, als er mir unwissentlich in fröhlichem Plauderton die nackten Tatsachen unterbreitete. Diese Form der Mitteilung hatte einen ganz erstaunlichen Effekt: Sie gab mir die Möglichkeit, mir vorzustellen, dass es gar nicht um mich ging. Dass wir einfach nur den neuesten Klatsch austauschten und über irgendeine fremde Person sprachen, der etwas Unglaubliches passiert war.
Während der Pfleger also die Verletzungen an meinen Beinen neu verband, ließ er sich über die Wirkungsweise von Tasern aus. Er fand, dass ich Glück gehabt hatte, weil ich im Bett überwältigt worden war, sodass ich mir zumindest keine Sturzverletzungen

zugezogen hatte. „Diese Wunden werden schnell verheilen. Jedenfalls besser als ein Schädelbruch.“ Ich schluckte mein Entsetzen hinunter und stimmte ihm zu.
Während wir auf den Neurologen warteten, hielt er mir einen Vortrag über die Tauglichkeit von Neuroleptika als Mordwerkzeuge. „Sie sind mein erstes Mordopfer.“ Er betrachtete mich mit einem Blick, wie man ihn einem exotischen Tier zuwirft, dem man aus glücklichem Zufall begegnet.
Ich sah mich genötigt, darauf hinzuweisen, dass ich nicht tot war. Daraufhin fuhr er begeistert fort, dass mich ja Benno und Fridel gerade rechtzeitig befreit hätten. Aber er äußerte seine Verwunderung darüber, dass es gelungen war, mich wiederzubeleben, ohne mir ein paar Rippen zu brechen. „Sie sind halt so zierlich.“ Er wies auf die Blutergüsse an meinem Hals. „Und Dank Fridels Freund hat es ja mit dem Erwürgen auch nicht geklappt.“
Mit einiger Mühe unterdrückte ich einen hysterischen Ausbruch, indem ich mich daran erinnerte, dass wir ja gar nicht über mich sprachen.
Irgendwann am Nachmittag kam ich endlich zurück in mein Zimmer. Trotz der inneren Distanz, die ich mir zu meiner eigenen Entführung zu schaffen versucht hatte, war ich mit meinen Nerven am Ende und heilfroh, dass ich nicht mehr an diesem Höllengerät hing. Sicherlich wäre es in den letzten Stunden in Daueralarm gewesen.
Das begeisterte Geplapper des Pflegers war mir trotzdem allemal lieber gewesen, als die schrecklichen Ereignisse nachher von irgendeiner Psychiaterin zu erfahren. Es stand zu erwarten, dass sie mir mit einem professionell bedauernden Blick und einer leisen Stimme tiefster Betroffenheit die Einzelheiten meiner Entführung mitteilen würde. Und danach würde sie erwarten, dass ich unter ihrer fachkundigen Aufsicht in Tränen ausbrach.
Wie sich schon eine halbe Stunde später herausstellte, täuschte ich mich.
Ich hatte die Zeit damit verbracht, in meinem Zimmer an die Decke zu starren und mir darüber klar zu werden, dass mein

Gefühl, verfolgt zu werden, kein posttraumatischer Stress gewesen war – genauso wenig wie meine Träume. Fridel, ich selbst und meine vernünftigen Stimmen hatten Unrecht gehabt.
Ich *war* in realer Gefahr gewesen. Wieder hatte ich nicht auf mein Gefühl gehört. Wenigstens hatte ich diesmal nicht an meinem Verstand gezweifelt.
Zum dritten Mal war ich einem Mordanschlag entgangen, aber ich erinnerte mich an gar nichts. Die einzige Erinnerung, die ich hatte, brach ab und endete in einer dunklen Geborgenheit. Sie wiederum endete in einem Traum, in dem mich Johannes gerettet hatte.
Zum wiederholten Mal an diesem Tag hatte ich mich minutenlang im Zimmer umgesehen und den Raum abgerochen. Aber irgendjemand hatte in der Zeit, in der ich weg gewesen war, das Fenster geöffnet und mein Bett frisch bezogen.
Hilflos hatte ich den schweigenden Raum angesprochen und er hatte mit Leere geantwortet. Da war auch kein Gefühl einer Präsenz gewesen wie früher. Andererseits war dieses Gefühl mit dem Tag verschwunden, an dem ich Johannes leibhaftig begegnet war.
Hier war kein Johannes. Und es hatte auch keine Rettung gegeben. Das, was ich für einen Alptraum gehalten hatte, war bittere Realität. Und das, was mir wie eine Realität vorgekommen war, war nichts als ein Wunschtraum. Johannes war nicht zurück. Es waren Fridel und Benno gewesen, die mich aus den Fängen dieses Irren gerettet hatten, nachdem ich ihm stundenlang ausgeliefert gewesen war. Und jetzt fehlten mir vier Tage meines Lebens.
Gerade in dem Moment, als mir wieder die Tränen gekommen waren, hatte es geklopft und ein großer, schlanker älterer Herr mit schwarzer Hornbrille und langem, grauem Haar in wirrer Unordnung hatte vorsichtig den Kopf ins Zimmer gestreckt.
„Störe ich Sie?“, hatte er gefragt.
Ich hatte mir hastig die Tränen mit einem Papiertuch abgewischt und automatisch den Kopf geschüttelt, während er noch immer in der Tür verharrte.

„Ich kann später wiederkommen“, hatte er angeboten.
Aus einem komischen Grund hatte ich wieder den Kopf geschüttelt. Eigentlich wäre ich lieber allein gewesen. Andererseits käme gleich die Psychiaterin und ich hatte nichts dagegen, dass das Gespräch mit ihr nicht stattfinden konnte, weil ich Besuch hatte. Selbst wenn ich diesen Besuch überhaupt nicht kannte. Aber er sah nett aus.
Künstler oder Philosoph. Existenzialist, hatte mein Psychologen-Ich seine Einschätzung gegeben.
Unter einem schwarzen Sakko hatte er einen schwarzen Rollkragenpullover und schwarze Jeans getragen. Irgendwie hatte er unschlüssig gewirkt. Dann aber war er mit einem Nicken und einem freundlichen Lächeln auf einen Stuhl an meinem Bett gesunken. Aufgrund seines Äußeren schätzte ich ihn so alt wie Grete, aber er wirkte jünger. Ein hintergründiger Humor funkelte in seinen Augen.
„Mein Name ist Herz“, stellte er sich jetzt vor. „Man hat mich gebeten, mit Ihnen zu sprechen.“
Ich runzelte die Stirn und er erklärte, dass er spontan die Vertretung für die Psychiaterin übernommen hatte. Man hatte wohl nicht einberechnet, dass die Kollegin an ihrem freien Wochenende nicht zu Hause sein könnte. Ich erfuhr, dass er eigentlich in Pension war und nur ab und zu Notfälle übernahm. Aber heute habe er nichts Besseres vor gehabt, als man ihn gefragt hatte.
Volltreffer, stellte meine innere Psychologin fest. *Du wolltest die betroffene Psychiaterin loswerden und hast Dir einen existenzialistischen Psychiater eingefangen.*
„Außerdem“, fuhr er fort, „ scheinen Sie mir ein interessanter Fall zu sein.“
Auf meinen fragenden Blick berichtet er, dass ihn die Schwester über die Ereignisse der Nacht und des Morgens informiert hatte. „Wenn ich es richtig sehe“, seine Augen blitzen, „hat Fridel die alte Grete Mangold als Ihre Großmutter ausgegeben. Und wenn ich es weiterhin richtig sehe, hat sie das geschafft, was meinen Kollegen nicht gelungen ist, denn offensichtlich hat sie Sie aus

einem komatösen Zustand geweckt."
Herz kannte meinen Nachbarn aus früheren gemeinsamen Krankenhauszeiten. Grete wiederum behandelte die Frau des Psychiaters, die unter einer schweren Krankheit litt und im Rollstuhl saß. „Soweit ich von meiner Gattin informiert bin, hat Frau Mangold keine Kinder, also auch keine Enkel." Er lächelte schalkhaft und fuhr fort: „Aber Sie, meine Liebe, scheinen Frau Mangold in Sturheit und Renitenz in nichts nachzustehen." Beinahe glücklich stellte er fest: „Sie verweigern sowohl Medikamente als auch die medizinische Überwachung."
„Warum freut Sie das?"
„Patienten mit einem eigenen Willen sind für uns Ärzte eine ...", er suchte nach einer passenden Formulierung. „... Herausforderung." Ein spöttischer Zug wanderte um seinen Mund. „Sie bedrohen unsere narzisstische Eitelkeit, wenn sie uns widersprechen." Herz legte den Kopf schräg und betrachtete mich forschend. „Und da ich mir nicht sicher bin, ob Sie ganz grundsätzlich überhaupt Interesse an einem Gespräch mit mir haben, bin ich lieber vorsichtig." Er kicherte. „Eine Abfuhr könnte meiner Selbstverliebtheit einen empfindlichen Schlag versetzen. Zumal wir so etwas wie Kollegen sind, wenn ich es richtig sehe. Über die Gefahr von Flashbacks und unbearbeiteten Traumata muss ich Sie also nicht aufklären."
Ich starrte ihn an. Seine Selbstironie überforderte mein vorurteilsbeladenes Bild, das ich mir von Medizinern gemacht hatte. „Aber sollten Sie mir nicht gerade deshalb schonend beibringen, was in den letzten Tagen mit mir passiert ist?", fragte ich und war damit wahrscheinlich mitten in eine Falle getappt, denn jetzt hatte ich das Thema, das ich vermeiden wollte, selbst aufgebracht.
„Nur wenn Sie es möchten." Er klang überhaupt nicht danach, als sei seine Selbstironie ein strategisches Mittel gewesen, um mich zur Mitarbeit zu bringen. Im Gegenteil, Herz war es ernst, denn er sagte: „Sie scheinen mir eine starke Persönlichkeit zu haben. Und vielleicht möchten Sie gar nicht mit einem Fremden reden, sondern die Geschehnisse von Fridel hören. Sicher hat

Frau Mangold auch ein paar hilfreiche Kräuter, die Ihnen die Medikamente ersparen, die Sie ohnehin nicht nehmen."
„Sicher nicht!", gab ich zurück und erklärte sarkastisch: „Ich habe gerade schlechte Erfahrungen mit Psychopharmaka gemacht, die das Hirn lahm legen. Meins scheint im Koma gelandet zu sein. Auch wenn ich nicht davon ausgehe, dass Sie mich mit einem Neuroleptikum behandeln wollen."
Jetzt wirkte Herz fast schockiert. „Um Himmels Willen! Warum sollte ich?"
„Das war ein Scherz", stellte ich trocken fest.
Das Funkeln kam zurück in Herzens Augen. „Humor ist hilfreich. Er schafft Distanz."
Eine Weile schwiegen wir. Offensichtlich hatte Herz kein Problem damit, ein längeres Schweigen auszuhalten. Irgendwann sagte er jedoch: „Da Sie mich bisher nicht vor die Tür gesetzt haben, wage ich zu fragen, ob es denn irgendetwas gibt, das ich für Sie tun kann?"
Ich überlegte. Herz gefiel mir. Wenn ich mit einem Fachmann sprechen würde, dann mit jemandem wie ihm. Vielleicht war es unklug, ihn jetzt wegzuschicken.
Was, wenn die Alpträume anhielten?
Johannes war ganz offensichtlich nicht mehr da. Wenn ich mir über eins sicher sein konnte, dann darüber, dass er alles getan hätte, um mich zu retten.
Was, wenn die Trennung wirklich endgültig war – mochten unsere Seelen auch noch so sehr verbunden sein? Was, wenn ich weder ihn noch sonst eine Seele retten würde, wie Friederike es behauptet hatte?
Vielleicht war es an der Zeit, den Gedanken zuzulassen, dass es das Team Catharina-Johannes nicht mehr gab. Vielleicht war alles ein Irrtum gewesen. Friederike hatte sich geirrt. Grete hatte sich geirrt. Fridel hatte sich geirrt. Wir alle hatten uns geirrt.
Musste ich mich damit abfinden, dass es nur noch Catharina gab? Dass ich mit allem, was ich in den letzten Wochen erlebt hatte, allein klarkommen musste? Die Liebe mochte vom Himmel in die Hölle reichen, aber wo war ihre Macht, wenn sich

Johannes gegen sie entschieden hatte? Und gegen das Leben?
Ohne dass ich es verhindern konnte, kamen die Tränen zurück. Gegen meinen ursprünglichen Beschluss begann ich zu schluchzen, als mein Verstand mich dazu aufforderte, mich dem Notwendigen zu stellen.
Irgendwann in den nächsten Tagen würde ich nach Altenstein zurückkehren müssen. Den Ort, an dem ich Johannes begegnet war. Den Ort, an den ich einst geflohen war, um meinen Stalker endgültig zu vergessen. Ich würde in meine leere Wohnung zurückkehren, in der ich einem neuen Mordanschlag eben dieses Stalkers zum Opfer gefallen war.
Mein Psychologen-Ich fragte, ob es überhaupt einen Sinn hatte, zurückzukehren. Ob es nicht besser war, das zu tun, was mir Grete von Anfang an und Johannes bei unserer letzten Begegnung geraten hatte: Altenstein zu verlassen. Es war paradox. Damals hatte ich gehen sollen, weil Johannes' Gegenwart mich angeblich in Gefahr brachte. Ich aber hatte mich geweigert. Jetzt war Johannes verschwunden und genau deshalb war ich in Gefahr geraten und überlegte, wirklich zu gehen.
Herz zog ein neues Papiertuch aus dem Spender und reichte es mir. Geduldig wartete er auf meine Antwort.
„Wahrscheinlich weiß ich schon das Meiste“, hörte ich mich sagen. Mein Mund redete einfach weiter und erzählte von dem Pfleger, der mich versehentlich ins Bild gesetzt hatte, danach von der Vorgeschichte dieses neuerlichen Mordanschlags und darüber, dass ich nach Altenstein geflohen war, um von vorn anzufangen. Schließlich endete ich mit meinen Befürchtungen, was passieren würde, wenn ich in meine Wohnung zurückkehren musste.
Herz hatte wortlos zugehört und ab und an genickt. „Können Sie sich denn vorstellen, nach Altenstein zurückzukehren?“, fragte er schließlich.
„Unbedingt!“, kam meine sofortige Antwort.
Schneller als mein Verstand die Frage überhaupt hatte aufnehmen können, hatte sie irgendetwas in mir beantwortet.

Vielleicht dasselbe Etwas, das eben einfach angefangen hatte zu reden. Dieses Etwas stand offensichtlich in völligem Widerspruch zu allen meinen vorherigen Befürchtungen, was die Gewalterfahrung und die Trennung von Johannes betraf.
Während ich Herz davon erzählte, wie viel Freude mir die Arbeit im Internat machte, und wie gut ich mich im Kollegium eingelebt hatte, fragte mich die Stimme der Vernunft fortgesetzt, ob ich mir nicht doch noch unbewusst märchenhaft-romantische Erlösungshoffnungen machte und Altenstein deshalb nicht verlassen wollte – gegen alle Vernunft, denn ein Verbleib dort würde stetig alte Wunden zum Bluten bringen. Zusätzlich zu derjenigen, wegen der ich nach Altenstein geflohen war, hatte ich nun auch noch zahlreiche neue.
„Ich habe mich innerhalb der Schlossmauern wohl und sicher gefühlt und jetzt ist dieser Irre in diesen sicheren Ort eingedrungen." Immer darauf bedacht, die mystischen Hintergründe nicht zu streifen, beschrieb ich meine innere Zerrissenheit, was meine Arbeit und mein Verbleiben auf Altenstein betraf.
Herz verstand. „Es scheint", sagte er nachdenklich, „dass bei Ihnen Verstand und Gefühl gegeneinander kämpfen. Irgendetwas in Ihnen möchte unbedingt bleiben, Ihr professioneller Psychologenverstand allerdings weiß, dass das anstrengend und schmerzhaft werden könnte." Er sah mich forschend an und wartete auf meine Antwort. Ich hatte keine, denn eine Erklärung durfte ich nicht geben.
„Es mag irrational sein, einem diffusen Bauchgefühl zu folgen", überlegte Herz mit gedankenverlorenem Blick, bevor er mich mit einem ironischen Blitzen ansah. „Aber ich habe den starken Eindruck, dass Sie sich eigentlich entschieden haben, Ihnen aber Ihre Sachkenntnis im Weg steht, sich auf dieses Wagnis einzulassen."
Ich konnte mir gerade noch die Bemerkung „Wie immer" verkneifen. Minutenlang starrte ich auf die hässlichen blauen Blümchen meines Nachthemds, während Herz schweigend wartete.

Vor einem halben Jahr hatte mich mein Bauchgefühl vor meinem Stalker gerettet, wohingegen mein professioneller Verstand mir Paranoia diagnostiziert hatte. Vor kaum drei Wochen hatte mein Bauchgefühl längst von Johannes' realer Existenz gewusst, als mein Verstand noch damit beschäftigt gewesen war, rationale Erklärungen zu finden oder mir erneut Wahnsinn zu attestieren. Und Stunden bevor der Irre mich entführt hatte, hatten mein Verstand und mein Psychologen-Hirn gegen mein Gefühl anargumentiert, dass ich wieder verfolgt wurde. Vielleicht hätte mich mein Gefühl auch diesmal gerettet, wenn ich darauf gehört hätte.

Die Vernunft vermag das Schicksal nicht zu besiegen, klang es in meinen Ohren und ich musste ein bitteres Lachen unterdrücken. Wohin hatte mich dieser Satz gebracht?

Ich riss mich vom Anblick der hässlichen Krankenhausblümchen los. „Ich bleibe." Was auch immer mich dazu treiben mochte.

Herz nickte. „Melden Sie sich ruhig, wenn es Schwierigkeiten gibt. Es ist langweilig, Rentner zu sein, und ich tauge nicht zum Rosenzüchten."

Meine Mutter kam zurück, als ich gerade mein Abendessen auf dem Teller herumschob. Benno war bei ihr. Wahrscheinlich täuschte ich mich, aber ich hatte kurz den Eindruck, dass Benno sich suchend im Raum umsah. Vielleicht konnte auch er die Hoffnung nicht aufgeben. Dann drückte er mich an sich, so fest es meine Rippen zuließen, und begrüßte mich zurück unter den Lebenden.

Einen Moment lang hielt ich mich an Benno fest und schniefte ihm meine Dankestränen ins Ohr. Er winkte aber nur grinsend ab. „Es war mir ein Vergnügen."

Meine Mutter stellte mir meine Reisetasche hin. „Ich dachte, Du willst vielleicht dieses Hemd loswerden."

Voller Dankbarkeit zog ich mit ihr ins Bad davon, weil sie darauf bestand, mir beim Umziehen zu helfen. Sie nahm mir den Rauswurf vom Morgen nicht übel. Während ich das hässliche Hemd gegen einen Jogginganzug tauschte, berichtete sie von

meinem Vater, der mir Grüße ausrichten ließ und sich zu Hause um die Tiere kümmern musste.
Nachdem ich mich umgezogen hatte, kam ich mir schon wesentlich normaler und nicht mehr wie eine Ex-Komapatientin vor. Als ich erzählte, dass die Untersuchungen vom Nachmittag endgültig bestätigt hatten, dass ich keine körperlichen Schäden davongetragen hatte, weinte meine Mutter vor Erleichterung. Und nachdem ich dann auch noch von meinem Gespräch mit Herz berichtet hatte, strahlte sie wie ein Weihnachtsbaum. Die Beschlüsse hinsichtlich meiner Rückkehr nach Altenstein hatte ich allerdings verschwiegen.
Meine Mutter hatte ganz augenscheinlich große Angst vor meiner Reaktion gehabt, wenn man mir die Geschehnisse der letzten Tage enthüllte. So war sie auch wenig begeistert, als ich von Benno wissen wollte, wie es genau zu meiner Rettung gekommen war. „Catharina, meinst Du nicht, dass Du im Moment genug zu verarbeiten hast?", gab sie zu bedenken.
Ich schüttelte den Kopf. „Ich muss es wissen." Jetzt erst konnte ich Johannes' Erleichterung wirklich verstehen, nachdem er nach hundertfünfzig Jahren endlich Klarheit darüber gehabt hatte, wie er gestorben war – gleichgültig, wie barbarisch das gewesen sein mochte, was er von mir erfahren hatte.
Meine Mutter seufzte ergeben und ließ Benno erzählen. So erfuhr ich von meinem Verschwinden, den Ermittlungen der Polizei, der Auswertung der Torkamera und wie Benno den Stalker als den Fahrradreisenden identifiziert hatte.
Hatte ich noch irgendeine klitzekleine Hoffnung gehegt, dass vielleicht Johannes geholfen hatte, mich zu finden – so wie damals bei Tim – hatte sich spätestens am Ende von Bennos Bericht auch diese Hoffnung zerschlagen. Es lag nicht an der Anwesenheit meiner Mutter, dass der Name Johannes nicht fiel, sondern ganz allein an der Tatsache, dass Johannes keinen Anteil an meiner Rettung gehabt hatte.
Ich schluckte die aufkommende Frustration und Trauer hinunter, indem ich mich zwang, mich auf die Berichte meiner Mutter zu konzentrieren, die mit Benno und Fridel den Tag verbracht hatte.

Gemeinsam hatten sie meine Wohnung aufgeräumt. Diese war von der Polizei auf den Kopf gestellt worden, genauso wie mein Auto, das die Polizei wieder freigegeben hatte. Am Montag wollten zwei Kommissare mit mir sprechen.
Fridel war gegenwärtig zu Hause und erholte sich von den Strapazen der letzten Nacht. Bevor meine Mutter mit Benno zu mir gekommen war, hatten sie Grete besucht. Meine Mutter sprach voller Dankbarkeit von der Köchin, aber auch mit einem Gesichtsausdruck, der Sorge spiegelte.
Fragend sah ich Benno an. „Die letzte Zeit war ein bisschen viel für Grete. Sophie kümmert sich mit Ede um sie“, war alles, was er sagte.
„Aber es geht ihr doch gut?“, hakte ich nach. „Ich meine auch wegen der ...“, ich suchte nach Worten, aber Benno hatte schon verstanden.
„In der Kräuterküche ist alles beim Alten, aber es zehrt sie aus“, sagte er und wechselte das Thema, vielleicht um zu verhindern, dass meine Mutter Fragen stellte. „Ich soll Dich grüßen.“ Er griff in seine Tasche und drückte mir eine Salbe in die Hand. „Für Deine roten Stellen. Grete sagt, Du sollst sie zweimal am Tag auftragen.“ Er zog eine weitere Salbe hervor, die für meine Rippen und das Würgemal bestimmt war. Dann wechselte Benno zu noch unverfänglicheren Themen.
Wirchow ließ Grüße ausrichten, ebenso alle anderen Kollegen. Man hatte sich allgemein große Sorgen gemacht und voller Erleichterung auf mein Wiedererwachen reagiert, das Fridel gleich heute Morgen verkündet hatte. Dankbar nahm ich zur Kenntnis, dass nur das Kollegium wusste, warum ich im Krankenhaus war.
„Na ja“, schränkte Benno ein. „Sophie weiß Bescheid.“ Er erzählte mit schuldbewusstem Unterton von Sophies Lauschangriff an Fridels Dienstzimmertür. Fast klang es, als sei er selbst verantwortlich für die Indiskretion des Mädchens.
„Typisch Sophie“, stellte ich lediglich trocken fest. Aber zum ersten Mal an diesem Tag – zum ersten Mal seit Tagen – musste ich grinsen. Beim Gedanken an Sophie kam so etwas wie echte

Vorfreude auf, ins Schloss zurückzukehren.
Meine Mutter griff nach meiner Hand und drückte sie, wobei sie darauf achtete, die Infusionsnadel nicht zu berühren. „Es tut gut, Dich lachen zu sehen.“ Wieder stiegen ihr Tränen in die Augen. „Ich hatte solche Angst um Dich.“
Einen Moment betrachtete sie mich schweigend, dann wischte sie die Tränen ab. Sie schien zu überlegen, bevor sie sprach: „Da ist nur eins, Catharina. Nimm es mir nicht übel, aber ich kann mich nicht daran gewöhnen, wie Du redest.“
Hilflos sah ich sie an. Ich hatte überhaupt nicht auf meinen Dialekt geachtet, seit ich wach war. Das letzte Mal, dass ich mit ihr telefoniert hatte, hatte ich ihn peinlich unterdrückt. Meine Mutter musste völlig irritiert sein. Es war ein Wunder, dass sie mich nicht direkt nach meinem Erwachen darauf angesprochen hatte. Doch überraschenderweise erklärte sie: „Es ist schön, dass Du Dich hier so gut eingelebt hast.“ Ich wollte mich schon entspannen, denn offensichtlich hatten Fridel oder Benno ihr die inzwischen allgemeingültige Erklärung gegeben. Aber meine Mutter fuhr fort: „Nur ist es ein bisschen unheimlich.“
„Was?“ Ich sah, wie Benno sich verspannte.
Meine Mutter lachte künstlich. „Ich weiß, das klingt unsinnig“, sie blickte an mir vorbei, als könne sie mich nicht ansehen. Dann erzählte sie, wie sie mit Benno an meinem Bett gesessen hatte, während ich im Koma lag. Anscheinend hatte sie sich an meine Kindheit erinnert, in der ich wohl häufig Alpträume von einem verzweifelten Mann in der Dunkelheit gehabt hatte. Und von einem Geruch nach Rauch. „Du hast im Traum gesprochen.“ Sie sah Benno an, der noch immer angespannt wirkte. Atemlos hörte ich zu, als sie sagte: „Damals hab' ich gedacht, Du redest im Schlaf wirres Zeug, aber dann hab' ich gehört, wie Grete mit Eurem Hausmeister gesprochen hat.“ Sie schüttelte den Kopf.
Obwohl ich ahnte, was jetzt kommen würde, hatte mein Verstand Mühe die Worte meiner Mutter zu erfassen: „Mir kommt es vor, als hättest Du als kleines Kind genau so im Schlaf gesprochen.“ Mit einem unsicheren Lächeln sah sie mich an, wie um sich für ihre Gedanken zu entschuldigen. „Ich weiß, dass das unsinnig

ist.“ Sie wandte sich Benno zu, als erwarte sie von ihm die Bestätigung. Der warf mir einen vorsichtigen Blick zu und ich schüttelte unmerklich den Kopf.
„Juliane, wahrscheinlich spielt Dir die Erinnerung einen Streich. Das ist doch alles Jahrzehnte her und Du hattest es eigentlich schon fast vergessen“, sagte er mit einem versichernden Lächeln, das von seinen Augen Lügen gestraft wurde. „Das war alles sehr viel in den letzten zwei Tagen.“
Meine Mutter bemerkte Bennos Scharade nicht. Sie war offensichtlich für jede Erklärung dankbar, selbst die banalste. „Bestimmt hast Du recht.“ Nach einem Moment des Überlegens fügte sie hinzu: „Eure Köchin ist allerdings auch ein Mensch, bei dem einem gruselt. Nehmt es mir nicht übel, aber sie hat tatsächlich etwas von einer Hexe.“ Mit einem künstlichen Lachen stellte sie fest: „Kein Wunder, dass diese Sophie sich so gut mit ihr versteht.“
Benno und ich tauschten einen Blick. Ich konnte ihm ansehen, dass er gern mit mir über das gesprochen hätte, was meine Mutter mir gerade von meiner Kindheit erzählt hatte. Wahrscheinlich stand mir das innere Tohuwabohu, das es mir verursachte, ins Gesicht geschrieben. Zumal ich von alldem überhaupt nichts mehr wusste. Aber sollte die Erinnerung meine Mutter nicht trügen, war dies der Beweis, dass Grete sich nicht geirrt hatte, was die Verbindung zwischen Johannes und mir betraf.

Eine halbe Stunde später verabschiedete sich mein Besuch, ohne dass ich noch eine Gelegenheit gehabt hätte, mich zumindest kurz mit Benno auszutauschen. Immerhin hatte sich meine Mutter wieder beruhigt und ihre Vorbehalte gegen meine sprachliche Veränderung überwunden. Sie war viel zu glücklich, mich wiederzuhaben und völlig überzeugt von Bennos rationaler Erklärung.
Mich aber quälte sofort das Gedankenkarussell, kaum dass sich die Tür geschlossen hatte und ich wieder allein war. Ich hatte bereits als Kind von Johannes geträumt. Es konnte doch nur er

gewesen sein, dem ich da in der Dunkelheit begegnet war. Noch vor wenigen Wochen hatte er den Geruch von Räucherwerk getragen. Auch wenn ich mich nicht erinnern konnte, war ich mir sicher, dass sich meine Mutter nicht täuschte, was den Dialekt anging, in dem ich in meinen Kinderträumen gesprochen hatte.
Damit jedenfalls hatte Grete recht gehabt. Ich *war* seit Beginn meiner Existenz mit Johannes verbunden. Möglicherweise hatte ich noch ganz andere Träume gehabt, von denen weder ich noch meine Mutter etwas wussten. Aber anscheinend hatte ich, je älter ich wurde, sowohl die Träume als auch den Dialekt verloren – bis ich nach Altenstein gekommen war.
Von Anfang an hatte ich kein Problem gehabt, Ede und Grete zu verstehen, doch gesprochen hatte ich den Dialekt erst wieder, nachdem ich in der Folterkammer gewesen war, wo vor hundertfünfzig Jahren alles begonnen hatte.
Ich dachte an mein Gespräch mit Grete. *Willst Du behaupten, dass irgendwelche finsteren Rituale, die vor hundertfünfzig Jahren stattgefunden haben, dafür verantwortlich sind, dass ich auf Altenstein bin? Das ist idiotisch! Ich bin vor einem irren Stalker hierher geflohen!*, hatte ich zu ihr gesagt.
Was, wenn auch meine Begegnung mit diesem Menschen gar kein sinnloser Zufall war, sondern Teil dieser schicksalhaften Verbindungen? Ein weiterer ungeheuerlicher Gedanke ließ mein Gedankenkarussell in neuer Geschwindigkeit rotieren: Was, wenn auch sein Wiederauftauchen zu diesem irren Spiel des Schicksals oder der Vorsehung oder irgendwelcher höherer Mächte gehörte, in das ich hineingeraten war? Konnte es sein, dass meine Entführung und diese Tage im Koma irgendeinen tieferen Sinn hatten, der sich mir ganz einfach nicht erschloss?
Wenn Grete sich nicht geirrt hatte, galt dann vielleicht noch immer das, was Friederike gesagt hatte? Dass es mehr als eine Seele zu befreien galt?
Wenn dem so war, mussten dann nicht auch meine Entführung und dieser neue Mordanschlag in einem Zusammenhang mit Johannes und den Mangoldfrauen stehen? Aber wo in aller Welt sollte dieser Zusammenhang sein? Grete hatte prophezeit, dass

etwas passieren würde. Etwas, das Johannes zurückbrachte. Aber Johannes war nicht zurückgekommen. Die Werkzeuge lagen nach wie vor in Gretes Kräuterküche und verströmten ihre dunkle Energie. Und irgendwelche hilfreichen Träume und Visionen hatte mir mein Koma auch nicht beschert. Das einzige, das ich gehabt hatte, war ein schöner Wunschtraum von Johannes gewesen. Vielleicht hatten ihn Gretes Kräuter ausgelöst. Jedenfalls war von diesem Traum inzwischen nicht mehr übrig als die trostlose Erkenntnis einer zerstörten Hoffnung. Was auch immer Johannes neulich bei Grete gewollt hatte, jetzt war er endgültig verschwunden.
Da war keine Logik und da war auch kein Sinn in dieser Entführung. Johannes und ich mochten verbunden sein, wie Grete es gesagt hatte, doch das alles war aus einem absurden Zufall passiert, der seinen Ursprung in meinem Folterkammertraum hatte. Es war genau so, wie ich es vor dem Bericht meiner Mutter gedacht hatte: Friederike hatte sich geirrt. Es gab keine Erlösung. Für keinen von uns. Es war Zeit, die Hoffnung aufzugeben.
Ich würde nicht noch einmal versuchen, Johannes in einem weisen Traum zu erreichen. Das Einzige, was mir blieb, war Grete zu helfen, die Werkzeuge in die Kapelle zurückzubringen, um meinen Fehler wieder gutzumachen. Mehr konnte ich nicht tun.
„Leb' wohl, Johannes, wo auch immer Du jetzt sein magst“, flüsterte ich im festen Entschluss, dass dies das letzte Mal sein würde, dass ich mit dem leeren Raum sprach. „Ich gebe auf.“
Damit rollte ich mich zu einem Ball zusammen und überließ mich meinem Kummer.

Er stand halb in der Wand verborgen und beobachtete, wie Catharina sich im Schlaf herumwälzte. Immer wieder stöhnte sie. Einmal hatte sie geschrien und danach lange geweint. Die überbeschäftigte Nachtschwester hatte nichts bemerkt.
In den letzten Stunden hatte er sich zusammenreißen müssen, nicht in die Horrorvisionen einzugreifen, die Catharinas Geist

erschuf. Er wusste, dass sie die Ereignisse ihrer Entführung träumte. Ihr Unterbewusstsein verarbeitete, was sie bewusst erlebt hatte, füllte aber gleichzeitig immer wieder die Lücken in ihrer Erinnerung. Im schlimmsten ihrer Träume hatte der Entführer sie mit einem gierigen Blick betrachtet. Langsam hatten sich dabei seine Züge verändert, bis es nicht mehr der Entführer gewesen war, sondern Johannes selbst. Es waren die Züge seines eigenen Portraits, die Catharina mit dem Blick eines Raubtiers angegrinst hatten. Das war der Moment gewesen, in dem sie geschrien hatte.
Es hatte ihn alle Willenskraft gekostet, nicht in diesen Traum einzuschreiten, und ihr Schrei hatte ihm das Herz zerrissen. Aber er durfte ihr nicht helfen. Nicht, nachdem sie ganz offensichtlich akzeptiert hatte, dass er nicht mehr da war und auch nicht zurückkommen würde. Ich gebe auf, waren ihre letzten Worte an ihn gewesen.
Er wusste nicht, was es gewesen war, das sie dazu bewogen hatte, denn noch am Morgen hatte sie versucht, mit ihm zu sprechen. Offensichtlich hatte sie sich an seine Anwesenheit in der Nacht erinnert. Aber sie schien sich nicht sicher zu sein, was sie da erlebt hatte. Vielleicht hatte sie inzwischen beschlossen, dass es nur ein Wunschtraum gewesen sein konnte, denn im Lauf des Tages hatte sie alles erfahren, was passiert war. Aber in keinem der Berichte hatte es irgendeinen Hinweis auf ihn gegeben. Sie musste davon ausgehen, dass ihr Erwachen allein Grete zu verdanken war.
Zu seiner unendlichen Erleichterung hatten auch Fridel und Benno ihn nicht verraten. Grete musste mit ihnen gesprochen haben. Vielleicht hatte sie ihnen seine Bitte mitgeteilt, das Ritual zu wiederholen, das ihn von Catharina trennen würde. Er würde eine Gelegenheit finden müssen, mit Grete zu sprechen.
Bevor sie in der Nacht gegangen war, hatte sie das Gespräch eindeutig eingefordert. Möglicherweise ging es um die Frage, wie das neue Ritual durchzuführen sei.
Die Trennung war umso wichtiger, als Catharina beschlossen hatte, trotz allem auf Altenstein zu bleiben. Er würde ihre

Alpträume ertragen müssen. Gleichgültig, was sie zeigten. Catharina würde sie irgendwann überwunden haben.

39. Tag – Sonntag

Meine Mutter war da. Seit dem Frühstück saßen wir in der Cafeteria. Gerade hatten wir zu Mittag gegessen. Ich konnte mein Zimmer nicht mehr ertragen. Diese hallenden, blassgrünen Wände mit den hässlichen Farbdrucken. Die Normfenster mit den Einheitsgardinen. Den PVC-Boden mit den Einheitsmöbeln. Diese betonte Funktionalität – die kalte Leere des Raumes war mir inzwischen unerträglich.
Außerdem hatte *er* mich die ganze Nacht verfolgt. Durch U-Bahn-Schächte, leere Straßen, durch den Wald, im Schloss, in meiner Wohnung, in einem Ferienhaus, das aussah wie mein-Schlafzimmer. Immer wieder hatte *er* mich ermordet. Der schlimmste aller Träume war derjenige gewesen, in dem er sich in den kalten Grafen verwandelt hatte. Ich war schreiend daraus erwacht.
Als meine Mutter kam, hatte mir die Nacht noch im Gesicht gestanden. Alle meine Ausweichmanöver hatte sie zurückgewiesen und so lange gebohrt, bis ich von meinen Träumen erzählt hatte. Es hatte gut getan, darüber zu sprechen, aber natürlich musste ich gerade den Teil verschweigen, der mich am meisten quälte. „Ich muss raus aus dieser Klinik. Ich ertrage dieses Zimmer nicht mehr. Ich will zurück ins Internat."
Meine Mutter sah mich an, als hätte ich verlangt, auf den Mond geschossen zu werden. „Catharina! Deine Alpträume spielen auf Altenstein!" Sie war vollkommen dagegen, dass ich „an den Tatort" zurückkehrte, wie sie es nannte. Ihrer Meinung nach sollte ich mir eine Auszeit nehmen, um meine Entführung mit professioneller Unterstützung zu verarbeiten. „Du musst Dich jetzt auf Dich konzentrieren und auf Deine Gesundheit!"
„Um in ein paar Wochen vor demselben Problem zu stehen wie jetzt?", führte ich ihre Überlegung fort. Ich schüttelte heftig den Kopf. „Was hätte ich gewonnen?"

„Abstand? Zeit? Regeneration?“, schlug sie ärgerlich vor. „Du wärst fast ...“, sie zögerte, als könne sie das Wort nicht aussprechen, „... gestorben und hast fast vier Tage im Koma gelegen.“
Ich lehnte erneut ab. Die Vorstellung, in irgendeinem Kurort wochenlang nichts anderes zu tun, als mich mutterseelenallein mit mir selbst und diesem neuen Mordanschlag zu befassen, war undenkbar. Ich würde mit niemandem offen sprechen können. Auf Altenstein hatte ich Fridel und Benno, die wussten, was mich außer dieser Stalker-Geschichte umtrieb. Die Situation jetzt war eine völlig andere als bei meiner letzten Flucht. Damals war ich nicht nur vor diesem Irren und den Erinnerungen, sondern auch vor den Menschen geflohen, die mich für unzurechnungsfähig gehalten hatten. Auf Altenstein hatte ich Freunde, die mich verstanden und für mich da waren.
„Sprich wenigstens noch einmal mit diesem Psychiater darüber“, bat meine Mutter fast flehend. „Du mochtest ihn doch!“
Zum dritten Mal wies ich sie zurück. Ich verschwieg, dass gerade mein Gespräch mit Herz mich überzeugt hatte, zu bleiben. Und so hilfreich Herz sein mochte, letztendlich konnte ich auch mit ihm nicht reden.
„An Herz kann ich mich im Notfall wenden. Aber ich werde nicht in irgendeine Kurklinik davonlaufen, sondern das Problem da lösen, wo es entstanden ist“, erklärte ich und fügte in Gedanken hinzu: *So wie alle anderen Probleme auch.* „Ich werde morgen damit anfangen und keinen Tag länger in dieser Klinik bleiben.“
Die Augen meiner Mutter wurden groß. „Morgen?!“
Ich nickte.
„Das ist fahrlässig, Kind!“ Sie war völlig außer sich. Dass ich mit der Konfrontation anfangen wollte, kaum dass ich überhaupt in der Lage war, das Bett zu verlassen, hielt sie für unverantwortlich meiner Gesundheit und meiner traumatisierten Psyche gegenüber. „Komm' doch erst mal mit mir nach Hause“, bat sie. „Ich werde Deinen Vater mit der Arbeit nicht mehr lange allein lassen können. Zu Hause hättest Du Ruhe und Abstand zu all dem“, sie machte eine unbestimmte Bewegung, die

wahrscheinlich die Klinik, Altenstein und meinen Stalker einschließen sollte. „Ich könnte mich um Dich kümmern und Dich ein bisschen aufbüttern. Du bist furchtbar dünn."
Und zum vierten Mal enttäuschte ich sie. „Ich werde nicht davonlaufen! Nicht noch einmal. Ich werde diesem Menschen nicht die Genugtuung verschaffen, dass ich wegen ihm schon wieder von vorn anfange."
„Aber ich will Dich doch nicht für immer hier wegholen", entgegnete meine Mutter, obwohl ich ihr ansehen konnte, dass sie genau das wollte.
Wir stritten eine Weile flüsternd vor uns hin, denn inzwischen füllte sich die Cafeteria mit Gästen. Offensichtlich flüchteten alle diejenigen Patienten, die dazu in der Lage waren, mit ihrem Sonntagsbesuch aus ihren Zimmern.
Irgendwann gab meine Mutter auf. „Du bist genauso stur wie Dein Vater", stellte sie resigniert fest. Aus irgendeinem Grund hatte sie es plötzlich eilig, sich zu verabschieden. „Ich will noch zu Eurer Köchin, vielleicht hat sie ein Mittel gegen seine Magenbeschwerden", behauptete sie.
Mir war klar, dass das letzte Wort noch nicht gesprochen war. Irgendetwas würde sie sich ausdenken, um mich davon abzuhalten, morgen auf eigene Verantwortung die Klinik zu verlassen. Was Sturheit anging, hatte ich von beiden Elternteilen die Gene geerbt.

Weil mich unser Zwist müde gemacht hatte, ging ich doch in mein Zimmer zurück, nachdem wir uns verabschiedet hatten. Aber unser Gespräch ließ mich nicht los. Aus rein professioneller Sicht war mir klar, dass meine Mutter recht hatte und meine Entscheidung leichtsinnig war. Es war nicht wirklich abzusehen, wie ich auf meine Wohnung reagieren würde. Und trotzdem wollte ich zurück, auch wenn alle Stimmen der Vernunft und sämtliche inneren Psychologinnen deswegen lautstark Protest einlegten: *Warum willst Du Dir unbedingt wehtun? Alle Deine Wunden werden gleichzeitig anfangen zu bluten.*

Ich hatte keine Begründung außer meinem irrationalen Bauchgefühl, über das ich schon mit Herz gesprochen hatte.
Um mich abzulenken, schaltete ich den Fernseher an und zappte durch die Kanäle. Zum Schluss blieb ich auf einem Verkaufssender hängen, der gerade Pflegemittel für Autolack anbot. Da Autopflege so dermaßen gar nichts mit meinen Problemen zu tun hatte, musste ich in der nächsten Stunde mit keinem Flashback rechnen. Schon nach wenigen Minuten schlief ich ein ...
... um sofort in einem U-Bahn-Schacht zu enden. Eiseskälte stieg mir den Rücken hinauf und ich versuchte davonzulaufen. Doch etwas legte sich von hinten um meinen Hals. Hilflos schlug ich um mich, während *er* zuzog und gleichzeitig meine Arme packte.
„Catharina!“
Verzweifelt versuchte ich, mich loszumachen, aber der Griff wurde immer fester. Schmerz zog durch meinen Brustkorb und ich stöhnte laut.
„Catharina, wach auf!“
Ich wurde leicht geschüttelt und glaubte, ein Déjà-vu zu haben, als ich mühsam die Augen öffnete und auf einen schwarzen Pullover starrte. Langsam nur kam ich zu Bewusstsein und erkannte, dass ich in meinem Krankenhausbett lag. Benno stand über mir. Er war es, der meine Arme festhielt, damit ich nicht weiter um mich schlug.
„Entschuldigung“, murmelte ich und setzte mich vorsichtig auf. Nur allmählich beruhigte sich mein Herz und mein Atem wurde wieder regelmäßig. Die Hand mit der Infusionsnadel und mein malträtierter Brustkorb schmerzten. „Ich hatte einen Alptraum.“
Im Fernseher wurde noch immer Autopflege verkauft. Anscheinend war ich nur kurz eingeschlafen.
„Kein Grund, sich zu entschuldigen“, sagte Benno und hielt meine Hand fest. Neben mir klapperte es und ich gewahrte Fridel, der auf der anderen Seite des Bettes auf dem Nachttisch herumsuchte. Schließlich griff er das Tiegelchen mit Gretes Salbe. „Grete lässt fragen, ob Du sie benutzt.“
Betreten musste ich zugeben, dass ich es vergessen hatte. Ein

tadelnder Blick traf mich. Fridel stand auf, beugte sich über mich und schob mir die Locken aus der Stirn. Kurz betrachtete er den roten Fleck, um ihn anschließend mit der Salbe zu bestreichen. Die Haut war noch immer taub.
„Brust“, forderte er und ich zog den Reißverschluss meiner Kapuzenjacke herunter. Fridel betrachtete die rote Fläche eingehend und behandelte auch sie mit Gretes Paste. „Juckt es?“, wollte er wissen.
Ich schüttelte den Kopf.
„Kommt noch. Grete sagt, Du musst es aushalten.“
Diesmal nickte ich müde. „Ich könnte auch tot sein oder noch immer komatös, wenn es Euch alle nicht gäbe.“ Ich weigerte mich, Fridel an meinen inzwischen schwarz gemusterten Brustkorb zu lassen und trug die zweite Salbe selbst auf.
„Wie schlimm sind die Träume?“, fragte Benno. „Sind sie immer so wie der vorhin?“
„Immer.“ Ich hörte den Kloß in meiner Stimme und sah unter mich. In Fridels und Bennos Gegenwart drängte plötzlich das an die Oberfläche, worüber ich mit sonst niemandem reden konnte, und das mich doch dauernd quälte. „Und es gibt niemanden, der mich retten könnte“, flüsterte ich.
Als ich den Kopf hob, betrachtete mich Fridel. Sofort setzte er ein bemühtes Lächeln auf. Es kam mir vor, als werfe Benno ihm einen Blick zu, den Fridel zu erwidern schien. Doch der Eindruck verschwand gleich wieder.
Fridel zog ein Gerät aus seiner Arzttasche, die neben ihm auf dem Boden stand. Er befüllte es mit einer Flüssigkeit und steckte den Stecker in die Steckdose. Das Gerät löste bei mir eine Erinnerung aus. Irgendwo hatte ich das Ding schon einmal gesehen.
Nach einem Moment begann es zu blubbern und Geräusche zu machen, die ich ebenfalls schon einmal gehört hatte. Leichter Nebel stieg auf und ein herber Duft breitete sich aus. Auch den Geruch kannte ich. Er erinnerte mich an trockenes Holz und warme Pferdekörper. Seltsamerweise bewirkte er ein Gefühl vorsichtiger Zuversicht. Je mehr sich der Duft im Raum

ausbreitete, desto stärker wurde das Gefühl, als würde mich der Geruch davon überzeugen, dass es sich lohnen könnte, die Hoffnung nicht aufzugeben.
Fridel hatte mich beobachtet und schien zufrieden mit dem, was er in meinem Gesicht las. „Von Grete“, bemerkte er. „Sie hat das Zeug in der Nacht benutzt, in der Du aufgewacht bist.“ Ein kurzes Grinsen wanderte durch seinen Bart. „Sie hat heftig mit der Schwester und dem Arzt diskutiert, die fanden, dass es stinkt.“
Daher also kannte ich das Ding. Fridel nickte zu meiner Anmerkung. „Der Geruch soll helfen, die Alpträume besser zu ertragen.“
Wieder hatte ich das Gefühl, dass meine Nachbarn einen Blick austauschten, bevor Benno das Thema wechselte: „Wir haben Deine Mutter bei Grete getroffen. Juliane macht sich Sorgen um Dich, weil Du Dich selbst entlassen willst.“
„Ist sie deshalb zu Grete gefahren? Hier hat sie behauptet, dass sie ein Mittel gegen den nervösen Magen meines Vaters holen will.“ Ich hatte also richtig vermutet, dass meine Mutter so einfach nicht aufgeben würde. „Warum ist Grete nicht gleich mitgekommen?“, fragte ich zu heftig.
„Sie ist ... Sie will erst ...“, Benno zögerte, dann sagte er: „Grete findet, dass Du richtig handelst.“
„Grete und Ärzte“, bemerkte ich trocken. Natürlich hatte ich Gretes Unterstützung, wenn ich mich den Medizinern entzog.
„Nicht wegen des Krankenhauses.“ Benno zauderte erneut. „Sie findet es richtig, dass Du nach Altenstein zurück willst.“
„Was?“ Ich starrte Benno an. „Nachdem sie vom ersten Tag an alles dafür getan hat, dass ich Altenstein verlasse, soll ich auf einmal zurück? Jetzt, da ich wirklich allen Grund habe zu gehen? Wo doch die Wunde jetzt tatsächlich wieder blutet?“ Völlig irritiert sah ich von Benno zu Fridel und zurück. „Oder liegt es daran, dass Johannes endgültig verschwunden ist, obwohl Grete vor Tagen etwas anderes behauptet hat?“ Ich schluckte den Schmerz hinunter und sprach die Gedanken aus, mit denen ich bisher hatte allein klarkommen müssen. „Denn inzwischen *ist*

etwas passiert, aber er ist nicht zurückgekommen."
Weder Benno noch Fridel sagten etwas, sodass ich fortfuhr: „Schickt sie mir deshalb dieses Gerät? Damit ich mit meinen Alpträumen und dem Verlust besser fertig werde?" Die Tränen ließen sich nicht mehr unterdrücken und rollten los. Ich zog ein Taschentuch aus dem Spender.
Fridels Miene zeigte einen Ausdruck, den ich auch durch sein dickes Gesichtshaar als Ärger erkannte. Aber der galt anscheinend nicht mir, denn er wandte sich an Benno, als er sagte: „Ich finde das reicht jetzt. Sie hat genug durch..." Weiter kam er nicht, denn Benno unterbrach ihn, indem er zu mir sagte: „Die letzten Tage haben Grete sehr mitgenommen. Sie ist nicht mehr die alte."
Er sah Fridel mit einem Ausdruck an, der mir wie eine Warnung vorkam, bevor sein Blick in eine unbestimmte Richtung wanderte, als er weitersprach: „Grete tut alles, um zu helfen."
Fridel setzte sich in seinem Stuhl zurück und verschränkte die Arme vor der Brust. Die ganze Zeit über hatte ich den Eindruck, dass hier eine Kommunikation über die hörbaren Worte hinaus stattfand, von der ich ausgeschlossen war. „Was verschweigt Ihr mir?" Ich putzte mir die Nase und sah von einem zum andern.
Fridel zog eine Augenbraue hoch und schaute Benno erwartungsvoll an, als wäre er auf die Antwort gespannt. Benno wiederum wirkte, als müsse er seine Worte genau abwägen. „Grete geht es nicht gut. Sie kann das Haus nicht mehr verlassen."
„Was ist passiert?"
Benno atmete durch. Jetzt, da meine Mutter nicht dabei war, konnte er offen sprechen. „Dein Verschwinden, Dein Koma, die Nacht an Deinem Bett", er machte eine unbestimmte Geste, „das alles war zu viel für sie. Und dann sind da die Werkzeuge, die ihr die Kraft rauben. Aber solange es keine Lösung gibt, muss sie sie bewachen."
„Sobald ich hier raus bin, werde ich ihr helfen, sie wieder in die Kapelle zu bringen", erklärte ich. „Das ist das Einzige, was wir ohne Johannes tun können."

„Es muss eine endgültige Lösung geben“, sagte Benno, ohne auf meine Bemerkung einzugehen. Dann schien sein Blick wieder in den Raum und ins Leere zu wandern. „Grete will reden.“
„Wir können sofort hinfahren.“ Ich meinte, was ich sagte und wischte mir demonstrativ die Tränen ab.
Fridel setzte sich im Stuhl auf, als befürchte er, ich würde aus dem Bett springen. „Nicht heute! Nicht bevor Du entlassen bist!“
Benno nickte und stellte seltsam betont fest: „Du bist hier sicher. Und dieser Pflanzensud sollte auch helfen, dass Du gut durch die Nacht kommst.“ Ohne meine Antwort abzuwarten und noch immer ohne mich anzusehen, fuhr er fort: „Grete muss etwas klären.“
„Was gibt es noch zu klären? Johannes ist weg.“ Verständnislos stellte ich das Offensichtliche fest: „Wir können nichts mehr machen. Das Zeug muss einfach zurück in die Kapelle! Dann wird es Grete besser gehen.“
Benno wirkte nicht mehr abwesend, sondern sah mich direkt an, als er sagte: „Grete wird Dir Bescheid geben, wenn sie so weit ist. Sie hat Deiner Mutter versprochen, dass sie sich keine Sorgen um Dich machen muss, wenn Du ins Schloss zurückkehrst.“
„Dann hat sie Zeit bis morgen.“ Auch wenn ich keine Ahnung hatte, was Grete plante, war ich mir sicher, dass sie meiner Mutter keine leeren Versprechen geben würde. Wenn die Köchin wirklich der Meinung war, dass ich auf Altenstein bleiben sollte, hatte sie ganz sicher auch eine Idee, wie sie mir helfen würde – und sei es noch mehr Pflanzensud. Wie ich gerade mehrfach am eigenen Leib erfahren hatte, waren Gretes Mittel hoch potent.
Fridel schüttelte zu meiner Entscheidung missbilligend den Kopf, doch wenigstens schien sein Ärger verraucht zu sein, wem oder was auch immer er gegolten hatte. „Und jetzt?“, fragte er seinen Angebeteten.
„Nehmen wir Catharina mit zum Kaffeetrinken oder zu einem kleinen Spaziergang“, beantwortete Benno Fridels Frage. „Dieser Raum muss dringend mal richtig durchgelüftet werden.“
Als ich hinter Benno und Fridel aus dem Zimmer ging, glaubte

ich zu hören, wie Fridel über die Schulter seines Liebsten murmelte: „Mission accomplished. Hervorragend, mein Bester."

Wie vor kaum einer Woche stand er im Schatten der Dorfkirche und sah zum alten Mangoldhaus, unsicher, was ihn dort erwarten würde. Catharina war gegenwärtig sicher und würde dank Gretes Künsten diese Nacht besser überstehen als die letzte. Er hatte Bennos Botschaft verstanden, so verschlüsselt sie auch gewesen war, damit Catharina keinen Verdacht schöpfte.
Grete wollte ihn sprechen. So schnell wie möglich. Catharina würde schon morgen ins Schloss zurückkehren und augenscheinlich wollte die Köchin sicher gehen, dass er bis dahin keine Gefahr mehr darstellte. Offensichtlich ging sie davon aus, dass es ihr gelingen würde, Catharina endgültig von ihm zu trennen, denn warum sonst sollte sie Catharinas Wunsch befürworten, nach Altenstein zurückzukehren? Vermutlich wollte Grete ihr helfen, all das zu verarbeiten, was sie in den letzten Wochen erlebt hatte. Das musste der Grund sein, dass sie nichts dagegen unternahm, dass Catharina blieb. Außerdem erklärte es das Versprechen, das sie Juliane gegeben hatte – auch wenn dieses Versprechen weit mehr umfasste, als die Mutter ahnen konnte.
Grete schien für das Ritual die Werkzeuge benutzen zu wollen. Welchen anderen Grund sollte es geben, sie zu behalten? Sie würde nicht mehr lange unter ihrer dunklen Macht leiden müssen. Sobald das Ritual durchgeführt war, konnte sie die teuflischen Gegenstände in die Kapelle zurückbringen. Dort also hatte sie sie vor fünfzig Jahren versteckt.
Allerdings war nicht abzusehen, wie Grete reagieren würde, wenn er ihr mitteilte, dass er Catharina weiterhin begleiten würde. Er musste der Köchin irgendwie begreiflich machen, dass es zu Catharinas Besten war.
Wie vor einer Woche bewegte er sich vorsichtig auf das Haus zu. Es war trüber Tag und Menschen waren auf dem Kirchplatz unterwegs.
In Gretes Küche brannte Licht. Sie saß am Tisch und blickte

gedankenverloren auf die Tasse Tee, um die sie ihre knochigen Hände gelegt hatte. Eine weitere benutzte Tasse und schmutziges Kuchengeschirr standen auf dem Tisch. Vielleicht von Catharinas Mutter.
„Entschuldige mein Eindringen“, sagte er leise, um seine Urenkelin nicht zu erschrecken. „Du wolltest mich sprechen.“
„Da bist Du also, Graf.“ Grete atmete tief durch und hielt den Blick auf die Tasse gerichtet. „Setz' Dich.“
Vorsichtig glitt er zum Tisch und nahm Grete gegenüber Platz. Noch immer sah sie nicht auf. „Wie geht es ihr?“
„Sie kämpft.“ Die Wilde Frau.
„Was hältst Du davon, dass sie morgen ins Schloss will?“
Grete fragte nach seiner Meinung? „Sie ist stark, aber sie wird Hilfe brauchen.“
Sein Gegenüber nickte. „Ihre Mutter sagt, dass Catharina von Alpträumen gequält wird.“
„Immer, wenn sie einschläft.“ Er dachte an den Traum, aus dem sie schreiend erwacht war. „Es ist peinigend.“
„Für sie, genau wie für Dich“, murmelte Grete und hob den Kopf. Ihre Haut wirkte fahl und durchsichtig, die Augen hatten dunkle Ringe, aber sie funkelten herausfordernd. „Du hast Dich ihr also immer noch nicht gezeigt.“
Er warf einen irritierten Blick zurück, wohl wissend, dass sie es nicht sehen konnte. Stellte sie ihn auf die Probe? „Catharina hat akzeptiert, dass ich nicht mehr da bin. Und ich danke Dir, dass Du dafür gesorgt hast, dass Benno und Fridel ihr nichts von meiner Rückkehr gesagt haben.“ Obwohl er heute kurz befürchtet hatte, dass Fridel ihn verraten würde.
Wieder verunsicherte ihn Gretes Erwiderung: „Catharina muss verarbeiten, was sie erlebt hat. Du könntest ihr helfen.“
Das musste ein Test sein. „Ja“, antwortete er.
Als er nichts weiter sagte, stellte die Köchin mit einem weiteren herausfordernden Blick fest: „Du liebst sie.“
Er schwieg. Wozu sollte diese Frage gut sein, außer um ihn zu quälen? Grete würde ihn ohnehin von Catharina trennen. Oder ahnte sie, dass er bleiben wollte, nach allem, was geschehen

war?
„Warum lässt Du zu, dass sie sich quält?“ Gretes dunkle Augen lagen abwartend auf ihm.
„Ich könnte sie in Gefahr bringen.“
Der Blick der alten Frau verfinsterte sich. „Glaubst Du noch immer, dass ich sie verfluchen will?“
„Es gibt keinen Grund mehr. Ich habe sie verlassen.“ Worauf wollte die Köchin hinaus? „Und warum solltest Du sie jetzt verfluchen? Du hast sie aus dem Koma geweckt.“
Gretes Gesicht entspannte sich, als habe sie seine Antwort beruhigt. „Mit Deiner Hilfe“, sagte sie und betrachtete ihn forschend.
Erwartete sie eine bestimmte Reaktion? Er verstand den Sinn dieses Gesprächs immer weniger. Es gab nur einen nachvollziehbaren Grund, dass Grete noch einmal mit ihm sprach: Nämlich um dafür zu sorgen, dass er endgültig aus Catharinas Leben verschwand. Aber statt einfach die Trennung zu vollziehen, zog sie dieses Gespräch unnötig in die Länge. Warum in aller Welt fragte sie ihn nach seinen Gefühlen oder wies ihn darauf hin, dass er Catharina in ihren Alpträumen helfen könnte? Das wusste er selbst und es war ihm eine innere Folter, nicht einzuschreiten, wenn sich der Stalker in sein eigenes sadistisches Alter Ego verwandelte. „Ich schade ihr mehr, als dass ich ihr helfe. Hast nicht Du selbst sie immer wieder vor mir gewarnt?“, stellte er fest und unterdrückte den Schmerz, der sich in seine Stimme schleichen wollte. „Und haben sich Deine Befürchtungen nicht bewahrheitet? Sie könnte weitere Visionen haben.“ Er zögerte, bevor er hinzufügte: „Oder Träume über die Verbindung zwischen mir und Dir.“
„Zumindest wenn ich mich weiterhin weigere, mit Euch zu sprechen“, setzte Grete seinen Gedanken fort. Wieder hatte sich etwas in ihrem Blick verändert.
Sie wirkte ... schuldbewusst?! Er musste sich irren.
„Nicht, wenn Du uns endgültig trennst“, erwiderte er und beschloss, offen zu sprechen. „Dadurch wird es mir möglich sein, über Catharina zu wachen, ohne ihr Schaden zuzufügen.

Wenn Du ihr hilfst, mit ihren Träumen ...“
Grete unterbrach ihn. „Spar' Dir Deine Worte, Graf! Ich kann die Verbindung zwischen Euch nicht trennen.“
Entsetzt sah er die Köchin an, deren Blick wieder an der Teetasse hing. Wollte sie verhindern, dass er bei Catharina blieb, indem sie sich weigerte, sie von ihm zu trennen? Das war widersinnig!
„Aber Du musst es tun! Du hast es selbst gesagt!“
„Du hast mir nicht zugehört, Graf“, murmelte Grete in Richtung ihrer Tasse. Fast hatte er den Eindruck, als vermeide sie, ihn anzusehen, als sie sagte: „Selbst wenn ich es wollte, ich kann Euch nicht trennen.“ Ihre Worte waren kaum hörbar.
Er brauchte sekundenlang, um zu begreifen, was sie gesagt hatte. „Aber Du hast doch bereits dafür gesorgt, dass ich Altenstein nicht verlassen kann!“
Endlich sah Grete von ihrer Tasse auf. „Warum sollte ich Dich an Altenstein binden? Ich müsste doch froh sein, wenn Du von hier verschwindest.“ Grete hatte einen Tonfall, als sei er ein begriffsstutziges Kind.
Dann allmählich erschloss sich ihm, was Grete gerade gesagt hatte. „Aber Du hast ...“, er brach ab. Die Schlüsse, die er zog, mussten falsch sein! „Der Altar ...“, wieder stockte er. „Vor einer Woche ... Ich habe die Werkzeuge gesehen und ihre dunkle Macht gespürt! Wofür sonst solltest Du sie gebraucht haben, wenn nicht für ...“
Noch einmal unterbrach ihn Grete. „Du verstehst nicht, Graf. Ich hatte nie vor, irgendwelche teuflischen Zeremonien durchzuführen! Weder um Catharina zu schaden, noch sie zu schützen. Genauso wie ich Dich nicht verfluchen wollte!“ Ihre dunklen Augen lagen auf ihm, als versuche sie zu erkennen, ob ihre Worte bei ihm angekommen waren. „Ich habe geschworen, mich niemals finsterer Mächte zu bedienen! Ich diene dem Guten!“
Er war unfähig, irgendetwas zu sagen. Alles, was dieses Gespräch bisher gebracht hatte, stand in vollkommenem Widerspruch zu dem, was er jemals über Grete zu wissen geglaubt hatte. Hatte er sich dermaßen täuschen können? Diese

harte, unbeugsame Frau hatte ihn doch Jahrzehnte lang bekämpft und für den Tod ihres Kindes gehasst!
Doch die Offenbarungen waren noch nicht zu Ende. Bei dem, was Grete nun sagte, begann er endgültig an seinem Verstand zu zweifeln: „Nicht ich habe die Werkzeuge geholt. Niemals hätte ich sie freiwillig noch einmal angerührt", hörte er Grete sagen. „Es war Catharina, die sie unter dem Altar in der Kapelle ausgegraben hat. Auch sie war der irrigen Ansicht, dass ich Böses im Sinn hätte. Sie wollte sicher sein, dass die Werkzeuge nicht in meine Hände fallen, weil Catharina weitere Rituale verhindern wollte. Sie hat das alles getan, um Dich vor mir zu schützen!"
Er war kaum in der Lage einen klaren Gedanken zu fassen. „Woher wusste sie, wo ...", flüsterte er und brach ab.
„Weil Du in einem recht hattest", antwortete Grete in resigniertem Ton. „Catharina hatte tatsächlich einen weiteren Traum und mehrere Visionen, an die sie sich erinnert hat, als Du schon weg warst. Deshalb wusste sie, wo sie zu suchen hatte."
Entsetzt hörte er zu, wie Grete der Reihe nach erzählte, was wirklich geschehen war – und er begriff, dass alles ein unfassbarer Irrtum gewesen war. Und dass Catharina seit ihrer Geburt mit ihm verbunden war – es für immer sein würde.
Minutenlang herrschte Schweigen. Jetzt erklärte sich alles. Diese ganze mystische Verbindung zwischen ihnen mit all ihren Auswirkungen.
„Selbst wenn Du es noch so sehr willst, Du kannst sie nicht schützen, indem Du davonläufst. Genauso wie es unsinnig ist, dass sie Altenstein verlässt", sagte Grete nach einer Weile. „Es ist völlig gleichgültig, wo sie ist. Das zeigen ihre Kinderträume. Sie mag sich an diese Träume nicht mehr erinnern und jahrelang den Dialekt nicht gesprochen haben, jetzt aber sind ihr die Zusammenhänge bewusst. Nach allem, was auf Altenstein passiert ist, gibt es kein Zurück. Ihr seid verbunden. Das habe ich zu verantworten." Ihre Worte klangen nüchtern, doch sie sah unter sich. „Hätte ich Euch geholfen, wäre alles anders. Es war mein Zorn, der mich blind gemacht hat." Grete stand mühsam

auf, um noch einmal Tee aufzugießen. „Eigentlich ist es ein Glück, dass sie Dich liebt", sagte sie vom Herd her und lachte hart. „Sie würde alles für Dich ertragen."
„So wie ich für sie."
Er sah, wie die Köchin nickte. „Ich weiß. Ich habe Deinen Kampf um sie erlebt", langsam drehte sich Grete um, „und Dich singen hören." Diesmal sah sie ihn direkt an. „Hilf ihr. Es ist noch nicht zu Ende und wir stehen beide in ihrer Schuld."
Betroffen sah er die alte Frau an. Gretes Jahrzehnte währende Ablehnung ihm gegenüber war das eine. Aber jetzt, da er die Zusammenhänge kannte, wurde ihm bewusst, welcher Folge tragischer Missverständnisse auch er selbst zum Opfer gefallen war.
Er war es gewesen, der Catharinas Vision von den Werkzeugen falsch gedeutet und sie damit auf eine falsche Fährte gesetzt hatte. Catharina selbst hatte mehrfach Zweifel geäußert, dass Grete wirklich Böses im Schilde führen könnte. Aber er hatte nicht auf sie gehört, weil er es sich schlicht nicht hatte vorstellen können, dass Grete das war, als was Benno sie Juliane gegenüber beschrieben hatte: eine gläubige Frau. Sein Bild von der Köchin war von dem geprägt gewesen, was er seit einhundertfünfzig Jahren mit den Mangoldfrauen erlebt hatte: Verachtung und Abwehr, wo auch immer sie ihm begegneten. Deshalb hatte er, soweit es ihm möglich gewesen war, Abstand gehalten und jedes Zusammentreffen vermieden. Mit Grete hatte er so gut wie gar keine Begegnungen gehabt, bevor Catharina nach Altenstein gekommen war. Er hatte gar nicht gewusst, dass sie ihr Kind verloren hatte – geschweige denn, dass er damit in irgendeinem Zusammenhang stand. Er hatte den unbändigen Hass, den sie ihm entgegenbrachte, für die traditionelle Haltung der Mangoldfrauen ihm gegenüber gehalten. Es war dieses Bild, das er sich von der Köchin gemacht und aus dem heraus er seine Schlüsse gezogen hatte – auch vor einer Woche, als er sie in ihrem Schlafzimmer hatte sprechen hören. Erst jetzt begriff er, dass es um die Werkzeuge gegangen war, die Catharina ihr gebracht hatte.

„Ich werde alles tun, um Dir zu helfen", murmelte er mehr zu sich selbst.
„Wovon sprichst Du, Graf?"
Er sah auf. „Dass diese Werkzeuge in Deiner Kräuterküche liegen und ihr Gift verströmen, ist genauso meine Verantwortung wie Deine. Letztlich war ich es, der Catharina auf diesen falschen Weg gebracht hat. Wenn ich irgendetwas tun kann, um Dir zu helfen, damit Du von diesem Teufelswerk befreit wirst, sag' es mir. Diese Werkzeuge existieren, weil ich Rosa Furchtbares angetan habe, und alle Mangoldfrauen haben die Konsequenzen dessen tragen müssen."
Er sah auf seine Hände und suchte nach Worten. Schließlich hob er den Kopf. Grete rührte sich nicht, sondern betrachtete ihn schweigend. Im Verlauf seiner Rede hatte sich nichts an ihrer Haltung verändert. Und doch schien sich in ihrer Mimik etwas gelöst zu haben, das er nicht deuten konnte.
Ermutigt sprach er weiter: „Es ist mir bewusst, was es für Dich bedeuten muss, mich hier in Deinem Haus zu haben. Zusammen mit diesen Werkzeugen. Ich weiß, welches Opfer Du mir und ihnen gebracht hast. Und ich verstehe Deine Verachtung. Gerade deshalb wäre ich dankbar, wenn ich helfen könnte, denn ich fürchte um Dich, wenn Du dieser zerstörerischen Präsenz noch lange ausgesetzt bist. Du bist die letzte meiner Familie."
Unsicher wartete er auf eine Reaktion. Minutenlang herrschte Schweigen, das ihm schwer fiel, auszuhalten. Aber es gab nichts, das er noch hinzufügen konnte. Schließlich stand er auf, verbeugte sich tief und ging zur Tür.
Zu seiner vollkommenen Überraschung hielt ihn die Köchin zurück. „Warte!" Gretes Blick folgte ihm. „Ich muss Dir für Deine Offenheit danken." Sie nickte, wie um ihre Worte für sich selbst zu bestätigen. „Und ich danke Dir für Dein Angebot, Johannes von Altenstein. Ich nehme es an. Du und ich, wir sind beide die letzten unserer Familien. Und wir müssen das alles beenden. Wir sind es allen Mangoldfrauen schuldig. Und Catharina."
Für den Bruchteil einer Sekunde musste er sich sammeln. Es war

das erste Mal, dass sie seinen Namen nicht mit Verachtung ausgesprochen hatte.

40. Tag – Montag

Ich saß mit meiner Mutter im Auto. Meine Tasche stand auf dem Rücksitz. Auf den Knien hielt ich den Arztbericht, auf den ich stundenlang hatte warten müssen. Vielleicht hatte man gehofft, mich durch das Warten mürbe zu machen, sodass ich doch noch ein paar Tage bleiben würde. Es hatte mich einige Diskussionen gekostet, die Ärztin davon zu überzeugen, dass ich keine Sekunde länger in diesem Krankenhaus verbringen würde. Man hatte sogar den Chefarzt geholt, um mich umzustimmen. Unter Bemühung aller bekannten Synonyme für „verantwortungslos" hatte er mir auseinandergesetzt, dass ich „leichtsinnig", „grob fahrlässig", „gedankenlos", „riskant", „unüberlegt", ja sogar „dumm" handele. Zumal ich auch das Gespräch mit der netten, aber hilflosen Psychiaterin abgelehnt hatte, die wieder im Dienst war und fortgesetzt an die Psychologin in mir appellierte, die doch wissen müsse, welche Folgen ein unbearbeitetes Trauma haben könne.
Mein Psychologen-Ich hatte die Augen verdreht und sich mit der Stimme der Vernunft darum gestritten, wer mich beim ersten Betreten meines Schlafzimmers aus meinem hysterischen Anfall retten durfte. Ich hatte beide daran erinnert, dass ich noch immer Gretes Blubbergerät hatte, auch wenn dieses aufgefüllt werden musste nach letzter Nacht. Zwar hatte ich Alpträume gehabt, aber sie waren nicht so entsetzlich real gewesen wie die in der Nacht zuvor und in keinen von ihnen hatte sich der kalte Graf eingeschlichen.
Beim Gedanken an Johannes musste ich ein gequältes Stöhnen unterdrücken. Wenn meine Mutter auch nur den geringsten Verdacht schöpfte, dass ich tatsächlich Bedenken hatte, ins Schloss zurückzukehren, würde sie auf der Stelle umdrehen und mich wieder in die Klinik bringen. Daran würde auch Gretes Versprechen nichts ändern, mir zu helfen. Oder sie würde mich

morgen Früh gefesselt in ihr Auto schleifen und mit nach Hause nehmen.
„Es tut mir leid, dass ich nicht länger bleiben kann“, unterbrach sie jetzt meine Gedanken, während sie das Auto auf den Schlosshof lenkte. „Du kannst immer noch mitkommen.“ Sie schaltete den Motor aus und warf mir einen bittenden Blick zu, den ich sofort enttäuschte.
„Ich bleibe.“
Sie gab nicht auf. Während wir in Richtung Schloss gingen, setzte sie mir auseinander, dass ich mich auch morgen noch spontan entscheiden könne, sie nach Hause zu begleiten – falls ich doch noch Schwierigkeiten in meiner Wohnung und vor allem in der Nacht haben sollte. Ich lenkte mich damit ab, dass ich den zahlreichen Schülern zunickte, die aus den Schulgebäuden zurück ins Schloss gingen. Eben war Unterrichtsschluss. Alle begrüßten mich freundlich und mir wurde davon warm ums Herz. Einige riefen mir Sätze im Sinne von „Schön, dass Sie wieder da sind“ zu.
Wir nahmen den Weg durch den wilden Garten. „Dein Vater würde sich so freuen, Dich zu sehen“, erklärte meine Mutter mit einem Blick, den ich als Stich in meinem Gewissen spürte, während sie auf die Terrasse zusteuerte.
Ich blieb so lange hart, bis mir die Terrassentür zum Schlafzimmer ins Auge fiel. Ede hatte sich alle Mühe gegeben, die Spuren zu beseitigen, aber die Reparatur war deutlich sichtbar.
Wir betraten die Wohnung durchs Wohnzimmer. Meine Mutter bugsierte mich aufs Sofa und begann in der Küche Kaffee zu kochen. Erneut kam mein Entschluss ins Wanken, als mich der Gedanke traf, dass er hier in diesem Raum gewesen sein könnte. Ich widmete mich intensiv dem, was auf meinem Wohnzimmertisch stand. Ein Blumenstrauß der Schulleitung und ein Präsentkorb des Kollegiums. Ich las die beiliegenden Karten und ein paar Tränen der Rührung stiegen auf, die sich mit dem warmen Gefühl verbanden, das die Begrüßung der Schüler verursacht hatte. Beides zusammen half, die Zweifel

zurückzudrängen.
Meine Mutter stellte ein Tablett mit Tassen, Kaffee, Milch und Zucker auf den Tisch.
„Erwarten wir Besuch?", fragte ich irritiert.
„Ich fürchte, ja", antwortete sie. „Die Polizei hat Fragen an Dich."
Na, wunderbar. Das war das Letzte, auf das ich jetzt Lust hatte. Aber mir blieb keine Zeit für Protest, denn es klopfte bereits an der Tür. Zwei Männer, einer in Uniform und einer in Zivil, betraten mein Wohnzimmer. Sie stellten sich als die Kommissare Bärlauch und Kurz vor.
Während uns meine Mutter mit Kaffee versorgte, äußerten die Herren ein paar höfliche Floskeln über mein glückliches Erwachen. Dann kamen sie zum eigentlichen Grund ihres Besuchs. Man wollte wissen, woran ich mich erinnerte.
Zu beider Enttäuschung fiel meine Antwort dürftig aus, denn alles, was ich sagen konnte, war das, was ich zuerst für einen Traum gehalten hatte.
Während ich die Bilder von *ihm* in meinem Schlafzimmer beschrieb, liefen sie wie ein Film vor meinen Augen ab. Mehrmals versagte mir die Stimme und mehrmals musste ich neu ansetzen, während mein Herz beim Erzählen hämmerte.
Die Männer verfolgten meinen Bericht professionell gelassen mit kurzen Bekundungen des Bedauerns. Ob ich denn keine Erinnerungen an die Autofahrt oder das Ferienhaus hätte, fragten die Polizisten. Aber ich hatte keine und schüttelte immer nur hilflos den Kopf, wenn sie mit kleinen Hinweisen versuchten, mein Gedächtnis zu aktivieren.
„Hat er vielleicht irgendetwas gesagt? Können Sie sich daran erinnern?", wollte Kommissar Kurz wissen.
„Nein." Ich schüttelte den Kopf. Noch nicht einmal, als er sich über mich gebeugt hatte, hatte er gesprochen. Nur das bösartige Grinsen in seinem Gesicht stand mir sofort vor dem inneren Auge. Es kostete mich mehrere Sekunden, es zurückzudrängen.
„... zu einer fixen Idee geworden", hörte ich Bärlauch sagen und sah im Augenwinkel, wie meine Mutter neben mir auf der Couch

die Hand vor den Mund schlug.
„Vom Teufel besessen?“, flüsterte sie entsetzt. „Der Mann ist ja völlig irre! Wie kommt er darauf?“
Mir fehlte der Zusammenhang, der sich leider sofort erschloss, als Kurz den Irrsinn in Worte fasste: „Er glaubt, dass Ihre Tochter mit dem Teufel im Bunde ist. Sie habe seine Frau und die Kinder verhext, sodass sie sich endgültig von ihm trennen wollten, wie er behauptet.“
Der Kommissar drehte sich mir zu und grinste. „Der Verrückte hat sich zusammengereimt, dass Sie es dem Teufel zu verdanken haben, dass alle seine Mordversuche gescheitert sind.“
Fassungslos starrte ich Kurz an. Der nickte amüsiert. Meine Mutter neben mir war kalkweiß.
Bärlauch, der mit mehr Feingefühl gesegnet war als sein Kollege, versuchte mir zur Hilfe zu kommen und machte alles noch schlimmer: „Machen Sie sich keine Gedanken, er ist in sicherer Verwahrung. Wollte allen Ernstes zuschauen, wie der Teufel aus Ihnen hinausfährt. Hat sich eingebildet, dass er ihn vertreiben könnte, wenn er Sie sediert. Er hat die Dosis immer mehr erhöht und zum Schluss wollte er sicher gehen ...“
Ich versuchte Bärlauchs weitere Rede auszublenden, indem ich geräuschvoll mit der Kaffeekanne klapperte, als ich mir nachschenkte. Vielleicht hatte der Kommissar doch noch bemerkt, dass seine Informationen nicht dazu beitrugen, mich zu beruhigen. Jedenfalls ersparte er mir weitere Details über den Versuch, mich zusammen mit dem Teufel ins Jenseits zu befördern. „Aber Sie müssen keine Angst mehr vor dem Mann haben“, schloss er.
Meine Mutter griff nach meiner Hand. „Alles in Ordnung, Catharina?“
Automatisch nickte ich und kämpfte mühsam das hysterische Kichern hinunter, das mir die Kehle hinaufstieg. Vom Teufel besessen zu sein, war eine ganz neue Interpretation des Bauchgefühls, das mir so oft das Leben gerettet hatte. Vielleicht fiel aber auch die Jahrhunderte alte Verbindung zu einem Untoten in die Kategorie Besessenheit. Vielleicht war der irre

Stalker gar nicht so irre, wie die Kommissare glaubten. Das Kichern wanderte erneut nach oben, doch das Geräusch, das aus meinem Hals brach, war ein Schluchzen.

„Ach, Kind“, flüsterte meine Mutter und legte einen Arm um mich. Es war ihr anzusehen, dass sie mich am liebsten sofort zu ihrem Auto gezerrt hätte.

„Ich denke, wir sind hier fertig“, hörte ich Kurz sagen, der jetzt nicht mehr amüsiert, sondern verlegen klang. Bärlauch bestätigte. Sollte es noch Fragen geben, würde man sich melden. Meine Mutter ließ mich widerwillig los und brachte die Kommissare zur Tür. Ich hörte, wie sie etwas von „Kontakt über Catharinas Anwältin“ sagte und kurz mit den Männern in den Flur ging.

Als sie zurückkam, hatte ich mich halbwegs beruhigt. Meine sonst so gelassene Mutter aber wirkte fahrig. Sie legte eine Visitenkarte ins Regal, die sie von Bärlauch hatte. Dann fiel sie neben mir aufs Sofa und nahm meine Hände. „Ich will, dass Du mit mir ...“

„Nein!“, fuhr ich ihr barsch ins Wort und entschuldigte mich sofort. Sie hatte nur Angst um mich. „Es war nur ...“ Wie in aller Welt sollte ich dieser rationalen Frau das Unerklärliche erklären. Mir blieb nur ein Ausweichmanöver. „Es hat mich nur etwas überfordert, dass ich jetzt auch noch besessen sein soll.“ Ich versuchte ein schiefes Grinsen. „Religiöser Wahn. Kein alltägliches Mordmotiv.“

Meine Mutter sah mich an, als zweifle sie an meinem Verstand. „Das ist nicht komisch!“

„Humor ist hilfreich. Er schafft Distanz“, erklärte ich und wischte mir die Tränen ab.

Meine Mutter fragte fast wütend nach „der Quelle dieser Weisheit“.

„Von meinem Psychiater. Ich habe mit ihm besprochen, dass ich nach Altenstein zurückkehren will“, stellte ich lakonisch fest.

Zum Glück verhinderte ein neuerliches Klopfen die Diskussion, zu der meine Mutter anhob. Fridel und Benno traten ein, schwer bepackt mit Tüten und Kisten.

„Wir haben für Dich eingekauft“, erklärte Fridel und folgte seinem Angebeteten in meine Küche, in der sie zu räumen begannen. Als alles verstaut war, kamen beide zu mir, um mich ausführlich zu umarmen und willkommen zu heißen. Meine Mutter kochte noch einmal Kaffee.
„Wollen wir, Juliane?“, fragte Benno sie, die nicht nur vom Besuch der Polizei, sondern auch dem meiner Nachbarn informiert zu sein schien. Jedenfalls ging auch Benno in die Küche, wo es kurz darauf zu klappern begann.
„Abendessen zur Feier des Tages“, erklärte Fridel und ließ sich mit einer Tasse auf einem Sessel nieder. „Wie war die Ankunft?“
„Durchwachsen“, stellte ich fest und berichtete über die letzten zwei Stunden.
„Vom Teufel besessen.“ Fridel pfiff durch die Zähne und schenkte sich Kaffee ein. „Ich wusste ja, dass der Kerl einen am Sträußchen hat, aber dass er so durchgeknallt ist ...“ Mein Nachbar nickte anerkennend. „Nicht schlecht.“
Sein trockener Humor vergrößerte die Distanz, die mir mein eigener schon geschaffen hatte, sodass ich jetzt wirklich lachte.
Fridels Blick fiel auf meinen Präsentkorb und die Blumen. „Alle freuen sich, dass Du wieder da bist. Der gute Stern hat sogar seine Homophobie überwunden und mich nach Deinem werten Befinden gefragt.“ Fridels Gesicht zog sich zu einem breiten Grinsen auseinander. „Wann man wieder mit Deiner Gegenwart bei Tisch rechnen kann, will er wissen. Es scheint ihn schwer zu wurmen, dass er Deine Entführung nicht in seine Chronik aufnehmen kann.“
Ich stöhnte. „Sollte Stern sich nicht lieber auf seinen Trabanten konzentrieren?“
Fridel wiegte den Kopf. Der Trabant hatte inzwischen seine Lehrprobe hinter sich gebracht, anscheinend sogar recht erfolgreich. Trotzdem schien irgendetwas nicht zu stimmen, wie Fridel berichtete. „Sie sitzt immer nur still bei ihrem guten Doktor und spricht mit niemandem. Andererseits“, Fridel kicherte hämisch, „es ist nicht leicht zu Wort zu kommen, wenn Stern in Fahrt ist.“

Eine Weile redeten wir darüber, was im Schloss während meiner Abwesenheit passiert war. Ich fragte nach Sophie.
Fridel schien unschlüssig. „Seit dem Tag, an dem Du verschwunden bist, wirkt sie irgendwie verändert. Nachdenklich. Die ganze Geschichte hat sie wohl doch ziemlich mitgenommen.“
In der Küche zischte es laut und ein Geruch nach gedünstetem Gemüse zog durch mein Wohnzimmer. Fridel holte seinen Tabak aus der Tasche und begann eine Zigarette zu drehen, während er erzählte, dass Sophie momentan täglich Grete besuchte und ihre restliche Zeit mit dem kleinen Tim verbrachte. „Gehen wir rauchen?“, fragte er, als er mit Basteln fertig war.
Draußen dämmerte es. Nebel lag über dem verwilderten Garten. Mir kam der Gedanke, dass der Irre vor wenigen Tagen auf diesem Weg zu meiner Wohnung gekommen war, und mein Blick wanderte unwillkürlich zur Schlafzimmertür.
„Sag' mal, hat Dir Grete von dem Pflanzenduft mitgegeben?“, fragte ich. „Er ist leer. Und die Salben hab' ich auch benutzt.“ Automatisch kratzte ich mich an der Stirn. Das Gefühl in den tauben Stellen kam zurück – allerdings in Form eines nervtötenden Kribbelns, als hätte ich Ameisen unter der Haut.
Fridel schüttelte auf meine Frage den Kopf und sah an mir vorbei. „Grete sagt, sie hat keine Kräuter mehr. Diejenigen, die sie in ihrer Kräuterküche lagert, seien inzwischen verseucht.“ Er zog an seiner Zigarette und blies den Rauch in die neblige Luft.
Betroffen begriff ich, dass die Werkzeuge nicht nur Gretes Allerheiligstes durch ihre Gegenwart vergifteten, sondern offenbar auch ihre Heilmittel. Doch mein schlechtes Gewissen wurde von einer anderen Angst überlagert, die mich packte. Ich traute mich kaum in mein Schlafzimmer, wie sollte ich die Nacht überstehen? „Aber sie hat versprochen, mir zu helfen!“, rief ich in einem Tonfall zwischen verzweifelt und wütend. „Ich hab' mich auf sie verlassen, Fridel!“
Der betrachtete seine Zigarette. Er wirkte hilflos und ich hatte das Gefühl, dass er mich nicht anschauen konnte, als er sagte: „Grete sagt, Du musst es aushalten.“

„So wie das Jucken?“ Ich lachte hart. Sofort begannen die Ameisen zu krabbeln und ich kratzte mich heftig am Brustbein.
„Nicht, Catharina.“ Fridel zog meine Hand weg und nahm mich in den Arm. „Grete sagt, es wird alles gut.“ Er sprach über meine Schulter hinweg. „Sie sagt, es ist wichtig, dass Du hier bist.“
„Sagt sie das?“, flüsterte ich in Fridels Flanellhemd. Verzweifelt hielt ich mich an ihm fest und wünschte, er würde mir für die Nacht seine Wohnlandschaft anbieten. Aber ich wagte nicht zu fragen. Ich musste diese Nacht irgendwie überstehen. Zur Not vor dem Fernseher. Wenn ich jetzt Schwäche zeigte, würde meine Mutter wieder in die Diskussion einsteigen, bei der wir vorhin unterbrochen worden waren.
„Alles in Ordnung?“
Ich schrak zusammen. Benno war unbemerkt auf die Terrasse getreten und stand jetzt hinter mir. Er betrachtete mich besorgt.
„Sie hat Angst vor der Nacht.“
Fridel tauschte mit Benno einen Blick und wieder hatte ich das Gefühl, dass ein stummes Gespräch stattfand. Benno nahm mich mitsamt Fridel in die Arme und sagte über unser beider Köpfe hinweg: „Du bist nicht allein, Catharina.“ Nach einem Moment ließ er uns los. „Und jetzt gibt’s Essen. Juliane hat aufgetragen.“
Benno und meine Mutter hatten ein mehrstöckiges Menü gekocht. Anscheinend hatten sie beschlossen, dass ich meinen Gewichtsverlust noch heute Abend kompensieren sollte. Und anscheinend hatten sie außerdem beschlossen, alle Themen zu vermeiden, die irgendetwas mit Stalkern, Entführungen oder Krankenhäusern zu tun hatten. Fridel und Benno erzählten Geschichten von ihren Reisen durch Osteuropa, denen meine Mutter verwundert zuhörte. Die drei sprachen ordentlich dem Wein zu, den ich tunlichst mied.
Zu meiner Überraschung erfuhr ich, dass meine Urgroßmutter väterlicherseits aus der Walachei kam. „Wer weiß“, stellte meine leicht beschwipste Mutter fest, „vielleicht seid ihr beiden mit Graf Dracula verwandt. Dein Vater kann sogar noch ein paar Worte Rumänisch. Und er hat so was ... Wie Du ...“ Sie brach ab und etwas Unbestimmbares huschte durch ihr Gesicht.

In der Erwartung weiterer solcher Informationen sah ich sie an, aber sie sagte nichts mehr, sondern drehte verlegen ihre Serviette in den Händen, als sei ihr irgendetwas peinlich.
Benno reagierte prompt und brachte das Gespräch auf Schafzüchtergeschichten aus dem Himalaya. Der seltsame Moment verging und die Stimmung meiner Mutter lockerte sich wieder.
Der Abend endete damit, dass meine Mutter mit meinen Nachbarn die Küche aufräumte und danach erklärte, dass sie jetzt besser zu Bett gehe, sonst könne sie die lange Autofahrt nicht überstehen. Sie nahm meine Nachbarn fest in die Arme und bedankte sich für deren Unterstützung in den letzten Tagen.
„Es war mir ein Vergnügen, Euch kennen gelernt zu haben“, sagte sie und lud die beiden herzlich zu einem Besuch an der Küste ein. „Ich bin froh, dass Catharina so tolle Nachbarn hat. Es macht mir den Abschied leichter.“ Ein Mutterblick traf mich, in dem sich Liebe, unterdrückte Besorgnis und weinselige Sentimentalität spiegelten. Sie umarmte auch mich. „Ich könnte heute Nacht auch hier unten ...“, setzte sie an.
„Mama, ich bin schon groß“, erklärte ich freundlich bestimmt, auch wenn es mir überhaupt nicht geheuer war, dass die drei mich jetzt allein lassen würden.
„Versprich mir, dass Du nach oben kommst, wenn Du Schwierigkeiten hast“, bat sie und ich stimmte zu, weil ich eine brave Tochter war und meiner Mutter nicht ständig widersprechen wollte.
Auch Fridel und Benno drückten mich an ihre jeweilige breite Brust und versicherten mir ebenfalls, dass ich mich nachts jederzeit melden könne.
„Ich glaube aber, dass Du gut klarkommen wirst“, behauptete Benno noch, bevor wir den Abend endgültig beendeten.
Nachdem sich die Wohnungstür hinter den dreien geschlossen hatte, stand ich sekundenlang unschlüssig davor, das Wohnzimmer im Rücken. Im Flur hörte ich noch, wie sich meine Mutter erneut von Fridel und Benno verabschiedete, dann wurde es furchtbar still.

Plötzlich wollten sich meine Augen nicht mehr von der Tür losreißen und meine Beine wollten sich nicht umdrehen. Mein Kopf begann sein Stalker-Kino, kaum dass ich allein war. Was würde er erst anstellen, wenn ich versuchte, das Schlafzimmer zu betreten oder mich in mein Bett zu legen oder gar darin zu schlafen?

Du wusstest, worauf Du Dich einlässt, stellte mein Psychologen-Ich fest. *Aber Du musstest ja unbedingt auf Deinen Bauch hören.*

„Hätte ich letzte Woche auf meinen Bauch gehört, würde ich jetzt nicht hier stehen und meine Wohnungstür anstarren“, gab ich mir selbst Antwort.

Aber gerade weil Du heute auf Deinen Bauch gehört hast, stehst Du jetzt hier und starrst Deine Wohnungstür an, feuerte wiederum meine Vernunft bösartig zurück.

Vielleicht waren sie kaputt, meine inneren Stimmen. Alle miteinander. Meine innere Psychologin, mein Verstand, mein Bauchgefühl – alle kaputt. Zerstört von diesem Giftzeug, mit dem *er* mich gelähmt hatte. Vielleicht hatte ich doch Folgeschäden, die medizinisch nicht feststellbar waren.

Vielleicht hatte aber auch der Teufel, der angeblich in mir steckte, meine inneren Stimmen kaputt gemacht. Oder aber der Teufel selbst war meine innere Stimme.

Mein Stöhnen hallte mir in den Ohren, als ich mich gegen die Tür sinken ließ und auf den Boden rutschte, auf dem ich mich einrollte.

„Grete, warum hast Du mich erst geweckt, wenn Du mir jetzt nicht hilfst?“, flüsterte ich und umklammerte meinen Kopf.

„Catharina!“

Ich zuckte zusammen. Jetzt hörte ich auch noch Johannes' Stimme. Aber warum wunderte mich das? Wenn mir jemand helfen konnte, die Nacht zu überstehen, dann er.

„Catharina, alles ist gut.“

Ich ächzte. Nichts war gut! Ich hatte Halluzinationen! Jetzt war ich wirklich dabei, wahnsinnig zu werden! Ich hätte nicht zurückkommen dürfen. Nicht so schnell. Mein Bauchgefühl hatte mich betrogen. Ich hätte dieses eine Mal vernünftig sein und im

Krankenhaus bleiben sollen. Morgen würde ich mit meiner Mutter nach Hause fahren. Dort würde ich mir einen Therapeuten suchen und nicht wieder nach Altenstein kommen, bevor ich nicht sicher war, dass ich es auch ertragen konnte. Vielleicht würde ich nie wieder zurückkehren.
Ich rollte mich noch enger zusammen und presste mir die Hände auf die Ohren in der Hoffnung, die Stimme dadurch zum Schweigen zu bringen. Tatsächlich hörte ich nichts mehr als das Hämmern meines Herzschlags und das Rauschen des Blutes in meinen Ohren – bis sich mir eine Hand auf den Rücken legte.
Ich fuhr zusammen und schrie vor Schrecken auf. Sofort standen die Bilder von *ihm* vor meinen Augen, wie *er* sich über mich beugte. Reflexartig kroch ich in die Ecke zwischen der Wand und meinem Bücherregal, wo ich mich wieder zu einem Ball zusammenrollte. Irgendjemand *stand* über mir, aber ich wagte nicht aufzusehen, sondern schützte meinen Kopf mit meinen Armen und brüllte mir in Panik die Lunge aus dem Leib, als könnte ich den Eindringling durch mein Geschrei in die Flucht schlagen oder davon abhalten, mich ein weiteres Mal zu betäuben.
Doch minutenlang geschah gar nicht. Nichts biss mir in die Beine. Auch kein Stich traf mich, nur meine Schreie gingen in Schluchzen über.
Dann plötzlich hörte ich wieder eine Stimme. Eine echte Stimme. Eine deren Klang kein Zeichen einer beginnenden Psychose war. „Catharina! Komm' zu Dir! Ich bin's Fridel!“
Vorsichtig sah ich hoch und blickte in das haarige Antlitz meines Nachbarn, der vor mir hockte und mich erschrocken ansah. Voller Erleichterung fiel ich ihm um den Hals und begann unkontrolliert zu zittern, während es aus mir herausbrach: „Gott sei Dank, Fridel! Ich hatte eine Panikattacke. Erst hab' ich Stimmen gehört und dann hat sich jemand über mich gebeugt. Fridel, ich hab' Halluzinationen und Flashbacks! Ich muss hier weg!“ Mein ganzer Körper bebte und ich war kurz davor zu hyperventilieren.
„Catharina atme aus“, sagte Fridel leise in mein Ohr. Ich

versuchte zu gehorchen, indem ich jeden Atemzug langsam in seine Haare pustete.
Fridel hielt mich fest, bis das Zittern nachließ und ich mich etwas beruhigt hatte. Dann schob er mich von sich und sah mich prüfend an.
Hinter ihm tauchte Benno auf. „Besser?", fragte der besorgt und reichte mir ein Glas Wasser und ein Taschentuch.
Ich nickte.
Unvermittelt drehte sich Fridel um und ein ärgerlicher Blick zog über sein Gesicht, als er über seine Schulter sagte: „Das hast Du ja hervorragend hinbekommen!" Aber ganz offensichtlich meinte er nicht Benno, denn der legte seinem Partner beruhigend die Hand auf die Schulter. „Er hat es nicht mit Absicht gemacht, Fridel! Ganz bestimmt wollte er sie nicht erschrecken." Benno machte einen Schritt zu Seite.
Ich sog scharf die Luft ein. Hinter ihm stand eine große Gestalt, materielos und kaum sichtbar. Die schwarzen Augen sahen mich mit dem Ausdruck von Bedauern an. Seine eine Hand fuhr fahrig durch sein blauschwarzes Haar. Johannes.
Schlagartig begriff ich, dass ich keine Halluzinationen gehabt hatte, sondern Johannes zurückgekehrt war und versucht hatte, mir in meiner Panikattacke beizustehen. Ich aber hatte ihn für einen Flashback gehalten. Und ganz offensichtlich wussten Fridel und Benno, dass Johannes da war.
Gedanken jagten durch meinen Kopf. Benno, der sich suchend in meinem Krankenzimmer umgesehen hatte. Die Blicke, die er mit Fridel in den letzten Tagen ausgetauscht hatte. Die wortlose Kommunikation vorhin auf der Terrasse. Fridels wiederholter ärgerlicher Gesichtsausdruck.
Ganz langsam schob sich etwas in meinem Hals nach oben, als ich begriff. „Seit wann wisst Ihr, dass er zurück ist?", flüsterte ich an dem drückenden Gefühl in meiner Kehle vorbei und machte mich endgültig von Fridel los.
Der warf einen weiteren düsteren Blick in eine unbestimmte Richtung, in der er anscheinend Johannes vermutete. Benno schwieg betreten und in Johannes' Augen trat ein schmerzlicher

Ausdruck, der über sein schönes Gesicht wanderte.
„Seit wann?“ Die Kälte klirrte in meinen Worten. Das drückende Gefühl hatte meine Stimme in einen Eiszapfen verwandelt. Inzwischen saß ich kerzengerade.
Benno atmete durch. „Seit Freitagnacht.“
Ich starrte ihn an. Drei Tage. Sie wussten es seit drei Tagen. Mit einem gepressten Krächzen wandte ich mich an Johannes: „Und seit wann *bist* Du zurück?“
„Seit Benno und Fridel Dich gerettet haben.“ Diesmal fuhr er mit beiden Händen durchs Haar. „Hör doch, Catharina! Ich konnte nicht ...“
„Seit *fünf* Tagen!“, unterbrach ich ihn leise. „Fünf Tage?“ Die Enge in meinem Hals zog sich noch einmal zusammen, um dann zu explodieren, ohne dass ich es verhindern konnte. Alle meine Verzweiflung, das Gefühl des Verlusts und meine ganze Angst hatten sich in blanke Wut verwandelt. „Du bist seit fünf Tagen zurück und zeigst Dich nicht?“
Catharina, Du warst doch sowieso ohnmächtig, meldete sich die Stimme der Vernunft.
Aber ich war nicht zu Vernunft in der Lage. Stattdessen brachte mich der Zorn auf die Beine und ich machte einen Schritt auf Johannes zu, der reglos stehen blieb. „Wie oft hast Du mich nach Dir fragen hören, ohne mir zu antworten?“
Ich ging einen weiteren Schritt vorwärts, während Fridel und Benno mir auswichen. Auch Johannes zog sich einen Schritt zurück, aber er schwieg, was meine Wut nur vergrößerte. „Wie vielen meiner Alpträume hast Du zugesehen, ohne mir zu helfen?“, fuhr ich ihn an. Wieder sagte er nichts, aber ich konnte die Antwort in seinem Gesicht lesen. „Jedem einzelnen also“, sagte ich kalt und drehte mich zu Fridel und Benno um. „Und Ihr ...“, ich lachte hart, „... habt es gewusst. Ihr habt dieses Spiel mitgespielt! Warum habt Ihr nichts gesagt?“
Endlich sprach Johannes: „Catharina, ich hatte Angst, Dich in Gefahr zu bringen!“ Er griff sich an die Brust.
„Du wolltest mich nicht in Gefahr bringen!“, wiederholte ich seine Worte voller Sarkasmus. „Ich wäre gar nicht in Gefahr

gewesen, wenn Du mich nicht verlassen hättest!“
Er stand vor mir mit dem Ausdruck reiner Hilflosigkeit in den Augen. In diesem Moment kam es mir zum ersten Mal wie ein Segen vor, dass er substanzlos war, denn ich wusste nicht, was ich getan hätte, wenn ich ihn hätte anfassen können. „Weißt Du eigentlich, was ich durch habe? Völlig umsonst!“ Ich funkelte ihn an.
Anscheinend sah sich Benno nun doch genötigt, einzuschreiten. „Catharina, Du tust ihm Unrecht. Er hat Dich aus dem ...“
Heftig fuhr ich herum. „Ach, ja? Wenn ich mich richtig erinnere, warst Du es, der seinen Entschluss als idiotisch bezeichnet hat.“ Ich zeigte mit dem Finger auf Benno. Neben mir sah ich Fridel bestätigend nicken. Warum auch immer brachte mich seine Zustimmung endgültig auf die Palme. Wenn ich mich jetzt nicht zusammenriss, würde ich irgendetwas Dummes tun. Mit aller Macht zwang ich mich zur Ruhe. „Ich möchte, dass Ihr geht. Alle!“, erklärte ich eisig.
„Vielleicht solltest Du nicht gleich ...“, hob ausgerechnet Fridel an.
Ich flüsterte, um nicht zu schreien: „Ihr sollt mich allein lassen!“
„Bitte Catharina, hör' mich an“, versuchte Johannes, mich zu beruhigen.
Diesmal hielt ich mich nicht zurück. „Verschwindet! Sofort!“
Zögerlich und widerwillig wandten sich alle drei zum Gehen. Wortlos verschwanden sie zur Terrassentür und durch den wilden Garten in Richtung Fridels Wohnung. Vermutlich würden sie zu dritt Rat halten, wie mit der Situation umzugehen war.
Ich stand reglos mitten im Wohnzimmer. Dann langsam hob ich das Wasserglas, das ich noch immer in der Hand hatte. Mit einem Aufschrei feuerte ich es auf den Fußboden. Meine Hand fand ein Kissen, das, begleitet von einem heftigen Fluch denselben Weg nahm. Das Nächste, das ich griff, war die Vase mit den Blumen der Schulleitung. Das Geräusch, mit dem das Behältnis auf den Dielen zersplitterte, war um einiges befriedigender als das weiche Landen des Kissens.
Ich ließ der Vase ein Marmeladenglas aus dem Präsentkorb

folgen, ebenso ein Glas mit eingekochtem Obst und eine Pampelmuse, die auf dem Boden zerplatzte, als ich sie mit aller Gewalt darauf schleuderte.
Alle Hilflosigkeit, Angst, Einsamkeit, Verzweiflung und alles Ausgeliefertsein hatten sich in Raserei verwandelt, die wie ein unkontrollierbarer Sturm aus mir heraus und durch mein Wohnzimmer fegte. Jeder Gegenstand, den ich zerschmetterte, gab mir die Energie zurück, die ich in den letzten Tagen verloren hatte. Energie, die verpufft war in dem Gefühl, das Opfer eines irren Killers und eines sinnlosen Schicksals zu sein.
Jetzt aber hatte ich das Gefühl, *ihn* mit zerstörerischer Gewalt aus meiner Wohnung zu vertreiben, die *er* mit seiner Anwesenheit verseucht hatte. Mit beiden Händen griff ich nach einer Melone, die ich hoch über meinen Kopf hob und auf den Boden schleuderte. Vor meinen Augen zerbarst der Schädel meines Stalkers in einem Brei aus rotem Fruchtfleisch.
Ich war nicht hilflos und ich war nicht ausgeliefert. Ich war die Wilde Frau. Ich war eine Naturgewalt, die innerhalb von Minuten in der Lage war, Chaos und Zerstörung über die Welt zu bringen!
Niemand machte mich zu seinem Opfer. Kein irrer Psychopath, der mich für besessen hielt. Kein Schicksal, das mich mit der Absurdität seiner Entscheidungen in die Knie zwingen wollte! Kein Johannes, der glaubte, mich beschützen zu müssen, indem er mich verließ.
Ein Glas mit Schoko-Creme widersetzte sich mir und rollte durch den Matsch auf dem Boden meines Wohnzimmers. Auf den Küchenfliesen lehrte ich es seine Grenzen kennen, gefolgt von mehreren Gläsern mit Streichwurst „extra würzig“.
Als der Präsentkorb endlich leer war und sein Inhalt sich in einem Brei aus Obst, Wein, Pralinen, Wurst, Marmelade, Schoko-Creme, Glassplittern, Schaumbad und zerstörten Rosen durch mein Wohnzimmer bis in die Küche zog – im Kühlschrank hatte ich Eier gefunden, die eine hervorragende Flugbahn aufwiesen –, sank ich endlich schwer atmend auf einen Sessel und betrachtete mein infernalisches Werk. Seine Vollendung

hatte mich keine Viertelstunde gekostet.
Erhobenen Hauptes verließ ich mein Wohnzimmer. Ich würde dem Schicksal den letzten Schlag versetzen, indem ich mich in meinem Schlafzimmer ins Bett legte. Ich war kein Opfer – und sollte ich eins sein, dann mein eigenes, wenn ich nämlich morgen Stunden mit Aufräumen verbrachte. Aber die Zeit, die die Beseitigung meines apokalyptischen Armageddons brauchen würde, war nichts anderes als der Beweis meiner eigenen Urgewalt. Noch nicht einmal meine malträtierten Rippen hatten es gewagt, sich während meines Ausbruchs zu melden.
„Niemand legt sich mit der Wilden Frau an", knurrte ich, als ich aus dem Bad kam und mein Schlafzimmer betrat. Sätze, die mir Grete vor unendlichen Zeiten einmal gesagt hatte, hallten in meinen Ohren wider: *Sie sind wütend. Das ist gut. Weil Sie sich wehren. Wenn Sie sich wehren, zeigen Sie Ihre Stärke.*
Grete. Entgegen ihres Versprechens hatte sie mich im Stich gelassen. Ich würde sie zur Rede stellen. Jetzt war es alles ein Abwaschen.

41. Tag – Dienstag

Ich schaffte es gerade, die Schweinerei in meinem Wohnzimmer zu beseitigen, bevor meine Mutter klopfte, um sich zu verabschieden. Meine Küche sah noch immer nach einer apokalyptischen Schlacht aus.
Meine Mutter entschuldigte sich, dass sie mich so früh weckte. Ich allerdings hatte sowieso kein Auge zugetan und war seit Stunden auf. Doch hatte meine Schlaflosigkeit nicht an irgendwelchen Alpträumen gelegen, sondern an der Armee von Ameisen, die die ganze Nacht unter meiner Haut herumgekrabbelt war. An die Tatsache, dass ich mich in dem Raum befand, aus dem ich vor sieben Nächten entführt worden war, verschwendete ich kaum einen Gedanken. Genauso wenig wie an die Geschehnisse des vergangenen Abends und Johannes' Rückkehr. Ich hatte gar keine Gelegenheit.
Im warmen Bett hatte mich das Jucken langsam aber sicher in

den Wahnsinn und dann ins Bad getrieben. Um drei Uhr – zum exakten Wochenjubiläum meiner Entführung – hatte ich in der Dusche gestanden und kaltes Wasser über meinen Kopf und mein Brustbein laufen lassen, weil es das Einzige war, was das Jucken einigermaßen erträglich machte. Inzwischen hatte ich blutige Stellen vom Kratzen gehabt. Weil mich die kalte Dusche langsam in einen Eiszapfen verwandelt hatte, war ich nach einer Weile zu kalten Umschlägen übergegangen. Doch sobald die Tücher, die ich auflegte, auch nur lauwarm geworden waren, hatte ich sie sofort wechseln müssen. Irgendwann am frühen Morgen hatte sich das Kribbeln gelegt, aber da war ich in dem paradoxen Zustand gewesen, in dem man vor Müdigkeit hellwach ist.

Unfähig zu schlafen und nicht mehr von Kratzen oder Kühlen abgelenkt, hatte mein Kopf seine Arbeit aufgenommen und da weitergemacht, wo mich am vergangenen Abend der Zorn gepackt hatte. Vor meinem inneren Auge war Johannes erschienen, der hilflos vor mir stand und meinen Wutausbruch über sich ergehen ließ.

Das, was ich mir so sehnlichst gewünscht hatte, war eingetreten. Johannes *war* zurück – und ich hatte nichts Besseres zu tun gehabt, als ihn wieder vor die Tür zu setzen. Rausgeschmissen hatte ich ihn in meinem Zorn! Mitsamt meinen treu sorgenden Nachbarn, ohne die ich hoffnungslos verloren gewesen wäre in den letzten Tagen.

Andererseits hatten sie mich wissentlich im Dunklen gelassen über Johannes' Anwesenheit, genauso wie er selbst. Und dann war da Grete, die mich im Stich gelassen hatte mit meinen Ängsten! Ich war mir sicher, dass sie mir auch anders als durch ihren Pflanzensud hätte helfen können.

Das Gefühl, hintergangen worden zu sein, hatte meine Wut aufs Neue befeuert, während ich mich im Bett herumgewälzt hatte. Kurz hatte ich tatsächlich überlegt, ob das der richtige Moment wäre, um zu Grete zu fahren und sie zur Rede zu stellen. Aber es war fünf Uhr morgens gewesen und nicht wirklich die richtige Zeit, um meinen Zorn über einer alten, kranken Frau niedergehen

zu lassen – vor allem, da ich an ihrem Zustand nicht unschuldig war.
Außerdem: Wie sollte ich Grete gegenüber mit der Tatsache umgehen, dass Johannes zurück war? Durfte ich sie ihr verschweigen? Grete hatte doch selbst gefordert, dass er zurückkommen müsse, um ihr bei der Zerstörung der Werkzeuge zu helfen. Und dass irgendetwas passieren würde, das ihn zurückbrachte.
Schlagartig war mir klar geworden, dass ich mich im Krankenhaus getäuscht hatte. Johannes war zurück. Auch wenn es scheinbar keinen Zusammenhang zwischen der Entführung und seiner Rückkehr gab, denn mit meiner Rettung hatte er ja wohl nichts zu tun gehabt. Aber er war wieder da und er hatte mir letzte Nacht helfen wollen. Bedeutete das nicht, dass er seine Meinung geändert hatte? Dass es das Team Catharina-Johannes doch noch gab? Dass es noch immer galt, Seelen zu retten?
Allein der Gedanke hatte mein Herz stolpern und die Hoffnung aufwallen lassen. Meine Wut war verpufft in der Vorstellung, dass doch noch alles gut werden könnte. Dass Fridel recht hatte und das Märchen nicht zu Ende war.
Das hieß aber doch, dass jetzt wirklich die Chance bestand, Grete von der teuflischen Kraft dieser Werkzeuge zu befreien. Ich hatte das Zeug in ihr Haus gebracht. Es war mein Verdienst, dass sie Tag und Nacht darüber wachen musste, in ihrem Haus nicht mehr heilen konnte und immer mehr an Kraft verlor. Mir blieb gar nichts anderes übrig, als mit Grete zu sprechen. Ich musste ihr sagen, dass Johannes wieder da war. Und ich musste irgendwie helfen, die dunkle Macht zu brechen, die ich entfesselt hatte.
Andererseits wusste Grete, wie ich zu Johannes stand. Ich liebte den Erzfeind aller Mangoldfrauen. Die Frage war, ob Grete meinen Wunsch, auf Altenstein zu bleiben, noch immer unterstützen würde, wenn sie davon ausgehen musste, dass ich meine Beziehung zu Johannes wieder aufnehmen würde.
Auch wenn sie ihn niemals hatte verfluchen wollen, hatte sich doch nichts an ihrem Hass geändert. Würde also alles von vorn

anfangen – die düsteren Warnungen und ihre Aufforderungen, dass ich Altenstein verlassen muss? Würde sie wieder anfangen gegen uns zu arbeiten? Bedeutete das, dass die Träume zurückkommen würden und vielleicht sogar die Visionen? Und wenn das geschah, würde mich Johannes dann zu meiner eigenen Sicherheit wieder verlassen?
Stöhnend hatte ich mich von einer Seite auf die andere geworfen, bis mich mein Psychologen-Ich zur Ordnung gerufen hatte: *Merkst Du nicht, dass Du schon wieder ins Was-wäre-wenn-Karussell eingestiegen bist!*
Wie so oft war ich in meine eigene Denkfalle gegangen und versuchte, dem Schicksal mit Logik beizukommen. Hatte ich nicht gestern Abend noch in meinem Anfall von Zerstörungswut festgestellt, dass ich mich von nichts beeindrucken lassen würde – auch nicht vom Schicksal? Und dass der Beweis dafür die Zeit war, die ich heute mit Aufräumen verbringen würde?
Damit war ich aus dem Bett gesprungen und hatte mich genau dem gestellt: den Konsequenzen meiner Zerstörungswut. Der Anblick, der sich mir in meinem Wohnzimmer bot, hatte mich augenblicklich daran erinnert, welche Energien ich zu entfesseln in der Lage war – und meinen Kopf davon abgehalten, weitere Sorgen zu produzieren. Stattdessen hatte ich alle meine Gedanken auf die Beseitigung des Desasters konzentriert.
Die nächsten Stunden bis zur Ankunft meiner Mutter war ich damit beschäftigt gewesen, hingebungsvoll die Glassplitter aufzusammeln und den Dielenboden von dem klebrigen Matsch zu befreien, der im Lauf der Nacht natürlich eingetrocknet war. Zum Glück hatte irgendein schlauer Mensch den Holzboden so gründlich versiegelt, dass weder der Rotwein noch die Obstsäure bleibende Flecken hinterlassen hatten. Weniger Glück hatte einer der Sessel gehabt. Er zeigte deutliche rote Spuren auf seinem gelben Bezug. Von nun an würde dieser Sessel mich an die Urgewalt erinnern, die in mir steckte. Mein Sofakissen allerdings war unrettbar. Doch ich weinte ihm keine Träne nach, denn es war, als würde ich mit dem Kissen und dem Matsch auf dem Fußboden auch *seine* Spuren austilgen und auf diese Weise nicht

nur meine innere Sicherheit angesichts des unkontrollierbaren Schicksals, sondern auch meine Wohnung zurückerobern.

„Wie riecht es denn hier?“, fragte meine Mutter stirnrunzelnd, als sie jetzt eintrat. „Nach Wein und Rosen gleichzeitig.“
„Mir ist beim Ausräumen des Präsentkorbs eine Rotweinflasche hingefallen. Das andere ist Badeöl“, gab ich eine kreative Version der Wahrheit wieder in der Hoffnung, dass meine Mutter nicht auf die Idee kam, in die Küche zu gehen.
Aber sie zuckte nur die Schultern. „Schade um den Wein.“ Dann kam sie zu ihrem eigentlichen Thema: „Wie war Deine Nacht? War sie sehr schlimm?“
Diesmal antwortete ich wahrheitsgemäß. „Ich hab' in meinem Schlafzimmer geschlafen. Jedenfalls fast.“ Auf den zweifelnden Blick meiner Mutter zeigte ich auf meine Stirn und erzählte von den Ameisen.
„Aber das ist doch toll, dass Du keine Ängste ausstehen musstest“, fand sie und klang etwas lahm dabei, denn damit stand endgültig fest, dass ich sie nicht begleiten würde. Sie schob mir die Locken aus der Stirn und staunte: „Die Röte ist abgeklungen.“ Vorsichtig strich sie über die Stelle. Auch das Gefühl war zurück.
Da kein Grund mehr zu finden war, die Abfahrt länger hinauszuzögern, beschloss meine Mutter, den Heimweg anzutreten. Ich begleitete sie zu ihrem Auto im Schlosshof, das bereits mit allem Gepäck beladen war. „Dein Vater und ich würden uns freuen, wenn Du uns in den Herbstferien besuchen kämst“, sagte sie und umarmte mich fest. „Gerne auch mit Deinen Nachbarn. Die Ferienwohnungen sind frei.“
Ich nickte unbestimmt. Über die Ferien hatte ich mir bisher überhaupt keine Gedanken gemacht. Momentan wusste ich noch nicht einmal, was ich vom heutigen Tag erwarten sollte.
„Und tu' mir einen Gefallen“, fuhr meine Mutter fort, als ich nichts sagte. „Benutz' Dein Telefon, Catharina. Vielleicht wäre das alles nicht passiert, wenn Du die Anrufe Deiner Anwältin nicht ignoriert hättest.“

Nachdem ich hoch und heilig versprochen hatte, in Zukunft regelmäßig meinen Anrufbeantworter abzuhören, stieg meine Mutter endgültig ins Auto. Ihr war anzusehen, wie schwer es ihr fiel, ohne mich loszufahren. Immerhin hatte sie um mein Leben gebangt. Tapfer kämpfte sie die Abschiedstränen hinunter und winkte, bis sie das Schlossgelände verlassen hatte.
Ich aber lief zum Schloss zurück, um da weiter zu machen, wo meine Mutter mich unterbrochen hatte. Ich würde mir die Küche vornehmen, einen weiteren symbolischen Reinigungsakt vollziehen und nicht einen Gedanken an das Grete-Johannes-Problem verschwenden, bis ich fertig war.
Zur Unterstützung meines Plans beschallte ich meine Wohnung mit Powermetal, dessen blutig-aggressive Texte sich als besonders hilfreich erwiesen, während ich das eingetrocknete Eigelb aus den dunklen Fliesenfugen kratzte und mit Scheuermittel nacharbeitete. Als ich endlich fertig war, war es Mittag. Ich hatte noch nichts gegessen. Da die Erfahrung der letzten Wochen gezeigt hatte, dass es ungünstig war, dem Schicksal mit leerem Magen entgegenzutreten, machte ich die Reste des Abendessens warm, die meine Mutter im Kühlschrank verstaut hatte. Zwar hätte ich in den Speisesaal gehen können, aber ich war noch nicht bereit, mich am Lehrertisch den besorgten Fragen der Kollegen zu stellen.
Nach dem Essen war ich dann tatsächlich soweit, um zu Grete zu fahren. Schon allein um mich ihrer Hilfe zu versichern – mit oder ohne Pflanzensud. Es war nicht absehbar, ob ich nicht auch die nächste Nacht allein würde überstehen müssen. Mein professioneller Psychologenverstand hatte keine Zweifel, dass mein Unterbewusstsein sich irgendwann mit dem Erlebten auseinandersetzen musste. Wutausbrüche hin oder her. Und dann würde ich Hilfe brauchen.
Ich war sicher, dass Johannes sich wieder zeigen würde, aber ich konnte nicht wissen, wann oder unter welchen Umständen. Also blieb mir nur Grete. Ob ich allerdings mit ihr über Johannes sprechen würde, wusste ich selbst nicht – verbot mir auch jeden Gedanken darüber, denn ohne Zweifel würde ich sofort wieder

im Was-wäre-wenn-Karussell enden.
Doch mein Entschluss, ins Dorf zu fahren, wurde gebremst, als ich vor meinem kleinen roten Auto stand. *Er* hatte auch mein Auto verseucht mit seiner Gegenwart, genau wie meine Wohnung! *Er* hatte auf meinem Sitz gesessen, während ich ohnmächtig auf dem Rücksitz oder vielleicht sogar im Kofferraum gelegen hatte! Und ich hatte jetzt keine Zeit, mein Auto mit Eiern und Schokocreme zu bewerfen. Auch hatte ich meine Energie in den letzten Stunden in meiner Wohnung abgearbeitet. Für mein Auto war nichts übrig.
Es würde so gehen. „Niemand bricht die Wilde Frau!“, knurrte ich, drängte mein Kopfkino zurück und schloss die Tür auf. „*Meine* Wohnung! *Mein* Auto!“ Damit ließ ich mich extra hart auf den Fahrersitz fallen und fuhr los. Ständige neue Versuche meines Kopfes, doch noch ins Karussell einzusteigen, unterband ich, indem ich das Radio aufdrehte, das nur einen Schlagersender empfangen konnte.

Als ich bei Grete ankam, zog ich kurz am Klingelstrang und trat ein. Zu meiner völligen Verwirrung kam im selben Moment Sophie aus der Küche und schloss die Küchentür hinter sich, als sie mich erkannte.
„Solltest Du nicht eigentlich in der Schule sein?“, fragte ich. Aus welchem Grund machte Sophie die Tür zu?
„Unsere Psychologie-Lehrerin ist krank“, antwortete das Mädchen. „Der Unterricht fällt aus.“ Trotz ihres Scherzes war ihr Gesicht ungewohnt ernst und meine Irritation wuchs zu echter Befürchtung. Das steigerte sich, als sich Sophie umdrehte und „Wir haben Besuch!“, in Richtung Küche rief. „Frau Ju-hung ist da.“ Sie zog meinen Namen in die Länge, sodass ihr Ruf nach einer Warnung klang. Wie zur Bestätigung dieses Eindrucks trat sie nur zögerlich beiseite, als Grete antwortete, dass ich kommen solle. Sophie bestand darauf, mir im Flur erst die Jacke abzunehmen, bevor ich endgültig in die Küche gehen durfte. Verzögerungstaktik?
Ich begriff in dem Moment, als ich eintrat. Das heißt, eigentlich

begriff ich gar nichts. Nur eines war mir klar: Alle meine Sorgen, was ich Grete sagen sollte, alle meine Befürchtungen, wie sie reagieren könnte, und alle Was-wäre-wenn-Szenarien, die ich entworfen hatte, waren vollkommen nutz- und sinnlos. Das Schicksal hatte längst seine Strippen gezogen – wie immer unkontrollierbar und ohne Rücksicht auf meine Logik.
Mein erster Blick galt Grete, die am Tisch vor einem Teller Suppe saß. Mochte sie vor einer Woche schlecht ausgesehen haben, wirkte sie jetzt ernsthaft krank. Wieder meldete sich mein schlechtes Gewissen. Es waren die Werkzeuge, die Grete auslaugten und ich hatte sie in ihr Haus gebracht.
Die alte Frau saß vornübergebeugt und war ausgezehrt wie ein Skelett. Der Löffel in ihrer Hand zitterte. Nur ihr Blick war bohrend wie immer. Auf dem Tisch standen zwei Teller mit Suppe. Vor dem zweiten Teller ließ sich Sophie nieder. Aber es war etwas anderes, das mein Gehirn jegliche weitere Tätigkeit einstellen ließ: Drei Plätze am Tisch waren besetzt und auf dem dritten saß Johannes.
Ich stand wie angewurzelt in der Tür, unfähig einen klaren Gedanken zu fassen. „Warum sind Sie nicht raus?“, murmelte Sophie in seine Richtung.
„Weil er keinen Grund hat, davonzulaufen“, antwortete Grete ungeniert und sah mich dabei an.
Meine Ohren hatten zwar die Worte verstanden, aber mein Gehirn schien unfähig, sie zu verarbeiten. Auch meinem Verstand und meinem Psychologen-Ich hatte es die Sprache verschlagen.
Mein Kopf setzte einen Automatismus in Gang und ließ mich einfach das sagen, was ich geplant hatte: „Ich hab' Probleme allein in meiner Wohnung und das Geruchszeug ist leer.“
„Du wirst es nicht mehr brauchen“, behauptete Grete. Wieder begriff ich nicht wirklich, was sie gesagt hatte. „Nimm Dir Suppe und setz' Dich“, forderte sie mich auf. „Auf dem Herd steht Tee.“ Ungerührt aß sie weiter.
Diesmal reagierte ich angemessen und schüttelte den Kopf. „Danke, ich hab' schon gegessen.“ Roboterartig bewegte ich

mich zu einem leeren Stuhl. Johannes verfolgte jede meiner Bewegungen, aber ich war nicht in der Lage, seinen Blick zu erwidern. Wenn ich nicht gewusst hätte, dass dies die Realität war, hätte ich das, was ich gerade erlebte, für einen wirren Traum gehalten.

Was in aller Welt hatte Johannes in Gretes Küche zu suchen? Konnte Gretes erschreckender Zustand irgendetwas mit seiner Anwesenheit zu tun haben? Aber wieso aß sie dann im Angesicht ihres Erzfeindes unbeeindruckt ihre Suppe?

Vielleicht weil sie die drückende Atmosphäre auflockern wollte, meldete sich Sophie: „Schön, dass Sie wieder da sind, Frau Jung." Sie hatte noch keinen Bissen gegessen und nur in der Suppe herumgerührt. Im Gegensatz zu Grete schien ihr die Situation auf den Appetit geschlagen zu sein. Sie ließ einen vorsichtigen Blick durch die Runde schweifen, um dann, die Augen starr auf ihren Teller gerichtet, doch zu essen.

Schweigend löffelten Sophie und Grete, während ich wie erstarrt auf Gretes hartem Küchenstuhl saß und mich krampfhaft auf meine Finger konzentrierte. Wenigstens versuchte mein Gehirn nun doch, irgendeinen Sinn in das zu bringen, was meine Sehnerven ihm weiterleiteten.

Es musste einen Grund dafür geben, dass Johannes hier war. Warum sonst hatte er keine Anstalten gemacht zu flüchten? Sophie hatte ihm bei meiner Ankunft offensichtlich versucht, die nötige Zeit zu verschaffen. Entweder hatten mir Fridel und Benno mehr als nur die Rückkehr von Johannes verschwiegen, oder es hatten sich Dinge ereignet, von denen auch meine Nachbarn nichts wussten – wohl aber Johannes und Grete, vielleicht sogar Sophie.

Als Sophie scheppernd die Teller ineinander stellte, fuhr ich heftig zusammen. „Ich geh' dann mal Hausaufgaben machen", erklärte sie mit einem neuerlichen, unbehaglichen Blick durch die Runde, nachdem der Tisch abgeräumt war.

Grete nickte, sagte aber nichts, bis Sophie die Küche verlassen und die Tür hinter sich geschlossen hatte. Entgegen ihrer üblichen Neugier schien Sophie heute froh zu sein, der Situation

zu entkommen, was offenbar nicht nur an der Spannung über dem Küchentisch lag.
Gretes folgende Worte bestätigten, dass tatsächlich mehr vor sich ging, als ich mir zu träumen gewagt hätte: „Es war gut, dass Du da warst, als sie kam. Du hattest recht. Sophie hat nicht gewusst, was sie tat“, stellte sie an Johannes gewandt fest. „Aber ich denke, sie hat ihre Lektion gelernt. In Zukunft wird sie vorsichtiger sein.“ Grete sprach im Dialekt, nachdem Sophie gegangen war.
Auch Johannes antwortete in der Mundart. „Davon gehe ich aus. Aber sie wird lernen müssen.“
„Ich denke, wir waren uns einig. Das ist Deine Aufgabe“, erklärte Grete.
Wir waren uns einig?! Was in aller Welt war hier los? Nicht nur, dass Grete Johannes in ihrer Küche duldete, sie sprach völlig selbstverständlich mit ihm, als wären sie alte Bekannte. Und sie legte ihm das Wohl und Wehe Sophies in die Hände! Es war keine drei Wochen her, da hatte sie mir befohlen, mich von Sophie fernzuhalten, weil sie befürchtete, Sophie könnte Johannes begegnen. Jetzt aber war Grete sich mit ihm *einig*, dass er sich um Sophie *kümmerte*?
Augenscheinlich war mein Verdacht richtig. So unbegreiflich, ja eigentlich unmöglich es sein mochte, Johannes und Grete saßen nicht zufällig hier an einem Tisch. Und augenscheinlich war das auch nicht das erste Gespräch, das die beiden miteinander führten. Das wiederum bedeutete, dass sich Johannes nicht nur Fridel und Benno, sondern auch Grete und, wenn auch anscheinend durch Zufall, Sophie gezeigt hatte – nicht aber mir!
Alle außer mir schienen gewusst zu haben, dass er wieder da war! Unbestreitbar hatte das Schicksal mitsamt allen hohen Mächten und auch noch der Vorsehung in einer Art und Weise herumgewaltet, wie ich es mir auch nicht im Entferntesten hätte vorstellen können. Aber keiner hatte es für nötig befunden, mir irgendetwas davon zu sagen. Meine Wut kam zurück.
„Was geht hier vor?“, gelang es mir mit gepresster Stimme zu fragen, in der der unterdrückte Zorn zu hören war. Er gab mir

den Mut, mich direkt an Johannes zu wenden: „Warum zeigst Du Dich allen außer mir? Sogar Sophie weiß Bescheid!“
Johannes rührte sich nicht und sah mich nur mit demselben Ausdruck von Bedauern an, den ich bereits am vergangenen Abend in seinen Augen gesehen hatte. Aber gestern hatte er wenigstens noch versucht, mit mir zu sprechen. Die Tatsache, dass er sich heute noch nicht einmal mehr gegen meine Vorwürfe wehrte, steigerte meinen Zorn: „Hast Du eigentlich irgendeine Vorstellung, was ich mitgemacht habe, seit Du verschwunden bist? Weißt Du, welche Gedanken ich mir gemacht habe, wie ich Grete beibringe, dass Du wieder da bist? Und jetzt sitzt Du ausgerechnet hier? Bei Grete? Die Dich hasst? Wegen der Du mich überhaupt erst verlassen hast?“
Ich sah Grete an und versuchte, meine Stimme zu mäßigen, aber es gelang mir nur bedingt. „Entschuldige, das geht nicht gegen Dich. Ich bin Dir wirklich dankbar, dass Du mich geweckt hast. Aber Du hast meiner Mutter versprochen, mir zu helfen, wenn ich nach Altenstein zurückkomme! Stattdessen lässt Du zu, dass ich in meiner Wohnung durchdrehe!“ Mein Kopf wanderte zurück zu Johannes. „Ihr habt mich beide im Stich gelassen!“ Meine Stimme war zu laut und hallte sekundenlang im Raum nach.
„Bist Du fertig?“, fragte Grete und warf mir einen ihrer durchdringenden Blicke zu. Ihre Augen waren trüb und sie sah unendlich müde aus. Mein schlechtes Gewissen meldete sich mit Macht zurück, weil ich sie so angegangen war.
„Gut“, befand Grete, als ich nichts mehr sagte. „Dann kannst Du jetzt vielleicht einfach zuhören.“ Sie betrachtete mich abwartend. Ich nickte betreten, Grete aber wandte sich an Johannes. „Würdest Du Sophie rufen? Ich muss auf den Dachboden.“
Johannes wirkte alarmiert. Mir war nicht klar, ob aus Sorge um Grete oder wegen der Tatsache, dass sie ihn mit mir allein lassen wollte. Doch er verließ kommentarlos die Küche in Richtung Wohnzimmer.
Kaum dass er weg war, traf mich wieder ein bohrender Blick. „Es sollte Dich interessieren, dass ich Dich ohne den Grafen

nicht hätte wecken können. Und jetzt ist er hier, weil er glaubt, mich an mein Versprechen erinnern zu müssen, Dir zu helfen." Als ich Luft holte, winkte Grete ab und sprach selbst weiter. „Es hat seine Gründe, dass Du nichts davon wusstest, dass er zurück ist, und dass ich Dich im Stich gelassen habe, wie Du denkst. Ich werde eine Weile brauchen oben. Johannes wird Dir alles erklären."
Johannes?! Sie nannte ihn beim Namen?! Mein Mund klappte auf, diesmal nicht um zu reden, sondern aus Unglauben. War es möglich, dass Grete gerade für ihn Partei ergriffen hatte? Und jetzt würde *er* mir alles erklären?! Wieder meldeten sich Zweifel an meiner Realitätswahrnehmung. Konnte es sein, dass ich immer noch im Koma lag? Oder war ich wach, aber durch die Entführung wahnsinnig geworden? Ich kniff mich in die Hand. Es tat eindeutig weh und die Haut wurde rot. Ich musste wach sein. Zum Glück wurde ich von Sophie unterbrochen, bevor ich den Gedanken an Wahnsinn weiterspinnen konnte. Sie kam mit Johannes zurück in die Küche.
Sophie musste Grete beim Aufstehen helfen. Es war mir ein Rätsel, wie sie die alte Frau die Treppe hoch und wieder hinunter schaffen wollte. Johannes und ich verfolgten, wie die beiden mühsam an ihm vorbei die Küche verließen. Grete schloss demonstrativ die Tür hinter sich, als wolle sie uns zusammen einsperren.
Johannes blieb halb zur Tür gedreht am Eingang stehen, während mein Verstand versuchte, das Unbegreifliche mit Vernunft zu lösen. Diesmal gab er mir ausnahmsweise einen sinnvollen Hinweis, den ich in Worte fasste: „Es war kein Traum in der Nacht, in der Grete mich geweckt hat. Du warst wirklich da und hast ein seltsames Lied gesungen."
Langsam wandte sich Johannes mir zu und sprach zum ersten Mal mit mir. „Es war ein Schlaflied meiner Mutter."
„Dann stimmt es, was Grete gesagt hat. Ihr habt mich gemeinsam geweckt", flüsterte ich. „Ich dachte, Du wärst nur ein Traum gewesen."
Schweigend stand Johannes vor mir. Genau so hatte er

ausgesehen, als wir uns das erste Mal tatsächlich begegnet waren, vor wenigen Wochen auf dem Waldfriedhof. Da waren diese indianischen Züge, die einen seltsamen Widerspruch bildeten zu der förmlichen Eleganz seiner altertümlichen, mitteleuropäischen Kleidung. Der Gehrock über der dunklen Weste, dem weißen Hemd und der hoch sitzenden Hose, die seinen ansehnlichen Körper betonten. Hoch aufgerichtet stand Johannes in seiner ganzen eindrucksvollen Größe in Gretes Küche. Materielos. Ein unberührbares Bild von einem Mann. Doch etwas war anders als früher. Die Veränderung war spürbar, aber ich konnte sie nicht benennen.

Du liegst nicht mehr im Koma und Du bist nicht irre. Aber sowohl mit Grete als auch mit Johannes ist irgendetwas geschehen, stellte mein Psychologen-Ich fest, das ebenfalls aus seiner Starre erwacht war und seine üblichen Kommentare gab.

Statt meines Zorns spürte ich jetzt bange Nervosität. Ganz offensichtlich hatten sich Dinge ereignet, die größer waren, als ich es mir jemals hätte ausmalen können. Dinge, deren Konsequenzen für mich nicht abzusehen waren. Es war, als wäre ich betäubt worden und in einer anderen Welt erwacht. Hier waren die Gegebenheiten ins Gegenteil verkehrt und die Menschen, die ich zu kennen glaubte, hatten sich in für mich nicht nachvollziehbarer Weise verändert. Meine Wut hatte mir Sicherheit gegeben. Jetzt aber fühlte ich mich fürchterlich allein und völlig ausgeliefert – an genau das Schicksal und seine Spiele, gegen die ich gestern Nacht noch angewütet hatte.

Vielleicht spürte Johannes meine Verunsicherung. „Darf ich mich setzen?“, fragte er. An seiner Förmlichkeit hatte sich jedenfalls nichts geändert. Als ich nickte, verbeugte er sich. Vorsichtig kam er näher und floss dann mit graziler Eleganz auf seinen Stuhl zurück.

„Mir ist bewusst, dass ich Dich sehr verletzt habe“, begann er und ich spürte seinen Blick von der Seite. „Dies alles muss für Dich mehr als verwirrend sein.“ Er wartete auf meine Antwort.

Ich hatte keine. Jetzt, da er mir wieder so nah war, konnte ich ihn kaum ansehen.

Johannes atmete tief durch. „Glaub' mir, auch ich kann es kaum begreifen." Noch immer sah er mich von der Seite an, während meine Augen sich an der Tischdecke festhielten.

Catharina, egal, was passiert ist, er hat es verdient, dass Du mit ihm sprichst, fand meine innere Psychologin und ich gab ihr vollkommen recht. Aber ich hatte Angst vor dem, was jetzt kommen würde.

„Grete behauptet, dass sie mich ohne Dich nicht hätte wecken können", sagte ich leise und wagte es, den Kopf zu heben.

Johannes atmete erleichtert auf und nickte. „Ebenso wie ich Dich nicht hätte zurückholen können, wenn sie nicht gewesen wäre. Es ist viel passiert, während Du schliefst." Es war eine schlichte Feststellung, die das für mich Unbegreifliche in eins fasste.

„Alles hat sich verändert. Aber jetzt bin ich schon vier Tage wach und keiner von Euch hat mit mir gesprochen."

Johannes sah mich mit einem Ausdruck tiefen Mitgefühls an. „Ich kann Dich nur um Verzeihung bitten."

Weil ich nichts erwiderte, sprach er weiter: „Ich glaubte, Dich schützen zu müssen. Inzwischen weiß ich, dass ich einer fatalen Fehleinschätzung mit tragischen Folgen erlegen bin, die Dich getroffen haben." Wieder war da dieser mitfühlende Blick. Aber Johannes lächelte, als er fortfuhr: „Ich habe mehrfach mit Grete gesprochen und auch mit Fridel und Benno. Ich weiß, dass Du aus dieser Täuschung heraus versucht hast, mich zu retten. Ich danke Dir dafür." Er deutete eine Verbeugung an. „Du bist ..."

„Dann weißt Du also, dass ich die Werkzeuge ausgegraben habe", unterbrach ich Johannes und fühlte jetzt eine Welle von Scham in mir aufsteigen für mein unüberlegtes, idiotisches Handeln. Unwillkürlich starrte ich die Decke an und fragte mich, wie es Grete gerade in ihrer Kräuterküche ging, und was sie dort tat. Ich hatte uns alle in Gefahr gebracht und Grete einen furchtbaren Bärendienst erwiesen. „Ich habe dieses Zeug aus seinem Grab geholt. Ich war so blind!"

„Nicht Catharina!", widersprach mir Johannes sanft. „Wir beide haben aus Liebe gehandelt und getan, was wir für richtig hielten. Du wolltest mich schützen. Auch Grete weiß das."

Die Erzfeinde hatten tatsächlich über *alles* gesprochen. So unfassbar das auch sein mochte. Wieder spürte ich die Veränderung an Johannes. Wieder konnte ich sie nicht greifen. Wieder machte sie mir Angst.
„Sag' mir, was passiert ist!“, forderte ich und achtete nicht auf die Schritte, die die Treppe schleppend wieder herunterkamen. „Was ist das mit Dir und Grete?“
Johannes atmete tief durch und begann endlich zu erzählen. So erfuhr ich, wie Grete und er durch meine Entführung und mein Koma gezwungen gewesen waren, sich einander anzunähern. Sie hatten zusammenarbeiten müssen, um mich zu retten. Johannes hatte – genau wie ich jetzt – nur allmählich begriffen, dass Gretes Haltung ihm gegenüber vollkommen verändert war. Inzwischen hatten sie mehrfach miteinander gesprochen, wobei sie vorhin von Sophie gestört worden waren.
Ich war so eingenommen von dem, was ich hörte, dass ich kaum mitbekam, wie Grete an Sophies Arm in die Küche zurückkehrte, und sich mühsam wieder setzte, um Johannes' Worten schweigend zuzuhören. Auch dass Sophie die Küche sofort wieder verließ, nachdem sie uns mit Tee und Grete mit einem Aschenbecher versorgt hatte, bemerkte ich nur am Rande.
Durch das, was Johannes berichtete, rutschte endlich alles, was ich selbst erlebt, aber nicht verstanden hatte, zu einem Ganzen zusammen. Das Bild aber, das sich dabei ergab, zeigte eine Realität, die ich mir in meinen wildesten Träumen nicht hätte vorstellen können. Verstört und wortlos verfolgte ich, mit welcher Offenheit die beiden ehemaligen Erzfeinde plötzlich miteinander umgingen.
„Ich habe Grete falsch eingeschätzt und daher Schlüsse gezogen, die wiederum Konsequenzen hatten“, sagte Johannes und sah die Köchin mit einem Ausdruck des Bedauerns an.
Die beantwortete seine Bemerkung mit einem Nicken. Zu meiner völligen Überraschung nickte sie wieder, als er fortfuhr: „Auf der anderen Seite waren es Gretes Verachtung und Widerstand mir gegenüber, die zu Missverständnissen und Verstrickungen geführt haben.“ Er wartete, um Grete Gelegenheit zu geben, sich

zu erklären.
Die griff in ihre Schürze und zog ihre Pfeife hervor, die sie in aller Bedächtigkeit stopfte, bevor sie antwortete. „Wir mussten beide lernen und haben dabei schmerzhaft Federn gelassen.“ Grete verschaffte sich Zeit, indem sie zuerst mit einer enormen Qualmwolke ihre Pfeife entzündete. Der Qualm waberte durch Johannes' Körper. Sie sah mich durch den Rauch hindurch an. „Du hast einmal zu mir gesagt, dass der Graf und ich uns ähnlich sind, weil wir den Schmerz über den Verlust unserer Lieben in Hass verwandelt hätten. Du hattest recht. Es ist einfacher, einen Sündenbock zu hassen, als den Schmerz zu ertragen. Dadurch hätte ich mich beinahe hinreißen lassen, mein Kind zu verraten.“
Ihr Blick, in dem ich tatsächlich Beschämung las, wanderte zu Johannes. Dessen Miene signalisierte Verständnis. Ich wagte nicht, diesen stillen Austausch durch Nachfragen zu stören. Aber irgendetwas Dramatisches musste geschehen sein, das Gretes Beschämung erklärte. Und Johannes wusste davon.
Minutenlang herrschte Schweigen. Grete paffte an ihrer Pfeife und blies Rauchringe in die Luft, denen sie gedankenverloren nachsah, bevor sie sich wieder mir zuwandte: „Durch Deine Entführung war ich gezwungen, den kennen zu lernen, zu dem Johannes geworden ist.“ Wieder tauschten beide in stummem Einverständnis Blicke.
Es ist viel passiert, während Du schliefst. Und als ich erwacht war offenbar auch. Die beiden hatten sich nicht einfach nur kennen gelernt. Sie hatten eine persönliche Beziehung.
„Bist Du deshalb der Meinung, dass ich auf Altenstein bleiben soll?“, wagte ich, die Stille zu durchbrechen.
„Du bist mit ihm verbunden, seit Du lebst“, sagte Grete und sah uns nacheinander an. „Du hast die Dinge in Gang gesetzt und alles, was passiert, hat unmittelbar mit Dir zu tun.“ Sie seufzte. „Auf der Flucht vor Deinem Verfolger bist Du nach Altenstein gekommen. Deine Entführung hat den Grafen zurückgebracht und uns gezwungen, unsere Fehde zu beenden.“ Grete holte tief Luft, als sei sie außer Atem. Wieder sah ich, wie ihre Hände zitterten. Beim Weitersprechen betrachtete sie mich mit einem

wissenden Blick. „Du hast die Werkzeuge gefunden und ausgegraben, um ihn zu retten. Jetzt sind sie bei mir.“

Auch Johannes hatte mich beobachtet, während Grete gesprochen hatte. Beide schienen auf eine Reaktion zu warten.

Langsam begann ich zu begreifen. Grete hatte schon vor Tagen gefordert, dass Johannes helfen musste, die Macht der Werkzeuge zu brechen. Die Frage aber war, was „brechen“ meinte. Ich machte einen vorsichtigen Versuch und sah dabei zur Küchendecke: „Ihr wollt das Zeug nicht einfach wieder in die Kapelle bringen, oder?“

Johannes nickte. „Es muss eine endgültige Lösung geben. Bis dahin bleiben die Werkzeuge hier.“

„Und Ihr glaubt, ich spiele eine Rolle dabei?“, fragte ich und merkte, wie sich meine Nackenhaare aufstellten. „Welche?“

Grete zuckte ihre dürren Schultern. „Wir wissen es nicht. Aber sicher ist, *dass* Du eine Rolle spielst.“

Mir schwante Übles. Nicht schon wieder *„was geschehen soll, wird geschehen“* und *„Du musst Vertrauen haben“*. Nicht wenn das, was geschah, in dieselbe Horrorkategorie fiel wie die Folterkammer oder der Irre. Ich hatte die Nase gestrichen voll von dieser Art Prinzessinnenrolle.

Ein Grete-Blick traf mich. Als hätte sie meine Gedanken gelesen, sagte sie: „Auf meinem Altar ist ein freier Platz. Er muss gefüllt werden. Für den Moment würde es reichen, wenn Du mir bringen würdest, was dort fehlt. “

Sie schien noch immer davon auszugehen, dass ich dasjenige hatte, was auf dem Tisch fehlte. Aber bevor ich erwidern konnte, dass ich nicht wusste, was das sein sollte, schlug die Wohnzimmertür zu. Sophies leichte Schritte klapperten durch die Diele und kurz darauf klopfte es an der Küchentür. Mit einer Entschuldigung trat das Mädchen zögerlich ein. Sie wollte den Bus erreichen und wissen, ob sie noch irgendetwas für Grete tun konnte.

Die schüttelte den Kopf. „Ede kommt gleich. Er kann mir helfen.“ Sie wandte sich mir zu. „Ich denke, es ist alles gesagt. Wir werden abwarten.“ Gretes Blick wanderte zu Johannes. „Du

bleibst bei ihr, Graf. Wie abgesprochen. Hilf ihr, sich zu erinnern.“
Johannes nickte. Er stand auf, verbeugte sich tief und glitt zur Tür.
Na, großartig. Wie sollte Johannes das anstellen? Ich hatte nicht den Hauch einer Ahnung, was Grete für den Altar haben wollte. Sie wusste es ja selbst nicht. Aber ich stand wieder unter Überwachung. Vor einer Woche hatte ich mir nichts sehnlicher gewünscht als Johannes' Nähe. Jetzt verunsicherte sie mich. Trotzdem blieb mir nichts übrig, als ihm zu folgen.

Wir nahmen Sophie mit zum Schloss, die froh war, nicht auf den Bus warten zu müssen. Im Auto brach endlich die alte Sophie durch. „Ich find's super, dass Sie wieder da sind“, erklärte sie und drehte sich zu Johannes um, der auf dem Rücksitz saß. „Und dass Sie sich mit Grete versöhnt haben.“ Im Augenwinkel sah ich ihr breites Grinsen. „*Fata viam invenient.* Hab' ich schon zu Benno gesagt, dass das Schicksal einen Weg findet.“ Johannes hatte keine Chance zu erwidern, denn Sophie wandte sich bereits an mich. „Allerdings ziemlich hart für Sie, das Schicksal. Aber jetzt passt er ja auf Sie auf.“ Sie nickte zu Johannes hin. „Ich wusste, dass er zurückkommt. Total romantisch.“ Sophie seufzte. „Und ich hab' mitgeholfen.“
Johannes nutzte die Pause, die Sophie für ein neuerliches Grinsen benötigte, um ihr den Wind aus den Segeln zu nehmen: „Ich bin Ihnen zur Dankbarkeit verpflichtet, aber ich denke, wir waren uns einig, dass Sie derlei Experimente unterlassen, bis Sie die nötigen Fertigkeiten beherrschen.“
„Ja, ich weiß.“ Sophie machte neben mir ein betretenes Gesicht und schwieg den Rest der Strecke. Auf dem Schlosshof fand sie ihre Sprache wieder, bevor wir uns trennten. „Wann fangen wir an?“, fragte sie Johannes.
„Sagten Sie nicht, dass einige Klausuren anstehen?“
Sophie schaffte es, Johannes das Versprechen abzuringen, nach den Prüfungen mit was auch immer zu beginnen.
„Worum geht es?“, fragte ich, als wir um das Schloss herum zu

meiner Wohnung liefen. Mir war jedes unverfängliche Thema recht, das mir Zeit verschaffte, bevor ich mich Johannes stellen musste.
So erfuhr ich, dass Sophie es gewesen war, die Johannes zurückgeholt hatte. Bei ihrer mystischen Kontaktaufnahme hätte sie allerdings beinahe nicht wieder den Rückweg in die Realität gefunden. Das war es, worüber Grete und Johannes vorhin in der Küche gesprochen hatten. Als ich gekommen war, hatte Grete Sophie gerade die Leviten gelesen für ihr unverantwortliches Handeln. Deshalb war Sophie so ungewohnt zurückhaltend gewesen und schnell aus der Küche verschwunden.
Johannes lächelte. „Die junge Dame hat gehofft, dass niemand ihr kleines Manöver bemerken würde, denn sie war der Meinung, keinen Erfolg gehabt und mich nicht erreicht zu haben."
„Und jetzt sollst Du ihr die nötigen Fertigkeiten für derlei Experimente beibringen", wiederholte ich seine Wortwahl gegenüber Sophie.
„So ist es."
Eine wohlbekannte Stimme hinderte Johannes an einer ausführlicheren Antwort.
„Da seid Ihr ja!" Fridel kam aus den Tiefen des wilden Gartens auf uns zu. „Hallo Catharina! Darf ich näher kommen oder muss ich mit einer Abfuhr rechnen?"
Ohne eine Antwort abzuwarten, kam Fridel zu mir und umarmte mich herzlich. Dann sah er sich suchend um. „Ich nehme nicht an, dass Du Selbstgespräche führst. Hallo Johannes!" Fridel grüßte unbestimmt ins Off.
Bevor ich irgendetwas sagen konnte, rief eine weitere Stimme meinen Namen, wiederum aus dem wilden Garten. Benno kam hinter Fridel her. Auch er umarmte mich, auch er begrüßte Johannes, diesmal in der genauen Richtung. „Es ist schön, Euch wieder zusammen zu sehen."
Johannes erwiderte mit einem Diener.
„Soweit man von sehen sprechen kann", bemerkte Fridel trocken und steckte sich eine Zigarette an.
Benno grinste. „Immer noch sauer, Fritz? Hatten wir das nicht

schon gestern Abend geklärt?"
„Was macht Ihr beiden so tief im wilden Garten?" Mein Zorn auf meine Nachbarn war verraucht – im Gegenteil, ich war froh sie zu sehen. Ihre fröhliche Gegenwart relativierte meine innere Unruhe, die der Gedanke mir verursachte, dass ich gleich mit Johannes allein sein würde.
Benno berichtete, dass er heute mit Ede die Eibenhecke ausgegraben hatte. Jedenfalls das, was davon übrig war. Außerdem hatte Ede den losen Stab im rostigen Gitter wieder befestigt.
„Was ist mit der Hecke geschehen?", wollte Johannes wissen und Benno erzählte von unserem Versuch, das Zeug in meiner Handtasche über Nacht in Sicherheit zu bringen, bevor wir damit zu Grete gefahren waren.
Johannes nickte. „Ein guter Gedanke. Aber die Hecke war zu jung, um den uralten dunklen Kräften lange Widerstand leisten zu können."
Gemeinsam gingen wir in Richtung meiner Wohnung. Ich beschloss, die Gelegenheit beim Schopf zu packen, und schlug vor, zusammen Kaffee zu trinken. Ich hatte noch Kuchen von meiner Mutter.
Während ich die Kaffeemaschine in Gang brachte und Fridel mit Benno den Tisch deckte, sah ich Johannes einen unauffälligen Blick auf meinen Fußboden werfen und glaubte ein Schmunzeln auf seinem Gesicht zu erkennen.
„Hast Du mir etwa zugesehen?", flüsterte ich peinlich berührt.
Johannes fühlte sich sichtlich ertappt, denn er schüttelte erschrocken den Kopf. „Es war bereits vollendet, als ich von Deinen Nachbarn kam." Dann lächelte er. „Ich war beeindruckt."
Fridel kam den Kaffee holen und ich war froh, ihm helfen zu müssen. Während wir die Reste des Kuchens aßen, kam das Gespräch natürlich auf die Ereignisse der letzten Tage.
„Siehst Du, alles hat sich gefügt", erklärte Fridel fröhlich kauend, nachdem die beiden umfassend informiert waren. „Und ganz ohne Flüche. So wie Du es wolltest, mein Bester." Er drückte Bennos Hand.

„Wann gedenkst Du mich wieder arbeiten zu lassen?“, brachte ich das Gespräch auf unverfänglichere Themen.
Fridels Gesichtsausdruck wechselte schlagartig zu Unglauben.
„Spinnst Du?“
„Warum? Es geht mir gut.“
„Weil Du eine Gewalterfahrung zu verarbeiten hast und fast gestorben wärst?“
„Das ist nicht das erste Mal!“
„Das macht es nicht gerade besser!“
Eine Weile stritten wir miteinander, während Benno und Johannes unseren Schlagabtausch schweigend verfolgten. Irgendwann beugte sich Benno zu Johannes hin: „Sie wird nicht nachgeben, oder?“
„Unwahrscheinlich“, gab der zurück.
Fridel unterbrach unseren Zwist: „Was hat Johannes gesagt?“
„Dass Du verlieren wirst.“
Fridel stöhnte. „Du wirst zu Hause bleiben und abwarten, wie Du hier klar kommst.“ Er sah zu Johannes Stuhl. „Wenn sie Flashbacks hat oder irgendwelche Anzeichen von posttraumatischem Stress zeigt, will ich es wissen!“
„Natürlich.“
Nachdem die Fronten geklärt waren, räumten wir den Tisch ab. Fridel und Benno verabschiedeten sich. Johannes folgte ihnen auf die Terrasse. Es dämmerte und Nebel legte sich über den Garten.
Da sich Johannes noch mit Benno unterhielt, setzte ich mich mit einer Tasse Tee auf die Couch. Obwohl es früh am Abend war, war ich hundemüde. In der letzten Nacht hatte ich nicht geschlafen und in den Nächten davor mit Alpträumen gekämpft.
Trotzdem war ich in innerem Aufruhr ob der Tatsache, dass der Moment, in dem ich mit Johannes allein sein würde, nicht mehr lange aufzuschieben war.
Ist Dein dringender Wunsch, arbeiten zu gehen, möglicherweise ein Fluchtversuch?, merkte mein Psychologen-Ich vorsichtig an.
Vor Johannes? Oder den blutenden Stalker-Wunden?
Du wirst Dich beidem stellen müssen. Zumal sowohl Grete als

auch Fridel Johannes damit beauftragt haben, auf Dich aufzupassen, meldete sich nun auch die Stimme der Vernunft. *Vielleicht hättest Du das Angebot Deiner Mutter annehmen und mit nach Hause fahren sollen.*
Oder bist Du ganz unbewusst noch immer wütend auf ihn?, machte meine innere Psychologin einen neuen Vorschlag.
Ich stöhnte in meine Teetasse. Nein, ich war nicht mehr wütend. Inzwischen wusste ich, dass es eine ganze Batterie von Missverständnissen gewesen war, die ihn von mir ferngehalten hatte. Er hatte mich bis zum Schluss einfach nur schützen wollen. Auch an seinem grenzenlosen Edelmut hatte sich nichts geändert. Genauso wenig wie an seinen antiquierten Umgangsformen. Und äußerlich war er derselbe beeindruckende Mann, als den ich ihn kennen gelernt hatte. Was war es also, das mich so verunsicherte? Da war doch nichts als ein diffuses Gefühl, obwohl alles, was ich mir noch vor einer Woche gewünscht hatte, dabei war, in Erfüllung zu gehen. Johannes war wieder da. Die Feindschaft mit Grete war beigelegt, die Verstrickungen würden sich auflösen. Es würde keine finsteren Rituale mehr geben. Zwischen ihm und mir herrschte eine mystische Seelenbindung. Ich liebte ihn und wollte nichts mehr auf der Welt, als ihn endlich wieder bei mir zu haben. Womöglich musste ich mir noch nicht einmal mehr Gedanken darüber machen, was geschehen würde, wenn Johannes endgültig erlöst war. Und doch ...
Benno stand noch immer draußen bei Johannes. Beide schienen keine Eile zu haben, sich zu verabschieden. Benno wies in Richtung Kapelle und Johannes folgte seiner Bewegung. Vermutlich ging es um die Hecke.
Die Müdigkeit ließ mich frösteln und ich wickelte mich in meine Wolldecke ein.

Als ich erwachte, war es dunkel im Zimmer und ich war im ersten Moment orientierungslos, bis ich begriff, dass die graue Fläche, die sich vom undurchdringlichen Schwarz abhob, mein Wohnzimmerfenster war. Schlaftrunken richtete ich mich auf und schaltete das Licht an. Ein Blick auf die Uhr zeigte, dass ich fast drei Stunden friedlich geschlafen hatte – zum ersten Mal seit Tagen. Sofort kam mir der Gedanke, dass das kein Zufall sein konnte, und sah mich suchend um. Aber ich war allein. Trotzdem war ich mir sicher, dass Johannes nicht weit weg war. Er würde sich an sein Wort halten, das er Grete und Fridel gegeben hatte. Zumindest musste ich keine Angst haben, dass er mir wieder davonlief.

Mühsam stand ich auf, um mir in der Küche etwas zu Essen zu holen.

„Nicht erschrecken“, empfing mich seine dunkle, weiche Stimme, als ich wieder ins Wohnzimmer kam. Johannes stand mit dem Rücken zur Balkontür und schien gerade eben hereingekommen zu sein.

Jäh meldete sich meine Unsicherheit zurück, sodass ich mir einen Ruck geben musste, um an ihm vorbei zum Sofa zu gehen. Johannes regte sich nicht, bis ich saß. Nur sein aufmerksamer Blick folgte mir. Scheinbar spürte er meine Unsicherheit, denn er fragte, ob auch er sich setzen dürfe. Als ich nickte, deutete er eine Verbeugung an. Doch er kam nicht zu mir, sondern ließ sich elegant mit übergeschlagenen Beinen im Sessel nieder. Er hatte die Hände vor dem Kinn gegeneinander gelegt und die Spitzen seiner Zeigefinger tippten einen nervösen Takt.

„Möchtest Du nicht essen?“, fragte er, wie um die angespannte Atmosphäre zu durchbrechen.

Ich sah mein Brot an und aß es appetitlos. Mein Magen hatte sich zusammengezogen. „Warst Du die ganze Zeit im Garten?“, fragte ich, weil die Stille wieder quälend wurde.

Johannes nickte. „Ich hatte Angst, Du könntest erwachen und mich wieder für Deinen Entführer halten. Keinesfalls wollte ich Dich noch einmal erschrecken.“

„Hast Du dafür gesorgt, dass ich nicht träume?“

Diesmal schüttelte er den Kopf. „Du hast ohne mein Zutun ruhig geschlafen.“ Johannes atmete durch, dann fragte er: „Ist es Dir lieber, wenn ich wieder nach draußen gehe?“ Das Angebot war ernst gemeint.

„Darfst Du das denn?“, fragte ich. „Hast Du nicht Grete und Fridel versprochen, auf mich aufzupassen?“
Seine Finger hielten abrupt in der Bewegung inne. „Ich werde in der Nähe bleiben, aber ich werde mich bemühen, Dir nicht zu nahe zu kommen.“ Johannes machte Anstalten, sich zu erheben. Er hatte meine Frage als Aufforderung verstanden.
„Nein, bitte bleib!“, hörte ich mich erschrocken sagen. Ich wollte nicht, dass er ging. Ich wollte ihn bei mir haben.
Ein erleichtertes Lächeln wanderte über Johannes' Gesicht. Erneut schwiegen wir und ich drehte meine Teetasse in den Händen, während er die Finger gegeneinander tippte.
Schließlich brach Johannes wieder das Schweigen: „Catharina, ich habe Dir sehr wehgetan und meine Gegenwart macht Dich befangen. Aber da Du mich gebeten hast zu bleiben, wäre es hilfreich, wenn Du mit mir sprechen würdest.“
Diesmal wusste ich sofort, was mich verwirrte. Es war die Direktheit, mit der er das Gespräch einforderte. Da war kein Zögern und keine Zurückhaltung. Er hatte völlig berechtigt und ganz selbstverständlich eine Feststellung getroffen und erwartete eine klare Antwort – ganz anders als vor seinem Verschwinden. Ganz zu Beginn, als ich ihn kennen gelernt hatte, hatte er sich zerfleischt im Selbsthass gegenüber dem sadistischen Monster, das er als Mensch gewesen war. Diesen Selbsthass hatte er abgelegt, als er nach und nach seine grundlegende Veränderung akzeptiert hatte. Von da an war er in paradoxer Weise lebendig geworden, selbst wenn er weiterhin ein Untoter war. Er hatte sich seinen Gefühlen, seiner Schwäche und damit auch seiner Menschlichkeit gestellt. Trotzdem hatte er das Misstrauen gegenüber sich selbst nie wirklich überwunden. Solange ich ihn kannte, hatte er sich selbst und der geheimnisvollen Veränderung, die mit ihm vorging, nie vertraut.
Ich dachte an seine vorsichtige Distanz, die er im Umgang mit mir grundsätzlich hatte walten lassen. Diese Unsicherheit, die keine antiquierte Höflichkeit gewesen war. Sein ganzes Verhalten war bestimmt gewesen von der unterschwelligen Angst, mich zu verletzen. Für jeden noch so kleinen Fehler hatte

er sich sofort entschuldigt oder sogar die Flucht ergriffen.
Bis zum Schluss hatte Johannes der Gedanke getrieben, dass seine reine Existenz Unheil bewirkte. Allein die Angst, dass mich dieses Unheil treffen könnte, war das Motiv gewesen, mich endgültig zu verlassen. Immer hatte er geglaubt, mich vor sich selbst schützen zu müssen. Aber genau dieses Misstrauen und die damit einhergehende Verunsicherung waren aus irgendeinem Grund verschwunden.
Gerade jetzt saß er mir gegenüber und wartete mit einem offenen Blick auf meine Antwort. Ihm war völlig bewusst, wie sehr er mich verletzt hatte, und die Nervosität, mit der er auf mein Urteil wartete, war sichtbar. Trotzdem war da kein Selbsthass und keine Selbstzerfleischung, sondern ein Selbstvertrauen, das ich noch nie an ihm gesehen hatte. Johannes war tatsächlich nicht mehr derselbe.
„Johannes, ich ...“, ich musste mich räuspern, weil meine Stimme mir nicht gehorchen wollte, so sehr verwirrte mich meine Erkenntnis. „Johannes, ich danke dem Schicksal und allen hohen Mächten, dass Du wieder bei mir bist. Ich liebe Dich und will nicht, dass Du gehst“, flüsterte ich, „aber Du ... Du bist so anders.“ Ich hielt inne und zuckte hilflos die Schultern.
Dankbarkeit, aber auch eine ganze Phalanx von Fragezeichen stiegen in seine Augen.
Irgendwie musste ich ihm erklären, was ich meinte. „Du hast aufgehört ...“, ich hielt inne und suchte nach Worten, „... vor Dir selbst davonzulaufen“, brachte ich heraus.
„Ich fürchte, ich verstehe nicht“, sagte er verstört. Scheinbar wertete er meine Worte als Kritik. Doch das Gegenteil war der Fall. Mir hatte zu dämmern begonnen, dass es keinen Grund gab, mich vor seiner Veränderung zu fürchten.
Ich atmete durch, bevor ich erneut anhob: „Du hast aufgehört, Dich mit Schuld und Selbstzweifeln zu quälen.“
Das Unverständnis stand ihm immer noch ins Gesicht geschrieben. „Aber ich bin mir meiner Schuld vollkommen bewusst. Auch Dir gegenüber. Ich bin unendlich dankbar für Deine Vergebung.“

„Das weiß ich“, erwiderte ich. „Ich weiß, dass Du bedauerst, was geschehen ist und mit mir fühlst. Aber Du peinigst Dich nicht mit Selbstvorwürfen.“
Johannes hatte bereits Luft geholt für eine Erwiderung, aber ich ließ ihm keine Zeit nachzufragen oder neue Missverständnisse zu produzieren. „Du hast eine Entscheidung getroffen, die für mich fatal war, und bittest mich um Vergebung. Aber Du zerfleischst Dich nicht mit Deiner Schuld, so wie früher.“
Johannes schien endlich zu verstehen, worauf ich hinauswollte. „Mich vor Dir zu geißeln, wäre unehrlich. Ich würde unter denselben Umständen wieder so handeln, um Dich zu schützen“, stellte er fest und sah mich ernst an. Dann zuckten plötzlich seine Mundwinkel. „Aber möglicherweise hilft es Dir, Dein Essgeschirr nach mir zu werfen?“
Ich lachte. Allein die Tatsache, dass *er* in diesem Moment zu Selbstironie in der Lage war, zeigte die Tiefe der Veränderung. Ich wurde Zeugin eines weiteren Schrittes der Menschwerdung eines herzlosen, steinharten, sadistischen Monsters.
Johannes blickte wieder gedankenvoll ins Leere. Das Haar war ihm ins Gesicht gefallen und er strich es in einer unbewussten Bewegung hinter das Ohr. Eine Welle von Zuneigung stieg in meinem Bauch auf und füllte meine Brust mit der Sehnsucht, ihn berühren zu können.
„Was hat Dich zum Stehenbleiben gebracht?“, fragte ich in die Stille hinein, die sich jetzt nicht mehr drückend anfühlte. „Wie kommt es, dass Du nicht mehr vor Dir selbst davonläufst? Woher kommt auf einmal dieses Vertrauen?“
In einer fließenden Bewegung erhob sich Johannes aus seinem Sessel und ging zum Fenster. Wie oft hatte ich ihn dort stehen sehen? Eine Zeitlang blickte er in den Garten, während ich seine Gegenwart endlich genießen konnte.
Schließlich sprach Johannes. „Catharina, ich bin der, der ich bin. Daran wird sich nichts ändern. Was sich aber durch Dich verändert hat, ist die Möglichkeit zu handeln.“ Dann wiederholte er seine Worte von damals, als er erfahren hatte, was in der Folterkammer geschehen war: „Es ist sinnlos, immer nur von

unser aller Schuld zu sprechen. Es geht jetzt um Verantwortung.“
Er wandte sich um, aber sein Blick richtete sich in irgendeine Vergangenheit: „Einhundertfünfzig Jahre lang habe ich dem Leiden zugesehen, das ich verursacht habe. Unfähig, um Vergebung zu bitten, und unfähig, etwas für die Menschen zu tun. Das Einzige, das ich ihnen geben konnte, war, mich mit den Folgen meiner Taten zu konfrontieren, was aber niemandem half. So habe ich das betrieben, was Du Selbstzerfleischung nennst. Erst durch Dich hatte ich endlich die Möglichkeit, wieder am Leben teilzunehmen, indem ich Dich mit Deinen Klienten unterstützte. Aber was meine eigene Vergangenheit und die fatalen Verstrickungen zwischen mir und den Mangoldfrauen anging, war ich weiterhin handlungsunfähig. Das hat sich geändert, seit Grete und ich miteinander sprechen.“
Johannes' Blick klärte sich. Er sah mir direkt in die Augen. „Grete und ich werden gemeinsam beenden, was vor hundertfünfzig Jahren begonnen hat. Ich kann das, was ich an Rosa verbrochen habe, nicht ungeschehen machen. Aber ich kann endlich meinen Teil dazu beitragen, dass sich das alles nicht mehr auf die Gegenwart auswirkt. Davon wird Gretes Kind nicht wieder lebendig, aber Grete wird frei sein und es wird keine neuen Opfer geben.“
Ich begriff. Das, was sich Johannes mehr als alles andere wünschte – mehr sogar als seine eigene Erlösung, war dabei, in Erfüllung zu gehen. Versöhnung war möglich geworden. Friederike hatte sich nicht getäuscht. Und das Team Johannes-Catharina war nicht verloren. Es galt mehr als eine Seele zu befreien.
„Und dann war da etwas, das Grete heute Morgen zu mir sagte“, fuhr Johannes fort und lächelte, als er davon berichtete:
„Wie viele Menschen verdanken Dir inzwischen ihr Leben?“, hatte Grete ihn gefragt. „Drei? Wenn ich es richtig sehe, gehöre ich auch dazu. Danke, also!“ Danach war ihr Blick bohrend geworden und sie hatte in üblichem barschem Ton erklärt: „Und da Du schon Erfahrung mit ihren Fähigkeiten gemacht hast, kannst Du Dich auch um Sophie kümmern. Ich bin dafür zu alt.“

Johannes schüttelte ungläubig den Kopf. „Grete ehrt mich, indem sie mir das Wohl dieses Mädchens anvertraut.“
Ein Gefühl tiefer Liebe und Verbundenheit durchströmte mich. Der Mann, der da am Fenster stand, war bereit, Verantwortung für sich und andere zu tragen. Es gab keinen Grund, verunsichert zu sein.
Ich erhob mich vom Sofa und ging langsam auf ihn zu. Diesmal wich er nicht zurück, sondern sah mich dankbar und erleichtert an, als ich direkt vor ihm stand. Genau so hatten wir uns zum letzten Mal gegenübergestanden, bevor er mich verlassen hatte. *Damals*, als er mich in der Maske des kalten Grafen mit seiner unerbittlichen, emotionslosen Härte glaubte einschüchtern zu müssen. „Damals“ war nur zehn Tage her und kam mir doch wie Jahre vor. Meine ganze Realität hatte sich innerhalb dieser kurzen Zeit in ein absurdes, hoffnungsloses Chaos verwandelt. Und nun hatte sich dieses Chaos innerhalb eines einzigen Tages in einer Art und Weise sortiert, dass dabei eine völlig neue Realität entstanden war. In der neuen Realität waren Johannes' schöne Züge weich und offen. Sein Blick strahlte vor Hoffnung und Vertrauen, die ausgerechnet eine Mangold ausgelöst hatte.
Johannes konzentrierte sich und strich mit den Fingerspitzen vorsichtig über meine Wange. „Ich dachte, ich hätte Dich verloren“, flüsterte er.
Seine Hand duftete nach Wald und Erde. Wie sehr hatte ich diesen Duft vermisst! Wie sehr hatte ich mich nach seiner Berührung gesehnt! Mit einem Aufschluchzen der Erleichterung, dass ich ihn endlich, endlich wieder hatte, umschlang ich seinen Hals und zog Johannes zu mir hinunter, um ihn wenigstens für die kurze Zeit zu spüren, die uns im wachen Zustand blieb.
Für den Bruchteil einer Sekunde versteifte er sich, dann aber presste er seine Lippen auf meine und wir küssten uns, weinten und lachten gleichzeitig, als gelte es die Ewigkeit.

Es war spät geworden. Die vergangenen zwei Stunden hatten wir beieinander gesessen und die unberührbare Gegenwart des anderen genossen. Es gab Realitäten, an denen auch die letzten

zehn Tage nichts geändert hatten.
Eigentlich war es längst Zeit für mich, ins Bett zu gehen, denn ich war hundemüde nach der vorigen durchwachten Nacht. Mehrmals schon waren mir die Augen zugefallen. Und jedes Mal hatte ich sie erschrocken wieder aufgerissen. Johannes hatte mich die ganze Zeit über mit einem bittersüßen Lächeln beobachtet, doch er hatte keine Anstalten gemacht, mich ins Bett zu schicken. Wir zögerten beide den Moment hinaus, ins Schlafzimmer zu gehen. Wir hatten beide unsere Gründe. Ich war mir sicher, Johannes' Grund zu kennen. Aber da er nicht darüber sprechen zu wollen schien, sagte auch ich nichts.
Ich war ohnehin mit mir selbst beschäftigt. Seit wir hier saßen, war die Angst, schlafen zu müssen, immer drückender geworden. Mit jedem Moment, der verstrichen war, war sie gewachsen. Es stand zu erwarten, dass mein Unterbewusstsein in dieser Nacht seine Arbeit aufnahm, und heute würden mir weder trotziger Widerstand noch krabbelnde Ameisen helfen. Dabei war es ganz egal, ob ich das Schlafzimmer mied oder nicht. Selbst wenn ich auf dem Sofa schliefe, wäre ich nicht sicher vor meiner inneren Bilderwelt, der ich mich stellen musste.
Als ich wieder einmal einnickte und davon aufwachte, dass ich in Richtung Sofakante rutschte, schlug Johannes doch vor, ins Bett zu gehen.
„Nur noch ein paar Minuten“, bat ich.
Johannes lachte. „Ich werde Dich nicht halten können, wenn Du von diesem Sitzmöbel fällst. Vielleicht solltest Du Dich zumindest hinlegen.“
Ich schüttelte den Kopf. „Ich will noch nicht schlafen.“
„Dein Körper scheint anderer Ansicht zu sein“, erwiderte er.
Demonstrativ setzte ich mich auf. „Ich möchte Dich lieber noch ein bisschen anschauen.“
Johannes runzelte die Stirn. „Du kannst kaum die Augen offen halten. Im Übrigen kannst Du mich auch im Traum betrachten.“ Forschend sah er mich an. „Es ist wie nach Deinem Erlebnis in der Folterkammer. Du hast Angst vor Deinen Träumen, weil Dein Geist diesen Mordanschlag verarbeiten will.“

Ich nickte wortlos.
Johannes beugte sich zu mir und nahm mein Gesicht in beide Hände. Ein bittersüßer Zug spielte um seine Lippen. „Diesmal werde ich nicht tatenlos zusehen, wenn Du von diesem Menschen träumst. Grete hat nicht nur Sophie die Leviten gelesen, sondern auch mir, weil ich Dir nicht geholfen habe in Deinen Alpträumen.“
„Du darfst die Bilder nicht verhindern“, flüsterte ich. „Ich muss mit ihnen leben lernen. Genau wie mit denen der Folterkammer.“
„Das ist mir bewusst.“ Johannes' Kraft reichte gerade noch, um mich hauchzart zu küssen. Aber er ließ seine Hände an meinen Wangen, auch wenn ich sie nicht mehr spüren konnte. „Catharina, ich bin bei Dir. Sag' mir, was ich tun soll.“
„Das Lied Deiner Mutter“, bat ich. „Sing' es, wenn die Träume zu schlimm werden.“

TEIL IV

42. Tag – Mittwoch

Die ganze erste Nachthälfte hindurch hatte ich mich in wilden Träumen und kalter Panik im Bett herumgewälzt. Immer wieder war *er* durch die Terrassentür eingebrochen, um mich wechselweise zu schocken, zu betäuben, zu erwürgen und vor U-Bahnen zu stoßen. Mein traumatisierter Geist hatte keine Höllenvision ausgelassen und schien jede erdenkliche Variation meiner Entführung erproben zu müssen.

Johannes wiederum war mehrfach eingeschritten, indem er das Schlaflied seiner Mutter gesungen hatte. Aber, wie ich ihn gebeten hatte, hatte er die Träume nicht verhindert. Jedenfalls nicht, solange mein Kino auf die Bilder von meinem Stalker beschränkt gewesen war. Im letzten Traum jedoch hatte ich mich in der Folterkammer wiedergefunden. Diesen Traum hatte Johannes augenblicklich abgebrochen, als sich der Wahnsinnige mit einem langen Messer in der Hand über mich beugte und zu singen anhob.

Sofort hatte ich mich in Johannes' Umarmung wiedergefunden und minutenlang in den dicken Stoff seines Gehrocks geschluchzt, bis der ganz feucht gewesen war. Erst als ich mich beruhigt hatte, hatte Johannes darum gebeten, mich wecken zu dürfen. Beim Erwachen hatte ich quer im Bett gelegen mit dem unangenehmen Gefühl nasser Wäsche auf der Haut. Mein ganzer Körper war eingewickelt gewesen in einem Wust schweißnasser Laken. Johannes hatte vor mir auf dem Boden gekniet und mit besorgtem Blick verfolgt, wie ich mich aus meinem Bettzeug befreite.

„Meinst Du nicht, dass wir die Strategie ändern sollten?“, hatte er vorsichtig angefragt, als ich in neuem, trockenem Nachthemd aus dem Bad gekommen war.

„Was schlägst Du vor?“, hatte ich frustriert zurückgefragt und das frisch bezogene Kissen aufs Bett geschleudert.

„Es scheint, als würde es Dir helfen, wütend zu sein. So wie in

der letzten Nacht.“ Er betrachtete nachdenklich das Kissen. „Ich möchte diese Tatsache nutzen.“
„Wie?“
„Lass' es mich versuchen.“ Damit hatte Johannes sich wieder neben mich auf das Bett gesetzt und mich zurück in den Schlaf gesungen.
Kaum, dass ich eingeschlafen war, hatte sich die Terrassentür mit einem Knall geöffnet und *er* war ins Zimmer gekommen. In Todesangst war ich hochgeschossen, bereits im Begriff, rückwärts in Richtung Wand zu kriechen. Doch anstatt den Taser auf mich abzufeuern, den der Irre schussbereit in der Hand hielt, war er mitten in der Bewegung eingefroren.
„Er kann Dir nichts tun“, hatte Johannes neben mir gesagt.
Mein Herz raste und ich wagte kaum zu der Gestalt aufzusehen, die im Begriff war, sich auf mich zu stürzen. Weil ich mich nicht rührte, hatte Johannes meine Hand genommen und gedrückt. Doch trotzdem war ich gelähmt gewesen wie das Kaninchen vor der Schlange.
Da war Johannes auf dem Bett hinter mich gerutscht und hatte sich in meinen Rücken gesetzt. Er hatte mich gegen seinen Körper gezogen und mit den Armen umschlungen, sodass ich mit ihm als Stütze und Schutzwall zu meinem Entführer hatte aufsehen können.
„Sieh ihn Dir genau an“, hatte Johannes mich aufgefordert. „Er ist nur ein Traumbild. Das alles ist Vergangenheit.“
Zum allerersten Mal sollte ich bewusst den Mann anschauen, der mich gejagt hatte. Wegen dem man mich für verrückt gehalten hatte. Wegen dem ich meine Arbeitsstelle hatte aufgeben müssen. Der dreimal versucht hatte, mich umzubringen. Wegen dem ich tagelang im Koma gelegen hatte. Und das alles, weil er der Meinung war, ich sei vom Teufel besessen und hätte seine Familie zerstört.
Ich spürte die Wut zurückkommen. Sie gab mir den Mut, dem Idioten direkt ins Gesicht zu sehen. Da war es, dieses hämische, bösartige Grinsen, das mich seit Tagen in meinen Träumen quälte. Diese heimtückische Fratze, der die frohe Erwartung auf

das, was er mir gleich antun würde, anzusehen war.
Völlig aus dem Off war in mir die Frage aufgeblitzt, ob er seine Kinder wohl mit dem gleichen widerlichen Blick angesehen hatte, bevor er sie prügelte. Ich hatte an die Spuren der Gewalt auf den kleinen Körpern denken müssen.
Und dieser Irre hatte es gewagt zu behaupten, *ich* wäre vom Teufel besessen? *Ich*?
Mein Zorn war in voller Stärke zurückgekommen. Ich war nicht vom Teufel besessen! Ich war die Wilde Frau! Ich würde den Teufel das Fürchten lehren!
„Lass' mich los", hatte ich Johannes angeknurrt.
Der hatte seinen Griff hinter mir gelockert, aber mich nicht freigegeben. „Bist Du sicher?"
„Lass' mich los!", hatte ich gezischt und Johannes hatte nachgegeben.
Sofort als ich merkte, dass ich frei war, war ich mit einem Schrei vom Bett gefahren wie eine Furie. Mit einer Kanonade wüster Beschimpfungen hatte ich dem Irren den Taser aus der Hand gerissen und ihn durchs Schlafzimmer davongeschleudert, als hätte der Wahnsinnige mich damit doch noch angreifen können. Johannes aber hatte dafür gesorgt, dass der weiterhin in seinem eingefrorenen Zustand vor mir stand. *Er* war jetzt *mir* ausgeliefert und ich würde meine Chance nutzen. In Ermangelung einer Blumenvase, eines Marmeladenglases oder irgendetwas anderem, das ich auf ihm zertrümmern konnte, hatte ich mir mein Kopfkissen gegriffen.
„Das ist für Dein saudummes Grinsen!", hatte ich gebrüllt und ihm das Kissen ins Gesicht geschleudert. „Und das dafür, dass Du mich eine Hexe genannt hast!" Ein weiterer Schlag. „Und das ist für das, was Du Deinen Kindern angetan hast!"
Punkt für Punkt und Schlag auf Schlag hatte ich die Liste dessen abgearbeitet, was er mir oder seiner Familie angetan hatte. Dabei hatte ich alle Schimpfwörter, die ich kannte, über ihm ergehen lassen. Und als mir keine mehr einfallen wollten, hatte ich mir welche ausgedacht.
Er wiederum hatte die ganze Zeit bewegungslos wie eine

Salzsäule dagestanden, bis ich endlich von ihm abließ. Nicht, weil mir die Kraft ausgegangen war, sondern weil mein Zorn sich irgendwann legte. Irgendwann hatte es einfach keine Gründe mehr gegeben, für die ich ihn noch hätte beschimpfen oder schlagen wollen. Stattdessen war mir dieser Mensch plötzlich völlig gleichgültig gewesen. Selbst sein dämliches Grinsen hatte bei mir keine weitere Emotion ausgelöst. Der irre Killer war nicht mehr für mich als ein unerfreuliches Bild meines Unterbewusstseins.

„Ich denke, ich bin fertig“, hatte ich erklärt, das Kissen aufs Bett geworfen und mich zu Johannes umgedreht. Der hatte auf den Knien auf dem Bett gesessen und mich mit einer Mischung aus Anerkennung und Bestürzung angesehen.

„Was jetzt?“, hatte ich gefragt.

„Sag' Du es mir. Es ist *Dein* Traum.“

„Lass' ihn weiterlaufen!“ Etwas sagte mir, dass es nicht damit getan war, dass dieser Mensch mir gleichgültig wurde.

Johannes hatte verwundert eine Augenbraue hochgezogen.

„Es ist *mein* Traum. Wenn Du es nicht tust, tu' ich es“, hatte ich behauptet und mich gefragt, woher ich die Sicherheit nahm, dass mir das gelingen würde. Johannes hatte genickt. „Ich bin bereit, wenn Du bereit bist.“

Mit einem tiefen Durchatmen hatte ich mich umgedreht. Die Stalker-Statue hatte wie zuvor auf ihrem Platz vor der Terrassentür gestanden. „Jetzt.“

Leben war in die Puppe gekommen und der Entführer hatte genau das getan, was er in der Realität auch getan hatte. Er hob die Hand mit dem Taser, doch den hatte ich ihm abgenommen. Auch hatte ich jetzt vor ihm gestanden, statt im Bett zu liegen. Trotzdem hatte sich der Wahnsinnige schnell umorientiert, kam auf mich zu und zog dabei eine Spritze aus seiner Tasche. Wenn ich nicht eingriff, würde ich doch wieder zu seinem Opfer werden. Ich spürte, wie sich meine Muskeln verspannten und ich drohte in Panik zu erstarren.

„Catharina, es ist Dein eigenes Unterbewusstsein, das ihn handeln lässt!“, hatte ich Johannes sagen hören. „Du kannst ihn

aufhalten! Du bist die Wilde Frau!"
Mein Unterbewusstsein reagierte auf seine Worte, ohne dass ich wusste, wie es geschah. Kaum dass ich es mir vorgestellt hatte, war mein Killer erneut mitten in der Bewegung hängen geblieben, die Hand mit der Spritze bereits erhoben. „War ich das?", hatte ich irritiert gefragt und mich zu Johannes umgedreht, der erleichtert nickte.
„Ich will aber nicht, dass er wie eine gefühllose, tote Puppe da steht", hatte ich erklärt. „Ich will, dass er lebendig ist und mir zuhört." Es fühlte sich an, als hätte ich ihm etwas zu sagen. Vielleicht, dass er sich zu seinem Kumpel, dem Teufel, scheren sollte.
Johannes hatte ausgesehen, als wäre er nicht unbedingt glücklich mit meinem Wunsch, aber er hatte ergeben genickt und gefragt. „Soll ich es tun oder möchtest Du es selbst versuchen? Dann konzentriere Dich wieder."
Weil ich mir nicht sicher gewesen war, ob ich die mentale Kraft aufbringen konnte, hatte ich Johannes gebeten, mir zu helfen. Auf keinen Fall wollte ich riskieren, die Kontrolle über diesen bisher so erfreulichen Traum zu verlieren.
„Dreh' Dich ihm zu", hatte Johannes verlangt.
Als ich mich meinem Entführer wieder zugewandt hatte, hatte der bereits wie abwartend zu mir hingesehen. Doch kaum, dass er mir in die Augen sah, hatte sich seine Miene verändert. Sein hämisches Grinsen war zuerst dem Ausdruck von Verwirrung, dann Schrecken und zum Schluss reiner Todesangst gewichen. Plötzlich war da kein mordhungriger Irrer mehr gewesen, sondern ein völlig verängstigter Mensch.
Dann, für den Bruchteil einer Sekunde, hatte ich nicht mehr den erwachsenen Mann gesehen, sondern das Gesicht eines kleinen Jungen, in dessen Augen der gleiche Schmerz und die gleiche Hilflosigkeit stand wie in denen seiner Kinder, als ich sie mit ihren Striemen zum Arzt gebracht hatte.
Aber das Bild des Jungen verschwand so schnell, wie es gekommen war. Trotzdem hatte es sich in mein Gehirn gebrannt. Hätte ich diesen Menschen vor meinem Wutausbruch so

gesehen, wäre ich sicherlich nicht in der Lage gewesen, ihm das Kissen um die Ohren zu schlagen. Doch bevor ich mir darüber Gedanken hatte machen können, hatte ich wieder Johannes hinter mir sprechen hören: „Du wolltest ihm etwas sagen.“
In diesem Moment merkte ich, dass ich den ursprünglichen Plan, meinen Killer zum Teufel zu jagen, nicht mehr umsetzen konnte. Der Blick in diese verängstigten Kinderaugen hatte alles verändert. Dieser Mensch war mir nicht mehr egal, denn plötzlich empfand ich echtes Mitgefühl. Sicherlich hatte aus dem Kind, das dieser Mann einmal gewesen war, nie ein wahnsinniger, grausamer Psychopath werden sollen.
„Du bist echt ein armer Irrer“, hatte ich ihm gesagt, der jetzt wieder ein erwachsener Mann war. Ich hatte sogar intuitiv die Hand auf seine Schulter gelegt. „Es tut mir wirklich leid, was aus Dir geworden ist. Aber ich will Dich nicht mehr sehen. Verschwinde und komm' nie wieder!“ Damit hatte ich zur Tür gewiesen, die noch immer offenstand. Er aber war mit hängendem Kopf nach draußen gegangen, wo er sich ganz einfach in Nichts aufgelöst hatte, als hätte es ihn nie gegeben.
Als ich mich in meinem Traum aufs Bett hatte sinken lassen, hatte Johannes mich mit unlesbarer Miene betrachtet. „Ich denke, das ist mehr als genug für eine Nacht“, hatte er erklärt. Und bevor ich irgendetwas erwidern konnte, war ich in einer warmen Dunkelheit versunken. Den Rest der Nacht hatte ich in dieser Wärme an seiner Brust gelegen, ohne dass mich noch irgendein Traumbild gestört hätte.

Schlaftrunken richtete ich mich jetzt im Bett auf. Mein Wecker zeigte kurz nach Mittag. Johannes war nirgends zu sehen. Vermutlich war er im Garten unterwegs. Für einen Augenblick bedauerte ich den Umstand, dass er sicherlich nicht in der Küche stand und Frühstück machte. Mir war nach übersalzenem Spiegelei. Also sprang ich aus dem Bett und ging ins Bad. Während ich duschte und den Pudel bezähmte, in den sich meine Frisur verwandelt hatte, spürte ich ein ganz unverhofftes Gefühl von Glück, das von dem Gesicht, das mir aus dem Spiegel

entgegenlächelte, bestätigt wurde.
Ich hatte Johannes zurück. Und mit seiner Hilfe hatte ich einen großen Schritt zur Bewältigung meines Stalker-Erlebnisses gemacht. Heute Morgen war die Erinnerung an die Ereignisse zum ersten Mal nicht von Wut oder Herzholpern und Angstgefühlen begleitet, sondern von Bedauern. Einerseits mir selbst gegenüber, weil ich das hatte erleben müssen. Andererseits aber auch gegenüber diesem Menschen, weil er zu einem solchen armen Irren geworden war. Die Entscheidung, meinem Bauchgefühl zu folgen und auf Altenstein zu bleiben, hatte sich als absolut richtig erwiesen. Genauso wie dem seltsamen Etwas zu gehorchen, das mich in der letzten Nacht den Traum weiterträumen lassen wollte.
Ich kam gerade aus dem Bad, als es an meiner Wohnungstür klopfte. Ute stand davor. Noch bevor ich irgendetwas sagen konnte, fiel sie mir um den Hals und drückte mich, dass mir fast die Luft wegblieb.
„Oh, Gott, Catharina“, sagte sie und ließ mich los. „Ich bin so froh, dass Du wieder heil zurück bist. Du hast ja keine Ahnung, welche Sorgen wir uns alle gemacht haben.“ Nachdem sie mich ein weiteres Mal fest umarmt hatte, kam sie zum eigentlichen Grund ihres Besuchs. Meine Mutter hatte im Sekretariat angerufen, weil sie mich nicht auf meinem Telefon erreichen konnte, das ausgeschaltet war. Ute hatte ihr erklärt, dass die Polizei das Telefon am vergangenen Freitag im Sekretariat abgegeben und man bisher versäumt hatte, es mir zurückzugeben.
„Ich habe mich tausendfach entschuldigt und versprochen, sofort nach Dir zu sehen.“ Damit drückte mir Ute mein Handy in die Hand. „Am besten, Du rufst sie sofort zurück.“ Dann entschwand sie Richtung Sekretariat.
Seufzend hängte ich das Telefon an sein Ladekabel und setzte Teewasser auf. Das Ladekabel hatte die Polizei nicht mitgenommen, sondern im Schlafzimmer liegen lassen. Ich aber hatte überhaupt nicht gemerkt, dass kein Telefon daran hing.
Johannes war noch immer nicht aufgetaucht. Mit meinem Tee

setzte ich mich ins Wohnzimmer und schaltete das Telefon ein. Sofort begann das Pfeifkonzert. Nur weil ich es meiner Mutter versprochen hatte, hörte ich den Anrufbeantworter ab.
Ich hatte einen Anruf meiner Anwältin, die mir mitteilte, dass in Zukunft alles, was meinen Stalker betraf, über ihre Kanzlei laufen würde. Wenn ich Fragen hätte oder es Probleme gebe, solle ich mich melden. Das alles wusste ich aber schon von meiner Mutter.
Der nächste Anruf war der einer alten Arbeitskollegin, die wissen wollte, ob ich schon gehört hätte, dass der Verrückte aus der Anstalt ausgebrochen sei. Es habe in der Zeitung gestanden. Sie wollte nur sicher gehen, dass ich ...
Ich unterdrückte das dringende Bedürfnis, das Telefon mitsamt der Mitteilung durch die geschlossene Terrassentür zu schleudern und löschte den Anruf, ohne ihn zu Ende zu hören.
Als Letztes folgten vier Nachrichten meiner Mutter, die von einer fröhlichen Mitteilung, dass sie gut angekommen sei, über eine ärgerliche Bitte, zurückzurufen, und einer besorgten Bitte, mich endlich zu melden, zu einer hysterischen Drohung, sie werde es über die Schulleitung versuchen, reichten.
Ich rief zurück in der Erwartung, einen Heuler der besonderen Art zu kassieren. Aber ich täuschte mich. Offenbar hatte Ute bereits das Schlimmste verhindern können und ich musste nur noch Nachsorge betreiben. Ausführlich und im Mutter-Beruhigungs-Tonfall berichtete ich, dass ich gestern bei Grete gewesen war, den Nachmittag mit Fridel und Benno verbracht und die Nacht über zwar geträumt, aber dank Gretes Hilfe trotzdem gut geschlafen hatte. Im weitesten Sinne war es ja auch Grete gewesen, die dafür gesorgt hatte, dass ich mich heute Morgen so befreit fühlte.
Meine Mutter war beinahe misstrauisch geworden, als sie begriff, dass ich nicht nur so tat, als ob es mir gut gehe, sondern es wirklich der Fall war. Sie bat mich allen Ernstes, Kontakt zu Herz aufzunehmen. „Catharina, es ist nicht gesund, dass Du so euphorisch bist, nach dem, was gerade alles passiert ist. Bitte sprich mit Deinem Psychiater!“

Aus rein rational-professioneller Sicht hätte ich ihr vollkommen zugestimmt. Aber wie hätte ich ihr sagen sollen, dass es hier eher mystisch-irrational zuging? Also versprach ich, mich sofort bei Herz zu melden, wenn es notwendig sein sollte. Nachdem mir meine Mutter das hochheilige Versprechen abgenommen hatte, morgen wieder anzurufen, durfte auch mein Vater mit mir reden. Der freute sich einfach nur, meine Stimme zu hören, und hatte gegen die Tatsache, dass es mir gut ging und ich auf dem Wege der Gesundung war, überhaupt nichts einzuwenden.
Mit einem erleichterten Stöhnen beendete ich das Telefonat und legte das Handy zur Seite. Ein unterdrücktes Lachen erzeugte zusätzlich zu meiner allgemeinen Glückseligkeit ein Schmetterlingsgefühl in meinem Innern. Johannes war wohl gerade hereingekommen und hatte zumindest einen Teil des Gesprächs mitbekommen. Nach einem innigen Begrüßungskuss, der ihn so gut wie unsichtbar machte, ließ er sich in seinen Sessel sinken. „Deine Mutter ist eine interessante Frau. Aber von ihr hast Du Deine übersinnlichen Fähigkeiten nicht."
„Wie kommst Du darauf?", fragte ich und rührte in meinem Tee. Mein Magen knurrte.
Johannes zuckte die Schultern zu meiner Frage. „Sie kann mich nicht wahrnehmen. Und sie war ausgesprochen dankbar für Bennos rationale Erklärung Deiner Kinderträume und des Dialekts, den Du darin gesprochen hast."
Ich beschrieb meine Eltern. Meine Mutter war ein herzlicher Vernunftmensch – im Gegensatz zu meinem Vater, der abweisend wie ein Kaktus wirkte, aber hoch sensibel war.
Als ich vom Sofa aufstand, um endlich etwas zu essen zu machen, folgte mir Johannes in die Küche. „Dein Vater hat Vorfahren aus der Walachei?", fragte er, während er mir dabei zusah, wie ich Kaffee kochte und die beiden Eier, die nicht Opfer meiner Zerstörungswut geworden waren, in eine Pfanne schlug.
Ich sah von meinem Essen auf, das festzubacken drohte. „Bitte jetzt keine Witze über eine mögliche Verwandtschaft mit Graf Dracula!"
„Nichts liegt mir ferner." Johannes machte ein belustigtes

Gesicht. „Es besteht wenig Ähnlichkeit. Weder mit dem historischen Vlad Țepeș noch mit einem dieser Kino-Vampire, mit dem Du mich einmal vergleichen wolltest.“ Er lachte und wechselte das Thema. „Du hattest also eine gute Nacht, wie ich dem Telefongespräch entnehmen konnte.“

Ich kratzte die Eier aus der Pfanne und wechselte von Tee zu Kaffee. Gemeinsam setzten wir uns an die Küchentheke. Während ich aß, beschrieb ich Johannes, wie der Traum der letzten Nacht mein Empfinden gegenüber meinem Entführer verändert hatte.

„Er ist nicht mehr bedrohlich, sondern ein bedauernswerter Kerl mit einer Psychose, der Hilfe braucht. Heute Morgen frage ich mich, wem von uns das Schicksal die Karten schlechter gemischt hat.“ Ich sah Johannes an, der mir aufmerksam, aber mit undeutbarem Gesichtsausdruck zuhörte. „Jedenfalls hast Du das schlau angestellt“, beendete ich meine Ausführungen.

Johannes runzelte die Stirn. „Was meinst Du?“

„Na, dass es psychologisch ein kluger Schachzug von Dir war, mir diesen Irren so hilflos und menschlich zu präsentieren. Und dann auch noch dieses verängstigte Kindergesicht. Das hat meine Angst und die Wut in Mitgefühl verwandelt.“

Johannes Stirnrunzeln vertiefte sich. „Dein Lob ehrt mich, aber ich fürchte, ich verdiene es nicht.“

Ich setzte die Kaffeetasse, aus der ich gerade hatte trinken wollen, zurück auf die Theke. „Was soll das heißen?“

„Dass ich nicht der Auslöser dieser Trauminhalte bin.“ Johannes beugte sich auf seinem Stuhl vor, sodass seine Hände nur noch Zentimeter von meinen entfernt waren. „Ich hatte Grete von Deinem Ausbruch in der vorletzten Nacht erzählt.“ Ein Hauch von schlechtem Gewissen für diese Indiskretion stand in seinem Gesicht. „Sie hat mich aufgefordert, Dir bei der Bewältigung der Erinnerungen zu helfen. Ich solle Dir eine Begegnung mit dem Entführer in einer geschützten Situation ermöglichen, war ihr Rat.“

Das also hatte Grete gemeint, als sie Johannes gestern aufgefordert hatte, mir beim Erinnern zu helfen. Es war gar nicht

um das fehlende Stück auf dem Altar gegangen, sondern um meinen Stalker. „Also hast Du mein Kopfkino angehalten und mir Sicherheit gegeben, damit ich ihm entgegentreten konnte“, schlussfolgerte ich. In meiner Welt nannte man das Konfrontationstherapie.
„Ja. Und die Kreativität Deiner Beschimpfungen war bemerkenswert.“ Johannes' Mundwinkel zuckten, aber er blieb ernst. „Mit dem zweiten Teil Deines Traums habe ich allerdings nichts zu tun.“
„Aber Du hast verhindert, dass er mich noch einmal angreift“, wandte ich ein.
Johannes schüttelte den Kopf. „Das hast Du selbst getan. Ich habe lediglich Deiner Bitte entsprochen und dafür gesorgt, dass Dein Entführer auf Dich reagiert und Dir zuhört.“
Anscheinend verstand er mich nicht. „Ich meine diese Angst in seinen Augen. Diese Hilflosigkeit. Und dieses Kindergesicht mit dem er mich angesehen hat.“ Ich wurde noch deutlicher: „Dadurch hast Du mir gezeigt, dass er eigentlich ein ganz armer Teufel ist. Vielleicht wurde er selbst so behandelt!“
Wieder schüttelte Johannes den Kopf. „Versteh' doch! Das war ich nicht.“
Ungläubig starrte ich Johannes an. Der nutzte mein Schweigen, um sich zu konzentrieren und meine Hände zu fassen, bevor er weitersprach: „Ich hatte große Bedenken, dass Du Dich überfordern würdest. Aber ich habe sowohl Deine Stärke als auch Deine Fähigkeiten unterschätzt.“ Er betrachtete mich mit einem bewundernden Blick und lächelte dann. „Eigentlich hätte ich es besser wissen müssen nach dem Kampf, den Du mir geliefert hast, als ich gehen wollte.“
„Du irrst Dich!“, entgegnete ich heftig. „Ich konnte Dich ja noch nicht einmal im Traum suchen, als Du verschwunden warst. Wie hätte ich es dann erst zuwege bringen sollen, ausgerechnet meinen Entführer wie ein geschundenes Kind aussehen zu lassen?“
Johannes betrachtete nachdenklich unsere Hände. Seine verloren langsam an Substanz. „Glaub' mir, Catharina. Du hast diesen

Traum selbst erzeugt, auch wenn Du Dir dessen nicht bewusst bist. Da ist etwas in Dir, das weiß, was zu tun ist.“ Er hatte keine Kraft mehr und musste mich loslassen.
Ich starrte sekundenlang in seine schwarzen Augen. Vor vier Tagen noch hatte ich geglaubt, diesen Blick nie wieder sehen zu dürfen. Aber Johannes saß vor mir, weil etwas in mir gewusst hatte, dass ich nach Altenstein gehörte. „Etwas, das meinen Stalker wahrnehmen kann, auch wenn ich ihn nicht sehe“, setzte ich seinen Gedanken fort. „Etwas, das mir sagt, dass mein Traum noch nicht zu Ende ist.“
Johannes nickte. „Etwas, das diesem Menschen ein Kindergesicht gibt.“ Sein Blick wurde nachdenklich. „Was ist es nur“, fragte er, „das uns ein Kind mit anderen Augen sehen lässt als denselben Menschen, wenn er erwachsen ist?“
Johannes Stimme war kaum noch hörbar, weil er seine Energie verbraucht hatte. Trotzdem klang das, was er sagte wie ein Trompetenstoß in meinen Ohren. Das Etwas in mir reagierte offensichtlich erneut. Anscheinend spiegelte sich auch in meinem Gesicht, dass seine Worte irgendetwas bei mir ausgelöst hatten, denn Johannes sah mich alarmiert an. „Habe ich etwas Falsches gesagt?“
Ich schüttelte den Kopf. „Sag' es noch einmal, bitte!“
„Was meinst Du?“, fragte er irritiert. „Dass wir einem Kind gegenüber anders empfinden als einem erwachsenen Menschen?“ Stirnrunzelnd betrachtete er mich. „Ich habe mich gefragt, warum das so ist.“
Das Etwas in mir schaltete. „Weil Kinder unschuldige, bedürftige Wesen sind, die ohne Liebe nicht leben können“, murmelte ich. Ich sah Johannes direkt an. „Nichts auf der Welt wird so sehr geliebt wie ein Kind.“
„Und ein Kind, das nicht geliebt wird, wird zu einem unglücklichen Erwachsenen, der sich selbst quält oder seine Umwelt“, fügte Johannes hinzu.
„Wir müssen zu Grete!“, rief ich und sprang vom Tisch auf. Irgendwie hatte es Johannes geschafft, mir nicht nur bei der Erinnerung an meinen Stalker zu helfen, sondern auch einen

Hinweis auf Gretes Altar zu geben – auch wenn ich den Zusammenhang selbst noch nicht verstand.
Johannes folgte mir eilig und mit fragendem Blick, während ich bereits im Laufen die Jacke überstreifte. Doch erst auf der Fahrt konnte ich ihm mein seltsames Verhalten erklären, denn der Weg zum Auto war voller Schüler, die zum Nachmittagsunterricht strömten.
„Ich habe keine Ahnung, warum, aber ich muss in Gretes Kräuterküche“, sagte ich, während ich den Holperweg den Alten Stein hinunterfuhr und auf die Straße zum Dorf einbog. „Mein Traum von diesem Kindergesicht und unser Gespräch eben ...“ Ich suchte nach Worten, ohne eigentlich zu wissen, was ich sagen wollte. „Das alles gehört zusammen, aber ich weiß nicht wie. Und jetzt sagt das Etwas ganz deutlich, dass wir die Antwort bei Grete finden.“
„Ich verstehe“, war alles, was Johannes antwortete.

Diesmal betrat ich Gretes Haus ohne langes Federlesen. Grete saß in der Küche, das Gesicht in die Hände gestützt, und reagierte nicht bei unserem Eintreten. Ich sah zu Johannes, der genauso erschrocken war wie ich über die neuerliche Verschlechterung ihres Zustands.
„Grete?“, sprach ich sie vorsichtig an.
Nur langsam hob sie den Kopf. „Du willst nach oben“, stellte sie in ihrem harten Dialekt fest. „Ihr werdet allein gehen müssen.“
Ich kniete mich vor sie hin. „Sollen wir einen Arzt holen?“ Schon während ich die Frage stellte, hatte ich Angst vor der Reaktion. Aber Grete knurrte nur und flüsterte dann: „Geh' und finde heraus, was auf meinen Tisch gehört.“ Damit stützte sie das Gesicht wieder in die Hände. Johannes signalisierte mir, sie in Ruhe zu lassen und nickte zur Tür.
„Woher weiß sie, dass wir kommen?“, fragte er, während wir die Treppe hochgingen.
Ich erzählte vom ersten und einzigen Mal, dass ich in Gretes Kräuterküche gewesen war – dem Tag nämlich, an dem ich die Werkzeuge hierher gebracht hatte. Auch da hatte Grete mich

bereits erwartet und gewusst, dass ich etwas zu ihr bringen würde. „Sie wusste es aus einer Vision, die sie hatte.“
Beim Öffnen der Tür zu Gretes Allerheiligstem schlug uns eine Wolke von Räucherwerk entgegen. Sofort waren die Bilder der Folterkammer in meinem Kopf. Auch Johannes strauchelte und griff sich an die Brust, obwohl er den Geruch eineinhalb Jahrhunderte selbst getragen hatte.
Zögernd gingen wir hinein. Kaum aber, dass ich die Türschwelle überschritten hatte, traf mich ein Frosthauch und meine Nackenhaare richteten sich auf. Doch hatte die Kälte nichts mit der Temperatur im Raum zu tun. Es war die Atmosphäre, die sich anfühlte wie in einem Eisgrab. Mein Blick fiel auf Gretes Altar, auf dem sich nichts verändert zu haben schien, seit ich ihn das letzte Mal gesehen hatte. Doch wie von einem Magneten angezogen, wanderten meine Augen *unter* den Tisch.
Dort stand auf derselben weißen Decke, die Grete bei meinem ersten Besuch über das Zeug geworfen hatte, eine Schale. In der Schale aber lagen in trübem Wasser die Werkzeuge. Bei ihrem Anblick zog sich mein Brustkorb zusammen, als wollte meine Lunge die Luft nicht atmen, die verpestet war mit der dunklen Energie, die sie ausstrahlten. Alle meine Sinne signalisierten höchste Gefahr und ich musste meine ganze Kraft aufwenden, meine Beine davon abzuhalten, sich auf der Stelle umzudrehen und in wilder Flucht aus dem Haus zu stürzen. Es war kein Wunder, dass Grete von Tag zu Tag schwächer wurde. Ich fragte mich, wie sie es überhaupt geschafft hatte, dieser zerstörerischen Macht so lange standzuhalten. Inzwischen war sie ihr seit über zehn Tagen ausgesetzt und gezwungen, den Raum mehrmals am Tag und in der Nacht zu betreten.
Ein Ächzen riss mich aus meinen Gedanken. Johannes war neben mich getreten. Auch sein Blick hing an den Werkzeugen. Wie gelähmt stand er da und hatte beide Hände auf seine Narben gepresst. Es sah aus, als könne er sich kaum auf den Beinen halten. In einem unsinnigen Versuch, ihn zu stützten, griff ich nach ihm und durch ihn hindurch. Er jedoch bemerkte es gar nicht, weil er all seine Konzentration darauf zu richten schien,

seine Augen vom Anblick der Schale loszureißen. Dabei fixierte er den Altar selbst. Anscheinend fand er sofort Erleichterung, denn langsam entspannte er sich wieder.
„Geht es?“, fragte ich ängstlich.
Er antwortete nicht, nickte aber und nahm den weitest möglichen Abstand zu den Werkzeugen ein. Ich setzte mich gegen alle Fluchtinstinkte auf die Holzbank, die noch immer vor Gretes Andachtsecke stand. Wenn mein Gefühl mich nicht trog, dann fand ich hier den Schlüssel dafür, dass Johannes und Grete das alles beenden konnten. Ich durfte jetzt nicht davonlaufen. Ich hatte dieses Zeug hierher gebracht.
Wie neulich betrachtete ich Gretes Allerheiligstes, vermied dabei jedoch jeden Blick unter den Altar. Meine Augen wanderten über das Poster von Michelangelos Pietà, das der Madonna Raffaels und das kitschige Gemälde von den beiden Kindern über dem Abgrund, die von einem Engel beschützt wurden. Schon vor zehn Tagen hatte ich hier gesessen und das Gefühl gehabt, etwas erkennen zu müssen, das ich damals nicht hatte fassen können. Stattdessen hatte ich begriffen, dass Grete eine gläubige Frau war, die Johannes niemals hatte verfluchen wollen. Aber was war es, das ich neulich nicht hatte sehen können, und das vorhin in meinem Gespräch mit Johannes angestoßen worden war?
Wir hatten über den Traum von meinem Stalker geredet. Davon, was sein Kindergesicht bei mir ausgelöst hatte ...
Und plötzlich sah ich es. Es war so einfach!
Alle Bilder zeigten Kinder. Und zwei davon zeigten Kinder in der heiligsten, ursprünglichsten, tiefsten und ältesten Verbindung, die es auf dieser Erde, vielleicht in diesem Universum gab: Mutter und Kind.
Aber nicht irgendeine Mutter, sondern Maria. Das eine zeigte sie mit einem Blick voller Liebe, ihr nacktes Baby an sich gedrückt. Das andere stellte dieselbe Frau dar. Doch diesmal hielt sie mit einem Ausdruck grenzenloser Trauer und Verzweiflung ihren erwachsenen, toten Sohn auf dem Schoß. Ich hatte genau diesen Ausdruck schon einmal in Gretes Gesicht gesehen. Es war in dem Traum gewesen, in dem sie vom Grab Elisabeths

gekommen war ...
Da verstand ich: Grete identifizierte sich mit Maria, die wie Grete selbst ihr Kind verloren hatte. Aber Grete war nicht nur eine Mutter, sie war auch eine Tochter. Und zwar die letzte Tochter in einer langen Tradition von Müttern und Töchtern. Mit Grete endete diese jahrhundertealte Kette – weil vor einhundertfünfzig Jahren eine Verquickung von entsetzlichen Entscheidungen zu einer ganz neuen, fürchterlichen Verbindung geführt hatte: eine Vergewaltigung, aus der wiederum ein Kind entstanden war. Und ein Fluch, der die Mutter und das ungeborene Kind mitsamt allen folgenden Generationen von Müttern und Töchtern in fataler Weise an den Vergewaltiger gebunden hatte.
Noch ein Teil rutschte an seinen Platz. Auch die Geschichte des Vergewaltigers begann mit einer Mutter und ihrem Kind. Enola Cherokee. Unwillkürlich musste ich an meinen Traum von dem einsamen, kleinen Jungen an Enolas Grab denken, der dieser Vergewaltiger einmal gewesen war. Derselbe Junge, den sein Schmerz und seine Einsamkeit zusammen mit dem Schürhaken seiner Tante in einen gewalttätigen, unberechenbaren Jugendlichen und später in einen herzlosen Sadisten verwandelt hatten. Es war mein Traum von genau diesem Jungen gewesen, der mich das Portrait des erwachsenen Grafen im Speisesaal mit anderen Augen hatte sehen lassen – so wie es mir in der letzten Nacht mit meinem eigenen Entführer gegangen war.
Es war genau, wie Johannes es gesagt hatte. *Wir empfinden Kindern gegenüber anders als den späteren erwachsenen Menschen.* In meinem Traum war mein Herz schwer geworden, als ich gesehen hatte, wie der kleine Johannes am Grab seiner Mutter gestanden und dieses selbst geschnitzte Holztier für sie abgelegt hatte. Bei dieser Erinnerung fiel mein Blick unwillkürlich auf Gretes Altar. In seinem Zentrum lag ein uraltes Kinderspielzeug.
Eine Rassel aus Holz ....
Ein Kind am Grab seiner Mutter ...
Ein Holztier ...

Augenblicklich fiel es mir wie Schuppen von den Augen. „Das Holztier“, murmelte ich und fuhr zu Johannes herum, der die ganze Zeit reglos am anderen Ende des Zimmers gestanden hatte. „Es ist das Holztier!“
Ratlosigkeit stand in seiner Miene, doch dann wanderte Begreifen über sein Gesicht und er machte einen Schritt auf mich zu. „Das Holztier vom Grab meiner Mutter?“
„Es ist so offensichtlich!“, rief ich und sprang von der Bank auf. „Es gehört neben diese Rassel! Wir müssen mit Grete sprechen!“

Als wir in die Küche zurückkamen, saß Grete noch immer am Tisch. Nur die Teetasse vor ihr und ein Brettchen mit Brotkrümeln zeugten davon, dass sie sich in der Zwischenzeit bewegt hatte. Mit müden, teilnahmslosen Augen folgte sie uns, als wir uns zu ihr setzten. Doch sie wurde immer aufmerksamer, während ich sprach. Dabei ließ ich nichts aus, sondern beschrieb die gesamte Assoziationskette vom Traum der letzten Nacht über das Gespräch mit Johannes beim Frühstück bis zu den Schlüssen, zu denen ich beim Anblick ihrer Andachtsecke gekommen war.
Sowohl Grete als auch Johannes hörten mir aufmerksam zu. Als ich geendet hatte, war die Teilnahmslosigkeit aus Gretes Augen verschwunden und etwas von der stechenden Intensität, die früher ihren Blick ausgemacht hatte, war zurück.
Auch Johannes Miene hatte sich im Lauf meiner Erklärungen verändert. Er wirkte seltsam verschlossen, als hätten meine Worte irgendetwas in ihm angestoßen. Beim letzten Mal, als ich ihn so gesehen hatte, hatte er sich an eine weitere Grausamkeit aus seinem Grafenleben erinnert.
Vielleicht hatte Grete bemerkt, dass Johannes auffällig auf meine Worte reagierte, jedenfalls sprach sie ihn an. „Was sagst Du dazu, Graf?“
Johannes brauchte sekundenlang, um sich zu sammeln, bevor er antworten konnte. „Es ist schlüssig.“
Als er nichts mehr sagte und sein Blick wieder ins Leere ging, wuchs meine Befürchtung, dass ihn seine Vergangenheit ein weiteres Mal eingeholt hatte. Noch einmal hakte Grete nach,

jetzt mit ungeduldigem Unterton: „Sprich nicht in Rätseln!“
Johannes schien sich einen innerlichen Ruck zu geben, um endgültig in die Gegenwart zurückzukehren. Aber statt einer Antwort stellte er Grete eine Gegenfrage: „Die Schale, in die Du die Werkzeuge gelegt hast, ist die Taufschale aus der Kapelle zu Altenstein?“
Grete runzelte die Stirn, nickte aber.
„Und das Tuch darunter ist die alte Taufdecke, die bei Taufen auf dem Altar lag?“
Wieder nickte Grete.
„Die Kinder des Schlosses und des Dorfes sind bis zum Bau der Dorfkirche über dieser Schale getauft worden“, fuhr er fort. „Ich selbst, Friederike und Rosa.“ Johannes hielt inne und wartete auf eine Reaktion von Grete.
„Wir alle sind über dieser Schale getauft worden. Auch ich“, bestätigte sie die Überlegungen von Johannes. „Rosas Tochter Marie war die letzte, deren Taufe in der Kapelle von Altenstein stattfand. Meine Mutter Annegret wurde bereits in der Dorfkirche getauft. Aber Marie hat damals, warum auch immer, diese Schale mitsamt dem Altartuch und einer Karaffe aus Altenstein geholt. Seitdem sind sie hier im Haus.“ Ein Ausdruck von Schmerz zog über Gretes Gesicht. „Meine tote Tochter war die letzte, die darüber getauft wurde, noch in der Nacht nach ihrer Geburt. Annegret hat damals dafür gesorgt, als ich im Krankenhaus lag.“
Einen Moment lang herrschte betroffenes Schweigen. „Warum willst Du das wissen?“, fragte Grete schließlich.
„Weil es bestätigt, was Catharina sagt. Die Rassel, das Holztier, das Taufbecken, das Leinentuch, Deine Bilder – die Verbindung zwischen allem, was auf und unter Deinem Altar liegt, sind die Kinder.“ Johannes griff über den Tisch nach meiner Hand und drückte sie kurz, wie um mir zu zeigen, dass alles in Ordnung war. Vielleicht hatte er gemerkt, dass seine erste Reaktion auf meinen Bericht mich verunsichert hatte. Er wandte sich wieder Grete zu. „Was weißt Du über diese Rassel?“
Diesmal war es Gretes Blick, der sich in die Vergangenheit

richtete. „Sie ist seit Generationen in meiner Familie. Ich weiß nicht, seit wann. Aber wir alle haben damit gespielt. Es war Tradition, dass sie bei jeder Kindstaufe dabei war." Gedankenverloren knetete Grete ihre dürren Hände. „Zuletzt bei Elisabeth. Deshalb liegt die Rassel jetzt auf dem Altar – zum Gedenken an meine Tochter. Ihr Spielzeug. Unser aller Spielzeug." In Gretes Händen knackte ein Knochen und sie legte sie um die Teetasse. „Warum fragst Du?"
Kurz hatte ich den Eindruck, dass Johannes zögerte, bevor er sagte: „In meiner Kindheit war die Rassel bemalt wie ein Marienkäfer. Sie stammt aus meiner Zeit. Ebenso wie das Holztier." Johannes Miene verschloss sich wieder. Auch sein Tonfall hatte etwas Abschließendes, als wollte er weitere Nachfragen verhindern. Etwas war mit dieser Rassel, aber er schien nicht darüber sprechen zu wollen.
Grete, die das offenbar ebenfalls bemerkt hatte, warf Johannes einen ihrer durchdringenden Blicke zu. Der aber reagierte nicht, sondern kam auf eine andere, sehr berechtigte Frage, über die ich mir noch überhaupt keine Gedanken gemacht hatte: „Was wirst Du tun, wenn der Altar vollständig ist?"
Zu meiner Überraschung zuckte Grete ihre mageren Schultern. „Ich weiß es nicht. Fahrt zum Schloss und holt das Holztier. Danach werden wir sehen, was passiert. Was geschehen soll, wird geschehen. War es nicht die ganze Zeit so?"
Bevor sie weitersprechen konnte, entfuhr mir ein Stöhnen. „*Bitte nicht*!"
Hast Du gedacht, Du kommst so einfach raus aus der Nummer?, fragte mein Psychologen-Ich. *Mit ein bisschen Psychologisieren vor Gretes Hausaltar? Müsstest Du es inzwischen nicht besser wissen?*
„Bisher hat sich alles gefügt. *Fata viam invenient*", versuchte mich Johannes zu beruhigen. Er erhob sich und sah mich mit versicherndem Lächeln an. „Etwas wird passieren. Hab' Vertrauen."
Johannes ging zur Tür. Höflich verneigte er sich zum Abschied in Richtung Grete. Anscheinend war für ihn alles klar damit, dass

wir jetzt das Holztier holen würden. Der Rest war Vertrauen und Schicksal.
Ich starrte ihm sprachlos nach. Mochte ich diesen Mann auch noch so sehr lieben und für seine Rückkehr noch so dankbar sein, aber für seine letzte Bemerkung hätte ich ihm gern vors Schienbein getreten – wäre es möglich gewesen.

Zu Hause ging ich sofort ins Schlafzimmer, um das Holztier zu holen. Johannes beobachtete schweigend, wie ich zuerst auf und dann in meinem Nachttisch nach der kleinen Figur suchte.
„Es muss hier sein", erklärte ich und kniete mich vor das Bett, um darunter nachzuschauen. „Ich weiß, dass ich es hier hatte!"
Als ich das Tierchen auch unter dem Bett nicht fand, sah ich mich suchend um und begann strategisch Fußboden und Möbel abzusuchen. Danach suchte ich im Kleiderschrank weiter, wohl wissend, dass ich es darin nie aufbewahrt hatte. Aber vielleicht hatte es meine Mutter bei ihrer Reinigungsaktion weggelegt.
Als ich mit dem Schlafzimmer fertig war, durchforstete ich das Wohnzimmer. Johannes half mir, so gut es ihm möglich war. Aber zwei Stunden später gab es keinen Zweifel: Das Holztier war nicht in meiner Wohnung. Ich hatte auch die hinterletzte Ecke mitsamt der Badezimmermöbel abgesucht. Sogar die Taschen aller meiner Kleidungsstücke hatte ich geleert und selbst meine Handtaschen, Rucksäcke und sonstigen Behältnisse von Rechts auf Links gedreht. Johannes hatte die Terrasse und den wilden Garten durchkämmt. Je länger wir gesucht hatten, desto heftiger wurde meine Verzweiflung. Niemand konnte sagen, wie lange Grete noch durchhalten würde, bis sie endgültig zusammenbrach. Wir brauchten dieses Holztier! Aber wo sollten wir noch suchen? Ich hatte überhaupt keine Ahnung, wo es sein könnte. Und inzwischen war ich nur noch müde und frustriert. Eigentlich sollte ich mich von meiner Entführung erholen und mich schonen!
„Ich denke, es wäre sinnvoll, wenn Du Deine Mutter fragst, ob sie das Holztier hier gefunden hat", riet Johannes. „Für einen Außenstehenden ist es nicht mehr als ein altes, wertloses

Holzstück."
Entsetzt sah ich ihn an und sank auf das Sofa. Ein Horrorkino brach in meinem Kopf aus bei seinen Worten. „Du glaubst, dass sie es beim Aufräumen weggeworfen hat?" Ich stöhnte. Das war durchaus denkbar. Aber wenigstens konnte ich diese Frage schnell klären.
Ich holte mein Telefon und wählte. Schon beim ersten Klingeln meldete sich meine besorgte Mutter: „Catharina, um Himmels Willen!" Zwei Anrufe am selben Tag konnten ihrer Meinung nach nur bedeuten, dass etwas passiert war.
Ich beruhigte sie, indem ich ihr den Grund meines Anrufs erklärte. Dabei versuchte ich so gelassen wie möglich zu klingen. Keinesfalls durfte meine Mutter bemerken, wie dringend ich dieses Holztier finden musste, sonst würde sie in neuerliche Besorgnis ausbrechen und womöglich wieder eine Diskussion über einen weiteren Besuch bei Herz anzetteln.
„Ein kleines Holzstück?", fragte sie erleichtert und schien zu überlegen. „Ein bisschen wie eine Kuh ohne Beine?"
„Genau! Das ist es!", rief ich und zeigte Johannes einen Daumen-hoch.
„Ja, das hab' ich in der Hand gehabt", murmelte sie zögerlich. Einen Moment lang herrschte Schweigen am anderen Ende, dann fragte sie: „Ist es wichtig?"
Ich riss mich zusammen und erklärte mit aller mir zur Verfügung stehenden Ruhe: „Es ist ein Geschenk eines kleinen Jungen. Ich hänge sehr daran."
Wieder Schweigen am anderen Ende.
„Ich hatte es auf dem Nachttisch liegen", versuchte ich meiner Mutter auf die Sprünge zu helfen.
„Nein", sagte die sofort. „Da lag es nicht."
Weiteres Schweigen. Mir kam ein böser Verdacht. „Mama, Du weißt, wo es ist, oder?"
Ich hörte ein Räuspern am anderen Leitungsende. „Es war in Deiner Jacke. Ich habs gefunden, als ich sie waschen wollte."
Schlagartig kam die Erinnerung zurück. Ich hatte das Holztierchen an dem Morgen vom Nachttisch genommen, als ich

die Werkzeuge zu Grete gebracht hatte. Ich hatte es eingesteckt, weil es mir ein Gefühl von Sicherheit gab. Grete hatte recht gehabt: Ohne es zu wissen, hatte ich das dabei, was auf ihren Altar gehörte. Aber alle meine Gedanken hatten sich nur um die Werkzeuge gedreht.
Mir kam eine Idee. „Könnte es sein, dass es in der Waschküche liegt?"
Meine Mutter überlegte. „Gut möglich, dass ich es auf die Waschmaschine gelegt habe."
„Auf die Waschmaschine", wiederholte ich und sah Johannes bittend an. Der nickte und glitt durch die Wohnzimmerwand in die ehemalige Folterkammer. „Einen Moment, Mama." Ich hielt den Hörer zu und wartete, dass Johannes zurückkam. Es dauerte keine halbe Minute, da war er wieder da. Bei seinem Kopfschütteln sank mir das Herz in die Hose.
„Da ist es nicht", gab ich das Ergebnis der Suche an meine Mutter weiter.
Noch ein Räuspern im Telefonhörer und dann angespannte Stille.
„Kann es sein, dass Du es weggeworfen hast?"
„Naja, ich ..." Zögern. „Ich weiß es nicht mehr ..." Das schlechte Gewissen meiner Mutter kroch durch den Hörer und brach an meinem Ende der Leitung heraus: „Catharina, ich weiß es wirklich nicht mehr. Ich erinnere mich nur, dass ich gedacht habe, es wäre ein Stück Holz, das Du im Wald aufgelesen hast. Kind, es tut mir leid!"
Ich schluckte hart. „Ist nicht schlimm, Mama." Mühsam zwang ich die Tränen zurück.
„Bist Du sicher?", fragte meine Mutter hoffnungsvoll.
„Mach' Dir keine Gedanken." Es gelang mir, fast fröhlich zu klingen. „Kein Problem."
Meine Mutter entschuldigte sich noch drei weitere Male, ich erteilte ihr noch drei weitere Male Absolution, dann verabschiedeten wir uns. Kaum dass ich aufgelegt hatte, sank ich nach vorn und schluchzte. Eine Welle von Hoffnungslosigkeit spülte nach oben, der entgegenzusetzen ich nach den Anstrengungen des Tages und der letzten Nacht nichts mehr

übrig hatte.
Wir würden die Macht der Werkzeuge nicht brechen. Wir würden dem allen kein Ende setzen. Wir würden diese Verstrickungen nicht auflösen. Wir würden keine Seelen retten, weil das entscheidende Stück auf Gretes Altar fehlte! Wir würden die finstere Macht zurück in ihr Grab in der Kapelle bringen und hoffen müssen, dass niemand sie jemals wieder ausgraben würde. Das glückselige Gefühl des Morgens war in Hoffnungslosigkeit verpufft.
Ein Arm legt sich um mich. „Catharina, nicht weinen!“, flüsterte Johannes' Stimme in mein Ohr. Sein Haar strich über meine Wange und ich roch seinen tröstlichen Duft nach Wald und Erde.
„Sie weiß nicht, wo sie das Tierchen sonst hingelegt haben könnte“, schluchzte ich. „Vielleicht hat sie es wirklich weggeworfen.“ Ich wollte mich an Johannes drücken, doch ich glitt durch ihn hindurch gegen die Sofalehne. Er hatte schon keine Substanz mehr.
„Du sagst doch, dass sie nicht weiß, was sie damit gemacht hat“, sagte er kaum noch hörbar. „Lass' uns jetzt nicht verzweifeln. Es wird sich alles finden.“
Ich setzte mich auf und sah Johannes an. Unberührbar saß er neben mir. In seinen Augen stand wieder diese neue Zuversicht. Ich wischte mir die Tränen mit dem Handrücken ab. „Woher nimmst Du Dein Vertrauen?“ Vorhin hatte ich ihm dafür noch vors Schienbein treten wollen. Jetzt beneidete ich ihn darum.
„Vielleicht sind inzwischen zu viele Wunder geschehen, als dass ich noch Zweifel haben könnte, dass alles gut wird. Ist es nicht so, dass letztlich alle unsere Irrtümer, alle Missverständnisse, sogar Deine Entführung und Dein Traum der letzten Nacht uns zu genau diesem Punkt geführt haben? Wir stehen kurz vor der Lösung einer jahrhundertealten mystischen Verstrickung.“ Ein bittersüßes Lächeln zog über Johannes' Gesicht. „Es kann gar nicht anders sein, als dass sich die Dinge fügen werden.“ Johannes saß dicht neben mir. Sein durchscheinendes Gesicht war nur Zentimeter von meinem entfernt. Er hob die Hand, wie um mir über die Wange zu streichen. „Aber angesichts dessen,

was Du erleben musstest, damit Grete und ich zueinanderfinden konnten, ist Dein Misstrauen gegenüber einem gütigen Schicksal mehr als verständlich."
Sein bittersüßes Lächeln wurde traurig, was mir aber auf seltsame Weise gut tat. Auch wenn Johannes' Mitgefühl nichts änderte, nahm es mir komischerweise die Angst, diesem unbegreiflichen Schicksal ausgeliefert zu sein. Ich war nicht allein – gleichgültig, was passieren würde. Diesmal würde er da sein und wenn Grete recht hatte, gab es nichts auf dieser Welt, das uns trennen konnte. „Was werden wir jetzt tun?"
„Das, was wir immer tun. Abwarten." Die Zuversicht in seiner Stimme war unüberhörbar. Trotzdem musste ich meine Befürchtungen aussprechen, zumal sie diesmal nicht mir selbst galten: „Was sagen wir Grete? Sie wartet auf uns und ich habe Angst um sie."
Johannes nickte ernst und nachdenklich. Er teilte meine Bedenken. Grazil erhob er sich vom Sofa. „Wenn Du gestattest, würde ich gern sofort zu ihr gehen. Es wäre mir lieb, wenn Du nicht allein wärst in dieser Zeit."
Ich stand ebenfalls auf. „Ich komme mit."
Johannes schüttelte den Kopf. „Ich kann Dich nicht daran hindern, aber meinst Du nicht, dass das alles heute anstrengend genug war? Außerdem solltest Du etwas essen."
Meine Stimme der Vernunft stimmte ihm vollkommen zu. Inzwischen war Abendbrotzeit. Ich hatte heute außer zwei Spiegeleiern noch nichts in den Magen bekommen, aber ausführlich mit dem Schicksal gerungen. Allerdings ließ ich mich ungern bevormunden – schon gar nicht von einem Mann, nachdem ich es mir von meiner Mutter verbeten hatte. „Ich glaube, ich kann das selbst entscheiden."
Johannes zog eine Augenbraue hoch. „Ist es Dein Wunsch mitzukommen oder handelt es sich hier um eine Frauen-Nummer?"
Ich starrte ihn an. „Wie bitte?"
Ungerührt starrte er zurück. „Warst Du es nicht, die mir meine Eitelkeit einmal als 'angestaubte Männer-Nummer' vorgeworfen

hat? Wenn es Dir wirklich ein Bedürfnis ist, mich zu Grete zu begleiten, können wir gern zusammen zu ihr fahren – vor allem da ich dadurch in den Genuss einer Autofahrt komme." Ein Grinsen wanderte über sein Gesicht. „Es ist aber unnötig, Dich zu überfordern, weil Du glaubst, mir gegenüber die Wilde Frau beweisen zu müssen."
Wollte er jetzt allen Ernstes mit mir über Emanzipation diskutieren? War das auch seinem neuen Selbstbewusstsein geschuldet? „Hast Du ein Problem mit modernen Frauen?" Ich klang zickig.
Hast Du ein Problem damit, dass er nicht mehr so devot ist wie früher, sondern seinen Standpunkt vertritt?, fragte meine Stimme der Vernunft lakonisch.
Johannes wurde ernst und atmete durch. „Glaub' mir, ich habe von den Mangolds, weiß Gott, meine Lektion über moderne Frauen gelernt. Ich wollte Dich nur entlasten."
Catharina, Du versuchst gerade, ihm verbal ans Schienbein zu treten, meldete sich nun auch noch mein Psychologen-Ich. *Du bist frustriert und suchst einen Grund, es an ihm auszulassen.*
Ich ruderte zurück. „Du hast recht. Ich *bin* müde und ich *habe* Hunger. Und ich bin neidisch auf Deine Zuversicht. Das macht mich zänkisch. Wenn ich ehrlich bin, bin ich froh, wenn ich hier bleiben kann."
Johannes lächelte wieder. „Dein Vertrauen ehrt mich."
„Welches Vertrauen?"
„Nun, da Du Deine Laune an mir auslässt, hast Du offensichtlich das Vertrauen, dass ich sie ertragen kann und nicht wieder die Flucht ergreife."

Johannes hatte sich allein zu Grete aufgemacht und ich war dankbar dafür.
Du hast Angst vor Gretes Reaktion, hatte meine innere Psychologin zutreffend festgestellt.
Zwar war nicht mit Flüchen zu rechnen, wohl aber mit Unmut oder – noch schlimmer – Verzweiflung. Und mir fehlte die Kraft, um einer grantigen oder verzweifelten Grete gegenüberzutreten.

Inzwischen saß ich neben einem frustrierten Benno und einem fröhlichen Fridel beim Abendessen, weil Johannes mich nicht allein hatte zurücklassen wollen. Meine Nachbarn hatten sich gerade eine mögliche neue Bleibe für Benno angesehen. Doch auch dieses Häuschen hatte sich als untauglich erwiesen.
„Es war sowieso viel zu weit weg“, befand Fridel.
Benno, der missmutig in seinem Kartoffelsalat herumstocherte, sah zu seinem Partner hin. „Zwanzig Kilometer sind keine Strecke.“ Vermutlich hätte er auch mehr in Kauf genommen.
„Im Winter schon“, antwortete Fridel mit einem Stirnrunzeln, das unter seinen Haaren verschwand.
„Wir sind nicht im Himalaya“, gab wiederum Benno zurück.
Offensichtlich hatte sich am Problem der Wohnsituation in der letzten Woche nichts geändert. Bennos Laune nach zu urteilen war sein Bedürfnis nach einer eigenen Unterkunft in dieser Zeit eher größer als kleiner geworden. Es tat den beiden augenscheinlich nicht gut, Fridels kleine Wohnung teilen zu müssen.
„Catharina, sag' doch auch mal was!“, forderte mich Fridel unerwartet auf.
Unglücklich sah ich ihn an. Auf keinen Fall wollte ich im Konflikt meiner Nachbarn irgendeine Stellung beziehen müssen. Ich wollte es mir weder mit Fridel noch mit Benno verderben. Zum Glück kam mir in diesem Moment ein Gedanke. „Ute hat mir letzte Woche erzählt, dass Ede ein Häuschen verkaufen will.“ Ich hätte es Benno längst sagen wollen, aber irgendein armer Irrer hatte mich vorher ins Koma gelegt.
Benno löcherte mich sofort mit Fragen, die ich nicht beantworten konnte. Fridel schaute nicht besonders glücklich drein. „Du hast kein Geld, um ein Haus zu kaufen“, stellte er mit leiser Hoffnung fest.
„Vielleicht kann ich es vorerst mieten.“ Benno wollte morgen sowieso mit Ede wegen der Umgestaltung der Außenanlagen sprechen. „Ich werde ihn fragen.“
Scheinbar um weitere Diskussionen zu vermeiden, wechselte Benno abrupt das Thema. „Wo ist eigentlich Johannes, dass er

Dich in unsere Obhut geben muss?"
„Bei Grete." Ich berichtete von den neuesten Entwicklungen und dem Verlust des Holztierchens. Auch Johannes' neue Selbstsicherheit und Zuversicht ließ ich nicht aus.
„Hab' ich es Dir nicht die ganze Zeit schon gesagt?", fragte Fridel mit zufriedenem Grinsen. „Das Märchen nimmt seinen Lauf und das Biest wird zum Prinzen."
Benno sah mich prüfend an. „Aber mit der Schönen scheint etwas nicht zu stimmen."
Unumwunden gab ich meine Ängste und Befürchtungen zu, vor allem jetzt, da das Holztier möglicherweise verloren war. Meine Nachbarn taten ihr Bestes, um mir Mut zuzusprechen. Es ging ihnen wie Johannes. Nach allem, was passiert war, hatten sie keine Zweifel, dass sich die Dinge fügen würden.
„Hast Du nicht gesagt", überlegte Fridel irgendwann laut und nachdenklich, „dass auf Enolas Grab verschiedene dieser Holztiere lagen? Warum sollten nicht noch mehr davon unter dem Efeu liegen?" Er sah mich erwartungsvoll an.
War das möglich? War die Lösung vielleicht einfach nur ein Gang zum Friedhof, um ein weiteres dieser Tierchen zu suchen, die Johannes als Kind geschnitzt hatte? Voller Hoffnung wollte ich sofort los.
Benno hatte Bedenken: „Bis wir da sind, ist es stockfinster. Selbst mit Taschenlampe wird es schwierig werden, diese Holzfiguren unter dem Efeu überhaupt als solche zu erkennen." Mitfühlend sah er mich an. „Wir sollten bis morgen warten."
„Und was wird aus Grete?", fragte ich verzweifelt. „Sie hält nicht mehr lange durch!"
„Dann lass' uns wenigstens warten, bis Johannes zurück ist", bat Benno. „Wir werden ihn brauchen."
„Ich bin zurück", erklang Johannes' Stimme von der Terrassentür her. „Und ich muss Benno zustimmen." Er kam zu uns und ließ sich neben mir am Tisch nieder. Wie er berichtete, hatte Grete seltsam gleichgültig auf die Mitteilung reagiert, dass wir das Holztier nicht gefunden hatten.
„Was bedeutet das?", wollte Fridel wissen, nachdem Benno für

ihn übersetzt hatte. „Es kann ihr doch nicht egal sein, wenn es ihr so schlecht geht, wie Ihr sagt.“
„Vorhin hat sie mich noch dazu aufgefordert, herauszufinden, was auf ihren Altar gehört“, fügte ich hinzu. „Und als wir es wussten, sollten wir es holen. Aber jetzt kümmert es sie nicht, dass das Holztier vielleicht verloren ist?“
Johannes nickte schweigend.
„Kann es sein, dass sie in der Zwischenzeit wieder Visionen hatte, von denen sie uns nichts sagt?“, mutmaßte ich.
„Es wäre denkbar“, antwortete Johannes.
„Oder sie vertraut dem Schicksal“, warf Benno ein, der zwischendurch immer wieder für Fridel simultan übersetzte.
Ich lachte gequält. „Eher den himmlischen Mächten.“
Was auch immer Gretes Gleichgültigkeit ausgelöst hatte, ich wollte trotzdem die Chance nutzen und am nächsten Morgen auf den Friedhof gehen, um auf Enolas Grab nach weiteren Holzfiguren zu suchen. Benno bot an mitzukommen und die notwendigen Geräte aus der Altensteiner Gärtnerei zur Verfügung zu stellen.
Ich war Feuer und Flamme und auch Johannes nickte. Allerdings zeigte er dabei wenig Enthusiasmus. Es kam mir eher vor, als stimmte er nur zu, um meine Hoffnung nicht zu zerstören.
Zurück in meiner Wohnung wirkte Johannes angespannt.
Ablenkung, riet mein Psychologen-Ich. *Schaff' Normalität! Vor morgen werdet Ihr nichts ausrichten.*
„Wie wäre es heute mit Musik?“, schlug ich das vor, was wir an dem Abend hatten tun wollen, an dem Johannes verschwunden war. Auch da hatten wir Normalität schaffen wollen – und waren im vollkommenen Irrsinn geendet.
Johannes nickte zu meiner Frage, aber er war nicht wirklich begeistert.
Ich holte mein Handy und aktivierte die Musik-App, wie ich es von Benno gelernt hatte. Vielleicht half uns Vaughan Williams' *Fantasia*. Allerdings hatte ich keine Ahnung, wie wir die Musik ohne Kopfhörer abspielen sollten.
Fragend sah ich Johannes an, über dessen Gesicht ein

Schmunzeln wanderte. Meine Orientierungslosigkeit in technischen Fragen schien ihn tatsächlich von seinen Gedanken abzulenken.
Wieder einmal musste mir ein fast Zweihundertjähriger die Geheimnisse moderner Elektronik erklären. „Wenn die Schüler Musik hören, verwenden sie ein Kabel, über das sie ihre Computer, Stereoanlagen oder auch einfach nur einen Lautsprecher mit dem Telefon verbinden." Der Zweihundertjährige kniete sich vor meine Stereoanlage und zeigte auf eine Buchse.
„Aha", machte ich.
Ein amüsierter Ausdruck huschte über Johannes' Züge. „Hast Du ein solches Kabel?" Es war offensichtlich, dass er Spaß an meiner technischen Naivität hatte. Sollte das früher auch der Fall gewesen sein, hatte er es nie gezeigt.
„Keine Ahnung." Woher sollte ich das wissen?
„Oder", fuhr er fort, „sie aktivieren eine drahtlose Verbindung." Diesmal wies er auf ein Symbol auf einer der dunklen Tasten des Geräts. „Vielleicht wäre es hilfreich, diese Taste zu betätigen", schlug er vor.
Ich rutschte vom Sofa und hockte mich neben ihn, während er sich zurückzog, als ich die Anlage einschaltete. Vielleicht befürchtete er, die Technik könnte auf seine Nähe reagieren, so wie es die elektronischen Tafeln und mein Fernseher taten. Ich aber drückte die Taste, von der ich bisher nicht einmal gewusst hatte, dass es sie gab. Die Anlage machte einen Signalton und das Symbol auf dem Knopf leuchtete. Es sah aus wie ein eckiges B.
„So weit, so gut", befand Johannes vom Sofa her. „Irgendwo in Deinem Telefon muss es auf dieser Berührungsoberfläche dasselbe Symbol geben."
Ich wischte eine Viertelstunde lang suchend auf dem Touchscreen herum und hatte dabei das Gefühl, sämtliche Einstellungen meines Handys zu verändern. Wahrscheinlich würde ich es nie wieder zu seinem eigentlichen Zweck verwenden können – nämlich zum Telefonieren. Irgendwann gab ich auf und

klopfte bei meinen Nachbarn.
Als ich zurückkam, wusste ich nicht nur, wie man die seltsame Funktion aktivierte, sondern kannte sogar ihren völlig unsinnigen Namen. Kaum dass ich mit dem Telefon in die Nähe der Stereoanlage kam, gab sie noch einmal das Tonsignal von sich.
„Die Verbindung ist hergestellt“, behauptete Johannes. „Du kannst die Musik jetzt abspielen.“
Ich stellte mich hin und aktivierte erneut die Musik-App.
„Möchtest Du Dich nicht setzen?“, wollte Johannes wissen.
„Muss das Telefon nicht bei der Anlage bleiben?“, fragte ich. Vorsichtig machte ich ein paar Schritte in Richtung Sofa und setzte mich dann zu Johannes.
Der grinste ungeniert. „Es ist immer wieder faszinierend, wie wenig Du über die technischen Errungenschaften Deines Zeitalters weißt.“
Betroffen sah ich ihn an. „Machst Du Dich über mich lustig?“
Er lachte samtweich. „Das würde ich mir niemals erlauben. Es freut mich, wenn ich helfen kann.“ Entspannt saß er mir zugewandt, ein Bein untergeschlagen und den Arm hinter mir auf die Sofalehne gelegt. Immerhin war es mir wirklich gelungen, ihn abzulenken. Allerdings verspürte ich ein deutliches Rachebedürfnis, ihm seine Freude über meine Unwissenheit heimzuzahlen.
Statt Vaughan Williams' *Fantasia* gab ich einen anderen Titel in das Telefon ein. Kurz darauf erklang Windesrauschen aus den Boxen. Es folgten beklemmende Töne und Akkorde, dann ein unheimliches, geisterhaftes Heulen, bevor harte Gitarrenrhythmen erschollen.
Mit süffisantem Lächeln wandte ich mich Johannes zu, der eine Augenbraue hochzog. „Willst Du dem Gespenst Angst machen?“
„Das würde ich mir nie erlauben“, antwortete ich. „Ich will es mit den musikalischen Errungenschaften meines Zeitalters bekannt machen. Es freut mich, wenn ich helfen kann.“
Automatisch begann ich, mich zu den harten Rhythmen zu bewegen. Ohne auf Johannes zu achten oder mir darüber Gedanken zu machen, was er von meinem Tun halten mochte,

rutschte ich vom Sofa.
Kreischende Gitarrenriffs hallten durchs Wohnzimmer und die hämmernde Musik nahm mich mit. Ich ließ meinen Kopf und meinen Körper frei und übergab beide dem Takt, der wie die Trommeln eines Schamanen mein Denken davontrug. In meinem Kopf war für nichts anderes mehr Platz als Rhythmus und Klang. Ich hatte das Gefühl, aus der Zeit hinaus in den Taumel zu fallen. Das Blut rauschte in meinen Ohren und mein Herz hämmerte mit der Musik. Alle Müdigkeit und Sorgen waren vergessen. Da war nur noch Bewegung und Ekstase.
Irgendwann, ich hatte jedes Gefühl für Zeit verloren, fand ich mich verschwitzt und mit geschlossenen Augen halb liegend auf meinem Sofa wieder. Die Musik war verklungen. Vielleicht hatte Johannes auch aus Verzweiflung das Telefon zerstört.
Nur langsam kam ich zu Atem. Ich konnte nicht sagen, wie viele Lieder ich durchtanzt hatte. Meine Haare hatten sich gelöst und waren in dichten Strähnen um meinen Kopf explodiert. Als ich wieder Luft bekam, musste ich mir zunächst die Locken aus dem Gesicht streichen, damit ich etwas sehen konnte. Das Erste, das ich sah, war Johannes. Der Blick, mit dem er mich bedachte, ließ mein Herz erneut hämmern.
Ich spürte, wie mir ein Schweißtropfen langsam die Schläfe hinabrollte. Johannes konzentrierte sich und folgte mit dem Finger seinem Weg. Dann beugte er sich zu mir hinunter und küsste einen weiteren Schweißtropfen von meiner Stirn. Als seine Lippen meine berührten, waren sie kaum noch spürbar, aber ich schmeckte das Salz darauf.
„Der Korybanten-Tanz der Wilden Frau“, murmelte er. Sekundenlang verfingen sich seine schwarzen Augen in meinen. Dann richtete Johannes sich jäh auf und straffte sich. Der Augenblick der Versuchung war vorbei, er hatte sich wieder im Griff.
„Ich kann warten“, flüsterte ich, bevor auch ich mich aufsetzte.

43. Tag – Donnerstag

Ich war aufgewacht mit dem unbedingten Wunsch, so schnell wie möglich zum Waldfriedhof zu fahren. Seit Langem hatte ich endlich stundenlang ruhig geschlafen. Erst in den frühen Morgenstunden hatte Johannes in einen Traum eingreifen müssen, doch hatte der nichts mit meinem Stalker zu tun gehabt. Orientierungslos war ich durch Altensteins Korridore gestürzt auf der verzweifelten Suche nach einem kleinen hölzernen Tier. Immer wieder hatte ich Türen aufgerissen, hinter denen jedes Mal Grete wie tot und mit starrem Blick auf dem Boden gelegen hatte.

Jetzt saß Johannes neben mir auf der Bettkante und blickte gedankenverloren in den wilden Garten. Es hatte gefroren und ein dunstiger Nebelschleier hing über allem. In knapp einer Stunde wollten wir mit Benno und seinen Gartengeräten aufbrechen.

„Du scheinst nicht überzeugt zu sein von unserem Plan“, machte ich einen Versuch, Johannes aus der Reserve zu locken. Er reagierte nicht. Sein Gesichtsausdruck wirkte ähnlich verschlossen wie gestern bei Grete. Entweder war da etwas, das er nicht mit mir teilen wollte, oder er war dermaßen abwesend, dass er mich nicht gehört hatte.

Ich unterdrückte ein Seufzen. Nach dem Traum der letzten Nacht war unser Ausflug in die Normalität vorbei. Von der Leichtigkeit des vergangenen Abends war nichts übrig. Widerwillig setzte ich mich im Bett auf und schlug demonstrativ die Decke zurück, die durch Johannes hindurchglitt. Er zuckte nur leicht, regte sich aber nicht weiter. Auch nicht, als ich aufstand, um ins Bad zu gehen.

Als ich fertig angezogen in die Küche kam, stand Johannes an der Anrichte und schien auf mich zu warten. „Entschuldige, ich war in Gedanken“, bemerkte er. „Deine Vermutung ist richtig. Ich denke tatsächlich, dass es keinen Sinn hat, auf den Friedhof zu gehen.“

Johannes verfolgte, wie ich mich mit einer Schale Müsli und

einem Kaffee an die Theke setzte. „Warum nicht?"
Mit einem Durchatmen folgte er mir und setzte sich ebenfalls. Er überlegte, während er mir beim Essen zusah. „Es ist als wollten wir dem nachhelfen, von dem Du und ich glauben, dass es geschehen muss."
Ich kaute und schluckte. „Vielleicht ist auf dem Friedhof zu suchen aber auch genau das, was geschehen soll." Es war wie an dem Tag, an dem ich mich dagegen entschieden hatte, mit Grete zu sprechen, weil auch da die Entscheidung nicht mit ihr zu sprechen genauso falsch oder richtig hätte sein können, wie es doch zu tun. Ich erzählte Johannes davon. „Jede Entscheidung kann das auslösen, was geschehen soll, oder auch nicht. Und weil wir es nicht wissen, ist es egal, wie wir entscheiden."
Johannes betrachtete mich nachdenklich, sagte aber nichts.
Da ist irgendetwas, über das er nicht spricht, analysierte mein Psychologen-Ich seinen Gesichtsausdruck. *Es hat keinen Sinn, ihn zu drängen. Er wird reden, wenn er soweit ist.*
Ich stand auf und stellte mein Geschirr in die Maschine. „Gehen wir?"
Johannes nickte. „Gehen wir."

Zu dritt standen wir über Enolas nacktem Grab. Dichter Nebel lag über dem Friedhof. Die hohen Kastanien waren nur schemenhaft erkennbar und wirkten wie gespenstische Riesen. Mir kam es vor, als würden sie aus dem Dunst heraus drohend auf die Zerstörung hinunterblicken, die wir angerichtet hatten. Das Grab erschien im wabernden Nebel wie ein Bild aus einem Horrorfilm. Durch das Entfernen des Efeus war die Erde aufgewühlt und an mehreren Stellen ragten abgesägte, verholzte Stümpfe hervor. Überall verstreut lagen die Feldsteine, mit denen das Grab dekoriert gewesen war, als ich es in meinem Traum gesehen hatte.
Es hatte ewig gedauert, den uralten Bewuchs abzutragen. Benno war ihm mit Heckenschere, Säge und Schaufel zu Leibe gerückt. Eigentlich hatten wir den Bodendecker nur so weit beiseite räumen wollen, bis wir auf eines der Holztierchen stießen.

Johannes hatte vermutet, dass er im Lauf der Zeit wenigstens zwanzig davon hergebracht hatte. Tatsache aber war, dass wir kein einziges fanden, obwohl die Erdfläche, die wir freilegten, immer größer wurde. Irgendwann kamen wir nicht mehr umhin, das Grab gänzlich leer zu räumen. Glücklicherweise war der Boden unter dem dichten Efeu nicht gefroren.
„Es kann doch nicht sein, dass nur das eine einzige Tierchen die Zeit überdauert hat!“, sagte ich frustriert und versuchte mir die feuchte Erde von Hose und Jacke zu klopfen, doch ich rieb sie nur tiefer in den Stoff. Die Kleider fühlten sich kalt und klamm an.
Benno, der damit begonnen hatte, die Erde wieder einzuebnen, sah von seiner Arbeit auf. „Was für ein unglaublicher Zufall, dass Du es überhaupt gefunden hast.“ Seine Stimme klang durch den Nebel gedämpft.
„Zufall oder Fügung“, hörte ich Johannes neben mir murmeln. Seine Augen hingen an dem Chaos, das wir auf dem Grab seiner Mutter hinterlassen hatten.
Ich sah ihn an. „Du glaubst, dass ich es finden *sollte*? Dieses eine?“
Benno hielt inne und stützte sich auf seine Schaufel. „Das würde bedeuten, dass genau diese Figur auf den Altar gehört.“
Johannes ließ den Blick gedankenvoll von Benno zu mir schweifen. „Diese und keine andere.“
„Aber wir haben sie nicht!“, rief ich kurz davor, in Tränen auszubrechen. Ich fühlte mich verantwortlich für den Verlust des Tierchens, als hätte ich persönlich es weggeworfen – mit allen Konsequenzen, die sich daraus ergaben. „Was machen wir denn jetzt?“ Inzwischen war mir eiskalt, weil mir die Nebelnässe durch die Kleider kroch. Diese ganze Aktion war vollkommen sinnlos. Johannes hatte von Anfang an recht gehabt.
Ich spürte, wie er nach meiner Hand griff und sie festhielt, solange er konnte. „Hab' Vertrauen“, sagte er mit einem kaum noch sichtbaren versichernden Lächeln.
Ich seufzte. Vom Wiederholen des Satzes wurde er für mich nicht wirklich überzeugender. Als ich auch noch zu zittern begann,

warf Johannes Benno einen bittenden Blick zu. Der stieß die Schaufel in den Boden und kam zu mir, um mir seine Jacke überzuwerfen, die er im Lauf seiner schweißtreibenden Arbeit ausgezogen hatte. Dann rubbelte er mir Arme und Rücken, um mich aufzuwärmen. Weil auch das nicht helfen wollte, bot er an, uns nach Hause zu bringen. Er selbst wollte das Grab noch mit Tannenzweigen abdecken und rundherum das ausgerissene Efeu wegräumen.
„Hättest Du etwas dagegen, wenn ich das Grab im Frühjahr ganz neu bepflanze?“, fragte Benno Johannes, als er uns zum Schloss brachte. „Überhaupt würde ich den Friedhof gern aufhübschen. Jetzt, wo ich der Gärtner von Altenstein bin.“
Johannes saß auf dem Rücksitz, sodass ich sein Gesicht nicht sehen konnte. Aber ich hörte die Freude in seiner Stimme. „Ich wäre Dir dankbar, mein Freund. Aber es ist nicht mehr meine Entscheidung. Der Friedhof gehört zum Zuständigkeitsbereich der Internatsleitung.“
Benno wollte mit Wirchow darüber sprechen. Zurück auf Altenstein gab ich ihm seine Jacke und er fuhr wieder zum Friedhof, um für Ordnung zu sorgen.
Zu Hause duschte ich heiß und ausführlich. Danach machte ich mich auf die Suche nach etwas Essbarem in meinem Eisfach. Dabei entdeckte ich zahlreiche Dosen mit vorgekochten Menüs. Während ich eine davon zubereitete, rief ich meine fürsorgende Mutter an und bedankte mich herzlich.
Satt und wieder auf Betriebstemperatur überkam mich Müdigkeit. Ich war längst noch nicht so fit, wie ich es mir einredete, und körperliche Arbeit an der frischen Luft nicht gewöhnt. Johannes beobachtete mit leiser Belustigung, wie ich auf das Sofa sank und, ohne dass ich etwas dagegen hätte tun können, einschlief.

Als ich aufwachte, standen Johannes und Benno auf der Terrasse und beugten sich gerade über irgendetwas, das auf dem Boden lag. Hinter ihnen versank die Welt in einem weißen Nebelnichts. Benno stand mit dem Rücken zu mir, aber ich konnte Johannes'

Gesicht sehen. Das, was ich darin las, weckte sofort neue Befürchtungen. Er wirkte entsetzt und wie versteinert. Voll böser Vorahnungen betrat ich die Terrasse.
Die beiden Männer waren so abgelenkt, dass sie mich nicht bemerkten. „Als ich den uralten Efeustumpf ausgegraben habe“, sagte Benno gerade. Anscheinend hatte er eine Frage von Johannes beantwortet. „Es lag darunter.“
„Vielleicht wurde das Efeu absichtlich darüber gepflanzt, damit man es nicht findet.“ Johannes' Stimme war fast tonlos. „War da noch irgendetwas?“
„Nein. Ich habe alle Stümpfe entfernt.“ Benno richtete sich auf und rieb sich den Rücken, während Johannes in die Hocke ging und zu Boden starrte.
Vorsichtig trat ich näher. Auf einem schmutzigen Tuch erkannte ich mehrere dunkle Gegenstände, die oberflächlich von Erde befreit worden waren. Einer davon sah aus wie eine zerdrückte Dose. Auch etwas, das einmal eine goldene Kette gewesen sein konnte, lag da. Aber die Glieder bildeten ein verschmelzendes Geflecht.
„Hallo Catharina.“ Benno hatte mich bemerkt. Als er mich ansprach, blickte Johannes erschrocken auf.
„Was ist das?“, flüsterte ich, obwohl ich die Antwort bereits kannte.
Johannes zeigte nacheinander auf die einzelnen Gegenstände. Seine Stimme zitterte, als er aufzählte: „Meine Taschenuhr und ihre Kette. Dies dort könnten Knöpfe meiner Joppe gewesen sein.“ Er erhob sich. „Alles Dinge, die mir zu Lebzeiten gehört haben.“
„Wie kommen die Sachen in das Grab Deiner Mutter?“ Wieder fragte ich, obwohl ich es wusste.
„Jemand muss sie nach meinem Tod dort versteckt haben.“ Johannes schloss kurz die Augen, wie um sich zu fassen.
Benno runzelte die Stirn. „Warum hat man sie nicht mit dem Leichnam begraben oder Deiner Schwester übergeben?“
„Ich weiß es nicht.“ Johannes fuhr sich fahrig durch die Haare. „Wenn Ihr mich bitte entschuldigen würdet.“ Damit verneigte er

sich kurz und verschwand zwischen den Hecken des wilden Gartens.
Benno sah ihm mit einem mitfühlenden Blick nach. „Er hat noch immer keine Ahnung, wo sein Leichnam ist, oder?“
Ich schüttelte den Kopf. „Dein Fund war ganz offensichtlich ein Schock.“
„Hat Grete nichts dazu gesagt?“
„Wir haben sie nicht darauf angesprochen“, antwortete ich. „Es hat sich nicht ergeben.“ In den letzten Tagen war so viel passiert, dass die Frage nach den Umständen von Johannes' Tod völlig in den Hintergrund gerückt war.
„Dann solltet Ihr das dringend nachholen.“ Benno wickelte die Sachen in das Tuch ein, auf dem sie lagen. „Johannes hat ein Recht zu wissen, wie er damals in die Folterkammer gekommen ist, und was man mit seinen sterblichen Überresten gemacht hat.“
Er hielt mir das Tuch hin. Automatisch griff ich danach, fragte aber: „Solltest Du das nicht besser Wirchow geben?“
„Warum?“ Benno sah mich verständnislos an. „Die Sachen gehören Johannes.“
Er hatte völlig recht. Ich dachte an den guten Doktor Stern. Er würde vor Freude ein Rad schlagen, wenn er von diesem Fund erfuhr, und postwendend eine archäologische Expedition zum Friedhof ausrüsten. „Es ist wohl besser, niemand weiß davon.“
Benno nickte zustimmend. Dann wandte er sich zum Gehen, weil er sich mit Ede treffen wollte.
„Denk' an das Häuschen“, erinnerte ich ihn.
Benno drehte sich mir wieder zu. „Wenn es klappt, wird Fritz unglücklich sein.“
Trotz meiner Anspannung musste ich lächeln. „Aber auf die Dauer ist es besser für Euch beide.“
Mit einem Seufzen strich sich Benno mit einer schmutzigen Hand die blonden Haare aus dem Gesicht. „Das wissen Du und ich. Aber Du kennst Fritz. Du hast keine Ahnung, wie sehr er Dich um die Tatsache beneidet, dass Dein Johannes Dir nicht weglaufen kann.“
„Fridel ist doch eher der körperliche Typ“, gab ich zu bedenken.

„Ich möchte wetten, wenn er die Wahl hat, wohnt er lieber getrennt, als Dich nicht anfassen zu können."
Ein Blitzen trat in Bennos Augen und auch er lächelte. „Was das angeht, sind Fritz und ich uns einig." Eine Sekunde wirkte er nachdenklich, als sei er nicht sicher, ob er das Folgende sagen sollte. „Du weißt, dass Johannes mit mir gesprochen hat, was seine ...", Benno zögerte, „... seine Zurückhaltung angeht?"
Anscheinend wartete Benno auf eine Reaktion, aber ich wusste nicht, was antworten. Ich dachte daran, wie Johannes am Abend nach seiner Rückkehr den Moment hinausgezögert hatte, ins Schlafzimmer zu gehen. Im Gegensatz zu seinem unerwarteten Freimut gestern. Anders als früher hatte er sich mit keinem Wort dafür entschuldigt. Im Gegenteil. Seine Augen waren voller Leben gewesen, voller Feuer – für einen kurzen Augenblick, bevor er wieder auf Distanz gegangen war.
Bei aller neuen Selbstsicherheit hatte sich an seiner Angst vor körperlicher Nähe nichts verändert. Schon die Vorstellung weckte bei ihm Befürchtungen, über die er mit Benno, nicht aber mit mir reden konnte. Inzwischen war klar, dass es nicht darum ging, *dass ich* mich vor dem sadistischen Vergewaltiger fürchten könnte. Oder um die Tatsache, dass mich seine furchtbaren Narben quälten. *Er* war es, der sich vor *mir* fürchtete.
Benno sah mich noch immer abwartend an. Alles, was ich zustande brachte, war ein Nicken. Also fuhr Benno fort: „Er sehnt sich nach Dir, aber es ist etwas kompliziert." Wieder hielt er inne und suchte nach den richtigen Worten. Im Gegensatz zu Fridel, war Benno eher der vorsichtig-sensible Typ. Es war deutlich, dass er einerseits Johannes' Vertrauen nicht missbrauchen, andererseits aber der Partnerin seines Freundes dessen unverständliches Verhalten erklären wollte.
Ich versuchte Benno zu helfen: „Du musst nichts sagen. Ich will nur wissen, ob ich mir irgendwelche Sorgen machen muss."
„Nein. Er wird mit Dir sprechen und Du wirst es verstehen." Ein seltsamer Ausdruck trat in Bennos Gesicht. Ich glaubte ein Schmunzeln gesehen zu haben, sodass ich nun doch neugierig wurde und versucht war, nachzufragen. Aber Benno war

inzwischen unter Zeitdruck und musste sich eilen, endlich zu Ede zu kommen.
Ich blieb allein auf der Terrasse und wurde mir plötzlich des Tuchs bewusst, das ich in Händen hielt – und vor allem seines Inhalts. Als trüge ich rohe Eier, ging ich damit in die Wohnung. Ich legte die Sachen vorsichtig im Wohnzimmer ab. Sie gehörten Johannes und aus irgendeinem Grund hatte ich das Gefühl, sie nicht ohne ihn auspacken zu dürfen. Außerdem brauchte ich zuerst einen heißen Tee. Mir war schon wieder kalt, denn ich hatte zu lange ohne Jacke auf der eisigen Terrasse gestanden.
Als ich mit meiner Teetasse in den Händen auf dem Sofa saß und das schmutzige Häufchen vor mir betrachtete, war mir seltsam mulmig dabei, doch das Gefühl hatte nichts mit der widerwärtigen, furchterregenden Wahrnehmung von Finsternis und böser Energie zu tun, die mich in Gegenwart der Werkzeuge befiel.
Wovor fürchtest Du Dich?, fragte die Stimme der Vernunft. *Es sind seine persönlichen Sachen.*
Vielleicht war es genau das: Die Dinge auf dem Tisch waren Gegenstände, die Johannes gehört hatten. Aber nicht demjenigen, den ich kannte, sondern dem eiskalten Grafen, dem ich immer nur als Portrait im Speisesaal oder in meinen Alpträumen begegnet war.
Ist es nicht ein bisschen widersinnig, Skrupel vor realen Gegenständen zu haben, und gleichzeitig mit dem untoten Besitzer schlafen zu wollen?, merkte mein Psychologen-Ich an.
Ich kam nicht dazu, mit mir selbst in eine neue Diskussion über Irrsinn und Absurdität einzusteigen, denn besagter Untoter glitt lautlos von draußen ins Zimmer und in den Sessel mir gegenüber. Er wirkte fast gelassen, als er jetzt auf das Tuch blickte.
„Besser?“, fragte ich und er nickte. Dann bat er: „Würdest Du das Tuch bitte aufschlagen?“
Vorsichtig zog ich den feuchten Stoff auseinander. Die Sachen lagen auf einem Haufen und ich sortierte sie Stück für Stück in einen Kreis. Manche klebten aneinander oder bildeten seltsame Klumpen. Wieder spürte ich Skrupel. Aber es war nur das

Gefühl, das anzufassen, was auch der kalte Graf einst berührt hatte.
Johannes hatte jede meiner Bewegungen verfolgt und sein Blick wanderte über die einzelnen Objekte. Er blieb an dem hängen, das er als seine Taschenuhr identifiziert hatte. Sie war kaum mehr als solche zu erkennen. Mit der Hand tastete er nach seiner Weste. Da war keine Uhr.
Ich nahm das erdverklebte, reale Stück in die Hand und rieb mit einem Zipfel des Tuchs über das Metall. Es war deutlich sichtbar Gold, das seltsam angelaufen wirkte. Eine kaum erkennbare Gravur zeigte sich. Fragend sah ich Johannes an.
„Das Altensteiner Wappen“, erklärte er.
Ich legte die Uhr weg, um nach einem schwarzen Metallstück zu greifen. „Was ist das?“
Johannes betrachtete stirnrunzelnd das Ding in meiner Hand. Dann zeigte er auf etwas anderes auf dem Tuch. „Ist das das gleiche Objekt?“
Ich griff nach dem Gegenstand, auf den er wies, und legte die beiden Teile nebeneinander. Sie sahen aus wie große, demolierte Münzen.
„Es sind die silbernen Beschläge meiner Stiefel“, erklärte Johannes.
Ich rieb von einem der Beschläge die Erde ab und hielt ihn ins Licht. „Was war darauf?“
„Mein Wappen“, lautete die kurze Antwort.
„Wozu brauchtest Du silberne Beschläge mit Deinem Wappen auf Deinen Stiefeln?“, fragte ich verständnislos.
„Dekoration.“ Johannes verzog das Gesicht. „Stolz und Eitelkeit.“
„Was ist damit?“ Ich wies auf den verschmolzenen Klumpen, den Johannes als Knöpfe seiner Joppe erkannt hatte. „Auch Silber? Auch mit Wappen?“
Er nickte. „Warum fragst Du?“
„Weil auf allen diesen Gegenständen das Wappen Altensteins ist.“
Überrascht überflog Johannes mit den Augen noch einmal alle

Stücke auf dem Tisch. Dann sah er auf. „Du hast recht."
„Kann es sein, dass das hier die Dinge sind, die Du an Deinem Todestag dabei hattest?"
„Es ist möglich. Wenn ich wie an besagtem Morgen im Wald unterwegs war, trug ich üblicherweise meine Joppe und hohe Stiefel oder Wickelgamaschen. Dies sind die Knöpfe des Mantels und hier die Beschläge der Stiefel." Er wies auf die entsprechenden Objekte. „Und natürlich hatte ich meine Büchse dabei."
„War auf dem Gewehr ein Wappen?", fragte ich und stellte, als Johannes nickte, laut fest, dass die Waffe fehlte.
„Nein", korrigierte er sich nach kurzem Überlegen. „Die Büchse war neu. Die Gravur fehlte noch."
„Das heißt, dass hier ausschließlich Gegenstände liegen, die Dein Wappen trugen", fasste ich zusammen.
Johannes nickte. „Gehe ich recht in der Annahme, dass Du vermutest, dass man mir alles abgenommen hat, woran man meinen Leichnam hätte erkennen können?"
Betreten sah ich ihn an. Genau das hatte ich gedacht. Aber ich hatte mich nicht getraut, es auszusprechen. Johannes jedoch ging ohne Zögern noch weiter in seinen Überlegungen. „Es scheint sogar, dass man vergeblich versucht hat, diese Sachen zu verbrennen. Wenn Du recht hast, würde das dafür sprechen, dass ich nicht beerdigt wurde, sondern man meinen Leichnam wirklich hat verschwinden lassen. Sollte das der Fall sein, hat man darüber hinaus alles dafür getan, dass meine sterblichen Überreste nicht nur unauffindbar sind, sondern – sollte dennoch jemand zufällig darauf stoßen – nicht identifiziert werden können. Zumal der Kopf fehlt, sollte sich Rosa nicht doch noch an seinen Verbleib erinnert haben. Diese Theorie würde folglich auch erklären, warum ich mein Grab nirgends finden konnte. "
Es schauderte mir, da ich ihn so nüchtern über das Entsetzliche sprechen hörte. Johannes bemerkte es und lächelte mich traurig an. „Nach dem ersten Schrecken über Bennos Fund geht es mir jetzt so wie in der Nacht, in der ich erfahren habe, was in der Folterkammer passiert ist. Tatsächlich bin ich froh über jede

Information, die meinen Tod und den Verbleib meiner Leiche erklärt.“
Auch wenn ich seine Gedanken verstehen konnte, war es doch schwer erträglich, sie so sachlich in Worte gefasst zu hören.
Noch einmal ließ Johannes seinen Blick über den Tisch schweifen. Er schien zu überlegen, dann runzelte er die Stirn: „Das Medaillon meiner Mutter fehlt.“ Er sah auf. „Das Medaillon habe ich nie abgelegt. Ich habe es seit ihrem Tod getragen.“
Ich schluckte. „Um den Hals?“
Jetzt wirkte er doch bestürzt. Hastig zog er die Nadel aus dem Plastron, öffnete ihn, knöpfte das Hemd auf und griff sich an den Hals.
Ich blickte auf meine Hände. Ich wollte die zerfetzte, rote Narbe nicht sehen. Außerdem kannte ich das Ergebnis seiner Suche sowieso und eigentlich wusste er selbst auch, dass das Medaillon nicht da sein konnte. Als wir die Narben an seinem Körper entdeckt hatten, hätten wir es sehen müssen. Einen Moment lang herrschte Schweigen.
„Du kannst wieder hinsehen“, hörte ich Johannes flüstern und wagte, den Blick zu heben. Er war wieder vollständig angezogen. Etwas wie Frustration stand in seinen Augen und ich war mir ziemlich sicher, dass es nicht nur daran lag, dass das Medaillon fehlte. Wenn es Frustration war, die in seiner Miene stand, dann galt sie auch meiner Reaktion auf seinen verstümmelten Körper. Johannes räusperte sich und stellte nüchtern fest: „Vermutlich hat Rosa es mir in der Folterkammer abgenommen und behalten.“
„In meinem Traum habe ich es nicht gesehen“, sagte ich, froh, dass Johannes zu höflich war, auf meine Beklommenheit einzugehen.
„Was nichts zu bedeuten hat“, befand er, indem er mit einem Nicken zum Tuch hin feststellte: „Mein Siegelring fehlt ebenfalls.“
„Welche Bedeutung hat er?“, fragte ich.
„Der amtierende Graf trägt ihn. Mein Vater hatte ihn zusammen

mit allen Amtssiegeln meiner Tante überlassen, als er auf Reisen ging. Vielleicht hat er geahnt, dass er nicht zurückkommen würde."
„Aber wenn der Siegelring Dich als amtierenden Grafen von Altenstein auswies, verstehe ich nicht, warum man Dir nicht gerade ihn abgenommen hat." Ich überflog noch einmal die Gegenstände auf dem Tisch, fand aber nichts, das ein Ring hätte sein können. Möglicherweise übersah ich ihn. Gut möglich, dass auch er beim Versuch ihn zu verbrennen und nach hundertfünfzig Jahren in der Erde unkenntlich geworden war. An Johannes selbst war mir das Schmuckstück nie aufgefallen. Ich hob den Kopf, um nach seinen Händen zu sehen.
Johannes saß reglos da und starrte auf seinen Ringfinger. „Ich trage ihn nicht", flüsterte er.
„Hast Du in den letzten hundertfünfzig Jahren nie gemerkt, dass der Ring fehlt?"
Johannes schüttelte völlig irritiert den Kopf. „Ich habe auf all diese Dinge gar nicht geachtet. Wozu hätte ich sollen?" Genau wie er in all der Zeit keinen Gedanken an seinen nicht existenten Körper verschwendet hatte, hatte er schon gar nicht darüber nachgedacht, welche Kleidung er trug, oder welche Accessoires er bei sich hatte. In einem Dasein ewiger Schuld und Einsamkeit spielten Schmuckstücke, Adelsprädikate oder gar die Uhrzeit keine Rolle.
„Es ist ganz und gar widersinnig, dass der Ring fehlt, die Plastronnadel aber da ist." Er griff an seinen Hals, wie um sich die Existenz des Schmuckstücks zu bestätigen. Seine Miene stand voller Fragen. „Diese Nadeln sind wertvolle Unikate", erklärte er.
„Es gibt mehrere?", hakte ich nach und erfuhr, dass Johannes' Großvater jedem seiner Söhne eine solche Nadel hatte machen lassen. „Mein Vater hat mir diese nach dem Tod meiner Mutter zusammen mit ihrem Medaillon übergeben. Er wollte, dass ich von beiden Eltern ein Erinnerungsstück besitze." Ein Schatten huschte über sein Gesicht, verschwand aber sofort wieder.
Ich versuchte die Sache mit Logik anzugehen. „Hattest Du die

Nadel am Tag Deines Todes an?"
Johannes schüttelte den Kopf. „Im Gegensatz zu Enolas Medaillon trug ich sie nur zu besonderen Gelegenheiten."
„Deine Kleidung ist also nicht diejenige, die Du damals anhattest?", schlussfolgerte ich.
Wieder schüttelte Johannes den Kopf. „Die Ausstattung bei der Jagd war praktisch. Üblicherweise weder zu elegant noch zu lässig. Höchstens im Sommer habe ich mir bei großer Hitze schlichte Kleidung erlaubt. In einer Jagdgesellschaft nie."
Ich überlegte. „Aber an Deinem Todestag warst Du allein unterwegs?"
Johannes bejahte meine Frage.
„Und den Siegelring. Hattest Du den immer am Finger? Auch auf der Jagd?"
Johannes sah mich überrascht an. „Du hast recht! Ich habe es völlig verdrängt. Wenn zu erwarten war, dass Wild aufgebrochen werden musste, habe ich den Ring grundsätzlich nicht getragen. Ich wollte vermeiden, dass er mir bei der blutigen Arbeit vom Finger rutscht."
„Es ist also schlüssig, dass Du ihn an Deinem Todestag nicht dabei hattest?", hakte ich nach.
Johannes bejahte meine Frage.
„Zu welchen Gelegenheiten hast Du das getragen, was Du jetzt anhast?", bohrte ich weiter.
„Zu offiziellen Anlässen, beim Kirchgang, an Feiertagen, bei Festen ...", er überlegte und nickte dann.
„Zusammen mit der Nadel und dem Ring?"
„Ganz besonders die Nadel und den Ring", bestätigte Johannes.
Verständnislos schüttelte ich den Kopf. „Die Nadel ist nicht bei den Sachen aus Enolas Grab, aber Du trägst sie am Hals. Die Uhr liegt hier, aber Du hast sie nicht mehr bei Dir. Der Siegelring wiederum fehlt sowohl an Deinem Finger als auch auf dem Tuch. Genauso wie das Medaillon." Nachdenklich betrachtete ich Johannes' eleganten Aufzug. „Alles, was auf dem Tuch liegt, hattest Du auf der Jagd dabei. Aber warum trägst Du dann jetzt nicht die Kleider, die Du an Deinem Todestag anhattest? Warum

bist Du so schick? Das ist völlig widersinnig."
Johannes zuckte die Schultern. „Catharina, ich denke nicht, dass wir die Frage, welche Kleidung ein verfluchter Graf in seiner untoten Existenz trägt, mit Logik lösen können." Er lachte ironisch.
„Trotzdem würde es vielleicht helfen, die Umstände Deines Todes zu klären. Wir müssen Grete fragen", nahm ich den Gedanken auf, den Benno vorhin geäußert hatte. „Jetzt wird sie uns sagen, was sie weiß."
Johannes seufzte, glitt aus seinem Sessel und blickte aus dem Fenster. Draußen dämmerte es. „Zuerst müssen wir sie von diesen Werkzeugen befreien."
„Aber Du hast ein Recht darauf, zu wissen ...", setzte ich an und brach ab, als sich Johannes jäh umdrehte. „Nein, Catharina. Ich werde Grete nicht noch mehr zumuten, als sie gegenwärtig ohnehin schon zu ertragen hat." Sein Blick ließ keine Diskussionen zu.
Da war er wieder – der neue Johannes – und ich hätte trotz seines Blicks Lust gehabt, zu widersprechen. Aber ich schluckte meinen Protest hinunter, als er sagte: „Im Gegensatz zu Grete habe ich Zeit."
Er fürchtete um ihr Leben. Eine Angst, die begründet war. Wir würden zuerst das Problem der Werkzeuge lösen müssen. Wenn uns das nicht bald gelang, würde uns Grete vielleicht gar keine Antworten mehr geben können.
Wie um vorerst einen Schlussstrich zu ziehen, schlug ich das Tuch mit seinen Sachen wieder zusammen und legte es in eine Schublade meines Wohnzimmerschranks.
Johannes beobachtete mein Tun kommentarlos. Aber er wirkte erleichtert. „Wäre es möglich, dass ich sie kurz besuche?", fragte er und fügte lächelnd hinzu: „Oder bestehst Du darauf mitzukommmen?"
Ich schüttelte grinsend den Kopf. Diesmal würde ich keine Diskussion vom Zaun brechen. Ich war froh, wenn ich hierbleiben konnte. Es war Zeit fürs Abendessen und mir war danach, zum ersten Mal wieder in den Speisesaal zu gehen. Ein

Ausflug in die Normalität würde mir gut tun.
Kurz darauf saß ich allein am großen Lehrertisch. Es war noch früh, sodass auch nur wenige Schüler im Saal waren. Manche winkten mir freundlich zu und ich erkannte mehrere Gesichter aus meiner Psychologie-AG. Plötzlich hatte ich große Lust, so bald wie möglich wieder zu arbeiten. Im Geiste plante ich schon meinen Unterricht der kommenden Woche, während ich mir ein Stück Gemüsequiche zu Gemüte führte.
Unerwartet riss mich ein rauchiges „Catharina!“ aus meinen Gedanken. Frau von Ziesel stand mit ausgebreiteten Armen neben mir und wartete darauf, dass ich aufstand, damit sie mich an ihren mütterlichen Busen drücken konnte. „Willkommen unter den Lebenden!“
Bei ihrer Umarmung stieg mir ein Geruch von kaltem Zigarettenrauch gemischt mit Kölnisch Wasser in die Nase. Gleich hinter Frau von Ziesel erschien Sibylle, die mich genauso herzlich begrüßte, bevor Thomas Mahler neben mich trat, mir mit leisem Lächeln die Hand reichte und seine Freude über meine Rückkehr ausdrückte. Ich dankte allen Anwesenden für den Präsentkorb, der mir, wie ich erklärte, „sehr weitergeholfen“ hatte. Zu meiner eigenen Überraschung verkündete ich, dass ich nächste Woche wieder arbeiten wollte. Alle Anwesenden äußerten ihre Freude. Und so erfuhr ich dann auch gleich das Neueste über meine Schützlinge.
Thomas Mahler berichtete, dass er während meiner Abwesenheit telefonischen Kontakt mit den Eltern des kleinen Hochbegabten gehabt hatte. Sie waren über die analytischen Fähigkeiten ihres Sohnes hocherfreut gewesen.
Herr Mahler lächelte gequält. „Über die fehlende musische Begabung habe ich am Telefon nicht zu sprechen gewagt“, gab er zu. „Aber ich habe auf die mangelnden sozialen Kontakte Sergejs hingewiesen. Natürlich darf der Junge an keinem Mannschaftssport teilnehmen, wie Sie es vorgeschlagen haben.“ Mahler zeigte ein weiteres bitteres Lächeln. „Aber er darf jetzt den Tanzkurs der Oberstufenschüler besuchen. Beim Tanzen seien Sergejs Hände nicht in Gefahr und es sei gut für sein

Rhythmusgefühl, sagen die Eltern."
Ich ersparte mir die Bemerkung, dass so, wie sich Sergej bewegte, durchaus damit zu rechnen war, dass er sich selbst beim langsamen Walzer irgendwelche Knochen brach.
Frau von Ziesel war weniger zurückhaltend als ich. „Mein lieber Thomas", sagte sie mit einem bedauernden Blick in Richtung ihres musischen Kollegen. „Dein Sergej ist ein wandernder Betonpfosten. Er wird das arme Mädchen in die Verzweiflung treiben, das man dazu zwingen wird, mit ihm zu tanzen." Sie lachte hustend und berichtete mir dann von unserem ehemaligen Schützling Antoine. Er war nach Frau von Ziesels Angaben tatsächlich an der neuen Schule angenommen worden, deren Schulpsychologe mich um eine Einschätzung des Jungen gebeten hatte.
Sibylle nahm das zum Anlass von Antoines Opfer, Tiny Tim, zu erzählen. Sie bestätigte den Eindruck, den ich bei meinem letzten Gespräch mit dem Jungen gehabt hatte. Tim hatte aufgehört, sich in den Pferdestall zurückzuziehen, und nahm wieder am Leben seiner Wohngruppe teil. Überhaupt war von Depressionen nichts mehr zu bemerken.
„Im Gegenteil", stellte Sibylle fest. „Er wirkt wesentlich selbstbewusster, manchmal sogar richtig aufmüpfig. Ich denke, wir müssen uns keine Sorgen mehr machen." Genau wie ich kam auch Sibylle zu dem Schluss, dass diese Veränderung Sophie zu verdanken war.
Frau von Ziesel nickte bestätigend. „Die Rolle der großen Schwester tut ihr gut. Im Gegensatz zu Tim, dem ein bisschen Widerborstigkeit nicht schadet, hat Sophie etwas an Renitenz eingebüßt." Die Altphilologin hustete rauchig. „Das haben wir wohl dem Einfluss unserer guten Frau Mangold zu verdanken." Ein weiteres Husten. „Sophie verbringt viel Zeit mit der Köchin und ist richtiggehend besorgt um das Wohl der alten Dame."
„Sie gedenken also nicht, das einzudämmen?", fragte ich. „Sophies Vater scheint mir ziemlich genaue Vorstellungen zu haben, was die Interessen seiner Tochter angeht."
Meine Tischnachbarin bedachte mich mit einem süffisanten

Grinsen. „Den Teufel werde ich tun."
Frau von Ziesel erklärte mir, dass sie so lange nicht einschreiten würde, wie Sophies Leistungen nicht unter ihrem Kontakt zu Grete litten. Ich erfuhr, dass Sophie zurzeit täglich und auch gerade eben bei Grete war. Genau wie Johannes machte sie sich Sorgen. Vermutlich würden sich die beiden bei Grete treffen.
„Das Mädchen ist dabei, Verantwortung zu lernen und erwachsen zu werden", stellte Frau von Ziesel mit einem Tonfall von Stolz fest. „Und genau so werde ich es dem Vater vermelden, sollte er fragen. Wenn ich richtig informiert bin, ist es exakt das, was er von Altenstein erwartet."
Eine Weile drehten sich die Unterhaltungen um den Schulalltag. Meine Bedenken, man könne mich auf die letzten Tage ansprechen, waren unbegründet. Überhaupt merkte ich wieder einmal, wie wohl und sicher ich mich trotz allem, was geschehen war, in der Schulgemeinde fühlte.
Benno und Fridel waren inzwischen ebenfalls anwesend. Ich fragte mich, was das Gespräch mit Ede über dessen Häuschen ergeben hatte, traute mich aber nicht zu fragen. Zumal meine Nachbarn ihre Meinungsverschiedenheit beigelegt zu haben schienen. Gerade lachten alle über einen Scherz, den sich Fridel über den guten Stern erlaubt hatte.
„Was macht der eigentlich?", wollte ich wissen.
„Wirst Du gleich erfahren", flüsterte Fridel, der mir gegenüber saß und über meine Schulter in den Saal hineinblickte.
Mir blieb noch nicht einmal mehr Zeit für ein entnervtes Stöhnen, denn schon legte sich eine Hand auf meine Schulter. „Meine beste Catharina! Welche Erleichterung und Freude, Sie wieder in unserer Mitte zu haben!" Stern kam neben mich und begrüßte mich in alter Kavaliersgeste zuerst mit einem angedeuteten Handkuss, bevor er mir auch noch drei Luftküsse über die Schultern warf. Suchend sah ich mich nach seinem Trabanten um, in der Hoffnung, dass mir noch mehr doktorliche Zuwendung erspart bleiben möge, aber Nathalie war weit und breit nicht zu sehen.
Im Gegensatz zu allen anderen am Tisch hatte Stern überhaupt

keine Bedenken, meine Entführung zum Gesprächsthema zu machen. „Es ist wirklich schade, dass die Sache nicht öffentlich werden soll.“ Voller Bedauern sah er mich an, als erwarte er, dass ich meine Zurückhaltung ihm zuliebe doch noch aufgeben würde. „Sie bekommen ein gesondertes Kapitel in meiner Chronik“, versprach er mit einem Augenzwinkern. „Ich werde es 'Die Abenteuer der C. G. Jung' nennen.“ Stern hielt inne und wartete auf die Wirkung seines Scherzes.
Ich verzog keine Miene. Von Berufswegen war ich Witze über meinen Namen gewohnt. Ungerührt von meinem Schweigen plauderte Stern einfach weiter. „Und wenn ich schon nicht Ihr persönliches Abenteuer verwerten darf, dann bleibt immer noch die Rettung dieses Jungen. Wir müssen dringend unser Treffen diesbezüglich nachholen.“
Unerwartet rettete mich Frau von Ziesel. Sie verdrehte die Augen in meine Richtung. „Quo usque tandem abutere, Catilina, patientia nostra?“, murmelte sie mir zu, aber ich verstand kein Wort. „Wie lange noch, Catilina, wirst Du unsere Geduld missbrauchen?“, übersetzte Frau von Ziesel leise. Dann wandte sie sich an den Doktoren.
„Mein guter Stern“, hob sie an. „Wie sagt Goethe? 'Nicht Kunst und Wissenschaft allein, Geduld will bei dem Werke sein'. War es nicht so? Also gedulden Sie sich.“ Mit einem spöttischen Lächeln wechselte sie das Thema. „Wie man hört, war Fräulein Nathalies Lehrprobe erfolgreich. Was war noch das Thema?“
Stern schaute verkniffen, ließ aber von mir ab und setzte sich auf den freien Stuhl neben Frau von Ziesel. „Die Kerkerszene im Faust.“
Während es Frau von Ziesel erfolgreich gelang, Stern abzulenken, flüsterte ich Benno, der auf meiner anderen Seite saß, nun doch zu: „Was macht das Häuschen?“
Benno warf einen vorsichtigen Blick auf Fridel, doch der war mit Sibylle in ein Gespräch vertieft. „Ist noch nicht raus. Ede hat wohl einen Kaufinteressenten, aber die Sache scheint noch nicht sicher zu sein. Ich soll mir das Haus trotzdem ansehen.“ Unter dem Tisch wies Benno auf seinen Partner. „Fritz weiß nicht, dass

ich später noch mit Ede hinfahre. Er glaubt, wir treffen uns wegen der Schlossanlage, weil wir am Nachmittag nicht fertig geworden sind.“
Benno wollte weiteren Konflikten aus dem Weg gehen, indem er erst dann mit Fridel sprach, wenn er definitiv wusste, was mit dem Häuschen geschehen sollte. Momentan ging Fridel davon aus, dass der Interessent das Haus kaufen würde, und Benno ließ ihn in dem Glauben.
„Ist das klug?“, fragte ich leise.
Benno zuckte die Schultern. „Es ist jedenfalls besser für unseren häuslichen Frieden.“
„Was tuschelt Ihr da?“, tönte Fridels Stimme über den Tisch und Benno wandte sich dem Angebeteten zu, während ich mir noch einmal von der Quiche nahm. Anscheinend hatte der Koch inzwischen dazugelernt. Die Quiche war jedenfalls nicht frittiert. Mit halbem Ohr hörte ich den Gesprächen am Tisch zu.
„Ich habe auch in den ersten Monaten schlecht geschlafen. Das Schloss ist ein alter Kasten, der überall knarrt und knarzt“, erklärte Frau von Ziesel gerade dem guten Doktoren. „Ihre Natalie wird sich daran gewöhnen.“
Offensichtlich ging es um die kleine Referendarin. Dunkel erinnerte ich mich, dass sie mir neulich von Schlafstörungen erzählt hatte. Ein Thema, das mich im Moment nicht wirklich interessierte. Ich konzentrierte mich auf mein Essen und verabschiedete mich, sobald ich fertig war. Benno brach mit mir auf, um zu Ede zu fahren.
Zurück in meiner Wohnung wartete Johannes auf mich. Er saß im Dunklen an seinem üblichen Platz im Wohnzimmer.
„Gibt es Neues von Grete?“, fragte ich, als ich mich auf dem Sofa niederließ.
Johannes schüttelte auf meine Frage den Kopf. Der Fuß seines übergeschlagenen Beins wippte. „Sophie war dort. Grete hatte sich hingelegt und das Mädchen wartete mit dem Essen auf sie.“ Er sah seinem Fuß beim Wippen zu.
„Hast Du mit Sophie gesprochen?“
„Nur über Gretes Befinden.“ Der Fuß hielt abrupt inne. „Sie

wirkt zunehmend abwesend und wird immer schwächer." Mit beiden Händen fuhr er sich durchs Haar.
Bei allem Vertrauen, zu dem er mich immer wieder aufforderte, konnte er die eigene Angst um seine Urenkelin in diesem Moment nicht verleugnen. Ich hatte den Eindruck, dass Johannes mir etwas sagen wollte, aber noch nach Worten suchte. Doch bevor er zum Sprechen kam, klopfte es unerwartet an der Tür. Fridel stand davor und atmete schwer, als sei er vom Rittersaal hierher gerannt.
„Catharina, das kann nicht Dein Ernst sein!" Die Miene, mit der Fridel mich ansah, war finster umwölkt. „Du wirst nächste Woche nicht arbeiten!"
Offensichtlich hatte mich irgendjemand verpetzt. Aber ich hatte jetzt andere Sorgen und keine Zeit für eine Diskussion. Ich versuchte dennoch, freundlich zu bleiben. „Fridel, es wird mir guttun, wieder zu arbeiten. Johannes wird Dir bestätigen, dass ich fit bin."
Ein metallisches Klingeln hielt Fridel davon ab, etwas Unerfreuliches zu erwidern. Entnervt zog er sein Telefon aus der Tasche und hob ab. Gerade wollte ich die Gelegenheit nutzen, ihm die Tür vor der Nase zuzumachen, da rief mich Fridel zurück. „Catharina, es ist Sophie! Ihr sollt sofort zu Grete kommen."
Alle meine Alarmglocken begannen zu schrillen. „Was ist passiert?"
Fridel schüttelte den Kopf. „Sie will es nicht sagen."
Ich machte mich sofort mit Johannes auf den Weg. Weil ich gerade an Fridels Beispiel gesehen hatte, dass es sinnvoll sein könnte, eines dabei zu haben, steckte ich mein Handy ein.
Während wir zum Auto liefen, warf ich Johannes einen Blick zu. Wahrscheinlich irrte ich mich, denn was ich in seiner Miene zu lesen glaubte, war Erleichterung. Wie konnte er erleichtert sein, wenn seine Angst um Grete eben noch deutlich spürbar gewesen war?
Ich fuhr, so schnell es meine Fahrkünste zuließen. Johannes versuchte mich zu beruhigen. „Wenn Grete etwas zugestoßen

wäre, hätte Sophie einen Arzt gerufen. Oder Fridel selbst gebeten zu kommen.“

„Aber was kann sie dann wollen?“ Mit quietschenden Reifen bog ich auf den Kirchplatz ein und stellte das Auto ab.

„Wir werden es gleich erfahren.“ Johannes deutete aufs Mangoldhaus.

Sophie wartete bereits an der Haustür auf uns. Sie wirkte völlig durcheinander und begann zu reden, kaum dass wir bei ihr ankamen. „Grete ist in ihrem Schlafzimmer. Ich wusste nicht, was ich machen soll. Es ist alles wie neulich, nur schlimmer. Sie ist total ...“, weiter kam Sophie nicht.

„Ich bitte um Entschuldigung“, sagte Johannes und glitt an Sophie vorbei und halb durch sie hindurch ins Haus, weil das Mädchen den Eingang versperrte. Erschrocken sah ich ihm nach. Noch nie hatte ich ihn absichtlich durch einen Menschen gehen sehen.

Ich wollte hinter ihm her, aber Sophie stand noch immer in der Tür. Sie hatte kaum reagiert, als Johannes durch sie hindurchgelaufen war. Jetzt aber griff sie nach meinem Arm und redete einfach weiter: „Ich hätte doch den Krankenwagen gerufen oder wenigstens Fridel, aber sie hat es mir verboten!“ Eine Träne lief durch ihre Gothic-Schminke und zog eine dunkle Spur. „Ich darf keinen Arzt holen, egal, was passiert, hat sie heute Nachmittag noch gesagt.“ Sophies Stimme wurde immer gepresster. „Ich hab' das nicht ernst genommen. Vielleicht wollte ich es auch nicht ernst nehmen“, flüsterte sie und begann endgültig zu schluchzen.

Mir blieb nichts anderes übrig, als das Mädchen in die Küche zu bugsieren und an den Tisch zu setzen. Ich konnte sie in diesem Zustand nicht allein lassen. Was auch immer oben los war – darum musste sich Johannes kümmern.

In der Küche war Geschirr für zwei Personen gedeckt und ein süßer Auflauf stand auf der Anrichte. Vermutlich das Abendessen. Verlockende Düfte nach Zimt und Äpfeln hingen in der Luft. Ein Weihnachtsgefühl stieg in mir auf, was in dieser Situation grotesk war. Aber es lenkte mich für einen Augenblick

von meiner Angst ab.
Da der Tee schon gekocht war, goss ich uns ein, während Sophie wie betäubt ins Leere starrte und immer wieder schluchzte. Erst als ich ihr die Tasse direkt in die Hand drückte, sah sie auf.
„Trink einen Schluck“, forderte ich und Sophie gehorchte automatisch. Immerhin kam sie langsam zu sich und begann zu erzählen. So hörte ich, dass sie nachmittags zu Grete gefahren war. Nach Gretes Anweisungen hatte sie Äpfel geholt und den Auflauf zubereitet. Danach hatte Grete sich bis zum Abendessen hingelegt. In der Zwischenzeit war Johannes da gewesen. Nachdem er gegangen war, hatte Sophie die alte Frau wecken wollen, aber Grete hatte weder auf Klopfen noch Rufen reagiert. Wie vor Wochen auch hatte das Mädchen die Schlafzimmertür geöffnet und hineingeschaut. Es hatte sich das gleiche Bild geboten wie damals.
„Frau Mangold saß im Schaukelstuhl und war wieder in dieser Starre. Neulich hat sie zumindest noch geschaukelt. Aber diesmal stiert sie nur ins Nichts.“ Sophie sah mich aus roten Augen an. Das Make-up war endgültig zerstört. Nachdem sie sich die Nase geputzt hatte, berichtete sie stockend, dass sie eine Weile gehofft hatte, Grete würde wie bei den letzten Malen von allein wieder erwachen. Irgendwann aber hatte Sophie aus lauter Verzweiflung Fridel angerufen, weil sie meine Nummer nicht kannte.
Während Sophie noch sprach, kam Johannes zurück zu uns in die Küche. Mit unbewegter Miene stand er an der Tür und hörte Sophies Bericht zu.
„Sie hat sich noch immer nicht gerührt“, sagte er, als Sophie geendet hatte.
Das Mädchen drehte sich zu Johannes um. Sekundenlang sah sie ihn an, dann, als hätte sie eine Entscheidung getroffen, atmete sie tief durch und erklärte: „Ich muss Ihnen etwas geben.“ Sie stand auf und nahm mit zitternden Fingern einen verschlossenen Briefumschlag aus dem Küchenschrank. „Von Frau Mangold. Sie hat ihn heute Mittag in den Schrank gelegt. 'Nur für den Notfall', hat sie zu mir gesagt. Dann ist sie nach oben gegangen. Es ist, als

ob sie geahnt hätte, dass was passiert. Das ist doch ein Notfall, oder?“

Sophie hielt das Kuvert in Johannes' Richtung. Dann besann sie sich und reichte es mir. In sauberen Druckbuchstaben stand Johannes' Name darauf. Er setzte sich zu uns und bedeutete mir, den Brief zu öffnen. Ich schob ihm das dicht beschriebene Blatt hin, das im Umschlag steckte. Johannes beugte sich darüber und las. Selbst wenn ich gewollt hätte, hätte ich Gretes Sütterlinschrift nicht entziffern können.

Als Johannes geendet hatte, war seine Miene steinern. Tonlos bat er mich, Benno anzurufen. „Wenn es ihm irgend möglich ist, wäre es hilfreich, wenn er herkäme. Allein.“ Dann wandte er sich Sophie zu. „Sie sollten zurück ins Schloss fahren.“

Voller finsterer Befürchtungen verließ ich die Küche, um zu telefonieren. Drinnen hörte ich Sophie zum Protest anheben.

Benno hob glücklicherweise sofort ab und versprach, so schnell wie möglich da zu sein. Anscheinend war er noch bei Ede. Einem inneren Impuls folgend, bat ich Benno, Ede davon abzuhalten, heute herzukommen. „Sag' ihm, dass ich bei Grete zu Besuch bin und mich um sie kümmere.“

Als ich in die Küche zurückkam, erhob sich Sophie und verließ den Raum. Scheinbar hatte sie noch einmal geweint. Fragend sah ich Johannes an. Der nickte zu dem Brief hin, der vor ihm auf dem Tisch lag. „Grete gibt klare Anweisungen. Das erste, das ich tun soll, ist Sophie umgehend ins Schloss zurückzuschicken, da sie mir dieses Schreiben übergibt.“ Es hatte Johannes alle Überzeugungskraft gekostet, Sophie diesen Umstand begreiflich zu machen.

„Es ist offensichtlich, dass Grete das Mädchen schützen will. Die Erfahrung zeigt, dass Sophie zum Leichtsinn neigt, was ihre Begabungen betrifft.“ Johannes' Gesichtsausdruck war noch immer verschlossen, aber nicht mehr steinern, während er weiterhin auf das Blatt vor sich blickte.

Er kam nicht dazu, mehr über den Inhalt zu sagen, denn Sophie war zurück. Sie hatte sich gewaschen und ihre geröteten Augen wirkten riesig in ihrem bleichen Gesicht. „Bitte helfen Sie Frau

Mangold!“, sagte sie trostlos und sah Johannes flehend an. „Sie müssen das alles rückgängig machen!“
Etwas in Johannes' Blick veränderte sich. „Sind Sie es nicht gewesen, die die Wege des Schicksals beschworen hat?“, fragte er sanft. „Sie sollten sich nicht ängstigen.“ Alle Verschlossenheit war gewichen. Sein Blick war offen und voller Zuneigung. Mir kam der Gedanke, ob Sophie für ihn so etwas wie eine Tochter sein könnte. In diesem Moment wünschte ich mir, sie hätte Johannes' Ausdruck sehen können. Vielleicht hatte Grete Johannes das Wohl Sophies nicht ohne Hintergedanken in die Hände gelegt.
Mit hängendem Kopf zog das Mädchen seine Jacke an und machte sich dann auf den Weg zum Bus. Johannes ging wieder nach oben, um ein Auge auf Grete zu haben. Ich blieb in der Küche, um auf Benno zu warten. Zum Glück läutete schon nach kurzer Zeit die Türglocke, denn mein Kopf tat alles dafür, sich in ein Was-wäre-wenn-Karussell hineinzudrehen. Nachdem ich Benno über die Ereignisse informiert hatte, folgten wir Johannes in Gretes Schlafzimmer.
Beim Anblick der Köchin stockte mir der Atem. Grete sah aus wie eine Wachsfigur. Was mir aber einen kalten Schauer über den Rücken trieb, waren die Augen, die blicklos im Leeren hingen – genau wie in meinem Traum der letzten Nacht, in dem ich verzweifelt das Holztier gesucht, aber eine erstarrte Grete gefunden hatte. Entsetzt sah ich zu Johannes, der bestätigend nickte, als hätte er meine Gedanken gelesen.
Mit schnellen Schritten war Benno bei Grete und legte ihr zwei Finger an die Halsschlagader.
„Sie lebt“, murmelte Johannes.
Benno drehte sich zu uns um. „Warum habt Ihr keinen Arzt geholt?“
Johannes' Stimme klang belegt, als er sagte: „Weil Grete mir in einem Brief mitgeteilt hat, dass sie das Haus nicht verlassen darf. Nicht, solange die Werkzeuge hier sind. Unter keinen Umständen. Weder tot noch lebendig.“
„Großer Gott!“, entfuhr es mir.

Benno wirkte nicht weniger schockiert. „Wie willst Du das anstellen?“
„Wir brauchen Deinen Partner und seine pflegerischen Fähigkeiten.“ Johannes Stimme war bittend. „Kannst Du Fridel deutlich machen, dass wir keine andere Wahl haben, als uns hier um Grete zu kümmern? Sie hat mir geschrieben, was zu tun ist.“
Benno sah fahrig zwischen Johannes und Grete hin und her. „Johannes, das ist Wahnsinn! Wie soll ich Fridel das beibringen? Was ist, wenn sie stirbt?“ Benno war kreidebleich. All seine übliche Gelassenheit war verschwunden. „Grete ist alt. Wer sagt uns, dass sie nicht wieder einen Schlaganfall hatte? Das ist etwas anderes als bei Catharina neulich.“
„Es ist kein Schlaganfall.“
„Was ist es dann?“, fragte Benno tonlos.
Johannes konzentrierte sich und legte Benno eine Hand auf die Schulter. Der zuckte zusammen, begriff dann aber, dass es Johannes war, der ihn anfasste. Es war das erste Mal, dass Johannes bewusst einen anderen Menschen außer mir berührte. „Ich weiß es nicht“, antwortete er auf Bennos Frage. „Ich finde keinen Zugang zu ihr. Aber ich bitte Dich um unserer Freundschaft willen, mir zu vertrauen.“
„Weißt Du, was Du da verlangst?“ Benno stöhnte.
„Es ist mir bewusst.“
Reglos starrte Benno Grete an. Dann sah er zu mir.
Ich formte ein lautloses „Bitte!“ Dass Johannes dermaßen seine übliche Distanz aufgab, dass er absichtlich durch Sophie lief und jetzt auch noch Benno anfasste, war mehr als alarmierend. Etwas ging vor sich und Johannes wusste, was es war.
Wieder wanderte Bennos Blick zu der erstarrten Gestalt im Schaukelstuhl. Nach einem langen, bedrückenden Schweigen drehte er sich zu Johannes. „Was soll ich tun?“
Johannes schloss die Augen und atmete erleichtert aus. „Wir sollten sie zuerst zu Bett bringen. Und dann wäre ich Dir dankbar, wenn Du mit Fridel sprechen könntest.“
Benno nickte und ging zu Grete. Er beugte sich über sie und machte Anstalten, sie aus dem Schaukelstuhl zu heben. Doch in

dem Moment, als er unter ihren Rücken griff, kam Bewegung in den klapprigen Körper und Benno wich erschrocken zurück.
Stumm verfolgten wir, wie die alte Frau mit roboterhaften Bewegungen aufstand. Weder in ihrem Gesicht noch in ihren leeren Augen zeigte sie irgendeine Regung. Im Augenwinkel sah ich, wie sich Johannes an die Brust griff.
Sekundenlang stand die leblose Gestalt unbeweglich im Zimmer, dann endlich reagierte ich. Ich ging zu Grete hin und zog sie an den Händen durch den Raum. Sie folgte wie eine Marionette. Ich dirigierte sie so, dass sie mit dem Rücken zum Bett stand, und drückte sie in Sitzposition. Benno kam mir zu Hilfe, indem er Grete hinlegte und ihre Beine aufs Bett hob. Die ganze Zeit über reagierte sie wie ein willenloser, ferngesteuerter Roboter, dessen Anblick mich schaudern ließ.
Der erste, der seine Sprache wiederfand, war Johannes. „Es wäre gut, wenn Du jetzt Fridel holen könntest“, sagte er zu Benno.
Ich begleitete Benno zur Tür und dann spontan auch noch zum Auto. Es war, als fiele ein Gewicht von mir, als ich das Haus verließ. „Ich weiß gar nicht, was wir machen sollen, falls Ede morgen auftaucht“, sagte ich, während Benno einstieg und sich anschnallte.
„Um den musst Du Dir keine Gedanken machen“, behauptete er. „Das Damwild hat Brunftzeit und Ede hat mich sowieso gebeten, übers Wochenende nach Grete zu sehen.“ Benno lachte bitter. „Ironie des Schicksals.“
Für einen Sekundenbruchteil wunderte ich mich, dann fiel mir ein, dass Edes Urgroßonkel Johannes' Wildhüter gewesen war. Überall in diesem Dorf stieß man auf jahrhundertealte Familientraditionen.
„Hast Du Dir Edes Häuschen angesehen?“, fragte ich, froh, für ein paar Minuten über Alltägliches zu sprechen.
Benno nickte und startete den Wagen. „Eigentlich ist es perfekt. Ein Forsthaus am Waldrand mit alten Obstbäumen im Garten. Sorten, die es gar nicht mehr gibt. Der andere Interessent ist das Problem.“
Es hatte sich herausgestellt, dass ausgerechnet die Schule

überlegte, das Haus zu kaufen, weil man dort Lehr- und Schulpersonal mit Familie unterbringen konnte. „Entweder sie machen einen Rückzieher oder lassen mich einziehen oder ich treibe irgendwo das Geld auf, um ein besseres Angebot zu machen. Leider ist das utopisch." Benno zog ein Gesicht und fuhr dann los zum Schloss. Der kurze Augenblick von Normalität war vorbei.

Keine halbe Stunde später kam Benno mit Fridel zurück. Johannes hatte die ganze Zeit bei Grete verbracht, die sich nicht noch einmal gerührt hatte. Es war keine Woche her, da hatten Johannes und Grete an *meinem* Bett gesessen.
Fridel war bereits von Benno darüber informiert, was passiert war und ging mit seiner Arzttasche direkt die Treppe hinauf zum Schlafzimmer. Benno und ich warteten in der Küche, in der es noch immer nach Apfelauflauf duftete. „Es hat mich einiges an Überredung gekostet", flüsterte Benno mir zu, obwohl wir allein waren. „Fritz hat nur zugestimmt, weil er an Deinem Beispiel die Erfahrung gemacht hat, dass es sinnvoll ist, auf Johannes und Grete zu hören."
Bennos Blick fiel auf Gretes Brief, der noch immer auf dem Tisch lag. Einen Moment lang starrte er darauf, ohne ihn wahrzunehmen. Dann beugte er sich stirnrunzelnd über das Papier.
„Kannst Du das lesen?", fragte ich.
Benno nahm das Blatt in die Hand und kniff die Augen zusammen. „Nicht wirklich."
Mir kam der Gedanke, dass Grete absichtlich die Sütterlinschrift gewählt haben könnte, um zu verhindern, dass irgendjemand las, was nur für Johannes bestimmt war. Bevor ich meine Vermutung äußern konnte, legte Benno den Brief bereits zur Seite.
Kurz darauf kam Fridel in die Küche, gefolgt von Johannes. „Grete ist stabil, aber völlig apathisch", erklärte Fridel. „Komatös, aber anders als Catharina." Er sah von mir zu Benno. „Wenn ich es nicht besser wüsste, würde ich behaupten, dass sie eine Form von Schlafkrankheit hat. Das würde die früheren

Absenzen erklären. Oder Parkinson. Oder das alles ist eine Spätfolge ihres Schlaganfalls.“ Man sah Fridel an, dass er am liebsten einen Arzt verständigt hätte.
Neben mir schüttelte Johannes den Kopf. „Ihr Zustand ist nicht medizinisch begründet.“
Benno übersetzte und Fridel sah den Stuhl an, auf dem Johannes saß. „Ich weiß“, sagte er resigniert. „Und ich weiß auch, welche Forderungen Grete gestellt hat.“ Fridel wirkte unglücklich, während er nachdenklich auf den Barthaaren seiner Oberlippe kaute. Schließlich schien er eine Entscheidung getroffen zu haben. „Ich helfe Euch. Wir warten ab, aber ich habe Bedingungen.“
Da Fridel zwar über Nacht bleiben konnte, aber morgen arbeiten musste, verlangte er, dass wir tagsüber Gretes Kreislauf und ihre Körpertemperatur regelmäßig überprüften. „Wenn sich bis morgen Abend nichts verändert hat, sehen wir weiter. Wenn es Grete schlechter geht, brauchen wir einen Arzt.“ Wieder sah er von einem zum andern und wartete auf unsere Reaktion.
Johannes' Wangenknochen arbeiteten. Es war offensichtlich, dass er mit sich kämpfte. Schließlich nickte er in Richtung Fridel. „Die Konditionen sind fair.“ Wieder übersetzte Benno.
„Gut.“ Fridel stand auf. „Dann muss ich mich um einige Dinge kümmern.“
Benno begleitete Fridel nach draußen. Er wollte anschließend bei Grete die Wache übernehmen, bis Fridel zurückkam. Johannes und ich blieben allein in der Küche. Minutenlang saßen wir wortlos beieinander.
Johannes Blick hing an Gretes Brief. Endlich sah er auf. Seine Miene war wieder verschlossen und seine Anspannung mit Händen zu greifen, als er sagte: „Ich wünschte, Du könntest zum Schloss zurückkehren ...“
„Was?“, fuhr ich ihm ins Wort. „Ich werde Dich hier nicht allein lassen! Hier passiert gerade etwas und ich habe eine Rolle dabei!“ Diesmal *würde* ich eine Diskussion vom Zaun brechen. Ich würde keinesfalls nachgeben und ihn ganz bestimmt nicht hier allein lassen.

Der intensive Ausdruck in Johannes' Augen ließ keinen Zweifel an seiner Verwandtschaft mit Grete. Aber anders als erwartet, blieb eine Diskussion aus.
„Du missverstehst mich. Ich will Dich nicht heimschicken. Aber ich wünschte, ich könnte“, erklärte Johannes. „Weder Du noch ich dürfen zurück zum Schloss. Was auch immer geschieht.“ Sein Blick ging wieder zu Gretes Brief, bevor er plötzlich aufstand und zur Tür glitt. „Ich möchte Dir etwas zeigen.“
Mich hatte bei seinen Worten eine Gänsehaut überlaufen. Ängstlich erhob ich mich und folgte ihm aus der Küche. *Was auch immer geschieht*. Der Satz hallte mir in den Ohren nach.
Zu meiner Überraschung verließen wir das Haus. Auch diesmal fühlte es sich an, als fiele eine Last von meinen Schultern, als ich aus der Eingangstür trat. Auch Johannes schien aufzuatmen, als wir den Kirchplatz Richtung Friedhof überquerten. Mit Grausen wurde mir klar, dass die Werkzeuge inzwischen über die Kräuterküche hinaus wirkten, und fragte mich, wie das sein konnte.
Johannes schlug einen Weg zwischen den Gräbern ein. Im indirekten Licht der Scheinwerfer, mit denen die Kirche nachts angestrahlt wurde, erkannte ich, wohin er mich brachte. Ich war schon einmal in einem Traum an diesem Ort gewesen.
Nach wenigen Schritten standen wir am Grab von Gretes Mutter und Tochter. Annegret und Elisabeth. Johannes beobachtete mich abwartend, während ich den Grabstein betrachtete. Ich brauchte einen Moment, bis sich die richtigen Synapsen verschalteten. „Elisabeths Todestag“, flüsterte ich, ohne meinen Blick von dem Datum losreißen zu können.
„... der gleichzeitig ihr Geburtstag ist“, fügte Johannes hinzu. „Morgen.“
„Wie bist Du darauf gekommen?“ Eigentlich wussten wir seit Wochen, dass Elisabeth im Oktober geboren und gestorben war.
Johannes drehte sich mir zu. „Durch meinen Besuch vorhin bei Grete. Ich war hier. Aber bevor ich es Dir sagen konnte, wurden wir von Fridel unterbrochen.“

War das der Grund, dass er bei unserem Aufbruch erleichtert gewirkt hatte? Weil endlich das passierte, worauf wir die ganze Zeit gewartet hatten? „Du meinst, dass, was auch immer geschehen wird, morgen passiert?“ Die Erkenntnis ließ mich schaudern.
„Ist es nicht naheliegend nach all den Schlüssen, die Du in Gretes Kräuterküche gezogen hast?“ Johannes begann an den Fingern abzuzählen: „Die Kinder sind der Schlüssel. Elisabeth ist das letzte Kind in der Reihe meiner Familie und der Mangoldfrauen. Morgen ist sowohl ihr Geburtstag als auch ihr Todestag. Hier schließen sich gleich mehrere Kreise.“ Er wartete, als wolle er sichergehen, dass ich ihm folgen konnte.
Ich nickte bestätigend und er fuhr fort. „Und dann ist da Gretes Altar, der wiederum die Verbindung zwischen allen Kindern herstellt. Nämlich über das Taufbecken, die Altardecke, das Spielzeug und das Holztier.“
„Aber wir haben das Holztier nicht!“ Wieder fühlte ich mich verantwortlich. Wie sollten wir den Fluch brechen, wenn das entscheidende Teil fehlte? Vor allem, wenn es stimmte, dass morgen *der* Tag war!
Es gab nur eine Lösung. „Dann muss ich sofort zurück!“, erklärte ich bestimmt und wollte am liebsten aus dem Stand zum Auto rennen. „Ich muss noch einmal suchen! Vielleicht kann ich die Mülltonnen ...“
Johannes rührte sich nicht. „Du wirst es nicht finden.“
„Wie kannst Du Dir so sicher sein? Wir haben es ja noch nicht einmal versucht!“, gab ich heftig zurück.
Er sah mich mit schmerzlichem Lächeln an. „Hat Dein Traum der letzten Nacht nicht gezeigt, dass es so kommen wird? Und hast Du nicht selbst vermutet, dass auch Grete eine Vision hatte? Vielleicht war es eine ähnliche wie die Deine. Möglicherweise war sie deshalb so gelassen, als wir das Holztier nicht hatten.“
„Aber meine Träume zeigen mir die Vergangenheit!“, rief ich. Es war mir egal, wenn mich irgendwelche Passanten hörten. „Visionen hatte ich immer nur, wenn ich wach war!“

„Solange Grete sich geweigert hat, mit uns zu sprechen, war das der Fall.“ Johannes betrachtete mich mitfühlend. „Jetzt haben sich die Umstände geändert.“
Betroffen sah ich ihn an. „Du meinst deshalb funktionieren auch meine Träume und Visionen jetzt anders?“
Er nickte. „Die Aufgabe ist eine andere. Es geht jetzt nicht mehr darum, wie es zu dem Fluch kam, sondern darum, ihn zu brechen“, erklärte er.
Mir entfuhr ein Stöhnen. War es das, was auf mich zukam? Musste ich zusätzlich zu meinen Alpträumen jetzt auch noch mit Visionen rechnen? „Willst Du mich deshalb hier weg haben?“, fragte ich gequält und wies auf die steile Falte auf seiner Stirn. „Aber warum lässt Du mich dann nicht fahren? Was sagst Du mir nicht?“
Johannes zögerte und die Furche vertiefte sich. Er wirkte, als quälte es ihn, mir die Wahrheit zu sagen. Oder durfte er es vielleicht nicht? Konnte es sein, dass Grete in ihrem Brief auch für mich Anweisungen gegeben hatte? So wie für Sophie?
Endlich sprach Johannes: „Das Räucherwerk geht zur Neige. Es ist so gut wie verbraucht. Grete wusste es seit Tagen. Sie muss geahnt haben, was mit ihr passiert, und hat Sophie in letzter Minute den Brief übergeben.“
„Was bedeutet das?“ Mein Herz hämmerte. Ich hatte Angst vor der Antwort und es war deutlich in meiner zitternden Stimme zu hören.
Johannes trat dicht vor mich und sah auf mich hinunter. Aber er berührte mich nicht. Nach einem tiefen Durchatmen erklärte er: „Es ist die Energie der Werkzeuge, die Grete gelähmt hat. Und ihre Macht wächst. Sie breitet sich aus. Ich weiß, dass Du es auch spürst.“
„Warum können wir sie nicht einfach mit einem Hammer zertrümmern?“, rief ich und wusste selbst, dass das nichts nützen würde. Es war weder ihre Form noch das Metall, das die finstere Energie bewirkte. Hier waren andere Mächte am Werk, die man nicht mit roher Gewalt bezwingen konnte.

Johannes bestätigte meine Gedanken. „Das, was sie jetzt noch eindämmt, ist das geweihte Wasser. Es muss regelmäßig erneuert werden.“ Er atmete tief durch, bevor er weitersprach. „Das sollst *Du* tun. Du sollst Dich um die Werkzeuge kümmern. Von jetzt an dürfen Du und ich genau wie Grete das Haus nicht mehr verlassen.“

Ich schluckte hart an dem Kloß, der meine Kehle zusammendrückte. „Weder tot noch lebendig“, wiederholte ich tonlos die Worte, die Johannes zu Benno gesagt hatte.

Johannes antwortete nicht, sondern nahm mich in die Arme und presste mich an sich. Es war als hätte er all seine Kraft für diese eine Umarmung aufgespart. Mir wurde eiskalt.

Schon beim Betreten des Flurs hatte ich das Gefühl, dass sich das Gewicht wieder auf meine Brust legte, das draußen verschwunden gewesen war. Auch Johannes wirkte wieder in sich gekehrt und steinern.

In der Küche trafen wir auf Benno, der ungewöhnlich blass und bedrückt aussah.

Fridel war inzwischen wieder da und versorgte Grete für die Nacht. Anscheinend war es den beiden gelungen, ihr mithilfe einer Schnabeltasse Flüssigkeit einzuflößen. „Sie reagiert reflexhaft. Es ist gruselig. Und dann dieser starre, leere Blick!“ Benno schüttelte sich. „Zum Glück hat sie jetzt die Augen geschlossen.“

Auf der Treppe wurden Schritte laut. Einen Moment später kam Fridel in die Küche. „Ich glaube, Grete schläft“, erklärte er. „Falls man in ihrem Fall von schlafen sprechen kann.“ Schwer ließ er sich neben Benno nieder. „Du solltest nach Hause fahren, mein Bester“, bemerkte Fridel. „Du siehst furchtbar aus.“

„Danke, gleichfalls“, gab Benno mit ironischem Blick zurück.

Tatsächlich standen Fridels sämtliche Kopfhaare in alle Himmelsrichtungen, als würde er sich gegen irgendetwas sträuben wie eine Katze beim Anblick des Hofhunds. Bei aller Dickfelligkeit gegenüber dem Übernatürlichen war auch er nicht

immun gegen die dunkle Atmosphäre, die immer drängender zu werden schien.
„Nimm Catharina mit.“ Fridel nickte zu mir hin. „Du siehst auch nicht wirklich aus wie das blühende Leben.“
Ich sah, wie um Johannes' Mundwinkel ein gequälter Zug erschien, und griff unter dem Tisch nach seinen Händen, die er im Schoß gefaltet hatte. Ich wusste, dass er es spüren konnte, auch wenn er materielos war.
„Ich bleibe“, erklärte ich, obwohl ich nichts lieber getan hätte, als mit quietschenden Reifen diesen Ort zu verlassen und mich irgendwo zu verkriechen. Oder doch noch den Altensteiner Müll zu durchwühlen – gegen alle Visionen und Mächte des Schicksals.
Fridel setzte erneut zu Protest an, den ich unterbrach: „Ich werde das nicht diskutieren.“
Benno betrachtete mich stirnrunzelnd. Demonstrativ nahm ich Gretes Brief vom Tisch, faltete ihn zusammen, steckte ihn in sein Kuvert und legte ihn in den Schrank, aus dem Sophie ihn genommen hatte. Benno folgte meinem Tun. Als Fridel erneut Luft zum Widerspruch holte, hielt ihn Benno zurück: „Lass' sie. Du verlangst doch ständig, dass die Prinzessin den Prinzen endlich erlösen muss.“
Fridel stieß die Luft in einem lauten Seufzer wieder aus. Es war deutlich sichtbar, dass er sich Sorgen machte, die die Märchenromantik infrage stellten.
„Gibt es einen Schlachtplan für die Erlösung?“, fragte er in Richtung Johannes, nachdem Benno sich auf den Nachhauseweg gemacht hatte.
„Was geschehen soll, wird geschehen“, war alles, was der antwortete.
Auf meine Übersetzung hin zogen sich Fridels Mundwinkel nach unten. „Kann ich irgendetwas tun?“
Johannes überlegte einen Moment. „Es wäre mir eine Beruhigung, wenn Du uns in die Kräuterküche begleiten würdest.“
Noch während ich Johannes' Bitte an Fridel weitergab, kam die

Kälte zurück, die mich überfallen hatte, als Johannes mir an Elisabeths Grab meine Aufgabe offenbart hatte. Anscheinend war es für mich soweit, den nächsten Akt in diesem absurden Theater zu spielen.
Fridel stimmte ohne Zögern zu und wir stiegen gemeinsam unters Dach.
Auch diesmal traf mich die Wirkung der Werkzeuge wie ein Hammerschlag, kaum dass ich die Kräuterküche betrat. Und es gab keinen Zweifel, dass sie sich verstärkt hatte. Die dunkle Präsenz war so deutlich wahrnehmbar, dass mir das Atmen schwerfiel.
Was dagegen deutlich abgenommen hatte, war der Geruch nach Räucherwerk. Die Atmosphäre war dick wie Pudding, und ich hatte den Eindruck, die tödliche Energie mit den Händen aus der Luft pflücken zu können. Auch Fridel atmete schwer und seine Haare schienen sich noch weiter aufzustellen, als er sich direkt neben der Tür gegen Gretes Regal sacken ließ. Am heftigsten aber reagierte Johannes. Sekundenlang stand er mit schmerzverzerrtem Gesicht in der Tür, bevor er einen schwankenden Schritt ins Zimmer machte. Obwohl es eigentlich unmöglich war, glaubte ich, Schweißperlen auf seiner Stirn entstehen zu sehen, während er an der Wand entlang glitt, als könnte sie ihn stützen.
„Würdest Du bitte zur Seite treten?“, presste er hervor und ich bemerkte, dass ich so vor dem Altar stand, dass er ihn nicht sehen konnte. Ich reagierte sofort und Johannes fixierte augenblicklich einen Punkt auf dem Tisch. Ganz langsam entspannten sich seine Gesichtszüge und er wurde ruhiger. Es war offensichtlich: Irgendetwas auf dem Altar verminderte die Wirkung, die die Werkzeuge auf ihn hatten.
„Das Räucherwerk hat weiter nachgelassen“, flüsterte Johannes fast unhörbar und ohne den Blick vom Altar abzuwenden. Mochte er auch Erleichterung verspüren, war doch nicht zu übersehen, wie sehr er sich quälte. „Es ist höchste Zeit, das Wasser in der Schale zu erneuern.“
„Wie mache ich das?“ Ich zwang mich in Richtung des

Tischchens zu gehen, achtete aber peinlich darauf, Johannes nicht den Blick zu versperren.
„Du musst die Schale in den Holzeimer unter der Anrichte leeren. Heb' das Becken mitsamt dem Altartuch auf, sodass Deine Hände bedeckt sind. Du darfst nicht mit dem Wasser und schon gar nicht mit den Werkzeugen in Berührung kommen.“ Johannes klang, als drücke ihm jemand den Hals zusammen. „Falls irgendetwas schief geht, werde ich Fridel zeigen, was zu tun ist.“
„Wie willst Du das machen?“ Mir war himmelangst.
„Ich werde einen Weg finden“, versprach er.
Meine Stimme war nur noch ein Krächzen, als ich Fridel den Plan erklärte. Der nickte nur. Er sah aus, als müsse er die Zähne zusammenbeißen, um nicht fluchtartig aus dem Raum zu stürzen. Während ich mich vorsichtig vor dem Altar auf den Boden kniete, sprach mich Johannes noch einmal an. „Catharina, hast Du verstanden? Du darfst unter keinen Umständen die Werkzeuge berühren!“
Ich nickte und hatte keine Ahnung, wie ich das anstellen sollte. Vor mir stand die Taufschale, in der das Zeug in einer trüben Brühe lag. Das Metall war verrostet, aber das änderte nichts an der zerstörerischen Energie, die es ausstrahlte. Ich kämpfte die Welle der Übelkeit hinunter, die mir den Hals hinaufstieg, und zwang mich, die Arme auszustrecken, um die Hände unter das Altartuch zu schieben. Wie man einen heißen Topf mit einem Handtuch greift, packte ich den breiten Rand der Schale so mit dem feinen, bestickten Leinen, dass es über meine Hände fiel.
Trotz mehrerer Lagen des Tuchs zwischen meiner Haut und dem silbernen Taufbecken fühlte sich die Schale eiskalt an, als ich sie in Zeitlupengeschwindigkeit unter dem Tisch hervorzog. Sie war nicht besonders tief und das Wasser darin schwappte, aber es gelang mir, nichts zu verschütten.
Dann, beim Versuch sie langsam anzuheben, entfuhr mir ein Ächzen. Ich hatte das Gefühl, einen Sack Kartoffeln stemmen zu müssen, statt eines flachen Gefäßes, gefüllt mit einem Liter Wasser und einem Bisschen rostigen Metalls. Mühsam und mit

aller Vorsicht richtete ich mich auf und schlurfte Schrittchen für Schrittchen auf die Anrichte zu. Kaum wagte ich die Füße zu heben. Ich merkte, wie meine Muskeln unter dem Gewicht zu zittern begannen, und verstärkte meinen Griff.
Bei meinem Weg zum Holzeimer kreuzte ich zwangsläufig Johannes' Sichtfeld und versperrte ihm für eine Sekunde den Blick auf Gretes Altar. Als er laut aufstöhnte, musste ich mich zusammenreißen, nicht darauf zu reagieren.
Endlich beim Holzeimer angekommen, konnte ich die Schale kaum noch halten. Mit fast tauben Armen beugte ich mich hinunter und stellte das Taufbecken auf dem Rand des groben Eimers ab. Dann ließ ich es langsam nach vorn kippen, bis das Wasser hinauszulaufen begann. Entgegen meinen Befürchtungen lief es in sauberem Strahl über den breiten Rand der Schale in das schwere, hölzerne Behältnis, wobei sich die Werkzeuge keinen Millimeter bewegten. Davon ermutigt kippte ich die Schale in stärkerem Winkel, damit alles Wasser ablaufen konnte. Doch ich hatte mein Glück überschätzt, denn plötzlich kamen die Werkzeuge doch in Bewegung und rutschten mit einem widerlichen, kreischenden Geräusch nach vorn.
Erschrocken brachte ich das silberne Gefäß in die Waagrechte, sodass ich gerade noch verhindern konnte, dass das Zeug über den Rand glitt. Mit neuerlichem Kreischen rutschte es in die Mitte zurück. Aber der winzige Wasserrest, der in der Schale verblieben war, lief über den breiten Rand und in das Altartuch.
Eilig stellte ich die noch immer bleischwere Schale ab. Sie krachte auf die Holzdielen, als hätte ich einen Stein fallen lassen, und einzelne Wassertröpfchen sprangen hoch. Eins davon traf meine Hand, von der das Altartuch gerutscht war, als ich die Schale losgelassen hatte. Ich zuckte wie von einer Kugel getroffen zusammen.
„Was ist passiert?“, fragte Johannes sofort mit Panik in der Stimme und auch Fridel machte einen schnellen Schritt auf mich zu.
„Ein Tropfen hat mich ...“, setzte ich an, doch bevor ich weitersprechen konnte, wurde mir plötzlich schwindlig und die Kräuterküche verschwamm. Ein Gestank von brennendem Teer

stieg mir in die Nase. Er mischte sich mit anderen grauenhaften Dünsten ...
„Catharina, um Gottes Willen, bleib hier!“, hörte ich Johannes neben mir.
„Mach' irgendwas“, rief Fridel.
Das letzte, das ich spürte, war, wie Fridel mich packte, aber ich fiel bereits in eine bodenlose Tiefe. Die Rufe um mich verhallten, während der fürchterliche Gestank mir die Sinne nahm und es mich weiter abwärts zog. Ich wusste, dass auf dem Grund, zu dem ich sank, ein See von Blut und ein kopfloser Leichnam auf mich warten würden.
Nicht das! Alles, nur nicht die Folterkammer!
Immer unerträglicher wurde der metallische Gestank von Blut, der stechende Brodem verschmorenden Körpergewebes ...
Dann, plötzlich, fühlte ich einen entsetzlichen Schmerz, der nicht mein eigener war. Im Sinken durchdrang ich diesen Schmerz, auf den andere Gefühle folgten. Auch diese gehörten nicht zu mir. Wie durch Schichten fiel ich durch Verzweiflung, Demütigung und Ohnmacht, bis ich nur noch schneidenden Hass spürte – und begriff: Was ich wahrnahm, waren Rosas Gefühle, nach allem, was der kalte Graf ihr angetan hatte! Ich wollte schreien, aber mein Hals war zugeschnürt von meiner eigenen Panik.
Und wieder plötzlich und unerwartet riss mich ein Sog in die Gegenrichtung. Einen Moment lang verlor ich die Orientierung. Aber indem ich hochgezogen wurde, verschwanden die grauenhaften Wahrnehmungen. Die fremden Gefühle ebbten ab und mit ihnen ließ der entsetzliche Gestank nach. Ich verließ die Folterkammer ...
Mühsam öffnete ich die Augen und erkannte Fridel, der mich festhielt. „Alles gut“, flüsterte er mir zu. „Du warst ganz kurz abwesend.“
Mir fielen die Augen sofort wieder zu. Es fühlte sich nicht an, als wäre ich kurz abwesend gewesen.
Ich hatte mich beinahe in der Hölle verloren.
Und zuvor hatte ich das Schicksal selbst durch den Raum getragen.

44. Tag – Freitag

Trübes Licht fiel durch einen altmodischen Vorhang. Es musste früher Morgen sein. Langsam klärte sich mein Blick. Ich lag in der einen Hälfte eines uralten Doppelbettes aus dunklem Holz, ein turmhohes, schweres Federbett auf mir. Mein Kopf versank halb in einem dicken Kissen.

Ohne mich zu rühren, betrachtete ich den Teil des Zimmers, den ich über das Deckbett hin sehen konnte. Ich erkannte einen riesigen, zum Bett gehörigen Bauernschrank neben einem ebensolchen Waschtisch. Eine Waschschüssel aus Porzellan mit passender Kanne stand darauf. Ich war mir sicher, dass ich einen Nachttopf im gleichen Design unter dem Bett finden würde.

Als kleines Mädchen hatte ich eine solche Ausstattung bei meiner Urgroßmutter gesehen. Derjenigen, von der meine Mutter neulich gesprochen hatte. Ausgerechnet der Anblick von Gretes Waschgeschirr erinnerte mich jetzt daran, wie ich früh morgens zu der Urgroßmutter ins Bett gekrochen war. Die komische Schüssel unter ihrem Bett hatte ich immer für einen Blumentopf gehalten. Einmal hatte ich diesen „Blumentopf“ versucht, auf das Fensterbrett zu stellen, wo er meinem vierjährigen Empfinden nach hingehörte. Er war mir aus der Hand und beinahe auf den Kopf gefallen.

Noch immer hing mein Blick am Waschgeschirr. Da dies kein Traum war, musste ich mich irgendwo in Gretes Haus befinden. Aber ich erinnerte mich nicht, wie ich in dieses Zimmer gekommen war.

Kein Geräusch war zu hören. Weder drinnen noch draußen. Als ich den Kopf drehte, sah ich Johannes. Er saß halb zur Seite gesunken in einem Ohrensessel. Seine Arme hatte er vor der Brust verschränkt, als fröre er. Die Augen waren fest geschlossen.

Beim Versuch, mich auf der weichen Matratze aufzurichten, quietschte das Bett und Johannes fuhr hoch. Wenn ich es nicht besser gewusst hätte, hätte ich behauptet, dass er geschlafen hatte. Doch da war noch irgendetwas an ihm, das mich irritierte.

Vielleicht lag es aber auch nur an dem trüben Morgenlicht.
Als er sah, dass ich wach war, glitt Johannes aus dem Sessel und kniete vor mir auf dem Boden. Wieder hatte ich das Gefühl, dass etwas an ihm seltsam war.
„Wie geht es Dir? Zeig mir Deine Hand", flüsterte er leise in die morgendliche Stille.
Bei seiner Frage war ich schlagartig hellwach. Augenblicklich erinnerte ich mich an den vergangenen Abend. An die Aufgabe, die Grete mir übertragen hatte. Ich hatte das Wasser in der Taufschale erneuern sollen. Aber die Schale war auf den Boden geprallt und ein Tropfen hatte mich getroffen. Dann war ich versunken ... Entsetzt sah ich Johannes an.
„Die Folterkammer. Du warst wieder dort", sagte er kaum hörbar.
Ich schwieg, schluckte nur hart und versuchte die Gerüche und Gefühle zu verdrängen, die mich bei seinen Worten überfallen wollten. Allein bei der Vorstellung, heute wieder in die Kräuterküche gehen zu müssen, wurde mir übel. Aber ich durfte der Angst nicht nachgeben. Grete hatte sich den finsteren Mächten über viele Tage stellen müssen – durch meine Schuld. Es war nur recht und billig, dass ich mich jetzt um die Werkzeuge kümmern sollte.
Als ich nicht antwortete, nickte Johannes wissend. Für einen kurzen Moment hatte ich den Eindruck, er würde mich an sich ziehen und setzte an, wenigstens für einen Augenblick in seine tröstliche Umarmung zu sinken. Aber niemand umarmte mich. Stattdessen zog sich Johannes bei meiner Annäherung sofort wieder zurück und ein gepeinigter Zug huschte über sein Gesicht.
Wortlos, als sei nichts geschehen, wies er auf meine Hand. „Wenn Du so gut wärst", wiederholte er tonlos seine Bitte.
Betreten hielt ich ihm meine Hand hin. Johannes betrachtete sie eingehend, schien aber tunlichst zu vermeiden, mich zu berühren. Hielt er mich auf Distanz? Was war los mit ihm?
Johannes atmete erleichtert aus. An der Stelle, an der mich der Tropfen getroffen hatte, war die Haut rot, als hätte ich mich

verbrannt. Mehr aber war nicht zu sehen. „Dem Himmel sei Dank", flüsterte er. „Du hast großes Glück gehabt. Fridels Geistesgegenwart hat Schlimmeres verhindert."
Immerhin lächelte Johannes kurz. Dann berichtete er mit leiser Stimme, dass ich plötzlich erstarrt war, nachdem ich mit dem Wasser der Werkzeuge in Berührung gekommen war. Meine Augen hatten sich verdreht und Fridel war mir sofort beigesprungen. Er hatte mich auf den Boden gelegt, während Johannes mir aus einer Karaffe Wasser über die Hand geschüttet hatte.
Fridel hatte die schwebende Karaffe gesehen, sie Johannes abgenommen und meine Hand mit dem Wasser darin gründlich gesäubert. Es war dasselbe Wasser, mit dem Grete die Werkzeuge in Schach hielt.
Danach hatte Fridel das vollendet, was ich hätte tun sollen. Er hatte das Wassers aus der Karaffe in die Schale gegossen und diese zurück unter den Altar gebracht. Es hatte sich gezeigt, dass die dunkle Energie der Werkzeuge bei Fridel zwar Angstzustände auslöste, ihn aber längst nicht so hart traf wie mich oder gar Johannes.
Anschließend hatte Fridel sichergestellt, dass mir nichts weiter passiert war, und mich in Gretes Gästezimmer ins Bett gebracht. Er selbst hatte bei Grete gewacht. Johannes wiederum hatte dafür gesorgt, dass ich ruhig schlief, und keinerlei finstere Bilder zugelassen.
„Gestern noch haben wir darüber gesprochen. Deine Visionen haben sich verändert", sagte Johannes leise. „Die Werkzeuge haben Dich an den Ort gebracht, an dem ihre Macht ihren Ursprung hat." Er warf mir einen bitteren Blick zu.
Ich unterdrückte erneut das Gefühl der Übelkeit. „Heute werde ich ganz bestimmt vorsichtiger sein", versprach ich und beugte mich zu Johannes hin in der Hoffnung, er würde mich jetzt doch in den Arm nehmen. Aber er rührte sich nicht. Nur der schmerzvolle Zug stand wieder in seinem Gesicht.
Wir erschraken beide, als draußen plötzlich die Türglocke läutete. Gleich darauf schlug die Haustür und Benno rief laut ein

„Guten Morgen“ durchs Treppenhaus. Es klang, als befände er sich direkt vor meiner Tür. Offenbar lag Gretes Gästezimmer im Erdgeschoss neben dem Eingang.
Auf der Treppe wurden Schritte hörbar und Fridel beantwortete Bennos Morgengruß. Als er unten ankam, herrschte kurze Stille, dann leises Gemurmel. Schließlich klopfte es und Fridels Kopf erschien. Er hatte tiefe Augenringe und wirkte bleich und übernächtigt. Sogleich machte ihm Johannes Platz und glitt wortlos nach draußen. Unglücklich sah ich ihm nach. Was war nur los mit ihm?
„Wie geht's Dir?“, lenkte mich Fridel ab und zwang mir seine krankenschwesterlichen Dienste auf. Widerwillig ließ ich es über mich ergehen. Am liebsten wäre ich hinter Johannes hergestürzt.
Nachdem Fridel sicher war, dass meine Hand außer der Rötung nicht verletzt war, mein Kreislauf ordnungsgemäß kreiste und auch meine Realitätswahrnehmung funktionierte, durfte ich aufstehen. Benno hatte mir auf Bitte von Johannes für das Wochenende ein paar Sachen aus meiner Wohnung mitgebracht, sodass ich mich frisch machen konnte. Sogar eine neue Jacke hatte er aus meinem Schrank geholt, weil ich noch immer diejenige trug, auf der Erdflecken von Enolas Grab waren.
Fridel fuhr sofort ins Schloss zurück, nachdem er mit mir fertig war. Er musste seinen Dienst antreten. Meine schmutzigen Sachen nahm er mit. Ich fragte mich, wie er den Tag überstehen wollte – übermüdet wie er war.
Kurz darauf saß ich allein in der Küche. Benno hatte Kaffee gekocht und mir eine Portion von Sophies Auflauf hingestellt. Er selbst war oben, um Grete zu versorgen.
Ich musste mich zum Essen zwingen. Meine Übelkeit war zu einem kalten Angstklumpen in meinem Magen geworden. Zusätzlich zu der Vorstellung, nachher wieder in die Kräuterküche gehen zu müssen, quälte mich die Sorge um Johannes. Ich kannte den gepeinigten Zug in seinem Gesicht. Bei aller Schicksalsgläubigkeit konnte er doch kaum ertragen, was dieses Schicksal mir gerade antat.
Aber warum hielt er sich dann von mir fern? Warum diese

Distanz? Ich hatte überhaupt keinen Zweifel, dass er vorhin im Schlafzimmer den Impuls gehabt hatte, mich festzuhalten. Warum war er ihm nicht gefolgt? Warum ließ er nicht zu, dass wir uns gegenseitig Kraft gaben? Und was war es, das mir an ihm so seltsam vorgekommen war?
Irgendetwas stimmte nicht. Irgendetwas stimmte ganz und gar nicht.
Während ich noch grübelte, glitt Johannes in die Küche. Im selben Moment erkannte ich, was ich vorhin im Schlafzimmer nicht hatte sehen können: Johannes wirkte durchscheinender als sonst. So sah er normalerweise nur dann aus, wenn er sich zuvor materialisiert hatte. Im dämmrigen Licht des Schlafzimmers war es nicht wirklich sichtbar gewesen, doch hier in der hellen Küche wurde seine übermäßige Transparenz deutlich.
Aber wie war das möglich? Johannes hatte vorhin nur reglos im Sessel gesessen. Und er hatte nichts getan, das ihn Kraft gekostet haben könnte. Er hatte mich ja noch nicht einmal berührt.
Er hat Dich nicht berührt, weil es ihn Kraft gekostet hätte, flüsterte ein leises Stimmchen in mir.
Die kalte Angst drohte augenblicklich zur Panik zu werden. Mühsam kämpfte ich sie zurück. „Stimmt etwas nicht mit Dir?“, fragte ich und versuchte gelassen zu klingen.
„Nein.“
Die Doppeldeutigkeit der kaum hörbaren Antwort trug ganz und gar nicht dazu bei, mich zu beruhigen. „Sag' mir, was los ist!“, forderte ich heftiger, als ich wollte.
Johannes hatte sich inzwischen ebenfalls am Tisch niedergelassen. Aber als er antwortete, sah er an mir vorbei. „Ich habe in der letzten Nacht Kraft verloren, als wir Dich zurückholen mussten.“
Stumm starrte ich ihn an. Die ganze Zeit über war ich zu beschäftigt gewesen mit dem, was *ich* in der Kräuterküche erlebt hatte. Und mit dem Umstand, dass Johannes mich nicht tröstete. Jetzt erst begriff ich, welche Schmerzen und Energie es *ihn* gekostet haben musste, mir aus Gretes Karaffe Wasser über die Hand zu gießen. Oder Fridel zu zeigen, was zu tun war. Johannes

war den Werkzeugen unmittelbar ausgesetzt gewesen und hatte den Altar nicht im Blick behalten können. Er musste Höllenqualen gelitten haben.
„Großer Gott, Johannes", flüsterte ich entsetzt. „Du darfst nicht mehr in diesen Raum gehen!"
Er schüttelte resigniert den Kopf. „Das wird nichts ändern. Das Räucherwerk ist inzwischen ausgebrannt und die dunkle Atmosphäre wird im ganzen Haus dichter."
Wieder brauchte ich sekundenlang, um zu begreifen. Johannes war nicht nur durchscheinender, sondern wirkte auch körperlich vollkommen erschöpft – obwohl er doch gar keinen Körper hatte! Aber er konnte sich nicht erholen, weil die Macht der Werkzeuge wuchs. Das Räucherwerk bannte sie nicht mehr und ihre zerstörerische Energie übernahm das Haus.
Die Panik brach aus mir heraus. Ich war nicht länger in der Lage, sie zu unterdrücken. „Um Himmels Willen!", rief ich und sprang auf. „Ich muss schnellstens das Wasser erneuern! Du bleibst hier! Ich verspreche, dass ich aufpassen werde! Heute bin ich vorsichtig!"
Diesmal sah er mich direkt an, als er antwortete: „Es ist nichts mehr da. Wir haben in der letzten Nacht alles verbraucht."
In Zeitlupe sank ich auf meinen Stuhl zurück. Sie hatten das Wasser, das eigentlich für die Werkzeuge gedacht gewesen war, über meine Hand gegossen, um mich aus der Folterkammer zurückzuholen. Und jetzt gab es nichts mehr, das Johannes vor dem Fluch schützte. Aber das konnte nur eins bedeuten! Schon beim Aussprechen der Frage brannten mir die Tränen in den Augen: „Hast Du Schmerzen?"
„Nur in Gegenwart der Werkzeuge", antwortete Johannes kaum hörbar und wandte den Blick wieder ab. „Aber sie entziehen mir die Energie."
„Was bedeutet das?", presste ich heraus.
Johannes warf mir einen traurigen Blick zu. „Die Werkzeuge werden stärker, während ich schwächer werde. Ihr Fluch tut seine Wirkung."
Ich konnte das Aufstöhnen nicht unterdrücken. Er erholte sich

nicht nur nicht mehr, es war viel schlimmer. „Wie lange noch?“
„Ich weiß es nicht.“ Johannes wirkte gleichzeitig hilflos und dennoch seltsam gefasst. „Vielleicht ein paar Stunden.“
Ein paar Stunden, dann würde er noch nicht einmal für mich mehr wahrnehmbar sein! Die Tränen wollten laufen, aber ich schluckte sie mit aller Gewalt hinunter. Ich durfte Johannes jetzt nicht auch noch damit Kraft rauben, dass er sich um mich sorgen musste. Es galt als allererstes, ihn zu retten. Ich sah nur einen Weg und rief ihn ihm heftig entgegen: „Du darfst nicht hier bleiben! Du musst weg von hier!“
Johannes lächelte über meinen Versuch und schüttelte den Kopf. „Ich darf das Haus jetzt nicht mehr verlassen. Ebenso wenig wie Grete oder Du.“
„Aber wozu, wenn wir die Werkzeuge doch sowieso nicht mehr aufhalten können?“, rief ich.
„Gerade *weil* wir sie nicht mehr aufhalten können, müssen wir hier sein“, behauptete Johannes mit bedauerndem Blick.
„Aber das ist doch unsinnig!“, gab ich verzweifelt zurück. „Ihr seid in Gefahr! Grete könnte sterben! Und was wird aus Dir?“ Wie konnte er nur so ruhig da sitzen? Am liebsten hätte ich ihn geschüttelt.
„Mir wird nichts passieren. Ich *bin* bereits tot.“ Johannes' Versuch von Selbstironie wirkte genauso bemüht wie sein Lächeln. „Im schlimmsten Fall wird mich ihr Fluch in das zurückverwandeln, zu dem er mich einst gemacht hat.“
„Weißt Du, was Du da sagst?“, fragte ich tonlos. Dabei war mir eher zum Schreien zumute. Ich wusste, dass die Vorstellung, in die Isolation zurückzukehren, für ihn die Hölle bedeutete. „Johannes, sollen Dir diese Werkzeuge jetzt auch noch Dein neues Leben nehmen? Du darfst das nicht zulassen!“, bat ich. „Was soll denn werden, wenn Grete erstarrt ist und ich Dich nicht mehr wahrnehmen kann? Und das Holztier haben wir auch nicht!“ In einer sinnlosen Bewegung beugte ich mich zu ihm hin, als könnte ich ihn anfassen.
Auch wenn ich die Angst in seinen Augen sehen konnte, klang seine Stimme entschlossen, als er sagte: „Grete und ich müssen

uns unserer Verantwortung stellen. Hier. Wir alle müssen bei den Werkzeugen bleiben. *Fata viam invenient.* Das ist unser Weg."
Da war es wieder, sein Vertrauen, das ich nicht teilen konnte. Es war größer als seine Angst.
Hilflos knetete ich meine Hände im Schoß, mit denen ich ihn nicht berühren konnte, und machte einen neuen Versuch, ihn zu überreden: „Du musst ja nicht lange aus dem Haus! Nur ein paar Stunden! Wir fahren nach Altenstein und suchen noch einmal nach dem Holztier!"
Johannes seufzte. „Catharina, Dein Traum war eindeutig. Er war eine Vision", erklärte er. „Alles musste so kommen."
Ich schüttelte heftig den Kopf. „Was ist, wenn wir schon wieder einen Fehler machen? 'Visionen sind trügerisch', hat Grete selbst zu mir gesagt! Und woher willst Du wissen, ob es überhaupt stimmt, dass Ihr nicht hier weg dürft!"
In einem letzten Akt blanker Hilflosigkeit rutschte ich vom Stuhl vor ihm auf den Boden. „Johannes, ich flehe Dich an! Ich will Dich nicht wieder verlieren!" Es war exakt zwei Wochen her, dass ich so vor ihm gekniet hatte – damals, als er mich hatte verlassen wollen.
Doch Johannes gab auch heute nicht nach. Er glitt zu mir auf den Küchenboden und strich mir mit einer Berührung, die nicht mehr war als ein Windhauch, über die Wange. „Catharina, es geschieht nichts, das nicht geschehen *soll.* Alles liegt jetzt in Deiner Hand." Seine kaum hörbare Stimme zitterte. Er versuchte nicht zu verbergen, dass er litt. Aber sein Glauben in die Richtigkeit dessen, was passierte, war nicht zu erschüttern.
Wie seit Tagen wusste ich nicht, ob ich Johannes um sein Vertrauen beneiden oder dafür beschimpfen sollte. Ratlos verbarg ich das Gesicht in den Händen. Wieder drohte sich der eisige Knoten in meinem Innern in Tränen aufzulösen. Nichts, das ich tun oder sagen konnte, würde Johannes dazu bringen, aus dem Haus zu gehen – selbst wenn ihn das zurück in seine persönliche Hölle stürzte.
Schließlich traf ich einen Entschluss. Ich atmete tief durch, kämpfte ein letztes Mal die Tränen zurück und sah auf. „Gut.

Dann werden wir also hierbleiben", behauptete ich mit fester Stimme.
Johannes atmete erleichtert auf. Das dankbare Lächeln, das er mir schenkte, war wie ein Messerstich in meinem Gewissen. Was ich vorhatte, war unfair, aber ich wusste mir nicht anders zu helfen. Ich liebte diesen Mann und ich würde ihn nicht wieder der Hölle überlassen. Und doch musste ich auf genau den Moment warten, in dem er dorthin zurückkehrte. Ich biss mir auf die Zunge, um nicht laut und hart aufzulachen, denn plötzlich sehnte ich herbei, was ich am meisten fürchtete.

Grete saß im Schaukelstuhl und starrte apathisch ins Nichts. In regelmäßigen Abständen verabreichte ich ihr Augentropfen, die verhindern sollten, dass die Augen austrockneten. Ebenso regelmäßig kontrollierte ich ihre Temperatur und ihren Blutdruck und bot ihr ein Fruchtsaftgemisch aus der Schnabeltasse an. Manchmal schluckte sie, manchmal nicht. Versuchte man, ihr Essen anzureichen, zeigte sie gar keine Reaktion.
Im Laufe des Morgens hatte sie irgendwann die Augen geöffnet. Benno hatte einen Versuch gewagt, Gretes Hände gegriffen und sie in Sitzposition gebracht. Dann hatte sich in umgekehrter Reihenfolge das wiederholt, was am Vorabend passiert war, als ich sie zum Bett geführt hatte. Grete war Benno wie eine Holzpuppe zum Schaukelstuhl gefolgt und er hatte sie hineingesetzt. Seitdem hatte sie sich keinen Millimeter gerührt.
Gegenwärtig war Benno unten. Johannes hatte mit ihm sprechen wollen, solange Benno noch in der Lage war, ihn zu verstehen. Mir war der Verdacht gekommen, dass Johannes absichtlich dafür gesorgt hatte, mit Benno allein zu sein. Möglicherweise sollte ich nicht hören, was besprochen wurde.
Konnte es sein, dass Johannes ahnte, dass ich etwas im Schilde führte? Gab er Benno vielleicht Anweisungen für diesen Fall? Oder hörte ich die Flöhe husten? Vielleicht brauchte Johannes einfach nur einen Freund, mit dem er seine Angst teilen konnte, weil er mich nicht noch mehr aufregen wollte. Er war so erleichtert gewesen, dass ich seine Entscheidung akzeptiert hatte.

Beim Gedanken an das, was Johannes durchmachte, meldete sich sofort der eisige Kloß in meinem Bauch, aber ich hatte mir das Weinen verboten. Ich hatte eine Entscheidung getroffen und würde sie durchziehen.
Zitternd zog ich die Decke, die ich in Gretes Schrank gefunden hatte, fester um mich. Aber es war nicht nur die innere Kälte, die mich bibbern ließ. Obwohl die Heizung auf höchster Stufe vor sich hinglühte, kam es mir vor, als säße ich in einem Kühlschrank. Die Atmosphäre im Haus war nicht mehr einfach nur verdichtet, inzwischen war sie hart wie kalter Stahl. Ich hatte auch Grete in eine Decke gewickelt, weil ich fürchtete, sie könnte genauso frieren wie ich.
Mühsam holte ich Luft. Mein Brustkorb fühlte sich an, als würde er langsam und unaufhaltsam zusammengepresst. Stöhnend rollte ich mich auf Gretes Bett zusammen. Das Warten machte mich wahnsinnig. Wie lange würden wir durchhalten in diesem Haus, in dem die Luft stählern wurde?
Ein Klopfen ließ mich hochfahren. Benno kam herein. Er warf einen kurzen Blick auf Grete, dann setzte er sich zu mir. „Johannes möchte Dich sehen", sagte er leise.
„Ist es also soweit?" Wieder krochen mir die Tränen die Kehle hoch. Wieder kämpfte ich sie zurück.
Benno nickte betrübt. „Für mich ist er nicht mehr wahrnehmbar. Du solltest Dich beeilen."
Ich wusste, dass ich Zeit vergeudete und blieb trotzdem liegen. Die Vorstellung, Johannes verblassen zu sehen, war unerträglich. Als ich mich nicht rührte, betrachtete mich Benno forschend und nahm mich dann in den Arm. „Ich bin da, wenn Du mich brauchst. Aber jetzt solltest Du gehen."
Ich schluckte hart und trocken. Mir war danach zu schreien, doch das musste warten. Während ich aufstand und die Treppe hinunterging, war es, als hingen Bleigewichte an mir. Diesmal hatten sie nichts mit der dunklen Energie zu tun.
Als ich in die Küche kam, glaubte ich, zu spät zu sein. Der Raum schien leer.
„Ich bin hier", sagte Johannes direkt an meinem Ohr und ich

schrak zusammen. Ich brauchte sekundenlang, bis ich halbwegs seine Silhouette erkannte. Es konnte nur noch wenige Augenblicke dauern, bis er verschwunden sein würde.
So pervers es sein mochte, aber das war der Moment, auf den ich gewartet hatte, und ich würde ihn überleben. Was ich zu tun gedachte, war nicht möglich, solange Johannes in der Lage gewesen war, mit Benno zu kommunizieren.
„Wir sehen uns“, sagte ich hölzern. „Ich liebe Dich.“
„Wir sind untrennbar. Hab' Vertrauen.“ Seine Entgegnung war eher zu erahnen, als zu hören. Dann verblassten seine letzten Umrisse. Obwohl ich wusste, dass er noch da war, fühlte ich mich im selben Moment entsetzlich allein.
Du wirst jetzt nicht verzweifeln!, befahl mir die Stimme der Vernunft. *Jetzt bist Du dran! Grete wollte, dass Du Dich um die Werkzeuge kümmerst. Also tu' das Nötige!*
Ich straffte mich und verschluckte den verzweifelten Schrei, der in meiner Kehle lauerte. „Vergib mir, Johannes“, flüsterte ich. „Ich habe keine Wahl.“ Als Erstes würde ich uns Zeit verschaffen – und das Holztier. Dann würde ich weitersehen.
Doch mein Plan drohte schon am ersten Schritt zu scheitern, denn als ich mein Handy nach der Nummer Altensteins durchsuchte, merkte ich, dass sie nicht gespeichert war. So viel zu der Tatsache, dass ich dieses verdammte Telefon ausnahms-weise mitgenommen hatte und mich ein einziges Mal darauf verlassen wollte!
Verschwende Deine Kraft nicht damit, mit der Technik zu hadern! Oder mit dem Schicksal!, befahl mir die Stimme der Vernunft. *Verlass' Dich auf Dich selbst!*
Hektisch begann ich zu suchen. Im Wohnzimmer fand ich, was ich brauchte. Gretes Telefon hatte noch eine Wählscheibe und allein der Hörer wog so viel wie ein Backstein. Neben dem altertümlichen Monster lag Gretes privates Telefonverzeichnis. Vielleicht stand darin die Nummer des Sekretariats. Dann aber kam mir ein anderer Gedanke. Möglicherweise konnte ich mir den Umweg über Ute sparen. Ich schlug direkt Sophies Namen

nach und fand ihn tatsächlich. Grete hatte die Handynummer des Mädchens notiert.
Ich sah auf die Uhr. Sophie war wahrscheinlich gerade unterwegs zum Essen. Ich konnte nur hoffen, dass sie ihr Handy so kurz nach dem Unterricht überhaupt schon angeschaltet hatte. Aber sie hob sofort ab und begann auch gleich zu reden: „Gott sei Dank, Frau Mangold! Wie geht's Ihnen! Ich hab' mir solche Sorgen gemacht ..."
„Sophie, ich bin's, Frau Jung", unterbrach ich ihren Redeschwall. Kurz herrschte Stille am anderen Ende, dann brach ein neuer Schwall los: „Ist irgendetwas mit Frau Mangold? Ist sie in Ordnung? Ich ..."
Wieder musste ich ihr ins Wort fallen. „Sophie!", sagte ich schärfer, als beabsichtigt. Aber ich hatte keine Zeit und keine Nerven für lange Erklärungen. „Hör mir zu! Bei Frau Mangold hat sich nichts verändert. Aber ich brauche Deine Hilfe. Kannst Du mir sagen, ob Grete den Schlüssel zur Kapelle hat, und wo ich ihn finde?"
Endlich hatte ich Sophies Aufmerksamkeit. „Warum?", fragte sie sofort.
„Ich kann Dir das jetzt nicht erklären", sagte ich schnell, bevor sie weitere Fragen stellen konnte. „Also weißt Du es?"
„Im Flur hängt ein Schlüsselkästchen. Da muss er sein. Was haben Sie vor?" Das Misstrauen in Sophies Stimme war deutlich hörbar.
„Ich muss etwas überprüfen", gab ich die erstbeste Antwort, die mir einfiel. Damit legte ich auf. Ich konnte nur hoffen, dass Sophie nicht auf dumme Gedanken kam und mir folgte. Diesmal würde ich es allein schaffen. Ich wusste, welchen Stein ich heben musste und würde den Altar nicht abräumen müssen. Werkzeug war im Auto.
Eilig verließ ich das Wohnzimmer. Das Schlüsselkästchen hing direkt neben der Haustür. Es waren mehrere Schlüssel darin, die in Frage kamen. Ich steckte sie alle ein. Im Wohnzimmer begann das Telefon zu läuten. Vielleicht Sophie, die wissen wollte, was vor sich ging. Ich ignorierte es und lief, so leise ich konnte, die

Treppe hinauf. Keinesfalls durfte ich riskieren, dass Benno mich bemerkte, sollte meine Vermutung richtig sein und Johannes ihn vor einem Alleingang meinerseits gewarnt haben. Johannes selbst konnte nichts tun. Es war gut möglich, dass er auch die Kräuterküche nicht mehr betreten konnte. Eigentlich hoffte ich es sogar, denn mich quälte die Vorstellung, was es für ihn bedeuten musste, meinem Tun hilflos zuzusehen. Spätestens nach meinem Anruf bei Sophie musste er sich denken können, was ich plante.
Inzwischen stand ich vor Gretes Allerheiligstem, das dabei war, endgültig vom Bösen übernommen zu werden.
Nun, ich war dabei Abhilfe zu schaffen. Ich atmete durch, dann öffnete ich vorsichtig die Tür. Die Kälte fühlte sich an wie eine Drohung. Als wolle sie mir ins Fleisch schneiden, wenn ich den Raum betrat. Ich zwang mich, einen Schritt vorwärts zu machen und sie traf mich mit voller Wucht. Sie kroch nicht langsam durch meine Kleider, sondern war wie der Sprung in ein Eismeer. Wenn ich irgendetwas ausrichten wollte, musste ich es schnell tun, sonst würde ich erfrieren.
Mit aller Macht riss ich mich zusammen und überwand die wenigen Schritte, die mich vom Altar trennten. Dort sank ich mit einem Stöhnen auf die Knie. Vor mir standen die Werkzeuge in ihrem Wasser. Obwohl Fridel es erst in der letzten Nacht erneuert hatte, war es rostig braun und bedeckte gerade noch den verfluchten Inhalt. Vorsichtig schob ich die Hände unter die Altardecke und zog die Schale unter dem Tisch hervor. Die Eiseskälte des Metalls ließ meine Hände taub werden, kaum dass ich das Tuch berührt hatte. Mit zitternden Muskeln hob ich das Taufbecken hoch, um die widerliche Brühe in den Holzeimer zu gießen.
Der Weg zur Anrichte war wie der Versuch, über die Schneide eines Messers zu balancieren. Jeder Schritt war ein brennender Schnitt eisiger Kälte in mein Fleisch. Tränen liefen mir über die Wangen, als ich endlich ankam. Ich hatte das Gefühl, als würden sie sofort zu Eiszapfen gefrieren.
So vorsichtig ich es mit meinen erfrorenen Händen und

erlahmenden Armen konnte, setzte ich das Taufbecken auf den Rand des Eimers und kippte es nach vorn. Auch diesmal lief das Wasser sauber ab. Auch diesmal wurden einzelne Tropfen vom Altartuch aufgenommen. Aber anders als beim letzten Mal, gelang es mir, den Hauptteil der Brühe abzuschütten, ohne dass die Werkzeuge ins Rutschen gerieten. Dafür geschah etwas anderes, mit dem ich nicht gerechnet hatte. Kaum dass die Werkzeuge vom Wasser befreit waren und ich die Schale wieder in die Waagrechte brachte, ächzte ich auf bei dem, was meine Nase traf.
Der abartige Gestank nach Blut, glühendem Metall und verbrennendem Körpergewebe stieg von den Werkzeugen auf. Aber heute gab es keinen Weihrauch mehr im Zimmer, der die Gerüche hätte bannen können. Panisch schlug ich die Altardecke über der Schale zusammen. Wenigstens wurde ich nicht ohnmächtig, aber ich war kurz davor mich zu übergeben.
Noch einmal riss ich mich gewaltsam zusammen. Wieder zwang ich mich einen Schritt vorwärts, jetzt in Richtung Ausgang. Doch jeder einzelne Schritt, den ich vom Altar weg machte, war wie ein neuer Sprung in das Eismeer oder der Schnitt kalten Stahls in meine Muskeln, während mir der Frost und die Übelkeit den Atem nahmen. Es war, als wollte mich etwas daran hindern, mich mit den Werkzeugen vom Altar zu entfernen. In meinen gefühllosen Händen wurde die Schale immer schwerer und meine Arme konnten sie kaum noch halten.
Ich hatte es gerade bis zu der groben Holzbank geschafft, aber ich konnte mich fast nicht mehr rühren, weil meine Muskeln dabei waren, endgültig zu erstarren und der Gestank mir die Sinne raubte. Ich dachte an Johannes, der durch irgendetwas Erleichterung gefunden hatte, das auf dem Altar lag. In der Hoffnung, dort ebenfalls Hilfe zu finden, drehte ich mich noch einmal dem Altar zu und ließ meine Augen über die Dinge darauf wandern.
Ich betrachtete das ausgebrannte Räucherwerk, Kerzen, Steine, verwelkte Blumen, das rote Spielzeug. Doch nichts davon half gegen die Kälte, den Gestank und die Übelkeit. Mit wachsender

Verzweiflung konzentrierte ich mich auf die Bilder, die Grete über den Altar gehängt hatte. Doch auch sie brachten keine Linderung. Was immer es war, das Johannes half – die Wirkung war offenbar auf ihn allein beschränkt. Mit blanker Verzweiflung wurde mir klar, dass ich es niemals bis zur Tür schaffen würde und schon gar nicht aus dem Haus. Das Einzige, das mir übrig blieb, war, das Zeug unter Gretes Tischchen zurückzustellen.
Mein Plan, die Werkzeuge nach Altenstein zurückzubringen, um Zeit zu gewinnen, war nicht nur gescheitert – im Gegenteil! Ich hatte soeben die Zeit verkürzt, die uns blieb! Anscheinend hatte das Wasser, so trübe und verbraucht es auch gewesen sein mochte, die finstere Macht der Werkzeuge dennoch irgendwie gelindert. Doch der Gestank, den sie jetzt verströmten, und die Wirkung, die sie auf mich hatten, bewies, dass ich sie endgültig entfesselt hatte. Und da war nichts, womit ich sie bannen konnte.
Vielleicht war es diese Erkenntnis, die mir die letzte Kraft nahm. Plötzlich begannen meine steifen Arme zu sinken und meine Hände konnten die Schale nicht länger halten. Ohne irgendetwas dagegen tun zu können, geriet sie ins Rutschen.
Setz' sie ab!, brüllte mir die Stimme der Vernunft zu. *Um Himmels Willen, setz' die Schale ab!*
Doch ich konnte mich nicht mehr bewegen. Ich war erstarrt. Gelähmt von der schneidenden, stählernen Kälte und dem abscheulichen Gestank. Worte des zynischen, amerikanischen Fernseharztes waberten durch meinen Kopf: „Locked in.“ Das letzte, das ich fühlte, war, wie mir die Schale entglitt, bevor der Sog der fallenden Werkzeuge meinen Geist mit sich nahm.

Johannes begriff sofort, was Catharina vor hatte. Er war auf alle möglichen Reaktionen vorbereitet gewesen und hatte darüber mit Benno gesprochen. Weinen, Schreien und Verzweiflung. Auch Wut und Aggression hatten sie sich beide vorstellen können. Johannes vertraute Benno vollkommen, wenn es darum ging, Catharina aufzufangen. Womit er aber keinesfalls gerechnet hatte, war, dass sie versuchen könnte, die Werkzeuge heimlich aus dem Haus zu schaffen.

Schon wieder hatte er sie unterschätzt. Genau wie an dem Tag, an dem er sie verlassen hatte. Neulich wie heute hatte er es kaum ertragen, ihre Qual zu sehen. Ihr Flehen auszuhalten. Wieder war sie vor ihm in die Knie gegangen. Aber diesmal hatte sie den Spieß umgedreht. Sie hatte ihn in Sicherheit gewiegt, um schließlich doch ihren Kopf durchzusetzen. So wie er es vor zwei Wochen mit ihr getan hatte, bevor er heimlich gegangen war.
Er hätte damit rechnen müssen, dass sie das Schicksal selbst in die Hand nehmen würde. Um ihn zu retten, hatte sie die Werkzeuge aus der Kapelle geholt. Jetzt war sie dabei, sie dorthin zurückzubringen – gegen seine ausdrückliche Bitte und gegen jedes bessere Wissen.
Spätestens seit gestern Abend musste Catharina bewusst sein, welcher Gefahr sie sich aussetzte, wenn sie ihnen zu nahe kam. Die ganze Nacht hatte er die barbarischen Bilder der Folterkammer in Catharinas Träumen aufhalten müssen. Er mochte sich gar nicht vorstellen, was gleich geschehen würde, wenn sie das letzte verbleibende Wasser abgoss. Der Fluch würde sie in seiner ganzen Bösartigkeit treffen. Wie hatte Grete gesagt: Eigentlich ist es ein Glück, dass sie Dich liebt. Sie würde alles für Dich ertragen.
Möglicherweise hätte er Catharina in die Inhalte des Briefs der Köchin einweihen sollen. Aber er hatte sie nicht noch mehr ängstigen wollen. Alles hat seine Zeit und sie wird kommen, hatte Grete geschrieben. Dann werden Du und ich uns dem Fluch stellen müssen und Catharina wird ihre Aufgabe erfüllen. Deshalb müssen die Werkzeuge im Haus bleiben. Catharina muss sich um sie kümmern. Egal, was passiert, keiner von uns dreien darf das Haus verlassen. Bis das Holztier in der Kräuterküche ist, darf dort nichts verändert werden. Ich weiß, Du hast Angst um Catharina, aber Du kannst nichts für sie tun. Nur der Himmel kann uns helfen.
Er hatte nie gewollt, dass Catharina für ihn litt. Die Verzweiflung in ihrem Blick, als er vor ihren Augen verblasst war, war schlimmer gewesen als der Schmerz, den die Werkzeuge ihm bereiteten. Er hätte alles gegeben, ihr zu ersparen, was sie

durchlebte. Dennoch wusste er inzwischen, dass er das Schicksal nicht aufhalten konnte. Seine verschlungenen Wege waren unergründlich. Sie hatten in den letzten Wochen gegen jede menschliche Vernunft Dinge bewirkt, die er in hundertfünfzig Jahren nicht zu hoffen gewagt hatte.
Aber Catharina hatte ihr Vertrauen verloren nach allem, was ihr passiert war. Sie war dabei, ein weiteres Mal nicht nur ihr Leben, sondern auch ihre Seele für ihn aufs Spiel zu setzen. Sie würde die Mächte der Hölle entfesseln und er konnte nichts dagegen tun.

Mehrmals sprach er sie an, als sie in den Flur ging und Gretes Schlüsselkästchen leerte. Doch natürlich hörte sie ihn nicht. Er hörte sich ja selbst nicht mehr. Und als er sich ihr in den Weg stellte, lief sie einfach durch ihn hindurch. Die Energie der Werkzeuge hatte ihn in das zurückverwandelt, was er bis zu Catharinas Auftauchen gewesen war.
Nein, das stimmte nicht. Er war weniger als das.
Früher hatte er sich immer noch selbst wahrnehmen können. Seine eigene Stimme gehört, seinen eigenen Körper gesehen. Aber jetzt war ihm auch das nicht mehr möglich. Von ihm war nichts übrig, als seine Gedanken.
„Ich denke, also bin ich." Wäre es ihm möglich gewesen, hätte er aufgelacht, während er Catharina jetzt die Treppe hinauffolgte.
Unten klingelte das Telefon, aber Catharina ignorierte es. Vor der Tür zur Kräuterküche blieb sie sekundenlang stehen, atmete dann durch und drückte die Klinke. Sie wich zurück, noch bevor sie den Fuß auf die Schwelle gesetzt hatte, und schien sich zwingen zu müssen, den Raum zu betreten.
Der kurze Blick, den er auf ihr Gesicht werfen konnte, als sie die Tür schloss, lähmte für einen Augenblick sein Denken. Sie war leichenblass und ihre Züge schmerzverzerrt. Ohne Zögern glitt er hinter ihr her, gefasst auf das Brennen in seinen verstümmelten Narben – selbst wenn es nur noch als Gedanke geschah. Aber keinesfalls würde er sie jetzt allein lassen. Gleichgültig,

was geschehen würde, wenn der Fluch ihn zum zweiten Mal traf. Er war kaum im Zimmer, da fräste sich der Schmerz durch seinen nicht existenten Hals und seinen Brustkorb, wie er es nie erlebt hatte, seit er zum ersten Mal in der Kräuterküche gewesen war. Sein ganzes Bewusstsein war Pein, bis es ihm gelang, sich auf die kleine rote Rassel auf dem Altar zu fokussieren. Erst da war es ihm möglich, seine Wahrnehmung auf Catharina auszudehnen, die inzwischen vor dem Altar kniete. Sie zitterte und schien fast nicht in der Lage, die Schale mit den Werkzeugen zu halten, als sie sich jetzt aufrichtete und damit zum Holzeimer wankte. Wie in der Nacht zuvor schnitt sie ihm dabei den Blick auf den Altar ab und der rasende Schmerz explodierte erneut in seinem Geist.

Als er sich endlich wieder auf das Spielzeug konzentrieren konnte, hatte Catharina gerade das Wasser in den Eimer geschüttet und war dabei, sich wieder aufzurichten. Doch kaum, dass sie stand, ächzte sie laut auf und wankte bedrohlich. Verzweifelt versuchte Johannes seine Aufmerksamkeit zwischen der Rassel und Catharina aufzuteilen.

Tränen liefen ihr über die Wangen und nur mit Mühe schaffte sie es, sich auf den Beinen zu halten, als sie die Schale balancierte und die Altardecke über dem Inhalt zusammenschlug. Es kam ihm wie eine Ewigkeit vor, in der sie reglos da stand, während ihre Augen sich verdrehten. Johannes rechnete damit, dass sie jeden Moment ohnmächtig würde. Doch gegen alle seine Befürchtungen schaffte sie es tatsächlich, sich zu fangen und in Richtung Ausgang zu laufen.

Dabei nahm sie ihm ein weiteres Mal den Blick auf den Altar. Diesmal jedoch war er darauf vorbereitet und ließ das Bild der Rassel in seinem Bewusstsein aufsteigen. Trotzdem zerriss ihn der Schmerz. Doch der Augenblick ging vorüber – nicht aber der Schrecken:

Catharina stand vor der Holzbank und bebte am ganzen Leib, während die Schale in ihren Händen zu rutschen begann. Dann erstarrte sie jäh. Mit einem Poltern fiel ihr das Taufbecken mitsamt den Werkzeugen und dem Tuch aus den Händen. Das

Letzte, das er spürte, war, wie er aus der Zeit in ein dunkles Nichts katapultiert wurde, als das Messer und der Bolzen auf dem Boden aufschlugen.

Teil V

Sophie stand auf dem Schlosshof und hielt reglos ihr Mobiltelefon fest. Diesmal war es Frau Jung, die dabei war, Unfug zu treiben. Als der Graf gestern den Brief gelesen hatte, hatte Sophie vorsichtig einen Blick darauf geworfen. Niemand schien damit zu rechnen, dass sie in der Lage war, die Sütterlinschrift zu entziffern, denn weder Frau Jung noch Johannes hatten sich die Mühe gemacht, seinen Inhalt zu verbergen. Aber Sophie liebte alte Schriftarten, genauso wie alte Sprachen. Am besten beides in Kombination. Sie hatte nicht wirklich viel erkennen können, zumal sie nicht den Eindruck machen wollte, zu spionieren. Eigentlich waren es nur zwei Sätze gewesen, die sie gelesen hatte. Nämlich diejenigen, in denen Grete mit zittriger Hand Worte unterstrichen hatte: *Egal, was passiert, keiner von uns dreien darf das Haus verlassen. Bis das Holztier in der Kräuterküche ist, darf dort nichts verändert werden.*
Sophie kam eine dunkle Vermutung, was es mit diesem Holztier auf sich hatte, aber auch der starke Verdacht, dass tatsächlich etwas passiert war. Die Psychologin hatte sicher nicht nach dem Kapellenschlüssel gefragt, um irgendetwas zu überprüfen. Sie wollte die Werkzeuge zurückbringen – entgegen Gretes sämtlichen Anweisungen. Dessen war Sophie sich sicher.
Sie wählte Frau Mangolds Nummer in der Hoffnung, dass Frau Jung abhob. Sophie würde ihr irgendwie begreiflich machen, dass sie das Zeug auf keinen Fall aus der Kräuterküche bringen durfte und im Haus bleiben musste. Aber niemand ging ans Telefon.
Sophie überlegte kurz und rief Fridel an, doch auch dort hob niemand ab. Sie stöhnte. Der nächste Bus fuhr erst in über einer Stunde. Also war Fridel ihre einzige Möglichkeit, schnell ins Dorf zu kommen, um Frau Jung aufzuhalten. Da konnte sie Johannes noch so sehr versprochen haben, dem Haus fernzubleiben. Hier war Gefahr im Verzug!
Mit einem leisen Fluch lief das Mädchen los. In der Halle hielten sie die Schülermengen auf, durch die sie sich schlängeln musste,

weil alle dem Mittagessen entgegenströmten. Ein Blick auf die Empore des Rittersaals zeigte ihr, dass Fridel nicht unter den Lehrern saß, und sie eilte weiter zum Sanitätsraum. Er war verschlossen. Möglicherweise hatte Fridel bereits Dienstschluss. Heute war Freitag und viele Schüler würden nach dem Essen nach Hause fahren.
Inzwischen war eine Viertelstunde vergangen. Noch einmal wählte Sophie die Nummer des Sanitätsdienstes. Wieder hob niemand ab, genauso wenig wie bei Frau Mangold. Wahrscheinlich war Frau Jung bereits auf dem Weg nach Altenstein. Dann war es sowieso zu spät. Sophie konnte entweder zu Fridels Wohnung laufen und ihn dort suchen oder gleich auf dem Schlosshof auf Frau Jung warten. Sie entschied sich für die zweite Möglichkeit. Vielleicht ließ sich Frau Jung überzeugen, das Zeug sofort zurück ins Mangoldhaus zu bringen.
Sophie bezog Position beim Pferdestall und vertrieb sich die Zeit damit, Tims Stute an den Ohren zu kraulen, die ihren Kopf aus dem Boxenfenster gestreckt hatte. Nur wenn das Tier sicher eingepfercht war, traute sich Sophie in seine Nähe.
Fünf Minuten vergingen, dann zehn. Noch immer war Frau Jung nicht aufgetaucht. Vielleicht wurde sie von irgendetwas aufgehalten. In dem Fall vergeudete Sophie hier wertvolle Zeit. Entschlossen rannte sie über den Schlosshof zurück zum Hauptportal, durch die Halle und die Treppe hinunter zu den Kellerwohnungen.
Fridels Wohnungstür war nur angelehnt. Sophie fand ihn auf dem Sofa sitzend und laut schnarchend im Wohnzimmer. Neben ihm stand ein Korb mit Wäsche. Es sah aus, als hätte Fridel sich nur kurz hinsetzen wollen und wäre dabei eingenickt. Auf dem Wohnzimmertisch lag das Handy und blinkte. Als Sophie Fridel ansprach, reagierte er nicht. Erst als sie ihn am Arm rüttelte, fuhr er heftig zusammen.
„Mist“, stammelte er. „Hab' ich etwa geschlafen?“ Hastig sprang er auf. Ohne auf Sophie zu achten, griff Fridel den Wäschekorb und eilte aus der Wohnung. Er hatte tiefe Augenringe und wirkte wie aus dem Tiefschlaf gerissen.

Unwillig lief Sophie hinterher, als Fridel im Gang hinter einer schweren Eichentür verschwand. Doch kaum angekommen in dem Raum, der sich als Waschküche entpuppte, überlief Sophie ein Schaudern und sie hielt abrupt inne. Jäh begriff sie, dass das hier die ehemalige Folterkammer sein musste, in der das Ritual stattgefunden hatte. Aber sie hatte keine Zeit, sich darüber Gedanken zu machen. Zumal das Gefühl von Bedrohung gleich wieder verschwand.

Fridel sah sich gerade suchend um, bis sein Blick auf einen weiteren Wäschekorb fiel, der in einem Regal stand.

„Fridel!“, sagte Sophie laut und scharf. „Wir haben ein Problem!“

Desorientiert sah er sie an und hielt inne, als würde er sich jetzt erst über ihre Anwesenheit bewusst. „Entschuldige, ich bin wohl noch nicht ganz wach.“ Ein besorgter Ausdruck wanderte über sein Gesicht. „Warum bist Du hier?“

Schnell berichtete Sophie, was passiert war, und welche Befürchtungen sie hatte. Unter Fridels Gesichtshaar vertieften sich die Sorgenfalten. Er ließ den Korb auf den Boden sinken. „Ich fahre hin. Jetzt.“

Sophie seufzte erleichtert und wandte sich der Tür zu. „Ich sag' Frau von Ziesel Bescheid.“ Sie zückte ihr Telefon.

„Wozu?“

Verwundert drehte Sophie sich wieder um. „Weil ich mitkomme, natürlich.“

Fridel hielt Sophie am Arm fest. „Du bleibst hier. Wenn ich Benno richtig verstanden habe, ist das eine Anweisung von Frau Mangold.“

Sophie setzte zu einer Diskussion an, aber Fridel schüttelte nur den Kopf. „Keine Debatte.“ Er war schon an Sophie vorbei und halb aus der Tür. „Wenn Du mir einen Gefallen tun willst, kannst Du die Waschmaschine ausräumen. Lass' einfach alles stehen.“ Damit fiel die schwere Eichentür zu.

Es zog mich weg vom Gestank der Werkzeuge.
Hin zu neuem Gestank, der doch derselbe war.

Gemischt mit modrigem Holz.
Mit brennendem Teer.
Mit Blut.
Mit Räucherwerk.
Wieder sank ich durch diese fremden Gefühle von Schmerz, Verzweiflung, Demütigung und Ohnmacht, bis mich nur noch Hass umgab.
Zurück in die Folterkammer.
Anders als am Vorabend hielt mich niemand auf.
In der Realität, in der mein Körper blieb, gab es niemanden, der mich retten konnte.
Ich saß an derselben Stelle, an der ich schon einmal gesessen hatte, und starrte auf den See aus Blut und Konrads Erbrochenem.
Auf das Messer.
Auf den kopflosen Leichnam.
Willkommen zurück in der Vergangenheit der Werkzeuge.
Rosa musste ihr blutiges Werk gerade vollendet haben, aber niemand außer mir war hier. Auch Rosa nicht, obwohl mir ihr schneidender Hass zusammen mit dem infernalischen Gestank fast die Sinne raubte.
Hatte ich in den letzten Sekunden tief in meinem Innern gehofft, Grete und Johannes in dieser grauenhaften Vision zu treffen, zerschlug sich die Hoffnung in diesem Augenblick. Die Folterkammer war leer. Ich war allein.
Aber es konnte nicht lange dauern, bis jemand kam. Gleich würde Rosa mit Margarete zurückkommen und dann würde sich der zweite Teil des Gemetzels wiederholen.
Ohne zu wissen, warum, erhob ich mich mühsam. Doch kaum, dass ich aus neuer Perspektive auf den gefesselten, kopflosen Körper sah, fuhr ich schaudernd zurück. Wieder einmal hatte ich mich von einer Vision täuschen lassen. Das war keine Wiederholung dessen, was ich schon einmal erlebt hatte – es war die Fortsetzung!
Der Anblick des Bolzens, den Magdalena und Brunner tief in die Brust des kalten Grafen getrieben hatten, brannte sich in meine

Netzhaut. Das noch glühende Metall steckte in einem Krater aus verschmorter Haut und Blut, zerfetztem Fleisch und Knochenstücken.
Ich merkte, wie mir der Mageninhalt den Hals hochstieg und die Panik gleichzeitig meine Kehle zuschnürte. Wenn ich mich jetzt übergab, würde ich in der anderen Realität daran ersticken. Wenn ich dort nicht ohnehin erfror.
Ich musste hier weg! Aber als ich die schwere Eichentür öffnen wollte, griff ich ins Leere. Genauso scheiterte der Versuch, einfach durch die geschlossene Tür zu gehen. Weder die Tür noch ich schienen existent zu sein. Mir kam ein furchtbarer Verdacht.
Langsam drehte ich mich wieder um. Ich presste mir die Hand auf Mund und Nase in der Hoffnung, die Übelkeit im Zaum halten zu können. Dann zwang ich mich, das Bild des grauenhaften Gemetzels zu betrachten.
Zuerst glaubte ich mich zu täuschen. Doch je länger ich hinsah, desto sicherer war ich mir: Die Brandwunde veränderte sich nicht, wurde nicht größer, obwohl der Bolzen noch immer glühte. Auch schien es, als würde sich das Metall überhaupt nicht abkühlen, sondern seine rote Hitze konstant behalten. Aber es stieg kein Rauch aus der Wunde auf.
Plötzlich verstand ich. Dies war weder eine Wiederholung noch eine Fortsetzung dessen, was vor hundertfünfzig Jahren in der Folterkammer geschehen war.
Das hier war ein irrsinniges Standbild außerhalb der Zeit! Eine eingefrorene Fata Morgana, in die mich die ungezügelte Macht der Werkzeuge katapultiert hatte.
Die Seele ist an keinen Ort und keine Zeit gebunden. Nur der Körper ist es. Zeit ist nur eine Illusion. Die Wirklichkeit ist eine Täuschung, hörte ich Grete sagen und begriff, dass ich gerade sowohl meine Seele außerhalb von Raum und Zeit dem Fluch ausgesetzt hatte, als auch meinen Körper in der materiellen Welt. Und in beiden Realitäten war ich gefangen. Wenn ich keine Lösung fand, würde mein Körper in der Kräuterküche sterben, während mein Geist in der Folterkammer zerbrach!

Was dem irren Killer nicht gelungen war, würden die Werkzeuge erledigen, deren Sog mich hierher gebracht hatte. Die mühsam unterdrückte Übelkeit ballte sich erneut zusammen. Die Kälte schüttelte mich.

Bennos Magen knurrte und er fror. Die Temperatur schien noch einmal gefallen zu sein in den letzten Minuten, obwohl die Heizung voll aufgedreht war. Er sah auf die Uhr. Es war früher Nachmittag. Benno war immer wieder eingenickt, seit Catharina nach unten gegangen war. Einmal war er erschrocken aufgefahren, weil er glaubte, ein Poltern gehört zu haben. Doch als nichts weiter geschehen war, hatte er es für einen Traum gehalten.

Eigentlich hatte er damit gerechnet, dass Catharina zu ihm kommen würde, sobald Johannes auch für sie nicht mehr wahrnehmbar war. Johannes hatte ihm das Versprechen abgenommen, sich um sie zu kümmern.

„Sie hat das Unvermeidliche akzeptiert", hatte Johannes zu Benno gesagt. „Ich werde ihr nicht von der Seite weichen, aber ich kann nichts für sie tun."

Johannes' Stimme war für Benno kaum noch zu hören gewesen, doch die Qual darin war unmissverständlich.

Benno konnte sich kaum vorstellen, was es für die beiden bedeutete, dass Catharina Johannes jetzt an den Fluch verlieren sollte, gegen den die beiden so verzweifelt gekämpft hatten. Durch Catharina war Johannes Schritt für Schritt ins Leben zurückgekommen. Er hatte sich mit Grete versöhnt und bis gestern hatte es sogar ausgesehen, als würde Johannes gemeinsam mit der letzten Mangoldfrau endgültig den Fluch brechen.

Für Benno war es unbegreiflich, wie sich alles entwickelt hatte. Selbst Fritz hatte heute Morgen die Verunsicherung im Gesicht gestanden, als er Benno berichtete, was gestern Abend in der Kräuterküche passiert war. Fritz mit seiner nicht zu erschütternden Märchenromantik.

Benno sah zu Grete hin. Sie hatte sich die ganze Zeit über nicht gerührt. Er stand auf und reichte ihr etwas zu trinken, das sie reflexartig schluckte. Dann setzte er den reglosen Körper der alten Frau auf dem Schaukelstuhl um. Er hatte den Stuhl gepolstert und musste die dicken Kissen und Decken neu arrangieren.

Wieder knurrte sein Magen. Nach einem prüfenden Blick auf die versteinerte Gestalt vor sich, verließ er das Zimmer und ging zur Küche. Er bediente sich aus Gretes wohl sortierter Speisekammer und klopfte, nachdem er gegessen hatte, an die Tür des Gästezimmers. Niemand regte sich. Er klopfte ein zweites Mal und rief Catharinas Namen. Wieder ohne Erfolg.

Vorsichtig öffnete Benno die Tür und fand das Zimmer leer. Mit einem Stirnrunzeln versuchte er es im Wohnzimmer, doch auch dort fand er sie nicht. Ein Blick aus der Haustür zeigte ihm, dass Catharinas Auto noch immer so vor dem Haus stand, wie sie es am Abend zuvor abgestellt hatte.

Benno wollte gerade wieder ins Haus gehen und im ersten Stock weitersuchen, als er sein eigenes Auto forsch auf den Kirchplatz einbiegen sah. Mit quietschenden Reifen hielt es neben dem Catharinas. Fridel eilte auf Benno zu. „Wo ist sie?“, rief er noch im Laufen.

„Im Schlafzimmer“, antwortete Benno. „Sie hat sich nicht gerührt. Kein Grund zur Panik.“

Fridel schob sich an Benno vorbei ins Haus. „Ich meine Catharina!“ Er stürzte ins Gästezimmer und wieder hinaus.

Bevor Fridel die Treppe hochlaufen konnte, hielt ihn Benno auf. „Ich suche sie selbst.“ In schnellen Worten erzählte er von den Ereignissen des Vormittags.

„Scheiße“, entfuhr es Fridel heftig. Er überschlug sich fast, als er versuchte, Sophies Besuch und ihre Befürchtungen in zwei Sätzen unterzubringen. „Aber wenn Catharinas Auto noch steht, muss sie hier irgendwo sein.“

Die beiden sahen sich an. Sie begriffen gleichzeitig. Hintereinander rannten sie nach oben. Dort riss Fridel die Tür zur Kräuterküche auf und gefror mit einem Ächzen in der Bewegung. „Sag', dass das ein schlechter Traum ist“, flüsterte er

und griff nach Bennos Hand.
„Ist es nicht.“
Keiner von beiden rührte sich. Trotz des Anblicks war weder Fridel noch Benno in der Lage, in Richtung des Desasters zu gehen. Es war nicht nur die schneidende Kälte, die sie zurückhielt, weil sie ihnen den Atem nahm und in die Haut stach. Fridel musste mehrmals krampfhaft Luft holen gegen eine lähmende Angst, die ihm den Brustkorb zusammenquetschte und jede Vorwärtsbewegung unmöglich machte. Benno neben ihm verschränkte die Arme vor dem Bauch und beugte sich vor in dem Versuch, die Übelkeit zurückzudrängen, die ihm den Magen umdrehte.
„Zurück“, gelang es Benno schließlich herauszupressen und beide flohen nach draußen. Schwer atmend standen sie im Flur, während sie mit den Nachwirkungen dessen kämpften, was inzwischen von Gretes Kräuterküche Besitz ergriffen hatte.
„Wir müssen sie da rausholen“, flüsterte Fridel, als er sich halbwegs erholt hatte. „Wer weiß, wie lange sie schon bei dem Zeug ist. Es wird sie umbringen!“
Benno antwortete nicht, sondern rutschte an der Wand hinunter und blieb vornüber gebeugt auf dem Boden sitzen. Er sah aus, als würde er sich jeden Moment übergeben. Besorgt hockte sich Fridel daneben.
„Was willst Du tun?“, fragte Benno irgendwann ohne aufzusehen. „Sie ist im selben Zustand wie Grete und es lässt uns nicht zu ihr.“ Ein Zittern lief durch Bennos Körper.
„Willst Du behaupten, dass das da drin einen Willen hat?“ Fridel nickte zur Tür hin.
Wieder bebte Benno. Dann lachte er kalt. „Erklär' Du's mir.“
Hilflos schüttelte Fridel den Kopf. „Du bist doch der mit den übersinnlichen Erfahrungen.“
„Aber Du bist in unserer Beziehung der Märchenonkel.“ Benno kicherte.
Fridel raufte sich verzweifelt den Bart. „Die Prinzessin stirbt nicht. Sie erlöst den Prinzen.“
„So wie die kleine Meerjungfrau?“, fragte Benno zynisch.

Fridel runzelte die Stirn, überging aber Bennos kalte Antwort. „Wir müssen Hilfe holen!“
Endlich hob Benno den Kopf und betrachtete seinen Partner mit einem ironischen Ausdruck. „Wen denn? Die Polizei? Die Feuerwehr? Den Notarzt?“ Er grinste. „Einen Exorzisten?“
Alarmiert sah Fridel Benno genauer an. „Was ist mit Dir?“
Um Bennos Mund spielte ein grausamer Zug. Seine blauen Augen sahen aus wie Eiskristalle. Erschrocken registrierte Fridel, dass sich Bennos sonst so freundliches Gesicht in eine blonde Version von Johannes' Portrait im Rittersaal verwandelt hatte. Er versuchte sich sein Entsetzen nicht anmerken zu lassen, als er bemüht gelassen sagte: „Vielleicht solltest Du nach Hause fahren und Dich ausruhen.“ Er stand auf. „Ich kümmere mich um Grete und Catharina.“
Benno seufzte theatralisch. „Wie Du meinst, mein Schatz.“ Als sei ihm niemals übel gewesen, erhob sich Benno lässig und tänzelte leichtfüßig die Treppe ein paar Stufen hinunter, bevor er sich langsam wieder umdrehte. Auf seinem Gesicht stand ein nachdenklicher Ausdruck, während sein Blick zur Tür der Kräuterküche wanderte. Seine Mundwinkel zuckten. Dann kam er ebenso nonchalant die Treppe wieder hinauf. „Vielleicht sollte ich doch noch ein Auge auf unsere kleine Psychologin werfen.“ Er bedachte Fridel mit einem Raubtierlächeln, das diesen erschaudern ließ.
„Das ist nicht nötig“, sagte er schnell und schob sich Benno in den Weg. „Du kannst ja nichts machen.“
Benno schlängelte sich katzengleich um seinen Partner herum zur Tür.
„Nicht!“, rief Fridel, und versuchte Benno festzuhalten. „Dir wird nur wieder schlecht!“
Benno grinste wölfisch und machte sich los. „Wir werden sehen.“ Damit betrat er vollkommen ungerührt die Kräuterküche, aus der er vor wenigen Minuten noch panisch geflohen war. Bevor Fridel überhaupt reagieren konnte, schlug die Tür zu und der Schlüssel drehte sich im Schloss.

Ich übergab mich nicht, ich wurde nicht wahnsinnig und ich starb auch nicht. Aber etwas passierte. Ich fühlte es. Da war etwas, das vorher nicht dagewesen war. In der Folterkammer hatte sich nichts verändert. Trotzdem war da etwas. Eine Gänsehaut lief mir über den Rücken und das Etwas schien wie mit kalten Klauen nach mir zu greifen. Ich kannte das Gefühl und fuhr entsetzt herum, aber niemand war hinter mir. Kein mordhungriger Stalker. Wie hätte er auch hierher kommen sollen? Dieser Ort war nur eine Illusion.
Und doch spürte ich etwas.
Ein Raubtier auf der Pirsch.
Es näherte sich langsam.
Ich fühlte seine kristallharten Augen auf mir.
Spürte das bösartige, erwartungsfrohe Lächeln, von dem ich mir sicher war, dass es diesmal nicht meinem Stalker gehörte.
Das, was sich da unsichtbar auf mich zubewegte, wollte mich nicht töten.
Es gab nur eine Person, die dieselbe Reaktion in mir ausgelöst hatte wie mein Stalker, aber ihre Motive waren andere gewesen – genau wie jetzt: Gier. Lust. Machthunger. Sie wollte mich besitzen und unterwerfen.
Das Etwas hinter mir war der kalte Graf, der mich in meinen Alpträumen gejagt hatte. Es gab keinen Zweifel.
Mein Gehirn produzierte furchtbare Gedanken. Johannes war vor meinen Augen verschwunden, weil ihn die Werkzeuge in das zurückverwandelt hatten, was er einmal gewesen war - ein für niemanden wahrnehmbarer Untoter.
Was aber, wenn diese Rückverwandlung nicht nur seinen Körper betraf, sondern auch sein Wesen, seinen Charakter, sein Bewusstsein?
Was, wenn es den geläuterten Johannes nicht mehr gab, sondern nur noch das, was er als Mensch gewesen war?
Ein sadistisches Monster!
Dann kannst Du ihm nicht entkommen, zog mein Verstand die logische Konsequenz. Du bist mit ihm verbunden. Über alle Zeiten und Zonen! Er wird Dich überall finden.

Sollte sich die Hoffnung, dass ich Johannes wiedersehen würde, auf so entsetzliche Weise erfüllen? Ich wollte schreien, aber alles, was mein zugeschnürter Hals zustande brachte, war ein Wimmern.

Sophie stand wie vom Donner gerührt in der Waschküche. „Soll das ein Witz sein?“ Ärger zog über ihr Gesicht. „Ich bin nicht Dein Dienstmädchen.“
Wütend ging sie zur Tür. Doch gerade als sie die Klinke in die Hand nehmen wollte, überlief sie erneut das beklemmende Frösteln. Diesmal sehr viel intensiver, als hätte sich in den letzten Minuten eine Spannung aufgebaut, die vorhin noch nicht so stark gewesen war. Eine Mischung aus Neugier und Grusel hielt Sophie zurück, hinter Fridel herzustürmen. Das hier war ein echter, historischer Spukort – genau das, was sie mit ihrer Gothic-Clique immer gesucht hatte.
„Es ist kein Unfug, wenn ich die Waschmaschine ausräume“, murmelte sie und ging zurück, um die Trommel zu öffnen. Doch statt die Wäsche einfach in den Korb zu werfen, den Fridel eben schon im Auge gehabt hatte, hängte sie sie auf. Allerdings waren die drei Outdoorjacken, die in der Maschine gewesen waren, schnell auf einen Wäscheständer verteilt.
In der Hoffnung, dem Raum mehr seiner Geheimnisse zu entlocken, begann Sophie auch noch den Inhalt von Fridels Waschkorb in die Maschine zu füllen. Dabei hatte sie immer stärker das Gefühl, dass sich die Atmosphäre verdichtete und ihr immer kälter wurde.
Sie kannte dieses Gefühl sehr gut. Es war genau dasselbe, das sie jedes Mal spürte, wenn sie in den letzten Tagen vor Gretes Kräuterküche auf die alte Frau gewartet hatte, weil diese sich um die Werkzeuge gekümmert hatte. Sophie hatte nie mit hineingedurft. Aber es hatte dem Mädchen auch vollkommen gereicht, wenn sich die Tür geöffnet hatte, denn immer war die Bedrohung der finsteren Energie deutlich spürbar gewesen. So wie jetzt, in dieser schlichten Wäschekammer. Plötzlich kam sie Sophie wie ein Spiegel dessen vor, was in diesem Moment die Kräuterküche

beherrschte. Mit einem Schaudern sah sie sich ängstlich um.
„Du wirst jetzt nicht weglaufen“, schalt sie sich. „Du wirst jetzt wenigstens die Maschine einschalten!“
Sophies Hände waren inzwischen eiskalt und zitterten. Sie zwang sich, die letzte von Fridels typischen weißen Diensthosen in die Waschmaschine zu stecken. Dabei berührten ihre Hände etwas Hartes, das anscheinend im Waschkorb gelegen hatte. In dem Moment aber, da Sophies Hände dieses Etwas griffen, wich schlagartig die Spannung, die sie gespürt hatte. Sämtliche Bedrohung und Kälte verschwand augenblicklich und ein Gefühl von Wärme wanderte durch Sophies Hände über ihre Arme bis in ihren Bauch.
Verwundert betrachtete Sophie das kleine Ding, das sie in den Händen hielt. Es war ein Stück Holz, das aussah, als hätte es jemand im Wald gefunden. Sophie drehte es in den Händen und fühlte wieder die Wärme, die das Holz auszustrahlen schien. Sie hielt das Ding in den Schein der Deckenleuchte und erkannte, dass es gar kein einfaches Holzstück war. Es war bearbeitet und man konnte noch Schnitzspuren erkennen. Wieder drehte sie das Teil, bis sie begriff, was es darstellte: ein Tierkörper, dem die Beine fehlten. Es mochte ein Bär sein oder ein dicker Hund.
Sophie schluckte. *Bis das Holztier in der Kräuterküche ist, darf dort nichts verändert werden.* Sophie hatte das in der Hand, wovon Grete in ihrem Brief gesprochen hatte. Und das, von dem Grete schon vor zwei Wochen geglaubt hatte, dass Frau Jung es zu ihr bringen würde. Stattdessen hatte diese damals die Werkzeuge dabei gehabt.
Ganz offensichtlich schützte dieses kleine hässliche Stück Holz vor der finsteren Präsenz, die im Raum hing. Sollte es tatsächlich die Macht der Werkzeuge bannen? Sophie zögerte keine Sekunde. Fridel würde sie nicht mehr einholen, aber vielleicht bekam sie den Bus noch.

Im selben Moment, in dem ich mein eigenes Wimmern hörte, verschwamm die Folterkammer vor meinen Augen. Das Bild des Gemetzels löste sich auf und mit ihm das Gefühl des schneidenden

Hasses. Auch der Gestank verschwand. Er wurde verdrängt von einem leichten Duft nach frischer Luft, feuchtem Gras und Sonne.
Obwohl ich sie nie geschlossen hatte, öffnete ich die Augen und fand mich auf einer Lichtung in einem Spätsommerwald wieder. Es musste früh am Morgen sein, denn die Sonne fiel schräg auf den Waldboden, aber die Hitze des Tages kündigte sich bereits an. Wassertropfen glitzerten im Sonnenschein auf dem Gras und den Blättern der Bäume, als hätte es vor Kurzem geregnet. Vielleicht ein nächtliches Gewitter.
Sekundenlang gab ich mich der Hoffnung hin, dass dies ein schöner Traum war. Dass mich Fridel oder Benno in der Realität der Kräuterküche gefunden und von dort weggeholt hatte. Doch die Hoffnung löste sich auf, als sich die Haare in meinem Nacken aufstellten und mich eine Welle erbarmungslosen Machthungers traf.
Wo auch immer ich mich befand, der kalte Graf war mir gefolgt. Und seine Gegenwart verdichtete sich. Mir war, als würde sich das, was ich bisher nur als Kälte in meinem Rücken gespürt hatte, materialisieren. Als verwandelte sie sich in die Person, zu der sie gehörte.
Doch obwohl ich meine eigene Panik spüren konnte, beherrschten mich gleichzeitig ganz unbekannte Gefühle von Selbstsicherheit und innerer Stärke. Sie waren mir völlig unbegreiflich und genauso fremd wie der Hass, den ich in der Folterkammer wahrgenommen hatte. Trotzdem bestimmten sie, ohne dass ich irgendetwas dagegen tun konnte, mein Handeln. Es war, als hätte mich etwas besetzt und die Macht über mich übernommen. Eine fremde Person, deren Gefühlswelt ich wahrnehmen konnte, und die mich handeln ließ.
Ohne dass ich es wollte, hörte ich mich in gleichgültigem Tonfall im Dialekt sagen: „Guten Morgen, Graf.“
Mit Schrecken gewahrte ich, dass auch mein Körper ein Eigenleben führte. Ohne mein Zutun drehte ich mich zu dem um, der hinter mir stand. Dabei bemerkte ich, dass ich einen Korb in der Hand hatte, in dem lila Blumen und irgendwelche Wurzeln

lagen. Ich war barfuß und statt der Jeans und des Pullovers, die ich heute Morgen angezogen hatte, trug ich ein Kittelkleid aus blauem, verwaschenen Leinen. In diesem Moment wurde mir klar, dass nicht ich von einer fremden Person besessen war, sondern ich steckte in ihr!
Dann gewahrte ich den Mann, den ich – oder besser sie – soeben angesprochen hatte. Eben in der Folterkammer hatte ich schon bei der Wahrnehmung seiner kalten Präsenz in Panik ausbrechen wollen, nun aber fühlte ich blanken Terror. Vor mir stand nicht Johannes-Adahy von Altensteins menschliches Alter Ego. Vor mir stand Benno, der aber gleichzeitig der kalte Graf war!
Es war, als würde die Frau, die das Kittelkleid und den Korb trug, etwas anderes sehen, als mein eigentliches Ich. Mein eigentliches Ich sah Benno, der mich mit einem Wolfsgrinsen betrachtete, das ich noch nie an ihm gesehen hatte – das überhaupt nicht zu dem freundlichen, sensiblen Mann passte, als den ich ihn kannte. Die Frau im blauen Kleid jedoch sah den Grafen von Altenstein scheinbar entspannt an einen Baum gelehnt.
Er trug eine Kniebundhose und ein grünes Hemd, dessen oberste Knöpfe er geöffnet hatte. Die Ärmel waren hochgekrempelt. Seine blauschwarzen Haare waren so lang, dass er sie im Nacken mit einem Lederband zusammengefasst hatte. Über seiner Schulter hing ein Gewehr, auf dessen Lauf sein Arm ruhte. Die Bedrohung, die trotz seiner zur Schau getragenen Nonchalance von ihm ausging, verunsicherte die Frau, mit der ich verbunden war, nicht im Geringsten. Mir aber schien diese für mich völlig ungewohnte Lässigkeit des Grafen zusammen mit seiner saloppen Kleidung die Gefahr der Situation noch zu verschärfen.
Mit einem spöttischen Lächeln stieß er sich jetzt vom Baum ab und schlenderte auf mich zu. Alle meine Instinkte verlangten, dass ich um mein Leben rannte, doch die Frau im blauen Kleid sah keine Veranlassung dazu. Ungerührt wartete sie ab, als der Graf auf sie zu kam und vor ihr stehen blieb.
„Ich hoffe nicht, dass Du mein Mittagessen sammelst“, sagte der

Graf mit ironischem Ton nach einem Blick in ihren Korb. Auch er sprach im Dialekt – oder tat er es doch nicht? Ich hörte die Worte wie aus zwei Mündern. Demjenigen Bennos und des Grafen.

„Hast Du Angst, ich könnte Dich vergiften?“, hörte ich die Frau sagen, die weiterhin gänzlich sorglos war, was ihr Gegenüber betraf.

Da endlich dämmerte mir, was hier vorging, und meine Gedanken überschlugen sich. Ich war noch weiter in die Vergangenheit zurückgereist. Aber aus irgendeinem Grund, den ich nicht begriff, war ich kein äußerer Beobachter wie sonst. Ich erlebte die Vergangenheit aus Sicht einer ihrer Beteiligten. Dabei war ich mir völlig sicher, wessen Sicht das war: Die Frau im blauen Kleid war Rosa. Und das, was ich gerade erlebte, war der Ausgangspunkt all der Verstrickungen, die die nächsten einhundertfünfzig Jahre von Johannes und den Mangoldfrauen bestimmen würden.

Die ganze Situation stimmte exakt mit dem überein, was mir Johannes vor Wochen gebeichtet hatte. Vor einhundertfünfzig Jahren war er im Wald auf Rosa getroffen, die ihm damals völlig selbstverständlich in der forschen Haltung der Mangoldfrauen entgegengetreten war. Damit aber hatte sie den Jagdinstinkt des Raubtiers geweckt.

Was ich jedoch nicht verstand, war, wie Benno in die Rolle des Grafen hatte geraten können. Es sei denn – mir kam ein schrecklicher Verdacht – es sei denn, Benno hätte in der anderen Realität die Kräuterküche betreten und wäre durch den Fluch der Werkzeuge in die Gestalt des sadistischen Grafen verwandelt worden. Hatte ich den Grafen deshalb vorhin schon in der Folterkammer spüren können? Weil Benno in der anderen Wirklichkeit die Kräuterküche betreten hatte?

In der Realität, in der wir uns jetzt befanden, ging Rosa gerade ohne ein weiteres Wort stolz aufgerichtet an Benno – oder dem Grafen – vorbei. Der Graf aber war mit zwei schnellen Schritten wieder neben ihr.

„Lass' mich Dir das abnehmen.“ Damit zog er Rosa den Korb

aus der Hand. Prompt reagierte sie in einer Weise, die mich erneut schaudern ließ: „So besorgt um die Untertanen?“ Sie zog den Wolf am Schwanz, ohne es zu bemerken.
„Du solltest diese Pflanzen nicht ohne Handschuhe sammeln“, erwiderte der Graf, während er langsam neben ihr herging.
„Ich weiß, was ich tue.“ Rosa zuckte mit den Schultern.
Der Graf betrachtete sie mit undeutbarem Seitenblick. „Es ist unklug, sein Glück herauszufordern.“
Diesmal sah sie ihn direkt an. „Du scheinst jedenfalls keins gehabt zu haben heute Morgen.“
„Die Jagd ist ein Spiel mit der Geduld.“ Seine Mundwinkel zuckten. Ein süffisanter Ausdruck wanderte über sein Gesicht. „Ich finde im Wald manch ansehnliche Beute.“
Rosa reagierte auf die Anspielung mit kühlem Spott. „Auch solche, für die Du Deine Büchse nicht brauchst. Jedenfalls nicht diese.“ Sie nickte zu seinem Gewehr hin, ohne stehen zu bleiben.
Mir aber zog sich bei ihrer Entgegnung der Magen zusammen.
Schneller als ich folgen konnte, ließ der Graf Gewehr und Korb sinken. Dann zog er mich am Arm herum, sodass Rosa gegen seine breite Brust prallte, während er sie festhielt und auf mich hinunterblickte. Offensichtlich war Rosa größer als ich, denn in ihrem Körper reichte ich ihm bis zu den Schultern.
Mir schlug geballte männliche Körperlichkeit entgegen. Ich roch seinen herben Moschusgeruch. Auf Stirn und Hals glänzte eine Schweißschicht. Unter der makellosen bronzenen Haut am Brustansatz spielten die Muskeln, und an seinem Hals pulsierte die Schlagader. Der Mann, der Rosa gepackt hatte, trug eine Aura von Kraft und Vitalität vor sich her. Aber darunter lauerte nichts als herzloser Machthunger, der sich jetzt in den kalten Onyxaugen spiegelte. Ich war in den Fängen eines erbarmungslosen Raubtiers, das voller unverhohlener Gier auf Rosa hinunterblickte.
Zum ersten Mal spürte ich so etwas wie Furcht in Rosas Innerem. Mir aber nahm die Panik die Luft, als ich in die eisblauen Augen Bennos sah, die hitziges Jagdfieber spiegelten.
„Unerzogen wie alle Mangoldfrauen.“ Der Graf zeigte ein

arrogantes Lächeln. „Ich betrachte das als Herausforderung."
Er zog mich fest an sich, sodass ich mich nicht mehr rühren konnte. Ich spürte an meinem Bauch die wachsende Härte in seinem Schritt und sein böses Lächeln wurde zu einem lüsternen Grinsen.
Inzwischen hämmerte Rosas Herz im Gleichtakt mit meiner eigenen Panik, während er seine Lippen rücksichtslos auf ihren Mund presste. Eine Welle von Ekel und ohnmächtigem Zorn ließ Rosa zittern.
Zum ersten Mal kam uns ihre Kaltschnäuzigkeit zur Hilfe, als sie mit gnadenloser Härte zubiss und ich den metallischen Geschmack von Blut im Mund hatte. Der Graf fuhr mit einem Fluch zurück und ließ uns los. Eine Wunde klaffte in seiner Lippe und in seinen Augen waren Unglaube und verletzter Männerstolz zu lesen. Aber kaum einen Augenblick später wurde daraus ein grausames Glitzern.
Noch bevor es geschah, wusste ich, was kam. Der Graf würde Rosa zu Boden stoßen und sich auf sie stürzen. Fast als stünde er neben mir, hörte ich die Worte in meinem Kopf, mit denen Johannes mir seine Tat beschrieben hatte: Ich hielt es für eine Notwendigkeit, sie in die ihrem Stand angemessenen Schranken zu verweisen. Es war mir ein besonderes Vergnügen, denn sie wehrte sich in der widerborstigen Art der Mangoldfrauen. Als ich mit ihr fertig war, kauerte sie auf dem Waldboden. Im Weggehen hörte ich, wie sie mich verwünschte. In den Schatten des Todes sollte ich versinken, rief sie mir nach. Ich nannte sie eine Hexe wie ihre Mutter.
Als Rosa stürzte und ich spürte, wie der Graf sie mit dem Gewicht seines Körpers auf dem Boden festnagelte, wurde mir schwarz vor Augen. Was aber blieb, waren die Gefühle Rosas, die ich weiterhin wahrnahm. Unfähig, mich dem zu entziehen, überspülte mich eine Welle von Schmerz, Ohnmacht und Erniedrigung, die Rosa dieser Akt der Gewalt antat.

Viel zu langsam schaukelte der Bus in Richtung Dorf. Sophie hatte ihn gerade noch erreichen können und Frau von Ziesel vom

Bus aus angerufen. Um Tim brauchte sie sich nicht zu kümmern wie sonst am Freitag, wenn viele seiner Freunde nach Hause fuhren. Die Reiter hatten Trainingswochenende. Nächste Woche würden ihn seine Eltern besuchen. Eine Aussicht, die Tim eher Zorn als Freudensprünge entlockte, weil die Eltern ihn am Ende der Woche zwar mitnehmen würden, aber nur, um ihn in ein Ferienlager zu stecken.
Der Bus zockelte auf die Haltestelle am Kirchplatz zu und Sophie sprang hinaus, kaum dass sich die automatische Tür geöffnet hatte. So schnell sie konnte, lief sie zum Haus. Sie nahm sich nicht extra die Zeit, ihr Eintreten durch die Hausglocke anzukündigen. Stattdessen rief sie schon im Flur laut nach Frau Jung. Niemand antwortete, aber ein Poltern, als würde gegen Holz gehämmert, scholl aus einem der oberen Stockwerke. Gleich darauf hörte Sophie Fridels Stimme: „Benno, mach' auf!“ Und wieder ein hartes Pochen. „Benno!“
Sophie stürmte die Treppe hinauf bis unter das Dach, wo sie Fridel fand, der vor der Kräuterküche stand und an der Klinke rüttelte. „Was ist hier los?“, fragte sie atemlos.
Fridel fuhr zu ihr herum. Er war kreidebleich, die Augen weit aufgerissen. „Catharina ist da drin mit Benno!“ Sophies verbotene Anwesenheit schien er überhaupt nicht zu bemerken. Wieder schlug er mit der Faust gegen die Tür. Das massive Holz mit dem geschmiedeten Riegel gab keinen Zentimeter nach.
„Dann sind die Werkzeuge also auch noch hier“, stellte Sophie erleichtert fest.
„Allerdings!“, antwortete Fridel ironisch, den das offensichtlich keineswegs erfreute. Hilflos starrte er die geschlossene Tür an.
Sophie schwante Übles. „Was ist passiert?“
Fridel ließ den Kopf gegen die Tür sinken. „Als sie versucht hat, das Zeug zu holen, ist alles auf den Boden gefallen“, murmelte er frustriert, bevor er wieder laut wurde: „Benno, verdammt! Mach' auf!“
Sophie hielt Fridels Arm fest, als der wieder gegen die Tür hämmern wollte. „Was ist da los? Rede mit mir!“ Ihr Ton erinnerte jetzt sehr an Grete, sodass Fridel reagierte und sich zu

Sophie umdrehte.
„Sie steht wie eine Puppe direkt neben den Werkzeugen, die offen auf dem Boden liegen.“ Mit Grabesstimme beschrieb er, wie sein Versuch, mit Benno in die Kräuterküche zu gehen, an der finsteren Atmosphäre gescheitert war.
„Und warum ist Benno trotzdem da drin?“, hakte Sophie nach.
Fridel schien noch ein bisschen bleicher zu werden, während er schaudernd von Bennos gruseliger Verwandlung erzählte.
„Unser Benno?“ Sophies ungläubiger Blick hing an der Tür, als könnte sie hindurchsehen. Von drinnen war kein Laut zu hören.
„Es ist das Zeug.“ Fridel nickte. „Johannes hat es unsichtbar gemacht, sodass ihn jetzt keiner mehr sehen oder hören kann.“
„Was?“ Sophie sah Fridel erschrocken an. Der erzählte, was er von Benno gehört hatte. Zögernd griff Sophie in die Jackentasche, zog ihre Taschenlampe heraus und kniete sich auf den Boden.
„Was machst Du da?“
„Etwas überprüfen.“ Sophie leuchtete ins Türschloss.
„Und?“ Fridel ging ebenfalls in die Hocke.
„Der Schlüssel steckt von innen.“ Sophie drückte ihm die Taschenlampe in die Hand. „Halt das.“ Sie zog ihre Dietriche aus der Jacke.
„Du willst doch nur durchs Schlüsselloch sehen, oder?“, fragte Fridel misstrauisch.
„Nein.“
„Was dann?“
„Wonach sieht es denn aus?“ Sophie schob einen Haken ins Schloss und begann vorsichtig zu stochern.
„Das geht nicht! Du bringst Dich in Lebensgefahr!“, protestierte Fridel und ließ die Lampe sinken.
Sophie versuchte geduldig zu klingen. „Ich öffne die Tür, Du holst die beiden raus.“
Fridel schluckte. In der Kräuterküche herrschte weiterhin drohende Stille. Schließlich nickte er.
„Licht“, forderte Sophie und Fridel leuchtete wieder ins Schloss.
Sophie zog den Haken heraus und spähte hinein. „Ich muss den

Schlüssel rausdrücken und dann den Riegel zurückdrehen. Danach bist Du dran."
„Großer Gott", murmelte Fridel und wischte sich mit dem Ärmel Schweißperlen von der Stirn. Aber er machte sich bereit.
Wieder wanderte der Haken ins Schloss und Augenblicke später fiel der Schlüssel auf der anderen Seite mit lautem Poltern zu Boden. Sofort schob Sophie einen weiteren Metallstift ins Schlüsselloch und hantierte hektisch darin herum, bis ein deutliches Klacken zu hören war. Schnell zog sie sich von der Tür zurück, um Fridel Platz zu machen. Der stürmte nach drinnen.

Langsam kam ich wieder zu mir. Ich spürte, dass ich auf dem Waldboden kauerte. Aber ich weigerte mich, die Augen zu öffnen. Ich wollte nicht mehr sehen, was Rosa sah. Es reichte, dass ich es spürte. Ich kannte alle diese Gefühle von Ohnmacht, Verzweiflung und Ausgeliefertsein. Ich hatte sie selbst erlebt, auch wenn mich niemand vergewaltigt hatte. Aber ich hatte am eigenen Leib erfahren, was es bedeutete, das Opfer eines Mannes zu sein, der sich einen Dreck um die Gefühle anderer scherte, und glaubte, ein Recht zu haben, Menschen zu zerstören. Und ich kannte den ohnmächtigen Zorn, die hilflose Wut, die aus dieser Erfahrung erwuchsen.
Zum ersten Mal in den vergangenen Wochen glaubte ich, Rosas blutrünstige Tat wirklich zu verstehen. Schon damals in meinem Folterkammertraum hatte ich Mitgefühl mit ihrem Leid empfunden. Doch mein Verständnis für ihren entsetzlichen Fluch hatte sich in engen Grenzen gehalten. In eben diesem Moment aber fragte ich mich, wie nah ich selbst an einem solchen Akt der Rache gewesen war, als ich in meinen Wutausbrüchen den Kopf meines Stalkers symbolisch auf dem Boden zerschmettert oder ihn verprügelt hatte.
Was, wenn mein Traum kein Traum gewesen wäre? Wenn Johannes den Wahnsinnigen nicht hätte erstarren lassen, sondern ihn auf ein Holzgestell in einer realen Folterkammer gebunden hätte? Wenn das Kissen kein Kissen, sondern ein

Messer gewesen wäre und ich statt zu phantasievollen Beschimpfungen zu echten Flüchen hätte greifen können?
Eins war sicher: Hätte Johannes mich in meinem Traum zur Vernunft aufgefordert, wäre ich an meinen Gefühlen erstickt. Es war eine Befreiung gewesen, meinem Zorn freien Lauf zu lassen. Ich war nicht edel und gut. Ich war ein ganz normaler Mensch und konnte auch gar nichts anderes sein.
Es gab keine Entschuldigung für das, was diese Männer Rosa oder mir angetan hatten. Möglicherweise konnte man meinem Stalker Unzurechnungsfähigkeit attestieren, aber was nützte mir das? Es änderte nichts an den Folgen, die ich zu tragen hatte! Der Mensch war dem Menschen ein Wolf. Diese Männer waren Wölfe und wir hatten das Recht, sie zur Strecke zu bringen.
Weil es ohnehin keine Rolle mehr spielte, öffnete ich endlich die Augen. Anscheinend hatte sich das Geschehen erneut in ein Standbild verwandelt, wie vorhin in der Folterkammer. Trotzdem war ich noch immer Rosa.
Der kalte Graf war im Gehen begriffen. Er hatte seine Waffe wieder geschultert und mir den Rücken zugedreht. Offensichtlich hatte er kein Interesse mehr an seiner Beute. Die Jagd war beendet, das Raubtier gesättigt.
Noch immer bestand diese paradoxe Verbindung zwischen Benno und dem Grafen. Bei der Vorstellung, was Benno soeben mitgemacht haben musste, schauderte mir von Neuem. Wenn er, wie ich, alles im vollen Bewusstsein seiner selbst erlebt hatte, musste es grauenhaft für ihn gewesen sein.
Was mochten die letzten Minuten für ihn im Körper dieses Monsters bedeutet haben? Warum mussten Benno oder Elisabeth zu unschuldigen Opfern der Taten anderer und meines eigenen Leichtsinns werden?
Es gab kein gerechtes Schicksal. Keine Vorsehung und keine höheren Mächte. Die Fügungen der letzten Tage waren nichts als kalte Zufälle. Oder sadistische Spiele der höheren Mächte. Denn wenn es sie gab, waren sie nicht besser als ihre Schöpfungen. Und es war genauso sinnlos, sich gegen sie aufzulehnen, wie auf sie zu hoffen. Bewies das nicht die Tatsache, dass sich Johannes

trotz all seines Vertrauens in das gütige Schicksal in einen Sadisten zurückverwandelt hatte?
Ich hatte das alles umsonst durchlebt. Meinen Johannes gab es nicht mehr. Ich hatte ihn unwiederbringlich verloren. Diesmal an das widerliche Untier, in das ihn die Werkzeuge zurückverwandelt hatten.
Es gab keine Hoffnung. Für niemanden. Es war dumm gewesen, jemals daran glauben zu wollen. Es gab nur ein Prinzip in dieser Welt: Fressen und gefressen werden. Wenn ich aber nicht gefressen werden wollte, blieb mir nichts übrig, als selbst ein Wolf zu sein.
Tränen schossen mir in die Augen und ich weinte hemmungslos in dem Wissen, dass das Böse siegen musste, weil es nur das Böse gab.

Fridel hatte die Tür sperrangelweit offen gelassen. Sophie wiederum saß an die Wand gelehnt und wartete auf das gruselige Gefühl, das sie immer gespürt hatte, wenn Grete in die Kräuterküche gegangen war. Oder das sie vorhin in der Waschküche überfallen hatte. Kurz überlegte sie, die Tür hinter Fridel zuzuwerfen, damit sie die böse Energie nicht traf. Doch als sie aufstand, merkte sie, dass sie im Gegensatz zu sonst gar keine Bedrohung spürte.
Urplötzlich erinnerte sie sich, warum sie überhaupt hier war. Fridels Panik und die Notwendigkeit, das Schloss zu knacken, hatten sie alles Andere vergessen lassen. Bevor sie aber noch hinter Fridel her in die Kräuterküche stürmen konnte, kam der zurück in den Flur. Er zitterte am ganzen Körper und in seinen Augen stand wilde Panik, als er kraftlos an der Tür zu Boden rutschte.
Sekundenlang atmete er schwer, bevor er in der Lage war zu sprechen. Dann beschrieb er, was er vorgefunden hatte: „Die Werkzeuge verpesten den ganzen Raum. Ich hab' nicht die Kraft, wenigstens Catharina da raus zu schaffen.“
Sophie stand auf und griff entschlossen nach der Klinke. „Ich weiß, was wir tun müssen“, erklärte sie.

Alarmiert sprang Fridel auf. „Was hast Du jetzt wieder vor?"
„Dir etwas zeigen." Sie zog die Tür auf.
„Lass' das!" Fridel wollte die Tür wieder zudrücken, aber Sophie stand schon auf der Schwelle. Sofort machte Fridel mehrere Schritte rückwärts, bis ihn die gegenüberliegende Wand aufhielt. Das Zittern setzte wieder ein und die Panik kam in seine Augen zurück.
Sophie dagegen verharrte reglos im Eingang. Ungerührt betrachtete sie das Bild der erstarrten Gestalten, die jetzt nebeneinander auf der groben Holzbank saßen, ungeschützt dem Fluch der Werkzeuge vor ihnen ausgesetzt. Immerhin hatte Benno Frau Jung nichts getan.
Sophie drehte sich zu Fridel um, der kraftlos und bebend an der Wand lehnte. „Ich spüre nichts", erklärte sie demonstrativ. Obwohl sie lieber so schnell wie möglich das Holzstück in die Kräuterküche gebracht hätte, ging sie zurück in den Flur und schloss die Tür hinter sich.
Fridel atmete erleichtert auf. „Wie ist das möglich?", flüsterte er.
Sophie griff in ihre Rocktasche. „Es liegt hieran." Sie hielt Fridel die Hand hin. Der nahm die kleine Figur und entspannte sich sichtbar. Sekundenlang betrachtete er sie ungläubig. „Woher hast Du die? Wir haben sie verzweifelt gesucht."
Sophie berichtete von ihrem Fund beim Einräumen der Waschmaschine. „Deshalb bin ich überhaupt hergekommen."
„Catharinas Mutter hatte die Waschkörbe vertauscht und unseren genommen", murmelte Fridel zu sich selbst. „Ich hab' nicht drauf geachtet, ob was drin ist, als ich ..."
„Das ist doch jetzt egal", fiel Sophie ihm ins Wort. „Das Ding schützt jedenfalls vor der Wirkung von dem Zeug da drin." Damit nahm sie Fridel die Holzfigur wieder aus der Hand. „Ich bring' das da jetzt rein." Fridel wollte Einspruch einlegen, doch Sophie ließ ihn gar nicht erst Luft holen. „Ich hab' das Ding gefunden, ich bring' es rein. Es schützt mich vor dem Fluch." Bevor Fridel sie aufhalten konnte, war sie bereits in der Kräuterküche verschwunden und hatte die Tür hinter sich geschlossen.

Mitten in meine Verzweiflung hinein passierte erneut etwas. Es war nicht die Außenwelt, die sich veränderte. Es fühlte sich eher an, als geschähe etwas mit mir selbst. Als würde ich weggezogen, ohne mich von der Stelle zu rühren.

Ich saß noch immer auf dem Boden. Genau in der Haltung, in der Rosa gekauert hatte. Die Hände hatte ich vors Gesicht geschlagen, als ich – oder auch Rosa – in Tränen ausgebrochen war. Wieder schüttelte mich ein Schluchzen. Aber selbst das Schluchzen war anders als zuvor. Es war nicht Rosas Weinen, das ich hörte. Es war mein eigenes. Ich konnte Rosa überhaupt nicht mehr wahrnehmen. Wann hatte ich ihre Gefühle zum letzten Mal gespürt?

In den letzten Minuten waren es immer nur meine eigenen Gedanken und Erinnerungen gewesen, die ich wahrgenommen hatte, und über denen ich in Verzweiflung ausgebrochen war. Rosa aber hatte die ganze Zeit über geschwiegen. Und doch war ich, als sich die Situation im Wald in ein Standbild verwandelt hatte, weiter in Rosas Erleben gewesen. Das passte nicht zusammen.

Als ich diesmal die Augen öffnete, befand ich mich immer noch im Wald, trug aber meine eigenen Kleider und war wieder ich selbst. Das war der Grund, aus dem ich Rosa nicht mehr wahrnehmen konnte. Irgendetwas hatte uns voneinander getrennt. Auch hatte sich das Bild, das sich mir bot, auf seltsame Weise sortiert.

Noch immer war der kalte Graf nicht der kalte Graf. Noch immer war es Benno in der Rolle des Raubtiers. Doch jetzt, da ich nicht mehr die Perspektive Rosas hatte, konnte ich alle Personen klar unterscheiden. Es war, als hätte ich einen Überblick über die Zeiten hinaus. Da war Benno, der den Grafen spielte. Und da war der Graf, der die Züge Bennos trug.

Was mich aber schaudern ließ, war Rosa. Obwohl ich nicht mehr mit ihr verbunden war, war sie nicht einfach Rosa. Jemand anderes aus der äußeren Realität hatte meinen Platz eingenommen – nämlich Sophie!

Dass Benno in diesem irren Rollenspiel aufgetaucht war, mochte erklärbar sein. Doch warum in aller Welt war Sophie hier? Ich war selbst dabei gewesen, als Johannes sie zum Schloss zurückgeschickt hatte. Sie musste nach meinem Anruf Verdacht geschöpft haben und in ihrem Leichtsinn wieder hergekommen sein.

Was für eine fürchterliche Kette von Ereignissen hatte ich ausgelöst, indem ich versucht hatte, die Werkzeuge aus dem Haus zu schaffen! Jetzt waren nicht mehr nur Benno und ich, sondern auch noch eine meiner Schutzbefohlenen in diesem Wahnsinn gefangen.

Was aber alles noch viel schlimmer machte und mich ein weiteres Mal an meiner geistigen Gesundheit zweifeln ließ, war, dass mich Sophie direkt anschaute, während Benno, Rosa und der kalte Graf leblose Standbilder ihrer selbst waren. Bewusstlose Statuen außerhalb von Raum und Zeit.

„Was geht hier vor?“, fragte ich rau.

Während Rosas Blick leer blieb, antwortete Sophie in einer Kaskade von Worten. „Gott sei Dank, Sie sind wieder wach! Was haben Sie sich nur gedacht. Sie hätten dieses Zeug nicht anrühren dürfen. Benno ist immer noch eingefroren. Und Fridel wartet vor der ...“

Ich unterbrach sie. „Was soll das heißen, ich bin wach?“ Was redete sie da für einen Unsinn?

Sophie runzelte die Stirn. „Na, Sie reden doch mit mir. Und Sie sehen mich an. Also sind Sie wach. Im Gegensatz zu Benno, der die Wand anstiert.“

„Wieso die Wand?“ Benno starrte blicklos in den Wald! Genau wie Rosa und der Graf. Nur Sophie agierte. Himmel, was passierte hier?

Als spräche sie mit einem Kleinkind, erklärte Sophie: „Sie müssen doch merken, dass Sie zwischen mir und Benno auf der Holzbank sitzen. Sie sind in Gretes Kräuterküche.“ Ihr Ausdruck wurde immer zweifelnder. Konnte es sein, dass Sophie nur die äußere Realität wahrnahm, obwohl sie in meiner Vision mit Rosa verbunden war?

„Vielleicht sind Sie noch im Halbschlaf“, sagte Sophie jetzt.

„Ihre Augen sind auch ganz komisch. Aber Sie sind in dem Moment aufgewacht, als ich mit dem Holzding reingekommen bin."
„Holzding?" Mir kam ein Verdacht.
Sophie nickte und öffnete ihre Hand. Rosa folgte seelenlos Sophies Bewegungen. Sophie aber zeigte mir die kleine Tierfigur, die wir überall gesucht hatten. Im selben Moment, als ich sie sah, verschwamm das Bild des Sommerwaldes vor meinen Augen. Auch Rosa und der kalte Graf lösten sich auf.
Derselbe Sog, der mich gestern Abend aus der Folterkammer gezogen hatte, holte mich auch jetzt in die andere Realität zurück und ich fand mich vor Erleichterung schluchzend in Gretes Kräuterküche wieder.

Alles war genau so, wie Sophie es beschrieben hatte. Links von mir saß Benno und starrte die Wand an. Rechts von mir saß Sophie, die die kleine Holzfigur hielt.
Minutenlang heulte ich, ohne den Blick von dem Tierchen reißen zu können. Sophie tätschelte mir währenddessen verlegen den Rücken und rief laut nach Fridel. Ich hörte, wie die Tür aufging, doch niemand kam herein. Stattdessen schloss sich die Tür wieder und Fridels Stimme erklang von außen: „Es geht nicht. Ich kann es nicht aushalten."
„Warte, wir kommen!", gab Sophie zurück und stand auf. Im gleichen Moment, als die Figur aus meinem Blickfeld verschwand, erfasste mich Schwindel und ich spürte wieder die finstere Bedrohung der Werkzeuge. Aber ich wurde nicht aus der Realität gezogen. Trotzdem war es für Fridel offenbar noch immer unerträglich, hereinzukommen.
Wie es aussah, konnte weder Sophie noch Fridel die Wirkung der Werkzeuge ertragen, wenn sie nicht gleichzeitig das Holztier in der Hand hatten. Mir aber reichte, warum auch immer, allein seine Anwesenheit.
Vorsichtig stand ich von der Bank auf. Bevor ich Sophie nach draußen folgte, zog ich das Altartuch, das auf dem Boden lag, über die Werkzeuge. Vielleicht würde es ihre Wirkung weiter

abschwächen.
Fridel stürzte sofort auf mich zu und versicherte sich, dass ich bei vollem Verstand war und es mir soweit gut ging. Dann fiel er mir um den Hals. „Dem Himmel sei Dank!“ Er hielt mich so fest, dass mir die Luft wegblieb, als könnte er damit meinen Geist in der äußeren Realität halten.
„Warst Du wieder in der Folterkammer?“, fragte er, ohne mich loszulassen.
Ich nickte nur.
„Was ist mit Benno?“ Fridel klang verzweifelt. „Wir können ihn doch nicht allein bei diesem Zeug lassen.“
Ich strich ihm über sein wildes Haar. „Ich glaube nicht, dass er in Gefahr ist. Er ist in beiden Welten erstarrt.“
Nach dem Standbild Bennos und des Grafen zu urteilen, das ich eben in der anderen Realität gesehen hatte, schien mir Benno zurzeit gar nichts wahrzunehmen. „Solange das Holztier im Raum ist, ist er sicher. Ich bringe es wieder nach drinnen.“
Vorerst verschwieg ich, was genau geschehen war. Fridel würde es früher oder später erfahren. Unglücklich stimmte er zu und Sophie übergab mir die kleine Figur. Ich sah, wie sowohl Fridel als auch Sophie zusammenzuckten, als ich erneut die Tür öffnete, um das Holzstück neben Benno auf die Bank zu legen.
Bei Bennos Anblick stiegen die Erinnerungen an meinen ersten Folterkammertraum auf. Damals hatte mir irgendjemand in der äußeren Welt das Holztier in die Hand gedrückt – möglicherweise sogar Benno selbst. Während ich im schweren Fiebertraum gelegen hatte, hatte mir das Tierchen Hoffnung gegeben. Vielleicht würde es auch Benno helfen.
Vorsichtig öffnete ich seine kalte, starre Hand und legte die Tierfigur hinein. Ich hatte Bennos Finger kaum darum geschlossen, da überlief mich bereits das bekannte Schwindelgefühl, ohne dass der Sog einsetzte.
Bennos leerer Blick aber begann zu flattern und ich konnte zuschauen, wie sein Bewusstsein zurückkehrte. Sekundenlang fürchtete ich, der kalte Graf könnte noch immer in Bennos Geist sein, aber in seinen Augen waren weder Lüsternheit noch Gier,

wohl aber Schrecken.
„Catharina!“, flüsterte er tonlos. „Was für ein Alptraum!“ Dann sank er nach vorn, stützte die Ellbogen auf die Knie und ließ den Kopf hängen. „Du warst da. Und Rosa!“ Mit beiden Händen hielt er das Holztier so fest umklammert, dass seine Knöchel weiß hervortraten. „Was hat er ihr angetan!“, flüsterte er. Dann sah er mich unvermittelt an. „Hab' ich Dir ...“, er suchte nach Worten. „Ich meine, hab' ich auch ...“
Tröstend legte ich meinen Arm um ihn. Es war offensichtlich, dass er wusste, was im Wald geschehen war, nicht aber in der äußeren Realität – genau umgekehrt wie bei Sophie. Ich glaubte langsam zu verstehen, was hier passierte.
„Du hast *nur* neben mir auf der Bank *gesessen*“, beantwortete ich Bennos Frage.
Mit einem erleichterten Seufzen richtete er sich wieder auf. „Gott sei Dank.“ Er öffnete die Hände. „War es das, was uns zurückgeholt hat?“
Ich nickte. „Sophie hat es gebracht. Es hebt die Wirkung der Werkzeuge auf. Sie haben Dich und mich in ihre Vergangenheit gesaugt.“ Was ihnen bei Sophie nur bedingt gelungen war, weil sie das Holztier gehabt hatte.
„Wie geht's Dir?“, fragte Benno leise. „Es muss für Dich noch viel schlimmer gewesen sein als für mich.“
„Ich komm' klar“, behauptete ich. Niemand sollte von meiner hoffnungslosen Verzweiflung erfahren. Sie half uns nicht weiter und machte alles nur noch schlimmer.
„Kannst Du gehen?“ Ich stand von der Bank auf. Ich wollte endlich weg von hier. Benno nickte wortlos und erhob sich schwerfällig. Gemeinsam wankten wir zur Tür.

Unten war es kalt. So wie im ganzen Haus. Noch immer kroch die eisige Bedrohung durch die Räume. In der Küche aber war auch noch das Feuer ausgegangen. Seit Stunden hatte sich niemand darum gekümmert. Sophie entfachte es neu und setzte Wasser auf.
Als ich mit Benno aus der Kräuterküche gekommen war, hatte

Fridel seinem Angebeteten zuerst ungläubig gegenübergestanden, dann hatte er ihm ängstlich in die Augen gesehen, bevor er ihm weinend um den Hals gefallen war. Beide hatten sich minutenlang in den Armen gelegen, während ich mit Sophie und dem Holztier nach unten gegangen war und versucht hatte, auch Grete damit zu wecken. Doch aus irgendeinem Grund hatte es auf ihren Zustand keinen Einfluss. Sie hatte überhaupt nicht reagiert, als ich ihr das Tierchen in die Hand gedrückt hatte. Wir hatten es trotzdem bei ihr gelassen. Im Moment kümmerte sich Fridel um sie. Benno wich ihm nicht von der Seite. So anhänglich und bedürftig hatte ich ihn noch nie erlebt.
Als alle um den Küchentisch saßen, erfuhren Benno und ich, was in der wachen Welt geschehen war. Benno konnte sich selbst überhaupt nicht daran erinnern, dass er mir in die Kräuterküche gefolgt war. Weder er noch ich hatten bisher ein Wort über das gesprochen, was wir dort erlebt hatten. Ich war mir allerdings sicher, dass Fridel inzwischen Bescheid wusste, denn der warf Benno fortgesetzt mitfühlende Blicke zu und versuchte sich gerade mit zitternden Fingern eine Zigarette zu drehen.
Sophie dagegen schien es blendend zu gehen. Sie brühte frischen Kaffee auf und stellte Fridel einen Aschenbecher hin. Dabei war sie ganz euphorisch, weil sie es gewesen war, die das Holztier gefunden und hergebracht hatte. Sie wusste nicht, dass auch sie im Wald gewesen war – geschweige denn, was sich vor ihrer Ankunft dort ereignet hatte. Und das sollte auch so bleiben. Gerade *weil* sie sich mit Rosa verbunden hatte, wollte ich, dass sie so schnell und so weit wie möglich von den Werkzeugen weg kam.
Allerdings rechnete ich mit heftiger Gegenwehr. Trotzdem wagte ich den Vorstoß: „Sophie, ich möchte, dass Du ins Schloss fährst."
Natürlich erntete ich Protest. „Warum? Das können Sie nicht machen!"
„Es hat seinen Grund, dass Grete nicht wollte, dass Du hier bist!", gab ich zurück. „Sei nur einmal vernünftig, bitte."
Sophie sah mich ungläubig an. „*Ich* soll vernünftig sein?" Ein

spöttisches Grinsen wanderte über ihr Gesicht, als sie hinzufügte: „Wahrscheinlich wäre *ich* gar nicht hier, wenn *Sie* keinen Unfug gemacht hätten. Ich hab' Sie gerade gerettet."
„Weißt Du, welche Vorwürfe ich mir mache, dass Du Dich wegen mir in solche Gefahr gebracht hast?", gab ich heftig zurück. Mir fehlte die Geduld, mit einem bockigen Teenager zu diskutieren.
„Da war keine Gefahr", erwiderte Sophie fröhlich. „Ich hatte das Holztier."
Mein Geduldsfaden riss. „Du hast ja überhaupt keine Ahnung! Du hättest da drüben den Verstand verlieren können!" Das nächste unschuldige Opfer auf meinem Konto.
Ein verständnisloser Ausdruck wanderte über Sophies Gesicht. „Wieso *da drüben*? Wieso den *Verstand verlieren*?"
Fridel und Benno, die unseren Disput schweigend verfolgt hatten, sahen mich fragend an.
Geschickt, kommentierte die Stimme der Vernunft.
Betreten fixierte ich meine Kaffeetasse. Ich hatte mich hinreißen lassen.
„Sie verschweigen mir etwas", zog Sophies helles Köpfchen die passenden Schlüsse.
Sie wird nicht nachgeben, behauptete mein Psychologen-Ich. *Aber vielleicht kommt sie zur Vernunft, wenn sie hört, was Du erlebt hast.*
Mein Gefühl dagegen sagte mir, dass Sophie sich erst recht weigern würde, ins Schloss zurückzukehren, wenn sie von ihrer Verbindung mit Rosa erfuhr.
„Catharina?" Benno legte mir eine Hand auf den Arm und ich sah auf. Sein Blick war ernst. „Ist Sophie in irgendeiner Weise involviert in *das Geschehen*?", fragte er.
„Nein!", antwortete ich heftig. „Sie war noch gar nicht da, als es passiert ist."
„Welches Geschehen?" Sophie sah von mir zu Benno und zurück.
„Aber sie ist trotzdem irgendwie beteiligt?", hakte Benno nach.
„Nein! ... Ja ...", stotterte ich hilflos.

„Hallo, ich bin hier! Redet mal jemand mit mir?“ Sophie war wütend. „Sagt mir vielleicht irgendeiner, was hier los ist?“
Verzweifelt presste ich meine Hände um die Kaffeetasse. Ich durfte nicht zulassen, dass Sophie noch tiefer in dieses wahnsinnige Spiel hineingezogen wurde. Sie war ein Kind. Sie unterstand meiner Verantwortung. Und sie neigte zu gefährlichen Impulshandlungen, wie sich gerade wieder gezeigt hatte. Dabei waren ihre übersinnlichen Fähigkeiten eine zusätzliche Gefahrenquelle. Wahrscheinlich waren sie daran Schuld, dass sich Sophie überhaupt mit Rosa verbunden hatte. Und es gab keinen Johannes mehr, auf den sie gehört hätte. Oder eine Grete, die ihr Respekt einflößte. Aber wie sollte ich das Fridel und Benno begreiflich machen, solange Sophie hier saß.
Fridel verstand und machte es noch schlimmer. „Sophie, lass' uns zusammen nach Grete sehen.“
Sophie fuhr zu ihm herum. „Hältst Du mich für blöd? Ich bin keine fünf mehr. Du wirst mich hier nicht weglocken, bis ich weiß, was passiert ist.“ Sie verschränkte die Arme vor der Brust und setzte sich im Stuhl zurück. Wir würden sie samt Sitzmöbel zum Bus tragen müssen.
Wieder drückte Benno meinen Arm. „Sprich mit ihr.“ Als ich ihn ansah, warf er mir ein resigniertes Lächeln zu. „Bisher ist sowieso jeder Versuch gescheitert, Sophie herauszuhalten.“
Ich seufzte. Es stimmte, was er sagte. Außerdem hatten sich die Dinge verselbstständigt seit meinem idiotischen Versuch, sie auf meine Weise zu lösen. Bildete ich mir wirklich ein, die Hölle kontrollieren zu können? Oder Sophie?
Ich lachte hart und fing an zu erzählen, begonnen mit der Folterkammer, dem grauenhaften Standbild des Gemetzels und der plötzlichen Präsenz des kalten Grafen.
„Der Moment, in dem ich die Kräuterküche betreten habe“, murmelte Benno gequält.
Ich nickte. „Benno, es war die Wirkung der Werkzeuge. Du kannst nichts dafür“, versuchte ich ihm seine Schuldgefühle zu nehmen. Stockend berichtete ich, was wir im Wald erlebt hatten.
Wenn ich nicht weiterwusste, half mir Benno. Es quälte mich,

dermaßen grauenhafte Dinge über Johannes preiszugeben, aber es spielte sowieso keine Rolle. Johannes gab es nicht mehr. Es gab nur noch den sadistischen Tyrannen, der keine Rücksicht verdiente.
Sophies Augen waren während unseres Berichts zu Schlitzen geworden. „Perverses Dreckschwein!“, rief sie mit einem grausamen Unterton in der Stimme, den ich gar nicht von ihr kannte. „Es ist ein Wunder, dass ihm Rosa nicht noch ganz andere Körperteile abgeschnitten hat!“ Erschrocken über das, was ihr im Affekt entfahren war, sah sie mich schuldbewusst an. „Entschuldigung. Ich hab's nicht so gemeint.“ Sie blickte auf ihre Hände. „Doch, ich hab's so gemeint“, hörte ich sie flüstern.
Ich ignorierte ihren Einwand und fuhr fort. „Das Ganze endete, als Du mit dem Holztier hereinkamst. Die Situation wurde wieder zum Standbild, Benno ist erstarrt und ich bin aufgewacht.“ Von meiner eigenen Verzweiflung, die sich mit Rosas Gefühlen verbunden hatte, sagte ich auch diesmal nichts.
Einen Moment wagte keiner zu sprechen.
Sophie warf uns erschrockene, mitfühlende Blicke zu, bis das Mädchen an mir hängen blieb und feststellte: „Das erklärt aber nicht, warum ich *da drüben* den Verstand hätte verlieren können. Es sei denn, ich wäre auch dort gewesen.“ Sie hatte meinen Versuch durchschaut, ihre Anwesenheit im Wald zu verschweigen.
Mit einem resignierten Seufzen ergab ich mich nochmals und erzählte, was in dem Moment passiert war, als Sophie in die Kräuterküche kam. Sie aber starrte mich mit offenem Mund an. Zum ersten Mal erlebte ich sie wirklich sprachlos. „Ich war Rosa?“, fragte sie irgendwann tonlos.
Ich nickte. „Wahrscheinlich hast Du es wegen des Holztiers nicht gemerkt. Vielleicht auch, weil es die Situation eingefroren hatte.“
Sophie drehte sich zu Benno. „Hast Du was davon mitgekriegt, dass ich da war?“
Der schüttelte den Kopf. „Ich weiß überhaupt nichts, nachdem der Graf ...“, er brach ab und ersparte sich und uns den Rest.
„Und Sie waren wieder Sie selbst, als ich Rosa war?“, fragte

Sophie in meine Richtung.
Ich nickte.
„Cool." Zu meinem vollkommenen Unverständnis wanderte ein Grinsen über Sophies Gesicht. „Natürlich werde ich *nicht* zum Schloss zurückkehren, wenn wir endlich die Möglichkeit haben, diesen ganzen Mist zu beenden!" Glücklich sah sie in die Runde, während die Runde ungläubig zurücksah.
„Frau Jung, sehen Sie es denn nicht?" Sophie betrachtete mich stirnrunzelnd. „Sie *mussten* Dummheiten machen, damit die Dinge in Gang kommen." Ein weiterer spöttischer Blick traf mich. „Und ich musste ins Schloss zurück, damit ich die Holzfigur finde. Sie haben schon vor zwei Wochen mit Grete darüber gesprochen. Und wenn ich es richtig verstanden habe, spielt dieses Holzstück eine zentrale Rolle bei dem Ganzen. Jetzt haben wir es, jetzt finden wir die Lösung. *Fata viam invenient.*"
„Sophie, es gibt keine Vorsehung und keine Hoffnung", entgegnete ich trostlos. „Das sind nichts als dumme Zufälle." Diesmal war ich diejenige, die eine Kaskade von Worten produzierte. Was hatte uns das Holztier denn genützt? Zugegeben, es wirkte ein bisschen den Werkzeugen entgegen und hatte Benno und mich in die Realität zurückgeholt. Dem eigentlichen Ziel, den Fluch zu brechen, waren wir aber keinen Schritt näher. Die beiden entscheidenden Personen, die sich zur Aufgabe gemacht hatten, diese fürchterlichen, jahrhundertealten Verstrickungen aufzulösen, waren trotz Holztier komatös oder existierten nicht mehr. „Dieses ganze Erlösungsding ist nichts als ein böses Spiel des Schicksals oder von mir aus auch irgendwelcher sadistischer höherer Mächte!", rief ich. „Wir können ohne Johannes und Grete überhaupt nichts ausrichten."
All meine mühsam unterdrückte Verzweiflung brach aus mir heraus und ich spürte, wie mir schon wieder Tränen in die Augen stiegen. „Auf Grete wirkt das Holztier überhaupt nicht und Johannes ist verloren. Er hat sich ein für allemal in die Fratze des Bösen zurückverwandelt. Das Böse hat gesiegt. Also fahr nach Hause, Sophie!" Ich stützte das Gesicht in die Hände und schluchzte.

Ein Arm legte sich um meine Schulter. „Wie kommst Du denn auf die Idee, dass es Johannes nicht mehr gibt?“, fragte Benno.
Ich lachte kalt. „Das müsstest Du doch am besten wissen. Du hast dieses Monster doch erlebt.“
Benno schüttelte heftig den Kopf. „Catharina, gerade *weil* ich das Monster erlebt habe, bin ich mir sicher, dass Johannes sich nicht zurückverwandelt hat. Das ist völlig unmöglich. Ich kenne ihn.“
„Es ist das Zeug, das sie so reden lässt“, hörte ich Fridel sagen. „Sie war ihm zu lange ausgesetzt. Ich hab's selbst gefühlt. Es zerstört alle Hoffnung und lässt nur Verzweiflung und Finsternis übrig.“
„Warum merke ich nichts?“, fragte Benno. „Ich war fast genauso lang da drin wie sie.“
„Weil Ihr nicht mitgemacht habt, was sie erlebt hat“, murmelte Sophie mit Grabesstimme und wie zu sich selbst. Irgendwie klang sie seltsam, sodass ich irritiert den Kopf hob.
In Sophies Augen passierte etwas, das ich nicht verstand. Benno und Fridel bemerkten es offenbar auch, denn sie tauschten verunsicherte Blicke aus.
Sophie wandte sich mir zu. „Die Werkzeuge haben Sie genau dahin gebracht, wo sie ihre böse Energie her haben. Zu dem, was im Wald passiert ist, und in die Folterkammer.“ Kurz hielt sie inne. Der dunkle, wissende Blick, mit dem sie mich bedachte, passte nicht zu einer kaum Siebzehnjährigen. Schon gar nicht zu Sophie. Genauso wenig wie das, was sie sagte: „Diese Werkzeuge sind nichts anderes als die Realität gewordene menschliche Wolfsnatur. Darin liegt ihre zerstörerische Macht.“
Fassungslos hörte ich Sophie zu, deren Stimme tiefer zu werden schien, als sie fortfuhr: „All das Böse aus Ihrer Vision hat sich mit dem verbunden, was Sie selbst erlebt haben. Und die Werkzeuge bewirken, dass es Ihnen scheint, als ob es nur das Böse gibt. Aber Sie sind kein Wolf. Was auch immer Sie diesem Irren in der Phantasie getan haben, war nicht real!“
Sophies Worte trafen mich wie ein Faustschlag. Stumm starrte ich das Mädchen an – genau wie Benno und Fridel. Auf eine

unbegreifliche Weise war das nicht die Sophie, die wir kannten.
„Woher weißt Du das?“, flüsterte ich.
„Was?“
„Dass ich das gedacht habe!“
„Keine Ahnung.“ Sophie zuckte mit den Schultern. Plötzlich wirkte sie wieder wie die alte Sophie. „Die Worte waren einfach in meinem Kopf.“
Sekundenlang wagte keiner zu sprechen. Die Situation war mehr als unheimlich. Es war Benno, der als Erster seine Sprache wiederfand. „Sophie kennt Deine Gedanken, weil sie nach Dir mit Rosa verbunden war. Sophie verkörpert Rosa. Du hast selbst gesehen, wie sich ihr Ausdruck und ihre Stimme verändert haben.“
„Spooky!“ Sophie starrte ihn entgeistert an. Dann zogen sich ihre Mundwinkel ganz langsam nach oben. „Aber dann hat das alles ja sehr wohl einen Sinn!“, behauptete sie begeistert. „Ich *muss* hier bleiben. Ich bin die Verbindung zu Rosa. Das muss einen Grund haben. Seht Ihr denn nicht, dass hier alles einen Grund hat!“ Dass das, was soeben passierte, völliger Wahnsinn war, schien sie eher zu begeistern, als zu ängstigen.
„Nein!“, fuhr ich sie an. „Das ist irrwitzig! Ich werde Dich sicher nicht als Medium missbrauchen, weil Du Dich aus einem dummen Zufall mit Rosa verbunden hast!“
„Dann hab' ich mich wohl auch aus einem dummen Zufall mit dem Grafen verbunden, sodass er sich mit Grete versöhnen konnte und Sie gerettet hat.“ Sophie funkelte mich an.
Ich funkelte zurück. „Wenn ich es richtig sehe, hast Du Johannes versprochen, solche Aktionen zu unterlassen, bis Du die nötigen Fähigkeiten hast!“
Natürlich hatte Sophie die passende Erwiderung „Aber Johannes ist weg und wir haben nur noch dieses perverse Arschloch. Genau da liegt ja das Problem!“
Bevor ich zu einer weiteren heftigen Antwort ansetzen konnte, schaltete sich Benno ein. „Catharina, vielleicht ist es wirklich kein Zufall. Wie hat Sophie gerade gesagt? Die Werkzeuge sind die Realität gewordene Wolfsnatur des Menschen und darin liegt

ihre Macht."
„Das hab' nicht ich, sondern Rosa gesagt", fiel ihm Sophie ins Wort.
Benno gelang ein Blick, der Grete Ehre gemacht hätte und Sophie zum Schweigen brachte. Dann fuhr er fort: „Wenn das stimmt, dann muss ihre Macht da gebrochen werden, wo sie ihren Ursprung hat. Bei Rosa und dem Grafen. Vielleicht will Rosa reden."
Ich schüttelte seinen Arm von meiner Schulter und blitzte ihn wütend an. „Mit Sophie? Dann will der Graf wohl mit Dir reden."
Benno machte ein angewidertes Gesicht, blieb aber ruhig. „Nein, aber vielleicht mit Rosa. Alle diese Menschen sind tot. Vielleicht brauchen sie die Lebenden, um sich mitzuteilen. Vielleicht müssen wir Ihnen helfen, damit sie Frieden finden können."
Entgeistert sah ich Benno an. „Du glaubst doch nicht im Ernst, dass dieses Monster mit Rosa sprechen will, um Frieden zu finden?" Das war vollkommen abwegig.
„Nicht der kalte Graf", erwiderte Benno. „Aber Johannes. Du weißt so gut wie ich, dass er alles dafür tun würde, um sich mit Rosa auszusöhnen."
Ich hielt inne. Was Benno sagte, war durch und durch wahr. „Dann bist Du also inzwischen auch der Meinung, dass sich Johannes in den Grafen zurückverwandelt hat?", hakte ich nach.
Benno schüttelte zweifelnd den Kopf. „Ich weiß es nicht. Aber ich bin mir sicher, dass Johannes nicht verloren ist. Ich bin sein Freund und er vertraut mir. Ich glaube, dass der Graf sich deshalb mit mir verbunden hat und nicht mit Fridel, der ja auch in der Kräuterküche war."
Zum ersten Mal schaltete sich Fridel in die Diskussion ein. „Außerdem bin ich zu dickfellig." Er lächelte müde. „Nehmt es mir nicht übel. Aber im Moment bin ich ganz froh darüber."
„Vielleicht geht es Rosa genauso wie Johannes", setzte Benno seine Überlegungen fort. „Wenn wir richtig vermuten, war sie es, die uns eben vor dem Fluch der Werkzeuge gewarnt hat – der ihr Werk ist!"

„Vielleicht war es genau richtig, dass zuerst Frau Jung mit Rosa verbunden war“, meldete sich nun auch Sophie wieder. Überraschenderweise hatte sie still zugehört. „Wenn jemand versteht, was Rosa durchgemacht hat, dann Sie.“ Sophie warf mir einen versöhnlichen Blick zu, bevor sie weitersprach: „Außerdem kennen Sie jetzt wirklich alle Seiten. Die des Grafen, die Rosas, sogar die von Grete.“
Konnte es wirklich sein, dass es doch noch Hoffnung gab? Ich mochte noch immer nicht an die höheren Mächte, die Vorsehung oder das Schicksal glauben. Aber ich wusste, dass ich Johannes liebte. Gegen alle Vernunft und gegen das Untier, das er gewesen war. Trotz allem, was ich im Wald erlebt hatte. Wenn nur die geringste Chance bestand, dass *mein* Johannes noch irgendwo war, musste ich ihn finden.
Wieder sprach Benno: „Ich hab' es Dir schon einmal gesagt: Du bist das Medium, das im wahrsten Sinne des Wortes die alten und die zukünftigen Verstrickungen sieht. Befreien müssen sie sich selbst, aber Du kannst ihnen helfen.“
Ich schluckte hart und hörte mich murmeln: „Also, Frau Psychologin. Psychologisieren Sie!“
Benno nickte.

Wir saßen am Küchentisch über den Resten des Abendessens. Fridel hatte darauf bestanden, dass wir uns vor dem nächsten Akt des absurden Theaters ausreichend stärkten. Ich hatte auf Sophies Bitte bei Frau von Ziesel angerufen und darum gebeten, dass Sophie mit mir zusammen das Wochenende bei Grete verbringen durfte.
Frau von Ziesel war vollkommen einverstanden gewesen. „Auf keinen Fall will ich die junge Dame davon abhalten, Werke der Barmherzigkeit zu tun.“ Eine „wertvolle Entwicklung“, die sie Sophies Vater vermelden könne.
Offensichtlich kam der Wirtschaftsmagnat, um die Erfolge zu begutachten, die Altenstein an seiner Tochter zeitigte. Die Stimme meiner Vernunft hatte verzweifelt die Hände gerungen und mir Vertrauensbruch und Verrat an meiner Fürsorgepflicht

vorgeworfen. Aber für Vernunft war kein Platz mehr. Ich hatte mich überreden lassen, es noch einmal mit Hoffnung zu versuchen und mich dem Irrsinn zu beugen. Nur so würde ich ihn besiegen.
Der Plan war, dass ich mich durch den Sog der Werkzeuge in den Wald zurückbringen ließ und versuchte, Rosa und den Grafen ins Gespräch zu bringen. Auch wenn ich keine Ahnung hatte, wie ich das machen sollte. Aber sowohl Benno als auch Sophie waren der festen Überzeugung, dass die beiden miteinander sprechen wollten, und wir einfach nur einen Weg finden mussten, um dieses Gespräch möglich zu machen. „Alles Andere wird sich fügen“, hatte Sophie fröhlich behauptet. „Wir haben ja das Holztier.“
Benno, Fridel und Sophie wollten vor der Kräuterküche Wache halten, damit sie mir die kleine Figur bringen konnten, falls etwas schief ging. Keiner von uns wusste, was „schief gehen“ meinen könnte, aber wir hatten keine bessere Idee.
Im Moment war Fridel bei Grete, um sie für die Nacht fertig zu machen. Seine ursprüngliche Forderung, dass wir heute Abend noch einmal darüber nachdenken würden, für Grete einen Arzt zu rufen, stand nicht mehr zur Debatte. Auch Fridel hatte seinen medizinischen Verstand dem Unbegreiflichen untergeordnet. „Gegen das, was sie hat erstarren lassen, kann selbst eine Klinikpackung L-Dopa nichts ausrichten“, hatte er erklärt. „Das hier ist nicht 'Zeit des Erwachens' und ich bin nicht Robin Williams.“
Sophie hatte gebeten, kurz in die Kirche gehen zu dürfen. In Kirchen finde sie immer am besten zur Ruhe, hatte sie leicht verschämt erklärt. Ich hatte mich gewundert, aber kein Problem in ihrem Wunsch gesehen. Ich war die einzige, für die galt, dass sie das Haus nicht verlassen durfte. Diesmal würde ich brav sein. So hatte ich Sophies Wunsch zum Anlass genommen, alle Schlüssel, die ich entwendet hatte, wieder in Gretes Kästchen zurückzuhängen. Dabei war auch der Kirchenschlüssel, sodass Sophie ihre unsterbliche Seele zumindest nicht auch noch damit belasten musste, die Kirchentür zu knacken. Für heute hatte sie

diese Seele genug in Gefahr gebracht.
„Es wäre hilfreich zu wissen, wann genau Elisabeth geboren ist“, sagte Benno jetzt in meine verworrenen Gedanken hinein. „Oder gestorben.“
Irritiert sah ich ihn an.
Benno zuckte die Schultern. „Weil Johannes mir sagte, dass heute *der* Tag ist. Vielleicht ist sie am Abend oder in der Nacht geboren.“
Ich schüttelte den Kopf. „Ich erinnere mich nicht. Das einzige, das ich hoffe, ist, dass ich morgen Früh noch meinen Verstand beieinander habe und nicht tot bin.“
Eigentlich hatte ich ironisch klingen wollen, aber die Angst in meiner Stimme übertönte den Humor.
Benno nahm schweigend meine Hand. Draußen klapperte die Haustür. Sophie war zurück. Gleichzeitig wurden Fridels Schritte auf der Treppe hörbar. Gemeinsam kamen sie in die Küche. Fridel hatte das Holztier dabei, das bei Grete ohnehin nicht wirkte. Es war soweit.
Keiner von uns hatte es eilig, als wir im Gänsemarsch die Treppe hochstiegen. Selbst Sophies Enthusiasmus hatte sich deutlich abgekühlt. Ihr ohnehin blasses Gesicht wirkte bleich und ihre schwarz umrahmten Augen noch größer als sonst. Vor der Tür blieben Benno und Sophie stehen, während ich mit Fridel die Kräuterküche betrat. Er hielt das Holztier so, dass ich es sehen konnte, trotzdem spürte ich den Sog sofort, aber die finstere Bedrohung hatte tatsächlich nachgelassen. Auf dem Boden lagen die Werkzeuge unter dem Altartuch, daneben die Taufschale. Als ich mich gesetzt hatte, nickte mir Fridel noch einmal versichernd zu. „Alles wird gut, Prinzessin. Erlöse Deinen Prinzen.“
Dann schloss sich die Tür von außen.

Die Wucht der Werkzeuge traf mich ungezügelt. Es war eindeutig das Holztier gewesen, das sie gebannt hatte, nicht das Altartuch. Immerhin wusste ich diesmal, worauf ich mich eingelassen hatte, als mich der Sog fortriss. Doch zu meinem Entsetzen brachte er mich nicht in den Wald. Stattdessen wurde ich von dem Gestank nach Teer, Räucherwerk, Blut und verschmorendem Körpergewebe empfangen. Vor mir lag der kopflose Leichnam, in dessen zerfetzter Brust der Bolzen zeitlos glühte. Suchend sah ich mich um. Aber ich war erneut allein. Hier war kein Graf, keine Rosa und schon gar kein Johannes.

Mir entfuhr ein kaltes Lachen, als mir die bizarre Logik der Situation bewusst wurde: Die Werkzeuge hatten genau das getan, was sie die letzten beiden Male getan hatten. Sie hatten mich dahin gebracht, wo ihr Fluch entstanden war – in diese sinnlose Illusion außerhalb von Raum und Zeit, in der ich nichts, überhaupt nichts ausrichten konnte.

Unser Plan war fehlgeschlagen. Wenn wir auch nur ein bisschen überlegt hätten, hätten wir uns denken können, dass es so kommen musste. Vielleicht war es Benno gewesen, der am Mittag in Gestalt des finsteren Grafen dafür gesorgt hatte, dass es uns in den Wald zog. Aber Benno war Dank des Holztiers wieder Benno und stand mit den anderen und der kleinen Figur vor der Tür. Wie hätte ich ihm mitteilen sollen, dass gerade etwas ganz fürchterlich schief ging? Ich war hier gefangen!

Mit aller Macht stieg die Verzweiflung in meinem Bauch auf. Wie konnten wir uns einbilden, diese Werkzeuge ließen sich für unsere Zwecke benutzen? Hatte ich mir nicht irgendwann einmal geschworen, nicht mit Mächten zu spielen, die ich nicht kontrollieren konnte? War mir nicht vorhin schon klar gewesen, dass die Hölle in genau diese Kategorie fiel? Ich hatte mich von der Hoffnung der anderen verführen lassen, anstatt auf meine Vernunft zu hören.

Noch immer hingen meine Augen an dem verstümmelten Toten. So pervers es sein mochte, aber jetzt war er das einzige, das mir von Johannes geblieben war. Das hier vor mir war nicht mehr der kalte Graf. Es war auch nicht mein Johannes, aber er trug bereits die Verstümmlungen des zukünftigen Untoten. Auf eine paradoxe Weise verkörperte dieser Leichnam genau das, was diese Illusion war:

Ein Zustand außerhalb der Zeit.

Der absolute Nullpunkt zwischen dem kalten Grafen und meinem

Johannes.
Zwischen der Vergewaltigung und der Erlösung lag der Fluch.
Hier aber gab es nur den Fluch.
Das Gefühl rasenden Wahnsinns griff nach mir, während Übelkeit mir die Eingeweide zusammenpresste. Mit Sicherheit waren es die Werkzeuge, die mir die letzte Hoffnung stahlen – und damit auch den Willen zu kämpfen.
Ich würde mich nicht länger wehren.
Ich ergab mich.
In einer Welt der Wölfe, in der die Hölle ihre Spiele trieb, wollte ich ohnehin nicht leben. Aber ich würde ihr das einzige entgegensetzen, das ich noch hatte:
Ich würde im Gedanken an die Seele sterben, die ich liebte. Diejenige, mit der ich einst verbunden war – oder in der Zukunft dieses Toten verbunden sein würde. Hier gab es keine Zeit. Und weil das so war, war dieser zerfetzte Leichnam für mich mein Johannes.
Langsam trat ich einen Schritt auf ihn zu.
„Deine Seele, die die meine liebet, ist verwirkt mit ihr“, *flüsterte ich dem Toten die Worte eines Gedichts zu, das ich nie verstanden hatte. Aber ich wusste, was es bedeutete, mit einer anderen Seele verwirkt zu sein.*
Ich sah den fürchterlichen Krater, in dem der Bolzen steckte. Sein ewiges Glühen schien das Einzige zu sein, das in dieser Illusion Bestand hatte. Er war mir jetzt gleichgültig. Es war mir auch egal, dass da kein Kopf war. Ich liebte die Seele, die durch den Akt der Gewalt und des Irrsinns entstehen würde.
„Deine Seele, die die meine liebet ...“, *wiederholte ich, diesmal lauter, und machte einen weiteren Schritt auf Johannes' Körper zu.* „... ist verwirkt mit ihr im Teppichtibet.“
Ohne zu wissen warum, streckte ich die Hand aus, griff den Bolzen und zog ihn aus der Brust des Toten. Gleichzeitig ließ ich meine Seele los.
Aber ich starb nicht, sondern glaubte Magdalenas Lied zu hören, das mich einst mit Johannes verbunden hatte. Gleichzeitig dehnte sich meine Seele suchend nach dem anderen Teil ihrer

selbst aus. Über die Grenzen dieser Illusion hinaus, die ja doch nur ein Nicht-Ort in der Nicht-Zeit war, fiel ich in die Unendlichkeit.
„Maschentausendabertausendweit", *flüsterte ich und spürte meinen suchenden Geist die Ewigkeit abtasten, bis ich ihn fühlte. Fühlte, wie seine Seele die meine berührte und im Moment der Berührung verzweifelt festhielt, als habe sie sich verirrt und endlich einen Anker gefunden.*
„Um der Liebe Christi Willen, Catharina! Du hast mich gefunden", hörte ich ihn sagen. „Ich habe so lange auf Dich gewartet." Er war voller Erleichterung und voller Hoffnung.
Unsere Seelen hielten sich aneinander fest und wurden ein zweites Mal eins. Im selben Moment wusste ich, wussten wir beide, dass wir in Sicherheit waren.
„Ich muss mit Rosa sprechen", hörte ich Johannes irgendwann leise in die Unendlichkeit sagen.
„Ich weiß", antwortete ich und füllte die Leere. Endlich verstand ich meine Aufgabe.

Fridel war kaum zurück im Flur, da kam Sophie auf ihn zu, die neben Benno gewartet hatte. „Ich muss da rein", erklärte sie mit fester Stimme.
Benno fasste ihren Arm. „Warum denn auf einmal?"
„Wegen Rosa. Sie brauchen Rosa." Fordernd streckte Sophie ihre Hand Richtung Fridel aus. „Gib mir das Holztier!"
Der rührte sich nicht und versperrte mit seinem Körper die Tür. „Wer sind *sie*?"
„Frau Jung und der Graf." Sophie schüttelte den Kopf und korrigierte sich. „Nein, Johannes. Sie hat ihn gefunden."
„Woher weißt Du das?", fragte Benno, der noch immer Sophies Arm festhielt.
„Ich weiß es nicht." Sophie versuchte sich loszumachen. „Rosa weiß es."
Weder Fridel noch Benno rührten sich von der Stelle.
„Bitte!" Sophie sah flehend von einem zum andern.
Bevor Fridel oder Benno reagieren konnte, schlug im unteren

Geschoss eine Tür. Das Geräusch ließ alle drei herumfahren. Sekunden später wurden auf der Treppe schlurfende Schritte hörbar. Sophie aber nutzte die Gelegenheit und öffnete unbemerkt von Fridel und Benno die Kräuterküche. So leise wie möglich glitt sie nach drinnen – ohne das Holztier. Hinter ihr schloss sich die Tür. Ein Schlüssel wurde ins Schloss gesteckt und herumgedreht. Aber weder Benno noch Fridel hörten etwas, denn beide blickten gebannt auf Grete, die mit leerem Blick und roboterhaften Bewegungen nach oben kam und auf dem Treppenabsatz stehen blieb.
„Grete?“, sprach Fridel sie an.
Grete reagierte, indem sie die geöffnete Hand ausstreckte. Doch ihre Augen blieben leblos.
„Das Holztier“, forderte Benno seinen Partner auf. Der legte Grete die Figur in die Hand. Mit schlurfenden Schritten ging Grete weiter zur Tür und schien darauf zu warten, dass jemand ihr öffnete.
Erst jetzt bemerkte Benno, dass Sophie nicht hinter ihm stand. „Wo ist Sophie?“
„Sie muss da drin sein!“ Fridel schob sich an Grete vorbei und drückte die Klinke, aber die Tür war verschlossen. Zum zweiten Mal an diesem Tag rüttelte er daran.
„Fritz, das hat keinen Zweck. Sophie hat abgeschlossen.“ Benno zog Fridel von der Tür weg.
Fridel wandte sich an Grete. „Gibt es noch einen Schlüssel?“, fragte er verzweifelt, aber Grete starrte nur weiter blicklos ins Off. „Grete!“ Fridel schüttelte sie.
Wieder schritt Benno ein. „Fritz, nicht. Sie ist nicht bei sich!“ Damit schob er Grete wie eine Puppe an die Wand. Die alte Frau sackte einfach dagegen.
Benno kniete sich vor die Tür und kniff ein Auge zu. „Selbst wenn wir einen Schlüssel hätten – der andere steckt von innen. Er blockiert das Schloss.“
Fridel dreht sich auf dem Absatz herum und rannte die Treppe hinunter, bevor Benno noch etwas sagen konnte. „Ich hole Sophies Werkzeug! Ihre Jacke hängt unten.“

Keine Minute später war Fridel wieder oben. Benno hatte derweil sein Ohr an die Tür gelegt, während Grete die ganze Zeit über bewegungslos an der Wand lehnte und das Holztier festhielt.
„Und?“, fragte Fridel seinen Partner. Doch der schüttelte nur resigniert den Kopf. „Nichts.“
Fridel drückte Benno Sophies Taschenlampe in die Hand. „Halt fest!“, forderte er und machte sich so am Schloss zu schaffen, wie er es bei Sophie gesehen hatte. Eine gefühlte Ewigkeit stocherte er im Schloss, dann fiel ihm der Haken, den er hineingeschoben hatte, mit einem Klappern vor die Füße. Fridel fluchte laut.
„Fritz, das ist sinnlos.“ Benno griff nach dem Haken. Dabei fiel sein Blick auf Grete. Die lehnte zwar noch immer an der Wand, kam aber bedrohlich ins Rutschen. Offensichtlich konnte sie sich nicht mehr auf den Füßen halten.
Hastig sprang Benno ihr bei, um sie aufzufangen. „Fritz, Du musst die Tür aufbrechen. Such' nach Werkzeug! Ich halte Grete!“
Wieder eilte Fridel die Treppe hinunter. Es schien Stunden zu dauern, bis er die Treppe hochkam, während Grete in Bennos Armen immer schwerer wurde. Als Fridel endlich oben war, hatte er eine Gartenschaufel in der Hand und schickte sich an, das Schaufelblatt zwischen Tür und Zarge zu schieben, um die Tür aufzuhebeln. Fragend sah er zu Benno. Der nickte auffordernd. Doch bevor Fridel sich an die Zerstörung der Tür machen konnte, hörte man von drinnen etwas dagegen poltern.

Ich brachte uns nicht in den Sommerwald, sondern ein weiteres Mal in die Folterkammer. An den Nullpunkt zwischen dem, was gewesen war, und werden würde. Das Holzgestell war leer. Der kopflose Leichnam war verschwunden. Unter dem Holzgestell aber lag noch immer das Messer in der Lache von Blut und Erbrochenem.
Ich stand wieder an der Stelle, an der ich mich befunden hatte, bevor ich diesen Nicht-Ort zuletzt verlassen hatte. In meiner

Hand hielt ich den Bolzen. Er glühte nicht mehr. Es ging überhaupt keine Bedrohung mehr von ihm aus. Er war einfach nur ein altes Stück Metall.
„Er hat seine Macht verloren“, hörte ich eine weibliche Stimme neben mir im Dialekt sagen. Die Stimme kam mir seltsam bekannt vor. Sprach sie überhaupt Dialekt? Ich drehte mich ihr zu.
Neben mir stand Sophie, die Rosa war. Sie trug jetzt ein graues Wollkleid voller Blut. Aus irgendeinem Grund machte es mir trotzdem keine Angst, dass Sophie erneut Rosa verkörperte. Es war auf unerklärliche Weise richtig.
Rosas Blick hing an dem Bolzen, den ich hielt. „Meine Mutter hat mit ihm meinen Fluch bannen wollen. Stattdessen hat sie Dich mit dem Grafen verbunden.“ Rosa seufzte, dann sah sie mich an. „Nun bist Du ein zweites Mal eins mit ihm geworden und hast den Fluch gebrochen.“
Ungläubig starrte ich zurück. „Hab' ich?“ Wenn dem so war, hatte ich es nicht gemerkt.
Rosa lächelte mich traurig an. „Erinnerst Du Dich nicht? Die Liebe verträgt alles. Sie hofft alles. Sie glaubt alles. Sie duldet alles. Und sie ist diejenige Schicksalsmacht, die vom Himmel bis in die Hölle reicht. Du hast es bewiesen.“
Dunkel erinnerte ich mich. Das waren meine Gedanken gewesen, als ich in der Kapelle gesessen hatte, nachdem Johannes gegangen war. Damals hatte ich beschlossen, aus Liebe zu handeln und den Rest dem Schicksal zu überlassen. Damals – als ich noch auf das Schicksal hoffen wollte.
Rosa nickte, als hätte sie meine Erinnerungen verfolgt. „Deine Liebe ist die Schicksalsmacht. Hast Du ihn nicht gegen alle Vernunft geliebt und für ihn alles ertragen? Bist Du nicht eben seinetwegen in die Hölle gestiegen, um dort zu sterben, weil Du nicht dem Bösen das Feld überlassen wolltest? Du hast dem Bösen die einzige Macht entgegengesetzt, mit der man es besiegen kann.“
Sie betrachtete mich einen Moment lang schweigend. Dann nickte sie. „Trotz allem, was Du in meinem Körper erlebt hast,

hast Du nie aufgehört an denjenigen zu glauben, zu dem der kalte Graf durch Dich geworden ist. Ich danke Dir dafür.“
Statt mich über ihre Worte zu freuen, kam ich mir plötzlich fürchterlich schlecht vor. „Wie kannst Du mir dafür danken? Es muss Dir wie Verrat vorkommen!“, fragte ich beklommen. „Ich liebe denjenigen, der Dich zerstört hat.“
Rosa schüttelte den Kopf. „Du verachtest denjenigen, der mich vergewaltigt hat. Waren nicht meine Demütigung Deine Demütigung und mein Zorn Dein Zorn? Wolltest Du nicht verzweifeln an der Erkenntnis, dass die Welt voller Wölfe ist und es nur ein Prinzip gibt: Fressen oder gefressen werden? Warst Du nicht voller Verständnis für mich?“
Betreten blickte ich unter mich, denn jetzt fühlte ich mich noch viel mehr wie eine Verräterin. Mein Bedürfnis nach Vergeltung war mir doch vorgekommen wie der Sieg des Bösen.
Wieder schien Rosa meine Gedanken gelesen zu haben. „Vergeltung ist der Sieg des Bösen. Sie schafft nur neues Leid, das wiederum Leid nach sich zieht. Du hast selbst um die Unschuldigen getrauert, die die Tat des Grafen und meine Rache nach sich gezogen haben. Aber Du hast auch meinen Schmerz verstanden und meine Verzweiflung.“ Unter die Trauer in Rosas Blick mischte sich jetzt Dankbarkeit. „Du magst den Glauben in ein gütiges Schicksal aufgegeben haben, nicht aber die Hoffnung in die Menschen. Die ganze Zeit über wusstest Du, dass in Deinem Entführer oder dem Grafen noch etwas anderes steckt als nur der Wolf. Hast Du sie nicht auch in ihrer Bedürftigkeit gesehen? In ihrer kindlichen Not? Deine Fähigkeit zu Mitgefühl und Barmherzigkeit wird uns allen helfen.“
Sie wies mit der Hand auf einen Punkt hinter mir und ich drehte mich um. Dort stand Johannes. Er trug die Kleider, die er im Wald angehabt hatte. Sie waren voller Grasflecken und sein Hemd hing aus der Hose. Aber da waren keine Gier und kein Machthunger in seinem Blick, sondern grenzenlose Scham in dem Bewusstsein, dass er einen Menschen zerstört hatte. Unter dem offenen Hemd war die rote, leuchtende Narbe um seinen Hals deutlich sichtbar.

Ich unterdrückte den Impuls, ihn an der Hand zu fassen. Er würde diese Konfrontation allein aushalten müssen. Er selbst hatte sie hundertfünfzig Jahre lang herbeigesehnt.
Schweigend kam Johannes näher und stellte sich so, dass wir einen Kreis um das Holzgestell und die Blutlache mit dem Messer darunter bildeten. Seine Augen hingen an Rosa. Sie sah ihn stumm an. Über ihr Gesicht wanderten all die Emotionen, die ich in ihrem Innern gespürt hatte. Zuletzt seufzte sie. „Also?" Es klang unendlich müde – wie nach einem eineinhalb Jahrhunderte dauernden Kampf.
Johannes atmete tief ein und hob an zu sprechen. Doch dann stieß er die Luft wieder aus und schüttelte resigniert den Kopf. Ich konnte ihm ansehen, wie er nach Worten rang, die ausdrückten, was er in diesen hundertfünfzig Jahren begriffen hatte. Wie oft hatten wir über seine Schuld und seine Verantwortung gesprochen. Wieder musste ich das Bedürfnis niederkämpfen, ihm zu helfen. Ich durfte mich nicht einmischen. Das war eine Sache zwischen ihm und ihr.
Rosa ließ Johannes nicht aus den Augen. Schließlich begann er zu sprechen: „Es gibt keine Rechtfertigung für das, was ich Dir angetan habe. Ich war ein machtbesessener, eiskalter Sadist und habe in vollem Bewusstsein dessen gehandelt, was ich tue. Ich wollte Dich erniedrigen. Es ist so. Deshalb steht es mir nicht zu, Dich um Vergebung zu bitten."
Mit offenem Mund starrte ich ihn an. Wie konnte er das sagen? Alles, worauf er seit hundertfünfzig Jahren hoffte, war Rosas Vergebung! Diesmal musste ich mir fast auf die Zunge beißen, um nicht einzuschreiten.
Rosa sagte lange nichts. Sie wirkte abwesend, als sie sehr langsam nickte. Endlich sprach sie: „Du hast recht. Es gibt keine Entschuldigung."
Wieder fiel sie in Schweigen und blickte ins Leere. Dann plötzlich blitzte sie Johannes an. „Aber Du nimmst mir etwas weg, wenn Du mich nicht um Verzeihung bittest. Du nimmst mir die Möglichkeit, Frieden zu finden! Ich muss Dich, weiß Gott, nicht mögen, aber ich will Dich nicht mehr hassen. Es zerfrisst

mich! Mein Hass hat mich bitter gemacht und mir die Hoffnung genommen. Aus Hass habe ich Dich verflucht!" Rosa streckte die Hände aus, als wolle sie Johannes angehen, gestikulierte aber nur heftig. „Wir beide müssen abschließen. Genau deshalb werde ich Dich um Vergebung bitten. Jetzt." Sie sah ihn durchdringend an. „Johannes von Altenstein, ich bitte Dich um Vergebung für das, was ich Dir angetan habe!"
Johannes schüttelte abwehrend den Kopf. „Aber es gibt nichts, das ich Dir vergeben müsste. Erst durch Deinen Fluch habe ich begriffen, was ich gewesen bin. Nur in der Isolation konnte ich mich verändern."
„Herr im Himmel, begreifst Du es nicht, Graf!", rief Rosa. „Ich brauche Deine Vergebung so wie Du meine! Ich habe nicht nur Dich verstümmelt mit meiner Tat, sondern auch mich. Und mein Kind, Deine Tochter. Und unsere Enkelinnen." Verzweifelt sah Rosa zu mir. „Wir beide können nicht frei sein ohne Vergebung. Erlösung kann es nur geben, wenn wir diese Verstrickungen zerstören, die uns aneinander binden!"
Rosa bückte sich und hob das Messer vom Boden auf. Flehend hielt sie es mir hin. „Dieses Messer wird seine Macht über uns erst verlieren, wenn wir uns alle gegenseitig loslassen. Auch unsere Kinder müssen uns vergeben! Bitte, bitte hilf uns!"
Zögernd griff ich nach dem Messer. Es kam mir wie eine Ewigkeit vor, in der ich auf die beiden Werkzeuge in meinen Händen sah. Ich wusste, dass sie mir nicht mehr schaden konnten, denn ich hatte den Fluch gebrochen. Aber sie waren noch immer die Symbole von Schuld und Verstrickung.
Rosa hatte recht. Noch war nichts gelöst. Johannes und Rosa brauchten einen Akt gegenseitiger Vergebung. Und sie brauchten die ihrer Nachkommen. Die Erlösung lag im Lösen der Fesseln aller Beteiligten. Der Eltern und der Kinder.
Also, Frau Psychologin. Psychologisieren Sie! Zeit für Familientherapie.

Es war stockdunkel in der Kräuterküche, als ich mich von der Holzbank erhob. Von der finsteren Macht, die den Raum in ihren

Fängen gehabt hatte, war nichts mehr zu spüren. Neben mir kam Bewegung in Sophie. „Bleib sitzen, ich mache Licht“, flüsterte ich ihr zu. Doch bei meinem Versuch, im Dunklen den Ausgang zu finden, stolperte ich und polterte heftig gegen die Tür. Suchend tastete ich nach dem Lichtschalter, bis ich ihn endlich fand.

„Da drin passiert irgendwas!“, hörte ich Fridels Stimme von außen.

„Brich endlich die Tür auf!“, antwortete Benno.

Hastig drückte ich die Klinke, bevor mir die Tür um die Ohren fliegen konnte. Aber es war abgeschlossen. „Nicht aufbrechen!“, rief ich laut, drehte den Schlüssel und riss die Tür auf.

Vor mir stand Fridel mit einer Gartenschaufel bewaffnet und wirkte, als wolle er mich damit erschlagen. Als er mich sah, ließ er das Gerät sinken. Hinter ihm lehnte Benno an der Wand, dem Grete schlaff im Arm hing. Beide Männer wirkten völlig außer sich.

„Himmel, Catharina!“, redete Fridel los. „Ist alles in Ordnung mit Euch? Was ist mit Sophie? Sie ist einfach reingelaufen und hat die Tür abgeschlossen.“

Bevor ich antworten konnte, erschien Sophie neben mir. Sie war noch immer blass und wirkte mitgenommen. Aber sie grinste und plapperte sofort unkontrolliert los. „Mir geht’s gut. Ich hab' doch gesagt, dass ich gebraucht werde. Frau Jung hat den Grafen zurückgeholt und er hat mit Rosa geredet und das Zeug wirkt nicht mehr, aber wir sind trotzdem noch nicht ...“ Jäh unterbrach sie sich. Ihr Mund klappte zu und sie starrte in Richtung Benno.

Ich folgte ihrem Blick und auch Fridel drehte sich um.

In Gretes Körper war Leben gekommen. Auch ihre Augen hatten sich verändert. Trotzdem war sie noch nicht wirklich wach, als sie sich mühsam vorwärts schob. Sie hing mehr an Benno, als dass sie selbst lief, aber ihre Zielrichtung war klar erkennbar.

Wortlos trat Fridel zur Seite, während Sophie und ich in die Kräuterküche zurückwichen, als Grete mit Bennos Hilfe unendlich langsam an uns vorbei in den Raum schlurfte. Mit jedem Schritt, den Grete auf den Altar zumachte, schien das

Bewusstsein mehr in ihren Blick zurückzukehren
Gretes Augen fixierten den Mann, der reglos mit dem Rücken zu uns vor dem Altar stand. Es war Johannes. Er trug wieder die Kleidung, in der ich ihn kannte, und war durchscheinend und nicht mehr manifest wie in der Folterkammer. Offensichtlich konnten auch ihm die Werkzeuge nichts mehr anhaben, denn als er uns hörte, drehte er sich um.
Zu meiner grenzenlosen Überraschung hielt er die Kinderrassel in der Hand, die auf Gretes Altar gelegen hatte. Es schien, als koste es ihn überhaupt keine Kraft, sie festzuhalten. Als sein Blick den Gretes traf, nickte sie, als fände das, was sie sah, ihre Zustimmung. „Stuhl", krächzte sie mit belegter Stimme.
Fridel eilte sich, den Sessel zu holen, der vor Gretes Schreibtisch stand. Er schob ihn ihr so hin, dass Benno sie hineinrutschen lassen konnte. Dabei fiel sowohl Fridels als auch Bennos Blick auf Johannes. Beide erstarrten in der Bewegung. Fridel sog scharf die Luft ein.
„Die Rassel schwebt nicht", versuchte ich zu erklären. „Johannes hat sie in der Hand."
Neben mir kicherte Sophie. „Das sehen wir selber." Beim Blick in mein verständnisloses Gesicht, wurde Sophies Grinsen noch breiter. „Er ist sichtbar. Für alle."
„So richtig?", fragte ich ungläubig zurück.
Sophie nickte und raunte mir leise zu: „Und *er* ist echt ein Schnittchen."
Bevor sie weitere Indiskretionen von sich geben konnte, erklang ein knarzendes, aber scharfes „Catharina! Sophie!" von Grete.
Wie die gescholtenen Chorknaben fuhren wir zu der alten Frau herum. Jetzt, da Grete wieder bei vollem Bewusstsein war, war auch ihr bohrender Blick zurück, mit dem sie uns bedachte. Selbst ihr Ton hatte seine alte Schärfe, obwohl sie flüsterte: „Wir sind hier nicht fertig."
Grete wirkte angespannt und ich fragte mich, in welchen Sphären sie gewesen sein mochte. Jetzt jedenfalls war es auch für sie soweit, ihre Rolle zu spielen. Sie wandte sich an Benno und Fridel, die links und rechts von ihr standen. „Geht oder

bleibt, aber seid still.“ Dann drückte sie Sophie das Holztier in die Hand, bevor sie mich ansah und auf das Chaos am Fußboden wies. „Ihr kennt Eure Aufgabe.“
Wir nickten beide. Es musste Sophies mystische Verbindung mit Rosa sein, aus der heraus sie vollkommen selbstverständlich agierte. So ging sie zu Gretes Altar und stellte sich neben Johannes.
Das Bild, das die beiden boten, war gleichermaßen faszinierend wie verstörend. Die ganze Szene wirkte irreal und märchenhaft. Auf der einen Seite Sophie mit ihrem elfenhaften Äußeren. In ihrem schwarzen, geschnürten Kleid und den hohen Stiefeletten wirkte sie wie aus einer anderen Welt.
Johannes fügte sich in seiner altertümlichen, distinguierten Kleidung neben Sophie wie ein Puzzleteil zum anderen. Dabei bildeten seine nachtschwarzen Haare, seine dunklen Augen und seine bronzefarbene Haut einen merkwürdigen Kontrast zu Sophies Blässe, ihren langen, silberweißen Haaren und blauen Augen. Beide wirkten wie eine widersprüchliche Einheit, als gehörten sie auf paradoxe Weise zusammen. Der Eindruck wurde davon verstärkt, dass beide ein Spielzeug in der Hand hielten.
In Sophies Augen stand wieder der befremdliche Ausdruck, den sie am Abend in der Küche gehabt hatte. Noch immer war sie das kaum siebzehnjährige Mädchen, das ich kannte, und doch war sie gleichzeitig jemand anderes. Sekundenlang rührte sich niemand im Raum. Alle schienen mit dem eigenartigen Bild beschäftigt zu sein. Jeder von uns spürte, dass hier mehr im Gange war, als unsere Augen uns zeigten.
„Catharina?“, hörte ich Grete noch einmal auffordernd fragen.
Ich atmete durch und rief mich innerlich zur Ordnung.
Die Familie war versammelt.
Zeit, Seelen zu retten.
Zeit, ein Ritual zu begehen.
Auch in meiner Psychologenwelt gab es Rituale.
Draußen schlug die Turmuhr Mitternacht.
Alles hatte seine Richtigkeit, als ich mich auf den Boden kniete und das Tuch von den Werkzeugen zog. Dann nahm ich das

Taufbecken und legte den Bolzen und das Messer hinein. Sie waren nichts als rostiges Metall. Und doch würden wir sie brauchen.
Wieder trug ich die Sachen durch den Raum, diesmal zurück zum Altar, von dem ich sie vor Stunden weggeholt hatte. Ich breitete das Tuch auf dem Boden davor aus und stellte die Werkzeuge in ihrer Schale darauf. Dann erhob ich mich und entzündete die Kerze auf dem Altar. Sophie und Johannes stellten sich rechts und links von mir, um das Holztier und die Kinderrassel auf den Altar zu legen.
Hinter mir hörte ich Grete leise murmeln. „Dem Himmel sei Dank.“
Irgendjemand löschte das Deckenlicht.
Das Letzte, das ich sah, waren die Bilder der Madonnen und der Kinder über Gretes Altar.
Familie, dachte ich. *Es geht immer um die Familie*.
Dann verließ ich mit Johannes, Grete und Sophie die Kräuterküche.

Wir fanden uns am Altar der Altensteiner Kapelle wieder. Ich stand zusammen mit Johannes und Sophie, die jetzt wieder Rosa war, abseits des eigentlichen Geschehens. Johannes trug die Kleider, die er im Wald angehabt hatte, Rosa das Wollkleid, das voll von Johannes' Blut war. Grete war nirgends zu sehen, aber ich spürte ihre Anwesenheit. Gemeinsam waren wir durch die Zeit gereist und erlebten eine Vision vergangener historischer Ereignisse.
Die Kapelle war gefüllt mit Menschen. Es war Gottesdienst. Auf dem Altar stand die Taufschale auf ihrem Tuch, daneben die Karaffe, aus der ich in einer anderen Zeit, an einem anderen Ort Wasser über die Werkzeuge hatte gießen wollen. Ein Pfarrer im schwarzen Talar signalisierte gerade einer Frau in der ersten Bankreihe, zu ihm zu kommen.
Ich spürte, wie sich Rosa neben mir versteifte. Als ich ihrer Blickrichtung folgte, sah ich zwei Frauen auf den Altar zugehen. Aus meinem Folterkammertraum wusste ich, dass die eine von

beiden Magdalena Mangold war. Die andere war Rosa selbst.
In diesem Augenblick waren zwei Rosas in der Kapelle anwesend. Da war die Rosa, die in dieser Vision vergangener Ereignisse ihre Tochter zur Taufe trug. Gleichzeitig stand neben mir die Rosa, die durch Sophie einen Körper und eine Stimme bekam, damit sie gemeinsam mit Johannes die Verstrickungen der Vergangenheit auflöste. So irrational und grotesk die Anwesenheit von zwei Rosas auch sein mochte, folgte sie doch einer bestechenden Logik.
Magdalena hatte ein kleines, rotes Ding in der Hand, das ich in dem Moment erkannte, als sie es auf den Altar legte. Es war eine Kinderrassel in Form eines Marienkäfers.
Stumm verfolgten wir den Ablauf der hundertfünfzig Jahre zurückliegenden Ereignisse. Rosa wirkte ausgezehrt und abwesend, als sei sie nicht Herrin ihrer Sinne. Ihr Blick war unstet und flog mehrfach zu dem leeren gräflichen Familiengestühl der Kapelle. Immer wieder schien Rosa die Nasenflügel zu blähen.
Zum Zeitpunkt der Taufe war der kalte Graf bereits seit Monaten tot. War es möglich, dass Rosa die Kapelle nach dem untoten Vater ihres Kindes absuchte?
Das kleine Mädchen fing zu schreien an, während der Pfarrer ihm das Taufwasser über den Kopf fließen ließ. Gleichzeitig begann die Rosa, die neben mir stand und die Szene bisher reglos verfolgt hatte, zu zittern. Sie wandte sich Johannes zu. „Deine Tochter, Johannes-Adahy von Altenstein!“, flüsterte sie tonlos. „Marie.“
Johannes' Augen hingen an seinem Kind. „Rosa, ich wusste nicht …“
„Nein! Du wusstest nichts!“ Rosa spuckte ihm die Worte entgegen. „Als mein Vater Dich gebeten hat, mit mir zu sprechen, hast Du ihm Prügel angedroht.“
Sie machte einen schnellen Schritt an mir vorbei auf Johannes zu. „Weißt Du, wie ich mit mir gekämpft habe, als ich erkannte, dass ich schwanger bin? Ich bin eine Mangold! Ich kann nur ein Kind bekommen!“

Sie machte einen weiteren Schritt vorwärts, bis sie direkt vor Johannes stand. Der rührte sich nicht und ließ Rosas Zorn stumm über sich ergehen: „Fast wahnsinnig geworden bin ich an der Entscheidung, es auszutragen! Wenn Du wenigstens da Deine Verantwortung übernommen hättest! Aber es hat Dich nicht interessiert, was aus mir wird, nachdem Du über mich hergefallen bist."
Tränen liefen jetzt über Rosas Gesicht. Ihre Worte waren kaum zu verstehen. „Aber ich konnte doch nicht das Kind für die Schuld seines Vaters büßen lassen! Du solltest büßen! Du! In alle Ewigkeit solltest Du büßen!"
Rosa bebte und kämpfte darum, sich auf den Beinen zu halten. Wie um sie zu stützen, hob Johannes die Arme. Sofort schlug Rosa ihn weg. „Wage es, mich anzufassen, Graf!", fauchte sie.
Willst Du ihnen helfen oder warten, bis die Situation eskaliert?, *fragte mein Psychologen-Ich.* Vielleicht ist das der Moment zu psychologisieren.
Aber bevor ich etwas tun konnte, reagierte Johannes. Langsam, wie in Zeitlupe sank er vor Rosa auf die Knie. „Vergib mir. Ich bitte Dich! Vergib mir!" Er sah mich an. „Catharina, bitte hilf ihr!"
Ich ging zu Rosa und nahm sie in den Arm. Ihr aber sackten endgültig die Beine weg. „Großer Gott, endlich!", stöhnte sie.
Ich folgte ihr zu Boden und hielt sie fest. Rosa hustete trocken. Sie hustete ein zweites und drittes Mal, bevor sich ihr Husten in harte Schluchzer und dann in Schreie verwandelte. Sie umschlang mich und grub ihr Gesicht in meinen Pullover. Minutenlang brüllte Rosa ihren Schmerz heraus, während Weinkrämpfe ihren Körper schüttelten und sie sich an mir festkrallte. Es war, als hätte Johannes' Bitte um Vergebung den jahrhundertealten Hass aufgelöst und in den Schmerz zurückverwandelt, der er eigentlich war.
Irgendwann schien es, als wiche die Härte aus Rosas Körper und sie entspannte sich langsam. Ich hielt sie noch minutenlang, dann schob sie mich zurück. „Danke", flüsterte sie.
Ich war mir nicht sicher, ob Rosa mir für meinen Beistand dankte

oder für Johannes' Bitte um Vergebung. Endlich hob sie den Kopf und sah ihn an.
Rosas Worte waren kaum hörbar und trotzdem schien die Kapelle davon zu erbeben. „Ich vergebe Dir. Um meines Friedens Willen. Und für Deinen Frieden und den unserer Kinder.“ Sie wirkte ermattet, als habe sie mit ihrem Hass auch das losgelassen, was sie ihr Leben lang angetrieben hatte. Doch in ihren Augen stand unendliche Erleichterung.
„Ich danke Dir, Rosa Mangold“, flüsterte Johannes. „Um unser aller Frieden Willen.“
Es war deutlich zu sehen, dass er Rosa gern aufgeholfen hätte, aber er wagte es nicht. So kam sie mit meiner Hilfe wieder auf die Beine, blieb aber jetzt neben Johannes stehen, als brauchte sie mich nicht mehr als Puffer.

Ich führte uns weiter durch die Zeiten und Generationen, diesmal in die neu gebaute Dorfkirche. Die Kapelle von Altenstein hatte ausgedient. Trotzdem standen das Altensteiner Taufbecken und die Karaffe auf dem Altar. Nur die Rassel fehlte.
Wieder fand ein Gottesdienst statt, doch der Pastor war ein anderer. Von den Personen, die jetzt nach vorn kamen, kannte ich Rosa und Magdalena. Beide viel älter und gezeichnet von den Sorgen der letzten Jahrzehnte. Vor allem in Rosas Gesicht war Bitterkeit und Härte zu lesen, aber im Gegensatz zu vorhin wirkte sie geistig klar. Zwischen Rosa und Magdalena ging eine junge Frau von vielleicht dreißig Jahren. Es war die erwachsene Marie, die ihre eigene Tochter zur Taufe brachte.
„Das ist unsere Enkelin, Annegret“, hörte ich die Rosa neben mir Johannes zuflüstern, während sich die Taufzeremonie wiederholte. Auch bei Annegrets Taufe legte Magdalena zuerst die Kinderrassel auf den Altar.
Am Ende der Zeremonie schauten wir zu, wie sich die Kirche leerte, während wir drei weiterhin in der Nähe des Altars verharrten. Eine Person blieb in der Kirche sitzen. Die ganze Zeit über hatte ich Gretes Anwesenheit gespürt. Jetzt war ihr Moment gekommen.

Grete war nicht Grete, als sie in diesem Moment auf Johannes und Rosa zuging. Sie hatte die Rolle von Marie angenommen. Grete würde ihrer Ahnin eine Stimme geben.
Erst jetzt betrachtete ich Marie näher. Sie hatte große, braune Rehaugen und flachsblonde Haare. Aber ihr Gesicht war schmal, mit hohen Wangenknochen und einer scharf geschnittenen Nase.
„Sie ist wunderschön", flüsterte Johannes. „Sie hat Deine Haare und Deine Augen."
Zum ersten Mal lächelte die Rosa neben mir. „Aber Deine Züge."
Elternstolz und Elternliebe, *stellte mein Psychologen-Ich fest. Sollte der Weg zur Versöhnung über die gemeinsame Tochter führen?*
Marie blieb vor ihren Eltern stehen. In ihren Händen hielt sie den Bolzen und das Messer. Als sie zu sprechen begann, konnte ich sie kaum verstehen. Soweit ich erkennen konnte, sprach sie im Dialekt. Aber die meisten Worte, die sie formte, waren für mich unartikulierte Laute. Dabei machte Marie Gebärden zu ihrer Mutter hin, die Rosa mit ebensolchen Zeichen beantwortete.
Johannes wandte sich an Rosa. „Was sagt sie?"
Das Lächeln war aus Rosas Gesicht verschwunden, als sie die Worte ihrer Tochter übersetzte. „Sie sagt, sie habe die Konsequenzen unseres Handelns ihr Leben lang getragen. Aber sie will frei sein. Deshalb übergibt sie uns die Werkzeuge als Symbol der Bürde, die sie nicht länger auf sich nehmen kann."
Johannes reagierte sofort, indem er die Hand ausstreckte, in die Marie den Bolzen legte. „Du sollst nicht tragen, was meine Schuld ist", sagte Johannes zu seiner Tochter. „Es tut mir unendlich leid, was Du für uns und wegen uns durchgemacht hast." Emotionen wanderten über sein Gesicht. Zärtlichkeit, Stolz, Sehnsucht, Hilflosigkeit. Es war ihm anzusehen, dass er seinem Kind gern noch viel mehr gesagt hätte. Gleichzeitig wirkte er gehemmt wie ein Vater, der nicht wusste, wie man Vater war.
Nachdem Rosa übersetzt hatte, nickte Marie Johannes freundlich

zu und wandte sich wieder an ihre Mutter. Auch Rosa streckte die Hand aus, in die Marie das Messer legte. Zwischen ihnen entspann sich der gleiche Dialog wie zuvor zwischen Vater und Tochter. Bevor Marie in den Schatten der Kapelle verschwand, lächelte sie ihre Eltern noch einmal an. Mehr gab es für sie offenbar nicht zu sagen. Der Rest war Rosas und Johannes' Sache.

Maries Eltern wirkten beide, als wäre auch von ihnen eine Last gefallen. Die Tochter hatte die Verantwortung dahin zurückgegeben, wohin sie gehörte.

„Bis eben wusste ich nicht, dass ich etwas verloren habe", sagte Johannes leise zu Rosa. „Aber ich habe meine Chance vertan."

Er warf mir einen traurigen Blick zu und ich nickte. Wieder gab es nichts, mit dem ich ihn hätte trösten können. Er hatte im Leben die Entscheidung gegen sein Kind getroffen mit der Konsequenz, nie ein Vater gewesen zu sein. Daran war nichts zu ändern.

Trotzdem spürte ich, dass wir noch nicht weitergehen konnten in der Zeit. Etwas stand noch im Raum. Wie zur Bestätigung begann Rosa wieder zu sprechen. „Marie konnte nicht hören", flüsterte sie. „Es war meine Schuld. Gott hat sie vor meinem Lied schützen müssen."

Ich las Scham in ihrem Gesicht, als sie Johannes ansah. Mochte sie ihm auch vergeben haben, blieb die Schuld, die sie selbst auf sich geladen hatte. „Ich habe nicht nur Dir Furchtbares angetan. Glaubst Du mir nun, dass auch ich Vergebung brauche? Bitte!"

Wieder hatte ich den Eindruck, dass Johannes Rosa trösten wollte. Auch diesmal hielt er sich zurück. „Unser Kind hat uns verziehen. Und ich habe Dir längst vergeben."

Rosa seufzte tief. „Ich danke Dir, Graf." Zuerst zögernd, dann mit Bestimmtheit griff sie nach seiner Hand und drückte sie. Aus irgendeinem Grund waren die Werkzeuge verschwunden.

Während die beiden schweigend ihren Gedanken nachhingen, entstand die nächste Vision der Vergangenheit. Die Dorfkirche war auffällig leer. Es waren fast nur Frauen und Kinder

anwesend. Die wenigen Männer in der Kirche waren alt oder trugen Uniformen. Wir waren in der Zeit des Zweiten Weltkrieges.
Wieder wurde ein Kind getauft. Wieder standen Schale und Karaffe auf der Taufdecke. Es war Gretes Taufe, deren Zeugen wir nun wurden. Annegret Mangold kam allein, doch auch sie legte zuerst die kleine Rassel auf den Altar. Über die Jahre hatte das Spielzeug seine rote Farbe fast verloren. Man sah ihm die Spuren der Benutzung deutlich an.
Am Ende dieser Vision wiederholte sich, was wir eben schon einmal erlebt hatten. Unsere alte Grete verwandelte sich in die Stellvertreterin ihrer Ahnin. Diesmal gab sie ihrer eigenen Mutter eine Stimme. Als Annegret trat sie auf Johannes und Rosa zu. Auf wundersame Weise hatte Annegret die Werkzeuge in der Hand, die eben noch Marie an ihre Eltern zurückgegeben hatte. Und auch zwischen Annegret und ihren Großeltern wiederholte sich das Ritual der Rückgabe der Werkzeuge. Es war, als müsste jede einzelne Nachfahrin von Rosa und Johannes die Last, die Generationen von Mangoldfrauen für die beiden getragen hatten, an die Verursacher zurückgeben.
Auch nach diesem Ritual verschwanden die Werkzeuge wie von Zauberhand und es entstand eine neue Vision der Vergangenheit. Ich wusste, dass es die letzte sein würde. Es gab nur noch eine Mangoldtochter, deren Taufe wir würden verfolgen können.

Bei dieser Taufe war es tiefe Nacht. Kein Laut war zu hören. Das einzige Licht spendeten zwei hohe Kerzen auf dem Altar. Darunter stand das Taufbecken auf seinem Tuch neben der Karaffe und dem Spielzeug. Diesmal war kein Pfarrer anwesend. Die zwei Frauen, die im Lichtkegel der Kerzen standen, waren allein. Beide trugen schwarze Kleider im Stil der 60er Jahre. Die eine war Edes Mutter, wie unschwer an der Familienähnlichkeit zu erkennen war, die andere Annegret Mangold. Annegret hatte ein kleines Bündel auf dem Arm.
Trotz der Dunkelheit waren das schwarze Haar und die bronzefarbene Haut des Mädchens deutlich erkennbar. Schlaff

lag das tote Kind im Arm seiner Großmutter, die es weinend an sich drückte, bevor sie es über die Schale hielt. Über uns schlug die Turmuhr zwei Uhr morgens, während Elisabeth Mangold getauft wurde.

Als Grete am Ende dieser letzten Rückkehr in die Vergangenheit nach vorn vor Rosa und Johannes trat, war sie sie selbst und vollzog für sich selbst das Ritual der Rückgabe. Sie weinte heftig, als Rosa ihr das Messer abnahm und sagte: „Du hast das größte Opfer von allen gebracht. Es tut mir unendlich leid!“

Ich warf Johannes und Rosa einen bittenden Blick zu. Beide reagierten sofort und nahmen Grete stützend in ihre Mitte. Grete ließ es geschehen und klammerte sich weinend an ihre Urgroßeltern. All ihre typische Unbeugsamkeit, alles Halsstarrige und Harte waren verschwunden.

Die Frau, die Johannes und Rosa festhielten, war nicht mehr das letzte Familienoberhaupt einer Reihe von weisen, begabten Frauen, auf denen eine unerträgliche Verantwortung und jahrhundertealte Schuld lastete. Im Lauf der letzten Stunden hatte Grete stellvertretend für alle Mangoldfrauen und sich selbst die Verstrickungen aufgelöst, die an irgendeinem Sommertag vor hundertfünfzig Jahren ihren Anfang genommen hatten. Jetzt war Grete nur noch eine Urenkelin und eine alte, müde Frau.

Rosa strich Grete wie einem Kind zärtlich über die Wange und wischte ihr die Tränen ab. Dann sah sie Johannes an. „Du und ich und unsere Kinder sind frei. Aber es gibt noch etwas zu Ende zu bringen. Wirst Du es für mich tun und bleiben, wenn ich jetzt gehen muss?“

„Das werde ich.“ Johannes verneigte sich tief. „Ich danke Dir, Rosa Mangold.“

Rosa nickte. „Ich danke Dir, Johannes-Adahy von Altenstein. Und ich danke Dir, Catharina Gracia Jung.“ Damit trat sie in den Hintergrund und verschwand im Dunklen. Gleichzeitig aber löste sich der ganze Raum um uns auf und wir kehrten in die Gegenwart der Kräuterküche zurück. Draußen schlug die Turmuhr eine halbe Stunde nach zwei.

TEIL VI

45. Tag – Samstag

Beim Erwachen fühlte ich mich wie Dornröschen nach hundert Jahren Tiefschlaf. Aber es war nicht der Prinz, der mich geweckt hatte, sondern Sophies Kichern. „Sie sehen aus, als wäre auf Ihrem Kopf ein Pudel explodiert.“ Sophie war dabei, ihre Hälfte des Doppelbettes in Ordnung zu bringen. „Das Bad ist frei und es gibt gleich Essen.“

Wir hatten gemeinsam im Gästezimmer übernachtet. Nach unserer Rückkehr in die Gegenwart hatten Sophie und ich uns auf der Holzbank in der Kräuterküche wiedergefunden. Grete hatte nach wie vor in ihrem Sessel gesessen und Johannes vor dem Altar gestanden. Fridel und Benno schienen die ganze Zeit über im Raum Wache gehalten zu haben.

Lange hatte keiner ein Wort gesprochen. Irgendwann hatte Fridel sich allerdings nicht mehr zurückhalten können und darauf bestanden, dass wir zu Bett gingen. Sophie, die sich im Haus auskannte, hatte die Zimmer verteilt. Bevor es sich Fridel bei Benno im einstigen Kinderzimmer bequem gemacht hatte, war er zu jedem von uns gekommen, um sich davon zu überzeugen, dass wir alle die Zeitreise wohlbehalten überstanden hatten.

Als ich Fridel nach Gretes Befinden gefragt hatte, hatte der unbestimmt das Gesicht verzogen. „Schwer zu sagen. Körperlich ist alles in Ordnung. Johannes bleibt über Nacht bei ihr.“ Eine Sorgenfalte war unter Fridels Haaren sichtbar geworden. „Was mich stutzig macht, ist, dass sie sich nicht dagegen wehrt.“

Ich hatte ihn beruhigt. Grete und Johannes hatten in den letzten Stunden das Schicksal ganzer Generationen mitsamt ihrem eigenen bewältigt. Ich war mir sicher, dass es zwischen beiden noch einiges zu sagen gab. So sehr ich mich selbst nach Johannes gesehnt hatte, waren meine Bedürfnisse, verglichen mit dem, was Grete und ihn betraf, absolut nebensächlich. Ich konnte mich gedulden. Ich hatte in der Nacht mit ihm die Ewigkeit durchmessen. Außerdem wollte ich nichts als schlafen.

Glücklicherweise war Sophie genauso fertig wie ich gewesen. Jetzt allerdings war sie ausgeschlafener, als mir lieb war, und bestand darauf, auch mein Bett in Ordnung zu bringen. Also quälte ich mich ins Bad. Es gab nur noch lauwarmes Wasser, weil vor mir schon alle anderen geduscht hatten und das die Kapazitäten von Gretes antikem Boiler sprengte.
Zum Mittagessen trafen Benno, Sophie und ich uns in der Küche wieder. Johannes war noch immer bei Grete, die es vorzog, in ihrem Zimmer zu bleiben. Fridel schaute eben nach dem Rechten.
Das Essen kam vom Pizzaservice. Keiner hatte Lust gehabt zu kochen. Sophie dachte das ganze Essen hindurch fröhlich-nervtötend über ihre Rolle als Rosa nach. Wie ich von Benno in einer von Sophies kurzen Redepausen erfuhr, hatte sie meine Nachbarn sofort nach dem Aufstehen umfassend über das informiert, was wir in der Vergangenheit der Mangoldfrauen erlebt hatten.
Die Tatsache, dass sie die Stellvertreterin für Rosa gewesen war, fand sie heute Morgen nicht mehr „spooky", sondern „supercool", zumal sie dabei alle ihre Wissenslücken betreffend Gretes Familiengeschichte hatte schließen können. „Ich war mittendrin statt nur dabei. Bestimmt hat das einen Grund", behauptete sie voller Enthusiasmus. „Wie ich schon sagte, hier hat alles einen Grund." Sie sah mich an. „Das können Sie doch jetzt auch nicht mehr leugnen, Frau Jung. Schicksal oder göttlicher Wille." Sie grinste. „Immerhin haben Sie den Grafen erlöst."
Benno half Sophie beim Grinsen. Bei aller üblichen Gelassenheit war er beeindruckt von der Fügung der Dinge. „Familientherapie und Erlösungsrituale der ganz anderen Art – mit den Lebenden und den Toten." Er betrachtete mich fasziniert. „Nicht schlecht, Frau C. G. Jung. Ein Lehrstück buddhistischer Psychologie." Er nickte mir anerkennend zu.
Ich sah ihn begriffsstutzig an.
„Barmherzigkeit, Liebe und Mitgefühl statt analytischer Logik", stellte Benno fest. „Weil Du Johannes, Grete und Rosa mit

liebevoller Achtung begegnet bist und ihren Schmerz mitgefühlt hast, sind heute alle frei."
Sophie hob zu einem begeisterten Vortrag über die therapeutischen Einsatzmöglichkeiten eines Mediums an. Zum Glück wurde sie von Fridel unterbrochen, der in die Küche kam. Erleichtert verkündete er, dass Grete zwar erschöpft sei, aber keinen Arzt brauche. „Jetzt, wo das Zeug kein Unheil mehr anrichtet, wird sie sich wieder erholen." Er nahm sich ein Stück Pizza. „Dein Prinz weicht ihr nicht von der Seite."
Ich kratzte eine letzte Nudel vom Teller. „Kannst Du ihn immer noch sehen?"
„Allerdings, Prinzessin." Fridels Bart zog sich in die Breite. „Er hat nach Dir gefragt. Scheint mir lebendiger denn je." Es war deutlich erkennbar, dass ihm eine Anzüglichkeit auf den Lippen lag, die er sich aber nach einem Seitenblick auf Sophie verbiss.
Eilig stand ich vom Tisch auf. Seit ich wach war, hatte ich es mir verboten, Grete und Johannes zu stören. Aber da er nach mir gefragt hatte, gab es keinen Grund mehr, mich fernzuhalten. Sophies Hinweis auf die Erlösung zusammen mit der Tatsache, dass Johannes für alle sichtbar war, hatte die Gedanken in meinem Kopf zum Rotieren gebracht.
Allen in der Küche stand Freude und Erleichterung ins Gesicht geschrieben. Alle waren vollauf damit beschäftigt, sich über den glücklichen Ausgang einer hundertfünfzig Jahre währenden Familientragödie zu freuen. Keiner war zu Schaden gekommen, keiner war verrückt geworden. Das, was ich gestern kaum zu hoffen gewagt hatte, war eingetreten: Die Macht der Werkzeuge war zerstört, der Fluch gebrochen. Ich war meinem Herzen gefolgt und hatte mehr als eine Seele befreit. Die Liebe hatte sich als diejenige Schicksalsmacht erwiesen, die vom Himmel bis in die Hölle reichte. Und trotzdem stieg ich jetzt mit wackligen Knien die Treppe hinauf.
Erlösung bedeutet Lösen, flüsterte ein Stimmchen mir zu.
Mit zitternden Händen klopfte ich an Gretes Schlafzimmertür und trat ein. Grete saß dick in Decken gewickelt in ihrem Schaukelstuhl. Zum ersten Mal seit langem wirkte ihre Haut

nicht wächsern, sondern hatte eine rosige Farbe. Auch ihr Blick hatte seine alte Intensität. Als sie mich sah, zeigte sie ein befreites Lächeln, wie ich es noch nie bei ihr gesehen hatte. Überhaupt hatte ich Grete nur ein einziges Mal lachen sehen, seit ich sie kannte.

„Setz' Dich zu mir“, forderte sie mich auf. Sie nickte Johannes zu, der sich erhob, um mir Platz zu machen. Eigentlich hatte ich gehofft, dass wir endlich ein paar Worte miteinander wechseln könnten. Doch Grete durchkreuzte meine Hoffnungen. „Sprichst Du mit Sophie? Jetzt?“, bat sie Johannes.

Er nickte. „Natürlich.“ Wahrscheinlich stand mir die Enttäuschung ins Gesicht geschrieben, denn bevor Johannes ging, hielt er inne, beugte sich zu mir hinunter und küsste mich gegen jede Etikette vor Gretes Augen. „Später“, sagte er, dann war er auch schon verschwunden.

Lebendiger denn je, klangen mir Fridels Worte in den Ohren.

Gretes Blick hing gedankenverloren an der Tür, durch die Johannes gerade nach draußen geglitten war. Als sie zu sprechen begann, hatte ich das Gefühl, dass sie rechtfertigen wollte, Johannes weggeschickt zu haben. Wie immer sprach sie mit mir im Dialekt, als würden wir uns seit Jahrhunderten kennen.

„Für Sophie ist das alles ein großes Abenteuer, bei dem sie mit ihren Gaben spielt wie das Kind mit der Kerze. Ich wusste, warum ich sie hatte fernhalten wollen.“ Grete seufzte. „Der Himmel hat anders entschieden. Sophie hat sich in der letzten Nacht mehr aufgebürdet, als sie ahnt. Große Begabungen ziehen große Verantwortung nach sich. Ebenso wie ihre Verbindung mit Rosa.“

Mit einem tiefen Durchatmen drehte sich Grete von der Tür zu mir und nahm meine Hände. Sie betrachtete mich lange mit einem ihrer durchdringenden Blicke. „Menschen wie Du sind die Hoffnung für die Wölfe dieser Welt – und für ihre Opfer.“ Grete strich mir die Locken glatt, wie es früher meine Urgroßmutter getan hatte. „Du hast die Gabe, das Gute in den Menschen zu sehen. Du siehst, wer die Menschen sind und wer sie sein können. Aber Dir selbst machst Du es schwer.“

„Warum ist Johannes für alle sichtbar?“, fragte ich, statt auf Gretes Worte zu achten. Mein Herz hämmerte – ich wusste nicht, ob aus froher Erwartung oder Angst.
Grete lächelte müde. „Das ist es, was ich meine“, murmelte sie, bevor sie mir antwortete: „Nicht alle können ihn sehen. Nur diejenigen, die in der Nacht dabei waren.“
„Liegt es an seiner Erlösung?“ Selbst im Sitzen bekam ich weiche Knie.
„Und immer noch mehr Fragen, Catharina? Nach allem, was geschehen ist?“ Grete sah mich milder Geduld an, wie ich sie überhaupt nicht von ihr kannte. „Johannes ist der, den Du schon immer in ihm gesehen hast. Du hast es auch für uns sichtbar gemacht.“
Das half mir kein Stück weiter. „Was ist mit seiner Seele?“
„Das weißt Du besser als wir alle. Hast Du Dich nicht zum zweiten Mal mit ihr verbunden?“, lautete die nächste kryptische Antwort, als wollte Grete mich herausfordern.
Stell' Deine Frage, Catharina!, riet meine innere Psychologin.
„Er ist frei“, flüsterte ich. „Wird er jetzt sterben? Verliere ich ihn wieder?“
Grete seufzte über diese neue Frage und sah an mir vorbei. „Du stellst die falschen Fragen“, murmelte sie. Ich fürchtete schon, dass sie mehr nicht antworten würde. Doch schließlich wandte sie sich mir wieder zu. „Du hast recht“, sagte sie. „Er ist frei. Dank Deiner Hilfe ist unsere Familie frei. Und trotzdem ist er noch hier.“
„Aber wieso ...“, hob ich von Neuem an.
Diesmal brachte mich Grete mit einem Wink zum Schweigen. „Catharina! Wir alle haben unsere Aufgaben.“
Ich wusste nicht, wie mir geschah, als Grete sich zu mir beugte und ihre knochigen, langen Finger um mein Gesicht schloss. „Folge Deinem Herzen und alles andere wird sich ebenfalls fügen. Auch für Dich.“ Dann küsste sie mich auf die Stirn und schloss die Augen, als wollte sie jede weitere Frage verhindern. Vielleicht hatte unser Gespräch sie zu sehr angestrengt. „Geh jetzt“, sagte sie. Ohne die Augen zu öffnen, drückte sie noch

einmal meine Hand. „Wir alle haben unsere Aufgaben und alles hat seine Zeit.“ Sie lächelte, als ich die Tür hinter mir schloss.
Langsam ging ich Richtung Treppe und hörte Benno und Fridel in ihrem Zimmer leise miteinander sprechen. Als ich ins Erdgeschoss kam, drang Sophies Stimme durch die Küchentür. Ich konnte nicht verstehen, was sie sagte, aber es klang nach einem ernsten Gespräch. Ein Gefühl von Verlassenheit und Frustration machte sich in mir breit und ich schlich ins Gästezimmer, um ein bisschen zu heulen.
Du bist mit gutem Grund psychisch und physisch ausgelaugt, diagnostizierte meine innere Psychologin. *Seit Wochen ringst Du mit Menschen und Mächten. Was erwartest Du?*
Irgendwann am späten Nachmittag weckte mich Benno, der Bescheid geben wollte, dass er mit Fridel ins Schloss zurückfahren und Sophie mitnehmen würde. Johannes war der Meinung, dass sie dringend Abstand und Normalität brauchte. Wie es schien, war Sophie seit dem Gespräch mit Johannes und einem kurzen Besuch bei Grete nicht mehr ganz so enthusiastisch und redselig, sondern eher nachdenklich gestimmt.
Johannes war auch kurz bei mir gewesen, wie Benno berichtete. Aber er hatte mich schlafend vorgefunden und keinen Anlass gesehen, mich zu wecken. Inzwischen saß er wieder bei Grete.
Bennos Angebot, auch mich mit zum Schloss zu nehmen, lehnte ich ab. Seit ich das Mangoldhaus vorgestern betreten hatte, hatte ich mir nichts sehnlicher gewünscht, als es wieder verlassen zu dürfen. Aber jetzt, da ich endlich die Chance hatte, erschien mir die Aussicht unerträglich, in meiner Wohnung zu sitzen, solange ich Johannes hier wusste. Ich wollte endlich, endlich mit ihm reden – vor allem auch nach dem verwirrenden Gespräch mit Grete. Doch genau dieses Gespräch hielt mich ab, noch einmal in ihr Schlafzimmer zu gehen, um Johannes dort zu treffen.
Stattdessen tat ich das, was ich schon wieder sträflich vernachlässigt hatte. Ich rief meine Mutter an. Als sie abhob, war sie nicht wütend, sondern fragte danach, ob ich das Holztier inzwischen gefunden hätte. Fast hätte ich gelacht. Meine Mutter seufzte vor Erleichterung, als ich von dem Zufallsfund in Fridels

Waschkorb berichtete. Dann wollte sie wissen, wie es Grete ging. „Ich war das ganze Wochenende bei ihr“, sagte ich und wusste nicht weiter.
Meine Mutter bemerkte mein Zögern nicht, sondern freute sich darüber, dass Grete ihr Versprechen hielt, sich um mich zu kümmern. Dann fügte sie mit leisem Vorwurf hinzu: „Das erklärt, warum Du wieder so fremdartig redest.“ Aber sie kam auch schon zum nächsten Thema. Begeistert berichtete sie, dass Gretes Mittel dem Magen meines Vaters tatsächlich geholfen hatte. „Ich werde sie anrufen. Wir haben ihr so viel zu verdanken.“
Endlich fand ich meine Sprache wieder. „Warte noch ein, zwei Tage. Grete hat eine anstrengende Zeit hinter sich und erholt sich erst langsam wieder.“ Ich bemühte mich um möglichst akzentfreie Worte. „Familienangelegenheiten“, antwortete ich unbestimmt auf die besorgte Nachfrage meiner Mutter.
„Aber sie hat keine Familie. Ihre Tochter ist bei der Geburt gestorben.“ Offensichtlich hatte sich meine Mutter doch ausführlicher mit Grete unterhalten, als ich gedacht hatte.
„Elisabeth hatte gestern Todestag“, gab ich eine vorsichtige Erklärung.
„Ach so.“ Einen Moment lang schwieg meine Mutter am anderen Ende. „Dann sag' ihr ganz liebe Grüße“, bat sie schließlich. „Es muss entsetzlich sein, ein Kind zu verlieren. Ich weiß nicht, wie man das überlebt.“ Ich hörte tiefe Betroffenheit in ihren Worten. Nachdem sie mir noch das Versprechen abgenommen hatte, mich bald wieder zu melden, legten wir auf.
Um wenigstens frische Luft zu tanken, machte ich einen Spaziergang über den Kirchplatz. Eine Weile lief ich ziellos und in Gedanken herum. Vielleicht war es das Telefonat mit meiner Mutter, das meine Füße zu Elisabeths Grab führte. Ihr Geburts- und Todestag hatte tatsächlich die Wende eingeläutet und ihre Taufe in der Nacht den endgültigen Abschluss gebildet.
Die Taufen der Kinder, zu denen ihre Mütter sie gebracht hatten, waren das alles verbindende Ritual gewesen. Ein heiliger Ritus der Reinigung von Schuld und ein Versprechen in die einzige

wirkliche Macht. Ewige, bedingungslose Liebe. Hatte Marie deshalb das Taufbecken, die Decke und auch die Karaffe von Altenstein mitgenommen, als die Dorfkirche gebaut worden war?
Aber welche Rolle hatte das Spielzeug, das bei jeder Taufe auf dem Altar gelegen hatte? Seine Symbolkraft war unbestreitbar. Mittlerweile war ich sicher, dass es die Rassel gewesen war, die Johannes Kraft gegen die Energie der Werkzeuge gegeben hatte. Genauso wie uns lebende Menschen das Holztier geschützt hatte. Beide zusammen hatten den Prozess der Aussöhnung in Gang gesetzt. Sie bildeten aus irgendeinem Grund eine Einheit. Auf eine mystische Weise waren sie Zwillinge.
Symbole, Rituale und Traditionen. Noch nie war mir ihre Macht so bewusst gewesen wie in diesem Moment – zum Guten und zum Bösen. Niemand konnte sich dem entziehen.
Ich lief bis zur einbrechenden Dämmerung zwischen den Gräbern des Dorffriedhofs umher und las die Inschriften. Fast alle Grabsprüche beschworen im Angesicht des Todes den Glauben, die Hoffnung und die Liebe.
Als ich auf den Kirchplatz zurückkam, traf ich auf Fridel, der vor der Nacht noch einmal nach Grete sehen wollte. Im Hausflur kam uns Ede die Treppe herunter entgegen. Anscheinend war er in der Zeit gekommen, die ich auf dem Friedhof verbracht hatte. Er war gerüstet, als wäre er eben aus dem Wald zurück. An seinem Hut steckte ein Tannenzweig. Offensichtlich war er bester Laune und grinste breit. „Hat sich erstaunlich gut erholt, das alte Mädchen“, dröhnte seine Alphornstimme durch den Flur. „Da kann ich ja beruhigt nach Hause fahren.“
Fridel zeigte auf Edes Hut: „Waidmanns Heil!“
Ede blieb in der Haustür stehen. „Waidmanns Dank! Geringer Spießer.“ Er lachte und tippte grüßend an die Hutkrempe.
„Er hat einen Hirsch geschossen“, erklärte Fridel auf mein fragendes Gesicht.
Ich ging mit ihm die Treppe hoch, folgte ihm aber nicht ins Schlafzimmer. Wieder hielt mich irgendetwas fern, das mit meinem letzten Gespräch mit Grete zu tun hatte. Aber ich hörte

ihre Stimme von drinnen knurren, als Fridel eintrat: „Was willst Du schon wieder?“
Augenscheinlich war sie ganz die Alte. Keine Sekunde nach Fridels Eintreten kam Johannes heraus. Er umarmte mich und hielt mich fest, als müsse er jede Sekunde nutzen, die seine Kraft ihm ließ. Es gab keinen Zweifel: Er hatte mich genauso sehr vermisst wie ich ihn. Doch schon nach kurzer Zeit ließ seine Umarmung nach und die Berührung verschwand.
Grete hatte recht gehabt. An Johannes' Körperlosigkeit hatte sich nichts verändert, wohl aber an Benno, Fridel, Sophie und Grete selbst, die ihn jetzt in seiner wirklichen Gestalt sehen konnten. Und es betraf tatsächlich nur diejenigen, die in der Nacht dabei gewesen waren, sonst wäre Ede vermutlich nicht so entspannt aus Gretes Zimmer gekommen.
Gemeinsam gingen wir in die Küche. „Ich bin so froh, dass Du hier ...“, hob Johannes zu sprechen an. Doch weiter kam er nicht, denn Fridel trat ein, reinen Unglauben im Gesicht. „Sie hat mich rausgeschmissen. Ich soll nach Hause fahren und mit meinem Benno glücklich werden, hat sie gesagt.“
Etwas in Johannes' Blick veränderte sich und er fragte mich unvermittelt, ob ich bleiben könne. Unsicher nickte ich. Fridel aber machte sich unverrichteter Dinge auf den Heimweg.
Irgendetwas brannte Johannes auf der Seele. Eine Weile sagte er nichts, aber seine Augen wanderten unstet durch die Küche. Schließlich atmete er durch. „Grete wird sterben.“
„Unsinn!“ Verständnislos sah ich ihn an. „Es geht ihr endlich besser!“
Johannes lächelte traurig. „In den letzten Stunden hat Grete sich von jedem verabschiedet. Auch von Dir. Du hast es nur nicht gemerkt. Genauso wenig wie Sophie, Benno, Wolf Brunner oder Fridel.“
Ich dachte an Gretes letzte Worte mir gegenüber. *Alles hat seine Zeit.* Sie hatte über meine Gabe gesprochen. Und dass sich auch für mich alles fügen würde. Plötzlich wusste ich, warum mich unser Gespräch so seltsam berührt hatte. Auch das Gefühl, ihr Zimmer nicht noch einmal betreten zu sollen, erklärte sich. Sie

hatte mir nichts mehr zu sagen.
„Aber warum denn?“ Meine Kehle war eng.
Johannes hörte es und nahm meine Hand. „Grete hatte Visionen von Elisabeth, während sie ohnmächtig war. Sie sehnt sich nach ihrem Kind. Ihre Aufgabe hier ist erfüllt.“
Ich schluckte. „Was ist mit Dir? Wirst Du auch gehen?“
„Nein.“
Ich schluchzte auf, bevor ich noch realisierte, was Johannes gesagt hatte. „Nein?“, wiederholte ich ungläubig, während mir die Tränen das Gesicht hinunterliefen.
„Nein“, wiederholte Johannes.
„Der Geist von Canterville stirbt, nachdem Virginia ihn erlöst hat“, sagte ich mit erstickter Stimme.
Johannes lachte. „Der Geist von Canterville ist bereits verheiratet, als er Virginia trifft. Er kehrt zu seiner Frau zurück und Virginia heiratet den sehr lebendigen Herzog.“
Ich musste lächeln und schluchzte trotzdem weiter.
Johannes glitt von seinem Platz und kniete sich vor mich. Er hatte keine Kraft mehr, länger meine Hand zu halten, aber seine schwarzen Augen hielten meinen Blick fest. „Catharina“, sagte er sanft, „hast Du denn noch immer kein Vertrauen? Deine Liebe hat die Hölle überwunden. Unsere Seelen waren eins in der Unendlichkeit. Wovor könntest Du noch Angst haben?“
Ich konnte ihn nicht ansehen, als ich flüstere: „Ich will nicht, dass Du stirbst. Ich will nicht, dass Du schon wieder weggehst.“
„Wie kannst Du denn noch immer glauben, dass der Tod eine Bedeutung hat?“ Ungläubig schüttelte Johannes den Kopf. „Catharina, ich gehe nicht einfach weg.“
Mit dem Ärmel wischte ich mir die Tränen ab. „Kannst Du denn selbst entscheiden, ob Du gehst oder bleibst?“ Grete schien es zu können. Johannes' Mutter hatte es gekonnt. Oder Melville's Queequeg Edle Wilde und weise Frauen.
Johannes zuckte die Schultern. „Es scheint so.“ Er machte einen Versuch, mir über das Gesicht zu streicheln. Seine Berührung war schmetterlingszart. „Ich habe Rosa versprochen, das hier für sie zu Ende zu bringen, was auch immer das heißen mag.

Zunächst bedeutet es, mich um Sophie zu kümmern."
Vielleicht hatten wir doch noch Zeit. Grete hatte von Aufgaben gesprochen, die jeder von uns hatte.
„Weiß Sophie Bescheid wegen Grete?", wechselte ich das Thema.
„Nein. Grete will es nicht." Er seufzte und glitt wieder auf seinen Stuhl. „Ich habe mit Sophie über ihre Fähigkeit geredet, sich im Geist mit anderen Menschen zu verbinden. Ich hätte es längst tun sollen."
Johannes machte sich Vorwürfe, dass er nach Sophies zufälliger Verbindung mit ihm darauf bestanden hatte, dass sie sich zuerst um die Schule kümmerte. Nun war Sophie erneut zum Medium geworden, ohne die „nötigen Fertigkeiten" zu besitzen. „Sophie ist nicht in der Lage, eine Grenze zwischen sich selbst und der Person zu ziehen, mit der sie sich verbindet. Das ist gefährlich. Vor allem bei einem so jungen Menschen, dessen Persönlichkeit sich gerade erst bildet. Keiner von uns kann ahnen, was sie unbewusst von Rosa übernommen hat."
Ich dachte an Sophies unheimliche Veränderung, als sie meine Gedanken ausgesprochen hatte. Johannes nickte zu meinen Hinweis. Seine Sorgenfalten vertieften sich, aber er sagte nichts. Irgendwann stand er auf. „Ich sollte nach Grete sehen."
„Wann wird es soweit sein?" Ich sah ihn von der Seite an. „Wirst Du bei ihr bleiben?"
„Nur wenn sie mich lässt. Du kennst sie."
Gemeinsam gingen wir nach oben. Vor Gretes Schlafzimmer verabschiedete sich Johannes. „Nur da sein", antwortete er auf meine Frage, ob ich irgendetwas tun könne. „Wenn Du kannst, geh schlafen. Ich werde zu Dir kommen, wann immer es mir möglich ist."
Ohne Appetit aß ich von den Resten des Mittagessens und ging danach zu Bett. Gegen meine Befürchtungen schlief ich wieder wie Dornröschen. Irgendwann in der Nacht kam der Prinz zu mir, doch im Gegensatz zu Sophie weckte er mich nicht. „Schlaf weiter", flüsterte er und zog mich an sich.
„Grete?", murmelte ich träumend.

„Ist eingeschlafen.“ Johannes verhinderte, dass ich weiter fragen konnte, indem er mich mit Dunkelheit umhüllte, während ich in seine Umarmung kroch.

46. Tag – Sonntag

Obwohl ich vorbereitet gewesen war, reagierte meine Psyche mit Schock, als ich am Morgen begriff, was Johannes' Worte in der Nacht bedeutet hatten. Nebeneinander standen wir an Gretes Bett. Ihre Züge waren entspannt. Auf ihrem Gesicht lag ein Lächeln. Es wirkte beinahe spöttisch, als ob sie uns einen Streich gespielt hätte, und wir waren darauf reingefallen.
Ich merkte, dass Johannes mit sich kämpfte, auch wenn er wusste, dass Grete es so gewollt hatte. Trotzdem war ich nicht in der Lage, ihm irgendwie beizustehen. Mein Verstand hatte sich beim Anblick von Gretes totem Körper zusammen mit meinen Gefühlen auf Standby geschaltet. Ich agierte im Autopilot.
Zuerst rief ich Fridel an, der mir nicht glauben wollte und sofort losfuhr, um sich selbst zu überzeugen. Er brachte Benno mit, der ebenso schockiert war. Beide hatten fest damit gerechnet, dass Grete sich vollkommen erholen würde.
Fridel sorgte dafür, dass ein Arzt kam und den Totenschein ausstellte. Danach informierten wir Ede. Auch er war in kürzester Zeit bei uns. Er hatte Grete sein ganzes Leben lang gekannt.
„Das alte Mädchen hat schon immer gemacht, was es will“, brummte er und klopfte dem verstörten Fridel auf die Schulter. Die dicke Träne, die Ede über die Wange rollte, fing er mit einem tischdeckengroßen, karierten Taschentuch auf. Danach setzte er die dörfliche Trauermaschinerie in Gang.
Das war der Augenblick, in dem Johannes das Haus Richtung Altenstein verließ. Er sah es als seine Aufgabe an, Sophie zu informieren und ihr beizustehen. Aber im Gegensatz zu mir kannte er auch die traditionellen Trauerriten und wusste, dass es für den Rest des Tages im Haus keine Ruhe mehr geben würde.
Die ersten, die eintrafen, war eine Delegation von Landfrauen,

die vermutlich alle genauso alt waren wie Grete selbst. Sie wuschen Grete und zogen ihr das Leichenhemd an, das schon seit Jahren im Schrank bereitlag.
„Traditionell näht die Braut ihr Leichenhemd vor der Hochzeit", erfuhr ich von einer der alten Damen. Danach bahrten sie Grete in ihrem Bett auf. Kerzen wurden angezündet, Gebete gemurmelt und Lieder gesungen. Emotionslos stand ich dabei, denn mein Geist war mit gnädiger Dumpfheit umhüllt. Meine verbleibenden rationalen Kapazitäten waren damit beschäftigt, mein dialektales Unterbewusstsein im Zaum zu halten, weil besagte Trauermaschinerie alle alteingesessenen Dorfbewohner nach und nach ins Mangoldhaus trieb.
Zusammen mit Fridel und Benno wurde ich in die Küche geschickt, um den Rest des Tages Kaffee zu kochen, Brote zu schmieren und im Wohnzimmer Gäste zu bewirten. Zum Glück war Gretes Speisekammer so unerschöpflich, dass sich der Verdacht aufdrängte, die alte Frau könnte sich vorbereitet haben.
Die Haustür wurde irgendwann trotz der kalten Herbstluft gar nicht mehr geschlossen, weil bis in den Abend hinein stetig Menschen kamen und gingen. Fast alle führte der erste Weg nach oben ins Schlafzimmer, wo sie Abschied nahmen, um anschließend im Wohnzimmer alte Geschichten auszutauschen und Taschentücher voll zu weinen. Meistens ging es um Gretes resolute Mangoldart, ihr dörfliches Engagement, ihre Arbeit im Schloss und immer wieder um ihre heilerischen Fähigkeiten. Wenn auch nur die Hälfte dessen stimmte, was ich im Lauf des Tages an Heilungswundern und guten Taten hörte, würde Grete demnächst heilig gesprochen.
Viele der Trauergäste hatten Gretes Mutter noch gekannt. Eine uralte Frau erzählte sogar von Marie. Mehrmals hörte ich die Geschichte vom tragischen Tod Elisabeths und der nächtlichen Taufe. Die Alten sprachen voller Ehrfurcht, manchmal auch mit wohligem Grusel von den Mangoldfrauen und deren Fähigkeiten.
Mir fiel auf, dass kaum jüngere Menschen unter den Besuchern waren. Diejenigen in meinem Alter hatten fast ausnahmslos aus

Verzweiflung bei Grete Hilfe gesucht, weil die Medizin an ihnen gescheitert war. Niemand von den Anwesenden hätte gewagt, Grete als „Schürzengespenst“ zu bezeichnen, wie es die Altensteiner Schülerschaft despektierlich tat – oder gar als Hexe. Aber aus dem Mund der Älteren hörte ich mehrfach den Ehrentitel „Mütterchen“.
Kein einziges Mal kam die Rede auch nur annähernd auf irgendwelche Geschehnisse, die mit dem letzten Altensteiner Grafen in Zusammenhang gestanden hätten. Entweder wusste niemand davon oder man sprach nicht darüber. Es war, als hätte man den kalten Grafen vergessen.
Die letzten, die sich einfanden, waren der örtliche Pfarrer und der Bestatter. Der Pfarrer kam, um dem engsten Kern der Trauernden Trost zu spenden, während der Bestatter Grete in den Sarg legte. Dabei wirkte der Pfarrer, als ob er selbst getröstet werden müsste. Anscheinend war er erst vor wenigen Jahren hierher gekommen. Wie ich hatte er früher in der Großstadt gearbeitet, und Grete hatte ihm geholfen, in der geschlossenen dörflichen Gemeinschaft Fuß zu fassen.
Irgendwann rief uns der Bestatter in den Flur, und wir versammelten uns um den offenen Sarg. Nach einem letzten Segen wurde der Sarg geschlossen und die letzte Mangold verließ das Haus, in dem sie und ihre Ahninnen seit Jahrhunderten gelebt und gewirkt hatten.
Eine Ära war zu Ende.
Noch immer im Zustand schockierter Emotionslosigkeit, begriff ich kaum, was geschah, als Grete an mir vorbei nach draußen getragen wurde. Neben mir hielt Benno seinen Fridel im Arm, der immer wieder schniefte. Ede wischte sich fortgesetzt mit seiner Tischdecke über die Augen.
Unauffällig ließ ich meinen Blick durch die Schatten wandern und fand in einem von ihnen Johannes. Er schaute zu Boden, sodass ich sein Gesicht nicht sehen konnte. Auch er wirkte mitgenommen. Vielleicht fühlte er meinen Blick auf sich, jedenfalls hob er den Kopf und sah mich an. In seinen Augen standen Tränen, aber sein Ausdruck hatte sich seit dem Morgen

völlig verändert. Das Lächeln, das er mir schenkte, war voller Zuversicht und dem Versprechen, dass geschah, was geschehen sollte. Es war dieses Lächeln, das mich ins Wanken brachte. Ich wäre gestürzt, wenn Ede mich nicht aufgefangen hätte.
„Kindchen, gehen Sie nach Hause. Sie sind ja völlig entkräftet", hörte ich seine mitfühlende Stimme neben mir, während er mir großväterlich den Rücken tätschelte. Eine der Frauen, die am Morgen beim Aufbahren von Gretes Leichnam geholfen hatte, schob Ede zur Seite und drückte mich an ihren robusten Busen. „Wir kümmern uns um alles, Mädchen."
Willenlos ließ ich mich von ihr nach draußen bringen, wo mich Benno in sein Auto schob und Johannes neben mir auf die Rückbank glitt. Mein Gepäck und mein eigenes Auto blieben im Dorf. Keiner wollte riskieren, dass ich selbst fuhr. Ohne zu wissen wie, kam ich in meine Wohnung und in mein Bett. Als habe mein Geist nur auf diesen Moment gewartet, verließ er das Realitätstheater und fiel in taube Bewusstlosigkeit.

47. Tag – Montag

Irgendwann im Lauf der Nacht ließ die Dumpfheit nach und mein Kopf fing an, Bilder zu sortieren, während ich mich von einer Seite auf die andere wälzte. Bilder von Grete, wie sie lächelnd in ihrem weißen Totenhemd im Bett lag. Bilder von leeren Kaffeetassen. Bilder vom Brotschmieren. Bilder von Trauergästen. Und immer wieder der Sarg, der an mir vorbei aus der Tür getragen wurde.
Johannes saß neben mir auf der anderen Betthälfte und ließ es geschehen. Weder versuchte er mein Kopfkino zu unterdrücken, noch mich davon abzuhalten, mich schwitzend durch meine Kissen zu wühlen. Er wusste, dass mein überforderter Geist das Erlebte verarbeitete, damit ich aus meiner inneren Starre fand. Das geschah, als er begann, leise das Schlaflied seiner Mutter zu summen.
Es war, als würde jeder Ton ein Stück meiner Taubheit zum Bröckeln bringen, sodass die Gefühle dahinter langsam, aber

unaufhaltsam spürbar wurden. Neue Bilder erschienen und fügten sich zu denjenigen des gestrigen Tages.
Ich sah die Grete, die mir bei meiner Ankunft auf Altenstein wie eine misanthropische, alte Vogelscheuche vorgekommen war. Die unheimliche, alte Köchin, die meine Vergangenheit zu kennen schien und mich mit finsteren Worten davor warnte, auf Altenstein zu bleiben. Aber auch die weise Heilerin, die darunter litt, dass Menschen wie sie in der Welt keinen Platz mehr hatten.
Ich sah Grete in ihrem Schmerz um den Verlust ihres Kindes und ihrem Kampf gegen Johannes und meine Beziehung zu ihm. Die letzte Mangold und Hüterin der Geheimnisse um den kalten Grafen. Ihr Schock, als sie begriff, dass ich mit dem verhassten Geist durch ihr Zutun verbunden war. Gretes Veränderung und ihre Aussöhnung mit dem Erzfeind. Unser gemeinsamer Kampf gegen die Macht der Werkzeuge. Unser Weg durch die Generationen hin zur endgültigen Versöhnung und Befreiung.
Mit jedem Ton, den Johannes sang, lösten sich neue Erinnerungen. Gleichzeitig weckten sie den Schmerz, einen Menschen verloren zu haben, den ich nur wenige Wochen gekannt, der aber mein ganzes Leben bestimmt und verändert hatte.
Johannes, der mir durch meine Bilder- und Gefühlswelt folgte, zog mich immer weiter singend an sich. Wie schon einmal wiegte er mich, wie man ein Kind wiegt. Jedes Wiegen spülte die Trauer über mich und riss dabei die Mauer der Anspannung der letzten Tage und Stunden ein, bis ich von einer riesigen Welle von Emotionen überwältigt wurde. Johannes ließ mich weinen, bis ich leer war und endlich in einen friedlichen Schlaf sank.

Schon beim Erwachen spürte ich die Veränderung und die Reinigung. Ich öffnete die Augen in dem unabänderlichen Bewusstsein, dass Grete gestorben war und ich trauern würde. Aber genauso sicher wusste ich, dass es so sein musste. Grete hatte es mir gesagt, als ich bei ihr gewesen war, aber ich hatte es nicht verstanden. *Wir alle haben unsere Aufgaben. Alles hat seine Zeit.* Ihre Zeit und ihre Aufgabe waren erfüllt. Ein Kreis hatte sich geschlossen. Innerhalb ihres Kreises hatte auch ich eine Aufgabe gehabt. Auch sie war erfüllt, aber für mich ging es weiter. *Nutze Deine Gaben und alles andere wird sich ebenfalls fügen. Auch für Dich.*

Ich stand in der Alltäglichkeit meiner Küche und machte ein ganz furchtbar triviales Frühstück, während ich meine Gedanken mit dem Untoten teilte, den ich liebte, und mit dem ich neue Aufgaben zu erfüllen hatte. Er nickte in stillem Einvernehmen.

Johannes verfolgte, wie ich eine Banane in mein Müsli schnippelte. „Ich wüsste gern, wie diese Früchte schmecken“, stellte er nachdenklich fest.

Verständnislos sah ich ihn an, bis mir klar wurde, dass er Südfrüchte nur vom Sehen kennen konnte, weil es zu seinen Lebzeiten keine gegeben hatte. Meine eigene Urgroßmutter, die so viel jünger als Johannes gewesen war, hatte ihre erste Banane als erwachsene Frau gegessen.

„Wenn sie reif sind, so wie diese hier, sind sie ziemlich süß. Ihre Konsistenz ist breiig und leicht schleimig. Wie eine Mischung aus Honig und Grießbrei“, versuchte ich eine Beschreibung und musste über Johannes angewiderten Gesichtsausdruck lachen. Es tat gut, zu lachen. Es fühlte sich lebendig an.

Während ich frühstückte, berichtete Johannes von seinem gestrigen Gespräch mit Sophie. Sie hatte auf die Mitteilung von Gretes Tod zuerst mit Unglauben reagiert und war dann in wütendes Weinen ausgebrochen. Irgendwann hatte sie erklärt, dass sie allein sein wolle.

Johannes hatte es nicht verantworten können, das Mädchen allein zurückzulassen. So hatte sie der erschütterten Frau von Ziesel berichtet, was geschehen war. Die hatte Sophie in die Reithalle gebracht, mit Sybille gesprochen und dafür gesorgt, dass das Mädchen bis zum Ende von Tims Training dort wartete. Wenn jemand sich mit Verlust und Tod auskannte, dann Tim.

Johannes wollte heute Morgen noch einmal nach Sophie sehen. Seine Frage, was ich solange tun würde, beantwortete sich mit dem Klingeln meines Handys. Es war Ute, die mich im Auftrag Wirchows bat, ins Sekretariat zu kommen. „Aber nur, wenn es

Dir gut genug geht“, sie zögerte. „Ich meine wegen Frau Mangold.“
Anscheinend hatten Fridel und Ede die Schulleitung bereits vom Tod der Köchin informiert. Außerdem hatte Fridel Sophie vom Unterricht befreit, die schon vor Schulbeginn bei ihm gewesen war, weil sie sich nicht in der Lage sah, eine anstehende Klausur zu schreiben. So wusste Ute schon, dass wir das ganze Wochenende bei Grete verbracht hatten. Ich seufzte. „Eigentlich wollte ich ab heute wieder arbeiten.“
Utes Stimme klang tadelnd. „Fridel hat Wirchow schon vorgewarnt, dass Du auf diese Idee kommen könntest. Der ist der Meinung, dass Du Dir Zeit lassen sollst und vor den Ferien sowieso nichts Großartiges mehr ausrichten wirst.“
Nachdem ich aufgelegt hatte, sah mich Johannes prüfend an. Er hatte Ute offenbar gehört. „Fridels Handeln ärgert Dich.“
Ich schüttelte den Kopf. Letzte Woche wäre ich Fridel für diese Bevormundung noch an die Gurgel gegangen. Heute sah die Welt anders aus. Gretes Beerdigung stand bevor. Wenn ich mich richtig an die Worte des Pfarrers erinnerte, würde sie schon übermorgen stattfinden. Es gab nicht viel zu organisieren. Angehörige, die anreisen mussten, existierten nicht. Alle Trauergäste waren ohnehin vor Ort und wie sich gestern gezeigt hatte, funktionierten der Dorffunk und die Tradition hervorra-gend. Trotzdem wollte ich wissen, was Wirchow auf dem Herzen hatte. Es musste wichtig sein, wenn er davon ausging, dass ich vor den Ferien nicht mehr arbeiten würde.
Als ich ins Sekretariat eintrat, kamen Ute und der Direktor sofort auf mich zu. Jetzt erst wurde mir klar, dass ich seit meiner Entführung nicht hier gewesen war. Ute umarmte mich herzlich und Tränen der Rührung und der Trauer stiegen mir in die Augen.
Nachdem Ute mich losgelassen hatte, gab mir Wirchow die Hand, schien es sich aber anders zu überlegen und drückte mich ebenfalls. Als er mich losließ, wirkte er leicht verschämt wegen seiner spontanen Herzlichkeit.
Ute schmunzelte, während sie uns einen ihrer furchtbaren

Kaffees kochte. Ich bedankte mich für die Anteilnahme, aber auch für die Blumen und Genesungswünsche der letzten Woche. Als wir uns in Wirchows kubisch-sachlicher Sitzgruppe niederließen, wurde der Direktor ernst. Er schob mir ein Blatt Papier hin, das ihm heute Morgen zusammen mit einem Begleitschreiben durch die Post zugegangen war. Zögernd nahm ich den Bogen. „Ein weiteres Exemplar ist bei einem Notar hinterlegt“, erklärte Wirchow.
Der Text war mit einer alten Schreibmaschine geschrieben. Manche Buchstaben waren vom harten Anschlag tief in das Papier eingegraben. „Letzter Wille und Testament“, stand da. „Ich, Grete Mangold, im Vollbesitz meiner geistigen Kräfte, geboren am ...“ Verwirrt hob ich den Kopf und traf Wirchows Blick. „Lesen Sie“, forderte er mich auf. „Man könnte meinen, sie hätte es geahnt.“ Er lachte künstlich, wie zur Entschuldigung eines solch unsinnigen Gedankens.
In nüchternen Worten setzte Grete fest, dass sie ihren gesamten irdischen Besitz Sophie Amalia Stendal vermache. Bedingung sei, dass das Mangoldhaus weder verkauft noch vermietet werden dürfe. Bis zur Volljährigkeit Sophies sollten Catharina Gracia Jung und Partner Sophie bei allen Entscheidungen hinsichtlich des Hauses beratend unterstützen. Sollte Sophie sich bis zu ihrem Abitur entscheiden, das Haus nicht in obigem Sinne nutzen zu wollen, bestimmte Grete, dass alles Inventar vernichtet und das Haus abgerissen werden musste. Das Grundstück sollte in diesem Fall an die Kirche gehen. Das Datum des Testaments war das des Tages, an dem ich erkannt hatte, was auf Gretes Altar gehörte.
Ich las den Text noch einmal und ein drittes Mal. Schließlich legte ich das Blatt vor mir auf den Tisch. Als ich nichts sagte, begann Wirchow zu sprechen. „Ich weiß von Frau von Ziesel, dass Frau Mangold in den letzten Wochen so etwas wie eine Ziehmutter für Sophie geworden ist. Frau von Ziesel ist der festen Überzeugung, dass die positive Entwicklung, die Sophie genommen hat, unserer Köchin und Ihnen zu verdanken ist.“ Wirchow nickte mir zu.

Ich wusste nicht, was ich sagen sollte. Dass Grete positiv auf Sophie gewirkt hatte, war unzweifelhaft. Der Rest des Lobes gebührte jedoch eher meinem „Partner“.
Wirchow fuhr fort. Er hatte sich sofort mit Sophies Vater in Verbindung gesetzt und ihm von Gretes Testament berichtet. Herr Stendal würde Frau Mangolds Notar kontaktieren und das Testament seinen eigenen Anwälten vorlegen. Er würde Anfang der nächsten Woche kommen, um alles Weitere zu besprechen. Es war ohnehin geplant gewesen, dass er sich mit Wirchow und Frau von Ziesel traf, weil er sich über die Entwicklung seiner Tochter informieren wollte.
Ich nickte stumm. Noch immer fehlten mir die Worte.
„Vermutlich möchte Sophies Vater auch Sie und Ihren Partner kennen lernen“, setzte mir Wirchow weiter auseinander und ich fand schlagartig meine Sprache wieder: „Mein Partner ist unabkömmlich, aber ich stehe für ein Gespräch zur Verfügung.“
Wirchow ließ meinen Einwand unkommentiert. Er plante, noch heute mit Sophie zu sprechen, die von dem Testament nichts wusste. Schülern und Kollegium wollte Wirchow nach dem Mittagessen den Verlust von Frau Mangold und den Termin der anstehenden Beerdigung mitteilen, soweit sich die Nachricht nicht ohnehin schon herumgesprochen hatte. Er rechnete dabei nicht mit der Notwendigkeit von begleitenden Trauergesprächen für die Schülerschaft. „Frau Mangold war hervorragend in der Verwaltung der Küche. Im Umgang mit den Schülern war sie schwierig. Die Kinder werden eher ihr Essen als ihre Person vermissen, fürchte ich.“
Ich zog es vor, zu schweigen. Die Schwierigkeiten zwischen Grete und den Schülern – oder mit Wirchow und Doktor Stern – waren eher gegenseitiger Natur gewesen.
Eigentlich hatte ich gehofft, dass damit alles besprochen wäre. Ich war einigermaßen geplättet von Gretes letztem Willen. Aber es gab ein weiteres Elterngespräch, an dem ich – diesmal auf Wunsch der Eltern – zusammen mit Fridel und Benno teilnehmen sollte.
Es war Wirchow sichtlich unangenehm, denn das Gespräch war

kurzfristig für morgen anberaumt. Die Eltern von Tim kamen, um ein paar Tage mit ihrem Sohn zu verbringen. Sie wollten die Gelegenheit nutzen, sich endlich bei den Rettern ihres Kindes zu bedanken. Ein weiteres Gespräch, bei dem der Dank eher Johannes als mir gebührte.
Ich dachte an meine letzte Begegnung mit Tim und an seinen Zorn auf seine Eltern, die ihn in den schlimmsten Momenten seines Lebens im Stich gelassen hatten. Ich war gespannt, die beiden persönlich kennen zu lernen.
Nachdem ich Wirchow zugesagt hatte, erhob er sich. Er hatte zu tun und ich ging zu Ute ins Sekretariat. „Hat sich eigentlich die kleine Referendarin bei Dir gemeldet?", fragte sie, als ich gerade gehen wollte.
Ich runzelte die Stirn und kam zurück zur Theke. „Warum sollte sie?"
„Sie war am Freitag hier und wollte wissen, ob Du nächste Woche wieder arbeitest." Ute hatte ihr mitgeteilt, dass ich noch nicht im Dienst sei. „War das falsch?"
Ich schüttelte den Kopf. Ich war sowieso von Donnerstagabend an bei Grete gewesen. Wieder traf mich ein bedauernder Blick, der das Gefühl von Schmerz neu aufflammen ließ. Ich schluckte. Ute merkte es. „Ist auch egal."
Anscheinend hatte sich das Problem, das Nathalie mir gegenüber schon neulich angedeutet hatte, nicht gelöst – was auch immer es sein mochte. Ich erinnerte mich, dass es um Schlafprobleme gegangen war und dass sie bedrückt gewirkt hatte.
„An der Lehrprobe kann es nicht gelegen haben", behauptete Ute. „Die war hervorragend. Das weiß ich von Wirchow."
„Wenn Stern nicht helfen kann, geht es nicht um fachliche Schwierigkeiten", überlegte ich. Aber vielleicht war Stern selbst das Problem oder der Grund der Schlafstörungen. Weil mein Kopf die passenden Bilder zu produzieren begann, wechselte ich schnell das Thema und fragte nach meinen Klienten, aber alles war ohne Schwierigkeiten verlaufen. Ute hatte meine Termine in die Woche nach den Herbstferien verlegt und die Kinder im Notfall an die Sozialpädagogen verwiesen. Keiner hatte sich dort

gemeldet.

Als ich zurückkam, schlug Johannes einen Spaziergang vor. Nach tagelangem Nebelfrost setzte sich endlich wieder die Sonne durch. Wir beschlossen durch den Wald ins Dorf zu laufen, damit ich mein Auto und meine Sachen bei Grete holen konnte. Auf dem Weg erfuhr ich von Johannes' Begegnung mit Sophie. Er hatte sie in ihrer Wohngruppe gefunden und ungewöhnlich nachdenklich erlebt. Weil alle anderen im Schultag unterwegs gewesen waren, hatten sie ungestört miteinander sprechen können. Wie sich gezeigt hatte, war Tiny Tim ihr eine große Hilfe in ihrer Trauer um Grete. Auch hatten Frau von Ziesel und Sibylle König abgesprochen, dass Sophie und Tim so viel Zeit füreinander bekamen, wie sie brauchten.
„Aber Sophie hat nicht nur mit dem Tod Gretes zu kämpfen", berichtete Johannes. „Sie begreift auch langsam, was sie am Wochenende erlebt hat."
Wir überquerten eine Waldwiese und bei jedem meiner Schritte knirschte das Raureif auf dem Gras. Dabei hinterließ ich eine deutlich sichtbare Spur. Johannes dagegen glitt unhörbar und spurlos über den Boden, ohne sich dessen überhaupt bewusst zu sein. Mit seinen Gedanken war er bei Sophie. „Sie macht die gleiche Erfahrung wie Du. Was sie als Rosa erlebt hat, verbindet sich mit ihrer persönlichen Geschichte. Glücklicherweise gelingt es ihr gegen meine Befürchtungen recht gut, das eine vom andern zu trennen."
Ich dachte daran, wie sich meine eigene Gewalterfahrung mit der Rosas verbunden hatte und machte ein besorgtes Gesicht, aber Johannes beruhigte mich. „Es geht um ihre Familie."
„Es geht immer um die Familie", murmelte ich.
Wie Johannes erzählte, hatte Sophie in unseren gemeinsamen Visionen erlebt, welche Macht die Bindung zwischen Eltern und Kindern über das Leben jedes einzelnen Familienmitglieds hat.
„Kinder wollen doch immer nur geliebt werden", hatte Sophie gesagt. „Und eigentlich wollen die Eltern das auch, aber irgendwie funktioniert es trotzdem nicht und dann kommt nur

Scheiße dabei raus."
Johannes verzog das Gesicht, als er Sophie zitierte. „Die junge Dame war wohl bisher der Meinung, dass ihre Eltern und sie sich gegenseitig aus guten Gründen hassen. Aber nach dem, was sie als Rosas Stellvertreterin erlebt hat, quält sie dieser Umstand."
In ihrem Gespräch mit Johannes hatte Sophie traurig bemerkt: „Rosas ganzer Hass war Schmerz. Sie und Rosa und Ihre Töchter waren so befreit, als alle versöhnt waren." Verschämt hatte sie Johannes angesehen und hinzugefügt: „Und Sie beide haben im Vergleich zu meinen Eltern richtigen Mist gebaut."
Johannes blieb stehen und drehte sich mir zu. „Sophie möchte Frieden mit ihren Eltern. Aber sie hält ihren Vater für ein ...", Johannes musste sich überwinden, „„... ein machtgeiles Arschloch und fragt mich, wie sie sich ihm gegenüber verhalten soll." Er wirkte überfordert.
Ich dachte daran, wie er seiner eigenen Tochter Marie gegenübergestanden hatte. Ein Vater, der nicht wusste, wie man Vater war, aber ausreichend Erfahrungen darin hatte, ein „machtgeiles Arschloch" zu sein. Andererseits war da der liebevolle Blick, mit dem er Sophie in Gretes Küche bedacht hatte. Ich konnte ein Lächeln nicht unterdrücken. „Sophie hat ihre guten Gründe, genau Dich um Rat zu fragen."
„Das ist mir durchaus bewusst." Johannes atmete tief durch. „Ihr Vertrauen ehrt mich, aber ich fürchte, sie zu enttäuschen."
Ich streckte meine Hände aus und wartete, bis Johannes in der Lage war, sie festzuhalten. „Du wirst sie nicht enttäuschen. Sie hat Dich gefragt, weil sie spürt, dass Du Antworten auf ihre Fragen hast. Ihr werdet Euch gegenseitig helfen."
Johannes nickte dankbar. Als seine Hände an Kraft verloren, gingen wir weiter, während ich nun meinerseits von meinem Gespräch mit Wirchow berichtete. Johannes war nicht überrascht, dass Grete ihre Habe Sophie vermachte. Für Grete war Sophie wie eine Tochter gewesen. Sophie teilte die Lebenseinstellung der Mangoldfrauen – vor allem den Wunsch, mit den eigenen Gaben dem Guten zu dienen. „Es ist nur folgerichtig, wenn Grete Sophie das Mangoldhaus vererbt. Und

in dem Mädchen lebt spätestens seit diesem Wochenende der Geist der Mangoldfrauen weiter."
Ich war sicher, dass Sophie sich ungeheuer freuen und geehrt fühlen würde. Schon vor Wochen hatte sie mir erklärt, dass sie Gretes Nachfolge antreten wolle. Ich hatte ihr helfen sollen, ihren Entschluss ihrem Vater mitzuteilen. Damals hatte ich mich geweigert, denn Sophie war es eher darum gegangen, ihrem Vater mit meiner Hilfe eins auszuwischen. Jetzt aber würde dieses Gespräch unter ganz anderen, traurigen Vorzeichen stattfinden.
Inzwischen waren wir im Dorf angekommen und Johannes musste sich im Verborgenen halten. Erst vor Gretes Haustür trafen wir uns wieder. Ich hatte Ede um seinen Schlüssel gebeten, bevor wir losgegangen waren. Selbst Ede hatte sich nicht erinnern können, dass die Haustür jemals abgeschlossen gewesen war. Aber jetzt war das Mangoldhaus zum ersten Mal seit fast dreihundert Jahren unbewohnt und genau so fühlte es sich an, als wir es betraten. Es war auf eine beunruhigende Weise leer. Seelenlos. Obwohl alles wie immer aussah und man fast darauf wartete, dass Grete jeden Moment aus der Küche in resolutem Ton einen Befehl ausstoßen würde.
So schnell wie möglich packte ich meine Sachen zusammen, aber Johannes war noch nicht bereit zu gehen. Er wollte in die Kräuterküche. Widerwillig folgte ich ihm die Treppe hinauf. Oben setzten wir uns auf die Holzbank. Wieder überkam mich das seltsame Gefühl, das mich schon beim Betreten des Hauses überfallen hatte. Hier aber war es noch viel stärker. Dieser Raum war auf ganz besondere Weise gefüllt gewesen von Gretes Präsenz, ihrer Persönlichkeit, ihrer Geschichte und ihrem Wirken.
Über uns sah ich die Bilder der Madonnen, darunter den Altar, vor dem noch immer Gretes Sessel stand, wie sie ihn nach unserer Zeitreise verlassen hatte. Aber der Mensch, der in all dem lebendig gewesen war, war verschwunden. Als sei Grete weggegangen und hätte ihre Sachen aus Versehen zurückgelassen. Die Kräuterküche schien mir plötzlich noch leerer als

das ganze restliche Haus. Ich riss mich von diesen Gedanken los, weil sie mir das Herz schwer machten.
Neben mir hingen Johannes' Augen am Altar. Diesmal wusste ich, was er fixierte. Vielleicht würde ich jetzt erfahren, was es mit den beiden Spielzeugen auf sich hatte.
Bevor ich fragen konnte, schlug unten die Haustür. Dann klapperten leichte Schritte die Treppe hinauf. Sekunden später kam Sophie herein. Sie schien nicht überrascht, uns hier zu begegnen. Wortlos setzte sie sich in vorsichtigem Abstand neben Johannes auf die Bank. Sophie war ungeschminkt und wirkte dadurch sehr jung und seltsam schutzlos. Es war offensichtlich, dass sie Nähe suchte – die Nähe eines materielosen Untoten.
Hilflos sah Johannes mich an. Ich war mir sicher, dass er bisher Sophie gegenüber die angemessene Distanz und Etikette gewahrt hatte. Aber Sophie scherte sich in ihrer momentanen Bedürftigkeit um keines von beidem. Versichernd nickte ich Johannes zu. Seine Chance.
„Grete hat gesagt, dass ich herausfinden muss, wer ich bin", flüsterte Sophie, den Blick auf den Fußboden gerichtet. „Sie hat gesagt, dass ich mir treu bleiben soll, sonst werde ich unglücklich." Sophie schniefte und zog ein Taschentuch aus ihrem Ärmel. „Und jetzt hat sie mir das Haus vererbt, aber ich kann bis zum Abi überlegen. Sonst wird es abgerissen." Geräuschvoll putzte sie sich die Nase. Dann sah sie Johannes an. „Sie beide sollen mir helfen. Was bedeutet das?"
Johannes straffte sich, als wolle er sich den fehlenden Abstand zu Sophie durch eine disziplinierte Körperhaltung verschaffen. Dann aber runzelte er die Stirn, entspannte sich wieder und drehte sich ihr zu. „Dass Sie die Wahl haben", antwortete er behutsam. „Wenn ich es richtig sehe, haben Sie zwei Jahre Zeit, um zu entscheiden."
Sophie schwieg und drückte das Taschentuch in den Händen. „Es geht nicht um das Haus, nicht wahr?", fragte sie schließlich. „Es geht um mein Leben. Gretes Erbe ist nicht das Haus. Es sind ihre Fußstapfen. Deshalb hat sie gesagt, dass ich herausfinden soll, wer ich bin." Sophie sah von Johannes zu mir. „Und Sie beide

sollen verhindern, dass ich mir untreu werde."
Wie so oft bewunderte ich Sophie für ihre treffenden Schlussfolgerungen.
Johannes nickte. „Aber Sie sind frei in Ihrer Entscheidung."
Wieder sah Sophie unter sich und knetete das Taschentuch. „Vor ein paar Tagen hätte ich mich tierisch gefreut. Ich wollte bei Grete in die Lehre gehen und Köchin werden und Heilerin. Aber jetzt ist Grete tot und kann mir ..." Sophies Worte gingen in einem Schniefen unter und sie stützte das Gesicht in die Hände.
Zu meiner vollkommenen Überraschung konzentrierte sich Johannes und strich Sophie zaghaft über den Rücken. Sie reagierte in keiner Weise erschrocken oder abwehrend, sondern ließ es ganz selbstverständlich geschehen.
„Meine liebe Sophie", sagte Johannes leise. Er verlor an Kraft und zog seine Hand schüchtern zurück. „Sie müssen nicht zwingend Köchin und Heilerin werden. Möglicherweise sollen Sie einfach nur im Sinne der Mangoldfrauen Ihr Leben führen. Lernen Sie Ihre Gabe kennen und nutzen Sie sie zum Wohle der Menschen."
Sophie hob den Kopf. „Meinen Sie?" Sie war nachdenklich. „Und Sie helfen mir dabei? Sie haben es versprochen."
„Selbstverständlich." Johannes legte eine Hand auf sein Herz und deutete mit dem Kopf eine Verbeugung an. „Es wäre mir eine Freude."
Sophie sah mich an. „Und Sie sprechen mit meinem Vater?"
Ich nickte.
„Und Sie kommen auch dazu?", fragte sie Johannes. „Mein Vater merkt sowieso nichts."
Er lächelte zustimmend.
Mit einem Stoßseufzer putzte sich Sophie noch einmal die Nase. Sie schien erleichtert. Dann fiel ihr Blick auf den Fußboden. Harmlos lagen die Werkzeuge in der alten Taufschale. „Was machen wir damit?" Sie sah Johannes an.
Der zuckte die Schultern. „Wegwerfen."
„Einfach so?" Sophie verzog das Gesicht.
„Wir können sie einwickeln, bevor wir sie in die Mülltonne

werfen, wenn Sie das beruhigt." Die Werkzeuge schienen ihn überhaupt nicht mehr zu interessieren. „Aber wenn ich Sie um etwas bitten dürfte, dann würde ich gern die Spielzeuge mitnehmen. Von Rechtswegen gehören sie Ihnen." Etwas stand in seinem Blick, als er die Bitte aussprach. Plötzlich war ich mir sicher, dass wir nur wegen des Holztiers und der Rassel überhaupt hier waren. Auch Sophie schien es zu spüren.
„Na, klar", erwiderte sie. Sie stand auf und holte die Holzfiguren vom Altar, die sie vor zwei Nächten gemeinsam mit Johannes dort abgelegt hatte. Als sie sich wieder umdrehte, hatte sich ihr Ausdruck verändert. Er wirkte seltsam wissend. „Diese Spielzeuge haben Ihnen gehört." Nachdenklich sah sie Johannes an. „Aber auch Rosa, oder?", fügte sie fragend hinzu. Es war nicht auszumachen, ob Sophie lediglich die richtigen Schlüsse zog, oder ob sie ihr Wissen aus ihrer Verbindung mit Rosa schöpfte.
Johannes schien sich die gleiche Frage zu stellen und warf Sophie einen beunruhigten Blick zu. Doch dann entspannte er sich und nickte.
Sophie lächelte und drückte mir die Spielzeuge in die Hand. Ich steckte sie in meine Jacke. Diesmal würde ich sie sicher nicht vergessen.
Nachdem ich die Werkzeuge in mehreren Plastiktüten und einer Stofftasche verpackt hatte, die ich unter der Anrichte fand, gingen wir gemeinsam nach unten. Draußen warfen wir das Zeug in einen öffentlichen Müllcontainer, wie Johannes es vorgeschlagen hatte.
Wir kamen lange nach dem Abendessen zurück. Sophie hatte es eilig, denn sie wollte Tim treffen. Doch dann drehte sie sich noch einmal zu mir um. „Wann sprechen Sie wieder mit Tim?"
Ich verwies auf das Gespräch mit seinen Eltern.
„Ich meine, wann sprechen Sie allein mit ihm?", präzisierte Sophie.
Ich zuckte die Schultern. „Nach den Ferien vermutlich."
Sophie runzelte die Stirn, als gefiele ihr meine Antwort nicht. „Schade, aber nicht zu ändern", sagte sie. „Er hat beschlossen,

Ihnen was zu erzählen." Sie warf einen nachdenklichen Blick auf Johannes. „Vielleicht sollten Sie auch ...", doch dann unterbrach sie sich. „Ach, ist egal", erklärte Sophie, zuckte entschuldigend die Schultern und lief davon.
Johannes sah mich irritiert an. So berichtete ich ihm auf dem Weg in meine Wohnung von meinem letzten Gespräch mit Tim und seiner Frage nach einem Leben nach dem Tod. „Ich bin mir sicher, dass es Tim nicht um seine Schwester ging", erzählte ich, während ich die Wohnungstür aufschloss. „Sophie weiß, was der Junge auf dem Herzen hat, will aber sein Vertrauen nicht missbrauchen und schweigt deshalb."
Ich wollte mir gerade etwas zu Essen machen, da klopfte es an die Tür. Es war Fridel, der ausrichtete, dass das Gespräch mit Tims Eltern morgen Nachmittag stattfinden sollte. Außer uns würde auch der gute Stern anwesend sein. „Recherche für seine Chronik, da das Interview mit Dir ja nicht geklappt hat." Ich stöhnte und zweifelte einmal mehr am gütigen Schicksal.
Fridel wollte zurück zu Benno. „Er findet, dass wir am letzten Wochenende mehr existenzielle Erfahrungen gemacht haben als bei jeder Bergtour, jedem Schamanen und beim Schafzüchten. Das schweißt zusammen, sagt er. Benno redet noch nicht mal mehr von Umzug." Fridel war eher nachdenklich als erfreut. „Aber ich bin mir sicher, dass das nicht so bleibt", fügte er seufzend hinzu und verschwand zu seinem Angebeteten. Es galt diesen Zustand zu nutzen, solange er vorhielt.
Nach dem Essen setzten wir uns auf das Sofa. Zum ersten Mal seit langer Zeit gönnte ich mir ein Glas Rotwein. Die Holzspielzeuge hatte ich vor uns auf den Tisch gelegt. „Was haben sie zu bedeuten?", fragte ich.
Johannes lächelte abwesend. Er war tief in der Vergangenheit versunken. Mehr als hundertfünfzig Jahre tief. Endlich sah er mich an. „Wie wäre es, wenn Du es selbst herausfindest?", schlug er vor.
Verwirrt sah ich ihn an. „Wird das ein Ratespiel? Darf ich nur Fragen stellen, die mit ja oder nein beantwortbar sind?"
Johannes lachte. „Ein recht mühseliger Weg."

Ich machte halb scherzhaft, halb ernst einen Versuch. „Hatte Sophie recht mit ihrer Vermutung vorhin?“
Johannes nickte.
„Hat das Holztier Dir gehört und die Rassel Rosa?“ Jedenfalls war das die Lösung, die ich in Verbindung mit Sophies Erkenntnis aus meinen Träumen und Visionen schloss.
Johannes zögerte. „Diese Frage kann ich nicht eindeutig beantworten.“
„Aber Du hast das Holztier auf das Grab Deiner Mutter gelegt und die Rassel war das Spielzeug von Rosas Tochter“, legte ich Protest gegen die unklare Aussage ein.
„Das ist richtig“, bestätigte Johannes. Er beugte sich vor und schob die Spielzeuge so zueinander, dass sie sich berührten. „Aber es erklärt nicht ihre Symbolkraft.“
Ich seufzte und trank von meinem Wein. Er schmeckte seltsam bitter. Eigentlich war es eine Sorte, die ich mochte. „Warum nicht?“, fragte ich. „Es ging um die Kinder. Die ganze Zeit über. Das eine ist ein Spielzeug eines kleinen, verzweifelten Jungen.“ Ich sah ihn an und er nickte. „Und das andere ist das Spielzeug Deiner Tochter“, fuhr ich fort. „Es symbolisiert die Verbindung zwischen Dir und Rosa und allen anderen Generationen.“ Meine Lösung schien mir logisch.
Johannes lächelte. „Du magst recht haben und doch fehlt der entscheidende Zusammenhang.“
Frustriert nippte ich noch einmal an meinem Wein. Wieder mochte ich ihn nicht, aber es war nicht der Geschmack, der mich störte. Aus irgendeinem Grund hatte ich das Gefühl, ihn nicht trinken zu sollen. Nach meinem Folterkammererlebnis hatte ich kein Fleisch mehr essen können – aus durchaus nachvollziehbaren Gründen. Was mir allerdings den Wein vergällt hatte, war mir unerklärlich. Johannes hatte mich schweigend beobachtet, sagte aber nichts, als ich mein Glas jetzt in die Küche brachte und mit einem Orangensaft zurückkam.
„Warum sonst hätte die Rassel bei jeder einzelnen Taufe auf dem Altar liegen sollen?“, führte ich unser Gespräch fort. „Magdalena muss geahnt haben, dass sie eine besondere Kraft hat –

sozusagen als Gegenmittel zu den Werkzeugen."
„Möchtest Du noch Ja-Nein-Fragen stellen oder ist das Spiel zu Ende?", fragte Johannes und schlug ein Bein unter, sodass er mir zugewandt neben mir saß. Meine Begriffsstutzigkeit schien ihn zu amüsieren, denn leise Belustigung lag in seinem Blick. Aber er wurde ernst, als er sagte: „Wenn Du recht hättest, hätte Magdalena jedes beliebige Spielzeug der Mangoldmädchen nehmen können. Genauso wie jedes beliebige Holztier vom Grab meiner Mutter auf Gretes Altar hätte liegen können." Johannes' Blick war durchdringend. „Doch es mussten diese beiden sein und keine anderen."
Ich stöhnte und machte einen letzten Versuch. „Magdalena hat also um die Bedeutung der Rassel gewusst."
„Das war keine Frage", gab Johannes zurück. Er strich mit dem Finger sacht über die Linien in meiner gerunzelten Stirn. „Warum machst Du es Dir so schwer? Du hast andere Möglichkeiten, um die Lösung zu finden." Erwartungsvoll sah er mich an. Ich aber hatte keine Ahnung, was er meinte.
„Vielleicht solltest Du schlafen gehen", schlug er unerwartet vor.
Der abrupte Themenwechsel überforderte mich vollends. „Warum?"
Wie sich zeigte, hatte Johannes das Thema gar nicht gewechselt: „Nutze die Kraft der Spielzeuge und Deine Fähigkeiten." Er lächelte. „Erzeuge einen weisen Traum."
Endlich begriff ich und schüttelte frustriert den Kopf. „Das kann ich nicht." Ich erzählte von meinen verunglückten Versuchen, ihn im Traum zu finden. Sie waren daran gescheitert, dass ich es gar nicht erst geschafft hatte, einzuschlafen. Unter Johannes Lächeln mischte sich ein betrübter Ausdruck, der gleich wieder verschwand. „Ich helfe Dir einzuschlafen, Du lässt Dich von der Energie der Spielzeuge leiten. Sie werden Dich führen. Genau wie in Gretes Kräuterküche."
Zweifelnd sah ich ihn an. Andererseits: Was hatte ich zu verlieren? Schließlich nickte ich.

Johannes summte das Wiegenlied seiner Mutter. Er saß auf der

anderen Betthälfte, während ich mich ihm zugewandt auf der Seite zusammengerollt hatte. In jeder Hand hielt ich eine der Holzfiguren.
Schon nach wenigen leisen Tönen veränderte sich etwas in Johannes' Gesang. Unter den Klang seines dunklen Baritons mischte sich eine hellere, weibliche Stimme. Immer mehr trat die Frauenstimme in den Vordergrund, während Johannes immer mehr verklang, bis nur noch die Frau hörbar war. Gleichzeitig formte sich vor meinen Augen ein Bild. Anders als in meinen früheren Träumen und Visionen, in denen ich im Geschehen selbst gewesen war, liefen die Bilder jetzt wie ein Film vor meinen Augen ab.
Ich blickte in eine Wiege, in der auf einem Kissen ein kleiner Junge von vielleicht einem halben Jahr schlief. Er hatte pechschwarze Haare und eine bronzefarbene Haut. Neben seinem Kopf lag ein rotes Spielzeug in der Form eines Marienkäfers. Im Hintergrund sang noch immer die Frauenstimme. Ich war mir sicher, dass ich Enola hörte, die für ihren kleinen Sohn sang. Doch ihre Stimme wurde langsam immer leiser und das Bild der Wiege verschwamm vor meinen Augen, um einem anderen Platz zu machen.
Auf dem Waldboden sah ich eine Frau sitzen, die ich inzwischen aus mehreren Visionen kannte. Magdalena lehnte an einem Baum. Auf ihrem Arm lag ein Säugling, dem sie gerade die Brust gab. Voller Wärme sah sie das kleine Mädchen an, das Rosa sein musste.
Ein Junge trat von der Seite an Magdalena heran. Er mochte vielleicht drei Jahre alt sein. Seine schwarzen Haare schimmerten in der Sonne wie blauer Stahl. Um seinen Mund bis auf sein Hemd hinunter zogen sich dunkle Saftspuren. Ohne jede Scheu ließ er sich neben Magdalenas ausgestreckten Beinen nieder und lehnte sich dagegen.
Magdalena sah ihn lächelnd an und sagte im Dialekt: „Na, Johannes? Genug Brombeeren?“ Sie nahm Rosa von der Brust, die inzwischen eingeschlafen war. Vorsichtig legte sie das Baby auf ihrem Schoß ab und zog Johannes zu sich heran. Mit einem

Tuch versuchte sie ihm vergeblich den Mund abzuputzen. „Enola wird Dich schrubben müssen."
Johannes grinste und hielt dem Baby auf Magdalenas Schoß eine halb zerdrückte Brombeere vors Gesicht, die er in der Hand gehabt hatte. Magdalena schüttelte den Kopf. „Rosa ist zu klein für Brombeeren", sagte sie. „Aber Du kannst sie mir geben."
Magdalena öffnete den Mund und Johannes legte die Beere hinein. „Mmmmh", machte Magdalena und rieb sich den Bauch. Beide lachten. Dann zog Johannes etwas aus seiner Hosentasche. Schon erwartete ich eine weitere Brombeere, doch was er in der Hand hielt, war viel größer und rot. Die Rassel. Er schüttelte sie wie zur Demonstration und hielt auch sie dem schlafenden Baby hin.
„Ist die für Rosa?", fragte Magdalena. „Du bist ja lieb. Das ist doch die Rassel, die Dein Papa für Dich gemacht hat."
Johannes nickte heftig, wobei ihm die Strähnen seiner dunklen Haare ins kindliche Gesicht fielen. „Hannes braucht sie nicht mehr", erklärte er ernst in hartem Dialekt. „Und Rosa hat keine."
Damit legte er dem Baby das Spielzeug auf den Bauch. Dann beugte er sich hinunter und drückte Rosa vorsichtig einen klebrigen Kuss auf die Wange. Er grinste noch einmal Magdalena an und sprang wieder davon. Sie sah ihm lächelnd und gedankenverloren hinterher.
Auch dieses Bild verschwamm und ein weiteres formte sich. Zuerst glaubte ich, eine Wiederholung zu erleben. Wie in einem Traum vor vielen Wochen fand ich mich an Enolas Grab wieder. Aber in meinem letzten Traum war es Sommer gewesen und auf dem Grab hatten Feldblumen und eine Kletterrose duftend geblüht. Kleine, geschnitzte Tierfiguren und Steine hatten zwischen den Blumen gelegen. So, wie das Grab jetzt aussah, war es noch nicht sehr lange angelegt. Die Kletterrose war noch nicht gepflanzt, und es lag noch kein Holztier auf dem Grab. Auch schien es noch früh im Jahr zu sein. Unter der Stele mit Enolas Namen und den Tierabbildungen war die Erde kahl. Nur die Feldsteine lagen darauf.
Genau wie in meinem letzten Traum hörte ich das Friedhofstor

quietschen und auch diesmal näherte sich der kleine Johannes-Adahy dem Grab seiner Mutter. Er war jünger als in meinem ersten Traum. Wegen der Kälte war er warm angezogen mit einer groben Wolljacke, dicker Hose und schweren, beschlagenen Lederschuhen. Seine Miene war verschlossen, während er lange reglos auf die Stele blickte. Dann plötzlich sank er auf dem kalten Boden auf die Knie und schlug die Hände vors Gesicht. Minutenlang weinte er geräuschlos. Er saß noch immer bewegungslos vor dem Grab, als das Tor ein weiteres Mal quietschte und dann zuschlug. Ich sah, wie Johannes sich versteifte.
Ein kleines Mädchen kam über den Friedhof gerannt. Sie trug ein Wollkleid über dicken, gestrickten Strümpfen. Auch sie hatte grobe Schuhe an, die für ihre dünnen Beine viel zu schwer zu sein schienen. Rosa.
Sekundenlang blieb sie neben dem reglosen Jungen stehen. „Johannes, Dein Vater sucht Dich“, flüsterte sie und wartete auf seine Reaktion. Er rührte sich nicht. Schließlich ließ sie sich neben Johannes nieder.
Mit einer Hand fischte Rosa etwas aus ihrer Rocktasche, das sie Johannes hin hielt. „Ich hab' Dir was mitgebracht“, sagte sie leise im Dialekt. Es war ein kleiner, geschnitzter Bär. „Er soll Dich an Deine Mama erinnern.“ Sie zeigte auf den Bären auf der Stele.
Johannes sah auf. Mit dem Jackenärmel wischte er sich die Nase. Langsam nahm er Rosa das Tierchen ab und betrachtete es. „Der Bär war ihr Schutztier“, flüsterte er und zog die Nase hoch.
„Dann beschützt er jetzt Dich“, sagte Rosa und betrachtete Johannes von der Seite. Aber der schüttelte den Kopf.
„Ich will ihn bei ihr lassen“, sagte er. „Sie ist ganz allein hier draußen.“ Er schluckte trocken. „Und sie kennt keinen von denen.“ Johannes machte eine unbestimmte Geste zu den anderen Gräbern des Friedhofs.
Rosa sah ihn mitfühlend an. „Dann soll der Bär Deiner Mama Gesellschaft leisten.“
„Danke“, flüsterte Johannes und legte die kleine Tierfigur auf das Grab. „Ich werde ihr noch mehr Tiere bringen. Dann ist sie

nicht mehr allein.“
Er stand auf, als hingen Gewichte an ihm. Rosa erhob sich ebenfalls. Sie schwieg, während Johannes zum Abschied Worte murmelte, die ich nicht verstehen konnte. Aber ich hatte sie den erwachsenen Mann beten hören, wenn wir gemeinsam hier gewesen waren. Nachdem der kleine Johannes geendet hatte, verschwamm auch dieses Bild.
Etwas in mir schuf eine neue Situation, in der der erwachsene Johannes und ich uns in der Dunkelheit in einer Kugel aus Licht auf dem Boden gegenübersaßen. Zwischen uns lagen das Holztier und die Rassel.
„Der Bär ist das einzige Tier auf dem Grab gewesen, das Du nicht selbst gemacht hast“, flüsterte ich in die Stille hinein. „Deshalb musste es dieses und kein anderes sein. Du wusstest es von Anfang an.“
Johannes nickte und griff nach dem Bären. „Es war Rosas Geschenk an mich. So wie die Rassel mein Geschenk an sie gewesen ist.“
Die Werkzeuge hatten das symbolisiert, was sich Johannes und Rosa als Erwachsene gegenseitig angetan hatten. Die Spielzeuge aber verkörperten das Naive, Unschuldige, Unvoreingenommene, mit dem sich die beiden in ihrer Kindheit begegnet waren. Diese Kraft kindlicher Lebendigkeit hatte gegen die zerstörerische Macht der Werkzeuge gesiegt.
„Dein Vater hat die Rassel für Dich gemacht“, stellte ich leise fest. „Weißt Du auch, von wem der Bär stammt?“ Ich glaubte die Antwort zu kennen, aber Johannes wiegte unbestimmt den Kopf. „Vermutlich von ihrem Vater. Brunner, meinem Wildhüter.“
Väter, Mütter und Kinder.
Familie.

48. Tag – Dienstag

Ich begann den Tag in einem beglückenden Gefühl lebendig zu sein, das ich aus der letzten Nacht mitgenommen hatte. Aber spätestens beim Gespräch mit Tims Eltern wurde meine

Euphorie gebremst. Ziemlich schnell zeigte sich, dass die äußere Realität die alte war und es wirksame Möglichkeiten gab, kindlicher Lebendigkeit entgegenzuwirken.
Wir saßen auf den antiken Möbeln im Elternsprechzimmer, weil wir nicht alle in Wirchows Bauhaus-Büro Platz hatten. Das Sitzerlebnis auf den hohen Lehnstühlen war zu dem in Wirchows kubischen Sesseln gleichermaßen unerfreulich. Aber es waren nicht die Sitzmöbel, die das beglückende Gefühl in mir dämpften, sondern Tims Eltern.
Tims Mutter war eine blonde Schönheit. Perfekt geschminkt, mit langen manikürten Fingernägeln, angetan mit einem teuren Designerkostüm. Als sie mir bei der Vorstellung die Hand gab, lächelte sie verbindlich und drückte mir ihre tiefe Dankbarkeit aus. Ihr Gesichtsausdruck und ihre Worte wirkten überzeugend. Trotzdem spürte ich nichts, als würden die Gefühle, die zu Mimik und Worten gehörten, von irgendetwas blockiert. Wenn in dieser kühlen Blonden menschliche Emotionen steckten, verschloss sie sie vor der Außenwelt. Vor mir stand eine Meisterin der gesellschaftlich-konventionellen Sprach- und Gesichtsakrobatik, hinter der sie ihr Inneres geschickt verbarg.
Ihr Mann hielt sich kerzengerade und deutete einen Diener an, als Wirchow uns vorstellte. Sein Haarschnitt war militärisch kurz und seine ganze Erscheinung strahlte Disziplin aus. Statt des dunklen Maßanzugs hätte ich ihn mir auch in der Uniform eines preußischen Generals vorstellen können. Doch im Gegensatz zu seiner Frau war bei Tims Vater durchaus menschliche Wärme spürbar, aber sie wurde überlagert von Selbstkontrolle und Förmlichkeit.
Tim selbst war gar nicht anwesend. Ich wusste von Ute, dass es bereits morgens ein Gespräch zwischen Wirchow, Sibylle König, Tim und seinen Eltern gegeben hatte. Alle schulischen Angelegenheiten waren geklärt, jetzt ging es darum, sich angemessen bei den Rettern des Sohnes zu bedanken.
Wie angekündigt, war der gute Stern tatsächlich da, um Material für seine Chronik zu sammeln. Meinen Befürchtungen entgegen machte er aber keinerlei Anstalten, mich mit seiner

Aufmerksamkeit zu überschütten, oder mir ein Gespräch aufzuzwingen.
Während Wirchow uns alle gegenseitig vorgestellt hatte, hatte Stern jedem mit ungewohnt abwesendem Blick die Hand gegeben und sich dann am Tischende mit einem Notizblock und einem Aufnahmegerät niedergelassen. Seitdem schwieg er, wobei sein Blick immer wieder ins Leere schweifte, als sei er mit seinen Gedanken weit weg.
Fridel, Benno und ich tauschten ob dieses Umstands irritierte Blicke aus. Zum Wundern blieb aber keine Zeit, denn Tims Eltern wünschten einen ausführlichen Bericht über die Ereignisse der Sturmnacht, in der wir Tim aus der Wand des Alten Steins gerettet hatten.
Fridel und Benno folgten diesem Wunsch in ihrer fröhlich-unkonventionellen Art, was Tims Mutter mehrfach ein Stirnrunzeln abnötigte. Auch ich gab meine Sicht der Ereignisse wieder und erntete ein bestätigendes Nicken des Vaters, als ich feststellte, dass Tim das Erlebnis meiner Meinung nach sehr gut verkraftet habe.
Der Vater nickte noch einmal, als ich die positive Entwicklung und das Selbstbewusstsein ansprach, das Tim neuerdings gewonnen hatte. Ich konnte mir dabei nicht verkneifen, hinzuzufügen: „Was vor allem seiner Freundschaft mit Sophie zu verdanken ist, die ihm in seiner Trauer um Isabell eine große Stütze ist."
Zum ersten Mal glaubte ich eine echte Regung im Gesicht der Mutter zu erkennen, die durch das Gesellschaftslächeln schimmerte, aber sofort wieder verschwand. Auch ihre Stimme war völlig neutral, als sie sagte: „Eine ausgesprochen reife junge Dame mit großem Verantwortungsbewusstsein. Trotz ihres", die Mutter legte eine bedeutungsvolle Pause ein, „interessanten Äußeren. Sie scheint sich in rührender Weise um die Köchin gekümmert zu haben und hat nun selbst mit deren Verlust zu kämpfen."
Überraschenderweise begann der Vater laut zu überlegen, Tim vom geplanten Ferienlager wieder abzumelden, da er den

Eindruck hatte, „dass die Kinder voneinander profitieren.“
Bei der Formulierung „profitieren“ musste ich mir einen bösartigen Kommentar verkneifen im Sinne von „sie sind füreinander Geschwister- und Elternersatz.“
Zum Glück wechselte Tims Vater das Thema und lobte in wohlgesetzten Worten unseren selbstlosen Einsatz unter Gefahr für das eigene Leben. Dafür bedankte er sich in aller gebührenden Form.
„Wie ich gehört habe, sind Sie“, er wandte sich an Benno und Fridel, „auf der Suche nach einem geeigneten Domizil in der Nähe des Internats. Und wie ich ebenfalls hörte, haben Sie Interesse an einem Häuschen, das das Internat für die Unterbringung seiner Mitarbeiter kaufen möchte.“
Tims Vater drehte sich mit einem freundlichen Lächeln zu Wirchow um. „Nun, ich denke, mein guter Herr Wirchow, dass es eine Selbstverständlichkeit ist, dass sich Altenstein für die Rettung eines seiner Schüler erkenntlich zeigt. Ich gehe davon aus, dass Sie Ihre Bringschuld einlösen.“
Der Tonfall des Vaters war von ausgesuchter Höflichkeit, was dem Tadel, der in seinen Worten lag, zusätzlichen Nachdruck verlieh. Immerhin hatte niemand vom Altensteiner Personal bemerkt, dass Tim zum Opfer böswilliger Anschläge durch einen Mitschüler geworden und im tobenden Herbststurm in den Wald geflohen war.
Wirchows Miene zeigte, dass er sehr wohl verstanden hatte. „Natürlich steht das Haus den beiden Rettern zur Verfügung, sobald es in bewohnbarem Zustand ist.“ Er nickte verbindlich in Richtung von Tims Vater, Benno und Fridel.
„Und was Frau Jung angeht“, fuhr der Vater fort, „sollten wir uns am Schuljahresende noch einmal unterhalten, wenn es um die Verlängerung ihres Vertrags geht.“ Er sah Wirchow abwartend an. Der Vorschlag war eine Anweisung.
Ganz offensichtlich verstand sich Tims Vater virtuos auf die Kunst der feinen Untertöne. Sie mochte in Politik und Wirtschaft eine praktikable Kompetenz sein, aber ich befürchtete, dass er sie auch bei seinem Sohn anwendete.

Tim sehnte sich nach Eltern, die ihn behandelten als das, was er war: ein zwölfjähriger Junge, der geliebt werden wollte. Aber nach allem, was ich von Tim wusste, entsprach das gegenwärtige Auftreten seiner Eltern auch demjenigen, das sie ihren Kindern präsentiert hatten.
Sie zeigten keine großen emotionalen Variationen, gleichgültig, ob sie mit Tim über den Tod seiner Schwester sprachen oder mit irgendwelchen Staatsoberhäuptern die Landesökonomie diskutierten. Die beiden mochten hervorragend darin sein, sich auf dem weltweiten diplomatischen Parkett zu bewegen und aller Herren Länder zu retten, aber für ein trauerndes Kind waren sie hilfreich wie eine Tiefkühltruhe.
Leider war dies nicht der Rahmen, um diese Problematik anzusprechen. Außerdem hatte ich keinen Auftrag von Tim selbst. Ich hatte mir sein Vertrauen gerade erst erkämpft. Wenn ich mit ihm arbeiten wollte, durfte ich nicht über seinen Kopf hinweg und ohne dass er anwesend war, mit seinen Eltern über seine persönlichsten Gefühle sprechen. Sophie war ein anderer Fall. Sie hatte mich explizit um das Gespräch mit ihrem Vater gebeten.
Also schwieg ich, was Tims emotionale Situation betraf, und ließ den Rest des Treffens als notwendiges Übel über mich ergehen. Im Anschluss ging ich mit Benno und Fridel in Richtung Kerkerkeller. Wir hatten beschlossen, gemeinsam zu Abend zu essen. Doch ein Ruf, der mich die Augen rollen ließ, hielt mich auf. Der gute Stern.
„Wir kochen schon mal“, raunte mir Fridel grinsend zu und verschwand mit Benno hinter der Kellertür.
Ich wandte mich Stern zu und rechnete damit, dass er mich nun zu einem Interview über meine Entführung nötigen würde. Doch der gute Doktor stand sekundenlang unsicher vor mir und schien auf dem Holzboden nach Worten zu suchen, wobei er nervös seinen dicken Siegelring am Finger drehte.
„Meine gute Catharina“, begann er schließlich, „es ist mir etwas unangenehm.“ Stern zögerte erneut und richtete das perfekt sitzende Seidentuch in seinem Hemdkragen. „Es geht um

Fräulein Nathalie."
Er sah mich mit einem entschuldigenden Lächeln an, als sei ihm die ganze Sache peinlich. Obwohl die Halle leer war, senkte er die Stimme. „Es scheint, als habe sie ihre Lehrprobe über das wahnsinnige Gretchen ein wenig zu ernst genommen. Möglicherweise ein Fall von Überidentifikation mit einer literarischen Figur." Stern lachte künstlich. „Nun glaubt sie, selbst wahnsinnig zu sein." Wieder zögerte Stern. „Wenn es Ihnen möglich wäre ...", er rang nach Worten, „... also wenn Sie bereit wären ..."
Ich unterbrach ihn. „Sie möchten, dass ich mit ihr spreche. Als Psychologin."
Stern nickte erleichtert. „Fräulein Nathalie hat sich völlig verändert in den letzten Wochen. Ich mache mir wirklich große Sorgen, zumal ich demnächst auf einen Kongress fahren werde." Tatsächlich stand im Gesicht des guten Doktoren echte, tiefe Betroffenheit.
Sollte ich ihm unbewusst unterstellt haben, dass seine Beziehung zu der kleinen Referendarin den Zweck hatte, sein Ego aufzublähen, wurde ich nun eines Besseren belehrt. Nathalie lag ihm am Herzen. Fast tat er mir leid. Anscheinend wusste er aber nicht, dass Nathalie schon selbst versucht hatte, mit mir zu reden. Aus Schweigepflichtsgründen behielt ich diesen Umstand für mich. Zwar war Nathalie noch nicht meine Klientin, aber sie schien es zu werden. So versprach ich Stern, sie anzusprechen, sobald es mir möglich war.
Stern nickte dankbar. „Natürlich bin ich jederzeit bereit, mich zu revanchieren." Nun erschien doch noch ein leiser, spöttischer Zug auf seinem Gesicht. „Sollten Sie noch immer Interesse an dem gutaussehenden Tyrannen im Speisesaal haben, kann ich Ihnen gern bei der Recherche helfen. Als Historiker stehen mir die örtlichen Archive offen."
Da war er wieder. Der alte Stern. Trotzdem dankte ich für das Angebot, bevor wir uns verabschiedeten und ich Fridel und Benno nach unten folgte.
Natürlich setzte Fridel sofort zu einem Scherz über den Doktoren

an: „Na, meine Gnädigste“, ahmte er Sterns Tonfall nach. „Sucht der Herr Trost, weil es mit seiner Herrin nicht läuft?“
Ich sah mich gezwungen Fridel abzuwürgen. „Mein lieber Fritz“, imitierte ich meinerseits Benno, „das fällt leider unter das Dienstgeheimnis.“ Ich schenkte ihm einen Thema-beendet-Blick, der ihn widerwillig brummen und sich wieder der Zubereitung unserer Mahlzeit zuwenden ließ.
Beim Abendessen kam zwangsläufig Edes Häuschen zur Sprache. Fridels Befürchtung, dass Bennos Anhänglichkeit kein Dauerzustand sein könnte, bewahrheitete sich, denn der war fest entschlossen, das Angebot anzunehmen. Und natürlich wollte er allein einziehen.
„Fritz“, versuchte Benno seinen frustrierten Angebeteten zu beruhigen, „alle Zimmer müssen renoviert werden. Das kann den ganzen Winter dauern.“ Benno beugte sich zu ihm und küsste ihn ausführlich. „Ich liebe Dich und das soll auch so bleiben.“
Fridel brummte auch diesmal und nickte.
Um meine Nachbarn auf andere Gedanken zu bringen, erzählte ich von Sophies Erbschaft. Beide teilten die Meinung, dass Grete Sophie die Chance geben wollte, ihre Gaben im Sinne der Mangoldfrauen zu nutzen. Und beide fanden es vollkommen logisch, dass Johannes ihr dabei half.
„Wo ist eigentlich der Prinz?“, fragte Fridel, als wir nach dem Essen auf seiner Wohnlandschaft Platz genommen hatten. „Und was habt Ihr überhaupt von Grete über die Sachen in Enolas Grab erfahren?“
Betroffen sah ich von Fridel zu Benno. Johannes' Sachen! Wir hatten nicht mehr darüber gesprochen, seit ich sie in meinen Wohnzimmerschrank geräumt hatte.
„Ihr habt sie nicht gefragt“, interpretierte Benno meinen Gesichtsausdruck.
Ich nickte stumm.
„Wie soll der Prinz dann jemals erfahren, was es mit diesem Jagdunfall auf sich hat? Oder wo sein Kopf ist“, stellte Fridel die entscheidende Frage.
„Und was man mit seiner Leiche gemacht hat“, fügte Benno

hinzu.
„Man hat sie beigesetzt“, erklang Johannes' Stimme von der Terrassentür und wir fuhren alle drei herum. Anscheinend war er gerade hereingekommen. Er deutete eine Verbeugung an und glitt neben mich aufs Sofa. „Grete hat in der Nacht mit mir gesprochen, in der sie gestorben ist.“
Drei Augenpaare starrten ihn ungläubig an. Warum hatte er nichts davon gesagt? Hier ging es um die Frage aller Fragen! Er hatte Jahrzehnte nach seinem Grab gesucht. „Wo?“, war alles, was ich herausbrachte.
„In der Krypta der Kirche, in der auch die ersten Grafen von Altenstein begraben sind.“ Er klang angespannt. „Sie liegt außerhalb der Grafschaft. Deshalb konnte ich dort niemals suchen.“
Diese Auskunft verschlug mir endgültig die Sprache. Ich kannte die Kirche. Ich hatte an meinem ersten Wochenende nach meiner Ankunft auf Altenstein davor gestanden. Damals, als ich einen Ausflug ins Umland gemacht hatte und noch nichts von Johannes' Existenz wusste.
„In der Kirche … einfach so“, brachte Benno heraus, dem die Worte ebenso fehlten wie mir.
Johannes nickte. „Wie hätte es auch möglich sein sollen, dass der letzte Graf von Altenstein verschwindet, ohne dass Fragen gestellt werden.“
Damit bestätigte sich die Vermutung des guten Stern, die er schon vor Wochen mir gegenüber geäußert hatte, was den Verbleib des letzten Grafen betraf.
Fridel war wieder in der Lage, differenziert zu denken, denn er fragte: „Dann weißt Du also, was auf der Jagd passiert ist, und was Rosa mit Deinem Kopf gemacht hat?“
„Ich fürchte, nein“, stellte Johannes kopfschüttelnd fest.
Endlich fand auch ich meine Sprache wieder, und merkte, dass ich ärgerlich klang. „Würdest Du uns bitte sagen, was Du weißt?“, forderte ich. „Seit Wochen versuchen wir die Rätsel um Deinen Tod zu lösen und jetzt, da Du offensichtlich Antworten hast, müssen wir sie Dir einzeln aus der Nase ziehen!“ Im

Augenwinkel sah ich, wie sich unter Fridels Haaren die Stirn in Falten legte. „Warum hast Du mir nichts gesagt?“ Mein Ton war vorwurfsvoll.
Du bist enttäuscht, erkannte mein Psychologen-Ich das Offensichtliche.
Keiner im Raum sagte ein Wort. Benno und Fridel warfen sich einen betroffenen Blick zu.
Johannes atmete tief und luftlos durch. „Vergib mir“, begann er und wandte sich mir direkt zu. „Wir alle waren mit Gretes Tod beschäftigt. Ich hätte nach der Beerdigung mit Dir gesprochen.“ Er sah mich entschuldigend an. „Ich wollte Dich nicht verletzen, aber auch nicht zusätzlich aufregen.“
Vielleicht musste er diese Nachricht aber auch selbst erst verdauen, überlegte meine innere Stimme.
Ich seufzte. Es wäre nicht das erste Mal gewesen, dass Johannes Zeit brauchte, um die Dinge zu verarbeiten. Mein Ärger verrauchte unter seinem bedauernden Blick. „Ich hätte es gern gleich erfahren.“ Diesmal war mein Tonfall versöhnlich und Johannes lächelte mir dankbar zu.
Auch Fridel und Benno entspannten sich wieder. „Was weißt Du denn nun von Grete?“, wollte Benno wissen.
„Ich fürchte, das ist alles.“
Stumm hörten wir zu, wie Johannes berichtete, was Grete ihm hatte sagen können. Rosa hatte ihr Gedächtnis nie vollständig wiedererlangt. Keiner wusste, was sie mit dem abgetrennten Kopf gemacht hatte. Um die übrigen sterblichen Überreste hatten sich Magdalena und Brunner gekümmert. Aber sie hatten ihr Leben lang Stillschweigen darüber bewahrt, wie genau sie es geschafft hatten, die mysteriösen Umstände von Johannes' Tod zu verschleiern.
„Es ist mir ein Rätsel, wie es ihnen gelungen ist, dass niemand die Verstümmlungen an meinem Leichnam entdeckt hat. Möglicherweise ist die gesamte Geschichte um den Jagdunfall eine Finte“, endete Johannes und sah in die Runde.
„Aber Du warst doch tatsächlich in der Nacht vor Deinem Tod auf der Jagd“, gab ich zu bedenken.

Johannes nickte. „Und ich weiß, dass und auch wo ich am nächsten Morgen auf Nachsuche gegangen bin.“
„Ein Jagdunfall erklärt die Verletzungen nicht“, warf Benno ein. „Wie soll man auf der Jagd seinen Kopf verlieren?“
Johannes zuckte die Schultern.
„Vielleicht haben Brunner und Magdalena irgendwie dafür gesorgt, dass niemand nachfragt“, mutmaßte Fridel.
„Vielleicht.“ Johannes wiegte nachdenklich den Kopf. „Die beiden waren im Dorf hoch angesehen.“
„Aber warum wurdest Du nicht auf dem Altensteiner Friedhof beerdigt? Oder in der Kapelle?“, hakte ich weiter nach. „Und wenn Du offiziell beerdigt wurdest, was hat es dann mit den Sachen in Enolas Grab auf sich?“
Auch das wusste Johannes nicht.
Fridel versuchte ihm auf die Sprünge zu helfen. „Hast Du denn von all dem nichts mitbekommen? Du warst doch schon ein Untoter.“
Aber Johannes verneinte. „Nach meiner ersten Begegnung mit Magdalena Mangold habe ich mich nicht mehr in ihre Nähe gewagt. Als ich begriffen hatte, was ich bin, habe ich mich verkrochen und in Selbstmitleid ergangen. Erst nach Wochen habe ich mich aufgemacht und die Grafschaft nach einem Menschen abgesucht, der mich wahrnehmen kann.“
„Wenn Du in der ganzen Grafschaft warst, muss doch irgendwann irgendjemand einmal über Dich gesprochen haben“, überlegte Benno, doch Johannes schüttelte nur wieder den Kopf. Niemand sprach damals über den Grafen, der nichts als Unglück über die Menschen gebracht hatte. Und niemand sprach über die Umstände seines Todes. „Es war, als hätten die Menschen Angst, ich könnte meinen Namen hören und zurückkommen. Und die Mangoldfrauen taten im Lauf der Jahre alles dafür, dass das so blieb, bis mein Name vergessen wurde.“
„Das alte Sagenbuch“, bemerkte ich. „Rosas Warnungen vor dem Friedhof und den Gerüchen.“
Johannes nickte. Das Einzige, das er noch von Grete erfahren hatte, war, dass Konrad tot in der Schlucht vom Alten Stein

gefunden worden war. Er war offenbar abgestürzt. Aber auch sein Tod blieb mysteriös.
„Du hast mir irgendwann einmal erzählt, dass Konrad mehrere Tage nach dem Ritual beerdigt wurde", erinnerte ich mich jetzt. „Und dass Rosa, Magdalena, Brunner und ein Pfarrer dabei waren. Woher weißt Du davon?"
„Ich habe sie gesehen. Es war derselbe Tag, an dem ich Magdalena Mangold im Rittersaal begegnet bin." Johannes seufzte. „Danach floh ich in meiner Verzweiflung zum Grab meiner Mutter. Während ich mich noch dort aufhielt, kam die Prozession. Bei Konrads Eltern war sein Grab bereits ausgehoben. Damals habe ich in meiner Selbstsucht keinen Gedanken an ihn verschwendet. Er war für mich immer nur ein Idiot und ein Opfer gewesen. Aber als ich begriff, was auf dem Friedhof passieren würde, bin ich davongelaufen."
Sekundenlang fiel Johannes in Schweigen. Schließlich atmete er durch. Es klang endgültig, als er sagte: „Niemand weiß, was vor hundertfünfzig Jahren wirklich geschehen ist. Es scheint das Geheimnis von Magdalena und Brunner bleiben zu sollen."
Bennos Ton war voller Mitgefühl, als er meine Gedanken aussprach: „Wie kommst Du damit klar?"
Johannes betrachtete nachdenklich seine Hände, die er im Schoß zusammengelegt hatte. „Es ist, wie es ist", erklärte er sachlich. „Ich habe meinen Frieden mit den Mangoldfrauen gemacht. Das allein ist wichtig." Einen Moment schwieg er, dann sah er auf. „Sollte das Schicksal der Meinung sein, dass ich erfahren muss, was geschehen ist, wird es einen Weg finden."
Kurze Zeit später verabschiedeten wir uns. Morgen würde ein schwerer Tag werden. Gemeinsam hatten wir beschlossen, dass ich mit Benno und Fridel zu Gretes Beerdigung fahren würde. Johannes würde irgendwo im Verborgenen bleiben. Er hatte uns gebeten, Sophie mitzunehmen, die lieber mit uns als mit Lehrern oder Mitschülern hingehen wollte. Tim würde mit seinen Eltern beschäftigt sein. Außerdem wollte er sich nach dem Tod seiner Schwester keine Beerdigung antun.
Als wir auf meinem Sofa saßen, waren alle Unstimmigkeiten des

Abends vergessen. Mein Kopf war voll vom morgigen Begräbnis. Es war, als hätte er eben erst realisiert, dass Grete diese Welt morgen wirklich und endgültig verließ, denn auch ihre sterbliche Hülle würde nicht mehr da sein. Der Gedanke, sie auf ihrem letzten Weg zu begleiten, schmerzte mich. Plötzlich hatte ich das Bedürfnis, mit meiner Mutter zu sprechen, und rief sie an. Ich hatte den Lautsprecher des Telefons angeschaltet, damit Johannes mithören konnte.
Meine Mutter reagierte schockiert, als ich ihr von Gretes Tod erzählte. „Kind, das tut mir so leid“, sagte sie mit rauer Stimme. „Ich weiß, dass Grete Dich sehr gern gehabt hat.“ Mir stiegen Tränen in die Augen und Johannes legte mir eine Hand auf den Rücken.
„Komm' nach Hause, Catharina. Wenigstens für ein paar Tage“, bat meine Mutter.
Fragend sah ich Johannes an. Er nickte. Unsere Aufgabe war erfüllt. Für den Moment gab es keinen Grund, warum ich Altenstein nicht über das Wochenende verlassen sollte. Sophies Vater würde erst nächste Woche anreisen. Bis zum Gespräch mit ihm hatten wir Zeit. Dienstag war der frühest mögliche Termin. Ich konnte Ute bitten, mich anzurufen, wenn sich das änderte.
„Wirst Du mitkommen?“, fragte ich Johannes, nachdem ich aufgelegt hatte. In meiner Begleitung würde es möglich sein.
Wieder nickte er. „Es ist mir eine Freude.“

49. Tag – Mittwoch

Gretes Beerdigung fand am Vormittag statt. Wie wir es verabredet hatten, fuhren Benno, Fridel und ich gemeinsam mit Sophie ins Dorf. Zusammen mit uns machten sich auch Altensteiner Kollegen und einzelne Schüler auf den Weg. Ich sah, wie Frau von Ziesel bei Sybille ins Auto stieg. Frau von Ziesel trug ein schwarzes Wollkostüm, das ihre ins Lila tendierenden grauen Haare betonte. Beide Frauen wirkten bedrückt und abwesend. Alle, die an der Beerdigung teilnehmen wollten, waren vom Dienst und Unterricht freigestellt.

Die Kirche war voll. Der schlichte Sarg aus hellem Holz befand sich an genau der Stelle, an der vor Kurzem noch das Kunstwerk der Landfrauen gewesen war. Statt der üblichen Blumengestecke und Kränze stand die Erntekrone auf dem Sarg, die Grete für das Erntedankfest geflochten hatte.
Als ich mich umsah, erkannte ich viele Gesichter, die ich am Sonntag im Mangoldhaus bewirtet hatte. Doch auch der Psychiater, der mich im Krankenhaus betreut hatte, befand sich unter der Trauergemeinde.
Herz saß am Mittelgang. Neben ihm stand ein Rollstuhl. Die Frau, die darin saß, musste die Ehefrau sein, der Grete mit ihren Fähigkeiten geholfen hatte. Als wir den Gang auf der Suche nach einem Platz entlanggingen, nickte Herz mir grüßend zu. Er wirkte mitgenommen und hielt die Hand seiner Frau, die leise weinte.
Ich wurde von Ede abgelenkt, der uns zu sich winkte. Er saß zusammen mit den Frauen, die Grete nach ihrem Tod gewaschen und angezogen hatten, in der ersten Reihe.
„Ihr gehört doch zur Familie", murmelte er mir zu, als ich mich zu ihm setzte.
Die alte Frau neben ihm nahm meine Hand und nickte. Es war diejenige, die mich am Abend von Gretes Tod an sich gedrückt hatte. Alle diese Menschen hatten Grete sehr viel länger gekannt als ich und doch war meine Geschichte mit ihr und ihren Ahninnen über die Zeiten verbunden.
Während der Gottesdienst begann, rechnete ich. Ich kam auf 49 Tage. Vor genau sieben mal sieben Tagen war ich Grete zum ersten Mal begegnet, aber ich hatte sie in einer Nacht durch ganze Generationen begleitet.
Als wir zum Gebet aufstanden, sah ich, dass auf dem Sarg neben der Erntekrone ein kleiner roter Gegenstand lag. Es war die Rassel. Auch Sophie neben mir hatte sie gesehen und begann zu weinen. Ich nahm sie in den Arm und blickte mich suchend nach Johannes um, doch ich konnte ihn nirgends entdecken. Trotzdem war ich sicher, dass er hier irgendwo in den Schatten stand. Er musste es geschafft haben, die Rassel in die Kirche zu bringen.

Wahrscheinlich war er deshalb noch in der Dunkelheit am frühen Morgen verschwunden.
Am Ende des Gottesdienstes folgten wir dem Sarg über den Friedhof zum Grab von Annegret und Elisabeth. Ede ging mit den alten Landfrauen voran. Dahinter kamen Fridel, Sophie, Benno und ich. Benno und Fridel hatten Sophie in ihre Mitte genommen, während ich mich bei Benno untergehakt hatte, sodass wir uns alle gegenseitig Halt gaben.
Während der Sarg in die Erde gesenkt wurde, folgten meine Augen dem kleinen, abgegriffenen Gegenstand. Und als ich zum Abschied Erde in das Grab warf, hing mein Blick an der Rassel. Alles war gekommen, wie es hatte kommen sollen. Grete war im Frieden mit sich selbst und dem letzten Grafen von Altenstein gestorben. Ihre Seele war bei ihren Ahninnen und ihrer Tochter. Ihr Körper ruhte neben dem Annegrets und Elisabeths.

Ich lief den Waldweg entlang und bog in den Wiesenweg ein, der zum Friedhof der Grafen führte.
Zusammen mit meinen Nachbarn war ich direkt nach der Beerdigung zurück zum Schloss gefahren. Sophie, die einige der Dörflerinnen von den Vorbereitungen zum Erntedankfest kannte, war mit ihnen zum Leichenschmaus ins Gemeindehaus gegangen. Die Gegenwart dieser Frauen, die Grete seit Jahrzehnten gekannt hatten, war ihr ganz offensichtlich ein Trost.
Ich hatte nach der Beerdigung keine Menschen mehr um mich haben wollen – keine lebendigen. Nur mit Herz hatte ich kurz gesprochen, dem wir auf dem Parkplatz begegnet waren, als er seiner Frau aus dem Rollstuhl ins Auto geholfen hatte. Fridel hatte die beiden herzlich begrüßt. Sie kannten sich von Fridels Arbeit im Krankenhaus.
„Sie sind also geblieben“, hatte Herz mit wissendem Lächeln festgestellt. „Es scheint, als habe Ihr Bauchgefühl Sie nicht getrogen.“
Aus irgendeinem Impuls heraus hatte ich geantwortet: „Ich habe hier Aufgaben.“
Herz hatte mich forschend betrachtet. „Wie ich schon sagte, Sie

sind ein interessanter Fall, Frau Jung."
Ich hatte seine Bemerkung nicht einzuordnen gewusst und auf meine Genesung bezogen: „Ich hatte Hilfe. Auch von Frau Mangold."
Herz hatte tief geseufzt und den Rollstuhl seiner Frau in den Kofferraum geladen. „Es wird schwer werden ohne Frau Mangold." Er hatte mir zum Abschied die Hand hingestreckt. „Wenn Sie Lust haben, besuchen Sie uns doch mal." Damit war er gefahren.
Johannes hatte ich weder in der Kirche noch auf dem Dorffriedhof gesehen. Auch in meiner Wohnung war er nicht gewesen. Dafür hatte ich eine andere Entdeckung gemacht: Nicht nur die Rassel, auch das Holztier war verschwunden. Ich hatte keine Sekunde gezögert und mich sofort auf den Weg zum Waldfriedhof gemacht.
Langsam ging ich jetzt durch die Reihen der neueren Gräber. Johannes stand mit dem Rücken zu mir am Grab Enolas. Er hatte den Kopf gesenkt. Statt zu ihm zu gehen, blieb ich stehen und betrachtete ihn in seiner Andacht. Die tiefstehende Herbstsonne fiel durch die uralten Kastanien und seine reglose Gestalt. Wenn ich nicht gewusst hätte, dass er da war, hätte ich ihn für eine Täuschung des Lichts halten können. Bei seinem Anblick breitete sich ein Gefühl von Frieden und Zuversicht in meiner Brust aus.
„*Deine Seele, die die meine liebet, ist verwirkt mit ihr im Teppichtibet*", hörte ich ihn leise sagen. Er wusste, dass ich da war.
„*Strahl in Strahl, verliebte Farben, Sterne, die sich himmellang umwarben*", murmelte ich und trat neben ihn.
„*Unsere Füße ruhen auf der Kostbarkeit maschentausend-abertausendweit*", fuhr er fort und drehte sich mir zu. In seiner Hand hielt er das Holztier, ohne dass es ihn Kraft kostete.
„*Süßer Lamasohn auf Moschuspflanzenthron*", flüsterte ich und sah zu ihm auf. „*Wie lange küßt dein Mund den meinen wohl und Wang die Wange buntgeknüpfte Zeiten schon.*"
„Else Lasker-Schüler." Johannes lächelte. „Es ist eins der

schönsten Liebesgedichte, die ich kenne." In seinen Augen standen Frieden und Zuversicht. Als er mich in die Arme nahm, glaubte ich für einen seltsamen Augenblick, seine Wärme zu fühlen. Dann ließ seine Kraft nach und seine Berührung verblasste. Trotzdem hatte er das Holztier noch immer in der Hand.

„Wie ist das möglich", fragte ich ungläubig.

Johannes betrachtete die kleine Figur, die seine durchscheinenden Finger hielten. Er verstand es selbst nicht. „Ich habe das Tierchen mühelos hierher gebracht. Genauso wie die Rassel heute Morgen oder in der Nacht, als wir durch die Zeit gereist sind." Mit einem luftlosen Durchatmen kniete er sich hin. „Ich würde es gern zurücklegen."

Fragend sah Johannes mich an und ich nickte. Fasziniert beobachtete ich, wie er die Figur tief unter die Zweige schob, mit denen Benno das Grab bedeckt hatte. Dabei glitt seine Hand durch die Abdeckung, während das Holztier die Ästchen zur Seite drückte. Nach einem Augenblick des Innehaltens stand Johannes auf.

Es war noch früh am Nachmittag und wir beschlossen, nicht den direkten Weg zum Schloss zu nehmen. Wir waren beide nicht in der Stimmung, jetzt in meiner Wohnung zu sitzen.

Gedankenverloren lief ich neben Johannes her, bis mir auffiel, dass wir den Alten Stein auf halber Höhe umrundet hatten. Seit einiger Zeit führte er mich schon bergauf.

„Wohin gehen wir?", fragte ich. Zur Abwechslung hatte sich die Sonne gegen den Nebel durchgesetzt und taute den Raureif auf den Bäumen, die aussahen, als seien sie mit Zucker überzogen.

„Ich möchte Dir etwas zeigen", beantwortete Johannes meine Frage, wobei wir immer tiefer bergauf in den Wald hinein wanderten. Irgendwann verlief unser Weg oberhalb eines Abhangs entlang, auf dem wild verstreut riesige Steinblöcke zwischen den Bäumen lagen.

„Ganz dort unten", Johannes zeigte den Hang hinab, „ist die alte Handelsstraße." Nach noch einmal etwa hundert Metern den Berg hinan endete der Weg auf einer Lichtung. An einer Seite wurde sie von einer Felswand begrenzt, an deren Fuß dichte Hecken standen. Der Schatten der Wand lag über der Lichtung, sodass die Sonne den Dunst hier nicht durchbrechen konnte, der wie in einem Kessel gefangen war. Die Bäume, die die Lichtung umgaben, waren weiß bereift und ihre Wipfel verschwanden mit dem oberen Teil des Felsens im Nebel. Alles wirkte wie in Watte gepackt. Selbst die Geräusche des Waldes wurden vom Nebel gedämpft.

Ein Kribbeln lief mir über den Nacken. Irgendetwas hatte dieser Ort. Etwas Magisches. „Wo sind wir?" Ich flüsterte, als könnte meine Stimme die Magie zerstören.

„Man nennt diesen Ort 'Der Wildfrau Haus'." Johannes sprach den Ortsnamen im Dialekt aus. Auch er hatte die Stimme gesenkt. „Der Sage nach wohnt an diesem Ort die Wilde Frau." Er lächelte. „Im Dorf erzählt man sich, dass die Wilde Frau von hier aus Steinbrocken nach den Kutschen warf, die früher über die alte Handelsstraße fuhren."

„Die Felsblöcke im Wald", wisperte ich.

Johannes nickte. „Außerdem kamen die Frauen des Dorfes früher hierher, wenn sie von ihren Männern betrogen wurden. Dann klagten sie der Wilden Frau ihr Leid. Die entführte des Nachts die Männer hierher in ihr Haus. Angeblich kann man die Hilferufe der untreuen Ehemänner bis heute auf dieser Lichtung hören." Er ließ seinen Blick über die bereiften Bäume schweifen. „Meine Mutter liebte diesen Ort, denn sie fand Kraft und Weisheit bei der Waldgeistfrau." Er wandte sich um und betrachtete gedankenverloren die Hecke aus wilden Rosen vor der Felswand. „In diesem Berg befindet sich eine Höhle. Dort nahm Enola Kontakt auf mit den Ahnen. Als Kind war ich beinahe jeden Tag mit ihr hier, aber nach ihrem Tod nie wieder."

Ich trat neben ihn. Melancholie lag in seiner Miene, aber auch ein anderer Ausdruck, den ich nicht lesen konnte. Mich überkam das sichere Gefühl, dass diese Höhle im Berg mehr für ihn bedeutete als nur die Erinnerung an seine Mutter.

Mein Gefühl bestätigte sich, als er weitersprach: „Und dennoch hat dort meine Läuterung begonnen, denn hierher bin ich geflohen, nachdem ich auf dem Waldfriedhof Konrads Trauerzug begegnet war."

Johannes' Augen waren tief in die Vergangenheit gerichtet, als er mir jetzt berichtete, wie er in den letzten hundertfünfzig Jahren immer wieder in diese Höhle zurückgekehrt war. Zuerst hatte er hier über sein Schicksal getobt und geflucht und sich später in seiner Schuld gebadet, bis er begriffen hatte, dass sein Verhalten nichts als Selbstmitleid war. Also war er in die Außenwelt zurückgekehrt, um sich mit den Konsequenzen seines Handelns zu konfrontieren. Die Höhle aber hatte er nur noch selten besucht.

„Als ich das letzte Mal hier war, trieb mich ein unwiderstehliches Gefühl nach draußen", schloss er leise. „Dort bin ich Dir begegnet. Das ist jetzt fast sieben Wochen her."

Johannes riss sich vom Anblick der Felswand los und ließ die Augen erneut über die Lichtung schweifen. „Das Haus der Wilden Frau. Sie hat mich verwandelt", flüsterte er und drehte sich endlich mir zu. „Heute wirft sie mit Blumenvasen, Streichwurst und Kopfkissen. Oder sie tanzt in dionysischem Rausch." Johannes beugte sich zu mir hinunter und drückte sein Gesicht in mein Haar. „So lebendig", hörte ich ihn murmeln.

Langsam gingen wir zum Schloss zurück. Sonnenstrahlen fielen flach durch den Nebel und hüllten den Wald in ein milchiges Spiel von Licht und Schatten. Inzwischen dämmerte es. Alles wirkte gedämpft und irreal. Das einzige Geräusch war das Rascheln der Blätter unter meinen Füßen.

Johannes lief schweigend neben mir her. Irgendetwas arbeitete in ihm. Nach einer Weile blieb er stehen und sah mich an. „Würdest Du mit mir zu meinem Grab fahren?"

Mit dieser Frage hatte ich nicht gerechnet. Aber sein Wunsch war vollkommen nachvollziehbar. Wir hatten gerade diesen magischen Ort besucht, der für ihn voller Erinnerungen an seine Mutter und seine untote Vergangenheit war. Davor hatten wir an Enolas Grab gestanden.

Was hatte Johannes einmal über seine Mutter gesagt? *Mein Vater hätte sie niemals hierher bringen dürfen. Sie begann in dem*

Augenblick zu sterben, als sie ihren Stamm verließ.
Mit der tragischen Liebe zwischen Friedrich von Altenstein und Enola Cherokee hatte alles begonnen. Der Tod seiner Mutter war für Johannes der erste Schritt auf seinem Weg in die Hölle gewesen, der in der Vergewaltigung Rosas, dem Fluch und allen entsetzlichen Verstrickungen zwischen ihm und den Mangoldfrauen gegipfelt hatte. Doch das war vorbei.
Alle Seelen waren erlöst. Vor kaum zwei Stunden hatten wir die letzte Mangold begraben. Eigentlich war Johannes' Bedürfnis, auch sein eigenes Grab zu besuchen, die notwendige Konsequenz. Er nickte, als hätte er meine Gedanken gehört. „Es scheint die Zeit der Abschlüsse zu sein."

Zu Hause rief ich meine Mutter an, um meinen Besuch anzukündigen. Wir würden morgen zu Johannes' Grab fahren und übermorgen zu meinen Eltern aufbrechen. Johannes nutzte die Zeit, in der ich Abendessen machte, um Sophie zu besuchen. Er wollte sicher gehen, dass sie den Tag gut überstanden hatte, und mit ihr über unseren Kurzurlaub sprechen. Ich merkte, dass er Bedenken hatte, sie allein zu lassen.
„Es sind nur vier Tage", versuchte ich ihn zu beruhigen, als er abmarschbereit an der Tür stand. „Und sie hat Tim."
Johannes nickte, aber ich hatte den Eindruck, dass seine Sorge nicht unbedingt Sophies Trauer galt.
„Du befürchtest, sie könnte Unfug mit ihren Gaben treiben", mutmaßte ich und Johannes bestätigte meinen Verdacht.
Wieder machte ich einen Beruhigungsversuch: „Alle Seelen sind befreit. Sophie hat keinen Grund, ihre Fähigkeiten zu benutzen."
Johannes lachte gequält. „Ich befürchte, Sophie braucht keinen Grund, um kleine Experimente zu machen."
„Dann wirst Du ihr überzeugend ins Gewissen reden müssen", erklärte ich. „Nutze die Tatsache, dass sie Dich nicht nur respektiert, sondern wirklich gern hat."
Ein Lächeln huschte über Johannes' Gesicht und ich hatte den Eindruck, dass er sich schnell auf den Weg machte, um seine Verlegenheit zu verbergen. Ich war mir sicher, dass Sophie auf

ihn hören würde. Aber ich wusste auch, dass er auf Altenstein zurückblieb, wenn er irgendeine Gefahr für sie befürchtete. Ein Gedanke, der mir nicht wirklich gefiel.
Zum Abendessen versuchte ich, von dem Rotwein zu trinken, den ich vor zwei Tagen geöffnet hatte. Ich hatte ein schlechtes Gewissen, auch noch den Rest der Flasche in den Ausguss zu schütten. Also trank ich den Wein, obwohl er mir eigentlich zuwider war. Wie zur Strafe verursachte mir der Alkohol Schwindel, kaum dass ich vom Sofa aufstand.
Du bist emotional und körperlich völlig erschöpft, hielt mir die Stimme der Vernunft vor. *Also wunder' Dich nicht, wenn Du einen dicken Kopf bekommst.*
Auf zittrigen Knien und mit wattigem Schädel legte ich mich direkt nach dem Essen ins Bett. Wie zu erwarten, nahmen mich die Bilder des Tages gefangen, kaum dass ich eingeschlafen war.
Irgendwann lief ich mit Johannes durch den Wald. Wir kamen von Gretes Beerdigung, die auf der Lichtung der Wilden Frau stattgefunden hatte. Auf dem Weg hinab aber wurde es immer dunkler und mein Kopf begann langsam zu brummen.
Johannes, der lautlos neben mir über den Weg glitt, schien mit jedem Meter, den wir uns dem Tal näherten, langsamer zu werden, während mein Kopf immer heftiger schmerzte. Nach einer Weile lief ich mit hämmerndem Schädel durch fast vollkommene Dunkelheit. Da erst bemerkte ich, dass Johannes nicht mehr neben mir war.
Irritiert drehte ich mich um und erkannte, dass die Dunkelheit nichts mit der Tageszeit zu tun hatte, sondern mit dem Weg. Je weiter man ihm folgte, desto dunkler wurde es, während es den Berg hinauf wieder heller wurde.
Johannes war mehrere Meter zurückgefallen. Da, wo er sich befand, herrschte ein seltsames Zwielicht. Er aber starrte mit aufgerissenen Augen in die Schwärze vor uns.
Inzwischen war mir schlecht von dem Dröhnen in meinem Schädel. Stöhnend ging ich in die Knie und presste die Hände gegen meine Schläfen. Gleichzeitig merkte ich, dass der Schmerz mich weckte, denn die Dunkelheit und der Weg

begannen sich aufzulösen.
„Catharina!“, hörte ich Johannes an meinem Ohr. „Du hast schlecht geträumt.“
Ich schaltete das Licht ein, das mir wie Nadeln in die Augen stach. „Mir ist so schlecht“, flüsterte ich. „Mein Kopf platzt.“
Obwohl ich das Gefühl hatte, seit Stunden zu schlafen, zeigte mein Wecker, dass es kaum elf Uhr war. Johannes saß neben mir auf der Bettkante. Er war gerade von Sophie zurück, hatte aber meinen Traum noch mitansehen können. „Du bist weiß wie die Wand“, stellte er besorgt fest.
„Rotwein“, murmelte ich und setzte mich vorsichtig auf. Mein Gehirn explodierte gegen mein Schädeldach. Ich ächzte.
„Soll ich Fridel holen?“, fragte Johannes sofort.
Ich hütete mich, den Kopf zu schütteln. „Ich brauche eine Tablette.“
Johannes folgte mir, während ich ins Bad und zurück ins Bett wankte. Dort fiel ich in dumpfen Schlaf, den Johannes die Nacht hindurch begleitete und weitere Träume verhinderte.

50. Tag – Donnerstag

„Ich werde nie wieder Rotwein trinken“, schwor ich, als ich mit Johannes vom Schlossgelände fuhr. „Du hast mich oft genug gewarnt, dass er schwere Träume macht. Ich dachte, mein Kopf platzt.“ Die Tablette der Nacht hatte glücklicherweise gewirkt, sodass ich schmerzfrei erwacht war. Ein versalzenes Frühstück mit zu viel starkem Kaffee hatte meinem Kreislauf auf die Beine geholfen.
„Ein seltsamer Traum“, bemerkte Johannes.
Ich hatte bereits den Blinker gesetzt, um auf die Bundesstraße abzubiegen, doch Johannes' Worte ließen mich innehalten. „Glaubst Du etwa, dass es kein normaler Traum war?“, fragte ich erschrocken. Es konnte doch nicht etwa schon wieder alles von vorn anfangen!
Nachdenklich betrachtete er mich. Dann aber schüttelte er den Kopf. „Wir sind gestern den Weg von der Wildfrau Haus ins Tal

gegangen. Da ist nichts, vor dem ich mich fürchten könnte. Ich kenne den Wald." Versichernd lächelte Johannes mich an. „Es war der Wein."
Erleichtert seufzte ich. Wir hatten noch Zeit, bis zu den neuen Aufgaben. Und ab morgen Urlaub. Ich wartete ein vorbeifahrendes Auto ab und bog dann endgültig auf die Bundesstraße ein.
Unterwegs berichtete Johannes von seinem Gespräch mit Sophie am Vorabend. Wie vermutet, hatte sie keine Bedenken, die wenigen Tage allein zu bleiben. Sie hatte beim Beerdigungskaffee weitere Kontakte zur alteingesessenen Dorfbevölkerung geknüpft. Scheinbar hatte sich inzwischen herumgesprochen, dass Grete Sophie zu ihrer Erbin gemacht hatte.
„Allein durch diesen Umstand wird das Mädchen bereits jetzt von der Dorfbevölkerung wie eine Einheimische behandelt", berichtete Johannes. „Normalerweise begegnet man Fremden mit Misstrauen."
Ich lachte, denn ich kannte das Phänomen von meinem eigenen Heimatort. „Und fremd ist man vermutlich auch dann noch, wenn man schon fünfzig Jahre im Dorf lebt.".
Johannes nickte. „Aber Sophie ist jetzt für die Menschen so etwas wie eine adoptierte Mangold."
„Wie geht sie mit dieser neuen Rolle um?", fragte ich.
„Momentan freut sie sich vor allem darüber, dass es Menschen gibt, die ihr von Grete und den Mangoldfrauen erzählen können. Es hilft ihr in ihrer Trauer." Johannes schien dieser Umstand sehr zu beruhigen.
„Und Deine Bedenken wegen ihrer Experimente?"
„Sie wird sie unterlassen, bis ich wieder da bin." Johannes lächelte. „Aber ich musste ihr versprechen, dass wir danach sofort mit dem Unterricht beginnen."
„Wir können also beruhigt fahren?", hakte ich nach und erntete einen Blick, in dem die Vorfreude stand.
„Das können wir und ich freue mich darauf. Ich verlasse diese Gegend zum ersten Mal seit fast einhundertachtzig Jahren."

Mit Hilfe von Johannes fand ich das kleine Universitätsstädtchen problemlos, in dem sich die Kirche mit seiner Grabstätte befand. Bei meinem ersten Besuch am Wochenende nach meiner Ankunft auf Altenstein hatte ich mich widerwillig meinem Navigationsgerät überlassen, dessen Technik ich nicht traute. Doch heute lotste mich Johannes. Die Stadt lag zwar außerhalb der alten Grafschaft, aber die Bundesstraße folgte dem Verlauf der Handelsroute, die zu Johannes' Lebzeiten dorthin geführt hatte.

Entgegen meinen üblichen Orientierungsschwierigkeiten fand ich den Parkplatz in der Innenstadt sofort wieder, auf dem ich mein Auto auch beim letzten Mal abgestellt hatte. Wieder hatte ich das Gefühl, mich in einer Märchenkulisse zu befinden, während ich mit Johannes durch die dunklen, engen Gässchen lief. Man hatte sich Mühe gegeben, den historischen Zustand so weit wie möglich zu erhalten. Auch Johannes war verwundert, dass sich seit seinen Lebzeiten hier fast nichts verändert hatte.

Auf dem Weg zur Stadtkirche kamen wir an der Buchhandlung vorbei, in der ich vor Wochen einen Touristenführer über meine neue Heimat gekauft hatte. „Wenn ich damals gewusst hätte, was hier auf mich wartet ...“, raunte ich Johannes zu, der versuchte, den Menschen aus dem Weg zu gehen, die die Sträßchen bevölkerten.

„Was wäre, wenn ...“, entgegnete er flüsternd und wich in eine dunkle Nische neben dem Kirchenportal aus, weil uns eine Gruppe Touristen entgegenkam. Als sie vorbei waren, betraten wir die Kirche. Hinter der Tür lag ein kleiner Eingangsbereich, in dem Informationsmaterial angeboten wurde.

„Das Schicksal geht seine eigenen Wege“, beendete Johannes seinen Gedanken, während ich Geld für eine Broschüre in ein Metallkästchen warf.

Gemeinsam liefen wir durch das dunkle Kirchenschiff. Außer uns war niemand da. Wir blieben nebeneinander zwischen den Bankreihen stehen und blickten auf den Altar im Chor. Es war so kalt in der Kirche, dass man den Atem sah.

Johannes stand dicht an meiner Seite. „Ich bin froh, dass Du uns hierher gebracht hast." Er drückte meine Hand und ich spürte, wie angespannt er war. Langsam wandte er sich in Richtung der Seitenwand des Langhauses. Ich folgte ihm und schlug im Gehen die Broschüre auf.

„Hier hängen die Epitaphe meiner Ahnen", erklärte Johannes, als wir unter der Empore entlang in Richtung Chorraum gingen.

Zwischen den gotischen Fenstern waren große steinerne Grabtafeln in die Wand eingelassen. Auf den ältesten knieten sich jeweils ein Mann und eine Frau in demütiger Haltung gegenüber. Die Männer trugen Brustpanzer über der Kleidung, die Frauen Hauben, Räderkragen und geschnürte Oberteile. Unter den jeweiligen Darstellungen fanden sich Texte in Renaissancedeutsch und Latein. Ich entnahm meinem Informationsheft, dass es sich um Lebensdaten, Beschreibungen der Frömmigkeit der Abgebildeten und Bibelverse handelte.

Als ich aufblickte, um Johannes zu einer der Inschriften zu befragen, war er nicht mehr neben mir. Ich sah mich um und fand ihn vor dem letzten Epitaph am Ende der Reihe. Sein Körper spiegelte die Anspannung, die ihn vorhin erfasst hatte. Seine Hände spielten unruhig an der Hosennaht.

„Das sind die ersten Grafen Altenstein", sagte er leise, als ich bei ihm ankam. „Es ist lange her, dass ich hier gewesen bin." Seine Stimme zitterte kaum hörbar. Zum vierten Mal innerhalb kaum eines Tages standen wir an einer Gedenkstätte von Menschen, die für ihn eine schicksalhafte Bedeutung hatten.

Der Stein zeigte das Altensteiner Wappen mit Baum und Löwen. Darunter befand sich das obligatorische kniende Paar und die übliche Inschrift. Aber bevor ich Zeit hatte, genauer hinzusehen, bat mich Johannes, ihm zu folgen.

Er ging am Altar vorbei in die Apsis, wo er auf ein großes Ölgemälde wies. Das Bild erzählte eine ganze Familiengeschichte, die sofort meinen Blick fesselte. Dasselbe Paar wie auf dem Epitaph kniete hier in einer Landschaft. Über dem Kopf der Frau schwebte ein Wappen, das einen Baum zeigte. Das Wappen über dem Kopf des Mannes zeigte einen Löwen auf vier Pfoten, der eine goldene Krone trug. Aus der Allianz beider war

offensichtlich das spätere Wappen des Grafengeschlechts gebildet worden.
In der Landschaft, in der das Paar kniete, befand sich im Hintergrund ein Berg, auf dem oberhalb einer Felsenschlucht ein Schloss stand. Darunter breiteten sich einzelne Bauernhöfe aus. Bei dem Schloss handelte es sich eindeutig um Altenstein, wobei die Seitenflügel, die Kapelle und die Nebengebäude fehlten. Das gesamte Geschehen überstrahlte ein Kruzifix, zu dem das Paar aufsah.
Das aber, was meinen Blick gefangen hielt, waren die Kinder, die sich hinter ihren Eltern aufreihten. Hinter dem Mann knieten fünf Söhne, vom ältesten zum jüngsten. Hinter der Mutter wiederum knieten vier Mädchen, davon die zwei ältesten gekleidet wie die Mutter selbst. Das jüngste Mädchen war ein Säugling.
Über der Mutter, drei der Mädchen, darunter auch dem Säugling, und vier der Jungen war ein rotes Kreuz gezeichnet. Von den neun Kindern, die das Paar gehabt hatte, hatten sieben nicht überlebt. Ich sprach Johannes darauf an.
Er nickte. „Die Kindersterblichkeit war hoch. Wenn ich mich richtig entsinne, ist die Mutter im Kindbett der letzten Tochter gestorben. Der einzige überlebende Sohn hat die Kapelle auf Altenstein gebaut. Er selbst und seine Frau waren die ersten, die dort begraben wurden."
Einen Moment lang schloss Johannes die Augen und bewegte tonlos die Lippen, dann riss er sich jäh von dem Bild los. „Lass' uns mein Grab suchen."
Auch mich erfasste jetzt Unruhe, während ich das Informationsheft durchblätterte und langsam zu Johannes aufschloss, der mitten im Chorraum stehen geblieben war und auf eine uralte Tür zeigte. „Dies ist der Eingang zur Krypta", erklärte er, rührte sich aber nicht vom Fleck. Fragend sah er zuerst das Heft, dann mich an. „Der Sarg ... Ist er dort?"
Ich nickte. „Er muss genau unter uns stehen. Direkt neben dem Deiner Vorfahren." In meinen zittrigen Händen bebten die Seiten der Broschüre. Ein diffuses Gefühl von Bedrohung zog mir den

Nacken hinauf.
Du bist dem real existierenden Grafen von Altenstein noch nie so nahe gewesen, kommentierte die Stimme der Vernunft meine Reaktion. *Direkt unter Dir liegt der, dem Rosa im Wald begegnet ist.*
„Möchtest Du Deinen Sarg sehen?“, fragte ich Johannes. Verschlossene Türen waren für ihn kein Hindernis. Aber schon als ich die Frage stellte, spürte ich einen seltsamen Widerstand in mir. Aus irgendeinem Grund wollte ich nicht, dass er nach dort unten ging.
„Nein!“, kam seine Antwort schnell und heftig.“ Dann lächelte er schief und fügte entschuldigend hinzu: „Ich möchte mit Dir gemeinsam dieses Kapitel abschließen. Vielleicht finden wir irgendwann eine Möglichkeit, dass Du dabei sein kannst.“
Allein der Gedanke trieb mir den nächsten kalten Schauer über den Rücken. Etwas in mir wollte um keinen Preis in diese Grabkammer hinunter.
Du kämpfst mit der Vorstellung, am Sarg des Tyrannen zu stehen, diagnostizierte meine innere Psychologin meine Reaktion. *Es ist Euch beiden nicht geheuer, in die Krypta zu steigen.*
Johannes unterbrach meine innere Stimme, indem er meine Hand drückte. „Lass' uns meine Grabtafel finden.“
Ein Blättern im Informationsheft zeigte, dass seine Grabtafel in die Südwand eingelassen war. Johannes lief ohne zu zögern in Richtung der entsprechenden Seite des Langhauses. Ich hatte das deutliche Gefühl, dass er froh war, von der Krypta wegzukommen. Mir ging es genauso.
Auch an der Südseite befanden sich Epitaphe, die jedoch jünger waren als die der Nordwand. Der letzte in der Reihe, kurz vor der Eingangstür, war der, den wir suchten. Es handelte sich um eine glänzende, schwarze Steinplatte. Sie war so schlicht gehalten, dass es mir vorkam, als könnte sie überall hängen und jedem beliebigen Menschen gelten. Oder als hätte ich eine ähnliche schon irgendwo anders gesehen. Die einzige Verzierung war das Wappen über der Inschrift. „Im Gedenken an Johannes-Adahy Graf von Altenstein“ stand da mit einer Aufzählung

weiterer Titel, von denen ich nie gehört hatte. Es folgten die Lebensdaten und der Wunsch „Friede seiner Seele“.
Keiner von uns sagte ein Wort.
„Friede meiner Seele“, hörte ich Johannes nach einer Weile flüstern. Auch jetzt stand er so nah bei mir, wie es möglich war. „Magdalena und Brunner haben klug gewählt. Ich bin ihnen dankbar für diese schlichten Worte.“
Johannes dachte dasselbe wie ich. Der Wunsch nach Frieden für seine Seele war nicht einfach ein frommer Grabspruch. Er war wörtlich zu verstehen und mehr als ernst gemeint.
„Er hat sich erfüllt“, sagte Johannes nach einem weiteren langen Schweigen, während dem er mit gefalteten Händen die Tafel betrachtet hatte. „Dank Deiner.“
Er sammelte Kraft, um mich in die Arme zu nehmen und lange festzuhalten. Ganz allmählich entspannte er sich. „Ich freue mich auf unbeschwerte Tage allein mit Dir und Deinen Eltern“, hörte ich ihn sehr leise an meinem Ohr. „Wir können beide eine Pause gebrauchen.“

Den Nachmittag verbrachte ich mit der Vorbereitung unseres Kurztrips. Johannes hatte sich aufgemacht, um Sophie zu suchen. Er wollte noch einmal sicher gehen, dass er sie allein lassen konnte.
„Du hast doch bereits gestern mit ihr über unseren Urlaub gesprochen. Übertreibst Du es vielleicht ein wenig mit Deiner Sorge?“, hatte ich vorsichtig gefragt.
Johannes hatte gelächelt. „Du magst recht haben. Ich *bin* überbesorgt, aber es ist eine wundervolle Erfahrung. Sophie sucht meine Gegenwart. Allein das ehrt mich.“ Er war errötet und ich hatte mich gefragt, wie das möglich sein konnte. Aber er hatte mir keine Zeit zum Wundern gelassen, denn er fuhr bereits fort: „In ihrer kindlichen, vertrauensvollen Art lässt sie mir gar keine andere Möglichkeit, als mich auf das Zutrauen einzulassen, das sie mir so freimütig schenkt.“
Als er weitergesprochen hatte, lag Bedauern in seiner Stimme: „Ich habe diese Art der Sorge im Leben nie gespürt, weil mir

mein eigenes Kind gleichgültig war. Ich habe etwas nachzuholen und es fühlt sich beglückend und lebendig an." Damit hatte er sich schnell abgewendet und war ohne ein weiteres Wort nach draußen verschwunden.
Mich aber hatte eine Welle von tiefer Verbundenheit, Rührung und Stolz gegenüber diesem ehemaligen menschenverachtenden Sadisten überlaufen, sodass ich mich minutenlang sammeln musste. Sophie machte ihm das vielleicht größte Geschenk von allen und er hatte diese Chance ergriffen.
Irgendetwas sagte mir, dass Grete unrecht hatte. Mit Johannes *war* in der Nacht der Erlösung etwas geschehen. Und es war mehr als das, was ich für alle Anwesenden sichtbar gemacht hatte. Aber es hatte definitiv nichts mit seinem Sterben zu tun. Johannes stellte sich dem Dasein mit allen Sorgen und Herausforderungen. Er lebte. Möglicherweise lohnte es sich doch, ein wenig mehr Vertrauen zu haben.
Mit noch mehr Vorfreude auf unsere gemeinsamen Tage ging ich ins Sekretariat und informierte Ute. Sie versprach, mich anzurufen, wenn sich am Termin mit Sophies Vater etwas änderte. Sollte ich nichts von ihr hören, würde ich am Dienstag wieder da sein.
Anschließend packte ich meine Sachen. Der Wetterbericht kündigte für die See ein stürmisches Wochenende an. Als ich mit allem fertig war, klopfte ich bei unseren Nachbarn, um auch ihnen Bescheid zu geben. Doch Johannes war mir bereits zuvorgekommen. Er saß mit Benno auf dem Sofa. Ich setzte mich zu den beiden, während Fridel das Abendessen auftrug und auch für mich einen Teller bereitmachte.
„Du kannst beruhigt fahren", sagte Benno zu Johannes, als wir gemeinsam am Tisch saßen. Er schien das Gespräch wieder aufzunehmen, das sie geführt hatten, bevor ich gekommen war.
„Sophie kann sich jederzeit bei uns melden. Aber ich bin sicher, dass sie gut zurechtkommt und auf Dich hören wird", schloss Benno und nickte Johannes versichernd zu. Der bedankte sich, wobei er mir einen verlegenen Blick zuwarf. Ich schickte ihm das wärmste Lächeln, das ich mit vollem Mund zustande brachte.

Im Lauf des Essens erzählte Johannes unseren Nachbarn vom heutigen Besuch in der Stadtkirche. Ausführlich beschrieb er die Epitaphe seiner Ahnen, aber auch seinen eigenen.
„Schon ziemlich unheimlich, wenn ich mir vorstelle, an meinem eigenen Grab zu stehen“, fand Fridel und verzog sein haariges Gesicht.
Johannes wog nachdenklich den Kopf. „Ich spüre einerseits tiefe Dankbarkeit, denn der Segenswunsch nach Frieden für meine Seele ist wahr geworden. Andererseits war da ein beängstigendes Gefühl von Fremdheit, als wir über der Krypta standen.“ Ich glaubte, ihn schaudern zu sehen.
„Vielleicht war es die direkte Nähe desjenigen, der Du einmal gewesen bist. Letztendlich bist Du heute ganz real Dir selbst begegnet“, gab Benno zu bedenken.
Diesmal nickte Johannes langsam. „Es ist möglich.“ Er sah mich fragend an, als wüsste ich die Antwort.
„Dieser Tote in der Krypta bist nicht mehr Du. Du bist ein lebendiges, fühlendes Wesen. Kein Wunder, dass Dir der kalte, tote Tyrann fremd ist“, sagte ich und spürte im selben Moment wieder die Bedrohung, die mich in der Kirche überlaufen hatte. Dieser Leichnam in der Krypta hatte auf uns beide eine furchteinflößende Wirkung.
Johannes bemerkte meine Unsicherheit und griff nach meiner Hand. „Bestimmt hast Du recht. Es besteht keine Eile, diesen Ort wieder aufsuchen.“ Seine Worte klangen nach einer Beendigung des Themas.
„Wir sollten auf Euren Urlaub anstoßen“, schlug Benno vor und griff nach der Weinflasche, die noch unberührt auf dem Tisch stand. Doch als er mir einschenken wollte, lehnte ich mit Verweis auf die letzte Nacht ab.
„Kein Fleisch, kein Alkohol. Wo bleibt da der Spaß, Catharina?“ Fridel warf mir einen mitleidigen Blick zu, der sich dann aber in ein süffisantes Grinsen verwandelte. „Aber Ihr habt ja jetzt Urlaub und es gibt andere fleischliche Freuden als die kulinarischen ...“
„Fritz“, fiel Benno Fridel ins Wort. „Würdest Du bitte für

Catharina den Orangensaft aus dem Kühlschrank holen?“ Es war offensichtlich, dass er jede weitere Andeutung seines Angebeteten verhindern wollte.
Fridel warf Benno einen anzüglichen Blick zu, der das auszudrücken schien, was er nicht hatte sagen dürfen. Dann verschwand er in Richtung Küche.
Ein Seitenblick auf Johannes zeigte, dass er das Geschehen mit undeutbarer Miene verfolgt hatte.
Eine Stunde später verabschiedeten wir uns. Fridel hatte sich die restliche Zeit über jeden weiteren Kommentar über meine Abstinenz verkniffen. Jetzt allerdings ließ er sich nicht mehr zurückhalten. „Catharina, ich hoffe doch, dass dieser Ausbund dunkler Männlichkeit, dem Du zu Erlösung und neuem Leben verholfen hast, sich dafür mit dem vollen Einsatz seiner unbestreitbaren körperlichen Vorzüge bedanken wird“, flüsterte er mir zu, während er mich umarmte. Das süffisante Grinsen war zurück in seinem Gesicht, als er mich losließ.
Offensichtlich hatte Johannes Fridels Worte gehört, denn er verbeugte sich in dessen Richtung. „Ich danke für das Kompliment.“ Wieder war sein Blick nicht zu deuten. Wenn er sich getroffen fühlte, überspielte er es mit Ironie.
„Ups“, machte Fridel und verzog sein haariges Gesicht.
Benno schickte seinem Fritz ein tadelndes Stirnrunzeln, bevor er Johannes die Hand zum Abschied hinhielt. Der konzentrierte sich, um den Handschlag erwidern zu können. „Ich danke Dir für alles, mon grand ami“, sagte Johannes und machte einen weiteren Diener, den Benno lächelnd erwiderte.

In meiner Wohnung entschuldigte sich Johannes, um noch einen Spaziergang durch den wilden Garten zu machen. Seine Miene war noch immer verschlossen. Inzwischen war ich sicher, dass Fridels Anzüglichkeiten schuld waren. Benno hatte bestimmt nicht grundlos versucht, seinen Partner zurückzuhalten. Vor allem weil er wusste, was Johannes von mir fernhielt.
Meine Befürchtung bestätigte sich, als ich im Nachthemd aus dem Bad kam. Johannes stand mit dem Rücken zu mir am

Fenster. Erst als ich brav zugedeckt im Bett lag, drehte er sich um und setzte sich neben mich auf die Bettkante. Schon lange hatte er nicht mehr so unsicher und distanziert gewirkt.
Danke, Fridel!
Anscheinend ging Johannes davon aus, dass ich tatsächlich erwartete, dass er sich heute Nacht „mit dem vollen Einsatz seiner unbestreitbaren körperlichen Vorzüge“ um mich kümmerte. Aber so sehr ich mir das zu jeder anderen Tages- und Nachtzeit gewünscht hätte – im Moment wollte ich schlafen. Aufgrund meiner geringen Fahrpraxis würde mir die lange Reise morgen einiges abverlangen. Außerdem hatte ich zu viel gegessen und konnte vor Bauch kaum liegen.
„Johannes, ich wäre vollkommen zufrieden, wenn Du heute Nacht einfach nur bei mir sitzen würdest“, versuchte ich, ihn aus seiner Klemme zu befreien.
Er schenkte mir ein bittersüßes Lächeln. „Ich danke Dir für Deinen Versuch, mich zu entlasten.“ Trotzdem wirkte er alles andere als entlastet, als er die Stirn auf seine vor dem Gesicht gefalteten Hände sinken ließ.
Es brennt ihm auf der Seele, analysierte mein Psychologen-Ich die Situation. *Du wirst ihm zuhören müssen, Catharina.*
Mühsam setzte mich im Bett auf und signalisierte Gesprächsbereitschaft.
„Benno ist schon lange der Meinung, dass ich mich Dir offenbaren soll“, begann Johannes leise. „Aber es ist mir äußerst peinlich.“ Er schlug wahrhaftig die Augen nieder.
Meine müden Synapsen nahmen sofort die Arbeit auf, als ich seine Beschämung sah. Es war nicht nötig, dass er sich quälte, und ich versuchte ihm zur Hilfe zu kommen: „Deine Narben erschrecken mich nicht mehr“, erinnerte ich ihn. „Ich habe Deinen verstümmelten Leichnam berührt und den Bolzen aus Deiner Brust gezogen.“
Johannes schüttelte den Kopf. „Es sind nicht die Narben.“
„Ist es das, was ich im Wald erlebt habe?“, mutmaßte ich. „Johannes, ich habe keine Angst vor Dir. Es gibt dieses Monster nicht mehr.“

„Ich weiß", war alles, was er erwiderte.
Es geht nicht darum, dass Du Dich vor ihm fürchten könntest, wies mich meine innere Psychologin auf die Erkenntnis hin, die ich neulich gehabt hatte.
„Du hast Angst vor *mir*, oder?", fragte ich vorsichtig.
Er atmete tief durch. „Nicht vor Dir. Aber vor dem, was Du von mir erwarten könntest."
Vielleicht war meine Erkenntnis doch nicht richtig. „Was sollte ich von Dir erwarten?", fragte ich verständnislos. Doch nur das, was Männer und Frauen seit Menschengedenken taten.
Johannes seufzte und sah endlich auf. „Catharina, die Gepflogenheiten haben sich verändert." Er lächelte schief.
Jetzt begriff ich immer weniger. Er hatte kein Problem mit der homosexuellen Beziehung meiner Nachbarn, machte sich aber Sorgen um das uralte Mann-Frau-Spiel? Vielleicht half ein Scherz. „Vom Ablauf her ist anatomisch alles beim Alten."
Mein Scherz verfehlte seine Wirkung. Johannes' Wangenknochen mahlten.
Er fühlt sich in die Enge getrieben, erkannte mein Psychologen-Ich.
„Johannes, wir haben einiges hinter uns", wiederholte ich mein Angebot von vorhin noch einmal deutlicher. „Du musst mir das nicht jetzt erklären. Wir haben die nächsten Tage ganz für uns allein."
Dummerweise verschärfte mein Hinweis das Problem. „Das ist mir sehr bewusst", sagte er gequält und fuhr sich mit den Händen durchs Haar. „Fridel hat ebenso recht wie Benno. Du hast genug Geduld bewiesen. Zumindest sollst Du wissen, was mich umtreibt, bevor wir morgen fahren."
Johannes straffte sich und setzte sich kerzengerade. Vielleicht gaben ihm seine steifen Formulierungen Sicherheit, mit denen er mir jetzt seine Befindlichkeit beschrieb. Vielleicht machten sie die von ihm gefühlte Peinlichkeit erträglicher. „In hundertfünfzig Jahren körperlicher Nicht-Existenz habe ich den sexuellen Konventionen keinerlei Beachtung geschenkt", begann er. „Erst seit wir uns einander annähern, hat diese Thematik für mich

überhaupt wieder Relevanz.“ Johannes hielt inne und sah mich abwartend an.
Als ich nickte, fuhr er fort. „Zwar war ich mir durchaus bewusst, dass heutige Frauen eigene Wünsche und Vorstellungen haben, aber durch Dich werde ich zum ersten Mal überhaupt mit diesem Umstand konfrontiert.“
Wieder wanderte Johannes' Blick auf seine Hände, während er um die richtigen Worte rang. Schließlich hob er den Kopf. Er sprach schnell, wie um es hinter sich zu bringen. „Aber Catharina, ich will keine Fehler machen. Ich habe genug angerichtet in diesen Belangen.“ Unglücklich sah er mich an und sagte: „Um das zu verhindern, habe ich versucht, mir Informationen zu beschaffen.“
Ich hatte eine Ahnung, was er meinte, war mir aber nicht sicher. „Du meinst, Du wolltest herausfinden, was moderne Frauen erwarten, wenn sie Sex haben.“
Johannes nickte betreten. „So ist es.“
Meine Erinnerung wanderte zu dem Gespräch mit Benno über die Gründe von Johannes' Zurückhaltung. Jetzt war ich mir sicher, dass Benno damals geschmunzelt hatte.
„Wem hast Du zugesehen?“, fragte ich und konnte mir das Grinsen nicht verkneifen, obwohl allein der Umstand, dass er dermaßen die Regeln allen Anstands gebrochen hatte, den Grad seiner Hilflosigkeit spiegelte.
Johannes wagte nicht, mich anzusehen, als er antwortete. „Die Frage ist, *was* ich gesehen habe.“ Er hatte die Hände auf die Oberschenkel gelegt und seine Finger spielten unruhig mit einer Falte im Stoff. Ich machte mich bereit zu erfahren, was ihn von mir fern hielt.
„Es war ein Film“, begann er zögerlich und schluckte. „Der Film handelt von einem reichen, mächtigen Mann und einer jungen, gänzlich unerfahrenen Frau.“ Wieder hielt er inne und fixierte seine nervösen Finger. Er atmete tief durch. „Der Protagonist hat ein besonderes Zimmer in seiner Wohnung. Ein Raum, ganz in Dunkelrot gehalten. Mit bestimmten Möbeln und einer gezielt ausgewählten Ausstattung. Fesseln und ...“

„Warte", unterbrach ich ihn, denn jäh verstand ich. „Ich glaube, ich sehe das Problem. Ich kenne den Film."
Johannes wirkte mehr als erleichtert, nicht noch deutlicher werden zu müssen, was die Filminhalte betraf. Offenbar versehentlich hatte er einen BDSM-Softporno gesehen, in dem ein düsterer Mann ein jungfräuliches Mauerblümchen sexuell unterwarf.
Für eine Sekunde wusste ich nicht, wie ich reagieren sollte. Ich konnte mir lebhaft vorstellen, wie dieser Film auf Johannes gewirkt haben musste, der sich geschworen hatte, nie wieder einer Frau Schaden zuzufügen.
„Hast Du den Film ganz gesehen?", fragte ich und dachte an die Stelle, in der der Hauptdarsteller seine Freundin aus Lustzwecken mit einem Gürtel schlug.
Johannes schüttelte den Kopf. „Zufällig ging der Fernseher kurz vor dem Ende kaputt."
Zufällig.
„Dann hast Du ihn zu früh zerstört", sagte ich, „denn die weibliche Hauptfigur verlässt diesen Mann, nachdem er sie ausgepeitscht hat." Ich sah ihn eindringlich an. „Es hat ihr *nicht* gefallen. Sie hatte *keinen* Spaß."
Endlich hob er den Kopf, aber er wirkte noch immer vollkommen hilflos. „Das mag sein. Aber Stern und seiner Partnerin *hat* es gefallen."
Mit Schaudern berichtete Johannes, dass er die Flucht ergriffen hatte, weil die beiden die Szene in aller Ausführlichkeit und mit großem Engagement nachspielen wollten. Es war sein erster und letzter Versuch gewesen, sich in der Praxis Informationen über moderne Sexualität zu holen.
Bei der Erwähnung von Stern und Nathalie hätte ich beinahe aufgelacht. Aber Johannes Verzweiflung zerstörte jegliche Komik. Trotzdem fragte ich mich, ob besagter Film der Grund war, warum Nathalie versucht hatte, mit mir zu sprechen. Oder für Sterns sichtliche Beschämung, als er mich gebeten hatte, mich um sie zu kümmern. Möglicherweise war es gar nicht die Überidentifikation mit Goethes Gretchen, die Nathalie quälte

und sie schlecht schlafen ließ. Vielleicht war es eher der fehlgeschlagene Versuch der Identifikation mit einer Filmfigur. Aber Nathalie war im Moment mein geringstes Problem. Hier ging es um meine eigene Beziehung.
„Befürchtest Du, dass heutzutage Sadismus und Unterwerfung dazugehören, wenn Menschen miteinander schlafen?“, fragte ich vorsichtig.
Johannes verneinte. Diese Möglichkeit hatte er bereits mit Benno besprochen. Glücklicherweise hatte er in seinem Freund einen kompetenten, verständnisvollen Gesprächspartner gefunden, der ihm zumindest theoretisch weitergeholfen hatte. Sie hatten sich über Männer- und Frauenrollen und die Spielarten unterhalten, die unserer Tage praktiziert wurden. Johannes fühlte sich diesbezüglich ausreichend aufgeklärt.
Im Geiste dankte ich dem Schicksal dafür, dass Benno bisexuell war. Benno selbst schickte ich meinen Dank für seine Unterstützung. Ich war mir sicher, dass er mit der notwendigen Sensibilität zu Werke gegangen war – im Gegensatz zu Fridel vorhin.
Johannes saß weiterhin auf der Bettkante und starrte wieder seine Hände an. „Die Toleranz, die heutzutage herrscht, ist ein Segen. Jeder darf nach seiner Façon selig werden, so lange niemand Schaden nimmt und man sich gegenseitige Achtung zollt“, erklärte er und schickte mir einen bittenden Blick, als er eindringlich feststellte: „Mein Problem ist kein moralisches.“
Scheinbar hoffte Johannes, ich würde noch einmal selbst darauf kommen, was ihm auf dem Herzen lag. Glücklicherweise schaltete mein Gehirn auch diesmal. Wenn sich Johannes vor dem fürchtete, was ich von ihm erwarten könnte, und dabei auf diesen Film verwies, konnte das nur eins bedeuten: „Du hast Angst, ich könnte masochistische Vorlieben haben.“
Seine Finger hielten mitten in der Bewegung inne. „Ist dem so?“
„Ich hasse Schmerz.“
Johannes nickte langsam, entspannte sich aber nicht. „Unterwerfung?“, fragte er leise. „Catharina, ich werde das nie wieder tun – selbst wenn es Dir ... Selbst wenn es Dein Wunsch ...“

„Johannes, es ist *nicht* mein Wunsch“, sagte ich fest. Ich konnte sein Gesicht nicht erkennen, weil ihm das Haar in die Stirn gefallen war. Die Situation hatte inzwischen auch für mich jegliche Komik verloren. „Es hat mich gerade fast das Leben gekostet, dass jemand mich unterworfen hat.“ Ich wartete auf eine Reaktion, aber er rührte sich nicht. Also fuhr ich fort: „Ich wäre noch immer im Koma oder wahnsinnig oder beides, wenn Grete und Du mich nicht zurückgeholt hättet. Und mit Sicherheit habe ich keine Lust auf Flashbacks, wenn Du und ich miteinander schlafen.“ Ich beugte mich vor und deutete mit der Hand an, ihm eine seiner nachtblauen Strähnen hinters Ohr zu streichen. Meine Finger glitten hindurch, ohne sein Haar berühren zu können.
Einen Moment lang schwieg Johannes. Dann endlich atmete er tief durch und wandte sich mir zu. „Ich danke Dir.“ Er lächelte erleichtert.
„Nein, ich danke *Dir* für Deine Offenheit“, erwiderte ich und spürte, wie sich auch in mir Spannung löste. „Aber ich möchte Dich um eins bitten.“
Fragend sah er mich an.
„Versprich mir, Dir nicht wieder beim guten Stern und seinem Trabanten Informationen zu beschaffen, wenn es um uns geht.“ Ich musste nun doch grinsen.
„Das kann ich wohl bedenkenlos versprechen.“ Auch Johannes' Mundwinkel zuckten. „Benno hat mir Ähnliches geraten.“
„Gut.“ Ich ließ mich in meine Kissen rutschen und rollte mich zusammen. Nun, da die Anspannung verflogen war, kam die Müdigkeit mit Macht zurück. Gespräche über Sex konnten anstrengender als die Tätigkeit selbst sein.
„Zeit zum Schlafen.“ Ich betonte „Schlafen“.
Mit einer geschmeidigen Bewegung erhob sich Johannes und kam neben mich auf die andere Betthälfte. „Wird literarische Einschlafhilfe gewünscht?“, wollte er wissen.
„Rilke“, murmelte ich, schon halb im Dämmer.
Nach einem Moment der Stille, begann Johannes leise zu sprechen: „*Wie soll ich meine Seele halten, daß sie nicht an*

deine rührt?“
Kaum dass er sprach, spürte ich seinen Körper neben mir, der sich mit jedem Wort mehr manifestierte.
„*Wie soll ich sie hinheben über Dich zu andern Dingen?*“
Er drehte sich mir zu und ich rutschte näher zu ihm, sodass ich zusammengerollt mit der Stirn vor seiner Brust lag.
„*Ach gerne möcht ich sie bei irgendwas Verlorenem im Dunkel unterbringen an einer fremden stillen Stelle, die nicht weiterschwingt, wenn deine Tiefen schwingen.*“
Ich roch seinen Duft, während er mich mit seinem Körper umrahmte und seine Stimme mich ins Dunkel mitnahm.
„*Doch alles, was uns anrührt, dich und mich, nimmt uns zusammen wie ein Bogenstrich, der aus zwei Saiten eine Stimme zieht. Auf welches Instrument sind wir gespannt? Und welcher Geiger hat uns in der Hand? O süßes Lied.*“

51. Tag – Freitag

Mein Geist tauchte aus den Tiefen dunkler Geborgenheit auf und dämmerte träge auf der Schwelle zwischen Schlafen und Erwachen, ohne sich für eins von beidem entscheiden zu wollen. Ich ließ mich treiben im Zustand halbschläfriger Bewusstheit und grummelte genussvoll.
Ein leises, dunkles Lachen schwang durch meine innere Stille. Mühelos folgte ich dem Lachen und mein Geist fand zu dessen Ursprung. Mein Kopf lag an seiner Schulter, meine Hand auf seiner Brust. Sie hob und senkte sich bei jedem Atemzug. Der dicke Stoff der Weste fühlte sich rau an.
Ich strich in genussvoller Langsamkeit darüber und wanderte über den Brustkorb in die Senke des Bauches. Johannes rührte sich nicht, aber seine Muskeln verspannten sich unter meiner Handfläche und sein Atem wurde flach und unsicher. Ich wagte es, meine Hand auf dem Nabel ruhen zu lassen. Noch nie hatte ich absichtlich diese Stelle berührt.
Ich gab uns Zeit, uns an die Intimität der Berührung zu gewöhnen. Ganz langsam vertieften sich Johannes' Atemzüge

wieder und sein Bauch entspannte sich.
Erneut schwebte ich in diesem überraschenden und beglückenden Traumzustand. Ich hatte ihn selbst erschaffen und Johannes ließ zu, was ich tat. Es war mir vollkommen genug, unter dem rauen Stoff die verletzliche Weichheit seines Bauchs wahrzunehmen zu dürfen, der sich mit jedem Atmen meiner Handfläche entgegenwölbte. Ich hätte immer so liegen können.
Aber die unschuldige Berührung schuf eine Vertrautheit, die Möglichkeiten öffnete. Irgendwann schob mich Johannes vorsichtig von sich, sodass er sich aufrichten konnte. Seine dunklen Augen hielten sich an meinen fest, während er den Gehrock auszog und seine Weste aufknöpfte. Nachdem er die Nadel aus dem Plastron gelöst und das Tuch vom Kragen gezogen hatte, sah er mich fragend an. Statt zu antworten, setzte ich mich auf und öffnete Knopf für Knopf seines Hemdes.
Er ließ es geschehen, aber als ich das Ende der kurzen Knopfleiste erreicht hatte, huschte Unsicherheit über sein Gesicht. Ich lächelte ihm zu und zog den Stoff auseinander. Der Anblick seines verstümmelten Oberkörpers würde mich nicht erschrecken. Trotzdem ließ mich Johannes nicht aus den Augen, als befürchte er, ich könne doch noch in Panik aus dem Traum flüchten. Ich aber betrachtete fasziniert den Anblick, der sich mir bot. Ich hatte recht gehabt. Die Erlösung *hatte* auch Johannes verändert.
„Was hast Du?“, flüsterte Johannes alarmiert und sah an sich hinunter auf seine Brust.
Die Narben waren noch immer da. Noch immer war da ein riesiges Mal verwachsener Haut, wo der Bolzen gesteckt hatte. Aber die Narbe war nicht mehr leuchtend rot und frisch. Sie war verblasst. Ein Überbleibsel irgendeiner vergangenen schweren Verletzung.
Johannes hob den Kopf. „Mein Hals“, fragte er mit unsicherer Stimme.
„Dasselbe“, antwortete ich. „Eine verblasste Narbe.“
„Verblasst“, murmelte er.
Sekundenlang rührte sich Johannes nicht und starrte mit

ungläubigem Ausdruck an sich hinunter. Nur seine Finger wanderten tastend über die Wundmale. Irgendwann sah er auf. „Vergeben, Catharina! Vergangenheit! Es ist offensichtlich!“
Mit leuchtenden Augen kniete Johannes auf dem Bett, die pure Freude über den sichtbaren Beweis im Gesicht, dass seine und Rosas Schuld nichts mehr war als Erinnerung. Kurz hielt er inne, dann zog er das Hemd endgültig über den Kopf und nahm mich mit sich, als er sich in die Kissen zurücksinken ließ. Mein Kopf lag mitten auf seiner Brust, und sein Arm umschlang mich, während er mit seiner anderen Hand die meine auf seinem Bauch festhielt.
„So weich“, flüsterte ich fasziniert. „Trotz all Deiner beeindruckenden Muskeln.“
Johannes Körper bebte von seinem Lachen, das in meinem Ohr noch dunkler klang. Aber da war auch ein anderes Geräusch. Ein regelmäßiges Geräusch. Ein Geräusch, das ich noch nie gehört hatte. Nicht in dieser Brust!
Ich zwang mich zur Ruhe, um nicht hektisch aufzufahren. Vielleicht täuschte ich mich. Vielleicht war es nur mein eigener Herzschlag, der in meinem Ohr klang.
Vorsichtig entzog ich Johannes meine Hand und legte sie auf seine Wange, die er in meine Handfläche schmiegte. Langsam ließ ich die Hand weiter seinen Hals hinunterwandern. Wie zufällig drückte ich die Fingerspitzen gegen seine Schlagader, während ich gleichzeitig in seine Brust lauschte. Es gab keinen Zweifel. Sein Herz schlug. Und es pumpte Blut, denn an seinem Hals wiederholte sich der Takt seines Herzens. Wieder riss ich mich zusammen, die Ruhe zu bewahren. Ich ließ seinen Hals los und griff nach Johannes' Hand, um sie mitzuziehen.
„Was machst Du?“, fragte er leise, wehrte sich aber nicht.
„Folge mir einfach“, flüsterte ich und drückte seine eigenen Finger auf seinen Hals.
Sekundenlang rührte sich Johannes nicht, dann sog er scharf die Luft ein. Sein Körper verspannte sich. „Es schlägt“, murmelte er und der Herzschlag beschleunigte sich zu einem Trommeln.
Fasziniert verfolgte ich das Geräusch, das seine Aufregung

spiegelte. Keiner von uns wagte, sich zu bewegen, als könnten wir Johannes' Herz dadurch wieder zum Stillstand bringen. Doch es schlug regelmäßig, wenn auch in wildem Takt, der sich gar nicht beruhigen zu wollen schien.
„Johannes“, sagte ich, „es ist alles gut.“
Ohne mich loszulassen, richtete er sich vorsichtig auf und schob mich in eine sitzende Position. „Darf ich Dich wecken?“, bat er. Eine gespannte Erwartung lag in seinem Blick. Ich ahnte, was er vorhatte, und nickte.
Johannes lächelte dankbar. Dann spürte ich ganz langsam die Schwere meines Körpers und fühlte den Stoff des Kissens unter meiner Wange. Als ich die Augen öffnete, lag ich auf dem Bauch. Im Raum herrschte trübes Dämmerlicht. Johannes saß durchscheinend und vollständig angezogen neben mir. Der Traum war vorbei.
Geduldig wartete er ab, bis ich mich aufgerichtet hatte. Ich rieb mir schläfrig die Augen und strich mir die explodierten Locken aus dem Gesicht. Als ich halbwegs in der wachen Welt angekommen war, wies Johannes auf seine Brust.
„Würdest Du?“, bat er und konzentrierte sich, damit ich ihn berühren konnte.
Meine Vermutung war richtig. Er wollte wissen, ob sein Herz auch in seinem materielosen Zustand noch schlug. Sekundenlang legte ich mein Ohr lauschend an seinen Brustkorb, doch ich hörte nichts. Wir hatten nicht mehr viel Zeit, bevor er wieder unberührbar sein würde. Schnell fuhr ich suchend mit den Fingerspitzen über seine Halsschlagader, aber da war kein Puls. Alles, was ich spürte, war, dass sein Körper langsam unter meiner Berührung verblasste. Ich sah kopfschüttelnd zu ihm hoch.
„Es war nur ein Versuch“, sagte er sachlich. „In dieser Realität bin ich ein Untoter. Es gibt kein Herz, das schlagen könnte.“ Johannes drückte nun selbst noch einmal Zeige- und Mittelfinger gegen seine Schlagader, doch schließlich ließ er die Hand sinken. „Aber damit ist eins sicher.“ Mittlerweile war ich vollkommen wach und mein Gehirn in der Lage, Zusammenhänge

herzustellen. Eine Erkenntnis formte sich in meinem Kopf. Anscheinend zeichnete sie sich auch auf meinem Gesicht ab, denn Johannes fragte stirnrunzelnd: „Was ist sicher? Und was daran ist so komisch?“
„Nicht komisch“, erklärte ich und grinste. „Beglückend!“
Johannes' Stirnrunzeln vertiefte sich. „Ich fürchte, ich verstehe nicht.“
Ich mäßigte meinen Enthusiasmus, um ihm auf die Sprünge helfen zu können: „Natürlich bist Du in dieser Realität ein Untoter. Aber in der anderen, in der Traumwelt bist Du lebendig. So lebendig, wie ein Mensch nur sein kann. Du atmest, Dein Herz schlägt, Dein Blut fließt. Du bist vollkommen existent. Lebendig eben.“
Johannes sah mich mit unbewegter Miene an, als müsse er noch immer begreifen, was passiert war. Da er nichts sagte, fuhr ich fort: „Du warst ein herzloser Unmensch. Jetzt aber bist Du mitfühlend und lebendig, wie nie in Deinem Leben. Und mit dem letzten Schritt Deiner Erlösung ist das passiert, was wir gerade entdeckt haben: Im Traum lebt sogar Dein Körper.“
Ganz allmählich formte sich auf Johannes' Gesicht ein Lächeln, als werde er sich nur langsam der Bedeutung dessen bewusst, was passiert war. Endlich sprach er: „Dann tut es mir umso mehr leid, dass ich unseren Traum unterbrochen habe.“
„Spüre ich da persönliches Bedauern?“, fragte ich und betrachtete ihn forschend.
„Warum sollte ich es nicht bedauern?“ Er runzelte die Stirn.
„Es gab da einige Bedenken im Vorfeld, was meine sexuellen Vorlieben betrifft“, erinnerte ich ihn und musste schmunzeln beim Gedanken an seine Forschungen bei Stern und Partnerin.
Johannes hatte meine Anspielung verstanden. „Du hast sie überzeugend ausgeräumt. Es ist wunderschön, von Dir berührt zu werden.“
„Folglich hättest Du nichts gegen eine Wiederholung?“, versuchte ich, ihn weiter aus der Reserve zu locken.
Er zog eine Augenbraue hoch. „Fortsetzung.“
„Wie bitte?“ Jetzt war ich irritiert.

Ein amüsierter Blick traf mich. „Wenn Du einverstanden bist, wäre ich an einer Fortsetzung interessiert.“
Er hat den Spieß umgedreht, Catharina, stellte meine innere Psychologin fest.
Entgeistert sah ich ihn an. „Ernsthaft?“ Woher kam diese Offenheit, nachdem er mir in der Nacht seine Ängste gestanden hatte?
„Du hast mir in Wort und Tat glaubhaft verdeutlicht, dass Du keine Erwartungen an mich hast, die ich nicht erfüllen kann“, antwortete er, als hätte er meine Gedanken gelesen. „War das nicht das Ziel unseres Gesprächs?“ Inzwischen hatte er wieder Kraft genug, um eine meiner roten Locken um seinen Finger zu drehen. „Oder muss ich befürchten, demnächst selbst unterworfen zu werden, Wilde Frau?“ In seinen dunklen Augen blitze es.
Jetzt grinste ich auch. „Interessante Vorstellung. Wir sollten die Möglichkeiten Deiner neuen Lebendigkeit unbedingt ausloten.“
Johannes tat bestürzt. „Vermutlich werde ich die Flucht ergreifen müssen.“
Ich lachte und betrachtete nachdenklich seine sorgfältig verhüllte Brust. „Würdest Du Dich noch einmal ausziehen?“
Spöttisch zog Johannes noch eine Augenbraue hoch. „Ich fürchte, eine Fortsetzung ist gegenwärtig nicht möglich.“
Ich schüttelte den Kopf. „Ich möchte Dich nur ansehen, nicht anfassen. Es reicht, wenn Du das Hemd öffnest.“ Mit einem Stirnrunzeln richtete Johannes sich auf, um das Tuch noch einmal zu lösen und die Knöpfe aufzumachen.
„Du hast mich nicht umsonst geweckt“, stellte ich zufrieden fest, als er beim vierten Hemdknopf ankam. „Deine Narben sind auch in dieser Realität verblasst.“
Johannes' Augen wurden groß. Schnell glitt er vom Bett, löste Hosenträger und Manschettenknöpfe und zog das Hemd über den Kopf. „Unglaublich“, murmelte er, während er seine Brust betrachtete.
„Wohl wahr“, bestätigte ich und schluckte. Wenn seine Narben überhaupt noch einen Effekt hatten, dann den, die geheimnisvolle Aura zu verstärken, die dieses dunkle, unantastbare Abbild

maskuliner Herrlichkeit umgab.
Fehlt nur, dass Du sabberst, befand die Stimme der Vernunft.
Betreten riss ich mich vom Anblick der nackten Männerbrust los und musste feststellen, dass Johannes mich aufmerksam beobachtete. Seine Augen glitzerten, dann griff er nach seinem Hemd und zog es über. „Ich denke, wir sollten uns auf den Weg zu Deinen Eltern machen“, erklärte er. „Möglicherweise stehen wir vor Herausforderungen der ganz anderen Art.“

Der Mann hatte Käthchen und dem Schwarzen nachgesehen, als sie die Kirche gestern verlassen hatten.
Der Schwarze!
Hier!
Außerhalb der Grafschaft!
Mit Käthchen!
Er hatte Käthchen angefasst!
Mehrmals!
Er hatte sie sogar umarmt!
Es hatte den Schwarzen Kraft gekostet, und doch hatte er sie festhalten können!
Es musste noch einmal etwas geschehen sein, seit der Mann den Schwarzen das letzte Mal gesehen hatte.
Neulich.
Im Wald von Altenstein.
Mit Käthchen.
Warum sonst war der Schwarze gestern bei der Kirche gewesen?
Warum sonst konnte er die Grafschaft verlassen?
Und warum sonst konnte er einen Menschen berühren?
Alles lag an Käthchen.
Vor Wochen war sie zum ersten Mal bei der Kirche gewesen.
Allein.
Der Mann hatte sie gesehen.
Eine rote Frau.
DIE rote Frau.
Der Mann mied Menschen. Er fürchtete sie fast so sehr wie den Schwarzen. Deshalb blieb der Mann bei den Toten. Er zeigte sich nicht. Niemand wusste, dass es ihn gab.
Nur neulich hatte ihn etwas vor die Kirche getrieben.
Genau wie gestern.
Auch gestern hatte ihn etwas gezwungen, die Sicherheit zu verlassen. Etwas, dem er nicht hatte widerstehen können. Und genau wie neulich hatte er die rote Frau gesehen.
Aber neulich war sie allein gewesen.
Auf dem Kirchplatz.
Der Mann hatte nicht mit ihr gerechnet. Der Anblick hatte ihn so

entsetzt, dass er geflüchtet war.
Zurück zu den Toten in die Sicherheit.
Die rote Frau.
Nur ganz langsam hatte der dumme Kopf des Mannes verstanden.
Die rote Frau war Käthchen.
Sie war dem Mann nicht mehr aus dem Kopf gegangen.
Sie musste auf Altenstein sein.
War sie gekommen, weil sie sich endlich erinnert hatte?
Es war so viele Jahre her, dass Käthchen bei ihm gewesen war.
So viele Jahre seit ihrem Versprechen.
Und noch viel, viel mehr Jahre seit DEM Tag. Dem Tag, der alles verändert hatte.
Aber der Mann konnte nicht zu Käthchen nach Altenstein gehen.
Dort war der Schwarze.
Der Mann hatte zu viel Angst vor dem Schwarzen.
Und der Mann hatte zu viel Schuld.
Erst nach Tagen hatte der Mann die Hoffnung nicht mehr ausgehalten. Endlich hatte er sich in die Nähe des Schlosses getraut. Zum ersten Mal nach so vielen Jahren, die der Mann nicht zählen konnte.
Da hatte der Mann die rote Frau wieder gesehen.
Die rote Frau, die Käthchen war.
Im Wald.
Aber Käthchen war nicht mehr allein.
Der Schwarze war bei ihr gewesen.
Sie hatte ihn gefunden.
Und nicht nur das. Käthchen hatte mit Johannes-Adahy von Altenstein sprechen können. Er wiederum hatte sie gehört und geantwortet.
Auch wenn der Mann nichts verstanden hatte, neulich im Wald, eins hatte er erkannt: Die rote Frau, die Käthchen war, hatte den Schwarzen gern.
Sehr gern.
Der dunkle Graf aber, das kalte Ungeheuer, der Menschenjäger, der Verfluchte, liebte Käthchen.
Und nun waren sie gemeinsam zur Kirche gekommen!

Glück und Absurdität entstammen ein und derselben Erde. (Albert Camus, Der Mythos von Sisyphos)

„Warum denn ausgerechnet das?“, fragt mein Mann. In seinem Tonfall höre ich das Unverständnis des Künstlers.

Wir sitzen über einer Auswahl von Bildern, die er für das Romancover gemalt hat. Alle bis auf eins sind echte Kunstwerke in unterschiedlichen Techniken und Stilrichtungen. Alle zeigen Inhalte aus meinem Roman. Das einzige Bild, das aus der Reihe fällt, ist ein Ölgemälde, das mein Gatte mir zu meinem Geburtstag geschenkt hat.

Ich hatte mir „irgendwas Kitschiges mit Weltuntergangsstimmung“ gewünscht. Er hatte meinen Wunsch erfüllt, aber ich weiß, dass sein Künstlerherz beim Malen geblutet hat. Und nun ist ausgerechnet dieses Bild das einzige, auf das ich mich mit dem Verleger für das Cover habe einigen können. Eher als Scherz hatte ich es unter die „echten“ Gemälde gemischt. Dass die Auswahl auf dieses gefallen ist, ist für meinen Mann unbegreiflich.

Ich versuche, ihn damit zu trösten, dass das Bild hervorragend zum trivialen Titel und Inhalt des Romans passt. Sein Gesicht zeigt deutlich, dass das kein Trost, sondern eine weitere Zumutung bedeutet. Da er mir nicht verbietet, das apokalyptische Gemälde zu verwenden, werte ich seine Reaktion als Zustimmung. Trotzdem stelle ich die Frage gar nicht erst, ob er im Impressum des Romans als Maler genannt werden will. Das Künstlerherz meines Gatten verbietet es, mit diesem Bild in Verbindung gebracht zu werden.

„Für den zweiten Band nehmen wir ein ordentliches Gemälde“, verspreche ich.

Der Künstler ist mäßig begeistert, legt aber auch hier keinen Protest ein. Es gibt eins, das ihm wichtiger ist als aller künstlerischer Narzissmus: sein Seelenfrieden.

Während sich mein Mann daran macht, die Bilder wieder zusammenzusammeln, die auf dem Boden ausgebreitet sind, telefoniere ich mit dem Verleger.

Zu diesem Verleger bin ich gekommen wie die Jungfrau zum Kind. Vor wenigen Wochen in unserem Sommerurlaub hatte er sich plötzlich neben mir materialisiert. Ein Jahr nach meinem Entschluss, die Geschichte von Johannes und Catharina zu Ende zu erzählen, auch wenn sie niemals veröffentlicht würde.

Mit meinem Laptop hatte ich auf der Hotelterrasse gesessen, während die Sonne touristengerecht-spektakulär im Meer versank. Ich ignorierte das übertrieben farbenfrohe Ereignis, denn ich war gerade dabei, eine meiner Romanfiguren literarisch zu beerdigen. Mein Künstlergatte, der sich in der Bibliothek irgendeinem Historienschinken hingab, hätte sicherlich behauptet, dass die Natur nicht übertreiben kann.

„Sie verpassen ein herrliches Schauspiel“, sagte eine Stimme, die zu einem Mann gehörte, der am Nebentisch saß.

„Es wird täglich wiederholt“, hatte ich ohne aufzuschauen geantwortet.

Die Stimme neben mir aber hatte sich nicht beirren lassen und wissen wollen, ob ich wohl Romane schreibe.

Mein entnervtes „Ja“ hatte ihn in seinem Interesse eher befeuert als gebremst.

Worum es gehe, hatte er gefragt.

„Nichts, das Männer interessiert.“

Woher ich das wissen wolle?

„Erfahrung.“

Ob er meine Romane irgendwo kaufen könne, um sich selbst zu überzeugen.

„Nein.“

„Warum nicht?“

„Weil es nicht um Veröffentlichung geht.“

„Worum geht es dann?“

Mit einem Knall hatte ich den Laptop zugeschlagen. Absichtlich verstand ich die Frage des neugierigen Herrn miss und gab ihm eine, wie ich hoffte, besonders abschreckende Zusammenfassung der trivialen Inhalte des ersten Teils.

Zu meiner Irritation hatte er sich nicht abschrecken lassen, sondern zeigte wachsendes Interesse, bis er mir nach und nach die Handlung in allen Details entlockt hatte. Sowohl des

ersten Romans als auch der Fortsetzung der Geschichte bis zum aktuellen Stand. Dann war er für eine Weile in Schweigen verfallen, das ich aus einem mir unbegreiflichen Grund nicht dazu nutzte, das Gespräch endlich zu beenden, um zu meinem Mann in die Bibliothek zu fliehen. Stattdessen beantwortete ich die alles entscheidende Frage, mit der der Herr des Nebentisches sein Schweigen brach: „Wie sind Sie auf den Plot gekommen?"
Ich hörte mir zu, wie ich mit Reichtum, Ruhm und einem postmodernen Trivialroman begann, dann zu der seltsamen Wirkung der Geschichte auf mein Leben kam und skrupellos von meinem Wahnsinn erzählte. Zum Schluss berichtete ich diesem mir völlig unbekannten Menschen über das Es, von dem ich mich mit der Fortsetzung zu (er)lösen gedacht hatte. Gleichzeitig wartete ich darauf, dass mein Gegenüber mir jetzt einen Arztbesuch empfehlen würde.
Der Herr am Nebentisch hatte nichts dergleichen getan, sondern wissen wollen, ob der Erlösungsplan aufgegangen sei.
Ich hatte zur Kenntnis genommen, wie etwas in mir erneut wahrheitsgemäß antwortete. Nämlich dass ich das gesamte vergangene Jahr dem Es gefolgt war und seine Geschichte verfasst hatte. Als Catharina war ich durch die Hölle gegangen, um den Grafen mit seiner Erzfeindin zu versöhnen, den Fluch zu brechen und die alten Schuldverstrickungen zu lösen. Jetzt waren nicht nur er und seine Gegenspielerin frei, sondern auch noch eine ganze Ahnenreihe anderer Seelen.
„Und Ihr Identitätsproblem?", wollte mein Gegenüber wissen.
„Gelöst. Aber anders als gedacht", antwortete ich.
Wieder fragte er nach und ich beschrieb, wie ich schon beim Verfassen der ersten Seiten hatte begreifen müssen, dass meine beiden Hauptfiguren in einer zeitlosen Seelenverbindung miteinander standen, die eine Trennung unmöglich machte. Damit aber war mein persönlicher Erlösungsplan von Beginn an zum Scheitern verurteilt. Mochte es mir (Catharina) auch gelingen, den Fluch zu brechen und den Grafen (Es) zu *er*lösen, war ich (Catharina) trotzdem nicht vom Grafen (dem Es) *ge*löst.
„Es gibt also keine Autonomie für Sie", stellte mein

Gegenüber zutreffend fest. „Sie sind untrennbar mit der Geschichte und dem Es verbunden."
Indem er die Frage stellte, war mir gedämmert, dass der seltsame Mann noch an keiner Stelle meines Berichts irgendeinen Zweifel an der Existenz des Es und meinen Schlussfolgerungen geäußert hatte. Vielleicht war das ein Test, um das Ausmaß meines Irrsinns auszuloten. Ich gab ihm eine Steilvorlage: „Mein *Ich* ist unrettbar."
Mein Gegenüber nahm den Ball auf und wollte wissen, wie mein Identitätsproblem dann gelöst sein könne.
Ich schoss den Ball ins Tor, indem ich erklärte, dass ich mein *Ich* dem Es überlassen hätte. Und wer kein eigenes *Ich* habe, müsse es auch nicht verteidigen. Vor niemandem. Noch nicht einmal vor mir selbst müsse ich mein *Ich* verteidigen. „Ich gehöre sowieso dem Es und seiner Geschichte", schloss ich die irrsinnige Logik und erwartete, dass der neugierige Herr jetzt sein Handy zückte, um die nächste Psychiatrie zu verständigen.
Doch er hatte weiter gefragt. „Was ist dann passiert?"
„Ich habe alle Eitelkeiten fallen lassen und nehme mir die Freiheit der Ignoranz", hatte ich geantwortet und die Folgen für den Schreibprozess beschrieben:
Weil es nur noch darum gegangen war, die Geschichte um ihrer selbst Willen zu erzählen, konnten mir sämtliche literaturästhetischen Konventionen gestohlen bleiben. Gnadenlos hatte ich die Erzählweisen gewechselt, wenn es dem Wohl und der Erlösung der Charaktere diente.
„Wie reagierte Es?", fragte der Herr.
Ich erzählte, dass Es offenbar mit all diesen Entwicklungen einverstanden war, denn Es schritt nicht ein.
Mein Gegenüber hatte wissen wollen, wie lang der zweite Teil inzwischen sei.
Die Antwort war einfach. Die Fortsetzung der Geschichte war ungefähr noch einmal so lang wie der erste Band, als ich diesen mit einem Cliffhanger hatte enden lassen.
„Also könnten Sie nach der Erlösung der Seelen einen Cut machen, um den Rest der Story in einem dritten Band zu veröffentlichen", zog der interessierte Herr eine Schluss-

folgerung, die mir gar nicht in den Sinn gekommen war, weil es nicht um Veröffentlichung ging.
Ich nickte und fragte, worauf er hinaus wolle.
Als mein Gegenüber daraufhin in die Innenseite seines Jacketts griff, hatte ich erwartet, dass er endlich den Krankenwagen rufen würde. Doch es kam lediglich ein Stück Papier zum Vorschein, das nach Visitenkarte aussah. Vermutlich war der Herr selbst Psychiater und gedachte, mir seine Dienste gegen Geld anzubieten. Aber er hatte die Karte in der Hand behalten und erklärt: „Es hat Sie ausgewählt, damit Sie seine Geschichte schreiben. Das hat einen Grund. Vermutlich sind nur Sie in der Lage, diese Geschichte in der richtigen Weise zu erzählen."
Ich hatte mit der Möglichkeit einer Falle gerechnet. Wahrscheinlich testete er gerade, ob ich auch noch unter literarischem Größenwahn litt. „Es steht also auf Kitsch", stellte ich meine Fähigkeit zur realistischen Einschätzung der Romaninhalte unter Beweis.
„Spielt das eine Rolle?", hatte der seltsame Herr gefragt. „Der Roman, den Sie schreiben, verändert Sie. Die Geschichte, die Sie für Es erzählen, hat eine Wirkung auf Menschen." Er hatte auf meine begeisterten Probeleser verwiesen und dann die Karte, die er die ganze Zeit über in den Fingern gedreht hatte, auf den Tisch gelegt. „Die Geschichte will zur Kenntnis genommen werden. Selbst wenn sie trivial sein mag."
Ich hatte die Karte sekundenlang angestarrt, ohne zu begreifen, was ich las. Mein Gegenüber war definitiv kein Psychiater. Der Herr war Verleger. Und offensichtlich genauso irre wie ich. Vielleicht hatte ich deshalb noch nie von seinem Verlag gehört.
Dann waren alle meine Neuronen gleichzeitig explodiert. Ich sprach seit über einer Stunde mit einem Menschen, der aus Geschichten Bücher machte. Folglich hatten seine Fragen ein Ziel verfolgt. Nachdem ich seit einem Jahr davon ausging, dass Es kein Interesse an Verlegerhirnen hatte und die Geschichte nur um ihrer selbst Willen erzählt werden musste, hatte mir irgendein absurder Zufall diesen Menschen an den Nebentisch gesetzt. Oder ein Es.

„Wollen Sie Geld mit meinem Wahnsinn verdienen?", fragte ich. „Machen Sie mir gerade ein Angebot, das ich nicht ablehnen kann?"
„Ich fürchte, ich muss Sie enttäuschen", hatte er geantwortet. Wie sich herausstellte, ging es ihm nicht um Geld, sondern einzig darum, die Geschichte, die ich „zur Welt gebracht hatte", wie er sich ausdrückte, dem Rest der Welt zugänglich zu machen.
„Was ist, wenn der Roman 'angesichts der gegenwärtigen Situation auf dem Buchmarkt' scheitert?", warnte ich.
„Wenn Ihre Geschichte wirken will, wird sie es tun", sagte der Verleger, der kein Psychiater war, aber anscheinend einen brauchte.
„Sie meinen, dass Es auf die Leser einwirken wird?", hatte ich gefragt und überlegt, ob möglicherweise gerade das völlig unerwartete Erhoffte geschah. Dass nämlich dasjenige Verlegerhirn vor mir saß, mit dem Es kompatibel war – auf das Es vielleicht sogar gewartet hatte. Ein Gehirn, dem es nicht um Geld, sondern um die Geschichte ging. Eins, das selbst dem Wahnsinn folgte.
„Warten wir ab", hatte der Herr geantwortet. „Jedenfalls ist es ein interessantes Projekt." Dann hatte er mir seine Überlegungen dargelegt.
Er würde nur eine sehr kleine Auflage produzieren. Wenn es mir ohnehin nicht um Reichtum und Ruhm gehe, bestehe auch keine Gefahr. Er sei sich sicher, dass es kein Problem sein würde, eine so kleine Auflage unter die Leute zu bringen. Dann werde man schon sehen, ob die Welt nach mehr verlange. Ich müsse natürlich durch Lesungen ein wenig nachhelfen – zum Beispiel in meiner Region. Schließlich kennten mich genügend Menschen durch meine Arbeit. Schüler, Eltern, Kollegen. Und dann seien da ja auch meine Familie und fünfzehn Probeleser. Alle diese Menschen seien wiederum vernetzt mit anderen Menschen. „Ich bin mir sicher, dass wir die Auflage kostendeckend in die Welt bringen können."
„Wovon leben Sie?", hatte ich angesichts der Formulierung „kostendeckend" nachgefragt.

Er hatte gelacht und erklärt, das solle ich seine Sorge sein lassen. Er würde mir lediglich ein Angebot machen, die Entscheidung liege bei mir.
„Wollen Sie den Roman nicht erstmal lesen, bevor Sie Geld investieren?“, hatte ich versucht, ihn zur Vernunft zu bringen.
Er hatte nur gelacht und wieder auf meine begeisterten Probanden verwiesen. Damit hatte er sich verabschiedet und wir waren in unsere Zimmer gegangen.
In dem meinigen Zimmer war ich auf meinen Gatten getroffen, den ich sofort über meine Begegnung informiert hatte. Gemeinsam hatten wir die Homepage meines möglichen Verlegers aufgerufen.
Wie sich herausstellte, hatte er vor allem Sachbücher und Musik im Programm. Ein Roman war nicht zu finden. Und wie die Homepage weiter verriet, war der Verleger außer Verleger auch noch Yoga-Lehrer. Dementsprechend fanden sich in seinem Programm zahlreiche Yoga-Lehrbücher, Yoga-Anleitungen auf CD, Yoga-Musik, aber auch Yoga-Matten, -Hosen, -Shirts, ja sogar -Socken. Darüber hinaus fand ich bei den CDs Titel wie „Der Atem der Alpen“ oder „Didgeridoo-Meditationen“. An verlegten Büchern gab es „Das Work-Life-Balance-Malbuch“ und „Feng Shui im Wohnmobil“.
Ganz klar passte mein Werk hervorragend unter die übrigen Titel. Vermutlich waren Künstler und Autoren allesamt mit der Formulierung „interessantes Projekt“ und „wenn Ihr Werk wirken will, wird es das tun“ angeworben worden. Und sicherlich hatten sie alle von Verlagen, die echtes Geld verdienen wollten, eine Absage im Sinne von „angesichts der gegenwärtigen Situation auf dem Buch-/Musikmarkt“ erhalten. Andererseits war ich mir sicher, dass jemand, der Feng Shui im Wohnmobil betrieb oder dem Atem der Alpen lauschte, ohnehin kein Interesse an Reichtum oder Ruhm hatte – wohl aber daran, seine Mitmenschen mit positiven Energien zu überschütten.
Möglicherweise hatten alle Künstler und Autoren dieses Verlages ein Es, das sie antrieb. Und wenn irgendjemand eine Schnittstelle für diese Es-se besaß, dann ein Verleger, der Yoga-Lehrer war und den die Inhalte dessen, was er

verlegte, weniger tangierten, als dass das Projekt interessant war.
Mein Entschluss stand fest: In diesem Verlag und mit diesem Verleger befand ich mich unter Gleichgesinnten. Hier waren alle mehr oder weniger irre.
Mein Mann hatte mir völlig zugestimmt. „Normale Verlage sind so blöd, da ist man eben auf solche Leute angewiesen“, hatte er gesagt und war es zufrieden.

Am Abend erhalte ich eine Mail mit der Covergestaltung im Anhang. Ich öffne die Datei. Das, was meinen Bildschirm füllt, erinnert an die Art Romane, die man in Bahnhofsbuchhandlungen unter dem Euphemismus „Frauenliteratur“ findet. Der von mir ersonnene finster-sentimentale Titel erstreckt sich in romantischer Schreibschrift quer durch das apokalyptische Geschehen auf dem Umschlagbild. Über allem prangt mein Name.
Für den Hauch einer Sekunde erschreckt sich eine einsame Synapse in einer vergessenen Windung meines Hirns, die irgendwann einmal den Anspruch hatte, nur intellektuell hochwertiges Gedankengut zu produzieren. Doch sie ist bereits verstummt, bevor ich ihren Impuls überhaupt wahrgenommen habe.
Es ist lange her, dass ich bei der Vorstellung rot geworden bin, meinen Namen auf einem derartigen Buchcover zu lesen. Solcherlei Eitelkeiten gehören nicht mehr zu meinem Denkrepertoire. Sie basieren auf dem Bedürfnis, bei den Mitmenschen einen bestimmten Eindruck zu hinterlassen. Aber was schert es mich, welchen Eindruck ich hinterlasse?
Diese Frage stellt sich Menschen, die ein ganz bestimmtes Selbstbild haben, das es zu verteidigen gilt. Da mir meins verloren gegangen ist, interessiert es mich nicht, was irgendwer von mir denkt.
Ich schicke dem Verleger mit einem herzlichen Dank die Mitteilung, dass ich mit der Umschlaggestaltung völlig einverstanden bin. Danach schreibe ich die obligatorische Informationsmail an meine Probeleser, die über den Stand der Veröffentlichung auf dem Laufenden gehalten werden wollen.

Außerdem vermelde ich ihnen, dass sie in den nächsten Tagen einen Ausdruck des zweiten Romanteils erhalten, um ihn auf formale und inhaltliche Fehler zu überprüfen. Mein Verleger wird alle drei Romane veröffentlichen und bereits im ersten Band Werbung für den zweiten machen.
Schon innerhalb der nächsten halben Stunde erhalte ich mehrere Rückmeldungen meiner Probeleser. In jeweils anderem Wortlaut wird mir mitgeteilt, dass man sich darauf freue, den ersten Teil demnächst als „echtes Buch“ in der Hand zu halten und endlich zu erfahren, wie es mit Catharina und Johannes weitergeht.
Eine Leserin fügt den Namen der Protagonisten eine Reihe von Herzchen und anderen schmachtenden Liebessymbolen hinzu. Meine vereinsamte, intellektuelle Synapse schweigt. Meine einzige Reaktion ist reine Herzensfreude über die Rückmeldungen meiner Probanden.
Nach den Maßstäben der rationalen Welt bin ich unabänderlich dem Wahnsinn verfallen. Aber für mich gibt es keine rationale Welt mehr. Das, was ich bisher für die Realität gehalten habe, ist genauso eine Illusion wie die Geschichte, die ich schreibe. Und die Geschichte ist genauso real wie die äußere Welt. Ich bin mir sicher: Man kann keine Geschichten erzählen, ohne dass sie den Erzähler verändern und damit die Welt.
Die Kunst ist, die Welt zu verändern.
Hatte ich vor einem Jahr noch vermutet, dass man der Absurdität am besten mit Irrsinn begegnet, bin ich jetzt der festen Überzeugung, dass man nur glücklich werden kann, wenn man wahnsinnig ist. Die Normalen sind verrückt, wenn sie glauben, dieser Welt mit Vernunft beikommen zu können. Wer das versucht, läuft in sein Unglück.
Aristoteles irrt sich, wenn er behauptet, der Humor unterscheide den Menschen vom Tier. Es ist die Fähigkeit, wahnsinnig zu werden, die den Menschen auszeichnet. Nicht der Humor ist die göttliche Gabe. Es ist tatsächlich der Verstand. Denn wenn wir ihn verlieren, werden wir glücklich. Zu diesem Zweck spielen wir das göttliche Welttheater – und ganz sicher ist es eine Komödie

Vorankündigung Band 3 – „Schattentiefe“

Für alle Beteiligten der Altenstein-Romane scheint eine Zeit der Ruhe einzukehren – auch für die Erzählerin. Der Fluch ist gebrochen und alle Verstrickungen sind gelöst. Vorerst scheinen Johannes und Catharina ihr Glück genießen zu dürfen, während die Erzählerin den ersten Teil der Reihe der Öffentlichkeit präsentiert.

Doch wie sich schnell zeigt, trügt dieser Schein. Niemand hat mit der verzweifelten Seele gerechnet, die von Beginn an dabei war und längst in Catharinas Träumen ist – länger, als sie selbst es ahnt ...

Erscheinungstermin voraussichtlich 2020

Vorbestellung:
ISBN 978-3-9817442-5-5
hallo@manasinmedias.de
www.Manas-in-Medias.de

Fragen, Anregungen und Kommentare an die Autorin bitte per E-Mail: constanzekeidel@gmail.com.